Mit über fünfundzwanzig internationalen Bestsellern gehört Victoria Holt zu den populärsten und beliebtesten Romanautorinnen der Welt. Schon ihr Vater, ein englischer Kaufmann, fühlte sich zu Büchern stärker hingezogen als zu seinen Geschäften. In ihrem Domizil hoch über den Dächern von London schrieb sie die spannenden, geheimnisumwitterten Geschichten aus vergangenen Zeiten, in denen sich der milde Glanz der Nostalgie, interessante Charaktere und aufregende Vorgänge aufs glücklichste ergänzen. Victoria Holt starb am 18. Januar 1993 auf einer Schiffsreise.

Victoria Holt

Das Vermächtnis der Landowers

Roman

Aus dem Englischen von
Margarete Längsfeld

Von Victoria Holt sind außerdem erschienen:

Der Teufel zu Pferde (Band 60181)
Der Schloßherr (Band 60182)
Meine Feindin, die Königin (Band 60183)
Die Ashington-Perlen (Band 60184)
Tanz der Masken (Band 60185)
Verlorene Spur (Band 60186)
Unter dem Herbstmond (Band 1510)
Die Insel Eden (Band 60189)
Geheimnis einer Nachtigall (Band 60190)
Fluch der Seide (Band 60191)
Der indische Fächer (Band 3261)
Die Lady und der Dämon (Band 60341)
Die Gefangene des Paschas (Band 60090)
Die Schlangengrube (Band 60212)

Dieses Buch wurde auf chlor- und säurefreiem Papier gedruckt.

Vollständige Taschenbuchausgabe 1988, 7. Auflage 1993
© 1986 Droemersche Verlagsanstalt Th. Knaur Nachf., München
Das Werk einschließlich aller seiner Teile ist urheberrechtlich
geschützt. Jede Verwertung außerhalb der engen Grenzen des
Urheberrechtsgesetzes ist ohne Zustimmung des Verlages
unzulässig und strafbar. Das gilt insbesondere für Vervielfältigungen,
Übersetzungen, Mikroverfilmungen und die Einspeicherung
und Verarbeitung in elektronischen Systemen.
Titel der Originalausgabe »The Landower Legacy«
© 1984 Victoria Holt
Originalverlag William Collins Sons & Co. Ltd., London
Umschlaggestaltung: Agentur Zero, München
Umschlagfoto: IFA-Bilderteam/West Stock
Satz: Ventura Publisher im Verlag
Druck und Bindung: Elsnerdruck, Berlin
Printed in Germany
ISBN 3-426-60188-5

Inhalt

Das goldene Jubiläum
7

Gespenster auf der Galerie
47

Der Maskenball
117

Intime Enthüllungen
165

Die Nacht in den Bergen
179

Verlorene Illusion
242

Zu Besuch in London
302

»Nicht länger klag um mich«
340

Die Rache
390

Jagos Lady
430

Das Geheimnis der alten Mine
443

Enthüllungen
467

Das diamantene Jubiläum
484

Das goldene Jubiläum

Während der Feierlichkeiten anläßlich des goldenen Jubiläums der Königin nahmen die Ereignisse eine so dramatische Wendung, daß sie mein ganzes Leben veränderten. Ich war damals erst vierzehn Jahre alt und konnte die Tragweite der Vorgänge, die sich um mich abspielten, erst viel später ermessen. Es war wie der Blick durch ein beschlagenes Glas: Ich sah, was geschah, aber ich verstand nicht, was es bedeutete.
Dem flüchtigen Beobachter mögen wir als eine glückliche Familie erschienen sein. Aber wann sind die Dinge schon so, wie sie scheinen? Wir waren sogenannte wohlhabende Leute. Unser Londoner Wohnsitz befand sich in einem eleganten Viertel unweit vom Hyde Park; für unser leibliches Wohl sorgten Wilkinson, der Butler, und Mrs. Winch, die Haushälterin. Zwischen ihnen herrschte ständig ein mühsam aufrechterhaltener Waffenstillstand, da jeder sehr darauf erpicht war, dem anderen seine Überlegenheit zu zeigen. In den frühen Morgenstunden, bevor sich die Mitglieder der Familie aus den Betten erhoben, rumorten die niederen Dienstboten umher; sie entfernten die Reste der Kaminfeuer vom Vortag, sie polierten, wischten Staub, bereiteten heißes Wasser, und wenn wir aufstanden, war wie durch Zauberei alles bereit, was wir benötigten. Alle wußten, daß mein Vater höchst ungnädig werden konnte, wenn ein dienstbarer Geist sichtbar wurde; der Anblick eines Häubchens und einer Schürze konnte die Entlassung der Trägerin zur Folge haben. Jedermann im Haus fürchtete Papas Mißfallen – sogar meine Mutter.
Papa, das war Robert Ellis Tressidor – er stammte von Tressidor

Manor in Lancarron in Cornwall. Die großen Landgüter befanden sich seit dem 16. Jahrhundert im Familienbesitz, der sich nach der Restauration noch vermehrt hatte. Die großen Familien im Westen des Landes waren damals mit wenigen Ausnahmen uneingeschränkt für den König gewesen, und keine war königstreuer als die Tressidors.

Leider war das Anwesen der Familie meinem Vater weggenommen und von Cousine Mary annektiert worden. (Ich hatte erst nachsehen müssen, was dieses Wort bedeutete, denn ich war eine aufmerksame Zuhörerin und erfuhr das meiste über die Familie, indem ich Ohren und Augen offenhielt.) Mein Vater und seine Schwester Imogen, die voll Bewunderung an ihm hing, sprachen den Namen von Cousine Mary stets in einem verächtlichen, haßerfüllten Ton aus – jedoch mit einer Spur von Neid, wie ich herauszuhören glaubte.

Ich hatte erfahren, daß mein Großvater einen älteren Bruder gehabt hatte, den Vater von Mary. Sie war sein einziges Kind, und da er der älteste Sohn war, waren Tressidor Manor und sämtliche Ländereien an Mary gefallen statt an meinen Vater, dem sie offenbar rechtmäßig zustanden; denn war er auch der Sohn eines jüngeren Sohnes, so gehörte er doch dem überlegenen Geschlecht an, mit dem zu rivalisieren eine Frau sich nicht erkühnen sollte.

Meine Tante Imogen – Lady Carey – war auf ihre Art ebenso furchteinflößend wie mein Vater. Ich hatte die beiden über das schmähliche Betragen von Cousine Mary sprechen hören, die das Anwesen der Familie mir nichts, dir nichts in Besitz genommen hatte, ohne auch nur einen Augenblick daran zu denken, daß sie damit den rechtmäßigen Erben beraubte. »Diese Harpyie!« wurde sie von Tante Imogen betitelt, und ich stellte mir Cousine Mary mit Kopf und Rumpf einer Frau vor, mit Vogelflügeln und langen Klauen, die nach meinem Vater und Tante Imogen griffen, wie es die Harpyien mit dem bedauernswerten blinden König Phineus machten.

Man konnte sich schwer vorstellen, daß irgend jemand Papa ausspielen konnte, und da dies Cousine Mary gelungen war, nahm ich an, sie müsse wahrhaft furchterregend sein, was mir unwillkürlich eine gewisse Bewunderung für sie einflößte. Als ich das meiner Schwester Olivia erzählte, meinte sie, ich sei ausgesprochen ungerecht. Doch mochte Papa hinsichtlich seines Erbes auch unterlegen sein, in seinem eigenen Haus war er der Herr und Meister. Hier herrschte er unangefochten, und alles hatte so zu geschehen, wie er es verfügte. Wir hatten eine Menge Bedienstete – die notwendig waren, da er im öffentlichen Leben stand und viele gesellschaftliche Verpflichtungen hatte. Er war Vorsitzender verschiedener Komitees und Organisationen, viele darunter im Dienste der Menschlichkeit, wie etwa die Gesellschaft zur Beschäftigung der Armen oder das Komitee zur Rehabilitation gefallener Frauen. Immer trat er für die gute Sache ein. Sein Name stand oft in der Zeitung, und es wurde gemunkelt, daß er es längst verdient hätte, in den Adelsstand erhoben zu werden.

Offensichtlich war er mit vielen wichtigen, einflußreichen Leuten befreundet, darunter auch mit Lord Salisbury, dem Premierminister. Papa hatte einen Sitz im Parlament, gehörte aber nicht zum Kabinett – was scheints nur eine Frage des freiwilligen Verzichts war –, weil er außerhalb von Westminster zu viele Verpflichtungen hatte. Er fand, er könne seinem Land damit besser dienen, als wenn er sich ausschließlich der Politik widmete. Von Beruf war er Bankier und saß im Aufsichtsrat verschiedener Firmen. Jeden Morgen kam die Kalesche vom Kutschhaus vorgefahren. Sie hatte auf Hochglanz poliert und die Livree des Kutschers hatte absolut korrekt zu sein; auch der kleine Page, der während der Fahrt hinten stand und dessen Aufgabe es war, bei der Ankunft am Bestimmungsort herabzuspringen und den Wagenschlag zu öffnen, war ebenso makellos herausgeputzt.

Papa besaß die zwei wichtigsten Eigenschaften eines Gentleman unserer Zeit: Er war reich, und er war tugendhaft.

Miss Bell, unsere Gouvernante, war sehr stolz auf ihn.
»Ihr müßt immer daran denken, daß euer Vater die Quelle ist, aus der unsere Behaglichkeit entspringt«, sagte sie zu uns.
Ich wies sie sogleich darauf hin, daß vielen Leuten in seiner Gegenwart offenbar nicht sehr behaglich zumute sei, weshalb es vielleicht nicht gerade Behaglichkeit sein mochte, die aus dieser besagten Quelle sprudelte.
Unsere Gouvernante verzweifelte oft an mir. Die gute Miss Bell – sie war so ernsthaft und so erpicht darauf, die Aufgabe, zu der Gott – und der große Mr. Tressidor – sie berufen hatte, gewissenhaft zu erfüllen. Sie war überaus korrekt und förmlich; von den Tugenden ihres Brotherrn überwältigt, übernahm sie fraglos die Einschätzung, die er von sich selbst hatte – und die tatsächlich die allgemein anerkannte war. Miss Bell war sich stets bewußt, daß sie trotz all ihrer Tüchtigkeit, trotz bester Pflichterfüllung nur eine Angehörige des untergeordneten Standes war. Ich war gewiß kein fügsames Kind, denn ich glaubte nie, was mir erzählt wurde, und brachte es nicht fertig, dazu zu schweigen.
»Warum«, fragte meine Schwester Olivia, »mußt du immer alles so verdrehen, bis es ganz was anderes ist, als was man uns erzählt?«
Vermutlich, erwiderte ich, weil die Leute nicht immer die Wahrheit sagen und uns nur das erzählen, was sie uns glauben machen wollen.
»Es ist einfacher, wenn wir ihnen glauben«, meinte Olivia, und das war typisch für sie. Deshalb galt sie als braves Kind. Ich dagegen war aufsässig. Ich dachte oft: Seltsam, daß wir Geschwister sind. Wir waren so verschieden.
Unsere Mutter stand niemals vor zehn Uhr morgens auf. Everton, ihre Zofe, brachte ihr dann eine Tasse heiße Schokolade. Mama war eine große Schönheit und wurde in den Gesellschaftsspalten der Zeitungen oft erwähnt. Miss Bell zeigte uns die Artikel von Zeit zu Zeit. »Die schöne Mrs. Tressidor« beim

Rennen ... bei einem Diner ... auf einem Wohltätigkeitsball. Sie wurde stets als »die schöne Mrs. Tressidor« bezeichnet.

Olivia und ich waren von ihrer Schönheit ebenso überwältigt wie von der überragenden Tugendhaftigkeit unseres Vaters. Beides machte unser Heim ziemlich ungemütlich. Meine Mutter war zuweilen sehr zärtlich zu uns, dann wieder schien sie uns gar nicht wahrzunehmen. Gelegentlich umarmte und küßte sie uns wie toll – besonders mich, wobei ich hoffte, daß Olivia das nicht bemerkte. Mama hatte leuchtende braune Augen und eine Fülle kastanienbrauner Haare; wie unser höchst ungewöhnliches Zimmermädchen Rosie Rundall mir zuflüsterte, gab Everton sich viel Mühe, die Farbe von Mamas Haaren mit geheimnisvollen Wässerchen zu erhalten. Die Schönheit unserer Mutter zu bewahren war offenbar ein aufwendiges Unterfangen. Everton verstand sich bestens darauf, und sie hielt den ganzen Haushalt in Schach und verlangte absolute Stille, wenn unsere Mutter mit eiskalten Wattebäuschen auf den Augenlidern ruhte oder von Evertons kundigen Händen sanft massiert wurde. Dabei führten die zwei unentwegt Gespräche über die neueste Mode.

»Es ist wirklich anstrengend, eine Schönheit zu sein«, bemerkte ich zu Olivia, und Rosie Rundall, die zufällig dabei war, pflichtete mir bei: »Darauf kannst du Gift nehmen!«

Rosie Rundall war das ungewöhnlichste Hausmädchen, das ich je gekannt hatte. Sie war groß und hübsch. Hausmädchen wurden ja immer nach ihrem Aussehen ausgesucht. Sie waren die Dienstboten, die Besucher zu Gesicht bekamen, und häßliche Mädchen konnten einen schlechten Eindruck von dem Hauswesen vermitteln. Meiner Meinung nach hatten wir in Rosie ein unübertreffliches Hausmädchen.

Rosie verstand überaus würdevoll mit Gästen umzugehen. Sie fiel den Leuten auf. Sie bemerkte das und nahm diese unausgesprochene Ehrung mit schweigsamer Würde entgegen. Aber wenn sie mit Olivia und mir zusammen war – was ihr sehr häufig gelang –, war sie ein ganz anderer Mensch.

Olivia und ich liebten Rosie sehr. Es gab nicht viele Menschen, denen wir Zuneigung entgegenbringen konnten. Unser Vater war zu tugendhaft, unsere Mutter war zu schön, und Miss Bell war zwar sehr tüchtig und gewiß sehr gut für uns, aber liebevoll war sie nicht gerade.

Rosie war gutmütig und setzte sich mühelos über jede Autorität hinweg. Wenn Olivia ihre frische Schürze mit Sauce bekleckerte, nahm Rosie sie ihr geschwind ab, und sie hatte sie binnen so kurzer Zeit gewaschen und gebügelt, daß niemand etwas merkte. Und wenn ich eine kostbare Vase zerbrach, die im Salon auf einer Etagere stand, so klebte Rosie sie wieder zusammen und stellte sie so geschickt hin, daß niemand Verdacht schöpfen konnte.

»Laß mich nur machen«, sagte sie dann lächelnd. »Keiner wird etwas merken. Was ich nicht weiß, macht mich nicht heiß.«

Wenn sie – einmal in der Woche – abends ausging (sie hatte gleich, als sie zu uns kam, auf dem freien Abend bestanden, und Mrs. Winch, froh, ein so gutaussehendes Mädchen einstellen zu können, hatte ihn bewilligt), zog sich Rosie wie eine Dame an. Sie verwandelte sich in eine ganz andere Person als die, die wir in Häubchen und Schürze kannten. In einem Seidenkleid und einem Hut mit einer kecken Feder, mit Handschuhen und einem Schirmchen sah sie einfach fabelhaft aus.

Wenn ich sie fragte, wohin sie ging, gab sie mir einen kleinen Stups und sagte: »Das wird nicht verraten. Ich sag's dir, wenn du fünfundzwanzig bist.« Das war eine ständige Redensart von ihr. »Eines Tages, wenn du fünfundzwanzig bist, wirst du's erfahren.«

Ich sah mir immer gern die bedeutenden Leute an, die zu uns ins Haus kamen. Von der Halle aus wand sich eine schöne Treppe bis ins Dachgeschoß, mit einem Lichtschacht in der Mitte, so daß man vom obersten Stockwerk, wo die Schlafkammern der Dienstboten, die Kinderzimmer und das Schulzimmer lagen, in die Halle hinunterschauen und sehen konnte, was dort

vorging. Stimmen wehten hinauf, und oft konnte man auf diese Weise dies oder jenes aufschnappen. Aber nichts war so ärgerlich – oder so spannend –, wie wenn ein Gespräch an einem entscheidenden Punkt abbrach. Ich genoß dieses Spiel über die Maßen, auch wenn Olivia es ungehörig fand.
»Lauscher«, meinte sie altklug, »haben noch nie etwas Gutes über sich zu hören bekommen.«
»Liebste Schwester«, gab ich zurück, »wann bekommen wir je irgend etwas über uns zu hören? Gutes oder Schlechtes?«
»Man kann nie wissen, was man zu hören bekommt.«
»Das ist wahr. Und deswegen ist es auch so aufregend.«
Die schlichte Wahrheit war, daß ich ausgesprochen gerne lauschte. Uns wurde so vieles vorenthalten – ungeeignet für unsere Ohren, nahm ich an, und ich hatte einfach das unwiderstehliche Verlangen, diese Dinge zu erfahren.
Es machte großen Spaß, auf die ankommenden Gäste hinunterzublicken und besonders unsere schöne Mutter zu beobachten, wie sie in der ersten Etage auf der Treppe stand. Hier befanden sich das Empfangszimmer und der Salon, wo oft bekannte Künstler – Pianisten, Violinisten und Sänger – unsere Gäste unterhielten.
Die arme Olivia hockte neben mir und stand Todesängste aus, daß man uns entdecken könnte. Sie war ein sehr furchtsames Mädchen. Immer war ich die Anführerin, wenn es etwas Abenteuerliches zu unternehmen galt, obgleich Olivia zwei Jahre älter war als ich. Miss Bell pflegte zu sagen: »Äußere dich doch auch mal, Olivia. Laß nicht immer Caroline den Ton angeben.« Doch Olivia war und blieb zurückhaltend. Sie war eigentlich recht hübsch, gehörte jedoch zu den Menschen, die man einfach nicht bemerkt. Alles an ihr war nett, aber unauffällig. Sie hatte ein schmales, blasses Gesicht mit großen braunen Augen. »Gazellenaugen«, sagte ich zu ihr, worauf sie nicht wußte, ob sie geschmeichelt oder gekränkt sein sollte. Das war typisch für Olivia. Sie war sich ihrer nie sicher. Sie hatte schöne Augen, war

aber kurzsichtig, was ihr ein etwas hilfloses Aussehen verlieh. Sie hatte glattes, feines Haar, das sich nicht bändigen ließ; immer lösten sich zu Miss Bells Verzweiflung ein paar Strähnen. Es gab Zeiten, da hatte ich das Gefühl, Olivia beschützen zu müssen, aber meistens stiftete ich sie zu leichtsinnigen Abenteuern an.

Ich dagegen war ganz anders, sowohl im Aussehen als auch im Temperament. Miss Bell sagte stets, sie hätte es nie für möglich gehalten, daß zwei Schwestern so verschieden sein konnten. Mein Haar war dunkler als Olivias, fast schwarz, und meine Augen waren von einem klaren Grün, das ich mit einer grünen Schleife im Haar gern betonte, denn ich war sehr eitel und mir meiner auffälligen Farbgebung bewußt. Zwar war ich weit davon entfernt, mich für hübsch zu halten, aber ich blieb nicht unbemerkt. Mit meiner Stupsnase, dem breiten Mund und der hohen Stirn – in einem Zeitalter, wo niedrige Stirnen modern waren – hatte ich keinen Anspruch, als schön zu gelten. Aber ich besaß etwas – meine Lebhaftigkeit, denke ich –, das die Leute daran hinderte, mich mit einem flüchtigen Blick abzutun; sie sahen mich unweigerlich genauer an.

Zum Beispiel Captain Carmichael. Ich dachte stets mit großem Vergnügen an ihn. Er sah prachtvoll aus in seiner rotgoldenen Uniform, aber in Reitkleidern oder im Abendanzug war er ausgesprochen schön. Er war der eleganteste und interessanteste Gentleman, den ich kannte, und er besaß eine Eigenschaft, die ihn für mich unwiderstehlich machte: Er ließ mir seine besondere Aufmerksamkeit zuteil werden. Er lächelte mir zu, und wenn sich die Gelegenheit ergab, sprach er mit mir, als sei ich eine bedeutende junge Dame und nicht ein kleines Mädchen, das dem Schulalter noch nicht entwachsen war.

Und wenn ich die Treppe hinunterspähte, hielt ich immer nach Captain Carmichael Ausschau.

Wir beide teilten ein Geheimnis, in das auch meine Mutter eingeweiht war. Es betraf ein goldenes Medaillon, das schönste

Schmuckstück, das ich je besessen hatte. Schmuck zu tragen war uns freilich verboten, und es war wirklich gewagt von mir, dieses Medaillon umzuhängen. Ich hielt es unter meinem Mieder versteckt, das so hoch geschlossen war, daß niemand das Medaillon sehen konnte; aber ich war glücklich, es auf meiner Haut zu spüren. Es war aufregend, weil es heimlich war.

Ich hatte es geschenkt bekommen, als wir auf dem Land waren. Unser Landhaus war etwa zwanzig Meilen von London entfernt – ein herrschaftliches Gebäude im Queen-Anne-Stil, das in einem zwanzig Morgen umfassenden parkartigen Gelände stand. Es war sehr komfortabel, aber es war nicht Tressidor Manor, wie ich meinen Vater voll Bitterkeit hatte sagen hören.

Wir Mädchen verbrachten damals die meiste Zeit dort, umsorgt von einer Schar Dienstboten und von Miss Lucy Bell, die das Kinderzimmer unter sich hatte. Sie kam uns alt vor, aber damals schien uns jeder uralt, der über zwanzig war. Sie mußte etwa dreißig gewesen sein, als sie zu uns kam, und zur besagten Zeit war sie vier Jahre bei uns. Sie war sehr auf die Erfüllung ihrer Pflichten bedacht, nicht nur, weil sie ihren Unterhalt verdienen mußte, sondern auch, dessen war ich sicher, weil sie uns auf ihre Art gern hatte.

Unsere Kinderzimmer auf dem Land – große, freundliche, sonnige Räume im Dachgeschoß – boten uns einen herrlichen Blick über Wälder und grüne Felder. Wir hatten eigene Ponys und ritten sehr viel. In London ritten wir auch, allerdings in einer Reihe hintereinander, was aufregend war wegen der Leute, die sich vor unserer Mutter verneigten, wenn sie gelegentlich mit uns ausritt, aber es ging doch nichts über das Reiten auf dem Lande und das Vergnügen, über den federnden Rasen zu galoppieren.

Ungefähr einen Monat, bevor wir nach London kamen, traf unsere Mutter überraschend auf dem Lande ein. Sie wurde begleitet von Everton nebst Hutschachteln und viel Gepäck, mit

allem, was meine Mutter benötigte, um sich das Leben angenehm zu machen. Sie kam selten aufs Land, und im Haus herrschte daher rege Geschäftigkeit.
Sie rauschte ins Schulzimmer und umarmte uns beide herzlich. Wir waren überwältigt von ihrer Schönheit, ihrem Duft und ihrer eleganten Erscheinung in dem hellgrauen Rock und der rosafarbenen Bluse mit Biesen und Rüschen.
»Meine süßen Mädchen!« rief sie. »Wie schön, euch zu sehen! Jetzt will ich eine Weile mit meinen Mädchen allein sein.«
Olivia lief rot an vor Freude. Auch ich freute mich, aber ich fragte mich auch ein wenig skeptisch, warum ihr plötzlich so viel an uns lag, da sie sich vorher so viele Gelegenheiten, mit uns zusammenzusein, hatte entgehen lassen.
Damals kam mir der Gedanke, daß sie womöglich nicht so leicht zu verstehen war wie Papa. Papa war allmächtig, allwissend, das mächtigste Wesen, das wir kannten; er kam gleich nach dem lieben Gott. Mama war eine Dame voller Geheimnisse. Ich besaß zu jener Zeit mein Medaillon noch nicht, also hatte ich kein eigenes großes Geheimnis, aber ich las etwas in Mamas Augen.
Sie lachte mit uns und sah sich unsere Zeichnungen und Aufsätze an.
»Olivia ist ziemlich begabt«, sagte Miss Bell.
»Wahrhaftig, Liebling! Ich glaube, du wirst einmal eine große Künstlerin.«
»Das wohl kaum«, erwiderte Miss Bell, die immer befürchtete, zuviel Lob könne schaden.
Olivia war selig. Sie hatte etwas reizend Unschuldiges. Sie glaubte stets an das Gute, und ich kam zu der Einsicht, daß dies eine große Gabe war.
»Caroline schreibt recht gut.«
Meine Mutter blickte verständnislos auf die unordentliche Seite, die ihr gezeigt wurde, und murmelte: »Sehr hübsch.«
»Ich meinte nicht ihre Handschrift«, sagte Miss Bell. »Ich meine

ihre Satzkonstruktionen und wie sie die Worte verwendet. Sie hat Phantasie und versteht sich auszudrücken.«
»Wie wundervoll!«
Geistesabwesend betrachtete sie das Blatt Papier; doch der Ausdruck ihrer schönen Augen verriet mir, daß sie an etwas anderes dachte.
Am nächsten Tag traf der Grund für Mamas Landpartie ein. Das war das erste der wichtigen Ereignisse, die ich damals noch nicht erkannte.
Captain Carmichael kam zu Besuch.
Wir waren mit Mama im Rosengarten und bildeten sicher ein hübsches Bild: Sie hielt ein Buch in der Hand, wir beiden Mädchen saßen ihr zu Füßen. Sie las uns nicht vor, aber es sah so aus.
Captain Carmichael wurde zu uns geführt.
»Captain Carmichael!« rief meine Mutter. »So eine Überraschung!«
»Ich war auf dem Weg nach Salisbury, und da dachte ich, Robert würde mir nie verzeihen, wenn ich in der Nähe gewesen und nicht vorbeigekommen wäre. Und … da bin ich nun.«
»Robert ist leider nicht hier. Aber es ist eine reizende Überraschung.« Meine Mutter erhob sich und klatschte in die Hände wie ein Kind unterm Weihnachtsbaum.
»Bleiben Sie, trinken Sie Tee mit uns«, fuhr sie fort. »Olivia, geh, sag, sie sollen Tee bringen. Caroline, du gehst mit Olivia.«
Wir gingen und ließen die beiden allein.
Das wurde eine wundervolle Teestunde! Es war Anfang Mai, eine herrliche Jahreszeit. Rote und weiße Blüten an den Bäumen, der Duft frischgemähten Grases in der Luft, die Vögel sangen, und die Sonne – noch war sie mild und nicht zu heiß – schien auf uns herab.
Captain Carmichael unterhielt sich mit uns. Er erkundigte sich nach unseren Fortschritten beim Reiten. Olivia sagte nicht viel, aber ich erzählte eine ganze Menge, und es schien ihm zu

gefallen. Wenn seine und meiner Mutter Blicke sich trafen, schienen sie mich einzuschließen, und das machte mich sehr glücklich. Was Olivia und mir fehlte, war Zuwendung. Für unsere körperlichen Bedürfnisse war bestens gesorgt, doch wenn man heranwächst und mit der Welt Bekanntschaft macht, dann braucht man nichts so sehr wie Zuwendung, echte Zuneigung. An diesem Nachmittag schien sie uns gewährt.
Ich wünschte, es würde immer so sein. Ich dachte, wie anders unser Leben gewesen wäre, wenn wir jemanden wie Captain Carmichael zum Vater hätten.
Er war ein faszinierender Mann. Er war viel in der Welt herumgekommen. Er war mit General Gordon im Sudan gewesen und hatte die Belagerung von Khartoom miterlebt. Er schilderte lebhaft die Entbehrungen, die Angst, die Entschlossenheit seiner Leute – obwohl ich glaube, daß er uns nicht die ganze Wahrheit enthüllte, weil sie für unsere kindlichen Ohren zu schrecklich war.
Nach dem Tee erhob er sich, und meine Mutter sagte: »Sie dürfen jetzt nicht weglaufen, Captain. Möchten Sie nicht über Nacht bleiben? Morgen können Sie in aller Frühe aufbrechen.«
Er zögerte ein Weilchen, wobei er sie verschmitzt ansah.
»Nun ja ... vielleicht läßt es sich einrichten.«
»Fein. Das ist wunderbar. Schätzchen, geht und sagt, sie sollen ein Zimmer für Captain Carmichael herrichten ... oder nein, ich geh lieber selbst. Kommen Sie, Captain. Ich bin so froh, daß Sie hier sind.«
Olivia und ich blieben sitzen, verwirrt vom Besuch des netten Gentleman.
Am nächsten Morgen ritten wir alle zusammen aus. Wir waren sehr ausgelassen. Der Captain ritt an meiner Seite und sagte, ich säße auf dem Pferd wie ein richtiger Reiter.
»Jeder ist ein Reiter, der auf einem Pferd reitet«, erwiderte ich. Selbst in meiner Seligkeit war ich noch aufsässig.
»Manche sind Kartoffelsäcke – die anderen sind Reiter.«

Das kam mir unglaublich komisch vor, und ich lachte unmäßig.
»Sie haben anscheinend Erfolg bei Caroline, Captain«, sagte meine Mutter.
»Sie lacht über meine Scherze. Das ist der nächste Weg zum Herzen eines Mannes, so sagt man doch?«
»Ich dachte, der schnellste Weg sei, ihn zu verköstigen.«
»Die Würdigung der geistigen Fähigkeiten kommt zuerst. Komm, Caroline, mal sehen, wer zuerst am Wald ist.«
Es war herrlich, an seiner Seite dahinzufliegen, den Wind im Gesicht. Er sah mich dauernd an und lächelte, als hätte er mich sehr gern.
Wir gingen auch auf die Koppel, weil er sehen wollte, wie wir sprangen. Wir zeigten ihm, was uns unser Reitlehrer kürzlich beigebracht hatte. Dabei machte ich es viel besser als Olivia, die immer zu ängstlich war und bei einem Sprung beinahe vom Pferd stürzte.
Captain Carmichael und meine Mutter klatschten mir Beifall.
»Hoffentlich bleiben Sie noch lange«, flüsterte ich dem Captain zu.
»Leider! Leider!« Er sah meine Mutter an und zuckte die Achseln.
»Vielleicht noch eine Nacht?« schlug sie vor.
Er blieb zwei Nächte, und kurz bevor er aufbrach, ließ meine Mutter mich rufen. Sie war in ihrem kleinen Wohnzimmer, und Captain Carmichael war bei ihr.
»Ich muß bald gehen, Caroline«, sagte er. »Ich möchte mich verabschieden.«
Er legte mir seine Hände auf die Schultern und sah mich ein paar Sekunden an. Dann drückte er mich an sich und gab mir einen Kuß.
Als er mich losließ, fuhr er fort: »Ich möchte dir etwas schenken, Caroline, damit du immer an mich denkst.«
»Oh, ich werde Sie nie vergessen.«
»Das weiß ich. Aber ein kleines Andenken, ja?«

Darauf zog er das Medaillon hervor. Es hing an einem goldenen Kettchen, und er sagte: »Mach es doch auf.«
Ich fingerte daran herum, dann nahm er es mir aus der Hand. Das Medaillon sprang auf und enthüllte eine wunderschöne Miniatur von ihm. Sie war winzig, aber so ausgezeichnet gearbeitet, daß seine Züge klar zu erkennen waren.
»Wie schön!« rief ich und sah von Captain Carmichael zu meiner Mutter.
Beide blickten gerührt erst mich und dann einander an.
Daraufhin meinte meine Mutter trocken: »Ich an deiner Stelle würde es keinem Menschen zeigen, nicht einmal Olivia.«
Oh, dachte ich, Olivia bekommt also kein Geschenk. Sie wollen nicht, daß sie neidisch wird.
»Ich würde es weglegen, bis du älter bist«, riet meine Mutter. Ich nickte.
»Danke«, murmelte ich. »Vielen, vielen Dank.«
Er nahm mich in die Arme und gab mir noch einen Kuß.
Am Nachmittag sagten wir ihm Lebewohl.
»Zum Jubiläum bin ich zurück«, sagte er zu meiner Mutter.
So kam ich zu dem Medaillon. Ich liebte es und betrachtete es oft. Aber ich konnte es nicht wegstecken. Ich fand es sehr aufregend, weil ich es geheimhalten mußte. Ich trug es tagsüber unter meinem Mieder und bewahrte es nachts unter meinem Kopfkissen auf. Wenn ich es ansah, weidete ich mich nicht nur an seiner Schönheit, sondern auch daran, daß es ein Geheimnis war, das nur ich, meine Mutter und Captain Carmichael kannten.
Am 14. Juni kamen wir nach London zurück, eine Woche vor dem großen Tag des Jubiläums. Die Fahrt vom Land nach London war jedesmal aufregend. Wir näherten uns von Osten, und der Tower erschien mir wie das Bollwerk der Stadt. Grimmig, bedrohlich kündete er von vergangenen Tragödien, und ich mußte jedesmal an die Menschen denken, die dort vor langer Zeit eingekerkert waren.

Dann gelangten wir in die Stadt, vorbei an dem vergleichsweise neuen Parlamentsgebäude, das einen so prachtvollen Anblick am Fluß bot und dabei den falschen Eindruck erweckte, es habe der Witterung schon genauso lange getrotzt wie der Tower.
Nie konnte ich mich entscheiden, was mir lieber war, London oder das Land. Auf dem Land war es heimelig, alles schien in Ordnung, war voll Heiterkeit und Frieden, die ich in London vermißte. Papa war freilich selten auf dem Land, und wenn er kam, schwanden Frieden und Heiterkeit. Gesellschaften wurden gegeben, und Olivia und ich mußten uns möglichst unsichtbar machen. So hing unser Wohlbefinden vielleicht auch davon ab, wo Papa sich jeweils befand.
Aber es war immer aufregend, nach London zurückzukehren, genau wie ich mich jedesmal freute, wieder aufs Land zu fahren. Diesmal war die Rückkehr etwas Besonderes, denn kaum hatten wir die Hauptstadt erreicht, als uns schon die allgemeine Aufregung ergriff, die Miss Bell das »Jubiläumsfieber« nannte.
Die Straßen der Stadt waren voll lärmender Menschen. Ich beobachtete sie voller Vergnügen: all diese Leute mit ihren Waren, die selten in unser Viertel eindrangen, den Stuhlflicker, der auf dem Pflaster saß und Rohrstühle reparierte, den Katzenfutterverkäufer mit seinem Schubkarren voll ekelhaft aussehendem Pferdefleisch, den Kesselflicker, den Schirmflicker und das Mädchen mit der großen Papierhaube, das einen Korb voll Papierblumen trug, mit denen man in den Sommermonaten die Kamine dekorierte, wenn kein Feuer brannte. Blaskapellen zogen durch die Straßen und spielten bekannte Melodien. Was mir jedoch am meisten auffiel, waren die Verkäufer von Jubiläumsandenken – Becher, Hüte, Schmuckstücke. »Gott schütze die Königin« stand darauf oder »Fünfzig glorreiche Jahre«.
Eine fröhliche Stimmung machte sich breit, und ich war froh, daß wir vom Land gekommen waren, um daran teilzuhaben.
Auch im Haus herrschte Aufregung. Miss Bell sagte, es sei ein

Glück für uns, Untertanen einer solchen Königin zu sein, und wir sollten uns unser Leben lang an das Jubiläum erinnern.

Rosie Rundall führte uns ein neues Kleid vor, das sie sich extra für die Feierlichkeiten zugelegt hatte. Es war aus weißem, mit lavendelfarbenen Blümchen bedecktem Musselin, und dazu hatte sie einen passenden lavendelfarbenen Strohhut.

»Das wird ein Trubel werden«, lachte sie, »und Rosie Rundall wird sich mindestens genauso amüsieren wie die Königin – wenn nicht mehr.«

Meine Mutter schien verändert seit dem denkwürdigen Augenblick, als Captain Carmichael mir das Medaillon geschenkt hatte. Sie freue sich, uns zu sehen, sagte sie. Sie umarmte uns und eröffnete uns, daß wir uns mit ihr die Jubiläumsparade ansehen würden. War das nicht aufregend?

Und ob, stimmten wir zu.

»Werden wir die Königin auch sehen?« fragte Olivia.

»Aber natürlich, Liebes. Was wäre das denn ohne sie für ein Jubiläum?«

Wir ließen uns gern von der Aufregung anstecken.

»Euer Vater«, sagte Miss Bell, »hat an so einem Tag natürlich seine Verpflichtungen. Er wird bei Hofe sein.«

»Reitet er mit der Königin?« fragte Olivia.

Ich brach in Lachen aus. »Dazu ist nicht einmal er bedeutend genug«, spottete ich.

Eines Morgens, als wir bei Miss Bell Unterricht hatten, kamen meine Eltern ins Schulzimmer. Das geschah so unerwartet, daß wir alle sprachlos waren – sogar Miss Bell. Sie erhob sich, errötete leicht und murmelte: »Guten Morgen, Sir, guten Morgen, Madam.«

Auch Olivia und ich hatten uns erhoben und standen da wie zwei Statuen. Wir fragten uns, was dieser Besuch wohl zu bedeuten hatte.

Unser Vater machte ein Gesicht, als frage er sich, wie er nur eine solche Brut hatte zeugen können. Ich hatte nämlich einen Fleck

auf dem Mieder. Komischerweise machte ich mich beim Schreiben immer schmutzig. Ich warf den Kopf zurück und sah ihn trotzig an, dabei warf ich einen Blick auf Olivia. Sie war blaß und sichtlich nervös.
Jetzt wurde ich ärgerlich. Kein Mensch hatte das Recht, eine solche Wirkung auf andere auszuüben, und ich gelobte mir heimlich, mich nicht von Papa einschüchtern zu lassen.
Er sagte: »Nun, seid ihr stumm?«
»Guten Morgen, Papa«, sprachen wir einstimmig. »Guten Morgen, Mama.«
Meine Mutter lachte kurz auf. »Ich nehme sie mit, um die Parade anzuschauen.«
Er nickte. Das sollte wohl Zustimmung bedeuten.
Meine Mutter fuhr fort: »Clare Ponsonby und Delis Sanson haben uns beide eingeladen. Die Parade kommt bei ihnen vorbei, und von ihren Fenstern hat man eine ausgezeichnete Sicht.«
»Ja, allerdings.« Er sah Miss Bell an. Wie ich war auch sie entschlossen, nicht zu zeigen, wie nervös er sie machte. Sie war schließlich eine Pfarrerstochter, und Pfarrersfamilien waren stets so geachtet, daß ihre Töchter von Brotherren bevorzugt behandelt wurden; außerdem war sie eine kluge Dame und nicht gewillt, sich vor ihren Schülerinnen einschüchtern zu lassen.
»Und was halten Sie von Ihren Schülerinnen, hm, Miss Bell?«
»Sie machen gute Fortschritte.«
Meine Mutter sagte, abermals mit diesem leisen Auflachen: »Miss Bell hat mir erzählt, die Mädchen seien klug – jede auf ihre Art.«
»Hm.« Er sah Miss Bell fragend an, und ich dachte, daß keine Furcht zu zeigen in seiner Gegenwart das richtige Benehmen sei. Die meisten Leute ließen sich ihre Angst anmerken, und dann wurde er nur noch gottähnlicher. Ich bewunderte Miss Bell.
»Ihr habt hoffentlich Gott dafür gedankt, daß er uns unsere Königin erhalten hat«, fuhr er fort und sah dabei Olivia an.

»O ja, Papa«, bestätigte ich eifrig.

»Wir alle müssen Gott dankbar sein, daß er uns eine solche Herrscherin beschert hat.«

Ach, dachte ich. Sie ist die Königin, aber sie ist eine Frau. Niemand hat ihr die Krone weggenommen, weil sie eine Frau ist, also hat Cousine Mary auch ein Recht auf Tressidor Manor. Solche Gedanken gingen mir in den seltsamsten Momenten immer durch den Kopf.

»O ja, Papa«, sagte ich, »wir sind dankbar, daß er uns eine so große Herrscherin beschert hat.«

Er funkelte Olivia an, die ihn ängstlich ansah. »Und du? Was hast du zu sagen?«

»Nun ... ja ... ja ... Papa«, stammelte Olivia.

»Wir sind alle sehr dankbar«, sagte meine Mutter, »und bei den Ponsonbys oder Sansons ... werden wir Ihre Majestät hochleben lassen, bis wir heiser sind, nicht wahr, meine Süßen?«

»Ich halte es für besser, wenn ihr in respektvollem Schweigen zusehen würdet«, sagte mein Vater.

»Selbstverständlich, Robert.« Meine Mutter trat zu ihm und schob ihren Arm durch den seinen. Ich staunte über eine solche Kühnheit, doch er schien nichts dagegen zu haben, ja, er fand die Berührung offenbar äußerst angenehm.

»Komm«, sagte sie. Zweifellos sah sie, daß wir das Ende der Unterredung herbeisehnten, und sie fand sie wohl auch selbst etwas ermüdend. »Die Mädchen werden sich gut benehmen und uns alle Ehre machen, nicht wahr, ihr zwei?«

»O ja, Mama.«

Sie lächelte ihn an. Er verzog die Lippen ein klein wenig nach oben, als könne er nicht umhin, zurückzulächeln, auch wenn er sich alle Mühe gab, es zu unterdrücken.

Als sich die Tür hinter ihnen schloß, stießen wir alle einen Seufzer der Erleichterung aus.

»Warum ist er eigentlich hergekommen?« fragte ich, wie üblich ohne zu überlegen.

»Euer Vater fühlt sich gelegentlich verpflichtet, dem Schulzimmer einen Besuch abzustatten«, erklärte Miss Bell. »Das gehört sich so für einen Vater, der immer seine Pflicht erfüllt.«
»Ich bin froh, daß Mutter mitgekommen ist. Dann ist er nicht ganz so streng.«
Miss Bell schwieg.
Dann schlug sie ein Buch auf. »Sehen wir mal, was William der Eroberer jetzt macht. Erinnert ihr euch, wir verließen ihn, als er die Eroberung dieser Inseln plante.«
Während wir lasen, dachte ich an meine Eltern. Warum hatte meine Mutter, die so gern lachte, meinen Vater geheiratet, der überhaupt nicht gern lachte? Warum veränderte sich seine Miene, wenn sie nur ihren Arm durch seinen schob? Warum mußte sie ins Schulzimmer kommen und uns erzählen, daß wir entweder bei den Ponsonbys oder bei den Sansons die Parade anschauen würden, wenn wir es doch schon wußten?
Erwachsene hatten so viele Geheimnisse! Es müßte interessant sein zu wissen, was sie wirklich dachten, denn wenn sie etwas sagten, meinten sie oft etwas anderes.
Ich spürte das Medaillon auf meiner Haut.
Auch ich hatte mein Geheimnis.

Als der große Tag nahte, steigerte sich die Erregung. Alle sprachen nur noch von dem Jubiläum. Am Vortag wurde eine Abendgesellschaft gegeben, und zu dem allgemeinen Jubiläumsfieber kam die Geschäftigkeit, die ein solcher Anlaß jedesmal mit sich brachte.
Am Vormittag machte Miss Bell mit uns den üblichen Morgenspaziergang. In den sonst so stillen Straßen wimmelte es von Händlern, die Jubiläumsandenken feilboten.
»Kaufen Sie einen Becher für die jungen Damen«, riefen sie, »Kommen Sie, erweisen Sie Ihrer Majestät Respekt.«
Miss Bell eilte mit uns weiter und schlug vor, in den Park zu gehen. Unterwegs erzählte sie uns von der großen Ausstellung,

die im Andenken an die Schirmherrschaft des Prinzgemahls aufgebaut worden war, des vielbetrauerten Gatten unserer guten Königin. Wir hatten das alles schon öfter gehört, und ich widmete meine Aufmerksamkeit lieber den Enten. Wir hatten nichts mitgebracht, um sie zu füttern. Mrs. Terras, die Köchin, versorgte uns meistens mit trockenem Brot, aber heute morgen war sie wegen der bevorstehenden Abendgesellschaft zu beschäftigt, um sich mit uns abzugeben.

Wir setzten uns ans Wasser. Miss Bell, stets darauf bedacht, unsere Bildung zu vervollkommnen, lenkte das Thema auf die Thronbesteigung der Königin vor fünfzig Jahren und erzählte zum vielmals wiederholten Male, wie sich unsere gute Königin damals vom Bett erhoben und in ihren Morgenmantel gehüllt hatte, wobei die langen blonden Haare ihr auf die Schultern fielen, und ihr dann gemeldet wurde, daß sie nun Königin sei.

»Wir müssen uns merken, was die gute Königin sagte – so jung und so klug ... ja, schon damals so klug. Sie sagte: ›Ich werde gut sein.‹ Jawohl! Wer hätte gedacht, daß ein junges Mädchen soviel Klugheit beweisen könnte? Sie war kaum älter als du, Olivia. Stellt euch das vor. Wer anders hätte einen solchen Schwur tun können?«

»Olivia«, sagte ich. »Sie will auch immer gut sein.«

Mir kam der Gedanke, daß gute Menschen nicht immer klug seien, und ich konnte mir die Bemerkung nicht verkneifen, daß die beiden Eigenschaften nicht immer Hand in Hand gingen.

Miss Bell ermahnte mich mit leicht verzweifelter Miene: »Du mußt lernen, dir die Argumente jener zu eigen zu machen, die älter und klüger sind als du, Caroline.«

»Aber wenn man nichts in Frage stellt, wie kann man dann neue Antworten finden?«

»Warum eine neue Antwort suchen, wenn du schon eine hast?«

»Weil es vielleicht noch eine andere gibt.«

»Ich glaube, wir sollten jetzt umkehren«, meinte Miss Bell.

Warum, grübelte ich, wurden interessante Gespräche immer so abrupt beendet?

Von unserem Schlafzimmer aus konnten wir die Kutschen mit den Gästen vorfahren sehen. Der ganze Platz war voll, und ich nahm an, daß wir nicht die einzigen waren, bei denen eine Abendgesellschaft stattfand.

Es war acht Uhr. Eigentlich sollten wir schon im Bett liegen, um am nächsten Morgen frisch zu sein. Wir wollten das Haus in aller Frühe verlassen, um an Ort und Stelle zu sein, bevor die Straßen für den Verkehr gesperrt wurden. Die Kutsche sollte uns zu den Ponsonbys oder zu den Sansons bringen – man hatte uns nicht gesagt, welcher Einladung wir folgen würden. Da wir mit unserer Mutter gingen, war Miss Bell sich selbst überlassen. Sie wollte Everton zu einem günstigen Aussichtspunkt begleiten, denn auch die Dienstboten hatten ihre Vorkehrungen getroffen. Rosie jedoch wollte sich selbständig machen.

»Gehst du allein?« fragte ich sie. Sie versetzte mir einen leichten Stups.

»Wer nicht fragt, wird nicht belogen«, sagte sie.

Ich glaube, Papa hatte bestimmte Aufgaben wahrzunehmen. Für mich war nur wichtig, daß er nicht bei uns sein würde. Er hätte uns die Stimmung gründlich verdorben.

Nachdem wir die Ankunft der Kutschen gesehen hatten, ging ich mit Olivia zu unserem Posten am Geländer und beobachtete den Empfang der Gäste.

Unsere Mutter glitzerte in einem mit rosafarbenen Perlen besetzten Kleid. Sie trug einen Diamantreif im Haar und sah phantastisch aus. Papa stand neben ihr, prächtig anzuschauen in seinem schwarzen Anzug mit dem Rüschenhemd.

Wir hörten ihre Stimmen und schnappten gelegentlich eine Bemerkung auf.

»Wie nett, daß Sie gekommen sind.«

»Es ist mir ein Vergnügen.«

»Welch wunderbare Einleitung zu dem großen Tag.«

Und so weiter.

Dann tat mein Herz einen freudigen Sprung, denn Captain Carmichael trat zu meinen Eltern.

Er war also wieder in London, wie er gesagt hatte. Er sah fabelhaft aus, auch wenn er nicht in Uniform war. Er war so groß wie mein Vater und auf seine Art ebenso beeindruckend – nur, wo mein Vater gedrückte Stimmung verbreitete, da brachte er Fröhlichkeit mit.

Er ging weiter, und die nächsten Gäste wurden begrüßt.

Ich war verwirrt. Ich wagte nicht, mein Medaillon zu tragen, denn ich war im Nachthemd, und da hätte man es gesehen. Es lag unter meinem Kopfkissen. Dort war es sicher, aber in diesem Augenblick hätte ich es gern bei mir gehabt.

Als alle Gäste begrüßt waren, wollte ich noch weiter dort sitzen bleiben.

»Ich geh wieder ins Bett«, sagte Olivia.

Ich nickte. Sie ging leise fort, aber ich saß da und hoffte, daß Captain Carmichael herauskommen und ich noch einen Blick auf ihn erhaschen würde.

Ich lauschte auf die Geräusche. Bald würde man sich ins Speisezimmer in der ersten Etage begeben.

Da kam meine Mutter mit Captain Carmichael heraus. Sie unterhielten sich ganz leise, und bald gesellten sich ein Herr und eine Dame zu ihnen. Sie blieben eine Weile stehen und plauderten – natürlich über das Jubiläum.

Ich schnappte Gesprächsfetzen auf.

»Sie soll sich geweigert haben, eine Krone zu tragen.«

»Ja, sie setzt eine Haube auf.«

»Eine Haube! Nein, so was!«

»Psst! Majestätsbeleidigung!«

»Aber es ist wahr. Halifax hat ihr gesagt, das Volk wünscht Gold für sein Geld, und Rosbery sagt, ein Königreich muß mit einem Zepter regiert werden und nicht mit einer Haube.«

»Eine Haube? Wirklich? Nicht zu fassen.«

»Aber ja, so lautet der Befehl für alle. Hauben, lange, hochgeschlossene Kleider ohne Umhang.«
»Das wird aber nicht sehr majestätisch aussehen.«
»Meine Liebe, wo sie ist, sieht es immer majestätisch aus.«
Captain Carmichael sprach mit klarer Stimme, die bis ins oberste Stockwerk zu vernehmen war: »Ich hoffe, es stimmt, daß sie darauf bestand, die Vorschriften des Prinzgemahls über Geschiedene zu lockern.«
»Ja. Unglaublich, nicht wahr? Sie wünscht, daß die bedauernswerten Damen, die unschuldig geschieden sind, zu den Feierlichkeiten zugelassen werden.«
Mein Vater war ein paar Sekunden zuvor herausgekommen.
»Sehr vernünftig«, sagte der Captain. »Warum sollten sie für etwas bestraft werden, woran sie keine Schuld trifft?«
»Unmoral *muß* bestraft werden«, warf mein Vater ein.
»Mein lieber Tressidor«, gab der Captain zurück, »Unschuldige sind nicht schuldig. Wie könnten sie sonst unschuldig sein?«
»Der Prinzgemahl hatte recht«, beharrte mein Vater. »Er hat *alle* an dermaßen unerquicklichen Angelegenheiten Beteiligten ausgeschlossen, und ich bin froh, daß Salisbury fest dabei blieb, keine ausländischen Geschiedenen einzuladen.«
»Aber man muß menschlich sein«, widersprach der Captain.
Mein Vater sagte in eiskaltem Ton: »Es gibt Prinzipien.«
Und meine Mutter warf ein: »Darf ich zu Tisch bitten? Warum stehen wir hier noch herum?«
Sie hatte geschickt das Thema gewechselt. Beim Hinuntergehen sagte jemand zu ihr: »Wie ich höre, werden Sie bei den Ponsonbys sein.«
»Marcia Sanson hat mich auch eingeladen. Meine kleinen Töchter freuen sich so darauf.«
Die Stimmen erstarben.
Ich blieb noch eine Weile nachdenklich sitzen. Ich hatte den Eindruck, daß Captain Carmichael und mein Vater sich nicht sehr gewogen waren.

Ich kroch ins Bett, befühlte mein Medaillon unter dem Kissen und schlief ein.

Am nächsten Morgen waren wir früh auf, und Miss Bell verwendete große Sorgfalt auf unsere Toilette. Sie hatte lange überlegt, welche Kleidung aus unserer bescheidenen Garderobe unserer Mutter am besten gerecht würde. Sie wählte Flaschengrün für mich und helles Erdbeerrot für Olivia. Unsere Kleider hatten beide denselben Schnitt mit gerüschten Röcken, züchtigen Miedern und Ärmeln bis zum Ellbogen. Wir trugen lange weiße Strümpfe, schwarze Stiefel und hielten weiße Handschuhe in der Hand. Jede hatte einen Strohhut, meiner war mit einem grünen Band verziert und Olivias mit einem erdbeerfarbenen.

Wir kamen uns sehr elegant vor. Aber als wir unsere Mutter sahen, merkten wir, wie unscheinbar wir waren im Vergleich zu ihrer prachtvollen Erscheinung. Sie war jeder Zoll die »schöne Mrs. Tressidor«. Sie trug Rosé, eine ihrer Lieblingsfarben, die ihr sehr gut zu Gesicht stand. Der Rock ihres Kleides war weit und mit Rüschen besetzt und so drapiert, daß der Blick auf die Taille gelenkt wurde, die selbst in jenem Zeitalter der schmalen Taillen bemerkenswert war. Das enganliegende Mieder betonte noch den Reiz ihrer Figur. Ihr cremefarbenes Halstuch paßte zu der Spitze an den Ärmeln. Ihr Hut war in den beiden Farben, Rosé und Creme, gehalten und thronte keck auf ihrem schönen Haar. Die cremefarbene Straußenfeder fiel über die Krempe und reichte ihr fast bis zu den Augen, wie um auf deren Funkeln hinzuweisen. Sie wirkte jung und aufgeregt, und wir brachen in fiebernder Vorfreude auf.

Die Kutsche wartete auf uns, Olivia und ich setzten uns rechts und links neben unsere Mutter, und so rollten wir davon.

Die Pferde trabten eine Weile dahin, und plötzlich rief meine Mutter dem Kutscher zu: »Blain, fahren Sie zum Waterloo-Platz.«

Blain wandte sich überrascht um, als habe er nicht recht gehört.
»Aber Madam ...«, begann er.
Sie setzte ein reizendes Lächeln auf. »Ich hab's mir anders überlegt. Waterloo-Platz.«
»Sehr wohl, Madam«, sagte Blain.
»Mama«, rief ich, »gehen wir nicht zu Lady Ponsonby?«
»Nein, Liebes. Wir gehen woandershin.«
»Aber alle haben gesagt ...«
»Ich habe einen neuen Plan. Ich glaube, euch wird es dort besser gefallen.«
Ihre Augen glitzerten verschmitzt, und eine ungeheure Aufregung ergriff mich. Ich hatte eine Vorahnung. Ich hatte diesen Blick schon einmal in ihren Augen gesehen, und er erinnerte mich an einen bestimmten Menschen, der ihn hervorgerufen hatte.
»Mama«, sagte ich nachdenklich, »besuchen wir Captain Carmichael?«
Ihre Wangen färbten sich rosig, und sie sah hübscher aus denn je.
»Wieso? Wie kommst du darauf?«
»Ich dachte bloß ... weil ...«
»Weil?«
»Wohnt er am Waterloo-Platz?«
»In der Nähe.«
»Also dann ...«
»Von dort haben wir eine bessere Sicht.«
Ich lehnte mich zurück. Etwas hatte den Tag verschönt.
Der Captain begrüßte uns. Er hatte uns offensichtlich erwartet. Ich fand es höchst merkwürdig, daß wir zu den Ponsonbys aufgebrochen waren, wenn das hier offensichtlich am Vorabend verabredet worden war.
Wie dem auch sei, ich war zu aufgeregt, um lange darüber nachzudenken. Wir waren hier, und das war die Hauptsache.
Captain Carmichaels Räumlichkeiten waren klein im Vergleich

zu unseren, aber hier herrschte eine liebenswerte Unordnung, die mir sogleich auffiel.

»Willkommen!« rief er. »Meine reizenden Damen, seien Sie mir willkommen.«

Es gefiel mir, als reizende Dame bezeichnet zu werden, aber Olivia machte es sichtlich verlegen, denn sie war überzeugt, daß die Beschreibung auf sie nicht zutraf.

»Sie sind sehr pünktlich«, bemerkte er.

»Das mußten wir auch, wenn wir hierhergelangen wollten«, sagte meine Mutter. »Die Straßen werden bald für den Verkehr gesperrt sein.«

»Die Parade kommt auf dem Weg zur Abtei hier entlang«, erklärte der Captain, »aber Sie werden erst wieder fort können, wenn sie umgekehrt ist. Ich bin sehr froh darüber, denn so habe ich länger etwas von der angenehmsten Gesellschaft, die ich mir denken kann. Und nun, meine schönen Damen, lassen Sie mich ihnen die Sitzgelegenheiten zeigen. Ich nehme an, die Mädchen möchten gern beobachten, was auf der Straße vorgeht.«

Er führte uns zu Sesseln am Fenster, von wo wir eine gute Aussicht auf den Waterloo-Platz hatten.

»Die Route führt vom Palast über Constitution Hill, Piccadilly, Waterloo-Platz und Parliament-Straße zur Abtei. Sie haben also einen guten Standort. Jetzt möchten Sie sicher gern eine kleine Erfrischung. Ich habe Limonade und Plätzchen für die jungen Damen – eine Spezialität meines Kochs, Mr. Fortnum.«

Meine Mutter sagte kichernd: »Ich glaube, das stimmt nicht ganz. Mr. Mason hat sie gemacht.«

»Fortnum oder Mason, ist das nicht einerlei?«

Ich lachte unmäßig, denn ich wußte, daß Fortnum und Mason ein Geschäft am Piccadilly war, und Captain Carmichael wollte damit sagen, daß er die Plätzchen dort gekauft hatte.

»Ich komme mit und helfe Ihnen mit der Limonade«, sagte meine Mutter.

Ich war verwundert. Die Vorstellung, daß sie etwas besorgte, war erstaunlich. Zu Hause klingelte sie, wenn sie nur ein Kissen für ihren Stuhl wünschte.
Sie gingen zusammen hinaus. Olivia machte ein leicht bestürztes Gesicht.
»Es ist alles ungeheuer aufregend«, flüsterte ich.
»Warum sind wir hierhergekommen? Ich dachte, wir gingen zu den Ponsonbys. Und was sollte das mit den Köchen? Fortnum und Mason ist doch ein Geschäft.«
»Ach, Olivia, sei doch nicht so ernst. Es wird bestimmt sehr lustig.«
Es dauerte eine ganze Weile, bis sie mit der Limonade zurückkamen. Meine Mutter nahm ihren Hut ab. Sie war leicht gerötet, aber sie machte den Eindruck, als ob sie sich hier wie zu Hause fühlte. Unter großem Getue schenkte sie die Limonade ein.
»Später gibt es einen kleinen Imbiß«, verkündete Captain Carmichael.
Ich erinnere mich noch genau an jeden Augenblick jenes Tages. Er war mit einem Zauber, einer gewissen Spannung behaftet, wie der Augenblick, wenn im Theater der Vorhang aufgeht und man nicht genau weiß, was er enthüllen wird. Aber vielleicht wurde mir das erst hinterher klar.
Der große Augenblick kam, als wir die Parade nahen hörten. Ich liebte den Marsch von Händel; er paßte gut zu dem Geschehen. Und da war sie: eine ziemlich unscheinbare kleine Gestalt in – jawohl, mit einer Haube. Allerdings war es eine ganz besondere Haube aus Spitze und mit funkelnden Diamanten besetzt, aber nichtsdestoweniger eine Haube. Die Hochrufe waren ohrenbetäubend, und sie saß da und nahm sie hier und da mit einem Heben der Hand entgegen. Sie wirkte nicht so dankbar, wie sie es nach meiner Meinung bei einem solchen Beweis von Treue und Anhänglichkeit hätte sein müssen. Aber es war ein herrlicher Anblick. Ihrer Kutsche ritten die Prinzen voraus – ihre

Söhne, Schwiegersöhne und Enkel. Ich zählte sie. Es waren siebzehn an der Zahl, und der prächtigste darunter war der Schwiegersohn der Königin, Kronprinz Fritz von Preußen, ganz in Weiß und Silber gekleidet, mit dem deutschen Adler auf dem Helm.

Die Parade nahm kein Ende. Ich war gefesselt vom Anblick der indischen Prinzen in ihren prachtvollen Gewändern, die von Edelsteinen glitzerten. Ich sah Gesandte aus ganz Europa, die vier Könige von Sachsen, Belgien, Dänemark und Griechenland. Portugal, Schweden und Österreich hatten wie Preußen ihre Kronprinzen geschickt.

Es schien, daß an diesem Tag die ganze Welt der kleinen alten Dame in ihrer diamantenbesetzten Spitzenhaube, der Königin, die fünfzig Jahre regiert hatte, die Ehre erweisen wollte.

Als die Parade vorüber war, fühlte ich mich noch ganz benommen von dem Schauspiel, die Musik klang mir noch in den Ohren, und ich sah noch die mit prächtigen Schabracken geschmückten Pferde und ihre strahlenden Reiter, während meine Mutter mit dem Captain verschwand, der irgend etwas von einem Imbiß gemurmelt hatte.

Da rollte der Captain einen Teewagen herein mit kaltem Huhn, knusprigem Brot und einer Schale mit Butter.

Er stellte ein kleines Tischchen ans Fenster. Es bot gerade genug Platz für uns vier.

Der Captain öffnete eine Flasche, die in einem Kühler mit Eis gestanden hatte, und holte vier Gläser.

»Sollen sie wirklich?« fragte meine Mutter.

»Nur einen Fingerhut voll.«

Ein Fingerhut voll war ein halbes Glas. Ich schlürfte die perlende Flüssigkeit mit Begeisterung und fühlte mich von einem ganz besonderen Glück berauscht. Die Welt erschien mir herrlich, und ich stellte mir diesen Augenblick als Beginn einer neuen Existenz vor, wo Olivia und ich die besten Freundinnen unserer Mutter würden. Wir begleiteten sie fortan auf Ausflüge wie

diesen, die sie und der Captain zu unserem Entzücken arrangierten.
Unten auf der Straße wimmelte es von Menschen. Da der Festzug nun vorüber war, wurden die Straßen für den allgemeinen Verkehr freigegeben.
»Auf dem Rückweg von der Abtei zum Palast nimmt sie die Route über Whitehall und Mall«, erklärte der Captain. »Somit gehört der Rest des Tages uns.«
»Wir dürfen nicht zu spät zurück sein«, mahnte meine Mutter.
»Meine Liebe, die Straßen sind im Augenblick unpassierbar und werden es noch eine Weile bleiben. Wir sind hier sicher in unserem Horst.«
Wir lachten alle. Wir lachten überhaupt viel an diesem Tag, eigentlich über nichts Besonderes, was vielleicht der Ausdruck wahren Glückes ist.
Die Stimmen von unten klangen gedämpft und fern – sie waren außerhalb unseres magischen Kreises. Captain Carmichael unterhielt uns die ganze Zeit und regte auch uns zum Erzählen an. Sogar Olivia sprach ein wenig. Unsere Mutter schien wie ein anderer Mensch; alle paar Minuten sagte sie »Aber Jock!« in einem Ton gespielten Vorwurfs. Sogar Olivia erriet, daß dies eine Art Zärtlichkeit war.
Jock Carmichael schilderte seinen Dienst beim Militär. Er war häufig in Übersee gewesen und wollte demnächst nach Indien. Er blickte unsere Mutter an, und ein Hauch von Traurigkeit ergriff beide – aber die galt der Zukunft, die noch zu weit entfernt war, um sich heute schon zu grämen.
Er sei ein alter Freund der Familie, erzählte er uns. »Ich kannte eure Mutter schon, bevor ihr geboren wart.« Dabei sah er mich an.
»Und dann ... wurde ich in den Sudan geschickt, und ich habe euch eine ganze Weile nicht gesehen.« Er lächelte meine Mutter an. »Und als ich zurückkam, da war es, als sei ich nie fortgewesen.«

Olivia konnte ihre Augen kaum noch offenhalten. Mir erging es ebenso. Eine träumerische Zufriedenheit befiel mich, aber ich kämpfte verbissen gegen den Schlaf an, weil ich keinen Moment dieses zauberhaften Nachmittags verpassen wollte.

Auf der Straße herrschte ein lebhaftes Treiben. Ein Leierkasten spielte bekannte Melodien. Die Leute sangen und tanzten. Eine Einmannkapelle machte dem Leierkasten Konkurrenz, es war ein vielseitiger Künstler mit einer am Mund befestigten Panflöte, einer Trommel auf dem Rücken, die von einem Stock, der an seinem Ellbogen befestigt war, geschlagen wurde. Das Becken auf der Trommel wurde von einer Schnur bedient, die er sich ans Knie gebunden hatte. In der Hand hielt er ein Triangel. Seine Geschicklichkeit erregte allgemeine Bewunderung, und die Münzen klapperten nur so in den Hut zu seinen Füßen.

Ein anderer Mann verkaufte Pamphlete. »Fünfzig glorreiche Jahre«, rief er. »Lesen Sie das Leben Ihrer Majestät der Königin.«

Zwei dunkelhäutige Zigeunerinnen mit Messingohrringen und roten Kopftüchern huschten durch das Gewühl. »Lassen Sie sich Ihre Zukunft lesen, meine Damen. Ein Silberstück – und ein feines Schicksal erwartet Sie.« Dann kam ein Clown auf Stelzen – eine lustige Gestalt, die die Kinder vor Entzücken kreischen machte. Er stapfte durch die Menge, so groß, daß er seinen Hut ans Fenster reichen konnte. Wir warfen Münzen hinein; er feixte und verbeugte sich – keine schlechte Leistung auf Stelzen – und stakste davon.

Es war eine fröhliche Szenerie – jedermann wollte den Tag genießen.

»Sie sehen«, sagte Captain Carmichael, »es ist unmöglich, jetzt durch die Straßen zu kommen.«

Und dann geschah das Unglück.

Zwei oder drei Reiter hatten sich einen Weg durch die Menge gebahnt, die sie gutmütig passieren ließ.

In diesem Augenblick kam ein weiterer Reiter auf den Platz. Ich

verstand genug von Pferden, um sogleich zu sehen, daß er das Tier nicht unter Kontrolle hatte. Das Pferd hielt für den Bruchteil einer Sekunde inne und bewegte unruhig die Ohren. Die Menschenmenge auf dem Platz und der Lärm erschreckten das Tier.
Es hob sich auf die Hinterbeine und schwankte unsicher, dann senkte es den Kopf und sprengte in die Menge. Ein Schrei ertönte. Jemand stürzte. Der Reiter versuchte verzweifelt, sich zu halten, bevor er in die Luft geschleudert wurde. Es wurde einen Moment ganz still, doch dann brach ein Geschrei aus, das Pferd war durchgegangen und schoß blindlings durch das Volk. Wir starrten entsetzt hinunter. Captain Carmichael hastete zur Tür, aber meine Mutter hielt ihn zurück.
»Nein! Nein!« schrie sie. »Nicht, Jock. Da unten bist du nicht sicher.«
»Das arme Tier ist wild vor Angst. Es braucht nur eine geschickte Hand.«
»Nein, Jock, bitte nicht!«
Meine Aufmerksamkeit hatte sich von dem Platz den beiden zugewandt – sie klammerte sich an seinen Arm und flehte ihn an, nicht hinunterzugehen.
Als ich wieder hinaussah, war das Pferd gestürzt. Es herrschte ein heilloses Durcheinander. Mehrere Menschen waren verletzt. Einige schrien, manche weinten; die fröhliche Szenerie hatte sich in eine Tragödie verwandelt.
»Du kannst nichts tun, gar nichts«, schluchzte meine Mutter. »Ach Jock, bitte, bleib bei uns. Ich könnte es nicht ertragen ...«
Olivia, die Pferde ebenso liebte wie ich, weinte um das arme Tier. Ein paar berittene Männer und Leute mit Bahren waren erschienen. Ich versuchte nicht hinzuhören, als der Schuß krachte. Ich wußte, es war das Beste für das Pferd, das zu schwer verletzt war, um genesen zu können.
Dann kam die Polizei. Die Straßen leerten sich. Stille hatte sich über sie gesenkt. Welch ein Ende für einen Freudentag!

Captain Carmichael versuchte uns aufzuheitern. »So ist nun mal das Leben«, meinte er.
Am späten Nachmittag fuhren wir mit der Kutsche nach Hause. Meine Mutter saß zwischen Olivia und mir und hatte um jede von uns einen Arm gelegt.
»Wir wollen uns nur an die schönen Dinge erinnern«, sagte sie. »Es war herrlich, nicht wahr, bevor ...«
Wir nickten.
»Und ihr habt die Königin gesehen und alle die Könige und Prinzen. Daran werdet ihr euch stets erinnern, nicht wahr? Wir wollen nicht mehr an den Unfall denken, nein? Wir wollen nicht einmal mehr darüber sprechen ... mit niemandem.«
Ja, das sei wohl das Beste, stimmten wir zu.

Am nächsten Tag ging Miss Bell mit uns im Park spazieren. Überall waren Zelte für die Kinder der Armen aufgestellt, die sich dort versammelten – 30 000 an der Zahl –, und zu den Klängen einer Militärkapelle erhielt jedes Kind ein Rosinenbrötchen und einen Becher Milch. Die Becher waren ein Geschenk – Jubiläumsbecher mit einer Inschrift zu Ehren der großen Königin.
»Sie werden ewig daran denken«, sagte Miss Bell. »Wie wir alle.«
Und sie erzählte von den Königen und Prinzen und von den Ländern, aus denen sie kamen. Sie hatte eine ausgesprochene Begabung, aus jedem Ereignis eine Lektion zu machen.
Alles war hochinteressant, und Olivia und ich erwähnten den Unfall mit keinem Wort. Ich hatte ein paar von den Dienstboten darüber reden hören.
»Haste schon gehört, es hat 'nen schrecklichen Unfall gegeben ... beim Waterloo-Platz, soviel ich weiß. Ein Pferd ist durchgegangen ... Es gab Hunderte Verletzte, die mußten alle ins Krankenhaus.«

»Pferde«, sagte eine andere, »auf der Straße. Das sollte verboten werden.«

»Und wie willste ohne Pferde vorwärtskommen?«

»Jedenfalls dürfen sie nicht durchgehen.«

Ich widerstand der Versuchung, ihnen zu erzählen, daß ich den Unfall beobachtet hatte. Doch irgendwo in meinem Hinterkopf wußte ich, daß es gefährlich sein könnte.

Es war an einem Spätnachmittag. Meine Mutter bereitete sich wohl zum Abendessen vor. Wir hatten an diesem Abend keine Gäste, aber auch so wurden stets umfangreiche Vorbereitungen getroffen – Gäste oder nicht. Meine Eltern speisten allein an dem großen Eßtisch, an dem ich noch nie gesessen hatte. Olivia erklärte mir, nach unserer Einführung in die Gesellschaft, die erfolgte, wenn wir siebzehn wären, dürften wir dort mit unseren Eltern speisen. Ich aß ausgesprochen gern und konnte mir deshalb nichts Appetitverderbenderes vorstellen, als unter den Augen meines Vaters essen zu müssen. Doch die Aussicht lag in so ferner Zukunft, daß sie mich nicht sonderlich beunruhigte.

Es war gegen sieben Uhr abends. Ich war auf dem Weg zum Schulzimmer, wo wir mit Miss Bell unsere Mahlzeiten einzunehmen pflegten – vor dem Zubettgehen nahmen wir stets ein Butterbrot und ein Glas Milch zu uns –, als ich zu meinem Schrecken auf meinen Vater traf. Ich stieß beinahe mit ihm zusammen und blieb abrupt stehen, als er bedrohlich vor mir auftauchte.

»Oh«, sagte er. »Caroline.« Als müßte er erst ein wenig überlegen, bevor ihm mein Name einfiel.

»Guten Abend, Papa.«

»Du scheinst es sehr eilig zu haben.«

»Aber nein, Papa.«

»Hast du gestern die Parade gesehen?«

»O ja, Papa.«

»Wie fandest du sie?«

»Wunderbar.«

»Daran wirst du dich bestimmt dein Leben lang erinnern.«
»O ja, Papa.«
»Sag mir, was hat dich am meisten beeindruckt von allem, was du gesehen hast?«
Ich war nervös, wie immer in seiner Gegenwart, und wenn ich nervös war, sagte ich das erste beste, was mir in den Sinn kam. Was hatte mich am meisten beeindruckt? Die Königin? Der deutsche Kronprinz? Die europäischen Könige? Die Kapellen? Nein, es war das arme Pferd, das durchgegangen war, und ehe ich's mich versah, platzte ich heraus: »Das wildgewordene Pferd.«
»Was?«
»Das hm – der Unfall.«
»Welcher Unfall?«
Ich biß mir auf die Lippen und zögerte. Mir fiel ein, daß meine Mutter angedeutet hatte, wir sollten lieber nicht darüber sprechen. Aber nun war es schon zu spät.
»Das wildgewordene Pferd?« wiederholte er. »Welcher Unfall?«
Es blieb mir nichts anderes übrig, als es ihm zu erklären. »Das Pferd, das durchgegangen ist. Es gab viele Verletzte.«
»Aber du warst doch gar nicht in der Nähe. Das war am Waterloo-Platz.«
Ich ließ errötend den Kopf hängen.
»Du warst also am Waterloo-Platz«, sagte er. »Das war nicht vorgesehen.« Er fuhr murmelnd fort: »Waterloo-Platz. Ich verstehe ... Ich glaube, ich verstehe.« Er sah auf einmal ganz verändert aus. Sein Gesicht war bleich geworden, und ein seltsames Glitzern stand in seinen Augen. Ich hatte fast den Eindruck, er sei verwirrt und ein wenig ängstlich, aber ich verwarf den Gedanken, denn das schien mir bei ihm nicht möglich.
Er wandte sich ab und ließ mich stehen.
Langsam ging ich ins Schulzimmer. Ich wußte, daß ich etwas Schreckliches getan hatte.
Allmählich begriff ich. Daß wir dorthin gefahren waren, wo wir

eigentlich nicht hin sollten ... das hatte etwas zu bedeuten. Und wie Captain Carmichael uns erwartet hatte, die Blicke, die er mit meiner Mutter wechselte ...
Was steckte dahinter? Irgendwo im Unterbewußtsein kannte ich die Antwort. Es gibt Dinge, die junge Menschen ahnen ... ganz instinktiv.
Und jetzt hatte ich sie verraten.
Ich konnte nicht darüber sprechen. Ich trank still meine Milch und knabberte mein Butterbrot, ohne zu wissen, was ich tat.
»Caroline ist heute abend recht abwesend«, sagte Miss Bell. »Ich weiß schon. Sie ist mit den Gedanken bei allem, was sie gestern gesehen hat.«
Wie recht sie hatte!
Ich sagte, ich hätte Kopfweh, und floh in mein Zimmer. Meistens las Miss Bell nach dem Essen eine halbe Stunde mit uns, jede von uns durfte – immer abwechselnd – eine Seite vorlesen. Sie fand, es tue uns nicht gut, gleich nach einer Mahlzeit, und sei sie noch so leicht, zu Bett zu gehen.
Doch ich wollte ins Bett und mich schlafend stellen, wenn Olivia hereinkäme, um nicht mit ihr sprechen zu müssen. Es war sinnlos, ihr meine Ahnungen mitzuteilen. Sie würde sich weigern, darüber nachzudenken – wie bei allem, was ihr nicht genehm war. Ich hatte mein Kleid bereits ausgezogen und wollte gerade meine Haare flechten, als die Tür aufging und zu meinem Entsetzen Papa hereinkam.
Er sah ganz verändert aus. Er war sehr zornig und hatte dabei immer noch diesen verwunderten Blick. Und er kam mir traurig vor.
Er sagte: »Ich muß ein Wörtchen mit dir reden, Caroline.«
Ich wartete.
»Ihr seid zum Waterloo-Platz gefahren, nicht wahr?«
Ich zögerte, und er fuhr fort: »Du mußt keine Angst haben, etwas zu verraten. Ich weiß Bescheid. Deine Mutter hat es mir erzählt.«

Ich war unendlich erleichtert.

Dann fuhr er fort: »Es wurde von eurer Mutter ganz spontan entschieden, da ihr vom Waterloo-Platz eine bessere Sicht haben würdet. Ich bin nicht der Meinung. Bei den anderen Leuten, die euch eingeladen haben, wärt ihr näher dran gewesen. Aber ihr gingt zum Waterloo-Platz und wurdet von Captain Carmichael bewirtet. Das stimmt doch, nicht?«

»Ja, Papa.«

»Hast du dich gewundert, warum die Pläne plötzlich geändert wurden?«

»Nun ja ... aber Mama hat gesagt, am Waterloo-Platz würden wir besser sehen.«

»Und Captain Carmichael hat euch erwartet und servierte euch einen Imbiß.«

»Ja, Papa.«

»Ich verstehe.«

Er starrte mich an. »Was hast du da um den Hals?«

Ich griff nervös hin. »Ein Medaillon, Papa.«

»Ein Medaillon! Und warum trägst du es?«

»Ich hab es immer um, aber so, daß es keiner sieht.«

»Ach? Heimlich? Und warum, wenn ich bitten darf? Sag es mir.«

»Hm ... weil ich es gerne mag und ... man darf es nicht sehen.«

»Man darf es nicht sehen? Warum nicht?«

»Miss Bell sagt, ich bin zu jung, um Schmuck zu tragen.«

»Und du bist entschlossen, dich Miss Bell zu widersetzen?«

»Nein, eigentlich nicht ... bloß ...«

»Bitte sag die Wahrheit, Caroline.«

»Hm – ja.«

»Wie bist du zu dem Medaillon gekommen?«

Auf den Schrecken, den meine Antwort auslöste, war ich nicht gefaßt.

»Es ist ein Geschenk von Captain Carmichael.«

»Hat er es dir gestern geschenkt?«

»Nein. Damals auf dem Land.«

»Auf dem Land? Wann war das?«
»Als er zu Besuch war.«
»Ach, er kam zu Besuch, als ihr auf dem Land wart?«
Er hatte das Medaillon aufschnappen lassen und starrte auf das Bildnis. Er wurde sehr blaß, und seine Lippen zuckten; seine Augen, die er auf mich richtete, waren wie die einer Schlange.
»Captain Carmichael pflegte euch also zu besuchen, wenn ihr auf dem Land wart.«
»Nicht uns ... sondern ...«
»Eure Mutter?«
»Aber nur einmal.«
»Aha, er kam, als eure Mutter da war. Und wie lange ist er geblieben?«
»Zwei Nächte.«
»Aha.« Er schloß plötzlich die Augen, als könne er es nicht ertragen, mich anzusehen oder das Medaillon, das er noch in der Hand hielt. Dann hörte ich ihn murmeln: »Mein Gott.« Aus dem Blick, mit dem er mich ansah, sprach Verachtung, und mit dem Medaillon in der Hand schritt er aus dem Zimmer.
Ich verbrachte eine schlaflose Nacht, und am Morgen mochte ich nicht aufstehen, denn ich wußte, daß es Ärger geben würde und daß ich schuld daran war.
Es herrschte eine lastende Ruhe im Haus, ein Vorbote kommenden Unheils. Ich fragte mich, ob Olivia es auch spürte. Aber es war ihr nichts anzumerken. Vielleicht plagte mich nur mein schlechtes Gewissen.
Tante Imogen und ihr Gatte, Sir Harold Carey, kamen zu Besuch und schlossen sich lange Zeit mit Papa ein. Mama sah ich nicht, und ich hörte von einem Dienstmädchen, Everton habe gesagt, sie sei mit heftigen Kopfschmerzen ans Bett gefesselt.
Der Tag zog sich hin. Die Kutsche holte Papa nicht zur Bank ab. Mama blieb auf ihrem Zimmer, und Tante Imogen und ihr Mann blieben weit über das Mittagessen hinaus.
Ich war noch wachsamer als sonst, denn ich hatte das Gefühl,

es sei äußerst wichtig für mich zu wissen, was vorging, und meine Mühe wurde in gewisser Weise belohnt. Ich stahl mich in die kleine Kammer neben dem kleinen Salon, der von der Halle abging, wo Papa und die Careys sich aufhielten. Es war ein kleiner Abstellraum mit einem Ausguß und einem Wasserhahn; hier wurden die Blumen von den Dienstboten in Vasen arrangiert. Ich nahm eine Vase mit Rosen, und falls ich erwischt würde, konnte ich so tun, als gäbe ich den Blumen gerade frisches Wasser. Zwar konnte ich nicht die ganze Unterhaltung mit anhören, aber einiges bekam ich doch mit.

Alles schien mir ziemlich mysteriös. Ich vernahm Worte wie skandalös, schändlich und: »Es darf keinen Skandal geben. Deine Karriere, Robert ...«, und dann Gemurmel.

Dann hörte ich, daß mein Name genannt wurde.

»Sie muß fort von hier«, sagte Tante Imogen energisch. »Eine ständige Erinnerung ... Das bist du dir schuldig, Robert. Es ist zu schmerzlich für dich ...«

»Es darf nicht so aussehen ...«

Ich konnte nicht verstehen, wie es nicht aussehen durfte.

»Das wäre zuviel ... Es würde Gott weiß was provozieren ... Da wäre natürlich Cousine Mary ... Warum sollte sie nicht? Es wird Zeit, daß sie etwas für die Familie tut. Das gäbe uns eine Atempause ... Zeit, einen Plan zu fassen ... zu prüfen, was das beste wäre ...«

»Ob sie es tun würde?« Das war mein Vater.

»Warum nicht? Sie ist ziemlich ... aus der Art geschlagen. Du kennst Mary. Sie fühlt keine Reue ... Wahrscheinlich hat sie den ganzen Ärger vergessen, den sie verursacht hat ... Es ist bestimmt das beste. Soll ich mich mit ihr in Verbindung setzen ... Vielleicht ist es besser, wenn es von mir kommt. Ich werde die Dringlichkeit erklären ... die absolute Dringlichkeit ...«

Was es mit der absoluten Dringlichkeit auf sich hatte, konnte ich nicht ergründen, und ich konnte und mochte nicht länger an einer Vase mit Rosen herumfingern.

Die Tage schleppten sich dahin, und die düstere Atmosphäre lastete weiter im Haus. Ich bekam weder meinen Vater noch meine Mutter zu sehen. Auch die Dienstboten merkten, daß etwas Ungewöhnliches vorging.
Einmal erwischte ich Rosie Rundall allein im Speisezimmer und fragte sie, was eigentlich los sei.
Sie zuckte mit den Schultern. »Sieht so aus, als wäre deine Mama ein bißchen zu nett zu Captain Carmichael gewesen, und das paßt deinem Papa nicht. Ich kann's ihr nicht verdenken.«
»Rosie, aber warum geben sie mir die Schuld?«
»Tun sie das?«
»Ich war in der Blumenkammer und hab gehört, wie sie gesagt haben, ich muß fortgehen.«
»Aber du doch nicht, Schätzchen. Ich denke, sie haben deine Mama gemeint.« Sie zuckte die Achseln. »Die Aufregung legt sich wieder, ganz bestimmt. So was kommt in den besten Familien vor, glaub mir. Das hat nichts mit dir zu tun ... Mach dir keine Sorgen.«
Zuerst dachte ich, sie hätte recht, aber dann kam eines Morgens Miss Bell ins Schulzimmer, wo wir auf den Unterrichtsbeginn warteten, und sagte: »Eure Mutter ist in Erholung gefahren.«
»Wohin?« fragte ich.
»Ins Ausland, glaube ich.«
»Sie hat uns nicht Lebewohl gesagt.«
»Sie war wohl zu sehr beschäftigt und mußte in aller Eile aufbrechen. Auf Anordnung des Arztes.« Miss Bell machte ein besorgtes Gesicht. Dann fuhr sie fort: »Euer Vater hat gesagt, er setze großes Vertrauen in mich.«
Das war alles sehr merkwürdig.
Miss Bell räusperte sich. »Du und ich, wir zwei werden auch eine Reise machen, Caroline«, sagte sie.
»Eine Reise?«
»Ja, mit der Eisenbahn. Ich bringe dich nach Cornwall zu der Cousine deines Vaters.«

»Cousine Mary. Die Harpyie!«
»Wie bitte?«
»Ach nichts. Warum, Miss Bell?«
»Es wurde so beschlossen.«
»Und Olivia?«
»Nein, Olivia kommt nicht mit. Ich fahre mit dir nach Cornwall, bleibe eine Nacht in Tressidor Manor und kehre dann nach London zurück.«
»Aber ... warum denn nur?«
»Es ist nur ein Besuch. Zu gegebener Zeit kommst du zu uns zurück.«
»Aber ich begreife das alles nicht.«
Miss Bell sah mich zweifelnd an, als begriffe sie es selbst nicht – und andererseits doch.
Es mußte einen Grund dafür geben. Die seltsamsten Möglichkeiten schossen mir durch den Kopf, aber keine war greifbar genug, um mir eine plausible Erklärung zu liefern.

Gespenster auf der Galerie

Als ich Miss Bell im Erster-Klasse-Abteil gegenübersaß, kam mir, was mit mir vorging, ausgesprochen unwirklich vor. Mir war, als würde ich bald aufwachen und feststellen, daß ich nur geträumt hatte.

Alles war so schnell gegangen. Am Montag hatte Miss Bell mir eröffnet, daß ich verreisen würde, und heute, am Freitag, war ich schon unterwegs.

Natürlich war ich aufgeregt. Bei meinem Naturell war das gar nicht anders möglich. Zwar hatte ich ein bißchen Angst, denn ich wußte nichts weiter, als daß ich zu Cousine Mary reiste, die mir gütigst gestattete, sie zu besuchen. Wie lange der Aufenthalt dauern würde, hatte mir niemand gesagt, und das kam mir verdächtig vor. Trotz meines Verlangens, neue Lebensweisen kennenzulernen, sehnte ich mich plötzlich nach dem Alten, Vertrauten. Zu meiner eigenen Überraschung entdeckte ich, daß ich Olivia nicht verlassen mochte, und wäre sie mit mir gekommen, wäre mir beträchtlich wohler gewesen.

Sie würde mich genauso vermissen wie ich sie. Sie hatte sehr traurig ausgesehen, als ich ihr Lebewohl sagte.

Sie konnte nicht verstehen, warum ich fortging – und ausgerechnet zu Cousine Mary. Cousine Mary war ein Unmensch, ein niederträchtiges Weib, das Papa etwas Schreckliches angetan hatte. Warum sollte ich zu ihr?

Ich war von einem entsetzlichen Schuldgefühl erfüllt. Im Grunde meines Herzens wußte ich, daß ich diese Katastrophe herbeigeführt hatte. Ich hatte meine Mutter verraten, hatte ausgeplaudert, was geheimgehalten werden sollte. Papa hätte nie erfahren dürfen, daß wir am Tag des Thronjubiläums am Waterloo-Platz waren. Und nicht nur das hatte ich ihm erzählt – ich hatte ihm auch noch leichtsinnigerweise das Medaillon gezeigt.

Er war erzürnt über Mamas Freundschaft mit Captain Carmichael, und ich hatte sie verraten; es schien, daß ich zur Strafe zur Cousine Mary geschickt wurde.

Ich hätte so gern darüber gesprochen, aber Miss Bell war wie zugeknöpft. Sie saß, die Hände im Schoß gefaltet, mir gegenüber.

Sie hatte selbst dafür gesorgt, daß unsere Koffer im Gepäckwagen untergebracht wurden. Ein Bediensteter hatte uns zum Bahnhof gebracht und unter Miss Bells Aufsicht das Gepäck verladen. Im Abteil befand sich nur unser Handgepäck, das sicher im Gepäcknetz verstaut war. In mir regte sich Zuneigung für Miss Bell, weil ich sie bald verlieren würde. Ihre Aufgabe bestand lediglich darin, mich zu Cousine Mary zu bringen und dann zurückzufahren. Ich würde ihre gutgemeinte, belehrende Art vermissen, über die ich so oft mit Olivia gelacht hatte. Ihr verdankte ich wie niemandem sonst Heiterkeit und Sicherheit in meinem Leben.

Wenn ihre Augen auf mir ruhten, entdeckte ich Mitgefühl darin. Ich tat ihr leid, und deshalb tat ich mir selbst auch leid. Ich war wütend auf mich. Ich hatte doch gewußt, daß verheiratete Damen keine romantischen Freundschaften mit schneidigen Kavallerieoffizieren pflegen und sich nicht heimlich mit ihnen treffen durften. Und obwohl ich das wußte, hatte ich meine Mutter verraten. Hätte ich doch bloß nicht mit meinem Vater gesprochen! Aber was hätte ich sonst tun können? Hätte ich lügen sollen? Das wäre gewiß auch nicht recht gewesen. Und er war so plötzlich vor mir aufgetaucht, daß mir keine Zeit blieb, das Medaillon zu verstecken.

Es hatte keinen Sinn, darüber nachzugrübeln. Dieser Einbruch in meinem Leben war nicht rückgängig zu machen. Ich wurde

aus meinem Heim gerissen, von meiner Schwester, meinen Eltern getrennt ... Nun ja, letzteres machte mir nicht soviel aus, hatte ich doch so wenig von Mama gehabt und viel zuviel – leider – von Papa. Von nun an würde alles neu sein. Wenn nur das Unbekannte nicht immer so etwas Einschüchterndes gehabt hätte!
Wenn ich doch nur Bescheid wüßte! Ich war zu alt, um völlig im dunkeln gelassen zu werden, und gleichzeitig hielt man mich für zu jung, um mir die ganze Wahrheit zu sagen.
Miss Bell sprach jetzt lebhaft über die Landschaft, durch die wir fuhren.
»Jetzt«, sagte ich mit einem Anflug von Ironie, »kommt eine Lektion in Geographie mit ein bißchen Botanik dazwischen.«
»Das ist alles sehr interessant«, gab Miss Bell ernst zurück.
Wir waren in einen Bahnhof eingefahren, und zwei Damen kamen in unser Abteil – Mutter und Tochter, nahm ich an. Sie waren angenehme Reisegefährtinnen. Wir plauderten miteinander, und sie erzählten uns, daß sie bis Plymouth fuhren und diese Reise jedes Jahr einmal unternahmen, um Verwandte zu besuchen.
Wir unterhielten uns aufs angenehmste, und Miss Bell holte den Imbißkorb herunter, den die Köchin, Mrs. Terras, für uns gepackt hatte.
»Sie müssen verzeihen«, sagte Miss Bell zu den Damen. »Wir sind früh aufgebrochen und haben noch eine weite Reise vor uns.«
Die ältere Dame meinte, es sei klug, Proviant mitzunehmen. Sie und ihre Tochter hätten vor der Abreise gegessen, und bei der Ankunft warte eine gute Mahlzeit auf sie.
Der Korb enthielt zwei kalte Hühnerschenkel und etwas knuspriges Brot. Plötzlich wurde ich traurig, weil ich an den Waterloo-Platz denken mußte. Das erschien mir so weit entfernt – wie aus einem anderen Leben.
»Das sieht ja köstlich aus«, sagte Miss Bell. »Leider müssen wir

mit den Fingern essen. Du liebe Güte!« Sie lächelte unseren Reisegefährtinnen zu. »Sie müssen entschuldigen.«
»Reisen ist eben beschwerlich«, meinte die ältere Dame.
»Ich habe zum Glück einen feuchten Waschlappen dabei, weil ich so etwas schon kommen sah«, fuhr Miss Bell fort.
Wir aßen das Huhn und die Törtchen, die uns Mrs. Terras vorsorglich als Nachtisch mitgegeben hatte. Miss Bell holte eine Flasche Limonade hervor und zwei kleine Becher – und wieder mußte ich an den Waterloo-Platz denken.
Dann wurde ich schläfrig, und vom Rhythmus des Zuges gewiegt schlummerte ich ein. Als ich aufwachte, erschrak ich und wußte im ersten Moment nicht, wo ich war.
Miss Bell beruhigte mich: »Du hast lange geschlafen. Ich bin auch ein bißchen eingenickt.«
»Wir kommen jetzt nach Devonshire«, sagte die jüngere der beiden Damen. »Nun haben wir es nicht mehr weit.«
Ich blickte aus dem Fenster auf Wälder, üppige Weiden und fruchtbare rote Erde. Wir fuhren durch einen Tunnel, und als wir herauskamen, sahen wir die See. Ich war entzückt vom Anblick der weißbekrönten Wellen, die sich auf schwarzem Gestein brachen. Am Horizont sah ich ein Schiff und dachte an meine Mutter, die ins Ausland gereist war. Wohin? Wann würde sie zurückkommen? Wann würde ich sie wiedersehen? Dann wollte ich sie fragen, warum ich fortgeschickt wurde. Sicher, ich hatte meinem Vater erzählt, daß wir zu Captain Carmichael gegangen waren, und Papa hatte mein Medaillon gesehen. Aber warum hatte man mich deshalb weggeschickt?
Traurigkeit ergriff mich, als ich mich fragte, was Olivia in diesem Augenblick wohl tat.
Unsere Reisegefährtinnen sammelten ihre Sachen ein mit der Bemerkung: »Wir sind bald in Plymouth.«
»Danach«, fügte Miss Bell hinzu, »überqueren wir den Tamar und kommen nach Cornwall.«
Sie versuchte, mich zu begeistern. Ich war zwar interessiert,

trotzdem mußte ich immer an Cousine Mary denken, die Harpyie, der ich am Ende der Reise ausgeliefert werden würde. Es war ein schrecklicher Gedanke, daß Miss Bell mich dort allein lassen würde. Plötzlich hatte ich sie sehr liebgewonnen.
Wir fuhren in den Bahnhof ein.
Die Damen reichten uns die Hände und sagten, es sei angenehm gewesen, mit uns zu reisen. Wir winkten zum Abschied, als sie auf jemanden zueilten, der sie erwartete.
Leute hasteten über den Bahnsteig. Viele stiegen aus, und einige stiegen ein. Zwei Herren kamen vorüber und blickten ins Abteilfenster.
Miss Bell lehnte sich erleichtert zurück, als sie weitergingen.
»Ich dachte schon, die würden hereinkommen«, sagte sie.
»Sie haben uns gemustert und verworfen«, bemerkte ich lachend. »Vermutlich dachten sie, wir reisen lieber mit Damen.«
»Wie rücksichtsvoll.«
Aber ich hatte mich offensichtlich geirrt, denn gerade als der Schaffner pfiff, wurde die Tür aufgestoßen, und die zwei Herren kamen ins Abteil.
Miss Bell zog sich ganz in ihren Sitz zurück. Sie war über die Störung keineswegs erfreut.
Die beiden Herren ließen sich auf den freien Eckplätzen nieder, und als der Zug aus dem Bahnhof dampfte, warf ich verstohlene Blicke zu ihnen hinüber. Der eine war fast noch ein Junge, er mochte zwei oder drei Jahre älter sein als ich. Den anderen schätzte ich auf Anfang Zwanzig. Sie trugen elegante Gehröcke und Melonen, die sie auf die freien Plätze neben sich legten.
Etwas an ihnen fesselte meine Aufmerksamkeit.
Beide hatten dichtes dunkles Haar und dunkle Augen mit schweren Lidern. Doch ihren Blicken entging wenig. Was mich faszinierte, war eine gewisse Lebhaftigkeit; beide machten den Eindruck, als sei es eine Qual für sie, stillzusitzen. Es war ihnen anzusehen, daß sie miteinander verwandt waren. Nicht Vater und Sohn, dazu war der Altersunterschied zu gering. Cousins?

Brüder? Sie hatten ähnlich ausgeprägte Gesichtszüge, und ihre großen Nasen verliehen ihnen ein arrogantes Aussehen.
Ich muß sie wohl sehr eingehend gemustert haben, denn ich merkte, daß die Augen des älteren auf mir ruhten. Es war ein Glitzern darin, das ich nicht recht zu deuten wußte. Vielleicht amüsierte ihn meine Neugierde, oder sie ärgerte ihn – ich war mir nicht sicher. Jedenfalls schämte ich mich meines schlechten Betragens und errötete leicht.
Miss Bell starrte angestrengt aus dem Fenster, als wolle sie damit zeigen, daß sie die Herren nicht wahrnehme. Sie fand es gewiß sehr rücksichtslos von ihnen, in ein Abteil zu kommen, wo zwei Damen allein saßen. Erst als wir den Tamar überquerten, siegte ihr Drang zu belehren über ihr Mißfallen.
»Schau nur, Caroline, wie klein die Schiffe dahinten aussehen! Wir fahren jetzt über die berühmte Brücke, die von Brunel erbaut wurde. Eingeweiht wurde sie im Jahre – hm ...«
»Achtzehnhundertneunundfünfzig«, sagte der ältere der beiden Herren, »und wenn Sie den vollen Namen des Erbauers wissen möchten, er lautet Isambard Kingdom Brunel.«
Miss Bell machte ein Gesicht, als hätte man sie beleidigt. »Danke«, sagte sie kurz.
Die Mundwinkel des Mannes verzogen sich nach oben. »Der Mittelpfeiler befindet sich im Felsen, achtzig Fuß über der Hochwassermarke ... falls es Sie nach genaueren Kenntnissen dürstet«, fuhr er fort.
»Sie sind sehr gütig«, erwiderte Miss Bell kühl.
»Eher stolz«, sagte der Herr. »Es ist eine technische Meisterleistung, der Höhepunkt des Werkes dieses erstaunlichen Mannes.«
»Ja, sicher«, versetzte Miss Bell.
»Ein beeindruckender Zugang nach Cornwall«, fuhr der Herr fort.
»Da haben Sie sicher recht.«
»Sie können es selbst erleben, Madam.«

Miss Bell senkte den Kopf. »Wir kommen jetzt nach Saltash«, sagte sie zu mir. »So ... nun sind wir in Cornwall.«
»Willkommen im Herzogtum«, sagte der Herr.
»Danke.«
Miss Bell schloß die Augen, um anzudeuten, daß das Gespräch für sie beendet war. Ich sah aus dem Fenster.
Wir schwiegen eine Weile. Der Herr – der ältere von beiden – gefiel mir gut, und ich wußte, daß er auch Miss Bell beschäftigte. Warum verdächtigte sie die Männer eines ungebührlichen Benehmens gegenüber zwei schutzlosen Frauen? Bei dem Gedanken hätte ich am liebsten laut aufgelacht.
Der Mann hatte das Zucken meiner Lippen bemerkt und lächelte mir zu. Dann fiel sein Blick auf meine Reisetasche im Gepäcknetz.
»Ich denke«, sagte er zu seinem Begleiter, »dies ist ein erfreulicher Zufall.«
Miss Bell blickte weiter zum Fenster hinaus, um anzudeuten, daß die Unterhaltung der beiden sie nicht interessierte, ja, daß sie gar nicht hinhörte. Ich vermochte diese Gleichgültigkeit nicht aufzubringen, und ich sah auch nicht ein, warum ich so tun sollte, als ob.
»Zufall?« fragte der andere. »Was meinst du damit?«
Der ältere suchte meinen Blick und lächelte. »Gehe ich recht in der Annahme, daß Sie Miss Tressidor sind?«
»Hm – ja«, erwiderte ich verwundert, dann wurde mir klar, daß er meinen Namen auf dem Gepäckanhänger an meiner Reisetasche gelesen haben mußte.
»Und Sie sind unterwegs zu Miss Mary Tressidor auf Tressidor Manor in Lancarron?«
»Ja, das stimmt.«
Jetzt merkte Miss Bell auf.
»Ich muß mich vorstellen. Mein Name ist Paul Landower. Ich bin ein Nachbar von Miss Tressidor. Und das ist mein Bruder Jago.«

»Woher wußten Sie, daß mein Schützling Miss Tressidor ist?« erkundigte sich Miss Bell.
»Der Gepäckanhänger ist deutlich sichtbar. Sie haben doch nichts dagegen, daß ich mich vorgestellt habe?«
»Aber nein«, sagte ich.
Darauf ergriff der jüngere, Jago, das Wort: »Wir haben gehört, daß Sie nach Tressidor Manor kommen.«
»Wer hat Ihnen das erzählt?« wollte ich wissen.
»Dienstboten ... unsere und die von Miss Tressidor. Die wissen immer alles. Wir werden uns hoffentlich während Ihres Besuchs sehen.«
»Ja, vielleicht.«
»Haben die Herren Plymouth besucht?« fragte Miss Bell, obwohl es auf der Hand lag. Ich vermutete, sie wollte die Gesprächsführung übernehmen.
»Geschäftlich«, erklärte der jüngere.
»Sie müssen uns gestatten, Ihnen mit Ihrem Gepäck behilflich zu sein, wenn wir in Liskeard ankommen«, sagte der ältere.
»Sehr freundlich von ihnen«, erwiderte Miss Bell, »aber dafür ist bereits gesorgt.«
»Nun, wenn Sie uns brauchen ... Ich nehme an, Miss Tressidor schickt Ihnen ihren Wagen.«
»Soviel ich weiß, werden wir abgeholt.«
Miss Bell benahm sich ausgesprochen frostig. Sie war der Meinung, daß ein perfekter Gentleman Damen nicht ansprach, ohne ihnen vorgestellt worden zu sein. Ich glaube, der ältere, Paul, merkte das und amüsierte sich darüber.
Wir schwiegen, bis wir nach Liskeard kamen. Paul Landower bemächtigte sich meiner Reisetasche und machte Jago ein Zeichen, er möge sich Miss Bells Tasche annehmen, und trotz ihres Protestes kamen sie mit uns, um sich zu vergewissern, daß unser Gepäck auch richtig ausgeladen wurde. Der Träger tippte überaus respektvoll an seine Mütze, und ich entnahm daraus,

daß die Landowers in dieser Gegend sehr angesehene Leute waren.
Mein Koffer wurde zu dem wartenden Wagen gebracht.
»Deine Damen sind da, Joe«, sagte Paul Landower zu dem Kutscher.
»Jawohl, Sir.«
Man half uns in das Fahrzeug, und wir fuhren los. Ich blickte zurück. Die Brüder Landower sahen uns nach, die Hüte in den Händen, und verbeugten sich – ein wenig ironisch, fand ich. Aber innerlich lachte ich. Durch die Begegnung mit ihnen hatte sich meine Stimmung erheblich gebessert.

Miss Bell und ich saßen uns im Kutschwagen gegenüber. Mein Koffer stand zwischen uns auf dem Boden. Als wir die Stadt verließen und auf Feldwege kamen, wirkte Miss Bell sehr erleichtert. Ich glaube, sie hatte die Aufgabe, mich nach Cornwall zu bringen, als eine große Verantwortung empfunden.
»Ist'n ordentliches Stück Weg«, erklärte uns Joe, unser Kutscher, »und die Straße ist holprig. Halten Sie sich gut fest, meine Damen.«
Er hatte recht. Miss Bell hielt ihren Hut fest, als wir über Wege fuhren, wo Zweige ihn ihr vom Kopf zu streifen drohten.
»Miss Tressidor erwartet Sie bereits«, schwatzte Joe weiter. Er war offenbar zum Plaudern aufgelegt.
»Das will ich auch hoffen«, entfuhr es mir.
»Aber ja doch, Sie werden schon anständig empfangen.« Er lachte in sich hinein. »Und Sie müssen schon wieder zurück, kaum daß Sie hier sind, Frau.«
Miss Bell fand es nicht schmeichelhaft, als »Frau« tituliert zu werden, aber ihr unnahbares Benehmen machte auf Joe nicht den geringsten Eindruck.
Er summte vor sich hin, während wir über die Feldwege rumpelten. »Ist nicht mehr weit«, begann er nach einer Weile wieder. Er zeigte mit seiner Peitsche. »Da drüben, das ist Landower Hall.

Das größte Haus weit und breit. Die Landowers sind hier seit Anbeginn aller Zeiten, wie meine Alte immer sagt. Aber Mr. Paul und Mr. Jago kennen Sie ja schon. Waren im selben Zug. Du meine Güte, das ist'n einziges Kommen und Gehen bei den Landowers seit ein paar Monaten. Das hat was zu bedeuten, verlassen Sie sich drauf. Und Landowers gibt's hier seit ...«
»Seit Anbeginn aller Zeiten«, ergänzte ich.
»Ja, das sagt meine Alte immer. Da, jetzt können Sie's sehen. Landower Hall ... das Haus von den Gutsherren.«
Mir blieb vor Staunen der Mund offen. Es bot einen prächtigen Anblick mit dem Pförtnerhaus und den pechnasenbewehrten Türmen. Wie eine Festung thronte es auf einer leichten Anhöhe. Miss Bell bewertete es auf ihre übliche Art. »Vierzehntes Jahrhundert, nehme ich an. Zu einer Zeit errichtet, als die Menschen nicht mehr so sehr zur Befestigung bauten, sondern mehr Wert auf Wohnlichkeit legten.«
»Das größte Haus weit und breit ... bißchen größer als Tressidor Manor ... aber nicht viel.«
»In so einem Haus zu leben könnte recht abenteuerlich sein«, meinte Miss Bell.
»Sieht ein bißchen aus wie der Tower von London«, entfuhr es mir.
»Oh, die Landowers leben hier seit ...« Joe hielt inne, und ich sagte: »Wir wissen schon. Sie haben's uns erzählt. Seit Anbeginn aller Zeiten. Der erste Mensch, der aus dem Urschleim erstand, muß ein Landower gewesen sein. Oder glauben Sie, einer von ihnen war Adam?«
Miss Bell sah mich vorwurfsvoll an, aber sie hatte wohl Verständnis dafür, daß ich ein wenig überdreht war und mehr denn je dazu neigte, zu reden, ohne mir zu überlegen, welche Wirkung meine Worte haben könnten. Während der Eisenbahnfahrt wirkte noch meine alte Erziehung, jetzt aber war es Zeit für einen Wechsel – eine vollkommene Veränderung. Es ist doch nur ein Besuch, redete ich mir ständig ein. Doch der Anblick

des eindrucksvollen Gebäudes und der Gedanke an die beiden Herren im Zug, die hier zu Hause waren, gaben mir das Gefühl, daß ich mich von allem, was mir vertraut war, entfernte und in eine neue Welt eintrat – von der ich nichts wußte.

Plötzlich überwältigte mich die Sehnsucht nach dem Schulzimmer, nach Olivia, die mich mit ihren kurzsichtigen Augen ansah und mich wegen einer Unverschämtheit tadelte oder mir diesen leicht fragenden Blick zuwarf, den sie stets hatte, wenn sie versuchte, meinen verschlungenen Gedankengängen zu folgen.

»Wir sind bald da«, unterbrach Joe meine Gedanken. »Die Landowers sind unsere nächsten Nachbarn. Die Leute sagen immer, komisch, daß die zwei großen Häuser so nahe beisammen stehen. Aber so ist es immer gewesen und wird's wohl immer bleiben.«

Wir waren an ein schmiedeeisernes Tor gelangt. Ein Mann kam aus dem Pförtnerhaus, um die Torflügel zu öffnen. Er war mittleren Alters, sehr groß und hager und hatte lange, wirre rotblonde Haare. Dazu trug er eine karierte Mütze und karierte Kniehosen. Er öffnete das Tor und nahm die Mütze ab.

»Dank schön, Jamie«, sagte Joe.

Jamie verbeugte sich überaus förmlich und sprach mit einem Akzent, der nicht hier beheimatet war: »Willkommen, Miss Tressidor ... und Madam ...«

»Danke.«

Ich lächelte ihn an. Er hatte ein faltenloses Gesicht, und ich fragte mich, ob er nicht doch jünger sei, als ich zunächst angenommen hatte. Er hatte fast etwas Kindliches; seine trüben Augen blickten so unschuldig, und ich mochte ihn auf Anhieb gut leiden. Während wir das Tor passierten, betrachtete ich das Pförtnerhaus mit seinem malerischen strohgedeckten Dach, und dann entdeckte ich den dazugehörigen Garten. Zwei Dinge fielen mir auf: die vielen Bienenstöcke und die farbenfrohen Blumen. Er war atemberaubend schön. Ich wäre gern ausgestiegen, aber wir waren im Nu vorüber.

»Was für ein hübscher Garten!« rief ich. »Und die vielen Bienenstöcke.«

»Ja, Jamie ist unser Imker. Sein Honig ... man sagt, der hat nicht seinesgleichen. Jamie ist stolz drauf und ganz vernarrt in seine Bienen. Ich glaub, er kennt jede einzelne. Die sind für ihn wie kleine Kinder. Ich hab schon Tränen in seinen Augen gesehen, wenn eine zu Schaden kam. Er ist der geborene Imker.«

Die Auffahrt war etwa eine halbe Meile lang, und als wir um die Kurve bogen, stand Tressidor Manor vor uns – das schöne elisabethanische Gebäude, das der Familie so viel Verdruß beschert hatte. Es war ein großartiges Haus, aber nicht ganz so gewaltig wie das, an dem wir soeben vorübergekommen waren. Gebaut aus rotem Backstein, war es sogleich als Tudorstil zu erkennen – und obendrein elisabethanisch, denn von dort, wo wir uns befanden, konnte man die E-Form deutlich ausmachen. Die Pförtnerloge war bescheidener als die von Landower Hall. Sie bildete den mittleren Balken des E; zwei Flügel schlossen sich an, je einer auf jeder Seite. Die Schornsteine standen paarweise und ähnelten klassischen Säulen. Die längs unterteilten Fenster waren von Stuckverzierungen gekrönt.

Vor der Eingangstreppe hielten wir an.

»Da wären wir.« Joe sprang herunter. »Ah, da ist ja auch schon Betty Bolsover. Schätze, die hat uns vorfahren gehört.«

Ein rotwangiges Mädchen erschien und machte einen Knicks.

»Sie sind bestimmt Miss Tressidor und Miss Bell. Miss Tressidor erwartet Sie. Bitte folgen Sie mir.«

»Ich kümmere mich um das Gepäck, meine Damen«, sagte Joe. »Betty, sag im Stall Bescheid, daß jemand mir helfen soll.«

»Erst muß ich die Damen reinbringen, Joe.« Wir folgten Betty ins Haus.

Wir traten in eine getäfelte Halle. An den Wänden hingen Bilder. Ahnen? Betty führte uns zu einer Treppe, und oben auf dem Absatz stand Cousine Mary.

Ich wußte sofort, daß sie es war. Sie wirkte sehr ehrfurchtgebie-

tend und ähnelte zudem meinem Vater. Sie war groß und kantig und in schlichtes Schwarz gekleidet. Eine weiße Haube saß auf ihrem graumelierten Haar, das streng aus dem wettergegerbten Gesicht zurückgekämmt war.
»Ah«, sagte sie. Sie hatte eine tiefe, beinahe männliche Stimme, die durch die Halle dröhnte. »Komm her, Caroline. Und Sie auch, Miss Bell. Ihr müßt sehr hungrig sein. Nein? Aber sicher. Ihr hattet schließlich eine anstrengende Reise. Du kannst jetzt gehen, Betty. Kommt herauf. Man wird sich um das Gepäck kümmern. Es gibt gleich was zu essen. Was Warmes. In meinem Wohnzimmer. Das hielt ich für das beste.«
Sie blieb dort stehen, während wir die Treppe hinaufstiegen. Oben legte sie mir die Hände auf die Schultern und sah mich an. Ich dachte, sie wollte mich umarmen, aber sie tat es nicht. Ich sollte schon bald erfahren, daß Cousine Mary nicht dazu neigte, ihre Zuneigung durch große Gesten zu zeigen. Sie blickte mir einfach ins Gesicht und lachte.
»Du siehst deinem Vater nicht sehr ähnlich«, meinte sie. »Vielleicht gleichst du mehr deiner Mutter. Um so besser, denn unsere Sippe zeichnet sich nicht gerade durch Schönheit aus.«
Sie ließ mich kichernd los. Da ich darauf gefaßt gewesen war, ihre Umarmung zu erwidern, kam ich mir ein bißchen bloßgestellt vor. Sie schüttelte Miss Bell die Hand. »Freut mich, Sie kennenzulernen, Miss Bell. Sie haben sie heil bei mir abgeliefert, hm? Kommen Sie, kommen Sie. Eine heiße Suppe, dachte ich. Was zu essen ... und dann ins Bett. Sie müssen morgen zeitig los. Eigentlich sollten Sie sich hier ein paar Tage Ruhe gönnen.«
»Haben Sie vielen Dank, Miss Tressidor«, erwiderte Miss Bell, »aber ich werde zurückerwartet.«
»Robert Tressidors Anordnungen, ich verstehe. Sieht ihm ähnlich. Kind abliefern und gleich umkehren. Er sollte wissen, daß Sie nach der Reise etwas Ruhe brauchen.«
Miss Bell machte ein verlegenes Gesicht. Ihr Sittenkodex ließ

es nicht zu, daß sie sich anhörte, wie ihr Brotherr kritisiert wurde. Mir war es nicht peinlich, so von meinem Vater sprechen zu hören, und ich fand Cousine Mary recht faszinierend. Sie war ganz anders, als ich sie mir vorgestellt hatte.

Wir wurden in ein Wohnzimmer geführt, und gleich darauf wurde die heiße Suppe hereingebracht.

Miss Bell hätte sich bestimmt lieber zuerst gewaschen, aber in ihrer Position konnte man nicht eigenmächtig handeln, und Cousine Mary war es ohne Zweifel gewohnt zu befehlen.

Das Zimmer wirkte gemütlich. Es hatte getäfelte Wände, doch ich war zu gehemmt und zu müde, um viel wahrzunehmen. Ich hatte ja noch eine Menge Zeit, meine Umgebung zu erkunden. Die Suppe wurde ausgeteilt. Wir konnten sie wirklich brauchen. Anschließend gab es kalten Schinken und Apfelkuchen mit Schlagsahne. Zu trinken gab es Apfelmost.

Cousine Mary ließ uns allein, während wir aßen.

Ich flüsterte Miss Bell zu: »Ich wünschte, Sie könnten ein paar Tage bleiben.«

»Laß nur gut sein. Vielleicht ist es besser so.«

»Sie Ärmste, Sie müssen die ganze lange Reise morgen schon wieder machen.«

»Ja, aber ich werde zufrieden daran denken, daß du nun hier bist.«

»Ich bin nicht sicher, daß es mir hier gefällt. Cousine Mary ist ziemlich ... ziemlich ...«

»Pst. Du kannst doch noch gar nicht wissen, wie sie ist. Sie kommt mir sehr ... würdig vor. Sie ist bestimmt eine sehr ehrenwerte Dame.«

»Sie ist wie mein Vater.«

»Sie sind ja auch Cousin und Cousine ersten Grades. Da ist oft eine Familienähnlichkeit vorhanden. Jedenfalls ist es für dich besser, als unter wildfremden Leuten zu sein.«

»Ich wüßte gern, was Olivia jetzt macht.«

»Sie fragt sich bestimmt, was du jetzt machst.«

»Ich wollte, sie wäre hier.«
»Ich nehme an, das wünscht sie sich auch.«
»Ach, Miss Bell, warum mußte ich so plötzlich fort?«
»Auf Beschluß der Familie, mein Kind.«
Sie preßte die Lippen zusammen. Irgend etwas wußte sie, das sie mir nicht sagen wollte.
Zu meiner eigenen Verwunderung griff ich herzhaft zu, und als wir fertig gegessen hatten, kam Cousine Mary zurück.
»Ah«, sagte sie, »schon besser, wie? Wenn ihr wollt, bring ich euch jetzt auf eure Zimmer. Sie müssen morgen sehr früh aufstehen, Miss Bell. Joe bringt Sie zum Bahnhof. Hoffentlich schlafen Sie gut. Wir geben Ihnen etwas Reiseproviant mit, damit Sie in demselben Zustand zu meinem Cousin zurückkehren, in dem Sie ihn verlassen haben. Kommen Sie jetzt.«
Im ersten Stockwerk befand sich eine langgestreckte Galerie. Als wir dort entlanggingen, blickten längst verblichene Tressidors auf mich herab. Das rasch verblassende Licht verlieh der Galerie eine unheimliche Atmosphäre.
Am Ende der Galerie befand sich eine Treppe, die wir hinaufstiegen. Wir gelangten in einen Flur mit vielen Türen. Cousine Mary öffnete eine.
»Dies ist dein Zimmer, Caroline. Miss Bells liegt gleich nebenan.«
Sie beklopfte das Bett. »Ja, sie haben es gelüftet. Ah, da ist dein Koffer. Ich würde ihn erst morgen auspacken. Ein Mädchen kann dir dabei helfen. Da steht heißes Wasser. Du kannst dir den Eisenbahngeruch abwaschen. Ja, den trägt man leider immer noch eine Weile mit sich herum. Und danach wirst du bestimmt gut schlafen. Morgen kannst du dich dann umschauen und das Haus und seine Umgebung kennenlernen. Miss Bell, wollen Sie bitte mit mir kommen …«
Ich blieb allein. Mein Schlafzimmer war ein hoher Raum mit getäfelten Wänden. Durch die dicken Fensterscheiben fiel ein

wenig Licht herein. Auf dem Kamin standen Kerzen in geschnitzten hölzernen Leuchtern. Mein Koffer war in einer Ecke abgestellt, meine Tasche lag auf einem Stuhl. Ich hatte ein Nachthemd und Pantoffeln darin, so daß ich mit dem Auspacken wirklich bis morgen warten konnte. Der Fußboden war ein wenig schräg, und die Dielen waren mit Teppichen bedeckt. Die Vorhänge waren aus schwerem grauen Samt. Zudem enthielt das Zimmer eine Kredenz, die solide und sehr alt aussah, und eine Eichentruhe mit einer chinesischen Vase darauf. Auf einem Toilettentisch mit zahllosen Schubladen stand ein verstellbarer Spiegel. Ich betrachtete mich darin. Ich war blasser als sonst, und meine Augen wirkten riesengroß. Die Spannung darin war nicht zu übersehen. Wer wäre unter solchen Umständen nicht angespannt?

Die Tür ging auf, und Cousine Mary kam herein.

»Gute Nacht«, sagte sie forsch. »Geh zu Bett. Morgen werden wir uns unterhalten.«

»Gute Nacht, Cousine Mary.«

Sie nickte nur. Sie war nicht unfreundlich, aber herzlich war sie auch nicht. Ich wußte nicht, was ich von Cousine Mary halten sollte. Ich setzte mich aufs Bett und widerstand den aufsteigenden Tränen. Ich sehnte mich nach meinem Zimmer, wo Olivia am Toilettentisch saß und ihre Haare flocht.

Da klopfte es an der Tür, und Miss Bell kam herein.

»Na«, sagte sie, »da wären wir nun.«

»Ist es so, wie Sie es sich vorgestellt haben, Miss Bell?«

»Das Leben ist selten so, wie man es sich vorstellt – deshalb bilde ich mir erst gar kein Vorurteil.«

Ich mußte trotz allem lächeln.

Ach, wie würde ich meine gute Miss Bell vermissen!

Sie spürte meine Traurigkeit und fuhr fort: »Wir sind beide erschöpft. Wir sind viel müder, als uns klar ist. Wir brauchen unbedingt Ruhe. Gute Nacht, mein liebes Kind.« Sie gab mir einen Kuß. Das hatte sie noch nie getan, und ich war plötzlich

sehr gerührt. Ich schlang meine Arme um sie und schmiegte mich an sie.
»Es wird schon gutgehen«, murmelte sie, wobei sie mich tätschelte. »Dir wird es immer gutgehen, Caroline!«
Tröstliche Worte!
»Gute Nacht, mein Kind.«
Dann war sie fort.
Ich lag im Bett. Zuerst konnte ich nicht einschlafen. Bilder drängten sich mir in den Sinn und verscheuchten meine Müdigkeit. Die Männer im Zug, die große Festung, die ihr Heim war, Joe, der den Wagen kutschierte, der Mann mit den Bienen ... und schließlich Cousine Mary, die wie mein Vater war und doch ganz anders. Mit der Zeit würde ich sie alle besser kennenlernen. Aber jetzt war ich doch sehr müde, und selbst die Spannung konnte den Schlaf nicht fernhalten.

Ich wurde von Miss Bell geweckt, die reisefertig auf meinem Bett saß.
»Müssen Sie schon fort?«
»Es ist Zeit«, sagte sie. »Du hast tief und fest geschlafen, und ich habe mir überlegt, ob ich dich überhaupt wecken soll, aber dann wollte ich doch nicht gehen, ohne dir Lebewohl zu sagen.«
»Ach, Miss Bell, Sie gehen fort. Wann werde ich Sie wiedersehen?«
»Recht bald. Du machst hier nur Ferien, weißt du. Ich werde dasein, wenn du zurückkommst.«
»Ich glaube nicht, daß es so bald sein wird.«
»Du wirst schon sehen. Aber jetzt muß ich fort. Der Wagen wartet unten. Ich darf den Zug nicht verpassen. Viel Glück, Caroline. Du wirst es hier so schön haben, daß du gar nicht zu uns zurückkommen magst.«
»O doch.«
»Leb wohl, mein Kind.«

Zum zweitenmal gab sie mir einen Kuß, dann ging sie hastig aus meinem Zimmer.

Ich blieb liegen und fragte mich aufs neue, was für ein Leben mir bevorstünde.

Es klopfte an meiner Tür. Betty, das Mädchen, das ich abends zuvor schon gesehen hatte, brachte mir heißes Wasser.

»Miss Tressidor hat gesagt, ich soll nicht stören, wenn Sie schlafen, aber die Dame, die Sie gebracht hat, mußte weg, und ich dachte, die ist bestimmt gekommen und hat Ihnen Lebewohl gesagt, stimmt's?«

»Ja, und deshalb bin ich wach. Schön, daß Sie mir heißes Wasser bringen.«

»Das von gestern abend hab ich weggeschüttet. Miss Tressidor sagt, Sie können um halb neun mit ihr frühstücken.«

»Wie spät ist es jetzt?«

»Acht Uhr, Miss.«

»Gut, ich komme. Wo ist sie?«

»Ich führe Sie zu ihr hinunter. Sie können sich hier im Haus verlaufen, wenn Sie sich noch nicht auskennen.«

»Das glaub ich gern.«

»Wenn Sie etwas wünschen, Miss, läuten Sie.«

»Danke.«

Sie ging. Mein Heimweh wich der Entdeckungsfreude.

Punkt halb neun erschien Betty wieder.

»Hier oben sind die Schlafräume, Miss«, erklärte sie mir. »Und darüber ist noch ein Stockwerk. Wir haben jede Menge Schlafzimmer. Und unterm Dach liegen die Mansarden ... die Dienstbotenkammern. Dann haben wir noch die Galerie und das Sonnenzimmer ... und die Räume im Erdgeschoß.«

»Ich sehe schon, ich muß erst lernen, mich hier zurechtzufinden.«

Wir liefen die Treppe herunter.

»Hier ist das Eßzimmer.« Sie hielt inne und klopfte an.

»Miss Caroline, Miss Tressidor.«

Cousine Mary saß am Tisch. Vor ihr stand ein Teller mit Speck, Eiern und scharfgewürzten Bohnen. »Da bist du ja«, begrüßte sie mich. »Deine Gouvernante ist vor einer halben Stunde abgereist. Hast du gut geschlafen? Ja, das sehe ich dir an, und jetzt möchtest du wohl gern die Umgebung in Augenschein nehmen, nicht? Aber sicher. Doch zuerst mußt du frühstücken. Die beste Mahlzeit des Tages, sage ich immer. Greif zu, bedien dich.«
Sie zeigte sich um mein Wohlergehen recht besorgt, was tröstlich war, aber ihre Gewohnheit, eine Frage zu stellen und sie gleich selbst zu beantworten, machte die Unterhaltung etwas einseitig. Ich trat ans Buffet und nahm mir von den warmen Gerichten.
Cousine Mary hob ihre Augen von ihrem Teller und richtete sie auf mich.
»Anfangs ist alles ein bißchen fremd«, sagte sie. »Zwangsläufig. Du hättest schon früher kommen sollen. Ich hätte gern Besuch von dir und deiner Schwester gehabt ... und von deinen Eltern ... wenn dein Vater anders gewesen wäre. Familien sollten zusammenhalten, aber manchmal ist es besser, wenn sie weiter auseinander wohnen. Daß ich dieses Haus geerbt habe, hat ihnen nicht gepaßt. Ich war die rechtmäßige Erbin, aber eben eine Frau. Man hat Vorurteile gegen unser Geschlecht, Caroline. Doch ich glaube nicht, daß dir das schon aufgefallen ist.«
»O doch.«
»Dein Vater dachte, er könnte einfach über mich hinweggehen und sich dieses Haus aneignen, bloß weil ich eine Frau bin. Nur über meine Leiche, hab ich gesagt, und dabei bleibt es. Wenn ich stürbe, wäre er wohl an der Reihe. Er wünscht sich nichts sehnlicher als das, davon bin ich überzeugt. Aber ich sehe die Sache ganz anders, wie du dir denken kannst.« Sie stieß ein kurzes Lachen aus, das eher wie Hundegebell klang.
Ich lachte mit ihr, und sie sah mich beifällig an.
»Cousin Robert ist ein sehr tüchtiger Mann, aber die Macht, seine Cousine Mary loszuwerden, hat er nun doch nicht.« Wie-

der dieses Bellen. »Na ja, wir sind all die Jahre ganz gut ohne einander ausgekommen. Du kannst dir vorstellen, wie erstaunt ich war, als ich den Brief von Cousine Imogen bekam, in dem sie mir schrieb, sie würden sich freuen, wenn ich dich für einen Monat oder so zu mir einladen würde.«

»Sie wollten mich unbedingt loswerden. Wenn ich nur wüßte, warum.«

Sie sah mich mit schiefem Kopf an und zögerte, was, wie ich bereits erkannt hatte, sonst nicht ihre Art war. »Wir wollen nicht über das Wieso und Warum grübeln – jetzt bist du hier. Ich habe so eine Ahnung, daß wir zwei uns gut vertragen werden.«

»Ja? Da bin ich aber froh.«

Sie nickte. »Du wirst dich schon eingewöhnen. Du bist dir ziemlich oft selbst überlassen. Das Gut ist sehr groß, und ich habe eine Menge zu tun. Ich habe zwar einen Verwalter, aber ich behalte die Zügel in der Hand. Das war schon immer so. Als mein Vater noch lebte, als ich jünger war als du ... oder genauso alt ... hab ich mit meinem Vater gearbeitet. Er hat immer gesagt: ›Du wirst mal eine prima Gutsherrin, Mary, mein Kind.‹ Und wie mich immer alle schief angeguckt und gekichert haben, weil ich eine Frau war, da beschloß ich, es ihnen zu zeigen. Ich wollte es mindestens genauso gut machen wie ein Mann, wenn nicht besser.«

»Und du hast es ihnen bestimmt gezeigt, Cousine Mary.«

»Jawohl, aber wenn irgendwas schiefgeht, heißt es heute noch: ›Kein Wunder, sie ist schließlich eine Frau.‹ Das laß ich mir nicht gefallen, Caroline. Und deshalb will ich Tressidor zum größten Besitz dieser Gegend machen.« Sie sah mich listig an und fuhr fort: »Ihr müßt an Landower Hall vorbeigekommen sein.« Ich bejahte.

»Was hältst du davon?«

»Es sieht großartig aus.«

Sie schnaubte. »Von außen, ja. Bißchen verfallen innen drin ... wie man hört.«

Als ich ihr erzählte, daß wir Paul und Jago Landower im Zug kennengelernt hatten, war sie sehr interessiert.

»Sie haben sich uns vorgestellt«, berichtete ich, »als sie meinen Namen auf dem Gepäck bemerkten. Sie wußten anscheinend, daß ich herkam.«

»Oh, diese Dienstboten«, stöhnte sie.

»Ja, das hat der Jüngere auch gesagt. Ihre Dienstboten ... deine Dienstboten ...«

»Es ist, als hätte man Detektive im Haus. Aber das ist ganz natürlich. Damit müssen wir uns abfinden. Die Landowers beobachten, was hier vorgeht ... und umgekehrt ist es genauso.« Sie lachte wieder. »Wir sind Konkurrenten. Beide sind wir Gutsbesitzer. Was unsere Vorfahren bewog, so dicht beieinander zu bauen, ist mir unbegreiflich. Dabei waren die Tressidors die Übeltäter. Die Landowers waren zuerst hier, und sie sind stolz darauf. Betrachten uns als Aufsteiger, denn wir sind erst seit dreihundert Jahren hier. Neulinge, wie du siehst! Wir reden zwar miteinander, aber das ist auch alles. Wir sind wie die verfeindeten Häuser – Montague und Capulet. Nur verspotten wir uns nicht und stoßen uns nicht gegenseitig auf offener Straße unsere Degen in die Kehlen, aber wir sind ernsthafte Konkurrenten. Freundliche Feinde, könnte man vielleicht sagen. Wir hatten noch keinen Fall von Romeo und Julia ... bislang. Ich eigne mich nicht zur Julia, und Jonas Landower ist kein Romeo. Heute schon gar nicht. Die Rolle hätte ihm in seiner Jugend so wenig gepaßt wie mir. So steht es mit uns und den Landowers. Du hast sie also im Zug kennengelernt. Zweifellos kamen sie von Plymouth. Waren bei ihren Anwälten ... oder bei der Bank. Es steht nicht gut mit den Landowers, soviel ich weiß. Die Unterhaltskosten sind astronomisch. Es knackt im Gebälk. Das Haus ist ungefähr zweihundert Jahre älter als Tressidor Manor ... und ich habe immer dafür gesorgt, daß unser Haus in Ordnung ist. Beim ersten Anzeichen von Verfall wird sofort etwas unternommen. So kostet es weniger, verstehst du? Natürlich verstehst du das. Im Laufe der Jahre haben die Landowers dagegen rechte Nichtsnutze hervorgebracht, so wie den alten Jonas. Trinken, Weiber, Glücksspiele ... das ist die Art der Landowers. Bei den Tressidors gibt's auch ein paar alte Taugenichtse, aber im großen und ganzen sind wir eine anständige Sippe ... verglichen mit den Landowers, meine ich.«

»Sie haben uns mit dem Gepäck geholfen. Miss Bell war ihnen dankbar«, berichtete ich.

»O ja, sehr manierlich. Und daran interessiert, was sich hier tut. Opportunisten sind sie, jawohl. So waren sie immer. Der alte Jonas dachte, er könnte das Familienvermögen am Spieltisch zurückgewinnen. So ein Schwachsinn. Hast du schon mal von jemandem gehört, der auf diese Weise Erfolg hatte? Bestimmt nicht. Hängen immer den Mantel nach dem Wind. Überläufer. Im Bürgerkrieg waren sie anfangs für den König, wie die meisten in dieser Gegend, und als der König unterlag, waren die Landowers für das Parlament. Wir Tressidors hatten es damals schwer, während die Landowers gediehen.« Sie stieß wieder dieses Bellen aus, das ihre Rede unterstrich und auf das ich bereits wartete. »Dann kam der neue König zurück, und sie entdeckten, daß sie eigentlich doch Royalisten waren. Aber diesmal brachte es uns weiter. Ihnen wurde Pardon gegeben, und sie konnten ihren Besitz behalten. Opportunisten. Und jetzt kursieren Gerüchte. Nun, wir werden sehen.«

»Das hört sich alles sehr aufregend an, Cousine Mary.«

»Das Leben ist immer aufregend, wenn man aufgeschlossen ist. Das hast du sicher schon entdeckt, oder nicht? Natürlich hast du. So, mein Kind, du machst jetzt hier ein bißchen Ferien. Du mußt lernen, wie man mitten auf dem Land lebt ... weit weg von der Großstadt. Wir sind hier in Cornwall.«

»Die Landschaft sah sehr schön aus. Ich möchte gern mehr davon sehen.«

»Ich finde, dies ist die schönste Gegend des Herzogtums. Wir haben noch ein Stückchen vom üppigen Devonshire und den

Beginn der zerklüfteten Küste Cornwalls. Weiter westlich wird es wilder, kahler, nicht mehr so lieblich. Du reitest doch, oder? Natürlich reitest du. Pferde gibt es genug im Stall.«
»Wir sind auf dem Land sehr viel geritten und sogar in London.«
»Das ist gut. Zu Pferd kommt man am besten herum. Es wird dir hier bestimmt gefallen. Entferne dich anfangs nicht zu weit, und merk dir deinen Weg. Ich komme mit dir, bis du dich ein wenig auskennst. Und – hüte dich vor dem Nebel! Wenn er plötzlich aufkommt, kannst du dich verirren und bewegst dich immer im Kreis. Das Moor ist nicht weit weg. Ich würde mich anfangs davon fernhalten. Bleib auf den Wegen. Aber, wie gesagt, jemand kommt immer mit dir.«
»Ich fand das Pförtnerhaus so hübsch.«
»Ach, du meinst den Garten. Jamie McGill ist ein guter Kerl. Sehr still, sehr zurückhaltend. Ich glaube, da steckt eine Tragödie dahinter. Er ist ein guter Pförtner. Ein Glück, daß ich ihn gefunden habe.«
»Ich habe gehört, er ist Imker.«
»Unser Honig stammt von ihm. Er versorgt die ganze Nachbarschaft damit. Er ist sehr gut. Reiner Cornwall-Honig. Hier ... koste mal. Du kannst die Blüten herausschmecken. Ist er nicht köstlich?«
»O ja.«
»Das ist Jamies Honig. Er kam zu mir ... es muß sechs Jahre her sein ... nein, länger, sieben oder acht. Ich brauchte noch einen Gärtner. Ich probierte es mit ihm, und es stellte sich heraus, daß er eine gute Hand für Pflanzen hatte. Dann starb der alte Pförtner und ich dachte, das sei der richtige Posten für Jamie. Er zog ins Pförtnerhaus, und binnen kurzem war der Garten ein Gedicht – und er stellt dort auch seine Bienenstöcke auf. Er scheint hier glücklich zu sein, denn die Arbeit gefällt ihm. Es ist ein Glück für die Menschen, wenn ihre Arbeit ihnen Spaß macht. Bist du fertig? Ich zeige dir zuerst das Haus, ja? Ja, das ist das beste.

Dann kannst du dich ein bißchen in der Gegend umsehen. Heute nachmittag reite ich mit dir aus, einverstanden?«
»Ja, sehr.«
»Fein. Gehen wir.«
Es wurde ein interessanter Vormittag. Cousine Mary zeigte mir die Mansarden, wo das Personal untergebracht war. Einige von den Dienstboten wohnten allerdings in den Hütten an der Grenze des Grundstücks, und die Quartiere der Reitknechte und Stallburschen lagen über den Stallungen. Ich besichtigte die Schlafräume, viele davon sahen exakt so aus wie mein Zimmer. Dann kamen wir zu der Galerie mit den Familienporträts. Cousine Mary erklärte mir, wer sie waren. Dort hingen auch Bildnisse von meinem Vater und Tante Imogen, als sie jung waren, von meinem Großvater und seinem älteren Bruder, Cousine Marys Vater. Tressidors mit Halskrausen, mit Perücken, in eleganten Kostümen des 18. Jahrhunderts. »Hier haben wir die komplette Schurkengalerie«, bemerkte Cousine Mary.
Ich protestierte lachend, und sie fuhr fort: »Nein, nicht nur Schurken. Es gab auch ein paar anständige Männer darunter, und alle waren entschlossen, Tressidor Manor als das Heim ihrer Familie zu bewahren,«
»Das kann ich gut verstehen. Du mußt stolz darauf sein.«
»Ich gestehe, daß ich an dem alten Besitz hänge«, gab sie zu. »Er ist mein Lebenswerk. Mein Vater hat immer gesagt: ›Eines Tages wird alles dir gehören, Mary. Du wirst es lieben und schätzen und beweisen, daß die Tressidor-Frauen ebenso tüchtig sind wie die Männer.‹ Und daran habe ich mich gehalten.«
In einem Zimmer hatte der König genächtigt, als er vor den Puritanern auf der Flucht war. Das Himmelbett war noch vorhanden, aber die Tagesdecke darauf war fadenscheinig geworden.
»Wir haben es immer in Ordnung gehalten«, erklärte Cousine Mary. »In diesem Zimmer schläft niemand. Stell dir vor, der

arme Mann ... er hatte seine eigenen Untertanen gegen sich. Wie muß ihm wohl zumute gewesen sein, als er in diesem Bett schlief.«

»Er hat sicher nicht viel geschlafen«, sagte ich.

Cousine Mary führte mich ans Fenster, und ich blickte über satte grüne Weiden bis zu den Wäldern in der Ferne. Es war eine herrliche Aussicht.

Cousine Mary wies auf die Wandteppiche hin, auf denen die triumphale Rückkehr des Sohnes des damaligen Flüchtlings nach London dargestellt war.

»Die wurden ungefähr fünfzig Jahre, nachdem der König hier geschlafen hatte, in diesem Zimmer aufgehängt. Wenn ich Phantasie hätte, würde ich sagen, sein Geist dürfte darüber Genugtuung empfinden. Aber ich habe keine Phantasie.«

»Ein bißchen Phantasie hast du bestimmt, Cousine Mary, sonst könntest du gar nicht auf solche Gedanken kommen«, bemerkte ich.

Sie brach in Lachen aus und gab mir einen leichten Stups.

Wir gingen nach unten. Sie zeigte mir die kleine Kapelle, den Salon und die Küche. Auf unserem Streifzug begegneten wir mehreren Dienstmädchen, die sie mir vorstellte. Sie knicksten respektvoll.

»Unsere Halle ist ziemlich bescheiden«, erklärte sie. »Die Landowers haben eine viel prunkvollere Halle. Dieses Haus wurde erbaut, als die Halle nicht mehr der Mittelpunkt des Hauses war und man mehr Wert auf die Zimmer legte. Das ist viel zivilisierter, findest du nicht? Nun, ich denke, das wär's. Anfangs wird es dir ein bißchen schwerfallen, dich zurechtzufinden. Aber in ein, zwei Tagen kennst du dich bestimmt schon aus. Ich hoffe, du wirst das Haus liebgewinnen.«

»Ganz bestimmt. Ich mag es jetzt schon.«

Sie legte mir eine Hand auf den Arm. »Nach dem Mittagessen reiten wir aus.«

Der Vormittag war so erfüllt gewesen, daß ich mich gar nicht mehr gefragt hatte, was Olivia wohl jetzt tat und wie es Miss Bell auf der Heimreise erging.

Als ich wieder in meinem Zimmer war, kam Betty herein. Sie sagte, Miss Tressidor habe angeordnet, daß sie mir beim Auspacken helfe, und gemeinsam hängten wir meine Kleider in den Schrank. Sie erklärte mir, Joe werde meinen Koffer auf dem Dachboden verstauen, bis ich ihn wieder brauchte.

Nach dem Mittagessen zog ich mein Reitkostüm an und ging in die Halle hinunter, wo Cousine Mary auf mich wartete.

Sie sah sehr adrett aus in ihren gutgeschnittenen Reitkleidern, dem schwarzen Reithut und den blankgeputzten Stiefeln. Sie musterte mich anerkennend, und wir gingen in den Stall, wo man ein Pferd für mich aussuchte.

Wir ritten die Auffahrt entlang zum Pförtnerhaus. Jamie kam heraus, um uns das Tor zu öffnen.

»Guten Tag, Jamie«, grüßte Cousine Mary. »Dies ist meine Nichte zweiten Grades, Miss Caroline Tressidor. Sie bleibt eine Weile bei uns.«

»Sehr wohl, Miss Tressidor.«

»Guten Tag, Jamie«, sagte ich.

»Guten Tag, Miss Caroline.«

»Ich hab die Bienen gesehen, als ich gestern abend hier vorbeikam.«

Er machte ein erfreutes Gesicht. »Sie haben gewußt, daß Sie kommen. Ich hab's ihnen erzählt.«

»Jamie erzählt den Bienen alles«, erläuterte Cousine Mary. »Das ist so der Brauch. Du hast bestimmt schon davon gehört. Natürlich hast du.«

Wir ritten weiter. Sie zeigte mir den Besitz und noch mehr.

»Dieses Land hier gehört den Landowers.« Sie wies in die Weite. »Sie würden es am liebsten vermehren und möchten uns gern vereinnahmen. Und wir sie auch.«

»Aber es ist doch genug Platz für beide da.«

»Sicher. Es ist bloß dieses Gefühl, das seit Jahrhunderten besteht. Manche Leute blühen durch Konkurrenz auf, nicht wahr? Eigentlich ist es bloß ein Scherz. Ich habe gar keine Zeit für eine richtige Fehde, und die Landowers bestimmt auch nicht. Die haben im Moment was anderes zu tun, denke ich.«

Als wir ins Haus zurückkehrten, hatte ich eine Menge über Cousine Mary, die Tressidors, die Landowers und die Umgebung erfahren. Ich fand alles sehr interessant und fühlte mich bedeutend besser.

Je näher ich Cousine Mary kennenlernte, um so besser gefiel sie mir. Sie konnte gut erzählen, und ich spielte mit mir ein kleines Spielchen, indem ich versuchte, ihren Redeschwall zu unterbrechen und selbst ein oder zwei Wörtchen einzuflechten. Damit würde ich jedoch später gewiß mehr Erfolg haben; zunächst wollte ich soviel erfahren, wie ich konnte.

Als ich an diesem Abend zu Bett ging, hatte sich ein guter Teil meiner Traurigkeit gelegt. Ich war in eine neue Welt versetzt worden, die mich bereits in ihren Bann gezogen hatte.

Ich schlief tief, und als ich aufwachte, freute ich mich auf den kommenden Tag.

Eine Woche war vergangen. Ich gewöhnte mich allmählich ein. Zwar war ich mir jetzt sehr viel selbst überlassen, nachdem Cousine Mary mir die Umgebung gezeigt hatte, doch war mir das nur recht. Eine derartige Freiheit hatte ich nie zuvor genossen. Allein schon ohne Begleitung ausreiten zu dürfen war ein Abenteuer für sich. Cousine Mary hielt viel von Freiheit und befand, ich sei alt genug, um auf mich selbst aufzupassen. Schließlich war ich kein Kind mehr. Und als eine Woche um war, fand ich mein neues Leben herrlich.

Die Bibliothek stand mir zur freien Verfügung. Es gab keine verbotenen Bücher, nicht so wie zu Hause, wo Miss Bell unsere Lektüre überwacht hatte. Ich las sehr viel – vieles von Dickens, alles von Jane Austen und den Schwestern Brontë, die mich besonders fesselten. Ich ritt täglich und kannte mich in der

Umgebung inzwischen ganz gut aus. Ich hatte ein wenig zugenommen. Die Kost bei Cousine Mary war vorzüglich, und ich sprach allem, was aufgetischt wurde, gut zu. Ich merkte selbst, wie ich mich veränderte. Ich wurde erwachsen und selbständig, erkannte, daß ich unter Miss Bells wachsamen Augen etwas eingeschränkt gewesen war.

Es war eine Erleichterung, keinen Unterricht mehr zu haben. Cousine Mary meinte, da ich mich so gern der Bibliothek bediente, sei die Lektüre großer Schriftsteller die beste Bildung, die mir zuteil werden konnte. Sie würde mir in Zukunft mehr nützen als das Einmaleins.

Es war wirklich ein Vergnügen, sich selbst zu bilden.

Wenn ich spazierenging oder ausritt, kam ich häufig am Pförtnerhaus vorbei. Oft sah ich Jamie dort – er war fast immer in seinem Garten. Er wünschte mir respektvoll einen guten Morgen. Ich wäre gern stehengeblieben, um mit ihm zu plaudern, mich nach den Bienen zu erkundigen, aber etwas in seinem Gebaren hielt mich zurück. Doch gelobte ich mir, ihn eines Tages anzusprechen. Einmal begegnete ich auf einem schmalen Feldweg einem Reiter.

»Na so was«, rief er, »wenn das nicht Miss Tressidor ist!«

Ich erkannte ihn sofort. Er war der jüngere der beiden Reisenden im Zug.

Er merkte, daß ich ihn wiedererkannt hatte, und grinste. »Ganz recht. Jago Landower. Das ist aber eine muntere kleine Stute, die Sie da reiten.«

»Sie ist vielleicht ein bißchen verspielt. Aber das macht nichts. Ich bin viel geritten.«

»Obwohl Sie aus London kommen?«

»Dort reiten wir auch, müssen Sie wissen. Außerdem haben wir einen Landsitz. Wenn ich dort bin, sitze ich immer im Sattel.«

»Das sieht man. Wollen Sie zurück zum Gutshaus?«

»Ja.«

»Ich zeig Ihnen einen neuen Weg.«

»Vielleicht kenn ich ihn schon.«
»Den bestimmt nicht. Kommen Sie.«
Ich wendete die Stute und führte sie neben ihn.
»Ich habe schon nach Ihnen Ausschau gehalten«, sagte er. »Komisch, daß ich Sie noch nicht getroffen habe.«
»Ich bin ja noch nicht lange hier.«
»Wie finden Sie Cornwall?«
»Sehr reizvoll.«
»Und wie lange werden Sie bleiben?«
»Das weiß ich noch nicht.«
»Hoffentlich gehen Sie nicht so bald wieder fort ... nicht bevor wir uns richtig gut kennen.«
»Das ist sehr schmeichelhaft.«
»Und was macht der Drachen?«
»Der Drachen?«
»Die Aufseherin.«
»Meinen Sie Miss Bell, meine Gouvernante? Sie ist gleich am nächsten Tag nach London zurückgefahren.«
»Dann sind Sie also frei.«
»Sie war eigentlich keine Aufseherin.«
»Ein falscher Ausdruck. Wie wär's mit Wachhund?«
»Sie hatte den Auftrag, sich um mich zu kümmern, und das hat sie getan.«
»Ich sehe, Sie sind eine wohlbehütete junge Dame. Es wundert mich, daß man Sie allein hinausläßt. Aber das sieht Lady Mary ähnlich. Sie erzieht Sie zur Selbständigkeit.«
»Miss Mary Tressidor hat mir erst die Umgebung gezeigt, und außerdem kann ich sehr gut auf mich selbst aufpassen.«
»Das sehe ich. Und wie gefällt Ihnen das Heim Ihrer Vorfahren? Und Lady Mary? In Landower Hall nennen wir sie immer Lady Mary. Sie ist eine sehr einflußreiche Dame.«
»Freut mich, daß Sie das zu schätzen wissen. Ihr Weg kommt mir aber ziemlich weit vor.«
»Ist ja auch ein Umweg, keine Abkürzung.«

»Was, Sie führen mich vom Wege ab?«
»Nur ein bißchen. Wenn wir Ihren Weg genommen hätten, wäre unsere Begegnung zu kurz gewesen.«
Ich war geschmeichelt. Er gefiel mir.
Ich sagte: »Ihr Bruder hat den Namen auf meinem Gepäck ja sehr rasch entdeckt und erkannt, wer ich bin.«
»Er ist sehr gewitzt, aber in diesem Fall bedurfte es keiner besonderen Beobachtungsgabe. Wir hatten erfahren, daß Tressidor Manor Besuch bekommen würde, und wir wußten auch, wer das war. Ihr Vater war hier wohlbekannt. Mein Vater kannte ihn und seine Schwester Imogen. Die Leute dachten, er würde das Anwesen erben. Aber es fiel natürlich an Lady Mary.«
»Sie war die rechtmäßige Erbin.«
»Aber eine Frau!«
»Teilen Sie das allgemeine Vorurteil?«
»Keineswegs. Ich bewundere Ihr Geschlecht. Und Lady Mary hat bewiesen, daß sie so tüchtig ist wie ein Mann – manche meinen, sogar viel tüchtiger. Ich wollte Ihnen nur sagen, woher wir wußten, daß Sie hierherkommen und an jenem bestimmten Tag eintreffen würden. Aus London reisen nur wenige Leute hier herunter. Wir sahen Sie, als wir an dem Abteil vorbeigingen, und mein Bruder meinte: ›Hast du das Mädchen mit der Dame gesehen, die offenbar ihre Gouvernante ist? Ich möchte wissen, ob das besagte Miss Tressidor ist. Komm, das müssen wir herausfinden.‹ Und so kamen wir in Ihr Abteil.«
»Es überrascht mich, daß Sie sich soviel Mühe gemacht haben.«
»Wir geben uns immer viel Mühe, um herauszufinden, was bei den Tressidors vorgeht. Schauen Sie! Landower Hall. Ist es nicht herrlich?«
»Ja. Sie müssen sehr stolz auf Ihr Heim sein.«
Einen flüchtigen Augenblick wirkte er niedergeschlagen. »Ja, das sind wir auch. Aber ... wie lange noch ...?«
Mir fiel ein, was Cousine Mary von den Schwierigkeiten der Landowers gesagt hatte. »Wie meinen Sie das?«

»Ach, vergessen wir es. Ja, es ist großartig, nicht wahr? Die Familie ist hier seit ...«
»Seit Anbeginn aller Zeiten, wie Kutscher Joe sagt.«
»Das ist vielleicht ein bißchen übertrieben. Die Landowers sind seit dem 15. Jahrhundert hier.«
»Ja. Wie ich hörte, sind Sie den Tressidors zuvorgekommen.«
»Wie gut Sie sich in der hiesigen Geschichte auskennen!«
»Nicht so gut, wie ich es mir wünschte.«
»Das kommt schon mit der Zeit.«
Ich erkannte jetzt den Weg wieder und verfiel in Galopp. Jago blieb an meiner Seite. Bald tauchte das Tor vor uns auf.
»So ein weiter Umweg war es doch gar nicht, oder?« meinte Jago. »Ich hoffe, wir sehen uns bald wieder. Reiten Sie jeden Tag aus?«
»So gut wie jeden Tag.«
Ich ritt in den Stall.
Die Begegnung hatte mich sehr gefreut.

Danach sah ich ihn oft. Er war immer da, wenn ich ausritt. Er wurde mein Führer, er zeigte mir die Umgebung und erzählte von den alten Legenden, den Gebräuchen und dem Aberglauben, der in dieser Gegend weit verbreitet war. Er führte mich zum Moor und wies auf die seltsame Form mancher Steine hin, die, wie manche Leute glaubten, von prähistorischen Menschen dorthin geschleppt worden waren. Das Moor hatte etwas Unheimliches, und ich war nahe daran, die phantastischen Geschichten von allerlei Getier und Hexen zu glauben.
»Schade, daß Sie nicht früher gekommen sind«, sagte Jago. »Dann hätten Sie das Sonnwendfest mitfeiern können. Wir versammeln uns hier um Mitternacht und zünden Freudenfeuer an, um den Sommer zu begrüßen. Wir tanzen ums Feuer, sind ausgelassen und ein bißchen wild, vielleicht ähnlich wie unsere prähistorischen Vorfahren. Der Tanz ums Freudenfeuer ist eine Vorbeugung gegen Hexerei, und wenn man sich die Kleider

versengt, so bedeutet das, daß man beschützt ist. O ja, Sie hätten beim Sonnwendfest dabeisein sollen. Ich kann Sie vor mir sehen, wie Sie tanzen, mit wild wehenden Haaren – eine echte Tressidor.«
Er zeigte mir eine stillgelegte Zinnmine und erzählte mir von der Zeit, als der Zinnabbau das Herzogtum reich gemacht hatte. »Man sagt, eine stillgelegte Mine bringt Unglück. Die Bergleute von Cornwall waren die abergläubischsten Menschen der Welt, vielleicht abgesehen von den Fischern. Ihr Leben war voller Gefahren, deshalb achteten sie immer auf gute und böse Zeichen. Das sollten wir vielleicht auch tun. Die Bergleute legten Speisen in die Stolleneingänge für die Knackerchen, die einem übel mitspielen konnten, wenn man sie beleidigte. Sie waren angeblich die Geister der Juden, die Jesus gekreuzigt hatten und keine Ruhe fanden. Wie sie nach Cornwall gelangten, dafür gab es keine Erklärung – auch nicht dafür, wieso es so viele waren. Aber so mancher Bergmann schwor, einen Knacker gesehen zu haben – ein kleines, verhutzeltes Wesen, so groß wie ein Püppchen, aber in der alten Bergmannstracht. Ich möchte wissen, was die Knackerchen heute machen, wo so viele Minen geschlossen sind. Vielleicht kehren sie dorthin zurück, wo sie hingehören. Dieser Stollen hier soll besonders unheilvoll sein. Sie dürfen nicht an den Rand des Schachts gehen. Wer weiß, vielleicht verliebt sich ein Knacker in Sie und nimmt Sie mit, wo immer er hingehört.«
Ich hörte ihm gern zu und drängte ihn, mehr zu erzählen. Ich erfuhr von dem Weihnachtsumtrunk, wenn die großen Familien Würzbier spendierten, von dem jeder trank. »Waes Hael«, sagte Jago. »Das ist angelsächsisch und bedeutet ›Zum Wohl‹. Viele unserer Gebräuche gehen in vorchristliche Zeit zurück. Das erklärt, weshalb wir so ein heidnisches Pack sind.«
Er schilderte, wie Weihnachten in den großen Häusern getanzt wurde und wie die Weihnachtssänger kamen und an dem fröhlichen Treiben teilhatten, wie am Dreikönigstag verkleidete und

maskierte Tänzer in historischen Kostümen erschienen und ausgelassen im Freien und durch die Häuser tobten. Am Fastnachtsdienstag war es erlaubt, die Gärten der Reichen zu plündern, und der erste Mai hatte die gleiche Bedeutung wie Weihnachten und das Sommernachtsfest. Jung und alt versammelte sich mit Fiedeln und Trommeln auf den Straßen. Sie spielten und tanzten und brachen dann auf, den Maien hereinzuholen. Zweige wurden von Ahornbäumen geschnitten und Pfeifen daraus geschnitzt, zu deren schrillen Tönen man im Freien tanzte. Am achten Mai gab es in Helston den sogenannten Furrytanz, der hier zwar sehr feierlich, aber um so feuriger, wenn auch weniger zeremoniell in ganz Cornwall getanzt wurde.

Offensichtlich wollte Jago mir zeigen, wie aufregend das Leben hier war und daß es ihn froh und glücklich machte, daß ich hier war. Er erzählte gern, und ich war eine willige Zuhörerin. Er erweckte in mir den Wunsch, selbst einige von den Bräuchen mitzuerleben, die er so begeistert schilderte.

Aber mit der Zeit merkte ich, daß seine Fröhlichkeit verkrampft war, und ich ahnte, daß etwas ihn bedrückte. Als ich ihn danach fragte, tat er es mit einem Achselzucken ab, doch eines Tages erzählte er mir, was ihm im Kopf herumging.

Wir waren an einem leerstehenden Bauernhaus an der Grenze des Landowerschen Anwesens vorbeigeritten, als Jago sagte: »Hier haben die Malloys seit Generationen gelebt. Die letzten hatten nur einen Sohn und eine Tochter, die nichts von der Landwirtschaft wissen wollten. Der Mann ging nach Plymouth und wurde Baumeister. Seine Schwester nahm er mit. Jetzt steht das Bauernhaus leer.«

»Ein sehr hübsches Haus«, bemerkte ich.

»Hm.«

»Ich würde es mir gern anschauen. Können wir nicht hineingehen?«

»Jetzt nicht«, sagte er bestimmt. Und er wendete sein Pferd, als könne er den Anblick des Hauses nicht ertragen.

Später erfuhr ich, warum. Wir waren zum Moor geritten. Dort war es still und erholsam. Ich saß, an einen Felsbrocken gelehnt, mit ausgestreckten Beinen im Gras. Jago saß neben mir.
»Was bedrückt Sie? Warum wollen Sie's mir nicht erzählen?« fragte ich.
Er schwieg eine Weile, dann kam es heraus: »Erinnern Sie sich an das Bauernhaus, das ich Ihnen gezeigt habe?«
»Ja.«
»Das könnte bald unser Heim werden.«
»Was sagen Sie da?«
»Wir müssen Landower womöglich verkaufen.«
»Landower verkaufen! Was soll das heißen? Ihre Familie ist dort seit Anbeginn aller Zeiten.«
»Es ist mein Ernst, Caroline. Wir können es uns nicht mehr erlauben, dort zu wohnen. Das Haus stürzt fast über unseren Köpfen ein. Man müßte ein Vermögen hineinstecken, und zwar bald, wenn es gerettet werden soll.«
»Oh, das tut mir leid, Jago. Ich kann mir vorstellen, wie Ihnen zumute ist.«
»Paul ist außer sich, aber er kann keine Hilfe auftreiben. Er ist zur Zeit in Plymouth ... Er besucht Anwälte und Bankiers ... um Geld aufzubringen. Er läßt nicht locker, obwohl alle sagen, es ist hoffnungslos und nichts zu machen, wir müssen das Haus aufgeben. Paul meint immer noch, er kann was tun ... irgendwie. So ist er eben. Wenn er sich etwas in den Kopf setzt, gibt er nicht auf. Er sagt dauernd, ihm fiele schon etwas ein. Aber wir bräuchten ein Vermögen, um das Gebäude und das Dach zu restaurieren. Alles wurde zu lange vernachlässigt. Man sollte meinen, wenn ein Haus vierhundert Jahre steht, dann steht es ewig. Würde es auch ... wenn wir es reparieren könnten. Aber wir können es nicht, Caroline. Mehr ist dazu nicht zu sagen.«
»Was werden Sie tun?«
»Wir werden wohl verkaufen müssen.«
»O nein!«

»Doch. Die Anwälte sagen, das ist das einzige, was wir tun können. Mein Vater ist hoch verschuldet. Die Gläubiger drängen. Er muß irgendwie zu Geld kommen. Die Anwälte sagen, es sei noch ein Glück für uns, daß wir das Bauernhaus haben, wo wir leben könnten.«
»Wie furchtbar für Sie. Und alle die Vorfahren ...«
»Es gibt nur eine Hoffnung.«
»Und die wäre?«
Er brach in Lachen aus. »Daß es keiner kauft.«
Ich lachte mit ihm und war überzeugt, daß er scherzte. Es machte ihm Spaß, mich zu necken. Deshalb war ich auch nie ganz sicher, wie weit er übertrieb, wenn er mir von den Volksbräuchen erzählte. Jetzt war ich überzeugt, daß er nicht ernst meinte, was er gesagt hatte. Es bestand keine Gefahr, daß Landower Hall in fremde Hände überging. Wie sollte so etwas auch möglich sein?
Wir ritten um die Wette nach Hause. Zum Abschied winkte er mir fröhlich zu und rief: »Morgen um dieselbe Zeit.«
Ich war sicher, daß bei den Landowers alles in Ordnung war oder daß es zumindest nur halb so schlimm war, wie Jago gesagt hatte.
Als ich ein paar Tage später bei einem Spaziergang an dem Pförtnerhaus vorbeikam, erschien Jamie.
»Guten Tag, Miss Caroline«, sagte er.
»Guten Tag. Ziemlich schwül heute. Spüren die Bienen das?«
Seine Miene veränderte sich. »Aber sicher, Miss Caroline. Sie kennen sich mit dem Wetter aus. Sie spüren, wenn Sturm aufkommt.«
»Tatsächlich? Faszinierend. Ich hab mich schon immer für Bienen interessiert.«
»Ist das wahr?«
»Aber ja. Ich würde gern mehr darüber erfahren.«
»Es lohnt sich.« Eine Biene flog über seinen Kopf. Er lachte. »Sie weiß, daß ich über sie spreche.«

»Wirklich?«
»Träges kleines Ding.«
»Oh, ist es eine Drohne?«
»Ja. Tut nichts, als sich vergnügen, während die Arbeiterinnen den Nektar sammeln und die Königin im Stock Eier legt. Aber ihre Zeit wird kommen. Wenn die Königin auf Jungfernflug geht.«
»Haben Sie sich schon immer für Bienen interessiert?«
»Für Lebewesen, Miss Caroline. Ich hatte schon Bienenstöcke, bevor ich hierherkam. Aber nicht so viele. Wundersame kleine Geschöpfe. Klug, emsig. Man weiß, was man von ihnen zu erwarten hat.«
»Das ist ein großer Vorzug ... zu wissen, was man zu erwarten hat. Aber Ihre Blumen sind auch herrlich. Sie haben eine Hand dafür, genau wie für die Bienen.«
»Ja, ich liebe Blumen ... alles, was wächst. Ich hab sogar ein Vögelchen da drin.« Er wies mit dem Kopf zum Häuschen. »Hat einen Flügel gebrochen. Glaub nicht, daß er wieder richtig gesund wird, aber vielleicht heilt er wenigstens ein bißchen.«
Eine Katze kam heraus und rieb sich miauend an seinen Beinen.
»Haben Sie noch mehr Tiere?«
»Löwenherz. Er ist der große Aufpasser. Der macht sich bemerkbar. Er und Tiger, die Katze, sind sozusagen die ständigen Bewohner.«
»Und die Bienen natürlich.«
»O ja, und die Bienen. Die anderen kommen und gehen. Dieser Vogel ... er wird noch ein Weilchen bleiben, aber das Leben in einer Hütte ist nicht gut für einen Vogel.«
»Wie traurig, daß er verkrüppelt sein wird. Vor allem, wenn er sich an die Tage erinnert, als er frei war. Glauben Sie, daß Vögel ein Gedächtnis haben?«
»Ich glaube, der liebe Gott hat allen Geschöpfen bestimmte Kräfte gegeben, Miss Caroline, genau wie uns.« Er zögerte einen Augenblick, dann fuhr er fort: »Möchten Sie einen Mo-

ment hereinkommen? Sie können sich das Vögelchen anschauen.«
»Gern.«
Der Hund kam heraus und musterte mich grimmig.
»Schon gut, Lion. Das ist eine Freundin von mir.«
Der Hund beäugte mich mißtrauisch. Jamie streichelte ihn, und es war deutlich zu sehen, daß das Tier ihm sklavisch ergeben war.
Jamie war in meinen Augen ein glücklicher Mensch.
Er zeigte mir den Vogel mit dem gebrochenen Flügel. Dabei ging er sehr liebevoll mit ihm um, und in seinen sanften Händen hatte der Vogel keine Angst.
Jamie hatte ein hübsches kleines Wohnzimmer, alles war peinlich sauber. Hier saßen wir nun und plauderten von den Bienen. Er sagte, wenn ich Lust hätte, würde er mich ihnen eines Tages vorstellen, wenn die Zeit günstig sei.
»Vorher muß ich Ihnen Schutzkleidung geben. Die Bienen verstehen nicht immer gleich. Sie denken vielleicht, Sie wollen den Stock angreifen.«
Was er erzählte, interessierte mich genauso wie Jago Landowers Schilderungen. Ich stellte Fragen, er antwortete, sichtlich erfreut über mein Interesse. Er hatte mit einem einzigen Schwarm angefangen, und jetzt hatte er zehn Bienenstöcke in seinem Garten.
»Wissen Sie, Miss Caroline, man muß sie verstehen und achten. Sie müssen merken, daß man ihr Freund ist. Sie wissen, daß ich sie vor übermäßiger Hitze und Kälte schütze. Man muß ihnen die besten Bedingungen schaffen, damit sie ihre Waben bauen und die Brut aufziehen können. Oh, ich habe eine Menge gelernt. Durch Versuche und Fehlschläge. Doch heute, schätze ich, habe ich das zufriedenste Bienenvolk in Cornwall.«
»Das glaub ich gern.«
»Meine Bienen haben nichts zu befürchten. Sie verlassen sich

auf mich, und ich verlasse mich auf sie. Sie wissen, daß für sie gesorgt wird, wenn das Wetter zu schlecht für sie ist, um Futter zu suchen. Eines Tages zeig ich Ihnen, wie ich sie mit einer weithalsigen Flasche voll Sirup füttere. Das mach ich aber nur, wenn es richtig kalt wird. Dann dürfen sie nicht zuviel Feuchtigkeit haben. Wenn ich den Zucker aufkoche, gebe ich etwas Essig hinein, der verhindert, daß der Zucker kristallisiert. Ach, ich langweile Sie bestimmt, Miss Caroline. Wenn ich einmal auf die Bienen zu sprechen komme, kann ich einfach nicht mehr aufhören.«
»Ich finde es sehr interessant. Wann darf ich die Bienenstöcke anschauen?«
»Ich spreche heute abend mit ihnen und erzähl von Ihnen. Ich sag, Sie sind eine mitfühlende Seele ... Das werden sie verstehen. Ach was, das finden sie bald genug selbst heraus.«
Ich fand ihn ein bißchen übertrieben, doch er interessierte mich, und ich unterhielt mich von nun an öfter mit ihm, wenn ich vorbeikam. Manchmal ging ich ins Häuschen, manchmal hielten wir einen kleinen Schwatz an der Tür.
Cousine Mary war von meiner neuen Freundschaft sehr angetan.
»Nicht jeder macht sich die Mühe, auf ihn einzugehen. Er ist ein guter Kerl, unser schottischer Sankt Franziskus. Das war der Heilige, der sich immer um die Tiere gekümmert hat. Aber das weißt du natürlich.«
Jetzt hatte ich drei gute Freunde – Cousine Mary, Jago Landower und Jamie McGill. Ich begann, das Leben in Cornwall zu genießen. Kaum zu glauben, daß ich noch vor kurzer Zeit solche Angst davor hatte.
Cousine Mary erzählte mir von vergangenen Zeiten, als mein Vater und Tante Imogen ihre Sommerferien noch in Tressidor Manor verbrachten.
»Die beiden Brüder kamen nicht gut miteinander aus, mein Vater und dein Großvater. Mein Vater hat immer gelacht und

gesagt: ›Er glaubt, er kriegt Tressidor Manor für seinen Sohn. Der wird eine Überraschung erleben.‹«
»Ich weiß, wie mein Vater darüber denkt.«
»Ja. Ich würde Tressidor nie aufgeben. Es gehört mir ... bis zum Tage meines Todes.«
Ich fragte sie, was sie von den Landowers hielt. Konnte es wirklich wahr sein, daß sie verkaufen mußten?
»Es gehen Gerüchte um«, erwiderte sie. »Schon seit geraumer Zeit. Es wird dem alten Herrn das Herz brechen, weil er selbst schuld ist, weißt du. Es hat schon immer Spieler in der Familie gegeben, aber er hat es auf die Spitze getrieben. Wäre Paul ein wenig früher geboren, hätte der Verfall vielleicht aufgehalten werden können. Wie ich höre, hängt er sehr an dem Haus und versteht etwas von Verwaltung. Er hätte vielleicht eine Chance, alles wieder in Ordnung zu bringen. Doch die Schulden des alten Herrn sind nicht alles. Das Haus muß auf der Stelle instand gesetzt werden. Es war eine Torheit, das so lange hinauszuschieben.«
»Ich glaube, Jago geht es auch sehr nahe.«
»Das kann ich mir denken. Aber das ist nichts gegen das, was sein älterer Bruder empfindet. Jago ist noch jung genug, um darüber wegzukommen.«
»Ist Paul denn so viel älter?«
»Paul ist ein Mann.«
»Jago ist fast siebzehn.«
»Er ist noch ein richtiger Junge. Aber sie haben es sich selbst zuzuschreiben. Wäre es ein Akt Gottes gewesen, wie man so schön sagt, könnte man sie mehr bedauern.«
»Aber ich glaube, die Menschen leiden mehr, wenn sie ihr Unglück selbst verschuldet haben, Cousine Mary.«
Sie sah mich beifällig an und tätschelte mir die Hand.
Später sagte sie: »Ich bin richtig froh, daß du gekommen bist. Nett, dich hier zu haben.«
»Das klingt ja wie eine Abschiedsrede.«

»Ich hoffe, daß ich die noch lange nicht halten muß.«
Cousine Mary und ich hatten uns wahrhaftig liebgewonnen.
Und eines Tages war es soweit. Jamie McGill nahm mich mit zu seinen Bienen und stellte mich ihnen vor. Er setzte mir eine komische Haube auf, die vorn in mein Mieder gesteckt wurde, und zog mir einen Schleier übers Gesicht, durch den ich hindurchschauen konnte. Ich bekam dicke Handschuhe. Dann gingen wir zu den Bienenstöcken. Ich muß gestehen, mir war ziemlich ängstlich zumute, als die Bienen um mich herumsummten. Sie summten auch um ihn herum, und ein paar ließen sich auf ihm nieder. Aber sie stachen nicht.
Er sagte: »Das ist Miss Caroline Tressidor. Ich hab euch von ihr erzählt. Sie will euch kennenlernen. Sie ist bei ihrer Tante zu Besuch und eine Freundin von mir.«
Ich sah zu, wie er die Waben aus dem Stock nahm, und ich staunte, daß die Bienen das zuließen. Er sprach dabei die ganze Zeit zu ihnen. Hinterher gingen wir ins Haus, und ich wurde von der komischen Vermummung befreit.
»Sie mögen Sie«, sagte Jamie. »Das erkenne ich an ihrem Summen. Ich hab's ihnen gesagt, und sie trauen mir.«
Weil die Bienen mich mochten, vertiefte sich unsere Bekanntschaft. Vielleicht vertraute Jamie mir, weil die Bienen mir trauten. Er sprach freier über sich selbst. Er erzählte mir, daß er manchmal Heimweh nach Schottland hatte, wo er geboren war. Er sehnte sich nach den Seen und den schottischen Nebeln.
»Die sind anders als hier, Miss Caroline. Und die Berge auch. Unsere sind großartig und zerklüftet – manchmal geradezu furchtgebietend. Ich hab Sehnsucht nach ihnen, o ja.«
»Haben Sie vor, irgendwann zurückzukehren?«
Er sah mich entsetzt an. »O nein ... nein. Das könnte ich nicht, niemals. Sie müssen wissen ... es ist wegen Donald. Er ist ... deshalb mußte ich weg ... so weit fort wie möglich. Ich hab mich immer vor Donald gefürchtet. Wir sind zusammen aufgewachsen.«

»Ihr Bruder?«
»Wir sahen uns so ähnlich. Die Leute konnten uns nicht unterscheiden. Wer war Donald ... Wer war Jamie? Das wußte keiner ... nicht mal unsere Mutter.«
»Sie waren also Zwillingsbrüder.«
»Donald ist kein guter Mensch, Miss Caroline. Er ist böse, richtig böse. Ich mußte weg von Donald. Aber ich langweile Sie mit Sachen, von denen Sie nichts wissen wollen.«
»Ich interessiere mich stets für die Menschen. Ich möchte immer ihre Lebensgeschichte hören.«
»Ich kann nicht von Donald sprechen ... davon, was er getan hat. Ich muß es vergessen.«
»War er sehr böse?«
Er nickte. »So, Miss Caroline, heut nachmittag haben Sie nun meine Bienen kennengelernt.«
»Es freut mich, daß sie in mir eine Freundin sehen.«
»Ich hab's von Anfang an gewußt, daß Sie eine Freundin sind.« Er beugte sich vor. »Vergessen Sie, was ich von Donald gesagt habe. Es ist mir einfach so herausgerutscht.«
»Ich finde, Reden erleichtert.«
Er schüttelte den Kopf. »Nein, ich muß Donald vergessen, als hätte es ihn nie gegeben.«
Ich mußte mich zurückhalten, um ihm nicht noch weitere Fragen zu stellen. Es hatte Jamie McGill sichtlich erschüttert, über Donald zu sprechen, und er machte sich Vorwürfe deswegen.
Danach hat er ihn nie wieder erwähnt, obwohl ich mehrmals versuchte, das Gespräch in diese Richtung zu steuern. Er lenkte mich jedesmal geschickt ab, und ich kam zu dem Schluß, wenn ich ihn dazu brächte, über seinen Bruder zu sprechen, würde ich in seiner Behausung nicht mehr willkommen sein.
Ich schrieb sehr oft an Olivia. Es war, als ob ich mit ihr spräche, und ich wartete immer gespannt auf ihre Briefe.
Das Leben dort ging seinen gewohnten Gang. Olivia hielt

sich meistens auf dem Land auf. Nach den Jubiläumsfeierlichkeiten gab es für sie keinen Grund mehr, nach London zu kommen.

Miss Bell schrieb auch einmal. Ihr Brief war angefüllt mit nichtssagenden Berichten. Sie hatte eine gute Heimreise, Olivia und sie hatten mit Gibbons *Aufstieg und Fall des Römischen Reiches* begonnen. Das Wetter war außerordentlich warm. Solche Dinge interessierten mich nicht.

Dann kam ein Brief von Olivia, der anders war als die anderen.

> *»Liebe Caroline!*
> *Du fehlst mir so sehr. Ich werde bald siebzehn, und Papa hat zu Miss Bell gesagt, ich müsse nun in die Gesellschaft eingeführt werden. Ich hab Angst davor. Ich finde es schrecklich, unter die Leute zu gehen. Das ist nichts für mich. Du würdest da besser hinpassen. Ich hab hier niemanden, mit dem ich richtig reden kann ... Miss Bell sagt, es muß sein, und wenn ich mir vornehme, daß alles gut wird, dann klappt es schon. Mama ist nicht zurückgekommen. Sie kommt nie wieder. Ich dachte, sie wäre bloß für eine Weile fortgegangen, aber niemand spricht von ihr, und wenn ich sie vor Miss Bell erwähne, wechselt sie das Thema, als sei es eine Schande. Ich wünschte, Mama würde zurückkommen. Papa ist noch strenger als sonst. Er ist meistens in London, und ich bin auf dem Land, aber wenn ich ›eingeführt‹ werde, muß ich nach London, nicht? Ach, ich wünschte, Du kämst nach Hause. Ich habe Miss Bell gefragt, wann Du zurückkommst. Sie sagt, das hinge von Papa ab. Ich erwiderte, daß Papa doch bestimmt seine Tochter sehen möchte. Darauf wandte sie sich ab und sagte: ›Caroline kommt zurück, wenn Dein Vater es für richtig hält.‹ Ich fand das recht seltsam. Das ist alles so mysteriös, Caroline, und ich habe Angst davor, in die Gesellschaft eingeführt zu werden.*

Du sollst wissen, daß ich Dich vermisse. Es wäre nicht halb so schlimm, wenn Du zu Hause wärst.
Deine Dich liebende Schwester Olivia Tressidor.«

Ich dachte viel an Olivia und wünschte, sie könnte zu mir nach Cornwall kommen und an diesem sorglosen Leben teilhaben. Manchmal hatte ich das Gefühl, es würde ewig so weitergehen.

Zuweilen verfiel Jago Landower in eine melancholische Stimmung. Da dies seinem Naturell so gar nicht entsprach, nahm ich an, daß er sich wirklich Sorgen machte.
Eines Tages eröffnete er mir, daß es für seine Familie offenbar keine andere Lösung gebe, als das Haus zu verkaufen.
Ich versuchte ihn zu trösten: »Wenn Sie in dem hübschen alten Bauernhaus wohnen, sind Sie wenigstens nicht weit weg.«
»Sehen Sie nicht, daß es dadurch nur schlimmer wird? In der Nähe von Landower Hall zu leben und zu wissen, daß es jemand anderem gehört!«
»Es ist doch nur ein Haus.«
»Nur ein Haus! Es ist Landower Hall! Es ist seit Jahrhunderten unser Heim gewesen ... Und ausgerechnet wir müssen es verlieren ... Sie haben gut reden, Caroline. Sie verstehen das nicht ...«
Nach einer Pause fuhr er fort: »Sie haben es nie gesehen. Nur von außen. Ich werde Ihnen Landower Hall zeigen. Dann werden Sie es vielleicht verstehen.«
So kam es, daß ich Landower Hall betrat. Ich geriet sogleich in seinen Bann und begriff nun, wie die Familie litt.
Ich hatte Tressidor Manor liebgewonnen. Obwohl es uralt war, war es heimelig. Das konnte man von Landower Hall nicht sagen. Es war großartig, prachtvoll, aber bereits im Verfall begriffen, doch sobald ich es betrat, spürte ich, wie wichtig es war, daß dieses Haus nicht dem Ruin preisgegeben wurde. Beim Näherkommen war ich von den mit Zinnen bewehrten Mauern

beeindruckt, und ein atemloses Staunen ergriff mich, als ich durch das Tor in den Innenhof trat. Mir war, als seien die Jahrhunderte in diesen Mauern eingefangen und ich wäre geradewegs ins 14. Jahrhundert zurückversetzt worden, als dieses Gebäude errichtet worden war.

Wir traten durch eine schwere, mit Nägeln beschlagene Tür in die Bankettalle. Ich spürte Jagos ungeheuren Stolz und konnte ihn jetzt voll und ganz verstehen.

Er sagte: »Landower Hall wurde zwar im 14. Jahrhundert erbaut, ist jedoch seitdem immer wieder erneuert und ergänzt worden. Landower ist mit den Jahrhunderten gewachsen, aber die Bankettalle ist als einer der ältesten Teile des Hauses unverändert geblieben. Eins wurde allerdings verändert. Ursprünglich war die Feuerstelle mitten im Raum. Ich zeig Ihnen, wo. Der große Kamin kam in der Zeit der Tudors hinzu. Da oben ist die Musikantengalerie. Schauen Sie sich die Täfelung an: Sie verrät das Alter.«

Ich war sprachlos vor Staunen.

»Hier sehen Sie das Familienwappen, und schauen Sie sich den Stammbaum an. In den Ornamenten über dem Kamin sind die verschlungenen Initialen der Landowers, die hier lebten, als er gebaut wurde. Können Sie sich vorstellen, daß jemand anders hier lebt ... mit allem, was *uns* gehört?«

»Ach Jago, das darf niemals sein. Ich hoffe, daß es nicht dazu kommt.«

»Der Flur da drüben führt in den Küchentrakt. Da gehen wir lieber nicht hin. Das Küchenpersonal hält bestimmt gerade sein Mittagsschläfchen. Die wären gewiß nicht froh, uns zu sehen. Kommen Sie.« Wir gingen die Treppe hinauf und gelangten in das Speisezimmer. Durch die Fenster blickte man auf den großen Rasen und die Gartenanlagen. An den Wänden hingen Teppiche mit Bibelszenen, an jedem Ende der Tafel standen Kandelaber, und der Tisch war gedeckt, als würde sich die Familie gleich zum Essen niederlassen. Auf der großen Anrichte standen warme Gerichte in schimmerndem Silbergeschirr. Dieses Haus machte nicht den Eindruck, dem Untergang geweiht zu sein.

Als nächstes führte er mich in die Kapelle. In ihrer gedämpften Atmosphäre wirkte sie größer als unsere in Tressidor Manor, und Ehrfurcht überkam mich, als unsere Schritte auf den Steinplatten hallten. In die steinernen Wände waren Reliefs mit Kreuzigungsszenen eingelassen. Die Buntglasfenster leuchteten wunderschön, und die Altarschnitzereien waren so kunstvoll, daß ich sie stundenlang hätte betrachten mögen.

Anschließend führte Jago mich ins Sonnenzimmer – ein heiterer Raum mit zahlreichen Fenstern, so hell und sonnig, wie es der Name sagte. Zwischen den Fenstern hingen Porträts von Landowers aller Generationen und anderen bedeutenden Persönlichkeiten.

Alles um mich herum war altehrwürdig – Zeugnisse einer Familie, die ein Haus errichtet und zu ihrem Heim gemacht hatte.

Da ich die Verbitterung meines Vaters über den Verlust von Tressidor Manor erlebt hatte und Cousine Marys Stolz und ihre Entschlossenheit kannte, es zu behalten, verstand ich, welche Tragödie auf die Landowers zukam.

Während ich noch die Wandteppiche betrachtete, merkte ich, daß jemand hereingekommen war. Ich drehte mich abrupt um und erblickte Paul Landower. Seit meiner Ankunft hatte ich ihn nicht mehr gesehen, aber ich erkannte ihn sofort.

»Miss Tressidor.« Er verbeugte sich.

»Oh, guten Tag, Mr. Landower. Ihr Bruder zeigt mir gerade das Haus.«

»Das sehe ich.«

»Es ist großartig.« Meine Lippen zitterten vor innerer Erregung. »Ich verstehe ... ich könnte es auch nicht ertragen ...«

Er sagte, ziemlich kühl, wie ich fand: »Mein Bruder hat also von unseren Schwierigkeiten gesprochen.«

»Warum es geheimhalten? Wetten, daß es alle wissen?« sagte Jago.
Paul Landower nickte. »Du hast recht. Es hat keinen Sinn, etwas zu verschweigen, was bald allgemein bekannt sein wird.«
»Gibt es denn keine Hoffnung mehr?« fragte Jago.
Paul schüttelte den Kopf. »Bislang nicht. Vielleicht können wir einen Weg finden.«
»Es tut mir so leid«, sagte ich.
Paul Landower sah mich ein paar Sekunden an, dann lachte er. »Wie behandelst du denn unseren Gast! Ich schäme mich für dich, Jago. Hast du ihr eine Erfrischung angeboten?«
»Ich bin bloß gekommen, um mir das Haus anzusehen«, wehrte ich ab.
»Aber Sie möchten gewiß Tee, oder nicht?«
»Oh, danke, ich wollte mir nur das Haus anschauen.«
»Das ehrt uns. Wir haben nicht oft Tressidors zu Besuch.«
»Wie schade. Bestimmt würde sich jeder geehrt fühlen, der hierher eingeladen würde.«
»Wir geben heutzutage kaum noch Gesellschaften, nicht wahr, Jago? Wir haben genug damit zu tun, unser Dach über dem Kopf zu erhalten, und das, Miss Tressidor, droht einzustürzen.«
Ich sah erschrocken nach oben.
»Nein, nicht sofort. Ein bißchen wird's noch dauern. Ein paar Vorwarnungen hat es schon gegeben. Was hast du Miss Tressidor bis jetzt gezeigt?«
Jago erklärte es ihm.
»Es gibt noch mehr zu sehen. Ich mach dir einen Vorschlag. Bring Miss Tressidor in einer halben Stunde in mein Vorzimmer. Wir wollen sie zur Feier der Gelegenheit, da eine Tressidor auf Landower weilt, mit Tee bewirten.«
Jago stimmte zu, und Paul ließ uns allein.
»Es muß sehr schlimm stehen, wenn er so redet«, sagte Jago. »Normalerweise ist er sehr zurückhaltend, was unsere Schwierigkeiten betrifft.« Er zuckte die Achseln. »Ach, es hat keinen

Sinn, immer wieder von was anzufangen, das nicht zu ändern ist. Kommen Sie.«

Es gab so viel zu sehen. Die Galerie mit weiteren Porträts, das Paradeschlafzimmer, das von Zeit zu Zeit von Mitgliedern des Königshauses bewohnt worden war; das Gewirr von Schlafräumen, Vorzimmern und Fluren. Ich blickte durch die Fenster über den schönen Park oder auf Innenhöfe mit grotesken Wasserspeiern oberhalb der Mauern.

Zur verabredeten Zeit gelangten wir in ein Vorzimmer, das, wie ich annahm, in Pauls Schlafzimmer führte. Es war ein kleiner Raum mit einem Fenster, das auf einen Innenhof hinausging. Auf einem Tischchen stand ein Tablett mit allem, was zum Tee nötig war.

Paul erhob sich, als ich eintrat. »Ah, da sind Sie ja, Miss Tressidor. Haben Sie immer noch so eine hohe Meinung von Landower Hall?«

»Ich hatte noch nie die Ehre, in so einem wunderbaren Haus zu sein«, rief ich spontan aus.

»Sie schmeicheln uns, Miss Tressidor. Um so mehr, als Sie von Tressidor Manor kommen.«

»Tressidor Manor ist wunderschön, aber es hat nicht diese Pracht ... diese Großzügigkeit.«

»Sie sind zu gütig! Ob Miss Mary Tressidor Ihnen da wohl zustimmen würde?«

»Aber gewiß. Sie sagt stets, was sie meint, und niemand könnte bestreiten, daß eine gewisse ... diese ...«

»Überlegenheit?«

Ich zögerte. »Die Häuser sind so verschieden.«

»Ah, Sie stehen treu zu Cousine Mary. Nun ja, Vergleiche sind abwegig. Es genügt, daß Sie unser Haus bewundern. Ein Segen, daß Sie gekommen sind ... noch rechtzeitig.«

Ich dachte: Diese Tragödie läßt ihn nicht los. Er tat mir leid, viel mehr als Jago.

Er lächelte mich an. Seine Miene, die mir zuvor ein wenig

verhärtet erschienen war, hellte sich auf. »Miss Tressidor, würden Sie uns die Ehre erweisen, den Tee einzuschenken? Diese Aufgabe sollte man stets den Damen überlassen.«
»Sehr gern.« Ich setzte mich an den Teetisch, nahm die schwere silberne Teekanne und schenkte den Tee in die wunderhübschen Porzellantassen. »Milch? Zucker?« fragte ich und kam mir dabei sehr erwachsen vor.
Paul bestritt den größten Teil der Unterhaltung. Jago war in Gesellschaft seines Bruders stiller als sonst. Paul fragte mich, wie es mir in Cornwall gefiel, und erkundigte sich nach meinem Heim in London und auf dem Land. Ich plauderte lebhaft wie immer; nur als ich von meinem Vater sprach, wurde ich zurückhaltender. Er war mir immer wie ein Fremder gewesen, und jetzt um so mehr. Ich war überrascht, wie schnell Paul Landower das spürte. Er wechselte diskret das Thema.
Mir ging diese Begegnung noch lange nach. Es war natürlich aufregend, in dem alten Haus zu sein, aber gleichzeitig stimmte es mich traurig, zu sehen, wie die Familie angesichts des drohenden Verlustes litt. Ich fühlte mich in Gegenwart von Paul Landower ausgesprochen wohl. Es freute mich, daß er Jago und mich im Haus angetroffen hatte und mich wie einen Gast behandelte.
Er war ganz anders als Jago. Jago war für mich noch ein richtiger Junge. Paul dagegen war ein Mann. Seine Nähe erregte mich. Ich hätte ihm so gern geholfen!
Über den Hader zwischen unseren Familien sprach er auf dieselbe Art wie Cousine Mary.
»Ich habe nicht den Eindruck, daß wir uns sehr gram sind«, sagte ich. »Hier sitze ich, ein Mitglied der einen Familie, und plaudere aufs angenehmste mit Mitgliedern der anderen.«
Jago meinte auch, so etwas komme heutzutage doch nicht mehr vor; dazu seien die Leute viel zu vernünftig.
»Das hat nichts mit Vernunft zu tun«, behauptete Paul. »Dergleichen legt sich ganz von selbst. Aber in alten Zeiten muß es

ziemlich grimmig zugegangen sein. Die Tressidors und die Landowers wetteiferten um die Vorherrschaft. Wir bezeichneten die Tressidors als Aufsteiger. Sie sagten, wir erfüllten unsere Verpflichtungen in der Nachbarschaft nicht. Wahrscheinlich hatten beide recht. Aber die respektable Lady Mary ist viel zu klug, um sich auf einen Streit einzulassen. Und wir in unserem desolaten Zustand können ihn uns auch nicht leisten.«
»Sie werden bestimmt einen Ausweg aus Ihren Schwierigkeiten finden«, sagte ich.
»Meinen Sie wirklich, Miss Tressidor?«
»Aber sicher.«
Er hob seine Tasse. »Darauf trinke ich.«
»Ich hab das Gefühl«, überlegte Jago laut, »daß sich kein Käufer findet.«
»Oh ... aber es ist doch so wundervoll«, rief ich.
»Man müßte ein Vermögen hineinstecken«, erwiderte Jago. »Damit tröste ich mich immer. Wer wieder Leben in die wankende alte Ruine hauchen wollte, müßte unermeßlich reich sein.«
»Ich hab das bestimmte Gefühl, daß alles gut wird«, wiederholte ich.
Ich erhob mich nur zögernd zum Gehen. Es war ein aufregender Nachmittag gewesen.
»Sie müssen wiederkommen«, bat Paul.
»Liebend gern.«
Paul ergriff meine Hand und hielt sie lange fest. Dann sah er mir ins Gesicht. »Ich fürchte, wir haben Sie mit unseren Problemen belastet.«
»Nein, nein ... wirklich nicht. Ich fühle mich eher geschmeichelt ... weil Sie mich ins Vertrauen gezogen haben.«
»Nein, es war unverzeihlich. Wir sind sehr schlechte Gastgeber. Nächstes Mal machen wir es besser.«
»Nein, nein«, beharrte ich. »Ich verstehe Sie, wirklich.«
Er drückte mir innig die Hand, und mir wurde warm ums Herz.

Einem Menschen wie Paul war ich noch nie begegnet. Seine Gegenwart und die Pracht des Hauses hatten mir einen der aufregendsten Nachmittage meines Lebens beschert.

Ich war jung und leicht zu beeindrucken und fand, Paul Landower war die interessanteste Persönlichkeit, der ich je begegnet war; ich war schrecklich aufgeregt bei der Aussicht, ihn wiederzusehen.

Jago meinte auf dem Heimritt: »Paul war ganz anders als sonst. Normalerweise ist er sehr zurückhaltend. Ich war erstaunt, wieviel er geredet hat ... mit Ihnen ... über das Haus und so. Komisch. Sie müssen Eindruck auf ihn gemacht haben. Sie haben wohl die richtigen Dinge zur richtigen Zeit gesagt.«

»Ich habe nur gesagt, was ich dachte.«

»Gewöhnlich ist er nicht so entgegenkommend.«

»Hm, dann habe ich wohl wirklich einen guten Eindruck gemacht.«

Zu Hause angekommen, mußte ich Cousine Mary unbedingt erzählen, wo ich gewesen war. Ich fand sie im Wohnzimmer. Aber sie machte ein ziemlich bedrücktes Gesicht.

Ich platzte heraus: »Rate mal, wo ich gewesen bin. Jago hat mir das Haus der Landowers gezeigt, und ich hab Paul wiedergesehen. Er war sehr freundlich, und wir haben Tee zusammen getrunken.«

Ich hatte erwartet, daß sie staunen würde. Aber sie saß nur da und starrte mich an: »Ich habe leider Nachricht aus London, Caroline. Einen Brief von deinem Vater. Du mußt zurück. Miss Bell kommt dich nächste Woche abholen.«

Ich war tief betrübt. Jetzt war es vorbei mit meiner Freiheit. Ich hatte Cousine Mary liebgewonnen; ich wollte Jamie McGill weiter besuchen und mehr über ihn, seine Bienen und seinen garstigen Bruder Donald erfahren. Vor allem aber wollte ich die Freundschaft mit den Landowers vertiefen.

Ich hatte Jago gern, aber seit dem Nachmittag mit Paul war

etwas mit mir geschehen. Zwar hatte ich nach der Begegnung im Zug hin und wieder an ihn gedacht, aber das Zusammentreffen in dem faszinierenden Haus hatte mich ganz durcheinandergebracht. Wie konnte jemand, den man kaum kannte, einen so tiefen Eindruck hinterlassen?

Ich war verwirrt. Er besaß eine gewisse Anziehungskraft, die noch kein anderer Mensch auf mich ausgeübt hatte. Er war nicht hübsch im herkömmlichen Sinne. Er sah aus, als neige er zur Melancholie, aber das lag vielleicht an seiner verzweifelten Situation. Seine Tragödie war mir bewußt, ich verstand, wie er unter dem drohenden Verlust seines Erbes litt, und wollte ihm so gern helfen. Es ging ihm viel näher als Jago. Jago war von Natur aus unbekümmerter, vielleicht auch stabiler. Ich fragte mich, was der Vater der beiden wohl im Moment durchmachte. Aber warum ließ ich mein Leben von ihrem Mißgeschick beeinflussen? Ich kannte sie kaum und doch … Man mußte eine Lösung finden.

Ich war voll Mitgefühl mit Jago, aber meine Empfindungen für Paul waren anderer Art. Ich wurde rasch erwachsen. Es hatte an dem Tag begonnen, als ich die Jubiläumsparade von Captain Carmichaels Fenster aus beobachtet hatte.

Ich wußte jetzt, daß er und meine Mutter ein Liebespaar waren, daß mein Vater es entdeckt und daß ich sie gewissermaßen verraten hatte. Er mußte sie bereits verdächtigt haben, ich hatte lediglich den endgültigen Beweis geliefert. Inzwischen war mir das klargeworden. Deswegen konnte er meinen Anblick nicht ertragen. Ich war der Unglücksbote gewesen. Ich hatte ihn gezwungen, der Wahrheit ins Gesicht zu sehen, und aus diesem Grund wollte er mich aus den Augen haben.

Ja, ich wurde erwachsen, und das machte mich empfänglicher für bestimmte Gefühle.

Ich wollte allein sein, um nachzudenken.

Auch Cousine Mary war traurig. Sie hatte mich gern bei sich gehabt. Mir war der Gedanke gekommen, daß sie bereit war,

Tressidor Manor zu meinem Heim zu machen. Ich hätte nichts dagegen gehabt, denn mir war unterdessen klargeworden, daß das, was ich so lange für mein »Heim« gehalten hatte, nie ein richtiges Zuhause war, sofern man darunter Liebe und Geborgenheit verstand, die ein Kind benötigte. Erst bei Cousine Mary hatte ich das gefunden.
Sie sagte: »Aber du mußt wiederkommen, Caroline.« Sie wollte es nicht zeigen, aber ich sah ihr an, daß sie bekümmert war.
Ich wollte mit keinem Menschen reden, wollte allein sein. Ich sattelte meine Stute und ritt zum Moor. Ich galoppierte über das Gras, an riesigen Felsbrocken und plätschernden Bächen vorbei. Dann band ich mein Pferd an und streckte mich im Gras aus. Nächste Woche um diese Zeit bin ich nicht mehr hier, dachte ich.
Jago fand mich dort. Er hatte von einer Frau in einer Hütte am Rande des Moors, die gerade draußen ihre Wäsche aufhängte und mich vorüberreiten sah, gehört, welche Richtung ich eingeschlagen hatte. Er war eine halbe Stunde herumgeritten und hatte mich gesucht.
Er setzte sich neben mich.
»Ich reise ab«, sagte ich. »Nächste Woche muß ich zurück nach London. Meine Gouvernante kommt mich abholen. Mein Vater will, daß ich zurückkomme.«
Er pflückte einen Grashalm ab und kaute darauf herum.
»Ich wollte, Sie würden hierbleiben«, murmelte er.
»Was glauben Sie wohl, was ich will?«
»Sie sind gern hier, nicht wahr?«
»Ich möchte bleiben. Es gibt soviel zu ...«
»Ich dachte, auf dem Land tut sich nicht viel, und aufregend ist es nur in London.«
»Für mich nicht.«
»Kommen Sie mit zu uns. Paul hat Sie ins Herz geschlossen. Er meint, Sie konnten nicht bei einem einzigen Besuch das ganze Haus besichtigen.«

»Ich würde sehr gern kommen, aber ...«
»Es wird uns nicht mehr lange gehören, das steht so gut wie fest.«
»Ihrem Bruder fällt bestimmt was ein, um es zu behalten.«
»Das hab ich auch immer gesagt, aber ich wüßte nicht, was. Paul ist es gewöhnt, sich durchzusetzen, aber diesmal ist es etwas anderes. Der Verkauf ist beschlossene Sache. Fragt sich nur, ob sich jemand findet, der es sich leisten kann.«
»Wenn Sie verkaufen, sind Sie reich.«
»Reich ... ohne Landower Hall.«
»Aber dann sind die Schulden beglichen, und Sie können von vorn anfangen.«
»Mit einem Bauernhof ... auf dem Grund und Boden, der einst uns gehörte!«
»Es ist wirklich traurig.«
»Und Sie reden davon, wegzugehen. Lassen Sie sich doch nicht einfach so herumkommandieren.«
»Was kann ich denn tun?«
»Weglaufen. Sich verstecken ... bis die alte Gouvernante verzweifelt ohne Sie nach London zurückfährt.«
»Wie?«
»Ich verstecke Sie.«
»Wo? Vielleicht in einem Verlies in Landower Hall?«
»Hört sich verlockend an. Ich bring Ihnen täglich was zu essen, zweimal, dreimal täglich. Dort gibt es gar nicht viele Ratten.«
»Bloß ein paar, wie?«
»Ich würde dafür sorgen, daß es Ihnen an nichts fehlt. Sie könnten auch in das Bauernhaus gehen, das demnächst unser Heim wird. Keiner würde auf die Idee kommen, Sie dort zu suchen. Sie könnten sich als Junge verkleiden.«
»Und dann zur See fahren?« fragte ich ironisch.
»Nein, bewahre. Dann könnten Sie auch gleich nach London gehen. Der Sinn der Sache ist doch, daß Sie hierbleiben.«

Jago entwickelte immer neue wilde, absurde Pläne für meine Flucht. Es tröstete mich, ihm zuzuhören, auch wenn ich nichts ernst nehmen konnte.

Schließlich erhob ich mich zögernd. Ich hatte allein sein wollen, um nachzudenken, aber ich war froh, daß er mich gefunden hatte, denn er hatte mich mit seinen spaßigen Plänen zum Lachen gebracht und von meinem Unglück abgelenkt. Daß es Menschen gab, die wünschten, daß ich blieb, linderte den Kummer über meine bevorstehende Abreise ein wenig. Ich war froh, daß ich so viele Freunde hatte, Jago, Cousine Mary, Jamie McGill. Er hatte mir sogleich erzählt, daß die Bienen bekümmert gesummt hätten und traurig seien, weil ich das Pförtnerhaus nun nicht mehr besuchen würde. Auch Jago war richtig bedrückt, und ich fragte mich, ob es Paul wohl ebensoviel ausmachen würde.

Es war ein Glück, daß Jago mich gefunden hatte, denn auf dem Heimweg merkte ich, daß etwas nicht stimmte. Jago begutachtete meine Stute und sagte: »Sie hat ein Hufeisen verloren. Das muß auf der Stelle gerichtet werden. Kommen Sie. Wir sind nicht weit von Avonleigh. Dort ist eine Schmiede.«

Ich stieg ab, und wir führten unsere Pferde die Viertelmeile bis ins Dorf. Wir gingen sogleich zum Hufschmied, der gerade bei der Arbeit war. Er blickte interessiert zu uns auf.

In der Luft hing der nicht unangenehme Geruch von verbranntem Horn.

»Guten Tag, Jem«, grüßte Jago.

»Na, wenn das nicht Mr. Jago is'. Was kann ich für Sie tun? Tag, Miss.«

»Das Pferd der Dame hat ein Hufeisen verloren«, sagte Jago.

»So? Und wo ist das Tier?«

»Hier«, sagte Jago. »Wie rasch kannst du es beschlagen, Jem?«

»Sobald ich mit diesem hier fertig bin. Gehn Sie doch solange mit der Dame ins Trelawny Arms. Die haben einen besonders guten Apfelmost ... eigene Herstellung. Kann ich sehr empfehlen. Trinken Sie was, und kommen Sie dann wieder. Dann hab ich die kleine Stute wahrscheinlich fertig.«

»Das ist wohl das beste«, meinte Jago. »Wir lassen beide Pferde hier, Jem.«

»Ist gut, Mr. Jago.«

»Kommen Sie«, wandte sich Jago an mich. »Gehen wir ins Trelawny Arms. Jem hat recht, dort gibt es einen guten Apfelmost.«

Es war ein kleiner Gasthof, kaum hundert Schritte von der Schmiede entfernt. Das Wirtshausschild knarrte im leichten Wind. Es stellte Bischof Trelawny dar.

Eine Frau, die ich für die Wirtin hielt, kam, um mit uns zu plaudern. Sie kannte Jago und redete ihn mit seinem Namen an. Er stellte mich ihr vor.

Die Wirtin machte große Augen. »Ah, dann ist das wohl die junge Dame von Tressidor Manor, die hier zu Besuch ist. Wie finden Sie Cornwall, Miss Tressidor?«

»Es gefällt mir sehr gut.«

»Ihr Pferd hat ein Hufeisen verloren«, erklärte Jago, »und wir müssen ein Weilchen warten, bis Jem es beschlagen hat. Da dachten wir, wir kommen mal vorbei und kosten Ihren Apfelmost. Jem hat ihn uns empfohlen.«

»Der beste im ganzen Herzogtum, sagt er immer. Und wenn's auch mein eigener ist, ich muß ihm recht geben.«

»Ich auch. Aber Miss Tressidor möchte ihn kosten, Maisie.«

»Sofort, Mr. Jago.«

Wir setzten uns an einen Ecktisch. Ich betrachtete die Stube mit den kleinen bleigefaßten Fenstern und schweren Eichenbalken. Rund um den offenen Kamin hingen Pferdegeschirre. Es war eine typische Gaststube. Schätzungsweise war sie gut zweihundert Jahre alt.

Maisie brachte den Apfelmost.

»Habt ihr viel zu tun?« fragte Jago.

»Wir haben zwei Gäste – Vater und Tochter. Sie bleiben ein, zwei

Tage. Das gibt uns was zu tun.« Sie lächelte mich an. »Wir rechnen kaum mit Dauergästen. Die meisten Leute steigen in der Stadt ab. Wir sind zu nahe an Liskeard. Die Zeiten haben sich geändert! Ist bloß noch ein ständiges Ein und Aus.«

Dann ließ sie uns allein, und wir kosteten den Apfelmost.

»Wir brauchen uns nicht zu beeilen«, sagte Jago. »Der alte Jem wird noch ein Weilchen brauchen. Denken Sie nur ... vielleicht kommen wir nie wieder hierher. Deshalb wollen wir's genießen.«

»Ich mag gar nicht daran denken. Fast hatte ich vergessen, daß ich bald fort muß.«

»Wir müssen uns was einfallen lassen«, sagte Jago.

In diesem Augenblick kamen die Gäste in die Stube – ein Mann mit einer jungen Frau, eindeutig Vater und Tochter. Beide hatten dieselben rotblonden Haare, lebhafte helle Augen und spärliche Brauen. Das Mädchen mochte etwa ein Jahr älter sein als Jago. Sie blickte sich in der Stube um. Als sie uns sah, leuchteten ihre Augen interessiert auf.

»Schönen guten Tag«, sagte der Mann. Er hatte einen Akzent, der mir fremd war, aber immerhin merkte ich, daß er nicht aus dieser Gegend stammte.

Wir erwiderten seinen Gruß, und er fuhr fort: »Schmeckt der Apfelmost?«

»Ausgezeichnet«, erwiderte Jago.

»Dann nehmen wir auch einen. Gwennie, geh und bestell ihn.«

Das Mädchen gehorchte, und der Mann meinte: »Sie haben hoffentlich nichts dagegen, daß wir uns zu Ihnen setzen.«

»Natürlich nicht«, sagte Jago.

»Wir sind hier abgestiegen«, erklärte der Mann.

»Für länger?« fragte Jago.

»Bloß für ein paar Tage. Kommt darauf an, ob das, was wir besichtigen werden, unseren Wünschen entspricht.«

Das Mädchen kam zurück. »Wird gleich gebracht, Pa.«

»Ah«, sagte er, »fein. Ich bin wie ausgedörrt.«
Maisie brachte den Apfelmost. »Schmeckt er Ihnen, Sir?« fragte sie Jago, und er erwiderte, daß wir ihn beide ausgezeichnet fänden.
»Rufen Sie nur, wenn Sie mehr wünschen.«
»Wird gemacht«, sagte Jago.
Maisie ging hinaus. Jago grinste den Mann an. »Könnte ein bißchen stark sein«, meinte er.
»Schon, aber das Zeug ist gut. Leben Sie in dieser Gegend?«
»Ja.«
»Kennen Sie ein Haus namens Landower Hall?«
Ich machte den Mund auf, aber Jago warf mir einen warnenden Blick zu.
»Allerdings«, sagte er. »Es ist das größte Haus weit und breit.« Er sah mich verschmitzt an. »Einige Leute behaupten jedoch, daß Tressidor Manor schöner ist.«
»Aber das steht nicht zum Verkauf«, sagte das Mädchen.
Jagos Miene nahm für einen Augenblick einen bestürzten Ausdruck an. Dann meinte er munter: »Sie interessieren sich also für Landower Hall?«
»Tja«, erwiderte der Herr lachend, »deswegen bin ich nämlich hier.«
»Sie meinen, Sie wollen das Haus kaufen?«
»Nun ja, das hängt natürlich davon ab, ob … Es muß für uns geeignet sein.«
»Soviel ich weiß, wird ein sehr hoher Preis verlangt.«
»Auf die Moneten kommt's nicht an, wenn wir was Passendes finden.«
»Sie sind aus dem Norden, nicht wahr?«
»Stimmt, und wir wollen uns im Süden niederlassen. Ich hab zwar noch Geschäfte da oben, aber um die können andere sich kümmern. Ich stell mir mein Leben anders vor. Ich möchte Gutsherr von irgend 'nem verschlafenen Anwesen mitten auf dem Land werden … weg von allem Trubel.«

»Macht es Ihnen denn nichts aus, von Ihrer Heimat wegzuziehen?« wollte ich wissen.

»Kann's gar nicht mehr erwarten. Mein Anwalt meint, das hier könnte genau das richtige für uns sein. Was ich mir immer gewünscht habe. Herrschaftlicher Besitz ... alt, irgendwo verwurzelt. Ehrwürdig, Sie verstehen schon. Und da Mrs. Arkwright nun tot ist – das war meine Frau –, wollten wir weg, nicht wahr, Gwennie?« Das Mädchen nickte. »Wir haben uns oft drüber unterhalten; Gwennie wird die Hausherrin, ich werde der Gutsherr. Das Klima ist hier milder als dort, wo wir herkommen. Ich hab's nämlich auf der Brust. Der Arzt hat mir zu einem Klimawechsel geraten. Das hier scheint genau das richtige zu sein.«

»Haben Sie das Haus schon gesehen?« fragte ich.

»Nein, wir wollen es morgen besichtigen.«

»Wir sind so aufgeregt«, sagte Gwennie. »Ich mach heute nacht bestimmt kein Auge zu, weil ich immer daran denken muß.«

»Sie mögen alte Häuser, nicht wahr, Miss – hm – Arkwright?« fragte Jago.

»O ja. Ich finde alte Häuser wunderbar ... wie sie jahrelang dem Wetter getrotzt haben. Ich muß an all die Menschen denken, die dort gelebt haben. An die Dinge, die sie getan haben. Ich möchte alles über sie erfahren.«

»Du wolltest schon immer wissen, was mit den Menschen los ist, Gwennie«, sagte Mr. Arkwright nachsichtig. »Du weißt ja, was Mutter immer gesagt hat. Du steckst in alles deine Nase rein. ›Sei nicht so neugierig‹, hat sie immer gesagt.«

Beide lächelten ein wenig wehmütig im Gedenken an die Mutter.

»Ich habe gehört, daß das Haus die Witterung nicht eben gut überstanden hat«, sagte Jago.

Ich gab meinen Kommentar dazu. »Ich hab gehört, daß eine Menge Reparaturen vonnöten sind ... eine vollständige Renovierung sozusagen.«

»Ach, damit muß ich rechnen«, meinte Mr. Arkwright. »John Arkwright läßt sich von niemandem Sand in die Augen streuen. Meine Anwälte kennen sich aus. Sie schätzen, was getan werden muß, das wird alles mit berücksichtigt.«

»So, das haben Sie also bereits in Erwägung gezogen«, sagte Jago in leicht kläglichem Ton.

»Ich hab gehört, das Haus ist schon ziemlich baufällig«, erklärte ich.

»Ach was … so schlimm wird's schon nicht sein«, warf Mr. Arkwright ein. »Man muß'n paar Moneten reinstecken, weiter nichts.«

»Und das macht Ihnen nichts aus?« fragte Jago ungläubig.

»Nicht bei so einem Haus. Wurzeln in der Vergangenheit. Ich hab mir immer gewünscht, so was zu besitzen.«

»Aber es sind nicht *Ihre* Wurzeln«, gab ich zu bedenken.

»Ach, da muß man ein bißchen mauscheln, 'n bißchen aufpfropfen sozusagen.« Er lachte über seinen Scherz, und Gwennie stimmte ein.

»Du bist mir einer, Pa«, sagte sie.

»Na ja, ist doch wahr. Ich werde Gutsherr. Das haben wir immer gewollt. Gefällt dir der Gedanke etwa nicht, Gwennie?«

Gwennie bestätigte, sie habe das Gefühl, nach allem, was sie über das Haus gehört hätte, sei es genau das, was sie suchten.

»Es hat eine Halle mit einer Musikantengalerie«, fügte sie hinzu.

»Wir werden dort Bälle veranstalten, Gwennie, verlaß dich drauf.«

»Oh.« Sie verdrehte verzückt die Augen. »Das wird …« Sie suchte nach dem richtigen Wort. »Das wird famos … richtig famos.«

»Hoffentlich haben Sie keine Angst vor Gespenstern«, meinte Jago.

»Gespenster?!« kreischte Gwennie in einem Ton, der verriet, daß sie sich allerdings davor fürchtete.

»In alten Häusern gibt es immer Gespenster«, fuhr Jago fort.

»Und sie treiben es besonders bunt, wenn neue Leute einziehen. All die Ahnen der Landowers ...«

Mr. Arkwright sah Gwennie besorgt an »Laß gut sein, Gwen. Du glaubst doch wohl nicht an so einen Unsinn, oder? Und wenn's tatsächlich ein paar Gespenster gibt ... nun ja, dafür zahlen wir schließlich unser gutes Geld. Die tun uns nichts. Die sind heilfroh, daß wir gekommen sind, um ihr Heim zu retten.«

»So kann man es auch sehen«, sagte Gwennie mit einem kaum merklichen Lächeln. »Das ist typisch Papa.«

»Klar, man muß es vernünftig betrachten. Außerdem geben Gespenster einem alten Haus ein bißchen Flair.«

Gwennie lächelte immer noch unschlüssig.

»Es ist bestimmt das richtige für uns«, meinte Mr. Arkwright zuversichtlich. »Wetten, unsere Suche ist bald zu Ende.«

Jago erhob sich. »Wir müssen zurück zur Schmiede. Eins von unseren Pferden hat ein Hufeisen verloren. Wir sind nur hier hereingekommen, um während der Wartezeit den Apfelmost zu kosten.«

»War nett, sich mit Ihnen zu unterhalten«, sagte Mr. Arkwright. »Sie sind hier aus der Gegend, nicht?«

»Stimmt.«

»Kennen Sie das Haus gut?«

»Einigermaßen.«

»Ist doch alles Quatsch, das mit den Gespenstern und so.«

Jago legte den Kopf schief und zuckte die Achseln. »Viel Glück«, sagt er nur. »Guten Tag.«

Wir traten ins Freie und machten uns auf den Weg zur Schmiede.

»Können Sie sich die auf Landower vorstellen?« fragte ich.

»Ich mag gar nicht daran denken.«

»Ich glaube, Sie haben Gwennie erschreckt.«

»Hoffentlich.«

»Meinen Sie, daß es etwas nützt?«

»Ich weiß nicht. Wenn er das Haus erst sieht, will er's bestimmt

haben. Er hat die ›Moneten‹, wie er es ausdrückt, und er hat seinen Anwalt, da wird es eine harte Verhandlung werden.«
»Ich setze meine ganze Hoffnung auf Gwennie. Sie haben ihr mit den Gespenstern richtig angst gemacht.«
»Den Eindruck hatte ich auch.«
Lachend legten wir den Rest des Weges zur Schmiede im Laufschritt zurück.

Ich hatte mich für nachmittags mit Jago verabredet. Er wirkte aufgeregt, und ich vermutete, er hatte wieder so einen irrwitzigen Plan im Sinn und wollte mit mir darüber reden. Ich hatte recht.
»Kommen Sie mit zu uns«, bat er. »Ich hab eine Idee.«
Wir stellten unsere Pferde im Stall unter und gingen ins Haus. Er führte mich zu einem Nebeneingang, und durch ein Labyrinth von Korridoren kamen wir zu einer Wendeltreppe mit einem Seil als Geländer.
»Wo sind wir hier?« fragte ich im Hinaufsteigen.
»Dieser Teil des Hauses wird kaum benutzt. Die Treppe führt direkt auf den Dachboden.«
»Zu den Dienstbotenkammern?«
»Nein. Zum Dachboden, der als Abstellraum dient. Ich hatte gedacht, daß dort etwas Wertvolles verstaut sein könnte … irgendwas, das unser Vermögen gerettet hätte. Ein alter Meister, ein kostbares Schmuckstück … was irgendwann mal versteckt wurde, vielleicht während des Bürgerkriegs.«
»Sie standen erst auf seiten des Parlaments«, erinnerte ich ihn, »und haben dann alles gerettet, indem Sie auf die andere Seite wechselten.«
»Aber erst, als sie siegreich war.«
»Das war alles andere als rechtschaffen, also seien Sie nicht so selbstgefällig.«
»Nicht rechtschaffen … aber klug.«
»Ich glaube, Sie sind ein Zyniker.«

»Man muß hart sein auf dieser Welt. Was wir auch taten, wir haben Landower gerettet. Ich würde alles tun, um Landower zu retten; meine Familie hat es durch die Jahrhunderte so gehalten. Aber lassen wir das jetzt. Ich zeig Ihnen, worauf ich hinauswill.«
»Haben Sie tatsächlich etwas gefunden?«
»Ich bin noch nicht auf ein Meisterwerk gestoßen ... ein kostbares Schmuckstück oder wertvolles Gemälde oder dergleichen. Aber Gottes Wege sind geheimnisvoll, und ich glaube, er hat meine Gebete erhört.«
»Wie aufregend. Aber Sie sind genauso undurchschaubar wie Gott und spannen mich richtig auf die Folter.«
»Hilf dir selbst, so hilft dir Gott«, fuhr er in frommem Tonfall fort. »Kommen Sie.«
Es war ein langgestreckter Dachboden. An einem Ende reichte das Dach fast bis auf die Erde. Am anderen Ende ließ ein kleines Fenster ein wenig Licht ein.
»Es ist unheimlich hier oben.« Mich fröstelte.
»Ich weiß. Man denkt an Gespenster. Die guten Gespenster, ich glaube, sie kommen uns zu Hilfe. Die Urahnen erheben sich zornig bei dem Gedanken, daß Landower in fremde Hände übergeht.«
»Nun zeigen Sie mir schon Ihre Entdeckung.«
»Kommen Sie hier herüber.« Er öffnete eine Truhe. Es verschlug mir den Atem. Die Truhe war vollgestopft mit Kleidern.
»Da!« Er zog ein pelzbesetztes Kleid aus grünem Samt hervor. Ich nahm es in die Hände. »Wie hübsch.«
»Warten Sie«, fuhr er fort. »Das ist noch gar nichts. Wie finden Sie das hier?«
Er zog ein Kleid mit weiten, geschlitzten Ärmeln heraus. Der grüne Samt war an einigen Stellen stark verblaßt. Doch die Spitze am Kragen war gewiß einmal sehr kostbar gewesen. Der doppelt gelegte Rock sprang vorne auf, und darunter kam ein Brokatrock mit feiner Stickerei zum Vorschein, die zum Teil abgeschabt war. Das Gewand roch ein wenig muffig. Es ähnelte

dem Kleid, das eine Tressidor-Ahnin auf ihrem Porträt in der Galerie trug, und ich schätzte, daß es aus der Mitte des 17. Jahrhunderts stammte. Es war ein wunderlicher Gedanke, daß das Kleid die ganze Zeit in der Truhe gelegen hatte.
»Sehen Sie!« rief Jago. Er hatte seinen Rock ausgezogen und war in ein Wams geschlüpft. Es lag eng an, es war aus dunkelviolettem Samt, mit Spitzen und Borten besetzt, und war seinerzeit gewiß sehr prachtvoll gewesen. Die Borten hatten sich zum Teil gelöst, und der Samt war an mehreren Stellen arg verblaßt. Jago holte noch einen Umhang aus rotem Plüsch hervor, den er sich über die Schultern warf.
»Was halten Sie davon?« fragte er.
Ich brach in Lachen aus. »Ich fürchte, man würde Sie nie mit Sir Walter Raleigh verwechseln. Aber ich glaube, wenn wir draußen im Schlamm wären, würden Sie Ihren Umhang ausbreiten, damit ich darüberschreiten könnte.«
Er ergriff meine Hand und küßte sie. »Mein Mantel stünde Ihnen zu Diensten, werte Dame.« Ich lachte, und er fuhr fort: »Schauen Sie, diese Kniehosen und Schuhe. Darin sähe ich wie ein richtiger elisabethanischer Junker aus. Ein Hütchen mit Feder ist auch dabei.«
»Großartig!« rief ich.
»Sie in dem Kleid und ich in dem Wams und den Kniehosen ... na, was würden wir wohl für einen Eindruck machen?«
»Die Sachen stammen aus verschiedenen Epochen.«
»Was macht das schon? Das würde doch keiner merken. Ich dachte, im Schatten ... auf der Musikantengalerie könnten wir ein feines Gespensterpaar abgeben.«
Ich starrte ihn an. Langsam dämmerte es mir. Natürlich, die Arkwrights wollten ja heute nachmittag das Haus besichtigen.
»Jago«, sagte ich, »was haben Sie sich jetzt wieder ausgedacht?«
»Ich will diese Leute davon abbringen, unser Haus zu kaufen.«
»Sie meinen, Sie wollen Sie abschrecken?«
»Die Gespenster werden sie erschrecken«, sagte er. »Sie und

ich, wir geben ein prima Gespensterpaar ab. Ich hab' mir alles genau überlegt. Die stehen in der Halle. Sie und ich sind im Schatten auf der Musikantengalerie. Wir erscheinen, und dann ... verschwinden wir wieder. Aber nicht, bevor Gwennie Arkwright uns gesehen hat. Sie bekommt es dermaßen mit der Angst, daß Mister A. trotz all seiner Moneten ihrem Flehen nachgeben muß.«
Ich lachte. Das war typisch Jago.
»In Phantasie verdienen Sie eine Eins«, sagte ich.
»In Strategie auch. Es kann nicht schiefgehen, aber ich brauche Ihre Hilfe.«
»Mir gefällt das nicht. Ich glaube, das Mädchen bekommt einen zu großen Schrecken.«
»Natürlich. Das ist ja der Zweck der Übung. Sie wird darauf bestehen, daß Pa das Haus nicht kauft, und dann gehen sie woandershin.«
»Dadurch wird die Sache doch bloß aufgeschoben. Oder wollen Sie, daß wir vor dem nächsten eventuellen Käufer unsere kleine Gespenstermaskerade wieder aufführen? Vergessen Sie nicht, daß ich dann nicht mehr hier bin, um Ihnen zu helfen.«
»Bis dahin hab' ich etwas wirklich Wertvolles auf dem Dachboden gefunden. Ich brauche nur Zeit, das ist alles. Außerdem denke ich mir was aus, um Sie hierzubehalten.«
»Ich fürchte, Miss Bell werden Sie nicht mit Gespenstern abschrecken können.«
»Meine liebe Caroline, mir schwirren so viele Ideen im Kopf herum. Mir wird schon was einfallen. Wir haben noch Zeit. Jetzt müssen wir uns zuerst einmal die Arkwrights vornehmen. Sie helfen mir doch, nicht wahr?«
»Würde ein Gespenst nicht genügen?«
»Doppelt genäht hält besser. Ein männliches Gespenst und ein weibliches. Seien Sie kein Spielverderber, Caroline. Ziehen Sie das Kleid an. Mal sehen, wie es Ihnen steht.«
Mir blieb nichts anderes übrig, als mitzumachen. Das Kleid war

mir zwar zu groß, aber ich sah sehr beeindruckend darin aus. Auf dem Dachboden war ein alter fleckiger Spiegel, in dem wir uns verschwommen sehen konnten. Wir wirkten wahrhaftig wie zwei Gespenster.
Lachend tobten wir herum. Plötzlich aber dachte ich ernüchtert, wie wir uns nur so fröhlich gebärden konnten, während das Unheil wie ein Damoklesschwert über unseren Köpfen hing. Jago sollte sein Heim verlieren, und ich sollte bald aus einem aufregenden neuen Leben in den faden Alltag zurückkehren. Und doch gab es Augenblicke reinster Freude. Ich war Jago dankbar, daß er mich das für kurze Zeit vergessen ließ.
Ich sagte: »Ich helfe ihnen.«
»Wir brauchen nichts weiter zu tun, als uns hier hinzustellen. Wir müssen Gwennie möglichst allein erwischen, vielleicht während ihr Pa die Täfelung begutachtet und überlegt, wieviel er ausgeben muß, um sie in Ordnung zu bringen. Dann bewegt sich was auf der Galerie. Gwennie sieht hoch, und da stehen zwei Gestalten aus der Vergangenheit und starren zu ihr hinunter. Vielleicht schütteln wir mißbilligend die Köpfe ... warnend ... drohend ... Eine klare Andeutung, daß sie ihren Vater nicht nach Landower bringen soll.«
»Sie haben ja tolle Vorstellungen.«
»Was ist daran toll? Es ist bloß logisch.«
»Genauso logisch, wie mich in Gesellschaft von Ratten im Verlies festzuhalten?«
»Das hab ich bloß so dahergesagt. Ich hatte es mir nicht so genau überlegt. Aber dies ist sorgfältig durchdacht.«
»Wann wollten sie kommen?«
»Sie müssen jeden Moment hier sein. Paul führt sie herum ... oder mein Vater. Wir müssen den günstigsten Augenblick abpassen.«
»Was mache ich mit meinen Haaren?«
»Was trug man damals für eine Frisur?«
»Gekräuselte Ponyfransen, soviel ich weiß.«

»Binden Sie Ihr Haar einfach nach hinten. Aber wenn Sie es hochstecken würden ...«
»Ich hab keine Nadeln. Vielleicht ist irgendwas in der Truhe, ein Kamm oder so was.«
Wir sahen nach. Kämme waren keine da, aber Bänder. Ich band mein Haar mit einer Schleife zusammen, so daß es mir wie ein Schwanz vom Kopf abstand. Das Band paßte nicht zum Kleid, aber es war trotzdem äußerst wirkungsvoll.
»Hervorragend!« rief Jago. »Jetzt nehmen wir unsere Plätze auf der Galerie ein, damit wir bereit sind, wenn der große Augenblick kommt.«
Ich kicherte, weil meine Reitstiefel unter dem Rock des kostbaren Kleides hervorschauten.
»Ihre Füße wird man nicht sehen«, beschwichtigte mich Jago. »Jetzt nehmen wir die Nebentür zur Galerie. Es ist die Tür, durch die die Musikanten eintreten. Sie ist hinter einem Vorhang verborgen. Hinterher können wir über einen Flur die Steintreppe zum Dachgeschoß erreichen. Könnte gar nicht besser sein.«
Als alles vorbei war, war mir klar, daß ich mich auf dieses Abenteuer niemals hätte einlassen dürfen.
Mit Mühe unser Lachen unterdrückend, kamen wir die Steintreppe hinunter. Ich mußte vorsichtig auftreten, denn diese mittelalterlichen Treppen waren ohnehin schon gefährlich, und mit einem langen Rock, der mir zu groß war und nachschleppte, mußte ich auf jeden Schritt achten.
Jago drängte mich ungeduldig durch den Flur zu der Nebentür. Er zog den Vorhang zur Seite, und wir betraten die Galerie. Für den Bruchteil einer Sekunde, der mir wie eine Ewigkeit vorkam, standen wir da. Jago hatte sich verschätzt. Unser Opfer stand nicht in der Halle, sie war wahrhaftig auf der Galerie. Ich sah ihr Gesicht in Angst und Entsetzen erstarren. Dann schrie sie. Sie trat einen Schritt zurück und packte das Geländer der Balustrade. Es gab unter ihren Händen nach, und sie stürzte in die Halle hinunter. Wir standen ein paar Sekunden da und starrten auf sie

hinab. Dann hörten wir einen Aufschrei. Mr. Arkwright lief zu ihr. Er beugte sich über sie. Auch Paul eilte herbei.
Jago war bleich geworden. Er zog mich hastig hinter den Vorhang, und ich hörte Paul Anweisungen geben.
»Kommen Sie ... schnell«, flüsterte Jago. Er ergriff meine Hand und zog mich von der Galerie.
Wir standen auf dem Dachboden, vor uns die geöffnete Truhe.
»Glauben Sie, daß sie schwer verletzt ist?« flüsterte ich.
Jago schüttelte den Kopf. »Nein ... nein ... Ein kleiner Sturz ... weiter nichts.«
»Sie ist aber sehr tief gestürzt.«
»Die kümmern sich schon um sie.«
»Ach, Jago, und wenn sie stirbt?«
»Ach was, sie stirbt nicht.«
»Wenn sie stirbt ... haben wir sie getötet.«
»Nein ... nein. Sie hat sich selbst getötet. Sie hätte sich nicht so erschrecken sollen ... bloß weil zwei Leute sich verkleidet haben.«
»Aber sie wußte nicht, daß wir uns verkleidet hatten. Sie dachte, wir sind Gespenster, genau wie wir es beabsichtigt hatten.«
»Ihr ist bestimmt nichts passiert«, beschwichtigte mich Jago. Aber ich war da nicht so sicher.
»Wir sollten hingehen und nachsehen.«
»Wozu? Die anderen kümmern sich doch um sie.«
»Aber es war unsere Schuld.«
Er packte mich am Arm und schüttelte mich. »Hören Sie! Was würde das nützen? Ziehen wir diese Sachen aus. Niemand wird erfahren, daß wir sie getragen haben. Jetzt müssen wir uns nur noch hinausschleichen. Am besten nehmen wir denselben Weg, den wir gekommen sind. Schnell, ziehen Sie das Kleid aus.« Er hatte sein Wams bereits abgestreift und fuhr in seinen Reitrock. Mit zitternden Fingern zog ich das Gewand aus. Binnen weniger Sekunden waren wir wieder vollständig angezogen, und die Truhe war geschlossen. Jago nahm mich bei der Hand und zog

mich hinter sich her. Wir schlichen auf demselben Weg hinaus, den wir gekommen waren, und erreichten unbemerkt den Stall. Schweigend stiegen wir auf unsere Pferde und ritten davon. Kein Wort wurde gesprochen. Ich war zutiefst erschrocken und von bitterer Reue erfüllt.
Jago verabschiedete sich von mir, und ich ritt heim nach Tressidor Manor. Bis zum Essen blieb ich in meinem Zimmer. Ich wollte allein sein, um nachzudenken.

Am nächsten Tag erfuhr ich die Neuigkeit von Cousine Mary.
»Auf Landower hat es einen Unfall gegeben«, sagte sie. »Jemand kam das Haus besichtigen, und eine junge Frau ist von der Galerie in die Halle gestürzt. Ich hab' dir doch erzählt, wie baufällig das Haus ist. Die Balustrade auf der Musikantengalerie hat nachgegeben. Man hatte die Leute offensichtlich gewarnt, aber die junge Frau ist trotzdem gestürzt.«
»Ist sie schlimm verletzt?«
»Das weiß ich nicht. Sie ist aber noch dort. Ihr Vater ist bei ihr. Sie ist wohl nicht transportfähig.«
»Dann muß sie schlimm verletzt sein.«
»Ich denke, das wird sie vom Kauf des Hauses abhalten.«
»Weiß man, warum sie gestürzt ist?«
»Davon hab ich nichts gehört. Ich schätze, sie hat sich gegen die hölzerne Balustrade gelehnt und die hat nachgegeben.«
An diesem Tag wanderte ich umher wie in Trance. Ich hatte sogar meine bevorstehende Abreise vergessen. Jago bekam ich nicht zu sehen. Ich fragte mich, ob er mir wohl ebenso auswich wie ich ihm.
Die nächste Neuigkeit erfuhr ich wieder von Cousine Mary.
»Ich glaube nicht, daß sie sehr schlimm verletzt ist, aber man weiß noch nichts Genaues. Die Ärmste. Sie sagt, sie hätte Gespenster auf der Galerie gesehen. Der Vater findet das lächerlich. Die sind ein nüchterner Schlag, diese Leute aus Yorkshire. Die Landowers machen ein großes Theater um die zwei. Sie

kümmern sich rührend um sie und erweisen ihnen alle nur möglichen Dienste. So habe ich es wenigstens gehört.«
»Ich nehme nicht an, daß sie das Haus jetzt noch kaufen wollen.«
»Ich habe das Gegenteil gehört. Sie gewinnen es immer lieber ... das jedenfalls hat ein Dienstmädchen unserer Mabel erzählt. Der Mann soll seine Tochter überzeugt haben, daß sie die Schatten für Gespenster gehalten hat.«
Die Zeit verging. Noch ein Tag, dann sollte Miss Bell eintreffen. Ich ging mich von meinen Bekannten verabschieden. Ich trank im Pförtnerhaus Tee mit Jamie McGill. Er schüttelte tieftraurig den Kopf und sagte, die Bienen hätten ihm erzählt, daß ich eines Tages wiederkommen werde.
Jago sah ich auch noch einmal, bevor ich abreiste. Er machte ein betrübtes Gesicht. Er war ein anderer Mensch geworden. Beide waren wir nicht mehr jung und unbeschwert.
Wir konnten nicht vergessen, was wir getan hatten.
Ich sagte: »Wir hätten hinterher nicht fortlaufen dürfen, sondern hätten nachsehen müssen, ob wir etwas tun konnten.«
»Wir hätten nichts tun können. Wir hätten es nur noch schlimmer gemacht.«
»Zumindest hätte sie gewußt, daß sie keine Gespenster gesehen hat.«
»Sie ist halbwegs überzeugt, daß sie sich das eingebildet hat. Ihr Vater redet ihr das unaufhörlich ein.«
»Aber sie hat uns gesehen.«
»Er macht sie glauben, das Licht habe ihr einen Streich gespielt.«
»Und das nimmt sie ihm ab?«
»Halb und halb. Sie scheint eine hohe Meinung von ihrem Pa zu haben. Er hat immer recht. Sie möchten am liebsten beichten, nicht wahr, Caroline?«
»Geht es ihr sehr schlecht?«
»Sie kann noch nicht laufen, aber sterben tut sie bestimmt nicht.«

»Ach, ich wünschte, wir hätten es nicht getan.«
»Ich auch. Zumal es das Gegenteil von dem bewirkt hat, was ich beabsichtigte. Sie wohnen jetzt bei uns im Haus. Paul behandelt sie wie Ehrengäste ... und mein Vater auch. Das Haus ist ihnen ans Herz gewachsen. Sie haben beschlossen, es zu kaufen.«
»Das ist ein Gottesurteil«, fand ich.
Er nickte betrübt.
»Hoffentlich bleibt sie nicht ihr Leben lang ein Krüppel.«
»Gwennie doch nicht. Das würde ihr Pa nicht zulassen. Die sind zäh, diese Arkwrights, das kann ich Ihnen sagen. Die haben ihre Moneten nicht mit Sanftheit verdient.«
»Übermorgen reise ich ab.«
Er sah mich trübsinnig an.
All unsere Pläne hatten zu nichts geführt. Landower würde an die Arkwrights verkauft werden, und ich reiste nach Hause. Am nächsten Tag kam Miss Bell, und tags darauf brachen wir nach London auf.

Der Maskenball

Drei Jahre waren seit meiner Rückkehr aus Cornwall vergangen, und mein siebzehnter Geburtstag rückte näher. In den ersten sechs Monaten dachte ich oft an Cousine Mary in Tressidor Manor, an James McGill im Pförtnerhaus, an Paul und Jago in Landower Hall. Besonders Paul ging mir nicht aus dem Sinn. Jeden Morgen, wenn ich aufwachte, überkam mich die Sehnsucht. Ich berichtete Olivia wieder und wieder von meinen Erlebnissen. Sie konnte nicht genug davon bekommen und lauschte entzückt.

Vielleicht habe ich ein wenig übertrieben, wenn ich Landower Hall wie den Tower von London, Tressidor Manor wie Hampton Court beschrieb. Am meisten erzählte ich von Paul Landower. Er war zu einem stattlichen Helden geworden, dem ich allerlei edle Eigenschaften andichtete. Er wurde zu einem Mittelding zwischen Alexander dem Großen und Lanzelot, er war Herkules und Apollo, er war edel und unbesiegbar. Olivias liebe kurzsichtige Augen leuchteten vor Rührung, wenn ich von ihm sprach. Ich ersann Gespräche, die ich mit ihm geführt hatte, und Olivia beneidete mich um meine Abenteuer. Sie war entsetzt über den Ausgang der Gespensterepisode, und es kam ihr nie in den Sinn, sich zu wundern, wieso es dem allmächtigen Paul nicht gelungen war, sein Heim zu retten.

Cousine Mary hatte nur ein einziges Mal geschrieben. Ich entdeckte bald, daß Briefeschreiben ihr nicht lag, dennoch war ich überzeugt, daß wir unsere Beziehung dort fortsetzen würden, wo wir sie abgebrochen hatten, wenn ich nach Tressidor Manor zurückkehrte. In ihrem Brief schrieb sie, daß Landower

Hall an die Arkwrights verkauft worden war und daß Miss Arkwright nicht schlimm verletzt gewesen sein könne, denn nun sei sie wieder auf den Beinen. Die Arkwrights waren in Landower Hall eingezogen, und die Landowers wohnten in einem Bauernhaus an der Grenze ihres Grundstücks. Abgesehen davon ging alles seinen gewohnten Gang.
Ich schrieb zurück, aber mein Brief blieb unbeantwortet. An Jago schrieb ich nicht. Ich war überzeugt, daß es in dem alten Bauernhaus, das nun das Heim der Landowers war, recht trübselig zuging.
Mein Vater zeigte keinerlei Freude über meine Rückkehr. Ich sah ihn erst, nachdem ich schon drei Tage zu Hause war, und da würdigte er mich kaum eines Blickes.
Groll wuchs in meinem Herzen. Ich war zutiefst verletzt und sehnte mich nach Cousine Marys ungezwungener Zuneigung. Miss Bell war wie immer. Sie tat, als sei ich nie weggewesen; mein großer Trost aber war Olivia, die mir hundertmal am Tag versicherte, wie froh sie sei, daß ich wieder da war.
Sie hatte ihre eigenen Probleme, und das größte war ihre Einführung in die Gesellschaft. Sie war überaus nervös. Sie stand unter Kuratel von Tante Imogen – das war eine regelrechte Tortur, denn sie mußte sich so vieles anhören, was sie zu tun und zu lassen hatte, daß sie ganz verwirrt war.
Ich war gerade drei Wochen zu Hause, als mir eröffnet wurde, daß ich Anfang September in ein Internat geschickt würde. Das war für Olivia und Miss Bell ein ebenso schlimmer Schlag wie für mich.
Olivia hatte keine auswärtige Schule besucht, und offenbar konnte es mein Vater noch immer nicht verwinden, daß er ohne mich in seliger Unwissenheit über die Liebesaffäre meiner Mutter mit Captain Carmichael verblieben wäre und daß er deshalb meinen Anblick nicht ertragen konnte.
Olivia würde mich vermissen. Miss Bell bangte um ihren Posten als Gouvernante, aber sie wurde sogleich beschwichtigt. Sie

sollte bleiben und sich um Olivia kümmern, und vermutlich auch um mich, wenn – wie ich mir schweren Herzens klarmachte – mein Vater mich in den Ferien zu Hause würde dulden müssen.

Wir sprachen über die Schule und die Einführung in die Gesellschaft – die beide ihre Gefahren hatten – und über unsere Mutter. Olivia hatte gehört, daß sie mit Captain Carmichael im Ausland sei und daß der Captain wegen des Skandals seinen Abschied vom Militär hatte nehmen müssen. Es kam mir eigenartig vor, daß unsere Mutter fortgegangen war ohne den Wunsch, uns zu sehen – oder zumindest von uns zu hören. Wie anders war es doch bei Cousine Mary gewesen!

Jedesmal, wenn ich an sie dachte, spürte ich einen Stich im Herzen.

Dann setzte in meinem Leben eine Veränderung ein – nicht plötzlich, sondern allmählich. Ich kam ins Internat, und nach wenigen Wochen fühlte ich mich dort recht wohl. Ich war überaus gut in englischer Literatur und besaß ein Talent für Fremdsprachen. Miss Bell hatte uns ein wenig in Französisch und Deutsch unterrichtet, und ich machte in diesen Sprachen rasche Fortschritte. Dazu spielte ich leidlich Lacrosse, lernte Gesellschaftstanz und Klavierspielen, und war ich darin auch kein großes Licht, so war ich doch auch kein Versager.

Ich war gern in der Schule, ich mochte meine neuen Freundinnen, ergötzte mich an den kleinen Rivalitäten und all den dramatischen und komischen Nichtigkeiten. Ich wich nicht zu stark vom Normalen ab, um Feindschaft zu erregen, und doch hatte ich etwas Ungewöhnliches an mir. Ich denke, es war meine Lebhaftigkeit, mein immenses Interesse an allem, was vorging, und meine Bereitschaft, alles auszuprobieren. Damit gewann ich Freundinnen, und das machte mir das Schulleben angenehm.

Aber ich kam immer gern in den Ferien nach Hause, und anfangs gab ich mich der Täuschung hin, daß sich alles ändern würde: Meine Mutter würde zurückkehren, mein Vater würde erfreut sein, mich zu sehen, und alles würde eitel Wonne sein. Warum ich mir dies einbildete, wußte ich selber nicht; schließlich war es nie so gewesen.

Olivia war in dem Trubel ihrer Einführung in die Gesellschaft gefangen, und nach wenigen Monaten fand sie es gar nicht mehr so schlimm. Sie hatte keinen überragenden Erfolg, aber das hatte sie auch nicht erwartet. Sie besuchte Bälle und gelegentlich sogar Empfänge bei Hofe – das heißt, am Hof des Prinzen und der Prinzessin von Wales. Die Königin hielt nichts von Lustbarkeiten. Sie weilte die meiste Zeit in Windsor oder zog sich auf die Insel Wight zurück. Der Prinz und die Prinzessin von Wales waren es, die hofhielten und umworben wurden.

Doch solche Gelegenheiten waren selten. Der Prinz von Wales stand in dem Ruf, ein »lockeres« Leben zu führen, und die Leute, mit denen er verkehrte, galten nicht gerade als der richtige Umgang für junge Mädchen, die soeben in die Gesellschaft eingeführt wurden.

Olivia wurde von Miss Bell und Tante Imogen streng behütet. Inzwischen hatte sie die anfängliche Furcht überwunden und fand das Leben gar nicht so unerfreulich. Trotzdem litt sie noch immer unter ihrer Schüchternheit und wollte, daß ich sie zu manchen Verabredungen begleitete, was ich auch tat. Allerdings, wenn bei uns im Haus ein Ball gegeben wurde, durfte ich nicht teilnehmen und mußte mich mit meinem Ausguck oben im Treppenhaus begnügen – was ziemlich unwürdig war für ein Mädchen, das rasch erwachsen wurde.

Mein Vater beschloß nun, mich in ein Mädchenpensionat nach Frankreich zu schicken. Wieder war ich entsetzt, und wieder machte es mir bald Freude. Die Schule war in einem *Château* in den Bergen untergebracht, und einmal in der Woche gingen wir gruppenweise in die Stadt, tranken draußen vor einem Café unter einem bunten Sonnenschirm Kaffee, verzehrten überaus

delikate Törtchen und unterhielten uns darüber, wie es sein würde, wenn wir an der Reihe waren, »eingeführt« zu werden.
Die Zeit verging. Ich hatte vergessen, wie Captain Carmichael aussah, doch jedesmal, wenn ich Limonade trank, erinnerte ich mich lebhaft, wie wir am Tag des Thronjubiläums am Fenster gesessen hatten und wie glücklich wir damals waren. Aber Paul Landower vergaß ich nicht. Ich zeichnete sein Gesicht in mein Skizzenbuch. Wir hatten immer Malzeug dabei, wenn wir eine Wanderung in den Bergen unternahmen. Paul wurde mit der Zeit immer stattlicher, immer edler. Die Mädchen schauten mir über die Schulter und sagten: »Schon wieder der. Ich glaube, Caroline Tressidor, er ist dein Liebhaber.«
Sie sprachen dauernd über Liebhaber. Ich hörte lächelnd zu und tat ein wenig so, als ob ... nun ja, vielleicht mehr als nur ein wenig. Man gewann ungeheures Ansehen, wenn man einen Verehrer hatte. Ich deutete eine romantische Liebelei an. Ich erfand Episoden, die sich während meines Aufenthaltes in Cornwall zugetragen hatten. Paul Landower hatte sich in mich verliebt, aber daraus konnte nichts werden, weil er mich für zu jung hielt. Er wartete auf mich, bis ich erwachsen wäre. Jetzt war ich bald soweit. Es wurde mir der liebste Zeitvertreib, kleine Szenen zwischen uns zu erfinden, und ich schilderte sie mit solcher Inbrunst, daß ich bald selbst daran glaubte.
Ich erwähnte, daß er Schwierigkeiten hatte, und das machte ihn in den Augen der Mädchen nur noch anziehender. Er war melancholisch; wie Lord Byron, sagte eine, und ich bestritt es nicht. Es war nicht seine Schuld, daß sein großes Haus in fremde Hände gefallen war. Wenn er genug Zeit gehabt hätte, dann hätte er das Vermögen seiner Familie gerettet.
Ich erzählte, wie ich mit seinem jüngeren Bruder Gespenster gespielt hatte. Später, so fabulierte ich, hatte ich es Paul gebeichtet. Er hatte mich in die Arme genommen, um mich zu trösten. »Nicht doch!« sagte er. »Du konntest nichts dafür.« – »Und du liebst mich deswegen nicht weniger?« fragte ich. – »Ich liebe

dich mehr denn je ... Du hast es für mich getan. Ich liebe dich unendlich.«

Manchmal ließ ich von meinen Phantasievorstellungen ab und lachte über mich selbst. Wir lachten überhaupt sehr viel. Auf Disziplin wurde nicht soviel Wert gelegt; alles, was von uns verlangt wurde, war, daß wir ausschließlich französisch sprachen.

Dann wurde ich siebzehn. Ich kehrte nach Hause zurück und nahm an, daß ich nun in die Gesellschaft eingeführt würde. Ich rechnete damit, wie einst Olivia von Tante Imogen vorbereitet zu werden. Die Schneiderin würde kommen und Maß nehmen und für mich nähen, wie sie es für Olivia getan hatte. Aber nichts geschah.

Einmal fragte Olivia Tante Imogen, wann ich in die Gesellschaft eingeführt würde. Darauf habe die Tante, berichtete Olivia, auf die ihr eigene Art die Lippen zusammengepreßt, als ob eine Falle zuschnappe. Sie hatte sich abgewandt und nicht geantwortet. Ich fand das sehr merkwürdig.

Olivia wäre begeistert gewesen, wenn wir zusammen auf die Feste hätten gehen können. Sie hatte einen Schrank voll schöner Kleider, und ich hätte liebend gern auch solche gehabt.

»Man kann sie nur ein- oder zweimal anziehen«, sagte Olivia. »Überall sind immer dieselben Leute, und sie dürfen nicht denken, daß man so arm ist, daß man immer dieselben Sachen tragen muß.«

»Wär das so schlimm?«

»Natürlich. Man geht doch hin, um gesehen zu werden. Jeder hat schön und reich zu sein, sonst gilt man nichts.«

»Das ist ja wie auf einem Viehmarkt.«

»Ja«, meinte sie nachdenklich, »da ist was dran. Papa ist ziemlich vermögend, trotzdem ist keiner versessen darauf, mich zu nehmen. Ich bin wohl nicht attraktiv genug, obwohl Papa genug Geld hat, um mich in anderer Hinsicht begehrenswert erscheinen zu lassen.«

»Ach, Olivia, wie zynisch du bist. Das hätte ich nie von dir gedacht.«

»Na ja, so ist das Leben. Du wirst es schon noch merken, wenn du an der Reihe bist.«

Aber ich kam nicht an die Reihe.

Ich beobachtete, wie Olivia sich veränderte. Sie war hübscher geworden und öfters wie geistesabwesend. Manchmal starrte sie in die Ferne, und wenn ich sie ansprach, hörte sie mich nicht gleich.

»Ich will Ihnen was sagen«, bemerkte Rosie Rundall, mit der wir nun, da wir erwachsen wurden, noch freundschaftlicher verkehrten als früher. »Miss Olivia ist verliebt.«

»Verliebt! Olivia! Ach, Olivia, ist das wahr?«

»Unsinn«, sagte sie, aber sie war rot geworden und verwirrt, also war es wahr.

»Wer ist er?« wollte ich wissen.

»Es ist gar nichts. Niemand.«

»Aber du kannst nicht in niemand verliebt sein.«

»Hört auf mit dem Unsinn«, bat sie. »Was hätte ich schon davon, wenn ich verliebt wäre. Er wäre nicht in mich verliebt, oder?«

»Wieso nicht?« fragte Rosie.

»Weil ich zu still bin und nicht hübsch oder klug genug.«

»Glauben Sie mir«, sagte Rosie, »denn ich weiß, wovon ich spreche. Es gibt eine Menge Männer, die gerade solche Frauen wollen.«

Doch sosehr wir auch bohrten, Olivia sagte nichts. Ich vermutete, sie hegte eine heimliche Leidenschaft für jemanden, der sie kaum beachtete. Aber sie fürchtete sich nicht mehr, auf Einladungen zu gehen, und manchmal freute sie sich sogar darauf. Wohl deshalb, weil sie diesen jungen Mann zu sehen hoffte, bemerkte ich zu Rosie, und Rosie hielt das für sehr wahrscheinlich.

Rosie selbst war reizender und eleganter denn je. Sie kam oft zu uns und zeigte sich, bevor sie abends ausging, und wir bewunderten ihre Kleider. Olivia, die seit ihrer Einführung in die Gesellschaft eine Menge davon verstand, sagte, die Seide sei von feinster Qualität und sie frage sich, wie Rosie sich solche Kleidung leisten könne.

Mein Leben war mehr oder weniger auf das Schulzimmer beschränkt. Ich hatte keinen regelmäßigen Unterricht, aber ich las jeden Tag mit Miss Bell französisch. Seit meinem Aufenthalt in Frankreich sprach ich es besser als Miss Bell, was sie ehrlich zugab, aber sie meinte, es sei gut für mich, die Sprache zu pflegen, und deshalb lasen wir täglich und unterhielten uns auf französisch.

Eines Tages stürzte Olivia aufgeregt ins Zimmer. Bei Lady Massingham sollte ein Ball stattfinden. Alle würden in Kostümen und maskiert kommen. Sie war begeistert. »Wenn mein Gesicht verdeckt ist, bin ich nicht so schüchtern«, sagte sie. »Ich mag Maskenbälle viel lieber als andere.«

»Wie aufregend, wenn man nicht weiß, mit wem man spricht«, stimmte ich zu.

»Ja, und um Mitternacht nehmen alle die Masken ab, und dann bekommt man manchmal einen Schrecken.«

»Ich wollte, ich könnte mitkommen.«

»Ich weiß gar nicht, wieso ... Moira Massingham hat gesagt, es ist komisch, daß du nicht eingeführt wirst. Sie findet, du bist nun alt genug, und ihre Mutter meinte, es sei recht merkwürdig.«

»Ich denke doch, daß es bald soweit ist«, sagte ich.

»Aber vorher kannst du nicht auf einen Maskenball gehen.«

»Ach, ich wünschte, ich dürfte mit.«

»Als was?«

»Kleopatra. Ich kann mir diese Rolle gut vorstellen, mit einer Natter, die sich um meinen Hals ringelt.«

Olivia lachte.

Am nächsten Tag sagte sie: »Ich hab' bei den Dentons mit Moira Massingham gesprochen. Sie meint, du solltest auf alle Fälle mitkommen. Warum auch nicht? Keiner würde es merken, und

du könntest wie Aschenputtel verschwinden, bevor es Mitternacht schlägt und die Masken abgenommen werden.«
Ich war begeistert.
»Aber ich käme uneingeladen«, wandte ich ein.
»Nicht, wenn Moira Bescheid weiß. Schließlich ist es ihr Fest. Sie darf doch ihre Freundinnen einladen.«
Die Aussicht, auf den Maskenball zu gehen, brachte Schwung in das tägliche Einerlei. Moira Massingham war von der Idee hingerissen. Alles mußte geheimgehalten werden. Sie besuchte uns zum Tee, den man uns gemeinsam und unbeaufsichtigt einzunehmen gestattete – ein Zugeständnis an Olivias Reife ...
Ich wußte nicht recht, ob meine Anwesenheit erwünscht war, aber ich setzte mich einfach dazu.
»Schade, daß du nicht ›eingeführt‹ bist«, bemerkte Moira zu mir, als Olivia aus dem Zimmer gegangen war, um etwas zu holen, das sie Moira zeigen wollte. »Vielleicht wollen sie Olivia zuerst verheiraten und meinen, du verdirbst ihre Chancen.«
»Aber wieso denn?«
»Weil du hübscher bist.«
»Das ist mir noch nie aufgefallen.«
»Wie dem auch sei, du kommst auf den Ball.«
Olivia kam zurück. Ich mußte unaufhörlich an Moiras Worte denken. Ob Olivia auch dieser Meinung war? Die arme Olivia, sie war überzeugt, daß niemand sie hübsch fand.
Meine Teilnahme an dem Ball mußte äußerst geschickt geplant werden. Sollte es herauskommen, mußten die Vorbereitungen sofort abgebrochen werden. Daß Moira wünschte, daß ich mitkam, erleichterte mein Gewissen als ungebetener Gast. Aber wie sollte ich in meiner Verkleidung unbemerkt aus dem Haus gelangen?
Als Rosie Rundall davon erfuhr – wir konnten nicht widerstehen, es ihr zu erzählen –, übernahm sie sogleich das Kommando. »Es wird schwierig sein«, räumte sie ein, »aber wir schaffen das schon. Überlassen Sie das nur mir.«

Sie beschloß, Thomas, den Kutscher, einzuweihen.

»Er wird es für mich tun«, meinte sie lachend. »Er ist der einzige, der seine Stellung riskieren kann, weil er weiß, daß er nicht leicht zu ersetzen ist. Ohne Thomas wären die Stallungen und Pferde nicht so gut gepflegt. Er wird uns helfen.«

Es wurde ausgemacht, daß ich durch einen wenig benutzten Flur zur Hintertür hinaus und durch den Garten zu den Stallungen gehen sollte, wo Thomas mit der Kutsche wartete. Rosie würde dafür sorgen, daß die Luft rein war. Ich sollte dann in die Kutsche steigen und mich so zusammenkauern, daß man mich nicht sehen konnte, wenn Thomas die Kutsche zum Vordereingang brachte, um Olivia abzuholen.

»Wird Tante Imogen Olivia denn nicht begleiten?« fragte ich. Das war das Problem. Wenn sie mitkäme, würde der ganze Plan ins Wasser fallen.

»Ich werde ihnen klarmachen, daß es der Sinn des Maskenballs ist, daß keiner weiß, wer wer ist«, sagte die einfallsreiche Moira. »Ich erkläre meiner Mutter, daß diesmal keine Anstandsdamen dabeisein dürfen, und sag ihr, wir laden nur Mädchen ein, die auf sich selbst aufpassen können, keine Anfängerinnen, die gerade erst eingeführt wurden.«

Die Aussicht machte uns kichern, und wir bastelten weiter an unserem Plan.

»Als was gehst du, Caroline?« fragte Moira, die als Lady Jane Grey gehen wollte.

»Ach, wir haben hin und her überlegt«, sagte Olivia. »Caroline hat die verrücktesten Einfälle.«

»Mir schwebt Boadicea vor.«

»Dann müßtest du aber einen Wagen haben.«

»Ich würde gern hereinbrausen, so daß vor mir alles auseinanderstiebt.«

»Sei doch mal vernünftig«, sagte Moira.

»Diana, die Göttin der Jagd. Das wäre lustig. Helena von Troja. Maria, die Königin von Schottland.«

»Denk an das Kostüm.«
»Nichts davon wäre möglich.«
Wir durchsuchten Olivias Kleiderschrank. Sie hatte eine mit Perlen besetzte Jacke. Die Anordnung der Perlen ließ an Hieroglyphen denken. Ich probierte sie an und schüttelte meine dunklen Haare. Ich war auf meine ursprüngliche Idee zurückgekommen und wollte als Kleopatra gehen.
Moira klatschte in die Hände. »Fabelhaft«, sagte sie. »Dazu ein langer schwarzer Rock. Hier, probier mal.«
Sie betrachtete mich kritisch mit schiefgelegtem Kopf. Sie habe einen Halsschmuck, der wie eine Schlange geformt sei, sagte sie. Er hatte ihrer Großmutter gehört. »Das wird deine Natter.«
Aufgeregt arbeiteten wir weiter an unseren Vorbereitungen.
Ich glaube, Olivia interessierte sich mehr für mein Kostüm als für ihr eigenes, das Tante Imogen mit ausgesucht hatte. Sie ging als Nell Gwynn mit einem Korb voll Apfelsinen als Erkennungsmerkmal.
Thomas half gern – vielleicht hauptsächlich Rosie zuliebe. Ich glaube aber, viele Dienstboten fanden ebenfalls, daß ich schlecht behandelt wurde, und taten mir deshalb gern einen kleinen Gefallen.
Alle warteten wir höchst gespannt auf den Abend des Balles. Moira brachte uns unsere Masken. Sie mußten unbedingt alle gleich sein, sagte sie. Die großen, schwarzen Larven verhüllten unsere Gesichter so gründlich, daß wir nicht zu erkennen waren. Rosie probierte unsere Kostüme an, und es hätte wohl keiner großen Überredung bedurft, sie zum Mitgehen zu bewegen. Doch als ich dies andeutete, meinte sie nur: »Aber nein, Mädels. Ich hab meinen freien Abend und selbst was Wichtiges zu erledigen.«
Wir verabredeten, daß sie mich zur Hintertür hereinließ, wenn wir zurückkämen. Olivia sollte am Vordereingang abgesetzt werden, wo Rosie ihr in ihrer Eigenschaft als Hausmädchen öffnen sollte – es war ihre Aufgabe, wach zu bleiben, um dieser

Pflicht nachzukommen. Anschließend würde Thomas mich zu den Stallungen fahren. Ich sollte durch den Garten zur Hintertür schleichen, wo Rosie wartete und dafür sorgte, daß mich niemand sah.
Der Abend kam. Wir waren die ganze Zeit auf der Hut, während Olivia mir beim Ankleiden half. Sie hatte vorsichtshalber die Tür abgeschlossen. Schließlich war ich bereit. Ich trug meine mit Perlen bestickte Hieroglyphenjacke und das Schlangenhalsband. Meine Haare, die Olivia frisiert hatte, fielen mir auf die Schultern. Dazu trug ich einen Kopfputz, den sie aus steifer Pappe gefertigt und rot, blau und gold bemalt hatte. Ich sah sehr majestätisch aus, und ich glaube, ich hatte wirklich eine – wenn auch nur entfernte – Ähnlichkeit mit der berühmten ägyptischen Königin.
Der riskante Augenblick, als ich unbemerkt aus dem Haus gelangen mußte, war gekommen. Wir waren Tante Imogen und Miss Bell entwischt, aber der gefährlichste Schritt lag noch vor uns, und ich weiß nicht, was wir ohne Rosie angefangen hätten. Sie sorgte dafür, daß alles reibungslos ablief. Ich schlich aus dem Haus zu den Stallungen, wo Thomas mit Verschwörermiene wartete. Er verfrachtete mich in die Kutsche. »Kauern Sie sich auf den Boden, Miss Caroline«, sagte er. »Meiner Treu, Sie werden bestimmt die Ballkönigin. Was stellen Sie dar?«
»Kleopatra.«
»Und wer ist das, mit Verlaub?«
»Sie war eine ägyptische Königin.«
»Ach so. Na, werden Sie besser die Ballkönigin, das is'n bißchen näher als Ägypten, wie?«
Er lachte maßlos. Es gehörte zu Thomas' Eigenheiten, herzlich über seine eigenen Scherze zu lachen. Das Dumme war nur, daß sonst niemand sie lustig fand. »Machen Sie sich unsichtbar«, warnte er. »Sonst kriegen wir Ärger, und das wäre Miss Rundall bestimmt nicht recht, wie? Und ich würde in Ungnade fallen, darauf können Sie sich verlassen.«

Wir kamen zur Vorderseite des Hauses, und Thomas sprang ab, um sicherzugehen, daß kein anderer als er selbst Olivia in die Kutsche half. Rosie stand wachsam an der Tür, bereits zum Ausgehen angezogen. Olivia stieg hastig in die Kutsche und ließ dabei vor lauter Aufregung fast ihre Apfelsinen fallen.
Dann zockelten wir zu den Massinghams.
Diese bewohnten eine große, eindrucksvolle Villa, auf deren Rückseite ein großer Park lag. Vor dem Eingang reihten sich die Kutschen, während ihre Insassen ausstiegen und Passanten belustigt zusahen.
Es gab keine förmliche Begrüßung, weil ja niemand wissen sollte, wer die anderen waren.
»Zehn Minuten vor Mitternacht«, mahnte Olivia, als wir die Kutsche verließen. »Nicht später, Thomas.«
Thomas tippte an seine Mütze. »Weiß schon, Miss Olivia. Bevor sie die Masken abnehmen, hm? Würde nicht guttun, wenn jemand sähe, wer wer ist.« Er amüsierte sich köstlich.
»Genau, Thomas«, sagte ich.
»Nun denn, meine Damen, viel Vergnügen. Sie können sich auf den alten Thomas verlassen. Der bringt Sie wohlbehalten zurück.«
Er entfernte sich kichernd, und Olivia und ich gingen ins Haus. Der Empfangssalon in der ersten Etage gab einen ansehnlichen Ballsaal ab. Er war hübsch mit Blumen geschmückt, und die Musikanten spielten, als wir eintraten. Von den Fenstern konnte ich den Garten überblicken – im Mondlicht sah er sehr romantisch aus. Weiße Tische und Stühle waren dort aufgestellt, und der Park dahinter wirkte wie ein geheimnisvoller Wald.
Ich blieb dicht bei Olivia. Zwei Herren näherten sich uns. Einer war als Sachse verkleidet, mit einer Tunika und über Kreuz geschnürten Bändern an den Beinen, und der andere war ein sehr eleganter Herr von einem längst vergangenen französischen Hof.

»Guten Abend, reizende Damen.«
Wir erwiderten ihren Gruß. Einer hatte meinen Arm ergriffen, der andere nahm Olivias. »Tanzen wir.«
Ich tanzte mit dem Sachsen, und Olivia drehte sich mit Richelieu oder wer immer das sein sollte.
Der Arm des Sachsen legte sich eng um mich. »Was für ein Gedränge!«
»Was haben Sie denn erwartet?« fragte ich.
»Es würde mich nicht wundern, wenn hier heute abend ein paar ungebetene Gäste wären.«
Eisige Furcht beschlich mich. Er weiß Bescheid! dachte ich. Aber woher? Dann beruhigte ich mich. Er machte bloß Konversation.
»Es wäre nicht schwierig, einfach hereinzuspazieren«, erwiderte ich.
»Nichts leichter als das. Ich garantiere ihnen, daß *ich* meine Einladung von Lady Massingham erhalten habe.«
»Davon bin ich überzeugt.«
Die Tanzfläche war so voll, daß man kaum tanzen konnte. »Setzen wir uns«, bat er.
Wir nahmen an einem Tisch in einer Ecke unter grünen Palmen Platz.
»Ich dachte, es würde ziemlich einfach sein, herauszufinden, wer die Leute sind«, fing er wieder an. »Wir sehen uns schließlich sehr oft, nicht wahr? Immer dieselben. Hier ein Ball, dort eine Gesellschaft, und die vielen jungen Damen auf der Suche nach geeigneten Herren – alle von wachsamen Mamas sorgsam behütet.«
»Das ist in einer kleinen Gemeinde wohl unvermeidlich.«
»Nennen Sie dies eine kleine Gemeinde?«
»Die anerkannten gesellschaftlichen Kreise sind nicht sehr groß.«
»Überrascht es Sie da, welche Ansprüche man erfüllen muß, um dazuzugehören?«

»Ich habe nicht gesagt, daß es mich überrascht. Ich habe lediglich etwas festgestellt.«
»Haben Sie erraten, wer ich bin?«
»Nein.«
»Ich habe Sie auch nicht erraten. Aber die junge Dame, mit der Sie vorhin zusammen waren, die kenne ich.«
»Sie meinen ...«
»Kennen Sie sie nicht? Ich dachte, Sie wären zusammen gekommen. Aber Sie sind sich wohl erst hier begegnet. Das war Olivia Tressidor, da bin ich mir ganz sicher.«
»Wie können Sie so sicher sein? Sie war maskiert wie alle anderen.«
Er lachte. »Sie geben mir immer noch Rätsel auf. Ich möchte dahinterkommen, bevor die Masken abgenommen werden.«
Ein Herr hatte sich zu uns gesellt. »Cedric der Sachse«, sagte er, »langweilt er die edle Königin?«
Wir lachten.
»Ich war gerade dabei, ihre Maskierung zu durchschauen.«
Der andere Herr setzte sich ebenfalls zu uns. Er stützte die Ellbogen auf den Tisch und musterte mich eindringlich. Er war als Kavalier verkleidet. Überhaupt waren mehrere Kavaliere anwesend.
»Das gehört zum Spiel, oder?« meinte der Kavalier. »Zu raten, wer wer ist, bevor die endgültige Enthüllung erfolgt.«
»Ich hab mit Tom Crosby gewettet, daß ich mehr junge Damen erkenne als er«, sagte der Sachse.
»Jetzt wissen wir wenigstens«, warf ich ein, »daß Sie nicht Tom Crosby sind. Soviel haben Sie verraten.«
»Ach, meine liebe, gnädigste Königin, woher wollen Sie wissen, daß ich das nicht gesagt habe, um Sie zu täuschen? Und wenn ich nun doch Tom Crosby wäre?«
»Das sieht doch jeder, daß Sie nicht Tom Crosby sind«, sagte der Kavalier. »Viel Glück bei Ihrer Wette. Wollen wir tanzen?«
Er verbeugte sich vor mir. Ich war froh, Cedric dem Sachsen zu

entkommen, der Olivias Maskierung so rasch durchschaut hatte. Ich fand ihn allzu neugierig und fragte mich, ob er ahnte, daß ich nicht zu diesen Kreisen gehörte.
Der Kavalier war ein ausgezeichneter Tänzer. Auch ich tanzte recht gut, denn auf gesellschaftliche Umgangsformen wie diese hatte man in dem Pensionat sehr viel Wert gelegt.
Wir tanzten schweigend. Es war ohnehin viel zu laut, und überall hörte man verhaltenes Lachen. Ich erblickte eine Japanerin, die für einen Kimono viel zu groß war; sie wedelte kokett vor einem beleibten Heinrich VIII. mit ihrem Fächer. Mein Partner folgte meinem Blick und lachte. »Ein ziemlich ungleiches Paar«, meinte er. »Möchte wissen, wie die Geisha an den Tudorhof gelangt ist.«
Der Tanz war zu Ende, und wir traten an ein Fenster.
»Der Garten sieht einladend aus«, sagte er. Ich stimmte ihm zu.
»Gehen wir hinaus«, schlug er vor.
Gesagt, getan. Draußen war es sehr angenehm. Er führte mich an einen der weißen Tische, und wir setzten uns.
»Sie geben mir Rätsel auf«, begann er. »Ich glaube nicht, daß wir uns schon einmal begegnet sind.«
»Vermutlich haben Sie mich nicht bemerkt.«
»Das ist ja das Rätselhafte. Ich hätte Sie ganz bestimmt bemerkt.«
»Ich wüßte nicht, warum.«
»Na, na, Bescheidenheit ist der alten Nilschlange kaum würdig. Die Rolle steht Ihnen übrigens perfekt.«
Ich lehnte mich auf meinem Stuhl zurück. Eine große Erregung ergriff mich. Das lag an der Stimmung, den Menschen mit ihren Masken, dem milden Abend, dem Mondlicht über dem Park, der leisen Musik, die aus dem Salon herausdrang. Und vielleicht daran, daß ich eigentlich gar nicht hiersein durfte. Das alles machte den Abend ungeheuer abenteuerlich.
Ich kam mir verwegen vor. Diese jungen Männer sprachen über die Mädchen, die sie alle kannten, weil sie zu jedem gesellschaft-

lichen Anlaß eingeladen wurden. Cedric der Sachse war bestimmt nicht der einzige, der Wetten über die Mädchen abschloß. Das amüsierte mich. Niemand würde erraten, wer ich war, aus dem einfachen Grunde, weil mich keiner kannte.
»Ihre Waffenbrüder sind heute abend in großer Zahl anwesend«, setzte ich die Unterhaltung fort.
»Um sich gegen die abscheulichen Puritaner zu versammeln.«
»Von denen habe ich nur einen einzigen zwischen all den Kavalieren gesehen. Wer sind Sie? Rupert vom Rhein?«
»So hoch wollte ich gar nicht hinaus. Ich bin nur ein gewöhnlicher Diener des Königs, bereit, ihn gegen das Parlament zu verteidigen. Ist es nicht herrlich hier, Eure Hoheit? Ich bin nicht sicher, ob das die richtige Anrede für eine ägyptische Königin ist.«
»Hoheit genügt vorerst.«
»Hätte ich gewußt, daß ich Ihnen begegnen würde, wäre ich als Mark Anton gekommen. Oder vielleicht als Julius Caesar.«
»Caesar taucht heute abend bestimmt mehrmals auf.«
»Dann muß ich mich vorsehen. Welche Chance hat ein bloßer Kavalier gegen ihn?«
»Das käme auf den Kavalier an«, entgegnete ich kokett. Einige Paare hatten begonnen, im Garten zu tanzen.
»Wollen wir?« fragte er. »Fanden Sie nicht, daß unsere Schritte perfekt zusammenpaßten?«
»Ja, es hat ganz gut geklappt.«
»Wie froh bin ich, daß ich sie entdeckt und von dem langweiligen Sachsen erlöst habe.«
»Ich fand ihn nicht langweilig – eher naseweis.«
»Die Sachsen waren sehr grausam. Hatten die sich nicht damals die Gesichter mit blauer Farbe angemalt?«
»Nein, das waren die alten Briten.«
»Die Sachsen waren fast genauso schlimm. Sie hatten keine so feine Art wie die Kavaliere. Es wundert mich, daß James Eliot als Sachse gekommen ist. Ich hätte gedacht, er hätte lieber

etwas Großartigeres dargestellt – den großen Khan oder Marco Polo. Sie nicht?«

»Ach, ich weiß nicht.«

»Ich habe ihn sofort erkannt, Sie nicht?«

»N ... nein.«

»Nicht? Das wundert mich. Ich dachte, das wäre eindeutig. Auf so einer Veranstaltung kann man die meisten Leute erraten. Ihre Stimmen ... wie sie stehen, wie sie gehen. Das kommt wohl daher, weil wir uns so häufig treffen. Aber Sie, meine liebe, gnädige Königin, sind rätselhaft. Ich glaube nicht, daß wir uns schon mal begegnet sind. Ob Sie wohl so gütig wären und Ihre Maske ein Stückchen lüften würden?«

»Kommt nicht in Frage. Ich verstecke mich dahinter, bis ich sie abnehme.«

»Wie grausam! Sie faszinieren mich mit jedem Augenblick mehr.« Er hatte mich an die Gartenmauer geführt. Wir lehnten uns darüber und blickten in den Park.

»Was für ein herrlicher Abend!« sagte ich.

»Ich finde ihn mit jedem Moment berückender.«

Er flirtete mit mir, und ich genoß es. Ich mußte mir eingestehen, daß ich die Gesellschaft des Kavaliers sehr anregend fand. Plötzlich meinte er: »Sie sind anders ... als die anderen Mädchen.«

»Jeder Mensch ist anders als die anderen«, entgegnete ich. »Das ist ein Wunder der Natur.«

»Tatsächlich? Ich finde die Ähnlichkeit der vielen jungen Damen, deren Begleiter ich hie und da bin, ziemlich langweilig.«

»Das liegt vielleicht an Ihrer mangelnden Beobachtungsgabe.«

»Ich wünschte mir heute abend etwas mehr davon. Ich würde gern hinter Ihre Maske schauen. Aber ich werde mich gedulden. Ich werde es Schlag Mitternacht erfahren. Ich beabsichtige nämlich, dann an Ihrer Seite zu sein.«

Ein leichtes Unbehagen befiel mich, aber ich verdrängte es. Es

war noch früh, und ich wollte mich heute abend noch viel mehr amüsieren. Ich fragte mich flüchtig, wie es Olivia ergehen mochte.
»Sie sind eine sehr geheimnisvolle Dame«, fuhr der Kavalier fort.
»Ist das nicht der Sinn dieser Veranstaltung? Es ist faszinierend, sich mit Leuten zu unterhalten, ohne zu wissen, wer sie sind. Man muß sehr auf der Hut sein.«
»Nein, das Gegenteil ist beabsichtigt. Wir sollen unbekümmert sein und unsere Hemmungen über Bord werfen. Was tut es zur Sache, was ich heute abend mache? Keiner weiß, wer ich bin ... bis Mitternacht.«
»Es sei denn, wir machen Entdeckungen wie Cedric der Sachse.«
»O ja, manche erkennt man sofort. Haben Sie Marie Antoinette gesehen? Ich könnte schwören, das ist Lady Massingham. Ich dachte bei mir, die Dame ist ein wenig in die Breite gegangen, und das nach ihrem Aufenthalt in der Conciergerie! Und unser verehrter Gastgeber ... wer ist er? Es ist schwerer zu raten, wen er darstellen soll, als wer er wirklich ist. Doktor Johnson? Oder Robespierre? Eigentlich sollte man diese beiden Herren unterscheiden können, aber ich kann es einfach nicht. Sie tanzen himmlisch.«
»Und Sie machen hohle Komplimente. In so einem Gedränge ist es ganz unmöglich zu erkennen, wie einer tanzt.«
»Bitte, liebe, zauberhafte Königin von Ägypten, flüstern Sie mir Ihren Namen ins Ohr.«
»Das verstößt gegen die Regeln.«
»Befolgen Sie immer die Regeln?«
Ich zögerte. »Ah«, warf er rasch ein, »also nicht. Sie sind eine Rebellin. Genau wie ich. Wie weit rebellieren Sie gegen die Gesetze der Gesellschaft?«
»Sie erwarten doch wohl nicht, daß ich Ihnen meine Torheiten gestehe, oder?«

»Warum nicht? Ich weiß nicht, wer Sie sind, und Sie, kennen Sie mich?«
»Man sollte seine Torheiten auch nicht Leuten gestehen, die man nicht kennt.«
»Sie sind sehr hintergründig. Wenn Sie mich erst besser kennen, vielleicht ...«
»Heute abend bin ich niemand anders als Kleopatra, und Sie sind Rupert vom Rhein.«
»Ich habe das Gefühl, daß heute abend nur ein Anfang ist.« Er ergriff plötzlich meine Hand und brachte sein Gesicht ganz nah an meines. Ich bemerkte hellblaue Augen, die durch die Maske glitzerten und mich eindringlich ansahen.
»Liebe Schlange vom Nil«, schmeichelte er, »ich habe das Gefühl, daß wir beide uns noch sehr gut kennenlernen werden.« Einen Moment dachte ich, er würde mich küssen, und ich wünschte es mir beinahe. Die romantische Glitzerwelt, die zu betreten Olivia erlaubt war, während ich nur unberechtigt eingedrungen war, machte mich leichtsinnig.
Der Kavalier berührte mein Halsband. »Wie geschickt Sie Ihre Natter zur Geltung bringen. Ich will nicht hoffen, daß Sie es mit Ihrer Rolle zu genau nehmen. Oh ... ich glaube, ich habe diese Natter schon mal irgendwo gesehen. Ein ziemlich ungewöhnliches Stück. Ich sah sie am Hals einer jungen Dame. Ah ... ich hab's. Es war Lady Jane Grey ... mit anderen Worten Moira Massingham. Absprache, liebe Königin. Verschwörung. Wer ist im Augenblick Miss Massinghams beste Freundin? Ich dachte, es sei Miss Olivia Tressidor. Ich sah Sie zusammen hereinkommen. Sie sind mir sofort aufgefallen. Trotz Ihrer Maske wirkten Sie aufgeregt, gewillt, jeden Moment zu genießen. Nichts von dieser blasierten Gleichgültigkeit, die so viele junge Damen an den Tag legen. Sie kamen mit Olivia Tressidor, und dann hat der grobe Sachse Sie angepöbelt. Ich habe Sie nämlich beobachtet.«
Mir wurde immer unbehaglicher. Ich kehrte mich vom Park ab. »Ich glaube, im Speisesaal wird jetzt das Abendessen serviert.«

»Ja. Ich begleite Sie.«
Alles war so verlockend und aufregend. Ich amüsierte mich, war glücklich und wünschte, der Abend würde niemals enden. Mein Begleiter war reizend, und meine Furcht, er könnte entdecken, daß ich kein Recht hatte, hierzusein, erhöhte nur mein Vergnügen. Und wenn er dahinterkäme? Er würde lachen, davon war ich überzeugt. Sicher würde er mich nicht verraten. Nicht heute abend. Vielleicht würde er später mit seinen Freunden über diesen Vorfall lachen.
Wir tanzten ausgelassen. Er sagte mir, ich hätte mein Kostüm klug gewählt, denn ich sei unendlich wandelbar. Nur schade, daß die ganze Schönheit von einer Giftschlange vernichtet werden sollte.
»Wir sind ein tragisches Paar. Armer Rupert, Sie fielen in Ungnade ... in Exeter, nicht wahr?«
»Ihre Geschichtskenntnisse sind besser als meine. Sie besaßen die Gnade, mich in den Rang eines Prinzen zu erheben, der ich dies Haus als schlichter Kavalier betrat.«
So amüsierten wir uns.
Ich trank Champagner und war ein wenig angeheitert. Wir tanzten, wir unterhielten uns, doch hin und wieder wurde er ernst. Er wollte, daß wir Freunde würden. »Ich warte ungeduldig auf Mitternacht«, gestand er, »und doch möchte ich nicht, daß der Abend zu Ende geht.«
Ich freute mich ganz und gar nicht auf Mitternacht, wenn ich in der Kutsche sitzen und mich sorgen würde, wie ich ungesehen ins Haus käme. Und ganz bestimmt wollte ich nicht, daß der Abend endete; er war wohl das Aufregendste, das ich je erlebt hatte, und ich mochte mich nicht von meinem Begleiter trennen.
Hinter einer mit Schüsseln beladenen Tafel standen Diener, angeführt von einem prächtigen Mann in blaugoldener Livree; über Kohlenbecken brutzelten Enten und Hühner. Lachsschnitzel lagen auf Platten, mit Brunnenkresse und Gurken garniert, und Pastetchen waren mit allerlei Köstlichkeiten gefüllt.

Wir ließen uns bedienen und trugen unsere Teller an einen Tisch für zwei Personen, aßen und plauderten.
Er sagte: »Sie haben grüne Augen. So grüne Augen habe ich noch nie gesehen. Sie sind eine geheimnisvolle Frau. Aber bald werde ich wissen, wie Sie aussehen. In einer Stunde wird die Maske Ihr Gesicht nicht mehr verbergen.«
»In einer Stunde?«
»Liebe Königin, es hat vor kurzem elf geschlagen.«
Er sah mich eindringlich an.
»Warum sind Sie so ängstlich?« fragte er.
»Ängstlich? Ich bin überhaupt nicht ängstlich. Warum sollte ich?«
»Sie mögen Ihre Gründe haben. Wissen Sie, ich frage mich, ob Sie nicht als Aschenputtel hätten kommen sollen. Das war doch das Mädchen, das vor Mitternacht den Ball verlassen mußte, nicht wahr?«
Ich lachte, aber es klang wohl nicht sehr überzeugend. Ich mußte jetzt meinen Rückzug planen. Das würde nicht einfach sein, denn der Mann ließ mich nicht aus den Augen.
»Tanzen wir«, sagte er. »Oder wollen wir in den Garten gehen?«
»Nein.« Es würde leichter sein, aus dem überfüllten Salon zu entkommen als aus dem Garten.
Im Salon befand sich eine große Uhr. Sie war mit Blumen geschmückt und eigens für diesen Anlaß aufgehängt worden. Sie schlug die Stunden, und ich konnte mir die Szene vorstellen, wenn es zwölf wurde.
Es war halb zwölf.
Ich sah mich um. Von Olivia war nichts zu sehen. Ob sie auch so nervös war? Wir tanzten wieder. Der Zeiger rückte langsam vor. Noch zwanzig Minuten. Um zehn vor zwölf würde Thomas warten. Ich mußte Olivia finden. Vielleicht erwartete sie mich bereits auf der Veranda.
Viertel vor zwölf.
Ich wagte nicht, länger zu warten.

»Ich brauche etwas zu trinken«, gestand ich. »Würden Sie mir ein Glas Champagner holen?«
»Wappnen Sie sich für die Enthüllung?«
»Vielleicht. Bitte holen Sie mir ein Glas.«
»Warten Sie hier. Ich bin gleich wieder da.«
Die Bar befand sich in einer Ecke des Salons. Ich mußte mich beeilen. Ich hastete durch die Menge, die Treppe hinunter in die Halle. Die Tür stand offen. Olivia war auf der Veranda.
»Ich dachte schon, du kämst überhaupt nicht mehr«, flüsterte sie.
»Es war schwierig, wegzukommen.«
»Thomas ist schon da. Komm.«
Wir liefen zur Kutsche. Thomas hielt den Wagenschlag auf, und wir stiegen ein.
»Alles geklappt?« fragte er lachend.
Wir fuhren los. Ich lehnte mich zurück, erleichtert, aber auch bedrückt, weil alles vorüber war.
»Wie war es?« fragte Olivia.
»Wunderbar. Und wie fandest du's?«
»Ich bin froh, daß es vorbei ist.«
»Hast du viel getanzt?«
»Es geht.«
»Der Lachs war köstlich, und der Champagner ...«
»Du hast doch nicht etwa zuviel getrunken?« fragte sie besorgt.
»Zuviel? Ich war nur angeheitert und sehr aufgeregt. Das war der schönste Abend meines Lebens.«
»Da wären wir, meine Damen«, sagte Thomas.
Olivia sah sich um, ob alles in Ordnung sei. »Rosie wartet an der Hintertür, um dich einzulassen.«
»Alles bestens geplant«, gab ich zurück. »Eine perfekte Strategie. Ein Beispiel für hervorragende Organisation. Alles ging reibungslos, obwohl ich von einem sehr neugierigen Herrn verfolgt wurde.«

»Es ist noch nicht vorüber«, warnte Olivia. »Ich sitze wie auf Kohlen, bis du aus dem Kostüm raus bist.«
Thomas stieg ab und ging die Stufen hinauf, um zu läuten.
Die Tür wurde geöffnet, und Olivia trat ins Haus.
»Jetzt aber los«, sagte Thomas.
In wenigen Minuten waren wir bei den Stallungen angelangt, und ich lief zur Hintertür.
Ich stand im Schatten und wartete auf Rosie. Nichts geschah. Sie wollte doch gleich kommen und mich einlassen, so war es geplant. Mir wurde kalt, ich bekam es mit der Angst. Was war schiefgelaufen? Wo blieb Rosie? Was sollte ich machen, draußen im Freien in dieser absurden Kostümierung?
Plötzlich ging die Tür auf. Aber da stand nicht Rosie. Es war Olivia.
»Ich konnte nicht früher kommen«, flüsterte sie.
»Wieso? Wo ist Rosie?«
»Komm schnell rein. Ich muß aufpassen, daß dich keiner sieht.«
Wir schlichen in unser Schlafzimmer. Olivia sagte nichts, bevor wir dort waren. Sie war bleich und zitterte.
»Es muß was passiert sein. Rosie ist nicht da.«
»Aber wo ist sie denn?«
»Ich weiß nicht. Ein Dienstmädchen hat mir aufgemacht. Sie wußte nicht, wo Rosie ist, deshalb mußte ich dir die Tür öffnen.«
»Das sieht Rosie aber gar nicht ähnlich, uns im Stich zu lassen.«
»Ich verstehe das auch nicht. Sie hat so begeistert mitgemacht. Sei's drum. Wir werden es beizeiten erfahren. Jetzt zieh rasch die Sachen aus. Vorher fühl ich mich nicht sicher.«
Ein enttäuschender Ausklang eines so wundervollen Abends. Was mochte Rosie zugestoßen sein? Sie war mir immer etwas ungewöhnlich erschienen. Niemand hätte sie für ein Dienstmädchen gehalten, wenn sie abends ausging. Im stillen hatte ich immer befürchtet, daß Rosie uns eines Tages verlassen würde. Mehrere Diener machten ihr schöne Augen. Eines Tages würde sie bestimmt heiraten, und zuweilen fragte ich mich, warum sie

es nicht längst getan hatte. Ständig wurde über sie gemunkelt. Aus ihren Augen sprach etwas Geheimnisvolles, und sie lachte gurrend, wenn sie von ihren abendlichen Ausgängen zurückkehrte.
Jetzt aber hieß es, sich schleunigst auszuziehen. Wie armselig entblößt kam ich mir ohne meine königlichen Gewänder vor. Ich war keine aufregende Frau mehr, die sich hinter einer Maske versteckte. Ich war wieder ich selbst, ein Mädchen, noch nicht »eingeführt«, unbedeutend, weit entfernt von der faszinierenden Frau, für die ich mich vor wenigen Stunden gehalten hatte.
Jener Mann hatte mich in diesem Glauben bestärkt. Rupert vom Rhein! Ich lachte vor mich hin. Gern hätte ich gewußt, wer er war. Doch jetzt würde ich gewiß bald in die Gesellschaft eingeführt werden. Ich war eben erst siebzehn geworden, und da wurde es Zeit, das fanden alle.
Ich schlief wenig in dieser Nacht.
Am nächsten Morgen lag eine gewisse Spannung in der Luft. Ich erfuhr von einem Mädchen, daß Rosie verschwunden sei.
»Was?« rief ich. »Wohin ist sie gegangen?«
»Das wissen wir auch nicht, Miss Caroline.«
»Ist sie gestern abend nicht nach Hause gekommen?«
»Doch, Mrs. Terras hat gesagt, sie war da. Sie ist die einzige, die sie gesehen hat. Aber jetzt ist sie weg.«
»Ohne Lebewohl zu sagen?«
»Sieht ganz so aus. Ihre Sachen sind alle weg ... die vielen hübschen Kleider.«
Es war unglaublich.
Ich war ganz geknickt und versuchte, Miss Bell auszufragen. Aber ich bezweifle, daß sie uns etwas erzählt hätte, falls sie Bescheid wußte; sie stand ebenso vor einem Rätsel wie alle anderen.
Unser Vater war an diesem Morgen nicht zur Bank gegangen.

Die Kutsche war vorgefahren und weggeschickt worden. Er blieb in seinem Arbeitszimmer und wollte nicht gestört werden. Eine merkwürdige Atmosphäre herrschte im Haus. Aber vielleicht bildete ich mir das nur ein, weil ich über Rosies Fortgang so betrübt war.
Ich las im Schulzimmer mit Miss Bell – Olivia war hereingekommen und hatte sich zu uns gesetzt, was sie des öfteren tat –, als es an die Tür klopfte. Ein Mädchen trat mit einem Dutzend roter Rosen ein.
»Die sind soeben abgegeben worden, Miss«, sagte sie.
Miss Bell erhob sich. Sie las: »Für Miss Tressidor.« Dann. »Oh, Olivia, sie sind für dich.«
Olivia nahm errötend die Rosen.
Ich sagte: »Sind die schön!« Dann sah ich die beigefügte Karte. Darauf stand: »Danke schön. Rupert vom Rhein.«
Ich wandte mich ab und dachte: Er wußte, wer ich bin. Und er hat mir Blumen geschickt.
Olivia machte ein verdutztes Gesicht.
Miss Bell lächelte. »Offensichtlich ein Herr, der gestern auf dem Ball war.«
»Rupert vom Rhein …«, rätselte Olivia.
Sie sah mich an.
»Rupert vom Rhein«, fuhr Miss Bell fort. »Ich nehme an, er trug eine Art Rüstung. Die ist ziemlich schwer aufzutreiben.«
»Da war keiner in einer Rüstung.«
»Es war jedenfalls einer, dem du aufgefallen bist«, meinte Miss Bell.
Das Mädchen wartete. »Soll ich die Blumen ins Wasser stellen, Miss Olivia?«
»Ja, bitte.«
Danach konnte ich mich nicht mehr konzentrieren.
»Du liest heute sehr schlecht, Caroline«, tadelte Miss Bell.

Olivia sprach nicht mit mir über die Blumen. Ich glaube, sie kam gar nicht auf die Idee, daß jemand gewußt haben könnte, daß ich auf dem Ball war. Ich versuchte zu ergründen, wie Rupert es erfahren hatte.

Während Olivia und ich in dem kleinen Gemach, das wir für solche Anlässe benutzten, mit Miss Bell Tee tranken, meldete ein Mädchen, Mr. Jeremy Brandon wolle seine Aufwartung machen. Miss Bell sah Olivia an, die leicht errötete. Es war durchaus schicklich, daß ein junger Mann vorsprach, um seine Angebetete in Gegenwart einer Anstandsdame zu sehen.

»Vielleicht möchte Mr. Brandon uns bei einer Tasse Tee Gesellschaft leisten«, sagte Miss Bell liebenswürdig.

Er kam herein. Ich erkannte ihn sofort. Seine blauen Augen sahen mich verschmitzt an. Er ergriff Olivias Hand und verbeugte sich vor ihr und vor Miss Bell.

»Und das«, stellte Miss Bell mich vor, »ist Miss Caroline Tressidor, Miss Tressidors jüngere Schwester.«

Er verbeugte sich vor mir und lächelte verschwörerisch.

Dann nahm er neben Olivia Platz. Ich saß gegenüber und wandte meinen Blick von ihm. Meine Gedanken waren in Aufruhr. Wie schnell hatte er es herausgefunden? Er mußte gemerkt haben, daß ich kein Recht hatte, auf dem Ball zu sein. Ich wußte, daß er nicht Olivias wegen gekommen war, genauso wie die Rosen nicht für sie bestimmt waren.

»Es war ein reizender Abend«, sagte er. »Und der Garten war dem Anlaß so angemessen. Einige Kostüme waren ganz entzückend.«

»Dabei hatte ich große Mühe, meine Apfelsinen im Korb zu halten«, gestand Olivia. »Es war keine gute Idee, mich damit zu belasten.«

»Ich fand Heinrich VIII. und Marie Antoinette sehr amüsant«, fuhr er fort, »und ich traf eine zauberhafte Kleopatra.«

»Es war doch sicher mehr als eine da«, meinte Miss Bell.

»Ich sah nur eine«, erwiderte er.

Sie plauderten zwanglos, während ich mich still verhielt. Ich glaube, Miss Bell überlegte, ob ich bleiben sollte, und kam zu dem Schluß, daß es nicht schaden könne, auch wenn ich die magische Hürde der »Einführung« noch nicht genommen hatte. Mr. Brandon wollte mich unbedingt an dem Gespräch beteiligen.

»Miss Caroline«, fragte er, »haben Sie sich auf dem Ball gut amüsiert?«

Ich zögerte. Miss Bell sagte: »Caroline ist noch nicht in die Gesellschaft eingeführt, Mr. Brandon.«

»Ach so, ich verstehe. Dann müssen wir uns wohl noch eine Saison gedulden, bevor man Sie öfter zu sehen bekommt.«

Olivia war ein wenig nervös.

Jetzt unterhielt er sich mit mir. Er erkundigte sich nach dem Pensionat in Frankreich. Frankreich sei ein Land, das er gern einmal besuchen möchte. Er schloß Olivia und Miss Bell fast ganz von der Unterhaltung aus.

Mich ergriff wieder diese Erregung, die ich auf dem Ball verspürt hatte. Er sah sehr gut aus. Er hatte ebenmäßige Züge, blitzende Augen und lächelte viel, was darauf hindeutete, daß er das Leben sehr amüsant fand.

Aber ich spürte Olivias Unbehagen und fing Miss Bells mißbilligende Blicke auf.

Als er ging, bat er um die Erlaubnis, wiederkommen zu dürfen, und Miss Bell meinte, dagegen sei gewiß nichts einzuwenden. Olivia sprach mit mir nicht weiter über ihn, was mir merkwürdig vorkam. Sie wirkte jedoch leicht verwirrt. Sie hatte sicher zunächst geglaubt, daß er ihretwegen gekommen sei, was ja auch ganz natürlich war, und sie brachte seinen Besuch nicht mit den roten Rosen in Zusammenhang.

Zum erstenmal im Leben hielt ich mich ihr gegenüber zurück. Es widerstrebte mir, ihr zu erzählen, daß Mr. Jeremy Brandon Rupert vom Rhein war und daß ich fast den ganzen Abend mit ihm verbracht hatte.

Als ich am folgenden Tag mit Miss Bell im Park spazierenging, trafen wir ihn wie zufällig wieder. Ich war entzückt, weil ich wußte, daß er die Begegnung gesucht hatte.
Er schwenkte seinen Hut und verbeugte sich vor uns.
»Sieh mal an, Miss Bell und Miss Tressidor.«
»Guten Tag, Mr. Brandon«, sagte Miss Bell.
»Ein herrlicher Tag heute. Die Blumen sind zauberhaft, nicht wahr? Haben Sie etwas dagegen, wenn ich mich Ihnen anschließe?«
Ich glaube, Miss Bell hätte am liebsten abgelehnt, weil sie nicht sicher war, ob sich das schickte, aber sie konnte ihn kaum abweisen, ohne grob zu erscheinen, und was vermochte ein junger Mann schon Schlimmes anzurichten, wenn er neben einem Mädchen, das noch nicht »eingeführt« war, im Park spazierenging?
Er plauderte von den Blumen und wies auf die verschiedenen Bäume hin. Ich glaube, er wollte einen guten Eindruck auf Miss Bell machen, die sich begeistert an dem Gespräch beteiligte.
»Das ist ja die reinste Botaniklektion«, meinte ich.
»Botanik ist überaus faszinierend«, sagte er. Dabei drückte er meinen Arm, und ich merkte, daß er die Situation höchst vergnüglich fand. »Sind Sie nicht auch der Meinung, Miss Bell?«
»O ja«, bestätigte sie inbrünstig. »Leider gibt es kaum Gärten in London. Haben Sie einen Garten, Mr. Brandon?«
Sie hätten einen hübschen Garten am Landhaus seiner Eltern, erwiderte er. »Es ist immer eine Freude, aus der Stadt in das friedliche Landleben zu entkommen«, fügte er hinzu, wobei er mir einen Blick zuwarf, der ausdrückte, daß er genau das Gegenteil meinte.
Miss Bell fand allmählich Gefallen an ihm. Man hätte meinen können, daß sie der Gegenstand seiner Verehrung sei. Aber ich wußte es besser. Er verstellte sich jetzt genauso wie auf dem Maskenball. Er war sowenig ein Liebhaber des Landlebens mit

einer Leidenschaft für die Gartenbaukunst, wie er Rupert vom Rhein war oder ein namenloser Kavalier.

Er begleitete uns eine gute Stunde und verabschiedete sich mit einer Verbeugung und glühenden Dankesbezeugungen für den interessanten Zeitvertreib.

»Ein reizender junger Mann!« sagte Miss Bell. »Schade, daß es nicht mehr davon gibt. Ich hoffe, daß sein Interesse für Olivia zu etwas führt. Ich gönne es ihr.« Sie war mitteilsamer als sonst. Ich glaube, sie hatte sich von dem berückenden Jeremy Brandon ein wenig bezaubern lassen. »Ich habe Lady Carey von seinem Besuch im Haus und von den Blumen erzählt. Möchte wissen, ob er sie geschickt hat. Es könnte durchaus sein. Er stammt aus guter, aber verarmter Familie. Ein jüngerer Sohn, doch ich denke ... für Olivia wäre er akzeptabel.«

Ich brach in Lachen aus.

»Aber Caroline. Ich sehe nicht, was daran so amüsant ist.«

Ich erwiderte: »Sie müssen zugeben, es ist fast wie auf einem Markt.«

»So einen Unsinn habe ich noch nie gehört«, rief sie barsch.

Darauf schwieg sie. Sie dachte wohl an Jeremy Brandon.

Im Laufe der Woche sprach er abermals vor, und ich war nicht da; er wurde von Olivia empfangen. Es wurde ein ziemlich kurzer Besuch, und am nächsten Tag trafen Miss Bell und ich ihn im Park. Es war gar nicht so leicht, so zu tun, als sei es ein zufälliges Zusammentreffen. Ich weiß nicht, was Miss Bell davon hielt. Ob es ihr wohl in den Sinn kam, daß ich diejenige war, der sein Interesse galt?

Wir gingen ein Stück, dann setzten wir uns auf eine Bank und beobachteten die Pferde auf der Koppel. Er erzählte viel über Pferde, aber das Thema interessierte Miss Bell nicht so wie die Gartenbaukunst.

Bestimmt würde sie Verdacht schöpfen, wenn es noch mehr »zufällige« Begegnungen im Park gäbe.

Es war eine Woche nach dem Ball, und es gab immer noch keine

Neuigkeiten von Rosie Rundall. Ich versuchte, von den Dienstboten etwas zu erfahren, doch obwohl sie bereitwillig darüber schwätzten – denn das Geheimnis von Rosie Rundall war der Hauptgesprächsstoff beim Personal –, bekam ich außer Beschreibungen ihrer Kleider nichts heraus.

»Wenn Sie mich fragen, Miss«, meinte ein Mädchen, »die ist mit 'nem befreundeten Herrn auf und davon. Sie muß einen Freund gehabt haben. Denken Sie nur an die Kleider, die sie hatte. Schätze, der hat ihr die hübschen Sachen geschenkt.«

Rosie war also spurlos verschwunden. Olivia und ich stellten Mutmaßungen über sie an und bedauerten ihr Fortgehen.

Eines Morgens herrschte große Aufregung im Haus. Als der Diener meines Vaters mit dem heißen Wasser in sein Schlafzimmer gekommen war, hatte er ihn, unfähig sich zu rühren, im Bett vorgefunden.

Binnen kurzem fuhr der Wagen des Arztes vor, und Doktor Cray eilte ins Haus.

Der Befund lautete: Unser Vater war sehr krank. Er hatte einen Schlaganfall erlitten und schwebte in Lebensgefahr.

Im Haus herrschte gedrückte Stimmung. Alle waren sich bewußt, daß sich große Veränderungen ergeben könnten.

Ärzte kamen und gingen. Zwei Krankenschwestern wurden eingestellt. Miss Bell, zu deren zahlreichen Fähigkeiten auch Krankenpflege gehörte, wurde dem Pflegepersonal zugeteilt, und wir bekamen sie nicht mehr so häufig zu sehen.

Tagelang rechneten wir damit, daß mein Vater sterben würde, aber er erholte sich wieder.

Miss Bell eröffnete uns, daß seine Gesundheit stark beeinträchtigt sei und er nie mehr ganz genesen werde, aber wie manchmal in solchen Fällen könne eine gewisse Besserung eintreten.

So geschah es. Nach einem Monat konnte er sein Bett verlassen und mit Hilfe eines Stockes gehen, auch wenn er ein Bein ein wenig nachschleppte.

Nachdem sich der erste Schock gelegt hatte, merkte ich, daß ich durch Miss Bells Krankenpflege mehr Freiheit hatte, und nutzte das weidlich aus.

Olivia und ich durften gemeinsam ausgehen und genossen es, der ständigen Beaufsichtigung zu entrinnen. Jeremy Brandon war von Tante Imogen in Augenschein genommen worden, und da seine Herkunft, wenn auch nicht erstklassig, so doch passabel war und da Olivia seit einiger Zeit »eingeführt« war und bislang keine fabelhafte Eroberung gemacht hatte, wurde er für akzeptabel befunden.

Er durfte uns sogar zum Tee ins Hotel Langham führen; das war ein großes Ereignis.

Wir ritten auch mit ihm im Park. Ich durfte die beiden begleiten, und ich amüsierte mich bei dem Gedanken, daß ich als Anstandsdame fungierte.

Olivia ließ sich freilich nicht länger täuschen. Sie wußte, daß nicht sie es war, der sein Interesse galt. Das vermochte selbst er nicht vorzuspiegeln. Schließlich bekannte ich ihr, daß ich ihn auf dem Ball kennengelernt hatte und daß er Rupert vom Rhein war, der die Rosen geschickt hatte, die eigentlich für mich bestimmt waren. Nachdem das Geheimnis gelüftet war, konnten wir uns beim Tee offen über den Ball unterhalten.

»Ihre Schwester war eine überzeugende Kleopatra«, sagte er zu Olivia. »Wenn man mit ihr sprach, fühlte man sich in das alte Ägypten zurückversetzt.«

»So eine Übertreibung!« rief ich aus.

»Doch, doch, es war wirklich so. Ich blickte die ganze Zeit über die Schulter und erwartete, daß Mark Anton erscheinen würde oder Julius Caesar. Kleopatra hatte etwas Geheimnisvolles. Ich wußte einfach nicht, wo ich sie hinstecken sollte. Ich kannte die meisten jungen Frauen in unseren gesellschaftlichen Kreisen und erfuhr die Wahrheit von Moira Massingham nach der Demaskierung, als Kleopatra, das Aschenputtel des Balles, verschwunden war. Aber ich hatte das Schlangenhalsband erkannt

und wußte, daß es Moira gehörte. Sie hat mir die ganze Geschichte erzählt.«
»Das war ein schwieriges Unterfangen, nicht wahr, Olivia?«
Sie pflichtete mir bei.
»Olivia war großartig.«
Er lächelte Olivia zu. »Das glaub ich gern.«
Sie errötete und schlug die Augen nieder. Ich hatte Mitleid mit Olivia, die ganz sicher anfangs gedacht hatte, er käme ihretwegen.
Von Jeremy begleitet, verließen wir zuweilen die eleganten Straßen und schlenderten durch die Gassen. Ich liebte die Geschäftigkeit in dem Sträßchen, wo man manchmal Kinder singend über Kreidemarkierungen auf dem Pflaster hüpfen sehen konnte. Ich liebte die Drehorgeln, die bekannte Melodien spielten, und die Pflastermaler. Wir blieben stehen, um ihre Gemälde zu bewundern. Jeremy sprach hin und wieder mit einem Künstler und warf stets ein paar Münzen in seine umgedrehte Mütze. Die breiteren Straßen waren fortwährend verstopft mit Landauern, Broughams und eleganten Droschken.
Wir gingen Bänder und allerlei Krimskrams einkaufen, meistens bei Jay in der Regent Street. Jeremy Brandon sahen wir fast jeden Tag.
Eines Tages – ungefähr einen Monat nach dem Schlaganfall meines Vaters – zog Jeremy mich beiseite und flüsterte: »Warum kann ich Sie nie allein sehen?«
»Das schickt sich nicht«, erwiderte ich.
»Aber es ließe sich bestimmt arrangieren.«
»Das glaube ich kaum.«
»Ach, kommen Sie, wenn man bedenkt, was Sie alles unternommen haben, um die Kleopatrageschichte zu bewerkstelligen, welche unüberwindlichen Schwierigkeiten kann da ein Treffen zu zweit bieten?«
»Ich sehe zu, daß ich mich morgen nachmittag allein fortstehlen kann. Seien Sie um halb drei am Ende der Straße.«

Olivia, die ein paar Schritte zurückgeblieben war, holte uns ein. Er drückte mir verstohlen die Hand.
Ich glaubte, daß er in mich verliebt war. Alle Anzeichen sprachen dafür, und ich war nur allzu bereit, mich auf dieses aufregende Abenteuer einzulassen. Ich war romantisch veranlagt und hatte bisher in einer Phantasiewelt gelebt, wie es junge Menschen eben tun, vor allem, wenn ihnen nicht viel Zuneigung zuteil wird. Sicher, ich hatte Olivia, die mir eine ebenso gute Freundin wie Schwester war. Aber wen gab es sonst noch? Meine Mutter war mit ihrem Liebhaber verschwunden und hatte ihren Töchtern nicht einmal geschrieben. Es war kaum anzunehmen, daß meinem Vater an etwas anderem als an Tugend gelegen war; Miss Bell war eine liebe Freundin, die Olivia und mir durchaus gewogen war, aber ihr gouvernantenhaftes Gehabe machte sie unnahbar. Ich träumte von einer Versöhnung meiner Eltern, davon, daß der Charakter meines Vaters eine ähnliche Wandlung erfuhr wie Ebenezer Scrooge in *Eine Weihnachtsgeschichte*. In meinen Träumen wurde meine Mutter nach ihrer Rückkehr die Mutter, die ich mir immer gewünscht hatte – liebevoll, fürsorglich, gleichzeitig eine Vertraute, der ich von meinen Erlebnissen berichten konnte, die Rat und Hilfe erteilte. Bis dahin war Paul Landower der Gegenstand meiner Träume gewesen. Warum ich seine Gestalt so verklärt hatte, wußte ich selbst nicht. Aber meine Träumereien besaßen eine gewisse Logik. Ich kannte Paul kaum. Sein Bruder war mein Freund gewesen. Aber Jago war nicht aus dem Stoff, aus dem Helden sind. Er war nur ein Junge – mir sehr ähnlich, wenn es darum ging, Lausbubenstreiche auszuhecken. Er hatte nichts Unnahbares oder Romantisches an sich. Ich aber sehnte mich nach Romantik. Das war alles geheimnisvoll, aufregend, ein Traum, in den ein Mädchen wie ich sich versenken konnte und der den Rahmen für alle möglichen Ereignisse bildete – leider alles Hirngespinste meiner überstrapazierten, erlebnishungrigen Phantasie.

So hatte ich Paul Landower zum Urbild des Helden hochstilisiert. Er besaß das richtige Aussehen. Er war nicht hübsch, aber überaus maskulin und kräftig. Markant nannte ich ihn in meiner Phantasie. Er war der Sprößling einer edlen Familie, der durch die Verschwendungssucht seiner Vorfahren in eine prekäre Situation geraten war. Ein Hauch Melancholie umgab ihn, die einem Helden so gut stand. Er hatte große Probleme, und in meinem Lieblingstraum half ich ihm, sie zu lösen. Ich bewahrte ihm das Haus, das in fremde Hände überzugehen drohte. Dies tat ich auf verschiedene Art und Weise. In einer Version entdeckte ich ein Heilkraut, von dem Gwennie Arkwright genas – denn in dieser Spielart hatte sie sich beim Sturz von der Musikantengalerie schlimm verletzt –, und Mr. Arkwright vermachte mir aus lauter Dankbarkeit Landower Hall, das er soeben gekauft hatte. Ich übergab es Paul auf der Stelle.
»Ich werde dir mein Leben lang dankbar sein«, sagte er. »Und ich kann dieses Geschenk nur unter einer Bedingung annehmen. Du mußt es mit mir teilen.« Wir heirateten, lebten glücklich und in Freuden, hatten zehn Kinder, sechs davon waren Söhne, und Landower war für alle Zeit gerettet. Das war mein liebster und schönster Traum, aber es gab noch viele andere.
Ich sehnte mich nach Liebe, denn ich war überzeugt, daß Verliebtsein der glücklichste Zustand auf Erden war. Ich hatte gesehen, was das bedeutete, als wir während des Jubiläums bei Captain Carmichael waren. Aber das bezeichnete ich als schuldbeladene Liebe. Meine dagegen war edel, und alles würde wunderbar sein. Mein Bild von Paul Landower hatte sich ein wenig gewandelt. Er war düsterer geworden, geheimnisvoller, melancholischer; es war eine Melancholie, die nur ich allein vertreiben konnte.
Manchmal tauchte ich aus meiner Traumwelt auf und lachte über mich selbst. Dann sagte ich zu mir: Wenn du jetzt den wirklichen Paul sehen könntest, würde er vermutlich nicht mehr deinen Vorstellungen entsprechen.

Doch damit war es vorbei, seit Jeremy Brandon auf dem Maskenball mit mir getanzt hatte. Nun konnte ich meinen Traumhelden durch einen wirklichen Menschen ersetzen.
Und so verfiel ich mit meinem üblichen Ungestüm der Liebe.
Als ich mich am Ende der Straße mit Jeremy traf, sagte er, er müsse etwas Ernsthaftes mit mir besprechen. Er war ziemlich still, während wir zum Kensington Garden spazierten. Wir setzten uns auf eine der Bänke, die das Albert-Denkmal umstanden, das unsere grambeugte Königin ihrem Gemahl gewidmet hatte – ein Symbol für eheliche Treue und Hingabe.
Die Sonne beschien Albert, und ich hörte helle, lachende Kinderstimmen und die Ermahnungen oder Ermutigungen ihrer Kindermädchen, sie sollten sich auf den Blumenpfaden still verhalten oder, wenn schon, im Gras tollen oder die Enten auf dem Teich füttern.
Jeremy kam ohne Umschweife zur Sache. »Ich liebe Sie, Caroline, seit der ersten Begegnung auf dem Maskenball, und seither ist mein Gefühl für Sie sprunghaft angestiegen.«
Ich nickte selig.
»Ich habe so viel an Sie gedacht ... und denke an nichts anderes als an Sie. So kann es nicht weitergehen ... Ich kann Sie nicht immer nur treffen, wenn die ganze Zeit jemand dabei ist. Ich möchte Sie für mich allein. Es gibt nur eine Lösung: Wollen Sie mich heiraten, Caroline?«
»Natürlich«, erwiderte ich prompt.
Dann brachen wir in Gelächter aus.
»Du hättest sagen müssen: ›Ach du liebe Güte, das kommt aber plötzlich!‹ Ich glaube, das ist die übliche Antwort, auch nach monatelanger Brautwerbung.«
»Du mußt dich eben an eine unkonventionelle Frau gewöhnen.«
»Glaube mir, ich möchte keine andere.«
Er nahm mich in die Arme und küßte mich. Ich war unendlich glücklich. Dieser Tag war vollkommen. Jeremy war der perfekte

Bräutigam. Der melancholische Held meiner Träume war verschwunden, abgelöst von einem gutaussehenden, charmanten, keineswegs geheimnisumwitterten zukünftigen Ehemann aus Fleisch und Blut mit ebenmäßigen Zügen.
Ich war schwärmerisch verliebt.
»Ich werde dich ewig lieben«, gelobte ich ihm.
»Caroline, du bist köstlich ... so unbefangen.«
»Inwiefern?«
»Du bist so frei von Konventionen, von der faden Etikette, von allem, was in der Gesellschaft so überaus langweilig ist. Unser Leben wird wundervoll. Weißt du, was ich tun werde? Ich schreibe deinem Vater und bitte ihn, mich zu empfangen. Dann halte ich um deine Hand an.«
»Er wird niemals einwilligen.«
»Dann müssen wir eben durchbrennen.«
»Und ich klettere mit einer Strickleiter aus dem Fenster.«
»Das wird nicht nötig sein.«
»Ach, sei doch kein Spielverderber. Die Vorstellung, mit einer Strickleiter zu fliehen, macht mir Spaß. Du wartest unten in einer Kutsche und braust mit mir davon. Wir heiraten sofort und leben glücklich und in Freuden. Wo?«
»Aha«, sagte er, »eine praktische Ader hast du also auch. Wie wäre es mit einem kleinen Haus am Park, damit wir oft herkommen können, uns auf diese Bank setzen und sagen: ›Weißt du noch?‹«
Ich blickte verträumt in die Zukunft.
»Weißt du noch den Tag, als Jeremy Caroline einen Heiratsantrag machte«, sagte ich versonnen. »Und sie hat sofort und ohne sich zu zieren ja gesagt.«
»Und dafür liebte er sie«, fuhr Jeremy fort.
Dann küßten wir uns feierlich.
Er sagte: »Ich kann nicht mehr warten. Ich gehe sofort nach Hause und schreibe deinem Vater.«
Ich schüttelte betrübt den Kopf. »Er konnte es noch nie leiden,

wenn die Menschen glücklich waren, nicht einmal, als es ihm gutging. Und jetzt ist er bestimmt noch schlimmer.«
»Trotzdem müssen wir bei ihm anfangen. Hoffentlich gibt er seine Einwilligung. Das würde uns eine Menge Ärger ersparen.«
»Mach dir nichts draus. Ich verscheuche deinen Ärger. Hab ich dir nicht gesagt, wir werden glücklich und in Freuden leben?«
Zu meiner Verwunderung empfing mein Vater Jeremy und gab seine Einwilligung zu unserer Verlobung.
Das Leben hatte sich völlig verändert. Einst ein unbedeutendes Mitglied der Familie, nahm ich nun eine wichtige Stellung ein. Meine große Stunde war gekommen. Moira Massingham kam mich besuchen. Diesmal war meine Anwesenheit nicht nur geduldet. Moira staunte über mich. Sie fand alles sehr romantisch, zumal ich nicht einmal »eingeführt« war. Hatte man je davon gehört, daß ein Mädchen einen Ehemann bekam, bevor es offiziell den gesellschaftlichen Kreisen angehörte? So etwas war noch nie dagewesen. »Und denk nur, auf unserem Maskenball hat alles angefangen!« schwärmte sie.
Nicht nur bei Moira war mein Ansehen gestiegen.
Ich wurde in etliche Häuser eingeladen, unter anderem auch zum Tee zu den Massinghams, und Lady Massingham betrachtete mich wohlwollend. Es waren noch andere Mütter anwesend. Für sie war ich ein Phänomen – das Mädchen, das ohne große Investitionen in eine kostspielige Saison einen Verlobten gefunden hatte. Ich schwelgte im Glück.
Nur mit Olivia hatte ich Mitleid, die nach zwei Jahren noch nicht erreicht hatte, was mir so rasch gelungen war.
Sogar Tante Imogen ließ sich nun herab, von mir Notiz zu nehmen.
»Das ist das Beste, was passieren konnte«, sagte sie. »Das Geld, das dein Großvater mütterlicherseits dir vermacht hat, wird dir nun ausgezahlt. Es ist nicht viel, eine einmalige Zahlung von ein paar hundert Pfund, die dir zufallen, wenn du einundzwanzig bist oder aber bei deiner Eheschließung, dazu ein Einkommen von

fünfzig Pfund jährlich. Es ist keine große Summe, denn die Familie deiner Mutter war nicht reich.« Sie rümpfte vornehm die Nase, um ihre Verachtung für die Familie meiner Mutter kundzutun. »Das Geld kommt uns bei der Anschaffung deiner Aussteuer zustatten. Der Juni ist ein guter Monat für eine Hochzeit.«
»Aber so lange wollen wir nicht warten.«
»Das solltet ihr aber. Du bist sehr jung. Du wurdest nie in die Gesellschaft eingeführt. Es ist ein großes Glück für dich, daß dieser junge Mann dich heiraten will.«
»Er findet, *er* hat Glück gehabt«, entgegnete ich selbstgefällig.
Sie wandte sich ab.
Wir werden nicht bis Juni warten, dachte ich bei mir. Aber als ich mit Jeremy darüber sprach, meinte er: »Wenn deine Familie es wünscht, sollten wir uns fügen.«
Wir besichtigten Häuser. Es war ein glücklicher Tag, als wir das kleine Haus in einer schmalen Straße fanden, einer Nebenstraße von Knightsbridge. Die Räume waren nicht groß, aber es strahlte Eleganz aus. Es hatte drei Stockwerke mit jeweils drei Zimmern und einen kleinen Garten mit einem Birnbaum. In so einem Haus könnte ich glücklich sein.
Das Personal bezeugte mir neuerdings Respekt. Jeremy durfte mir im Haus seine Aufwartung machen, und man erlaubte mir, zu bestimmten Anlässen mit ihm auszugehen. Ich lebte wie in einem Glückstaumel. Ich war verliebt. Nie im Leben war ich so glücklich gewesen, und ich glaubte, es würde ewig währen.
Jeremy war freilich keine glänzende Partie. Er war eher durch familiäre Beziehungen als durch Reichtum in die gesellschaftlichen Kreise geraten. Für eine perfekte Partie aber sollte ein Mann beides haben. Doch unter bestimmten Umständen mochte eins davon genügen.
Wir lachten soviel zusammen! Die Tage waren voller Sonnenschein, auch wenn es windig war oder in Strömen regnete, wenngleich ich nicht auf das Wetter achtete. Wir waren ständig

zusammen und so froh, weil mein Vater seine Einwilligung gegeben hatte – nicht, daß wir diese Schwierigkeit nicht hätten überwinden können, sagte Jeremy, aber so sei es besser. Es wunderte mich ein wenig, daß er der Sache soviel Bedeutung beimaß. Er möge keine Hindernisse, meinte er. Er war leidenschaftlich und ärgerte sich über die Einschränkungen, die uns auferlegt waren. Er sehne sich danach, wenn wir Tag und Nacht zusammensein könnten.

Ich aber lebte in einem zauberhaften Traum, bis eines Morgens etwas geschah, das unseren ganzen Haushalt durcheinanderbrachte.

Als der Diener meines Vaters in sein Zimmer trat, fand er ihn tot vor. Er hatte wieder einen Schlaganfall erlitten, diesmal einen schwereren, und das war sein Ende.

Der Tod hat etwas Ernüchterndes, selbst der Tod von Menschen, die man nicht richtig gekannt hat. Ich durfte wohl sagen, daß ich meinen Vater nicht gekannt hatte; Liebesbeweise hatte es zwischen uns nie gegeben. Er war einfach dagewesen, eine Gestalt, die Tugend und Göttlichkeit verkörperte. Ich hatte mir immer vorgestellt, daß Gott so ziemlich wie mein Vater sei. Und nun war er nicht mehr da.

Die Careys kamen und übernahmen das Kommando, und das Personal fragte sich gespannt, welche Veränderungen im Haushalt vorgenommen würden. Es könnte durchaus bedeuten, daß manches Dienstverhältnis endete.

Im Haus herrschte eine gedrückte Stimmung. Ein Lächeln hätte von mangelndem Respekt für den Toten gezeugt. An der Hausmauer wurde zum Zeichen der Trauer eine rautenförmige Tafel mit dem Wappen der Tressidors angebracht. In den Zeitungen wurde des Toten gedacht, sie brachten einen Nachruf, in dem auf seine Tugenden hingewiesen wurde, und sie zählten in allen Einzelheiten die guten Werke auf, die er in einem Leben, »das dem Dienst an seinen Mitmenschen gewidmet war«, vollbracht hatte. Ein selbstloser Mensch sei er gewesen. Er war einer der

größten Wohltäter unserer Zeit. Viele Vereinigungen, die im Dienste des Gemeinwohls arbeiteten, waren ihm dankbar, und ganz England trauerte über den Tod des großen guten Menschen.
Miss Bell schnitt alle Artikel aus, um sie für uns aufzubewahren.
Es gab ein großes Getue um das sogenannte Schwarz.
Wir bekamen neue schwarze Kleider und mußten mit Schleiern vor dem Gesicht der Beerdigung beiwohnen. Wir sollten sechs Monate lang Trauer tragen, das war die angemessene Zeit, wenn ein Elternteil verstorben war. Tante Imogen kam mit zwei Monaten davon, weil sie bloß eine Schwester war, aber wie ich sie kannte, würde sie den Zeitraum verlängern.
Olivia und ich sollten also sechs Monate Schwarz tragen, danach, sagte Miss Bell, würden wir allmählich zu Grautönen übergehen. Helle Farben waren ein ganzes Jahr nicht gestattet. Ich wollte nicht einsehen, wieso man in Rot nicht ebenso ernsthaft trauern konnte wie in Schwarz.
Miss Bell sagte: »Ein bißchen mehr Respekt bitte, Caroline.«
Auch viele Dienstmädchen erhielten schwarze Kleider, und die Männer trugen Armbinden aus Krepp.
Überall – nicht nur im Haus, sondern auch in unseren gesellschaftlichen Kreisen – sprach man von der Güte meines Vaters, von seiner selbstlosen Hingabe an sein Werk im Dienste der Menschheit, die niemals nachließ, auch nicht, als er an Krankheit und häuslichen Schwierigkeiten litt.
Ich war erleichtert, als endlich der Tag der Beisetzung kam.
Die Leute versammelten sich auf der Straße, um den Leichenzug zu sehen, der überaus eindrucksvoll war. Durch meinen Schleier bekam die Szene etwas verschwommen Düsteres, die prächtig mit schwarzen Samtschabracken und schwarzen Federn geschmückten Pferde, die in feierliches Schwarz gekleideten Männer mit ihren glänzenden Zylinderhüten, Olivia, die mir gegenübersaß, mit bleichem Gesicht und völlig verwirrt, und Tante Imogen, aufrecht, streng, die hin und wieder ihr schwarz-

gerändertes Taschentuch an die Augen hob, um eine nicht vorhandene Träne abzuwischen, während ihr neben ihr sitzender Gatte sein Gesicht zu der angemessenen Trauermiene verzog.

Wir gelangten zu der Familiengruft – grimmig und bedrohlich anzuschauen mit dem finsteren Eingang und den Wasserspeiern, die den Marmor eher verunzierten als schmückten.

Ich war froh, als wir – viel schneller als auf dem Hinweg – nach Hause zurückfuhren. Für die Trauergäste gab es Sherry und Gebäck, und ich nahm an, daß alle auf den großen Augenblick warteten – das Verlesen des Testamentes.

Die Familie hatte sich im Salon versammelt, und Mr. Cheviot, der Anwalt, saß, Dokumente vor sich ausgebreitet, an einem Tisch. Ich vernahm, ohne richtig hinzuhören, was den verschiedenen Leuten vermacht worden war und daß große Summen für einige Vereinigungen gestiftet werden sollten, an denen mein Vater beteiligt war.

Er erwies seiner lieben Schwester Imogen Carey seine Dankbarkeit und bedachte sie mit einer finanziellen Unterstützung. Er war ein sehr wohlhabender Mann, und ich vernahm, daß Olivia ein beachtliches Erbe antrat. Nur ich war nicht erwähnt worden, und ich bemerkte, daß man mir verstohlene Blicke zuwarf.

Tante Imogen flüsterte mir zu, Mr. Cheviot wolle mich allein sprechen, da er mir etwas sehr Wichtiges mitzuteilen habe.

Als ich ihm im Arbeitszimmer meines Vaters gegenübersaß, sah er mich sehr ernst an und sagte. »Sie müssen sich auf einen Schock gefaßt machen, Miss Tressidor. Ich habe eine unangenehme Pflicht zu erfüllen und wünschte sehr, es bliebe mir erspart, aber es läßt sich leider nicht vermeiden.«

»Bitte sagen Sie mir rasch, worum es sich handelt.«

»Zwar kennt man Sie als Tochter von Mr. Robert Ellis Tressidor, aber das sind Sie nicht. Sie sind wohl nach der Vermählung Ihrer

Mutter mit Mr. Tressidor geboren, doch Ihr Vater ist ein gewisser Captain Carmichael.«

»Oh«, sagte ich gedehnt. »Das hätte ich mir fast denken können.«

Er warf mir einen merkwürdigen Blick zu, dann fuhr er fort: »Ihre Mutter gab erst etliche Jahre nach Ihrer Geburt zu, daß dieser Mann Ihr Vater war.«

»Zur Zeit des Jubiläums.«

»Im Juni 1887«, sagte Mr. Cheviot. »Ihre Mutter legte ein volles Geständnis ab.«

Ich nickte. Das Medaillon fiel mir ein, die plötzliche Abreise meiner Mutter, die Art, wie er mich mißachtet hatte. Jetzt konnte ich es verstehen. Mein Anblick mußte ihm verhaßt gewesen sein, weil ich der lebende Beweis für die Untreue meiner Mutter war.

»Damals kam es zur Trennung«, fuhr Mr. Cheviot fort. »Mr. Tressidor hätte sich scheiden lassen können, aber er sah davon ab.«

Ich bemerkte trotzig: »Er wollte einen Skandal vermeiden ... um seinetwillen.«

Mr. Cheviot senkte den Kopf.

»Verständlicherweise hat er Ihnen nichts hinterlassen. Aber Sie haben eine kleine Erbschaft vom Vater Ihrer Mutter. Er hat dieses Geld für Sie angelegt, und wenn Sie volljährig werden oder heiraten oder wann immer die Treuhänder es für geboten halten, soll Ihnen das Geld ausgehändigt werden. Ich freue mich, Ihnen sagen zu können, daß angesichts Ihrer plötzlichen Verarmung Ihnen das Geld sofort ausgezahlt wird.«

»Ein Teil wurde bereits abgehoben.«

»Ja, auf Veranlassung von Lady Carey.«

»Es wurde für meine Aussteuer verwendet ... jedenfalls das meiste davon.«

»Wie ich höre, wollen Sie in Kürze heiraten. Das ist sehr erfreulich und wird eine Menge Probleme lösen. Mr. Tressidor sagte

vor seinem Tod, das sei das beste für Sie, die Sie schließlich nicht für die Sünden ihrer Eltern verantwortlich seien.«
»Aber auch wenn ich nicht heiraten würde, stünde ich jetzt da mit – wieviel? Fünfzig Pfund im Jahr. Er war ja so ein guter Mensch. Er hat soviel Gutes für die Menschheit getan. Kein Wunder, daß er sich nicht auch noch um die Tochter seiner Gattin kümmern konnte.«
Mr. Cheviot machte ein gequältes Gesicht. »Leider helfen Vorwürfe nicht weiter, Miss Tressidor. Nun, ich habe meine Pflicht getan.«
»Ja, ich verstehe, Mr. Cheviot. Ich ... ich habe bisher nie an Geld gedacht.« Er ging nicht darauf ein, und ich fuhr fort: »Wissen Sie, wo meine Mutter ist?«
Nach einigem Zögern sagte er: »Ja. Hin und wieder war es vonnöten, für gewisse Belange Ihres Vaters mit ihr in Verbindung zu treten. Er hat ihr eine kleine Unterstützung gewährt. Das hielt er für seine Pflicht, denn sie war trotz ihrer Vergehen seine Gattin.«
»Geben Sie mir ihre Adresse?«
»Ich sehe keinen Grund, sie Ihnen zu verwehren.«
»Ich würde sie gern besuchen. Ich habe sie seit dem Thronjubiläum nicht mehr gesehen. Sie hat mir oder meiner Schwester nie geschrieben.«
»Sie bekam die Unterstützung nur unter der Bedingung, daß sie sich nicht mit Ihnen in Verbindung setzte.«
»Ich verstehe.«
»Ich schicke Ihnen die Adresse zu. Ihre Frau Mutter hält sich in Südfrankreich auf.«
Nach dieser Unterredung ging ich sogleich in mein Zimmer. Olivia kam zu mir. Sie war verzweifelt. »Es ist furchtbar, Caroline«, weinte sie. »Er hat mir so viel hinterlassen ... und dir nichts.«
Ich berichtete ihr, was der Anwalt mir erzählt hatte. Sie hörte mit weit aufgerissenen Augen zu.

»Das kann doch nicht wahr sein.«
»Weißt du nicht mehr, wie wir damals zum Waterloo-Platz gefahren sind? Es war meine Schuld, Olivia. Ich habe verraten, daß wir dort waren. Er hat das Medaillon gesehen. Ach so, du weißt ja gar nichts davon. Captain Carmichael hat es mir geschenkt. Es enthielt ein Bild von ihm. Auf diese Art wollte er mir sagen, daß er mein Vater ist.«
»Und wir beide? Wir sind nun keine Schwestern mehr?«
»Wir sind Halbschwestern.«
»Ach, Caroline!« Tränen standen in ihren schönen Augen. »Ich kann's nicht ertragen. Es ist so ungerecht.«
Ich sagte trotzig: »Es macht mir nichts aus. Ich bin froh, daß er nicht mein Vater war. Captain Carmichael ist mir viel lieber als Robert Ellis Tressidor.«
»Es war grausam von ihm«, sagte Olivia, dann verstummte sie plötzlich, da ihr aufging, daß sie schlecht von dem Toten sprach.
»Ich werde bald heiraten«, sagte ich.
»Das kannst du nicht, solange du in Trauer bist.«
»Ich bin nicht in Trauer. Schließlich war er nicht mein Vater.«
»Es ist einfach abscheulich.«
Ich lachte hysterisch auf. »Wir haben immer alles geteilt ... wir hatten dieselbe Gouvernante ... dieselben Schulstunden ... alles. Nun bist du die Erbin, und ich stehe ohne einen Pfennig da ... nun ja, nicht ganz. Ich nehme an, es wird reichen, um mich vor dem Verhungern zu bewahren. Und du, Olivia, bist eine reiche Frau.«
»Ach, Caroline«, weinte sie. »Ich will alles mit dir teilen, was ich besitze. Dies ist dein Heim. Ich bleibe stets deine Schwester.«
Halb lachend, halb weinend hielten wir uns umklammert.

Ich verabredete mich mit Jeremy, um das elegante Haus noch einmal zu besichtigen.
Ich wollte auf keinen Fall, daß das, was geschehen war, unseren Plänen im Wege stand.

Jeremy wirkte ziemlich bedrückt. Ich nahm an, er war in Gedanken noch bei der Trauerfeier. Doch darüber wollte ich nicht sprechen. Ich wollte das Haus besichtigen und an die Zukunft denken. Sobald wir die Tür öffneten und eintraten, wich die trübe Stimmung von ihm. Hand in Hand schlenderten wir durch die Räume, wir besprachen, wie wir sie einrichten wollten, welche Farbe die Teppiche haben, wie die Vorhänge beschaffen sein sollten.

Wir gingen in den Garten, stellten uns unter den Birnbaum und betrachteten das Haus.

»Es ist wirklich ein Traumhaus«, sagte Jeremy. »Ich hätte hier mit dir sehr glücklich sein können.«

»Nichts wird uns daran hindern«, erwiderte ich.

»Und wie sollen wir das bezahlen, Caroline?«

»Bezahlen? Daran habe ich nicht gedacht.«

»Es ist üblich, wenn man etwas kauft, daß man es bezahlt, weißt du.«

»Aber ...« Ich sah ihn erstaunt an.

Er sagte verlegen: »Du hast immer gewußt, daß ich nicht viel besitze. Die Unterstützung von meinem Vater ist ausreichend ... aber dies hier erfordert einen großen Batzen Geld.«

»Oh, ich sehe, du dachtest ... wie alle ... daß ich Geld hätte.«

»Ich dachte, dein Vater würde uns zu dem Haus verhelfen. Ein Hochzeitsgeschenk. Meine Familie hätte auch etwas beigesteuert, aber den vollen Preis für das Haus kann sie nicht aufbringen.«

»Ich verstehe. Wir müssen etwas weniger Kostspieliges finden.«

Er nickte ernst.

»Mach dir nichts draus. Ein Haus ist gar nicht so wichtig. Ich werde überall mit dir glücklich sein, Jeremy.«

Er schloß mich in seine Arme und küßte mich leidenschaftlich. Ich lachte. »Warum sehen wir uns dies Haus dann noch länger an, wenn wir es uns nicht leisten können?«

»Ist es nicht schön, sich vorzustellen, was hätte sein können?

Heute nachmittag möchte ich so tun, als würden wir hier einziehen.«
»Aber ich möchte so schnell wie möglich fort von hier. Ich will es vergessen. Es ist ein ziemlich alter Kasten. Wahrscheinlich feucht. Und dieser winzige Garten. Ein einziger kleiner Birnbaum. Noch dazu hängen keine Birnen dran, und wenn, dann sind sie bestimmt sauer. Wir werden uns eine kleine Wohnung mieten. Irgendwo hoch unterm Dach ... auf dem Dach der Welt.«
»Ach«, sagte er, »ich liebe dich, Caroline.«
Ich ging über das Bedauern in seiner Stimme hinweg.

Zwei Tage später erhielt ich seinen Brief. Er hatte vermutlich lange gebraucht, um die richtigen Worte zu finden.

»Meine liebste Caroline!
Das wirst Du immer für mich bleiben. Es fällt mir sehr schwer, Dir dies zu schreiben, aber ich glaube nicht, daß es klug wäre, wenn wir heiraten würden. Liebe unterm Dach hört sich herrlich an und wäre es auch ... eine Zeitlang. Aber Du würdest die Armut hassen. Du hast stets in Luxus gelebt, und mir ist es immer gutgegangen. Jetzt würden wir arm sein. Meine Unterstützung und Deine zusammen ... davon können wir zwei nicht leben.
Unter diesen Umständen, Caroline, sehe ich mich nicht in der Lage zu heiraten.
Es bricht mir das Herz. Ich liebe Dich. Ich werde Dich immer lieben. Du wirst immer etwas Besonderes für mich bleiben, aber Du wirst einsehen, daß es einfach nicht angebracht ist, jetzt zu heiraten.
      Dein todunglücklicher Jeremy,
     der Dich lieben wird bis an sein Ende.«

Es war aus. Er hatte mir den Laufpaß gegeben. Er hatte geglaubt, die Tochter eines wohlhabenden Mannes, eine reiche Erbin, zu heiraten, und hatte sich geirrt.
Meine Welt stürzte ein.
Seine Liebe zu mir war die größte Einbildung meines Lebens gewesen. Ich weinte nicht. Ich war wie betäubt vor Kummer.
Olivia tröstete mich. Sie versicherte mir, daß wir stets zusammenbleiben würden. Ich solle das dumme Gerede über Geld vergessen. Ich sei ihre Schwester. Sie würde mir ein Legat zukommen lassen; und ich solle Jeremy heiraten.
Darüber mußte ich lachen. Ich würde ihn niemals heiraten. Ich würde überhaupt niemanden heiraten. »Ach, Olivia, ich dachte, er liebte mich ... aber er wollte nur das Geld deines Vaters.«
»Ganz so war es nicht«, beschwichtigte Olivia.
»Wie dann? Ich war bereit, ihn zu heiraten und arm zu sein. Er konnte das nicht ertragen. Ich will ihn nie wiedersehen! Niemandem werde ich mehr glauben.«
»Das darfst du nicht sagen. Du wirst darüber wegkommen, ganz bestimmt.«
Ich sah sie an und dachte: Ich glaube, sie war in ihn verliebt. Sie hat nie etwas gesagt, ließ mir den Vortritt ...
»Ach Olivia«, rief ich aus, »meine liebe, süße Schwester, was finge ich nur ohne dich an?«
Dann kamen mir endlich die Tränen. Ich weinte mit ihr, und danach fühlte ich mich besser.
Aber tief in mir fühlte ich Verbitterung.

Intime Enthüllungen

Ich hatte mich verändert, auch äußerlich. Nun war ich endgültig erwachsen geworden. Ich steckte meine Haare hoch, wodurch ich größer wirkte, und dachte neuerdings über Geld nach, was mir vorher nie in den Sinn gekommen war. Ich mußte sehr sparsam sein, wenn ich von meinem Einkommen leben wollte. Auch das Benehmen der Dienstboten wandelte sich. Sie erwiesen mir nicht mehr soviel Respekt, und ich mußte daran denken, wie Rosie Rundall sich über das Protokoll beim Personal lustig gemacht hatte. Die gesellschaftlichen Rangordnungen waren hier strenger und vielfältiger als in den höheren Schichten.

Ich war nun nicht mehr die Tochter des Hauses. Mein Dasein wurde mehr oder weniger geduldet. Die Achtung vor Olivia war dagegen um ein Hundertfaches gestiegen. Schließlich würde sie eines Tages die Hausherrin sein.

Für mich war dies ein Übergangsstadium – eine Zeit der Entscheidung. Wenn ich morgens aufwachte, fragte ich mich: Was fängst du nun an? Und dann dachte ich an Jeremy Brandon, an meine Hoffnungen und Pläne. Ich war so arglos gewesen, ein naives romantisches Mädchen, das nicht einen Augenblick geahnt hatte, daß bei der Besichtigung des kleinen Hauses, wo wir so idyllisch-glücklich sein wollten, er nur das Vermögen sah, das ich vermeintlich erben würde.

Mir war ganz elend zumute. Manchmal sehnte ich mich nach ihm, aber die meiste Zeit haßte ich ihn. Ich glaube, mein Haß war glühender, als meine Liebe je gewesen war. Mit mir war eine komplette Wandlung vorgegangen. Früher hatte ich die Welt von Göttern und Göttinnen bevölkert gesehen. Jetzt sah ich sie von falschen, intriganten Menschen bewohnt, deren ganzes Streben war, sich auf Kosten anderer zu bereichern.

Die einzige Ausnahme war Olivia. Sie war von Grund auf gut, und ich suchte ständig Trost bei ihr.

Es mache nichts, daß sie das Geld geerbt habe, beteuerte sie. Es sei unseres. Und sobald es in ihrem Besitz sei, werde sie mir die Hälfte abgeben.

Liebe, unkomplizierte, gute Olivia!

Ich sagte zu ihr: »Ich kann nicht hierbleiben.«

»Warum denn nicht?«

»Ich gehöre nicht mehr hierher.«

»Es ist aber dein Heim.«

»Nein. Alles hat sich verändert. Die Dienstboten geben es mir deutlich zu verstehen. Tante Imogen hat es mir gezeigt, seit sie im Bilde ist, also seit dem Jubiläum. Sogar Miss Bell ist anders geworden.«

»Die hat nichts zu sagen. Dieses Haus mit allem, was darin ist, wird mir gehören und dazu eine Menge Geld. Caroline, bitte teile es mit mir.«

Ich wandte mich ab. Merkwürdig, Olivias schlichte Güte konnte mich zu Tränen rühren, während Jeremy Brandons Geldgier und Falschheit mich nur mit Bitterkeit und Zorn erfüllten. »Ich möchte Mutter besuchen«, sagte ich.

»Ich komme mit dir, Caroline.«

»Oh, wirklich, Olivia?«

»Jetzt kann ich es doch, oder?«

Ich war mir nicht sicher. Tante Imogen war vorübergehend zu uns ins Haus gezogen. »Bis alles geregelt ist«, sagte sie. Olivia war die Erbin, aber sie konnte erst über ihr Vermögen verfügen, wenn sie einundzwanzig war oder heiratete, und wie es schien, würde eher ersteres der Fall sein. Sie war jetzt zwanzig.

Ich hatte meinen Hang zum Pläneschmieden nicht verloren, auch wenn ich inzwischen einsehen mußte, daß sich meine Vorstellungen möglicherweise nicht verwirklichen ließen.

Tante Imogen schob Olivias Vorhaben alsbald einen Riegel vor.
»Meine liebe Olivia, du kannst London jetzt nicht verlassen. So ein unsinniges Unterfangen. Du kannst doch nicht durch ganz Frankreich ziehen. Was würden die Leute denken?«
»Caroline wäre doch bei mir.«
»Caroline mag gehen, wenn sie will. Aber dein Vater ist noch kaum kalt in seinem Grab.«
Tante Imogen behielt natürlich die Oberhand. Arme Olivia, ich fürchtete, daß sie sich nie durchsetzen würde. Der einzige Trost war, daß sie ihr Schicksal geduldig hinnahm.
Mr. Cheviot entpuppte sich als ein sehr liebenswürdiger alter Herr.
Er bestellte mich in seine Kanzlei und erzählte mir, er habe meiner Mutter geschrieben, und sie freue sich auf meinen Besuch. Sie lebte in einem Dorf in der Nähe einer Kleinstadt in Südfrankreich. Wenn ich es wünschte, würde er die Vorkehrungen für meine Reise treffen.
Ich war ihm sehr dankbar. Er wußte natürlich von meiner aufgelösten Verlobung und bemitleidete mich deswegen wohl ein wenig. Immer, wenn ich morgens aufwachte, überkam mich die Angst. Das war wohl natürlich, weil sich alles so drastisch verändert hatte. Hatte ich doch gleich zwei schwere Schläge erlitten. Erstens war das Haus, in dem ich mein Leben zugebracht hatte, nicht mehr mein Heim, und trotz der Zuneigung meiner Schwester war mein Platz nicht mehr dort. Und zweitens gab es wohl für eine junge Frau kaum Demütigenderes, als sozusagen am Vorabend der Hochzeit den Laufpaß zu bekommen.
Ich wunderte mich selbst über meine Wut auf die beiden Männer – Robert Tressidor und Jeremy Brandon. Robert Tressidor hatte wenigstens nie vorgegeben, sich etwas aus mir zu machen. Er war für meine Ausbildung aufgekommen und hatte mich jahrelang in seinem Haus wohnen lassen. Ich sollte ihm eigentlich dankbar sein. Jeremy Brandon jedoch war verabscheuens-

wert. Er hatte vorgegeben, mich gern zu haben, während er es in Wirklichkeit auf mein vermeintliches Erbe abgesehen hatte.
Tante Imogen ließ mich immerhin nicht gänzlich fallen.
»Die Rushtons fahren nach Paris«, erklärte sie. »Sie wollen dich mitnehmen. Das ist sehr liebenswürdig von ihnen. Es schickt sich nicht in deinem Alter, allein zu reisen. Sie werden sich auf dem ersten Teil der Eisenbahnfahrt deiner annehmen. Ich habe es mit Mr. Cheviot besprochen, er ist einverstanden.«
Ich war erleichtert, denn der Gedanke, allein zu reisen, hatte mich etwas beunruhigt. Die Rushtons waren recht angenehme Leute. Sie hatten zwei Söhne, beide verheiratet, weshalb sie nicht an den Festen der Londoner Jugend teilnahmen.
Fieberhaft traf ich meine Reisevorbereitungen. Ich konnte es kaum erwarten, das Haus zu verlassen. Es war traurig, Abschied von Olivia zu nehmen, aber sie versprach, nach Frankreich zu kommen, sobald es ihr möglich sei.
Drei Tage vor meiner Abreise erhielt ich zwei Briefe. Einer war von Cousine Mary.
Ich las ihn gespannt.

»Meine liebe Caroline«, schrieb sie, *»ich habe natürlich vernommen, was geschehen ist. Ich habe Dir nicht früher geschrieben, weil ich keine Briefeschreiberin bin, und obwohl ich oft an Dich gedacht habe, bin ich nicht dazu gekommen. Ich denke noch gern an Deinen Besuch zurück und hätte mir gewünscht, daß Du wiederkommen würdest. Aber dann gingst Du ins Internat. Wie die Zeit vergeht!*
Ich möchte Dir nun sagen, daß Du jederzeit willkommen bist. Du kannst Tressidor Manor als Dein Heim betrachten, wenn Du möchtest. Ich würde mich sehr darüber freuen.
Ein seltsamer Gedanke, daß wir nun nicht mehr verwandt sind. Aber ich habe nie viel von Banden des Blutes gehalten. Verwandtschaft ist etwas Auferlegtes. Freunde suchen wir

uns selbst, und ich glaube und hoffe, daß Du und ich stets gute Freundinnen bleiben.
Meine liebe Caroline, ich kann mir denken, daß Du momentan etwas verwirrt bist. Du sollst wissen, daß ich die Tat meines selbstgerechten Cousins von Herzen verabscheue. Ich war schockiert, als ich erfuhr, was geschehen war.
Gott segne Dich, mein Kind, und ich wiederhole noch einmal, hier ist Dein Heim, wenn Du es wünschst. Denke nur nicht, ich biete es Dir aus Barmherzigkeit an. Sei versichert, daß ich dabei meinen eigenen Vorteil im Sinn habe.
Immer Deine Mary Tressidor.«

Ich lächelte beim Lesen dieses Briefes. Er brachte sie mir so lebhaft in Erinnerung. Ich sehnte mich nach ihr, nach dem alten Haus, nach einem Ritt an Landower Hall vorbei ... nach Jago und Paul, dessen Bild ich so lange in mir bewahrt hatte, bevor es durch Jeremy Brandon, diesen Verräter, ersetzt wurde.
Der Brief heiterte mich beträchtlich auf. Wäre ich nicht im Begriff gewesen, zu meiner Mutter zu reisen, wäre ich wohl unverzüglich nach Cornwall aufgebrochen. Ich wollte Cousine Mary schreiben und ihr alles erklären.
Dann wandte ich mich dem anderen Brief zu, den ich für kurze Zeit vergessen hatte. Die Handschrift war mir unbekannt. Ich schlitzte den Umschlag auf und las:

»Liebe Miss Caroline!
Ich habe gehört, was passiert ist. Es ist eine Schande.
Ich wollte mit Ihnen sprechen und erklären, warum ich damals an dem Abend nicht da war, um Sie einzulassen. Ich konnte nichts dafür.
Wenn Sie mich am Mittwoch aufsuchen können, werden Sie alles erfahren.
Rosie Russell, alias Rundall.«

Ich war verwundert, und die Aussicht, Rosie wiederzusehen, machte mich ganz aufgeregt. Ich war drauf und dran, Olivia den Brief zu zeigen, aber dann überlegte ich es mir anders. Ich würde es ihr erzählen, nachdem ich Rosie besucht hatte.
Ich studierte die Adresse auf dem Briefkopf. Die Straße war mir bekannt. Sie lag nicht weit von uns entfernt, eine hübsche Reihe kleiner Häuser im georgianischen Stil. Rosie war offenbar verheiratet und hatte, wie man so schön sagt, eine gute Partie gemacht.
Niemand hielt mich zurück, als ich mich auf den Weg machte. Ich war nicht mehr Miss Bell unterstellt. Wenigstens habe ich jetzt meine Freiheit, dachte ich. Vielleicht bringt jedes Unheil etwas Gutes hervor, und sei es noch so bescheiden.
Ich kam zeitig an. Die Tür wurde von einem adretten Hausmädchen geöffnet, und als ich sagte, ich wollte zu Mrs. Russell, erwiderte das Mädchen: »Kommen Sie bitte herein. Mrs. Russell erwartet Sie.«
Ich wurde in einen elegant möblierten Salon in der ersten Etage geführt.
»Miss Tressidor«, meldete das Mädchen.
Zu meinem Erstaunen erhob sich Rosie – in einem schicken lavendelfarbenen Nachmittagskleid – und reichte mir die Hand, ganz so, als sei sie die Hausherrin.
Die Tür schloß sich, und die förmliche Gastgeberin verwandelte sich augenblicklich in die Rosie, die ich kannte.
Sie lachte und umarmte mich.
»Miss Caroline!« rief sie aus. »Meiner Treu! Sie haben sich aber verändert.«
»Du dich aber auch, Rosie.«
»Das kann man wohl sagen. Ist das nicht köstlich? Sie kommen mich in meinem eigenen Häuschen besuchen.«
»Du bist verheiratet, Rosie?«
Sie zwinkerte mir zu. »Aber nicht doch. Als sich mein Schicksal wendete, habe ich meinen Namen geändert. Rosie Rundall starb

eines plötzlichen Todes, an ihrer Stelle erschien Rosie Russell. Ich denke, wir trinken erst mal Tee. Ich werde läuten. Ich habe mein Personal gut geschult. Ist ja wohl auch nicht anders zu erwarten, nicht wahr, hab' ja selbst mal in diesem Gewerbe gearbeitet ...«

»Rosie, das ist einfach unglaublich ... und wundervoll. Was ist geschehen? Ich hab's ja immer gewußt, daß du kein gewöhnliches Hausmädchen bist.«

Sie legte die Finger an die Lippen. »Später. Meine Mädchen sollen lieber nicht zuviel mitkriegen. Also reden wir zuerst mal übers Wetter und die Kleinigkeiten, worüber sich Damen unterhalten, wenn sie sich einen freundschaftlichen Besuch abstatten.«

Ein Mädchen, aber nicht das, das mir die Tür geöffnet hatte, rollte einen Teewagen herein. Rosie betrachtete das Tablett mit kundigem Blick.

»Danke, May«, sagte sie freundlich, und das Mädchen war entlassen.

Ich konnte mir das Lachen kaum verkneifen.

Rosie schenkte den Tee ein. »So«, sagte sie, »wir müssen leise sprechen. Dienstboten lauschen immer an der Tür. Wer wüßte das besser als ich!« Wieder zwinkerte sie mir zu. »Ich will mich ja nicht beklagen. Sollen sie ruhig mit dem Personal in anderen Häusern schwätzen. Das ist die beste Nachrichtenquelle. Die Freunde der Familien wissen nie so genau, was sich tut, wie das Personal.«

»Du mußt mir alles erklären, Rosie.«

»Ich hab' schon lange mit Ihnen reden wollen. Sie sollten nicht denken, ich wär' einfach abgehauen, als Sie in Ihrem Kleopatra-Kostüm zurückkamen.« Sie lachte. »Ich werd' Ihren Anblick nie vergessen, mit diesem Schlangendings am Hals. Sie sahen sagenhaft aus. Ich hab' zu mir gesagt, meiner Treu, die Miss Caroline, die ist richtig. Die werden sie umschwärmen wie die Fliegen den Honigtopf.«

»Rosie, was soll das alles?«

Sie schenkte frischen Tee ein und sah mich mit schiefem Kopf an. »Sie sind erwachsen geworden, Caroline. Ich weiß, was passiert ist. Sie sind nicht die Erbin, wie alle erwartet hatten. Sie haben ein bißchen, aber nicht viel –«

»Woher weißt du das?«

»Klatsch, meine Liebe. Es war *das* Stadtgespräch. Der große gute Mann starb ... der sich um gefallene Frauen gekümmert hat.« Sie schüttelte sich vor Lachen. »Das ist köstlich«, fuhr sie fort. »Wenn man bedenkt, daß er gelegentlich über sie gestolpert ist.«

»Was meinst du damit, Rosie?«

»Darauf komme ich gleich. Ich hätte es Ihnen nicht eher erzählen können ... obwohl ich es wollte, schon deshalb, weil ich Sie damals abends im Stich gelassen habe. Sie sind selbständig. Sie sind kein behütetes Mädchen mehr. Sie müssen Bescheid wissen ... über das Leben und so. Ich finde, jetzt braucht man Ihnen keinen Sand mehr in die Augen zu streuen. Sie sollten die rauhe Wirklichkeit kennenlernen.«

»Da stimme ich dir zu. Ich war eine Närrin ... unerfahren ... verträumt ... Alles erschien mir wunderschön und anders, als es wirklich war.«

»So sind die meisten von uns, meine Liebe, wenn wir ins Leben treten. Aber wir müssen erwachsen werden, je eher, desto besser. Wissen Sie noch, wie ich bei Ihnen zu Hause gearbeitet habe ... das Stubenmädchen, das ein bißchen anders war, hm? Ich wollte eben nicht mein Leben lang Stubenmädchen bleiben. Ich hatte Pläne, und ich hatte das Gesicht, die Figur und den Verstand, um meine Vorstellungen in die Tat umzusetzen. Dazu mußte ich in London sein, mußte irgendwo wohnen, mußte im Mittelpunkt des Geschehens sein. Und deshalb ging ich abends ... einmal in der Woche ... zu Madam Crawley in Mayfair. Es war ein schönes Haus, sehr angenehm ... das teuerste in London ... oder eins der teuersten ... und sie nahm nicht jede.

Vielleicht sind Sie jetzt ein bißchen schockiert, aber wie gesagt, Sie müssen das Leben kennenlernen. Ich ging zu Madam Crawley, um Herren zu ... hm ... unterhalten.«
Sie lehnte sich zurück und sah mich an. Ich spürte, wie mir die Röte langsam ins Gesicht stieg.
»Ich sehe, Sie verstehen«, sagte Rosie. »Solche Dinge gibt's nun mal, und da kommen Leute hin, von denen man es nie erwarten würde. Stellen Sie sich vor, ich hab' bei Madam Crawley in ein paar Stunden mehr verdient als in einem Jahr in Stellung. Ich war auch mal so unschuldig wie Sie. Ich ging arbeiten, seit ich vierzehn war. Der Hausherr hat mir nachgestellt. Er hat mich verführt. Ich hab' vor lauter Angst nichts gesagt. Und danach lernte ich in einer Teestube eine kennen, die mir erzählte, was sie so trieb und daß sie sparte, um unabhängig zu sein oder vielleicht zu heiraten und anständig zu werden.«
»Ich verstehe, Rosie, wirklich.«
»Fein. In jeder Lebenslage gibt es gute und schlechte Seiten. Nichts ist ganz gut, und nichts ist ganz schlecht. Ich habe viel gelernt, und ich habe Geld gespart ... eine recht ansehnliche Summe. Ich wollte mich mit etwa dreißig Jahren zur Ruhe setzen und ein behagliches Leben führen. Aber dann hatte ich unverhofftes Glück, und davon wollte ich Ihnen erzählen.«
Diese Enthüllungen waren die Krönung von allem. Ich war verwirrt. Freilich hätte ich ahnen können ... die abendlichen Ausgänge, die schönen Kleider ... alles wies auf so etwas hin. Aber vielleicht schien mir das nur jetzt so, nachdem ich Bescheid wußte. Bestimmt hatte niemand im Haus geahnt, wie Rosie ihre freien Abende verbrachte.
»Es ging mir sehr gut«, fuhr sie fort. »Ich hatte mir einen hübschen Notgroschen zusammengespart. Und dann kam dieser eine Abend. Ich könnte mich totlachen, wenn ich daran denke. Caroline, soll ich fortfahren?«
»Nur zu.«
»Sie sind jetzt ein großes Mädchen. Denken Sie an jene Nacht

zurück. Sie waren als Kleopatra verkleidet. Ich sollte Olivia die Tür öffnen und dann nach hinten flitzen, um Sie reinzulassen. Es war mein freier Abend, erinnern Sie sich? Ich sollte um elf zurück sein. Die olle Winch und der Wilkinson waren da sehr pingelig. Sie hätten mir meine Ausflüge am liebsten verboten, aber das ließ ich mir nicht gefallen. Sie wollten mich nicht verlieren. Ich war ein gutes Stubenmädchen. Der Herr und die Herrin hatten es gern, wenn die Gäste mich sahen. Die richtigen Stubenmädchen sind für einen gutgeführten Haushalt sehr wichtig.«

»Das weiß ich, Rosie. Erzähl weiter.«

»An dem Abend, als Sie auf dem Ball waren, ging ich zu Madam Crawley. Sie sagte: ›Heute abend kommt ein reicher Gentleman. Einer unserer besten Kunden. Ich bin froh, daß du hier bist.‹ Sie schüttelte den Kopf und wiederholte ihren Lieblingssatz: ›Ich könnte dir so ein gutes Geschäft verschaffen, wenn du ganz zu mir kommen würdest.‹ Aber dafür war ich nicht zu haben. Ich wollte kommen und gehen, wann es mir paßte, und einmal die Woche genügt für ein Mädchen bei diesem Spiel. Ich hatte einen schönen seidenen Morgenmantel, in dem ich meine Herren zu empfangen pflegte. Mit nichts drunter an ging ich in das Zimmer, wo ein Gentleman mich erwartete. Und da war er, splitternackt lag er auf dem Bett. Ich starrte ihn an. Was glauben Sie, wer er war?«

»Keine Ahnung.«

»Mr. Robert Ellis Tressidor, der Verfechter der guten Sache, der Retter gefallener Frauen, Fürsprecher der armen Arbeitslosen.«

»O nein! Das darf doch nicht wahr sein!«

»Doch, so wahr ich hier sitze. Er richtete sich auf und starrte mich an. Ich sagte: ›Guten Abend, Mr. Tressidor.‹ Ihm hatte es die Sprache verschlagen. Er war schrecklich verlegen. Er war in flagranti ertappt worden. Sein Gesicht war puterrot. Kein Wunder. Er hat sich bestimmt die Schlagzeilen in den Zeitungen vorgestellt. Schließlich stotterte er: ›Was machst du denn hier?

Ich dachte, du bist ein anständiges Stubenmädchen.‹ Ich brach in lautes Gelächter aus. ›Ich?‹ fragte ich. ›Ist doch wohl klar, was ich hier mache, Sir. Das Komische ist, was machen Sie hier, Sie Beschützer der gefallenen Frauen. Helfen Sie ihnen, noch ein bißchen tiefer zu fallen?‹ Ich hatte Angst bekommen, und wenn ich Angst habe, kämpfe ich mit allen Mitteln. Doch ich wußte, daß seine Situation schlimmer war als meine. Ich hatte wenigstens meinen Morgenrock. Er hatte nichts als das Laken, um seine Blöße zu bedecken. So was Komisches hatte ich noch nie erlebt. Ich, das Stubenmädchen, stand da, und er, der hohe Herr, der gute Mann Gottes, lag nackt auf dem Bett.
Dann hat er sich ein bißchen beruhigt. Er stammelte: ›Rosie, wir müssen uns einigen.‹ Ganz freundlich, von gleich zu gleich, nichts mehr von Herr zu Stubenmädchen. ›Du solltest nicht so ein Leben führen, Rosie.‹ – ›Sie vielleicht, Sir?‹ fragte ich. ›Ich bekenne mich‹, erwiderte er, ›zu einer gewissen Schwäche.‹ Da mußte ich lachen und erkannte meine Möglichkeiten. ›Ich könnte Ihnen große Schwierigkeiten bereiten, Mr. Tressidor.‹ Er stritt es nicht ab. Ich sah, wie er nachdachte ... angestrengt. Es stand in seinen Augen. Geld, dachte er. Geld glättet fast alle Wogen, und damit hatte er recht. ›Rosie‹, sagte er, ›es soll dein Schaden nicht sein.‹ Und ich erwiderte: ›Jetzt liegen Sie richtig.‹ Heute kann ich darüber lachen. Er im Bett, und ich stand da im Morgenrock, und so haben wir verhandelt. Er wollte mich sofort aus dem Haus haben. Das konnte ich verstehen. Und ich mußte auf der Stelle gehen. Eine große Summe wollte er als Preis für mein Schweigen zahlen. In seiner Angst wurde er richtig menschlich, und, Caroline, er hatte weiß Gott große Angst. Er konnte sich gut ausmalen, was auch ich vor mir sah: ›Menschenfreund Robert Tressidor in einem Bordell entdeckt ...‹ Wir trafen ein freundschaftliches Abkommen: Er würde mich gut bezahlen, und ich sollte augenblicklich verschwinden. Die Nacht sollte ich in einem Hotel verbringen ... auf seine Kosten natürlich, und dort bleiben, bis alles geregelt war. Er hatte in

London eine Menge Grundbesitz und wollte mir eine Bleibe besorgen. Er gab mir alles Geld, das er bei sich hatte, und versprach mir noch eine weitere große Summe. Damit sollte die Sache beendet sein. Er war nicht gewillt, sich erpressen zu lassen. Ich hatte das auch gar nicht vor. Das ist ein zu gefährliches Spiel. Ich wollte nichts weiter als einen guten Start ins Leben – ich wollte das, was manchen Leuten von Geburt zufällt und für das andere kämpfen müssen. Er verstand meinen Wunsch, aus meinem Dienstbotenleben auszubrechen – er nannte es Ehrgeiz, und vor Ehrgeiz hatte er Respekt. Er besaß schließlich selbst eine ordentliche Portion davon. Man konnte sich richtig freimütig mit ihm unterhalten. Wie er da nackt und ein bißchen zerknirscht ... und irgendwie entgegenkommend ... im Bett lag, da gefiel er mir viel besser als der große Menschenfreund. Ich sagte: ›Hören Sie, Mr. Tressidor, wenn Sie sich anständig benehmen, benehme ich mich auch anständig. Ich könnte den Zeitungen Tips geben. Nichts wäre denen lieber als so ein Skandal. Sie wären ruiniert.‹ Das sah er ein, und er sagte, er werde sein Versprechen halten. Aber mir war klar, daß er sich keine fortlaufende Erpressung gefallen lassen würde. Er würde eine einmalige Summe zahlen, und damit Schluß. Ich war einverstanden. Schließlich bin ich keine erpresserische Natur, nur ein Mädchen, das sich durchschlagen muß. Na, was sagen Sie nun?«

»Ich muß dauernd daran denken, wie er, der immer tat, als wäre er die Güte selbst, meine Mutter behandelt hat. Ist denn die Welt voll von Betrügern?«

»Zu einem ziemlich großen Teil bestimmt. Na, war es richtig, daß ich es Ihnen erzählt habe?«

»Es ist immer gut, alles zu wissen.«

»Sie müssen sich jetzt genauso durchs Leben schlagen wie ich. Da muß man die Menschen kennen. Die Welt ist nicht immer schön. Und trotzdem, manche kriegen die Schattenseiten nie zu sehen. Schauen Sie sich ihren Vater an ... ich meine Robert

Tressidor. Er hatte Triebe wie die meisten Männer. Ich kenne die Sorte. Von denen gab's jede Menge bei Madam Crawley. Sie waren das, was man sinnlich nennt, und fanden zu Hause nicht das, was sie sich wünschten. Dort mußten sie den Gentleman spielen, und vielleicht schämten sie sich auch zu tun, was sie wirklich wollten, deshalb kamen sie zu Mädchen wie mir. Da konnten sie tun, wozu sie Lust hatten. Sie konnten sich ohne Hemmungen zeigen, wie sie waren.«

»Ich bin froh, daß du mir alles erzählt hast, Rosie. Ab jetzt werde ich kritischer sein und nicht alles als gegeben hinnehmen. Ich glaube, ich hasse die Männer.«

»Ach, es gibt auch ein paar gute unter den schlechten. Sicher, sie sind schwer zu finden, aber es gibt sie.«

Ich schüttelte den Kopf. Ich sah meinen Vater vor mir – warum sollte ich ihn eigentlich noch meinen Vater nennen? Ich sah ihn, wie er im Bett kauerte.

»Es hat ihn schrecklich aufgeregt«, fuhr Rosie fort. »Ich schätze, das hat ihn umgebracht. Kurz danach hatte er seinen ersten Schlaganfall. Er muß außer sich gewesen sein, wenn er bedachte, was daraus für ihn erwachsen konnte. Aber so weit wäre ich nicht gegangen. Schließlich hat er mich anständig bezahlt. Aber deswegen hat er das gemeine Testament doch nicht geändert, nicht?«

Ich schüttelte den Kopf. »Warum hätte er das tun sollen?«

»Ach, er war sehr großspurig und scheinheilig, in bezug auf Ihre Mutter. Wir haben einiges mitgekriegt. So ein großartiger, guter Mann, mit so einer frivolen Frau! Wie konnte sie nur? Und die ganze Zeit ging der Herr heimlich wegen ein bißchen Balgerei zu Madam Crawley.«

»Es ist entsetzlich«, sagte ich.

»Finden Sie, daß ich schlecht bin?«

»Nein.«

»Eine Frau, die sich verkauft und nichts gegen eine kleine Erpressung hat?«

»Es freut mich, daß du etwas aus ihm herausgeholt hast, Rosie. Die Scheinheiligkeit, die Falschheit, die sind es, die ich nicht ertragen kann. Du warst nie so.«
»Offen wie der helle Tag, so bin ich nun mal. Und deshalb hab' ich Sie an dem Abend nicht reingelassen. Ich mußte mein Zeug zusammenpacken und aus dem Haus sein, ehe er zurückkam. Das war ein Teil der Abmachung.«
»Ich verstehe, Rosie.«
»Ich hab' mir lange überlegt, ob ich es Ihnen erzählen soll. Dann hörte ich, daß Sie nach Frankreich gehen. Woher ich das weiß? Dienstboten! Sie reden, und ich tummele mich auch ein bißchen am Rand der Gesellschaft. Es wird viel geklatscht. Alles sprach davon, daß Sie nichts geerbt haben, daß Sie nicht seine Tochter seien und so weiter. Das ist stadtbekannt. Und ich dachte, arme Caroline. Sie wird es schwer haben. Ich lade Sie ein und erzähl Ihnen alles. Und wenn Sie mal eine Freundin brauchen, Rosie hilft Ihnen gern. Ich würde Sie ja auffordern hierzubleiben, aber das wäre nicht das richtige für Sie. Ich hab' ab und zu mal Herrenbesuch, aber diesmal suche ich ihn mir selbst aus. Aber eines Tages werde ich häuslich. Neulich sah ich einen kleinen Burschen im Park mit seinem Kindermädchen. Ich dachte, Kinder sind doch was Liebes. Wer weiß, vielleicht schafft sich Ihre alte Freundin Rosie eines Tages eins an. Und wenn, dann hab' ich ein schönes Heim, um es aufzuziehen, jawohl. Und vergessen Sie nicht, wenn ich Ihnen mal behilflich sein kann, Sie wissen ja, wo ich bin.«
»Danke, Rosie.«
Sie läutete und ließ das Teegeschirr abräumen, und ich beobachtete sie mit einer Mischung aus Belustigung und Ehrfurcht. Sie war eine sehr kluge Frau, und obwohl sie eine Prostituierte und Erpresserin war, schien sie mir ein besserer Mensch zu sein als viele andere, die ich kannte.
Ich ging nachdenklich nach Hause.
O ja, ich wurde rasch erwachsen.

Die Nacht in den Bergen

Ich war mit den Rushtons nach Paris gefahren, und sie hatten mich liebenswürdigerweise noch an den Zug begleitet, der nach Südfrankreich fuhr.
Es war kaum zu fassen, was ich alles erlebte. Die Reise selbst regte mich nicht auf. Durch meinen Aufenthalt im Internat hatte ich eine gewisse Selbständigkeit gewonnen, und ich war nicht zum erstenmal in Frankreich, wenngleich ich mich kaum eine erfahrene Reisende nennen durfte.
Während ich aus dem Eisenbahnfenster blickte, sagte ich mir, daß ich alles hinter mir lassen mußte, was geschehen war. Ich mußte ein neues Leben beginnen. Vielleicht fand ich ein neues Zuhause bei meinen Eltern? Ich erging mich schon wieder in Phantastereien.
Fast genauso wie die Erkenntnis, daß Jeremy nicht mich, sondern mein Erbe gewollt hatte, schockierte mich, was ich jüngst über den Mann erfahren hatte, den ich für meinen Vater hielt. Das Bild, wie er dort auf dem Bett saß, ging mir nicht aus dem Sinn. Seinen Wunsch nach sexueller Befriedigung konnte ich verstehen, nicht aber seine Scheinheiligkeit. Wie konnte er große Reden über gefallene Mädchen halten, wenn er sich selbst in Praktiken erging, die zu verachten er vorgab?
»Es gibt jede Menge von der Sorte«, hatte Rosie gesagt, und Rosie kannte die Männer.
Und Jeremy? Nie würde ich vergessen, wie ich seinen Brief öffnete und erkannte, daß ich in einer Phantasiewelt gelebt hatte. Aber das war jetzt vorbei. Ich mußte von vorn anfangen.
Und nun dampfte ich durch die französische Landschaft ...

vorüber an Bauernhöfen, Häusern, Feldern, Flüssen, Bergen, unterwegs zu meiner Mutter, die mich zu sehen wünschte. Ich dachte an Captain Carmichael und nahm an, daß er bei ihr war, und der Gedanke heiterte mich auf. Ich mochte ihn gern, und ich hatte durchaus nichts dagegen, daß er mein Vater war.
Es war eine lange Reise. Miss Bell hätte gesagt: »Frankreich ist ein großes Land, viel größer als unseres.« In Gedanken mußte ich lächeln. Miss Bell hätte die genauen Ausmaße gekannt. Doch das war lange her.
Als ich, am Bahnhof angekommen, aus dem Zug stieg, stand ein Wagen für mich bereit.
Man sagte mir, daß Madame Tressidor mich erwarte. Es sei keine lange Fahrt.
Mein fließendes Französisch kam mir sehr zustatten, und der Kutscher war hoch erfreut, daß ich seine Sprache beherrschte. Er wies auf die Bergkette in der Ferne hin und erklärte, daß dahinter das Meer sei.
Wir hielten vor einem Haus. Es war weiß getüncht und weder groß noch klein. Vor zwei Fenstern auf der Vorderseite waren Balkons, und Bougainvillea verlieh den Mauern kräftig violette Tupfer.
Als ich ausstieg, trat eine Frau aus dem Haus.
»Everton!« rief ich.
»Willkommen, Miss Caroline.«
Ich ergriff ihre Hand und hätte ihr in meiner Aufregung fast einen Kuß gegeben, doch Everton entzog sich und gemahnte mich so an ihre Stellung.
»Madame freut sich auf Ihr Kommen«, sagte sie. »Sie hat heute keinen guten Tag ... aber sie möchte Sie sehen, sobald Sie da sind.«
»Oh.« Ich kam mir ein wenig verloren vor. Ich hatte damit gerechnet, von meiner Mutter oder Captain Carmichael begrüßt zu werden, dennoch freute ich mich natürlich, die gute alte Everton zu sehen.

»Kommen Sie herein, Miss Caroline. Ah, da ist Ihr Gepäck.«
Der Kutscher half, es in eine mit Fliesen belegte Diele zu tragen. Ich dankte ihm, gab ihm ein paar Geldstücke, und er tippte mit einem Finger an seine Mütze. Everton zeigte kühle Zurückhaltung.
Eine Vase mit Blumen stand auf dem Tisch in der Diele, und ihr schwerer Duft hing in der Luft.
»Es ist ein sehr kleiner Wohnsitz«, erklärte Everton. »Wir haben nur eine einzige *Domestique,* wie man hier sagt, und zweimal die Woche einen Mann für den Garten. Sie werden sehen, es ist ganz anders als …«
»Das kann ich mir denken. Kann ich jetzt zu meiner Mutter?«
»Ja, kommen Sie herauf.«
Ich wurde eine Treppe hinauf und in ein Zimmer geführt. Die Fensterläden waren geschlossen. Es war dunkel.
»Miss Caroline ist da«, sagte Everton. »Ich mache die Läden auf, darf ich, ein klein wenig?«
»Aber ja. Und bist du wirklich da, mein Liebling? Ach, Caroline!«
»Mama!« rief ich. Ich lief zum Bett und warf mich in ihre Arme.
»Mein liebes Kind, wie schön, dich zu sehen. Aber du wirst hier alles so ganz anders finden.«
»Gut, daß es anders ist«, sagte ich. »Du bist hier, und ich bin hier.«
»Es ist wundervoll, daß du da bist.«
Everton ging leise zur Tür. Sie sah mich einen Moment an und sagte: »Sie dürfen sie nicht anstrengen.« Dann ging sie hinaus.
»Mama«, sagte ich, »bist du krank?«
»Liebes, laß uns nicht von unerfreulichen Dingen sprechen. Du bist da und bleibst ein Weilchen bei mir. Du weißt ja nicht, wie ich mich nach euch gesehnt habe.«
Ich dachte: Warum hast du dann nichts unternommen? Aber ich sagte nichts.
»Immer hab ich zu Everton gesagt, wenn ich doch nur meine

Mädchen sehen könnte ... vor allem Caroline. Aber du siehst ja, wie ich jetzt lebe ... in Armut.«
»Ich finde das Haus sehr hübsch. Die Blumen sind herrlich.«
»Ich bin so arm, Caroline. Ich hab mich nie an die Armut gewöhnen können. Wußtest du, daß wir nur eine einzige *Domestique* haben und einen einzigen Gärtner ... und der ist nicht mal die ganze Zeit da.«
»Ich weiß, Everton hat es mir gesagt. Aber du hast sie.«
»Was finge ich ohne sie an?«
»Du brauchst ja nicht auf sie zu verzichten. Sie hängt an dir.«
»Sie ist ein bißchen tyrannisch. Das hat man oft bei guten Dienstboten. Sie behandelt mich wie ein Baby. Sicher, ich bin häufig leidend. Ich muß auf so vieles verzichten. Hier ist es nicht wie in London, Caroline.«
»Natürlich nicht.«
»Wenn ich daran denke, wie das Leben früher war ...«
»Mama, was ist mit Captain Carmichael?«
»Ach, Jock ... der arme Jock. Er konnte es nicht ertragen. Am Anfang war es idyllisch, da machte uns die Armut nichts aus. Doch wir waren beide nicht daran gewöhnt, weißt du.«
»Aber ihr habt euch geliebt, ihr hattet euch.«
»O ja. Wir haben uns geliebt. Aber hier gab es nichts zu tun. Für mich nicht und für ihn nicht. Keine Pferderennen. Er liebte die Rennen. Und dann natürlich seine Karriere ... das Militär.«
»Er hat alles aufgegeben ... für dich.«
»Ja. Das war lieb von ihm. Und eine Zeitlang war es wundervoll ... sogar hier. Dein Vater ... ich meine mein Mann ... unversöhnlich. Du hast ja alles von Mr. Cheviot erfahren, soviel ich weiß. Er ist ein guter Freund. Er hat sich um alles gekümmert. Er schickt mir regelmäßig Geld. Ich weiß nicht, was ich ohne das anfangen würde. Was ich von meinem Vater habe, ist so gut wie nichts. Jock besaß selbst schon wenig neben seinem Sold, und der war nicht hoch. Er hatte immer Schulden. Nie-

mand sollte in den Regimentern der Königin dienen, wenn er kein hohes Einkommen hat.«

»Aber was ist geschehen? Wo ist er?«

Sie zog ein Spitzentaschentuch unter ihrem Kopfkissen hervor und betupfte sich die Augen. »Er ist tot. Er starb in Indien. Er hat sich dort eine furchtbare Krankheit zugezogen. Er mußte seinen Dienst quittieren. Armer Liebling, alles wegen des Skandals. Er ging nach Indien. Er wollte mit Bekannten Geschäfte machen, einen Haufen Geld verdienen und dann zu mir zurückkommen. Aber das einzige, was er wirklich wollte, war der Militärdienst. Alle Carmichaels waren Soldaten. Er ist dazu erzogen worden. Aber er sagte, es sei die Mühe wert ... am Anfang.«

»Und nun ist er tot!« Ich konnte nicht glauben, daß der lebenslustige, charmante Mann, in dessen Gesellschaft ich mich so wohl gefühlt hatte, nicht mehr lebte. »Es ist noch gar nicht so lange her. Erst vier Jahre ... das Thronjubiläum, weißt du noch? Aber inzwischen ist so viel geschehen, daß es mir wie eine Ewigkeit vorkommt.«

»Vier Jahre ... mehr nicht? Vor vier Jahren war ich in London. Dort gab es so viel zu tun. Stell dir vor, seit ich hier bin, habe ich kaum mal ein neues Kleid bekommen. Man müßte mal nach Paris. So eine weite Reise. Freilich, Everton ist tüchtig ... Aber was wissen wir hier schon von der dortigen Mode?«

»Das ist doch wohl das wenigste, worum du dich sorgen mußt.«

»Wir kamen hierher. Wir mußten England verlassen. Das gehörte zu Roberts Bedingungen. Er wollte uns nicht dort haben. Er gewährte mir eine kleine Unterstützung unter der Bedingung, daß ich euch Mädchen nicht sah. Das hat mir das Herz gebrochen. Vor allem deinetwegen, Caroline. Olivia war ja *seine* Tochter. Ich haßte ihn, Caroline. Ich wollte ihn nicht heiraten. Doch er war eine glänzende Partie, war reich und machte sich einen Namen. Er beschloß, mich zu heiraten, als er mich das erste Mal sah, und ich mußte ihn nehmen, obwohl mir ein anderer lieber gewesen wäre. Man erwartete es von mir, und alle sagten, das sei ein großes Glück für mich. Ach, Caroline, du kannst dir nicht vorstellen, wie ich ihn gehaßt habe. Ich konnte die ewige Güte nicht ertragen. Denk nur, er hat sich vor dem Schlafengehen vor das Bett gekniet und Gottes Segen für unsere Verbindung erfleht, und dann ... und dann ... aber das verstehst du nicht, Caroline.«

Ich dachte an den nackten Besucher, der auf dem Bett bei Madame Crawley auf Rosie wartete, und sagte: »Ich glaube doch, Mama.«

»Gott segne dich, mein Liebling. Nun, du bist jetzt hier. Ich weiß nicht, wie ich hier weiterleben soll. Es war immer so fade, seit Jock fort ist ... und vorher auch schon. Es gibt einfach nichts zu tun. Könnte ich doch nur nach London zurück. Wenn ich doch nur mehr Geld hätte. Wenn ich daran denke, was Robert alles besaß, dann wird mir klar, wie töricht ich war. Ich hätte es jahrelang ausgehalten ... Es wären nur noch vier mehr gewesen. Dann wäre ich jetzt dort, wo ich sein möchte.«

Ich gab zu bedenken: »Es ist doch sehr schön hier. Die Landschaft, an der ich im Zug vorbeifuhr, war überaus abwechslungsreich.«

»Ich hab genug von der Landschaft, Liebes. Was kann man mit Bergen, Bäumen und Blumen schon anfangen, außer sie anzuschauen?«

»Wie steht es mit deiner Gesundheit, Mama?«

»Ach, Liebes, das ist ein trauriges Thema! Ich muß jeden Tag ruhen. Vor zehn stehe ich nicht auf. Dann sitze ich bis zum Mittagessen im Garten, und danach ruhe ich mich aus.«

»Und abends?«

»Langeweile, nichts als Langeweile!«

»Kennst du hier keine Leute? Bist du ganz einsam?«

»Ich kenne ein paar Leute. Aber die sind ziemlich langweilig. Ich verstehe ihre komische Sprache nicht besonders. Hast du das *Château* gesehen, als du vom Bahnhof kamst?«

»Nein. Was ist das für ein Château?«
»Es gehört den Dubussons. Zuerst dachte ich, die könnten ganz interessant sein. Die Dubussons sind sehr alt. Madame ist bestimmt schon über neunzig, dann ist da noch ein Sohn mit seiner Frau. Ziemlich fade. Das *Château* ist sehr heruntergekommen. Sie scheinen ziemlich arm zu sein. Sie leben wie Bauersleute, sind aber sehr gastfreundlich. Ich besuche sie ab und zu, und sie waren auch schon hier. Dann gibt es noch ein paar Familien in der Nachbarschaft. Und die Leute, die Blumen züchten und Parfüm herstellen. Die Stadt ist anderthalb Meilen entfernt. Du siehst also, wie es um uns steht.«
»Olivia möchte dich auch besuchen.«
»Die arme Olivia! Wie geht es ihr?«
»Sie hat sich kaum verändert.«
»Sie war nicht hübsch, das arme Kind. Ich hab' mich immer gefragt, wie ich sie habe zur Welt bringen können. Sie schlägt natürlich ihrem Vater nach.«
»O nein! Olivia ist ein wunderbarer Mensch.«
»Das hat man von ihrem Vater auch gesagt.«
Es fiel mir schwer, dazu zu schweigen. Allmählich wurde mir einiges klar. Ich sah meine Mutter, wie ich sie nie gesehen hatte. In meiner Kindheit war sie eine der Göttinnen gewesen, die meine Welt bevölkerten. Jetzt hatte ich meine Illusionen über Bord geworfen. Ich blickte dem Leben geradewegs ins Gesicht und wurde mit jedem Moment deprimierter.
Everton kam nach einer Weile herauf, weil sie dachte, daß meine Mutter müde sei. Sie zeigte mir mein Zimmer. Es war ein hoher Raum mit weißen Wänden. Die Fenster gingen auf einen schmiedeeisernen Balkon. Ich trat hinaus und bestaunte die Schönheit der Landschaft. Im frühen Abendlicht wirkten die fernen Berge wie blaugefärbt. Blumen blühten üppig – tiefviolett, rot und blau, und ihr Duft erfüllte die Luft.
Es war wunderschön. Ich stellte mir vor, wie meine Mutter und Captain Carmichael hierhergekommen waren, um einen Traum

zu verwirklichen, und wie dann die Wirklichkeit nicht ganz so war, wie sie es sich erhofft hatten.

Ihre Liebe war nicht von Dauer gewesen. Das war eine alte Geschichte. Aber immerhin hatte er alles für sie aufgegeben, auch wenn er es später bereute und fortging.

Was sie betraf, gab es an ihrer Reue keinen Zweifel.

Ich packte meine Koffer aus und hängte meine Kleider auf. Dann zog ich mich um und ging zum Abendessen hinunter.

Meine Mutter war aufgestanden und trug einen rosaseidenen Morgenmantel über ihrem Nachtgewand. Mit ihrem lose herabfallenden kastanienbraunen Haar sah sie sehr romantisch aus. Es hatte nicht mehr den Glanz von einst, und ich fragte mich, ob Everton wohl Schwierigkeiten hatte, hier die notwendigen Tinkturen zu bekommen.

Hinter dem Haus lag ein Hof. Hübsch war es hier, an den Mauern wuchsen Bougainvilleen, und ein Tisch stand da, denn die Mahlzeiten wurden meistens im Freien eingenommen.

Es hätte bezaubernd sein können, aber meine Mutter hatte keinen Blick dafür. Sie sah nur die gesellschaftlichen Vergnügungen, auf die sie verzichten mußte, und sehnte sich nach dem alten Leben zurück.

Als ich an diesem Abend zu Bett ging, fühlte ich mich verloren und deprimiert.

Sehnsüchtig dachte ich an Tressidor Manor. Wie anders wäre es gewesen, wenn ich Cousine Marys Einladung angenommen hätte.

Aber es ist erstaunlich, wie rasch man sich an ein neues Leben gewöhnt. Meine Umgebung war schön, so friedlich, sie war Balsam für meine verwundete Seele. Ich konnte im Garten sitzen und lesen; konnte ein wenig nähen – denn Everton war fortwährend mit den Kleidern meiner Mutter beschäftigt und freute sich über eine helfende Hand –, konnte über das Leben nachgrübeln und denken, daß wenigstens die Natur schön war.

Ich wünschte, Olivia wäre mit mir gekommen. Ich hätte mich

gern mit ihr unterhalten. Aber ich konnte mir nicht vorstellen, ihr von Rosies Geschichte zu erzählen. Er war immerhin ihr Vater gewesen. Auch über Jeremy Brandon konnte ich nicht mit ihr sprechen. Ich wollte nicht mehr an ihn denken. Aber sie und ich hätten immerhin zusammensein können, und Olivia gehörte zu den wenigen Menschen, an denen mir in dieser Zeit etwas lag. Ich war zynisch geworden.
Es fiel meiner Mutter auf. »Du bist richtig erwachsen geworden, Caroline«, sagte sie eines Abends beim Essen im Hof zu mir. »Und dazu bist du ungewöhnlich attraktiv. Diese grünen Augen. So grün waren sie früher nicht. Sie sehen aus, als könnten sie im Dunkeln sehen.«
»Vielleicht sehen sie die dunklen Geheimnisse der Menschen.«
Sie zuckte die Achseln. Sie wollte die Gedanken anderer nicht erforschen, sie war ganz in ihre eigenen vertieft.
»Weißt du«, sagte sie, »du müßtest Smaragde tragen ... Ohrringe, Anhänger ... Die brächten das Grün deiner Augen richtig zur Geltung. Und du solltest viel Grün tragen. Everton sagte neulich, sie würde dich gern ausstaffieren. Die hochgesteckte Frisur steht dir gut. Paßt zu deiner hohen Stirn. Du wirkst älter dadurch, aber es verleiht dir das gewisse Etwas. Du bist nicht hübsch, aber du siehst ... interessant aus.«
»Danke. Freut mich, daß ich nicht ganz unscheinbar bin.«
»Das warst du nie. Nicht wie die arme Olivia. Das Kind hat immer noch keinen Heiratsantrag bekommen? Vielleicht wird sie nie heiraten. Und du ... du warst schon vergeben, bevor du in die Gesellschaft eingeführt warst!«
»Mein zu erwartendes Erbe war vergeben, nicht ich, Mama.«
Sie nickte. »Man kann es diesen mittellosen jungen Männern nicht verdenken. Wir müssen alle leben.«
»Ich würde lieber von meiner eigenen Arbeit leben, wenn ich ein junger Mann wäre«, sagte ich.
»Aber du bist keiner, und in mancher Hinsicht bist du ziemlich weltfremd. Es ist ein Segen, daß du dein kleines Einkommen

hast, obwohl es eigentlich ein Hungerlohn ist. Robert Tressidor war ein ganz gemeiner Mensch.«

Merkwürdigerweise nahm ich ihn in Schutz. »Aber er hat dir eine Unterstützung gewährt.«

»Auch so ein Hungerlohn! Er hatte solche Angst, daß Jock von seinem Geld profitieren würde, deshalb gab er mir nur eben so viel, daß ich überleben konnte. Und das hat er nur getan, um seinen Ruf als guter Mensch zu erhalten.«

»Das ist lange her. Hier ist es so hübsch. Laß uns das andere vergessen.«

»Ach, es ist so langweilig«, stöhnte sie und verfiel in Melancholie. Sie trauerte ständig den verlorenen Geselligkeiten nach.

Manchmal fuhr der Gärtner Jacques mit seinem kleinen Kutschwagen in die Stadt, und dann kam ich mit. Ich schlenderte umher, während er seine Besorgungen machte, und wir trafen uns zur verabredeten Zeit am Wagen wieder. Ich ging gern in die kleinen Geschäfte und plauderte mit den Leuten, oder ich setzte mich an einen Tisch im Freien vor das Café.

Oft dachte ich, wie ich dies alles in den Tagen vor meinem Erwachen, wie ich es nannte, unbeschwert hätte genießen können.

Aber mir waren die Augen aufgegangen. Ich sah meine Mutter, wie sie wirklich war – eine selbstsüchtige Frau, die sich in eine eingebildete Krankheit flüchtete, um der Langeweile zu entgehen, die einem oberflächlichen Geist entsproß.

Ich fragte mich, wieviel ihr an Jock Carmichael gelegen gewesen sein mochte, und wünschte, ich hätte ihn besser gekannt, denn ich hatte das Gefühl, daß wir uns gut verstanden hätten. Ich konnte seine Reue begreifen und hatte Verständnis für seinen Drang, fortzugehen. Er hatte seine Karriere um der Liebe willen aufgegeben – das genaue Gegenteil von Jeremy Brandon.

Ich machte Streifzüge durch die schöne Umgebung, ging oft die anderthalb Meilen zur Stadt zu Fuß. Die Kaufleute kannten mich schon und riefen mir zu; sie plauderten gern mit mir. Obwohl ich leidlich gut Französisch sprach, amüsierte ich sie hin und wieder mit einem falsch angewendeten Wort. Auf diese Weise lernte ich viele Leute kennen. Eine Frau verkaufte jeden Mittwoch an einem Stand Gemüse, sie kam aus einem vier Meilen entfernten Dorf. Ich kannte die Mädchen im Café, den *Boulanger,* der die langen knusprigen Brote aus seinem Ofen holte und warm an seine wartenden Kunden verkaufte, die Modistin, die ihr Pariser Pendant imitierte, indem sie nur einen einzigen Hut in ihrem Schaufenster ausstellte, die *Couturière,* die ihr Fenster mit ihren Kreationen vollstopfte, und auch den Mann in der *Quincaillerie,* wo ich einmal mit der *Domestique* einen Kochtopf kaufte.

Das Leben in einem kleinen Haus brachte uns einander näher. Ich stand mit dem Personal auf vertraulicherem Fuß als in London, ausgenommen Rosie natürlich, und konnte mir Mrs. Winchs oder Wilkinsons Mißbilligung vorstellen, wenn ich in der Küche gesessen und mit den Dienstmädchen ausführlich geplaudert hätte, wie ich es mit Marie, der *Domestique,* oder im Garten mit Jacques tat. Aber ich empfand diese Menschen als meine Freunde und wollte soviel ich konnte über sie erfahren.

Marie hatte eine enttäuschte Liebe hinter sich, und ich nahm teil an ihrem Kummer. Er war ein tapferer, schneidiger Soldat gewesen, der mit seinem Regiment ein paar Monate in der Stadt stationiert war. Er hatte Marie die Ehe versprochen und sie dann im Stich gelassen. Nachdem sie mir von ihm erzählt hatte, stimmte sie eine melancholische Weise an:

>»Où t'en vas-tu, soldat de France,
>Tout équipé, prêt au combat?
>Plein de courage et d'espérance,
>Où t'en vas-tu, petit soldat?«

Nach einer Weile vergaß sie ihn und sang weniger traurige Melodien wie »Au Clair de la Lune« und »Il Pleut Bergère«, denn sie war im Grunde keine melancholische Natur.
Ich wußte nicht, wann diese Romanze stattgefunden hatte. Marie war jetzt Ende Dreißig und alles andere als anziehend. Sie hatte einen leichten Schnurrbart, und ihr fehlten mehrere Zähne. Aber sie arbeitete gewissenhaft, war gutmütig und sehr sentimental. Ich hatte sie gern.
Auch mit Jacques schloß ich Freundschaft. Er war seit drei Jahren verwitwet und hatte sechs Kinder, einige davon trugen zu seinem Lebensunterhalt bei. Die meisten wohnten in der Nähe. Er machte jetzt einer Witwe den Hof, die eine anständige Partie war, denn sie hatte von ihrem verstorbenen Mann zehn Hektar gutes Ackerland geerbt.
Immer, wenn ich ihn sah, erkundigte ich mich, ob seine Brautwerbung Fortschritte mache. Er schüttelte jedesmal nachdenklich den Kopf. »Witwen, Mademoiselle«, sagte er dann, »sind sehr eigenartige Wesen. Man weiß nie, woran man mit einer Witwe ist.«
»Da haben Sie sicher recht, Jacques.«
Die Dienstboten waren froh, daß ich da war. Weder meine Mutter noch Everton interessierten sich für sie – außer wenn sie Befehle erteilten. Als ich meiner Mutter von Maries treulosem Geliebten und von Jacques Witwe erzählte, hatte sie keine Ahnung, wovon ich sprach, und als ich es ihr erklärte, meinte sie: »Du bist komisch, Caroline. Was geht dich das alles an?«
»Es sind Menschen, Mama. Sie haben ein Leben, genau wie wir. In London waren uns die Dienstboten so fern. In einem kleinen Haushalt wie hier kommt man sich näher. Das hat sein Gutes. Wir nehmen sie wahr ... als Menschen.«
Das war eine ungeschickte Bemerkung.
»Ach, London«, seufzte sie. Und sie versank in melancholische Erinnerungen.

Ich machte bald mit den Nachbarn Bekanntschaft. Ich besuchte die Blumenzüchter, sah, wie sie ihre Essenzen destillierten, und erfuhr, daß sie diese an die Parfümhersteller in ganz Frankreich verkauften. Es war sehr interessant. Sie bauten ihre Blumen auf riesigen Flächen an, und ich war erstaunt, wie viele nötig waren, um ein kleines Fläschchen Parfüm zu erzeugen.
Der Jasminduft war betörend. Die Blüten mußten im Juli und August gesammelt werden, aber im Oktober blühte der Jasmin ein zweites Mal, und diese Blüten waren die besten.
Die Claremonts beschäftigten etliche Leute aus der Stadt, die am frühen Morgen auf ihren Fahrrädern angefahren kamen. Oft sah ich sie nach getaner Arbeit heimwärts strampeln.
Bald lernte ich auch die Dubussons kennen. Ich fand sie bezaubernd. Ihr *Château* war tatsächlich ein wenig heruntergekommen. Im Hof tummelten sich Hühner, und es war eigentlich eher ein Bauernhaus als ein Schloß. Doch die üblichen Pechnasentürme verliehen ihm einen Hauch von Würde, und die Dubussons waren auf ihr Heim so stolz wie die Landowers und Tressidors auf ihres. Ich saß beim Wein mit Monsieur und Madame Dubusson im großen Salon und ließ mir erzählen, wie die Zeiten sich seit ihren glanzvollen Tagen geändert hatten. Ihr Sohn und seine Frau lebten bei ihnen und arbeiteten schwer. Manchmal kamen sie uns besuchen, und wir wurden hin und wieder ins *Château* eingeladen. Dann legte meine Mutter eines ihrer schönsten Kleider an; Everton machte sich lange an ihrer Frisur zu schaffen, und sie taten wie in alten Zeiten, als meine Mutter Einladungen im Überfluß erhalten hatte.
Die Dubussons pflegten ausgezeichnet zu tafeln, und Monsieur liebte das Kartenspiel. Wir spielten meistens Whist. Zwar zogen Monsieur Dubusson und meine Mutter Pikett vor, aber da es nur von zwei Personen gespielt werden konnte, wurde bei den abendlichen Zusammenkünften darauf verzichtet. Oft ging ich nachmittags zu ihnen, dann spielten Monsieur und ich Pikett oder auch Schach, was ihm noch lieber war. Ich hatte die

Grundzüge des Spiels im Pensionat in Frankreich erlernt, und Monsieur unterwies mich gern.

Doch obwohl ich mich auf so vielfältige Weise zu beschäftigen wußte, wurde ich allmählich etwas unruhig. Ich dachte immer öfter an Cornwall und fragte mich, wie die Landowers in ihrem vergleichsweise bescheidenen Bauernhaus leben mochten. Ich schrieb Cousine Mary, daß ich sie eines Tages liebend gern besuchen würde.

Ihre Antwort war geradezu enthusiastisch. Wann ich denn käme? Ich war jetzt drei Monate bei meiner Mutter. Es war Herbst geworden, und meine Sehnsucht nach Cornwall wurde immer stärker. Ich schrieb Cousine Mary, daß ich Anfang Oktober kommen würde.

Meine Mutter reagierte ziemlich überrascht, als ich es ihr erzählte. »Du gehst fort von mir!« rief sie aus. »Caroline, du wirst mir sehr fehlen.«

»Ach, Mama«, widersprach ich, »du kommst ganz gut ohne mich zurecht.«

»Du bist gern bei Cousine Mary, nicht wahr? Ich habe immer gehört, sie sei eine Bestie.«

»Sie kann ein bißchen barsch sein, aber wenn man sie näher kennt, ist sie ein wunderbarer Mensch. Ich habe sie sehr gern.«

»Robert konnte sie nicht ausstehen.«

»Weil sie das Haus hatte ... Es war ihr rechtmäßiger Besitz.«

»Es war so wundervoll für mich, dich hier zu haben.«

Ich sagte nichts, und als ich aufblickte, sah ich Tränen über ihre Wangen rinnen.

Everton sagte zu mir: »Ihre Mutter wird Sie vermissen. Ihr geht es viel besser, seit Sie hier sind.«

»Ging es ihr vorher sehr schlecht?«

»Sie ist viel fröhlicher geworden.«

»Sie ist nicht richtig krank, Everton.«

»Es ist eine seelische Krankheit, Miss Caroline. Sie verzehrt sich nach ihrem früheren Leben.«

»Aber war sie denn damals wirklich zufrieden?«
»Sie liebte das Leben ... die vielen Leute ... die Bewunderung. Es war ihr ein und alles.«
»Aber sie hat es aufgegeben.«
»Für den Captain. Das war ein großer Fehler. Sie wäre nie fortgegangen, wenn man sie nicht gezwungen hätte.«
Mein altes Schuldgefühl wallte wieder auf. Ich war es, die sie leichtsinnigerweise verraten hatte. Wäre ich Robert Tressidor nicht im Flur begegnet und hätte ich nicht ausgeplaudert, daß ich das durchgegangene Pferd gesehen hatte, so wäre sie vielleicht noch in London, eine reiche Frau. Captain Carmichael wäre vielleicht nicht tot und könnte seine militärische Laufbahn fortsetzen.
Aber ich sagte nur: »Ich kann nichts daran ändern, Everton. Ich erinnere sie nur noch mehr an die Vergangenheit.«
»Es geht ihr besser, seit Sie hier sind«, wiederholte Everton.
Wie meine Mutter wollte auch sie mich überreden, nicht fortzugehen.
Zwar gestand meine Mutter: »Ich versuche Everton klarzumachen, daß junge Menschen ihr eigenes Leben leben müssen. Man darf von der Jugend keine Opfer verlangen«, doch sie erwarteten, daß ich blieb, und ich fragte mich allmählich, ob es nicht vielleicht meine Pflicht wäre.
Aber allein in meinem Zimmer, sagte ich mir: Du kannst hier gar nichts tun. Was ihr guttut, muß ganz aus ihr selbst kommen. Wenn sie aufhören würde, sich nach gesellschaftlichem Glanz zu sehnen, wenn sie Anteil an dem Leben um sie herum nehmen würde, könnte sie sich durchaus wohl fühlen.
Schließlich erwartete Cousine Mary mich in Cornwall – und ich wollte zu ihr. Ich hatte Olivia mehrmals geschrieben und dabei die Leute hier in allen Einzelheiten geschildert. Olivias Antworten waren liebevoll, und sie war ganz erpicht darauf, von meinen Erlebnissen zu hören.

Sie amüsierte sich über Marie und Jacques und ließ sich gern von den Dubussons und den Parfümherstellern berichten.
Ich schrieb ihr, daß ich Cousine Mary in Cornwall besuchen wolle und mich nach meiner Rückkehr aus Frankreich kurze Zeit in London aufhalten müsse. Vielleicht könnte ich dann ein paar Tage bei ihr bleiben.
Darauf kam eine erfreute Antwort. Olivia sehnte sich nach mir.
Als der Tag meiner Abreise näher rückte, wurde die Stimmung im Haus immer melancholischer. Meine Mutter verbrachte wieder mehr Zeit im Bett, und oft, wenn ich zu ihr kam, traf ich sie in Tränen aufgelöst an. Mir war sehr unbehaglich zumute.
Meine Koffer waren gepackt. Ich hatte mich von den Claremonts und Dubussons verabschiedet. In zwei Tagen wollte ich abreisen.
Ich versprach meiner Mutter, sie bald wieder zu besuchen.
Dann hatte ich noch einmal einen Spaziergang in die Stadt gemacht, um meinen Freunden ein letztes Lebewohl zu sagen.
Als ich zurückkam, wusch ich mich und zog mich gerade zum Abendessen um, als Marie in mein Zimmer geplatzt kam.
»Madame«, rief sie, »sie ist sehr krank. Mademoiselle Everton sagt, Sie möchten sofort zu ihr kommen.«
Ich eilte ins Schlafzimmer meiner Mutter. Sie lag, die Augen geschlossen, mit bleichem Gesicht im Bett. So hatte ich sie noch nie gesehen.
»Everton, was ist?« fragte ich.
Sie sagte zu Marie: »Lauf zu Jacques, er soll sofort den Doktor holen.«
Wir setzten uns an ihr Bett. Meine Mutter schlug die Augen auf.
»Caroline«, sagte sie matt, »du bist noch da. Gott sei Dank.«
»Ja, ich bin hier, Mama, natürlich bin ich hier.«
»Verlaß mich nicht.«
Everton sah mich eindringlich an, und meine Mutter schloß die Augen.
»Wie lange ist sie schon so?« fragte ich.

»Ich kam herauf, um sie zum Abendessen anzukleiden. Da lag sie so ...«

»Was kann das sein?«

»Hoffentlich kommt der Doktor bald«, sagte Everton.

Kurz darauf hörte ich die Räder seiner Kutsche auf der Straße. Er kam herein – ein kleiner Mann, ein richtiger Landarzt. Ich hatte ihn einmal bei den Dubussons gesehen.

Er fühlte meiner Mutter den Puls, untersuchte sie und schüttelte ernst den Kopf.

»Hat sie vielleicht einen Schock gehabt?« mutmaßte er. Er machte nach der flüchtigen Untersuchung eine so überzeugende Miene, daß ich an seinen Fähigkeiten zu zweifeln begann.

Everton und ich folgten ihm aus dem Zimmer. Er sagte: »Sie braucht Ruhe. Sie darf sich nicht anstrengen und sich nicht aufregen. Sind Sie sicher, daß sie keinen Schock hatte?«

»Nun ja«, meinte Everton, »sie hat sich aufgeregt, weil Miss Tressidor uns verlassen wollte.«

»Ah«, sagte der Arzt, »da haben wir's.«

»Ich war zu Besuch hier«, erklärte ich, »und der ist jetzt zu Ende.«

Er nickte ernst. »Sie braucht Pflege«, bemerkte er. »Ich komme morgen wieder.«

Wir begleiteten ihn zu seinem Wagen.

Everton sah mich erwartungsvoll an.

»Könnten Sie nicht noch ein bißchen bleiben ... bis sie sich erholt hat?«

Ich gab keine Antwort. Ich kehrte ins Zimmer meiner Mutter zurück. Sie lag dort bleich und matt, aber sie bemerkte mich.

»Caroline«, flüsterte sie schwach.

»Ich bin ja da, Mama.«

»Bleib ... bleib bei mir.«

Ich schlief wenig in dieser Nacht. Immer mußte ich an meine Mutter denken, wie sie da auf ihrem Bett lag. Sie sah ganz

verändert aus. Anfangs dachte ich, sie habe die Krankheit vorgetäuscht, und das Gefühl hatte ich immer noch. Doch ich war nicht sicher.
Wenn ich nun fortginge? Wenn sie tatsächlich krank wäre und sterben würde? Konnte man an Heimweh sterben? Es ging ihr gar nicht so sehr um mich. Sie war die meiste Zeit ihres Lebens ganz gut ohne mich ausgekommen. Sie empfand nichts von der leidenschaftlichen Zuneigung, die manche Mütter ihren Kindern entgegenbrachten. Aber mein Kommen hatte ihre Tage belebt. Wir spielten abends hin und wieder Pikett; damit und mit den endlosen Gesprächen über die alten Tage verging ihr die Zeit schneller.
Aber konnte ich sicher sein? Durch meine Schuld hatte ihr Ehemann sie aus seinem Haus verbannt. Konnte ich auch für ihren Tod verantwortlich sein?
Ich schlief erst ein, als es dämmerte, und als ich aufwachte, stand mein Entschluß fest.
Ich konnte nicht fortgehen ... noch nicht. Ich schrieb an Cousine Mary und Olivia, daß meine Mutter plötzlich erkrankt sei und ich noch eine Weile bei ihr bleiben müsse.
Als ich es Everton erzählte, leuchtete ihr Gesicht vor Freude auf, und als ich ins Zimmer meiner Mutter kam, war Everton bereits da und hatte es ihr gesagt.
»Jetzt wird sie wieder gesund«, meinte Everton.
»Caroline, mein Liebling«, rief meine Mutter. »Du ... du wirst mich also nicht verlassen?«
Ich saß an ihrem Bett und hielt ihre Hand, und mir war, als schnappe eine Falle zu.

Meine Mutter erholte sich langsam, aber eine Weile war sie so schwach und leidend, wie ich sie noch nie erlebt hatte. Dr. Legrand besuchte sie häufig und machte ein so selbstzufriedenes Gesicht, als hätte er eine Wunderkur erfunden.
Cousine Mary schrieb, sie hoffe, mein Besuch sei nicht allzulan-

ge aufgeschoben, und Olivia drückte ihr Bedauern aus, daß sie mich nicht sehen würde, weil Mutter krank war. Sie wäre gern gekommen, aber Tante Imogen war dagegen. Olivia meinte, sie könne vielleicht später kommen.

Ich nahm mir vor, Weihnachten abzureisen, aber jedesmal, wenn ich eine Andeutung machte, senkte sich eine solche Trübseligkeit über das Haus, daß ich schließlich beschloß, nichts mehr zu sagen, sondern still meine Pläne zu machen und dann meine unmittelbar bevorstehende Abfahrt zu verkünden.

Ich ließ mich nicht leichtgläubig darüber hinwegtäuschen, daß meine Mutter ihren Zustand weitgehend selbst herbeigeführt hatte. Andererseits konnte auch Enttäuschung einen Menschen krank machen.

Ich wollte mein Gewissen nicht mehr belasten, und doch dachte ich sehnsüchtig an Cornwall.

Ich verfiel schon wieder in meine alte Gewohnheit, mir eine Phantasiewelt aufzubauen. Was war denn an Lancarron so anders im Vergleich zu diesem kleinen französischen Dorf?

Die Tage wurden kürzer, die Abende länger. Wir speisten nicht mehr im Hof. Marie zündete die Öllampen an, und wir verbrachten die Abende mit Pikettspielen oder Betrachten von Zeitungsausschnitten, die Everton in ein Album eingeklebt hatte.

Ich fragte mich, was ich mit meinem Leben anfangen sollte. Sollte ich eine Stellung annehmen? Was hatte ich denn schon gelernt? Was taten verarmte Damen von Stand? Sie wurden Gouvernanten oder Gesellschafterinnen, etwas anderes kam für sie kaum in Frage. Ich sah mich schon als Gesellschafterin einer Dame wie meine Mutter ... ein Leben lang Pikett spielend oder Erinnerungen an vergangenen Glanz lauschend.

Ich wurde unruhig. Ich wollte fort.

Und dann kam die große Überraschung mit einem Brief von Olivia.

»Meine liebe Caroline!
Ich weiß nicht, wie ich es Dir beibringen soll. Ich weiß nicht, was Du davon halten wirst. Es geht schon eine ganze Weile, und ich war oft drauf und dran, es Dir zu schreiben, doch dann habe ich es doch nicht getan. Aber irgendwann mußt Du es ja erfahren: Ich bin verlobt.
Wie Du weißt, dachten alle, daß ich nie heiraten würde, aber nun ist es doch soweit. Ich könnte sehr glücklich sein, wenn eines nicht wäre: Ach, ich weiß nicht, was Du von mir denken wirst, aber ich kann nicht anders, Caroline. Ich liebe ihn. Ich habe ihn immer geliebt ... auch als er mit Dir verlobt war.
Ja, es ist Jeremy. Er war sehr traurig, als Ihr Eure Verlobung lösen mußtet. Er hat mir alles darüber erzählt. Er war von Dir fasziniert, aber es war keine echte, ewige Liebe. Das ist ihm rechtzeitig klargeworden. Er meinte, Du warst zu jung, um wirklich zu wissen, was Du wolltest. Weißt Du, vorher hat er sich für mich interessiert, aber als er Dich sah, hatte er nur noch Augen für Dich. Jetzt liebt er mich wirklich, Caroline. Ich weiß es. Ohne ihn könnte ich niemals glücklich sein. Wir werden heiraten.
Tante Imogen ist hoch erfreut. Aber sie besteht darauf, daß wir mit der Heirat warten, bis mein Vater ein Jahr tot ist. Und dann wird es eine sehr stille Hochzeit geben.
Caroline, ich hoffe, daß Du inzwischen über die Sache hinweg bist und daß Du mich nicht hassen und verachten wirst. Aber er ist meine große Liebe schon seit damals, als Du mit ihm verlobt warst.
Er wäre sehr glücklich, wenn Du ihm vergeben könntest.
Liebe Caroline, bitte versuche mich zu verstehen.
Deine Dich liebende Schwester Olivia.«

Ich war wie vor den Kopf geschlagen, als ich den Brief las.
So eine bodenlose Unverschämtheit! Dieser Schmarotzer! Die-

ser heimtückische Kerl! »Jeremy Brandon, wie kannst du nur so ekelhaft sein!« sagte ich laut vor mich hin. »Du wolltest mit allen Mitteln Robert Tressidors Vermögen ergattern, wie? Und wenn du es nicht über die eine Schwester bekommen konntest, dann eben über die andere.«
Ich lachte wild und bitter, aber mein Lachen war eher dem Weinen nahe.
Ich setzte mich hin und dachte daran, wie es hätte kommen können. Ich sah mich in dem kleinen Haus in Knightsbridge, in dem ich hätte so glücklich sein können, wenn er der Mann gewesen wäre, für den ich ihn gehalten hatte.
Ich wollte keinen Menschen sehen. Ich wollte allein sein. Ich verließ das Haus und machte einen langen Spaziergang. Ich konnte mit niemandem reden, aus Furcht, meinen Zorn, meinen Groll, meine bittere Wut zu verraten.
Doch ich fühlte mich nicht besser, als ich nach Hause zurückkehrte.
Ich schrieb Olivia einen Brief.

»Wie kannst Du nur so leichtgläubig sein? Siehst Du denn nicht, daß er ein Mitgiftjäger ist? Er will nicht Dich heiraten. Er will das Geld Deines Vaters heiraten. Natürlich hat er sich Dir zugewandt. Er dachte, ich würde Geld erben, und deshalb hat er sich so leidenschaftlich in mich verliebt. Gut, er ist verliebt ... aber nicht in Dich, meine liebe Schwester, genausowenig wie in mich. Er ist in das Geld verliebt.
Olivia, um Himmels willen, ruiniere nicht Dein Leben, indem Du auf diesen raffinierten Gauner hereinfällst ...«

Und so ging es endlos weiter.
Zum Glück schickte ich den Brief nicht ab.
Am Abend mußte ich einfach darüber sprechen. Ich nahm an, daß man meine Mutter in Kürze von der bevorstehenden Heirat ihrer Tochter unterrichten würde.

Ihr war es nicht aufgefallen, daß ich anders war als sonst, dabei hat man es mir bestimmt angesehen. Marie erkundigte sich, ob ich mich nicht wohl fühle. Meine Mutter bemerkte nie etwas, das sich nicht unmittelbar auf sie selbst bezog.

Ich begann: »Olivia hat sich verlobt.«

»Olivia! Na endlich! Ich dachte schon, sie würde nie einen Mann finden. Wer ist es?«

»Das rätst du nie. Es ist Jeremy Brandon, mit dem ich erst verlobt war, bis er erfuhr, daß dein Mann nicht mein Vater war und mir infolgedessen nichts vererbt hatte. Daraufhin erlosch seine Liebe. Aber nun hat er sie auf Olivia übertragen, weil sie ihm zu dem gesellschaftlichen Status verhelfen kann, den er anstrebt.«

»Na ja«, meinte sie, »immerhin hat Olivia einen Mann gefunden.«

»Mama«, rief ich vorwurfsvoll, »wie kannst du nur so etwas sagen?«

»Das ist eben der Lauf der Welt.«

»Dann möchte ich mit dieser Welt nichts zu tun haben.«

»Aber du gehörst nun mal dazu.«

»Das ist nicht die ganze Welt. Ich mag nicht unter Menschen leben, die nur immer ihrem Vorteil nachjagen.«

Sie seufzte. »Was soll ein mittelloser junger Mann denn tun? Ihr wärt mit eurem Leben in Armut nicht glücklich geworden. Sieh mich an.«

»Glaubst du nicht an die Liebe, Mama?«

Sie schwieg einen Augenblick. Sie dachte an die Vergangenheit; zweifellos sah sie den stattlichen Captain vor sich. Doch selbst seine Liebe hatte den Mangel an Geld nicht überlebt.

»Olivia ist bestimmt selig«, bemerkte sie. »Das arme Kind. Sie hatte nicht viele Chancen, nicht wahr? Sie ist zweifellos glücklich und froh, daß alles so gekommen ist.«

Ich haßte ihre Lebensanschauung, und dennoch ... Sie hatte gewiß recht, als sie sagte, Olivia sei glücklich.

Ich wußte, daß meine Schwester nur das Gute im Leben sah und das Böse nicht wahrnahm.
Ich durfte ihre Illusion nicht zerstören.
Als ich mich später auf mein Zimmer zurückzog, zerriß ich den Brief, den ich an Olivia geschrieben hatte.
Aber die Verbitterung fraß sich in meine Seele. Ich haßte Jeremy Brandon jetzt noch mehr als zuvor.

Die Dubussons gaben ein Abendessen. Wir waren eingeladen, und obwohl meine Mutter diese »belanglosen Abende«, wie sie es nannte, verachtete, war es doch eine willkommene Abwechslung, und sie bereitete sich – vielmehr, Everton bereitete sie – ebenso sorgfältig darauf vor wie einst auf die großen Soireen in London. Sie und Everton besprachen mindestens einen Tag lang, was sie anziehen sollte, und schon Stunden vor unserem Aufbruch begann sie mit ihrer Toilette.
»Nur ein freundschaftliches geselliges Beisammensein«, hatte Madame Dubusson gesagt. »Nur die nächsten Nachbarn. Die Claremonts haben einen einflußreichen Kunden zu Besuch, und ich bat sie, ihn mitzubringen.«
Meine Mutter sah wirklich wunderschön aus, als wir aufbrachen. Sie trug ein Kleid in ihrer Lieblingsfarbe Lavendelblau, und ihre zarte Haut und ihr schimmerndes Haar betonten noch ihre Schönheit. Sie sah fast so aus wie einst in London, und ich dachte, wenn schon eine Abendeinladung der Dubussons dies bewirken kann, wie gut würde es ihr auf die Dauer gehen, wenn sie wieder am eleganten Gesellschaftsleben teilnehmen könnte.
Everton hatte darauf bestanden, mich zu frisieren, und sie machte es sehr gut. Sie hatte mein Haar ausgiebig gebürstet und dann hoch auf meinem Kopf aufgetürmt. Dazu hatte sie eine Smaragdbrosche meiner Mutter an mein graues Kleid gesteckt. Von solchen Dingen verstand Everton wahrhaftig eine Menge.
Die Dubussons hatten uns eine etwas klapprige alte Kutsche geschickt. Meine Mutter verzog das Gesicht, als sie einstieg,

und ich mußte ihr klarmachen, wie nett es von den Dubussons war, uns ein Fahrzeug zur Verfügung zu stellen, da wir selbst keinen Wagen besaßen; trotzdem änderte ihre Miene sich nicht, als wir den Hof des *Châteaus* betraten und sie eine Henne erblickte, die auf einer Mauer hockte.

Madame Dubusson begrüßte uns herzlich. Die Gäste waren außer uns Dr. Legrand sowie die Claremonts mit ihrem Besuch. »Sie kennen sich ja alle«, verkündete Madame Dubusson, »mit Ausnahme von Monsieur Foucard.«

Monsieur machte eine tiefe Verbeugung vor uns. Er war etwa Mitte Fünfzig. Er hatte einen kleinen Spitzbart und funkelnde dunkle Augen. Sein üppiges Haar war fast schwarz, und er war so elegant gekleidet, daß die Schlichtheit der anderen Herren um so auffälliger war.

Er wirkte ein wenig übertrieben, und er war sichtlich beeindruckt vom Aussehen meiner Mutter. Man merkte ihm an, daß er eine solch elegante Erscheinung in dieser kleinen Landgemeinde niemals vermutet hätte.

Madame Dubusson verkündete, es gebe zuerst einen Aperitif und danach werde das Essen serviert.

Monsieur Foucard war selbstverständlich der Ehrengast. Er war eine eindrucksvolle Erscheinung. Zudem war er offenbar gewöhnt, das Gesprächsthema zu bestimmen. Er setzte sich zwischen mich und meine Mutter und wandte sich hauptsächlich an uns.

Sein Aufenthalt sei leider nur von kurzer Dauer, erklärte er, was er bereits jetzt bedaure. Dabei ruhten seine Augen auf meiner Mutter. Sie strahlte; dies war die Beachtung, die sie so dringend brauchte. Es freute mich, daß sie es so genoß.

»Sie sind zweifellos ein Mann mit Affären«, sagte meine Mutter.
»Oh, ich meine nicht Herzensaffären. Ich meine geschäftliche Affären.«

Er lachte herzlich, und seine Augen leuchteten vor Bewunderung. Allerdings, pflichtete er bei. Er habe geschäftlich in ganz

Frankreich zu tun. Deshalb sei er viel unterwegs. Ja, er sei in der Parfümbranche tätig. Das sei ein Geschäft! Er sei damit aufgewachsen. »Die Nase macht's, Mesdames. Diese Nase.« Er deutete auf seine eigene. »Schon als kleines Kind konnte ich die Feinheiten von gutem Parfüm unterscheiden. Ich lernte früh, welche wunderbaren Parfüms für schöne Frauen kreiert wurden, daß das beste Zedernholz aus dem Atlasgebirge in Marokko kommt, denn das ätherische Öl, das wir aus Zedernholz gewinnen, ist von unschätzbarem Wert für den Geruch ... wie soll ich sagen – um den Duft zu bestimmen ... Es ist ein Fixativ.«

»Wie interessant!« rief meine Mutter aus. »Erzählen Sie mehr davon.«

Das tat er nur zu gern, und wenn er sich auch gelegentlich mit einer Bemerkung an mich wandte, sah ich doch, daß er von dem reifen Charme meiner Mutter hingerissen war.

Ich erkannte, warum meine Mutter bei Männern stets sofort Beachtung fand. Sie war vollkommen feminin. Sie wirkte zerbrechlich und hilflos, ihre großen braunen Augen flehten förmlich um Schutz; sie umgab sich mit einer Aura von Unschuld und Unwissenheit, um der männlichen Überlegenheit zu schmeicheln, und dafür liebten die Männer sie. Welcher Mann fühlte sich nicht hingezogen zu so einem zauberhaften Geschöpf, das ihn seine Größe fühlen ließ?

Sie sah Monsieur Foucard an, als habe sie sich ihr Leben lang danach gesehnt, alles über die Parfümherstellung zu erfahren. Madame Dubusson und die Claremonts sahen mit Freuden, daß ihr wichtiger Gast den Abend so offenkundig genoß.

Das Essen bei den Dubussons war stets erlesen. Sogar meine Mutter mußte das zugeben. Essen war für die Dubussons wie ein frommer Akt. Die Art, wie sie die Speisen mit sichtlichem Genuß verzehrten, hatte etwas Ehrfürchtiges. Aber dies schien in Frankreich ganz allgemein so zu sein. Monsieur Foucard war in dieser Hinsicht gewiß ein typischer Franzose, doch an diesem

Abend interessierte ihn die Gesellschaft offensichtlich weit mehr als das Essen.

»Sie müssen uns unbedingt mehr über dieses faszinierende Thema erzählen, Monsieur Foucard«, bat meine Mutter.

»Wenn Sie darauf bestehen, Madame«, gab er zurück.

»Und ob!« erwiderte sie mit einem strahlenden Lächeln.

»Wie Madame befehlen.«

Natürlich tat er nichts lieber, als von seinem Geschäft zu sprechen, und daß eine solch elegante, reizende Frau ihn darum bat, entzückte ihn über alle Maßen.

Auch ich fand es interessant, was er erzählte. So erfuhr ich eine Menge nicht nur über die Herstellung, sondern auch über die Geschichte des Parfüms. Monsieur Foucard war auf diesem Gebiet wirklich sehr beschlagen. Er berichtete, welche Parfüms die alten Ägypter benutzt hatten, und beklagte, daß heutzutage Parfüm nicht mehr in demselben Maße verwendet wurde.

»Aber, meine liebe Dame, das werden wir ändern. Die Präsentation wurde vernachlässigt. Die Gegenstände müssen hübsch verpackt sein, nicht wahr, um das Auge anzusprechen, und wer legte mehr Wert darauf als die Damen? Wir präsentieren unsere Parfüms so, daß sie unwiderstehlich sind. Gibt es etwas Köstlicheres als ein duftendes Parfüm?«

Meine Mutter lachte und bremste seinen Redeschwall. »Sie sprechen manchmal zu schnell für mich, Monsieur Foucard. Sie müssen bedenken, daß ich ein Neuling in Ihrer Sprache bin.«

»Madame, nie habe ich meine Sprache reizender gesprochen gehört.«

»Sie sind ein ebenso großer Schmeichler wie *Parfumeur*.« Sie klopfte ihm spielerisch auf die Hand, und er lachte.

»Ich möchte Sie um einen großen Gefallen bitten«, erklärte er.

»Ich weiß nicht, ob ich dazu imstande bin«, erwiderte sie kokett.

»Sie müssen, sonst bin ich untröstlich.«

Sie beugte sich zu ihm herüber und brachte ihr Ohr dicht an seine Lippen.

»Ich möchte Sie bitten«, sagte er, »mir zu gestatten, daß ich ihnen ein Flakon von meiner ganz speziellen Kreation schicke. Es ist Muguet …«
»Muguet!« rief ich. »Bei uns heißt es Maiglöckchen.«
»Maiklökschen«, wiederholte er, und meine Mutter lachte hellauf.
»Madame sind wie der Mai. Das ist das richtige Parfüm für Sie.«
Der Abend stand ganz im Zeichen dieses Flirts zwischen Monsieur Foucard und meiner Mutter. Aber niemand hatte etwas dagegen. Die gutmütigen Dubussons sahen es gerne, wenn die Menschen sich vergnügten; der Doktor konzentrierte sich auf das Essen, und das genügte ihm. Und die Claremonts waren entzückt. Sie hatten ungeheuren Respekt vor dem einflußreichen Monsieur Foucard; sie rechneten wohl damit, daß er große Mengen ihrer Essenzen kaufte. Und den Dubussons machte es Freude zu sehen, daß ihre Gäste sich so ausgezeichnet unterhielten.
Meine Mutter und Monsieur Foucard aber amüsierten sich mehr als alle anderen.
Wir saßen beim Mahl und kosteten die Weine. Monsieur Foucard verstand eine Menge davon, doch sein wahres Interesse galt eindeutig den Parfüms.
Monsieur Foucard drückte sein Bedauern aus, als der Abend zu Ende ging.
Er bedankte sich überschwenglich bei Madame und Monsieur Dubusson. Die Claremonts strahlten zufrieden. Als Monsieur Foucard erfuhr, daß meine Mutter und ich in der Kutsche der Dubussons nach Hause führen, bestand er darauf, uns zu begleiten.
Meine Mutter war darüber sehr erfreut.
Der Abend war für sie ein Triumph gewesen.
Monsieur Foucard küßte zuerst mir und dann meiner Mutter die Hand – er zog sie an seine Lippen und sah ihr dabei in die

Augen. Er sagte, daß er es zutiefst bedaure, am nächsten Tag nach Paris fahren zu müssen.

»Vielleicht komme ich wieder«, sagte er, immer noch ihre Hand haltend.

»Ich hoffe es sehr«, erwiderte meine Mutter ernst, »aber zweifellos finden Sie dies kleine Dorf etwas fade, nachdem Sie ständig mit aufregenden Leuten an interessanten Orten zusammenkommen.«

Er machte ein feierliches Gesicht. »Madame«, sagte er, wobei er eine Hand mit großer Geste auf sein Herz legte, um anzudeuten, daß es ihm vollkommen ernst war, »ich versichere Ihnen, daß ich noch keinen Abend so genossen habe wie diesen.«

Everton hatte auf meine Mutter gewartet, und ich hörte ihre aufgeregte Unterhaltung bis in die frühen Morgenstunden.

Während ich im Bett lag und noch lange nachdachte, kam ich zu dem Schluß: Ich kann nicht länger hier bleiben. Ich muß fort.

Noch tagelang war die Rede von dem Abend und von dem amüsanten, klugen Mann von Welt, Monsieur Foucard. Wir wußten von den Claremonts, daß er einer der reichsten Großhändler Frankreichs war, der einen weitläufigen Exporthandel betrieb und zahlreiche Geschäfte im ganzen Land besaß.

Es war offensichtlich eine große Ehre für sie, daß er eine Nacht unter ihrem Dach verbracht hatte, und was für ein glückliches Zusammentreffen, daß er ausgerechnet da war, als die Dubussons ihre Abendeinladung gaben!

Die gute Laune meiner Mutter schwand nach wenigen Tagen, aber dann traf ein prachtvolles Parfümflakon ein. »Für die Schöne, die wie der Mai ist.«

Das machte sie für ein paar Tage glücklich.

Es war nicht mehr lange bis Weihnachten.

Die Dubussons hatten uns zum Fest eingeladen, und wir hatten zugesagt.

Meine Mutter dachte an vergangene Weihnachtsfeste, was sie

wieder einmal melancholisch machte, und ich gelobte mir, nach Weihnachten endgültig nach Cornwall zu fahren. Mit Cousine Mary konnte ich mich vernünftig unterhalten, mit ihr konnte ich besprechen, womit ich möglicherweise Geld verdienen könnte. Ich dachte flüchtig an Jamie McGill. Vielleicht könnte ich Bienen züchten. Ob man damit ein wenig Geld verdienen konnte? Jamie würde mich gern unterweisen. Ich hatte zwar genügend Geld, um bescheiden zu leben, aber es konnte nicht schaden, mein Einkommen zu verbessern. Ich wollte nicht nach London, denn dort müßte ich mit Olivia zusammensein.

Anfang November ging ich in die Stadt, um Weihnachtsgeschenke zu kaufen. Ich brauchte etwas für die Dubussons, die am Heiligen Abend unsere Gastgeber waren, sowie für meine Mutter, Everton, Marie und Jacques.

Es gab nicht viel Auswahl in den Geschäften. Ich erledigte meine Einkäufe rasch und ging dann in die *Auberge,* wo man mich inzwischen recht gut kannte. Jetzt standen keine Tische mehr im Freien, deshalb setzte ich mich in eine Stube, deren Fenster auf den Platz hinausgingen, und bestellte ein Glas Wein.

Ein Mann kam herein und setzte sich in meine Nähe. Er kam mir irgendwie bekannt vor. Ich starrte ihn an. Ich dachte, ich träume. So oft hatte ich ihn in meiner Phantasie gesehen, daß ich ein paar Sekunden lang meinen Augen nicht traute.

Er erhob sich und kam auf mich zu. Er war dunkelhaarig und hatte dunkle Augen. Er war sehr schlank und hatte einen leicht schlaksigen Gang. Die Röte stieg mir ins Gesicht.

»Verzeihen Sie«, sagte er, »Sie sind Engländerin, nicht wahr?«
Ich nickte.
»Ich glaube, Sie sind … Ich denke, Sie müssen …«
Ich hatte mich gefaßt. »Sie sind Mr. Paul Landower. Ich habe Sie gleich erkannt.«
»Und Sie sind Miss Tressidor.«
»Ja.«

»Ich freue mich so, Sie zu sehen. Es ist lange her, seit wir uns begegnet sind. Damals waren Sie noch ein kleines Mädchen.«
»Ich war vierzehn. Ich kam mir gar nicht klein vor. Es ist erst vier Jahre her.«
»Tatsächlich?«
»Ich erinnere mich ganz deutlich.«
»Darf ich mich setzen?« fragte er.
»Bitte. Der Besuch in Cornwall war ein großes Ereignis in meinem Leben. Wie geht es Ihrem Bruder?«
»Jago geht es gut, danke.«
»Wir beide waren gute Freunde.«
»Er ist ungefähr in Ihrem Alter. Etwas älter als Sie. Es geht ihm sehr gut.«
Ich hätte mich gern nach Landower erkundigt und gefragt, wie ihnen das Leben in dem Bauernhaus gefiel. Aber das war vielleicht ein zu peinliches Thema.
»Ich bestelle noch ein wenig Wein«, sagte er. Er stützte sich mit den Ellbogen auf den Tisch und lächelte mich an. Erregung ergriff mich. Dies war der Mann, der monatelang meine Gedanken beherrscht hatte, bis er von Jeremy Brandon verdrängt wurde. Es war ein seltsamer Zufall, daß er in Frankreich war, und ausgerechnet in dem Ort, wo ich mich aufhielt.
»Sind Sie in Ferien hier?« fragte ich.
»Nein. Ich hatte geschäftlich in Paris und Nizza zu tun. Da dachte ich, wenn ich schon mal hier bin, mache ich einen Abstecher aufs Land. Die kleinen Ortschaften sind hübsch, nicht wahr? Man lernt hier die Leute viel besser kennen als in den Städten.«
»Ich bin hier bei meiner Mutter«, erklärte ich.
Er nickte.
»Sie lebt seit ein paar Jahren hier.«
»Sind Sie gern hier?«
»Das Leben ist überall interessant.«
»Das stimmt. Nur schade, daß es nicht jeder so sieht.«

»Wie geht es Miss Tressidor? Sie ist keine große Briefeschreiberin, deshalb höre ich leider nicht viel von ihr.«
»Es geht ihr gut, glaube ich.«
»Oh, ich vergaß, daß Ihre Familien nicht miteinander verkehren.«
»Heute geht es besser als früher. Miss Tressidor hatte gehofft, daß Sie sie besuchen würden.«
»Hat sie Ihnen das erzählt?«
Er nickte.
»Ich wollte zu ihr, aber da wurde meine Mutter krank.«
»Sie war sehr enttäuscht.«
»Eines Tages besuche ich sie. Und wie steht es auf Landower?«
»Sehr gut.«
»Ich nehme an ...« Ich wußte nicht, wie ich meine Frage formulieren sollte, und hielt es schließlich für klüger, nicht davon zu sprechen. Statt dessen fragte ich: »Wo sind Sie abgestiegen?«
»Hier, in dieser *Auberge*.«
»Oh! Sind Sie schon lange hier?«
»Ich bin gestern angekommen.«
»Für einen kurzen Aufenthalt?«
»O ja, sehr kurz.«
»Jago muß inzwischen erwachsen geworden sein. Ich hoffe, daß es ihm wirklich gutgeht.«
»Jago sieht immer zu, daß er mit dem Leben zurechtkommt.«
»Als ich dort war, waren ein paar Leute da ... Wie hießen sie doch gleich? Ach ja ... Arkwright.«
»Ja, das stimmt. Sie haben Landower Hall gekauft.«
»Oh, haben sie es wirklich gekauft?!« Ich hätte mich gern nach Gwennie Arkwright erkundigt und fragte mich, ob Jago ihm je gebeichtet hatte, was auf der Musikantengalerie geschehen war.
»Ja, aber jetzt ist unsere Familie wieder dort.«
»Oh, das freut mich.«

»Ja, es wurde der Familie zurückgegeben.«
»Das muß eine große Erleichterung sein.«
Er lachte. »Und ob, es war jahrhundertelang das Heim der Familie. Das schafft gewisse Bindungen.«
»O ja. Jago hat immer gesagt, daß Sie es nie zulassen würden, daß es in fremde Hände übergeht.«
»Jago hatte eine zu hohe Meinung von mir.«
»Es scheint aber, daß er recht hatte.«
»In diesem Fall ... vielleicht. Aber erzählen Sie mir von sich. Wie ist es Ihnen ergangen?«
»Nach meiner Rückkehr nach London ging ich ins Internat, und anschließend war ich in Frankreich.«
»Dann können Sie gewiß fließend Französisch.«
»Es geht so.«
»Das muß eine große Hilfe sein. Kommen Sie oft in die Stadt?«
»Ja, ziemlich oft. Wir wohnen etwa anderthalb Meilen außerhalb.«
»Wie geht es Ihrer Mutter?«
»Sie fühlt sich zuweilen nicht wohl.«
»Würden Sie mir erlauben, Sie zu besuchen?«
»Aber natürlich. Meine Mutter würde sich freuen.«
»Dann werde ich während meines Aufenthaltes hier ... wenn ich darf ...«
»Wie lange bleiben Sie?«
»Das kann ich nicht genau sagen. Vielleicht eine Woche, länger bestimmt nicht.«
»Sie haben Weihnachten sicher viel zu tun.«
»Wie immer bei uns zu Hause. Die alten Traditionen müssen bewahrt werden, das werden Sie verstehen.«
»Ja, allerdings.«
Ich blickte auf die Uhr, die an meinem Mieder befestigt war.
Er sagte: »Sie scheinen besorgt wegen der Zeit. Darf ich Sie nach Hause bringen?«
»Jacques, unser Gärtner, wartet mit seinem Wagen auf mich.«

»Dann bringe ich Sie zu ihm. Und ... morgen ... darf ich Sie aufsuchen?«

»Ja«, erwiderte ich. »Das würde uns freuen.« Ich gab ihm unsere Adresse und beschrieb ihm den Weg.

Jacques war schon ungeduldig geworden. Unpünktlichkeit war er von mir nicht gewöhnt.

Paul drückte mir zum Abschied die Hand. Ich erwiderte seinen Blick und war so glücklich wie schon lange nicht mehr.

Die Aussicht auf Besuch versetzte meine Mutter in freudige Erwartung. Er kam am Vormittag. Ich saß mit ihm im Hof, während eine aufgeregte Marie das *Déjeuner* bereitete.

Das Mittagessen war in französischen Haushalten die umfangreichste Mahlzeit des Tages. Meine Mutter fand es höchst unkultiviert, mittags große Mengen zu verzehren, für sie war das abendliche *Diner* das gesellschaftliche Ereignis.

Paul wurde jedoch zum Mittagessen eingeladen.

Meine Mutter begrüßte ihn sehr liebenswürdig. Er war höflich, doch ein wenig zurückhaltend. Er war kein Monsieur Foucard, der durch ihren Charme aus dem Häuschen geriet. Sie glich ihr Verhalten dem seinen an, und ich staunte über ihr Geschick. Der Umgang mit Männern und die Anpassung an das, was sie nach Mamas Meinung von ihr erwarteten, war eine gesellschaftliche Fähigkeit, die sie perfekt beherrschte.

Da sie sehr an Cousine Mary interessiert war, von der sie als Robert Tressidors Gattin soviel gehört hatte, bildeten das Leben in Cornwall und die beiden großen Häuser ein ausführliches Gesprächsthema.

»Wie ich hörte, fühlten Sie sich nicht wohl«, sagte Paul besorgt.

»Ach, Mr. Landower, reden wir nicht von meinen widrigen Krankheiten«, erwiderte sie, worauf sie sich in allen Einzelheiten darüber erging.

Er hörte mitfühlend zu.

Dann wandte er sich an mich. »Miss Tressidor, ich erinnere

mich, daß Sie während Ihres Aufenthaltes in Cornwall recht viel mit meinem Bruder geritten sind. Reiten Sie hier auch?«
»Leider nein. Ich habe kein Pferd.«
»Ich glaube, man kann Pferde mieten. Hätten Sie Lust, mir die Umgebung zu zeigen?«
»Sehr gern.«
»Caroline, Liebes«, warf meine Mutter ein, »ist das nicht ein bißchen gefährlich?«
»Gefährlich, Mama? Ich bin vollkommen sattelfest.«
»Aber auf einem ausländischen Pferd?«
Ich lachte, und Paul lächelte.
»Pferde machen sich nichts aus Nationalitäten, Mama. Sie sind auf der ganzen Welt gleich.«
»Aber in einem fremden Land!«
»Ich passe auf, daß Ihrer Tochter nichts zustößt, Mrs. Tressidor«, beschwichtigte Paul sie.
»Davon bin ich überzeugt. Aber ich würde mich doch sehr ängstigen ...«
Ich begriff, was in ihr vorging. Sosehr sie die Unterbrechung der Eintönigkeit ihrer Tage durch Besucher begrüßte, war sie gegen Paul Landower ein wenig mißtrauisch. Sie bewertete jeden Mann als eventuellen Ehemann oder Liebhaber, und es war offensichtlich, daß seine Pläne nichts mit ihr zu tun hatten. Also mußte ich das Ziel seiner Bestrebungen sein, und sie wollte mich ebensowenig an ihn verlieren wie an Cousine Mary. Ich las ihr die Gedanken an den Augen ab.
Hatte ich mich schon von ihr daran hindern lassen, nach Cornwall zu fahren, so sollte sie mich nicht davon abhalten, mit Paul auszureiten. Der Gedanke an einen Ausflug mit ihm begeisterte mich.
»Meinen Sie wirklich, daß man Pferde mieten kann?« fragte ich.
»Gewiß. Ich habe mich bereits in der *Auberge* erkundigt. Genauer gesagt, ich habe mir eins bestellt. Es ist bestimmt ohne weiteres möglich, ein zweites zu bekommen.«

»Es wird mir ein Vergnügen sein.«
Nach dem Mittagessen führte ich ihn ein wenig in der Umgebung herum. Wir trafen Monsieur Dubusson, der darauf bestand, daß wir ins *Château* kamen und den Wein probierten, den sein Sohn in Burgund erzeugte. Madame Dubusson begrüßte uns entzückt. Diese guten Leute witterten bereits eine Romanze. Es machte mich etwas verlegen, doch ich wußte, daß sie in ihrer Herzensgüte fanden, es sei kein Leben für ein junges Mädchen – auch wenn es seine Pflicht sein mochte –, sich nur um seine Mutter zu kümmern, die sich von Zeit zu Zeit in eine Krankheit flüchtete.
Anschließend stellte ich Paul den Claremonts vor, denn nachdem die Dubussons ihn kennengelernt hatten, wagte ich nicht, sie zu übergehen. Sie sprachen unentwegt über die Blumen, die sie züchteten, und die Essenzen, die sie daraus gewannen, und sie erklärten es einem Neuling mit Freuden. Hin und wieder sprachen sie zu schnell und temperamentvoll, so daß Paul ihnen nicht mehr folgen konnte und ich ihm übersetzen mußte.
Als wir aufbrachen, sagte Madame Claremont: »Übrigens, Weihnachten kommt Monsieur Foucard. Nein, er wohnt nicht bei uns. Auf so einen hohen Gast sind wir nicht eingerichtet, wenn er länger als eine Nacht bleibt. Wir können ihm den gewohnten Komfort nicht bieten. Er wird in der *Auberge* in der Stadt absteigen.«
»Die kann ich wärmstens empfehlen«, meinte Paul.
Wir verließen die Claremonts und wanderten über die Feldwege, wir sprachen über die Landschaft, über die Dubussons und die Claremonts, über den Unterschied zwischen Franzosen und Engländern. Es war ein zauberhafter Tag.
Als ich mich von ihm verabschiedete, drückte er mir fest die Hand.
»Bis morgen. Sagen wir, gegen zehn Uhr. Wir reiten aus und suchen uns eine kleine *Auberge* zum Mittagessen, einverstanden?«

Ich bejahte.

»Also bis morgen.«

Er lüftete seinen Hut und verbeugte sich. Ich ging selig ins Haus und merkte, daß Marie durchs Küchenfenster spähte.

Marie erwartete mich bereits in der Diele. »Das ist aber ein feiner Herr. So groß ... er erinnert mich an *mon petit soldat*.«

Das war wohl das größte Kompliment, zu dem sie fähig war. Später hörte ich sie traurig singen: *»Où t'en vas tu, petit soldat.«*

Paul hatte Maries und Jacques' Wohlwollen ebenso gewonnen wie das der Dubussons und Claremonts.

Nicht aber das meiner Mutter. Ich vermutete, daß sie mit Everton über ihn geredet hatte.

»Ihr reitet also morgen aus«, begann sie abends beim Essen.

»Ja, Mama.«

»Ich bin sehr besorgt.«

»Ach was, Mama. Du wirst es vergessen, sobald wir aufgebrochen sind.«

»Caroline, wie kannst du so etwas sagen!«

Als sie meinen störrischen Ausdruck sah, wie sie es nannte, wußte sie, daß nichts mich von meinem Vorhaben abbringen konnte.

»Er hat etwas Mysteriöses«, sagte sie.

»Wieso?«

»Weil er so dunkel aussieht.«

»Meinst du, alle Menschen mit dunklen Haaren sind mysteriös?«

»Ich spreche nicht von seinen Haaren, Caroline. Ich kenne die Männer.«

»Ja, Mama, davon bin ich überzeugt.«

»Ich will nicht hoffen, daß du einen furchtbaren Fehler machst.«

»Inwiefern?«

»Indem du überstürzt heiratest.«

»Aber Mama, ich bitte dich! Ein Mann taucht auf. Er ist ein Fremder in einem fremden Land. Er trifft eine Landsmännin, die er vor ein paar Jahren kennengelernt hat, er ist freundlich – und du sprichst von Heirat!«

»Er war so hartnäckig, als er unbedingt Pferde mieten wollte.«

»Eine freundschaftliche Geste, weiter nichts.«

Sie blickte mit Jammermiene auf ihren Teller, und ich dachte, sie würde gleich weinen.

Arme Mama, ging es mir durch den Kopf. Sie sieht einsame Abende vor sich – kein Pikett, niemand als Everton, mit der sie über vergangene Triumphe reden kann. Und Everton ist viel älter als sie. Ich bin jung. Sie hat Angst, daß ich fortgehe. Merkwürdig, als ich ein Kind war, hatte sie keine Zeit für mich, und jetzt, wo ich erwachsen bin, kann sie es nicht ertragen, wenn ich sie nur für einen Tag verlasse.

Dann fiel mir etwas ein. In der Aufregung des Tages hatte ich diese wichtige Neuigkeit ganz vergessen.

»Ich hab Madame Claremont getroffen. Sie erzählte mir, daß Monsieur Foucard Weihnachten herkommt.«

Eine wunderbare Veränderung ging mit ihr vor. »Ist das wahr?«

»Ja. Er wird in der *Auberge* absteigen.«

»Das wundert mich nicht. Ein Mann wie er wird kaum bei den Claremonts wohnen.«

»Ich nehme an«, meinte ich schelmisch, »daß wir ihn ausgiebig zu sehen bekommen.«

»Das ist gut möglich«, erwiderte sie, und ich wußte, daß sie bereits an ihre Garderobe dachte.

Meine Worte hatten die gewünschte Wirkung. Von meinem Ausritt war nicht mehr die Rede.

An diesen Tag sollte ich noch lange zurückdenken.

Die Sonne schien hell, doch es ging ein scharfer Wind. Es tat gut, wieder einmal ein Reitkostüm anzuhaben.

Ich ging mich von meiner Mutter verabschieden, bevor ich aufbrach.

Sie saß im Bett und schlürfte Kakao, den Everton ihr gebracht

hatte, wie sie es jeden Morgen in England zu tun pflegte. Everton saß auf einem Stuhl und stellte eine Kleiderliste zusammen.
Die Weihnachtsgarderobe, vermutete ich.
Welch ein Glück, daß Monsieur die Lage gerettet hatte. Dadurch war alles viel einfacher geworden! Ich war entschlossen gewesen, mir diesen Tag zu gönnen, doch es war erfreulich, daß es mit einem Mindestmaß an Reibereien abging.
Ich gab ihr einen Kuß, und sie sagte geistesabwesend: »Mach dir einen schönen Tag.«
Paul erwartete mich mit den Pferden. »Eine kleine kastanienbraune Stute für Sie. Sie ist etwas verspielt, aber ich habe den Leuten gesagt, daß Sie eine erfahrene Reiterin sind.«
»Ein schönes Tier«, stellte ich fest.
»Da Sie die Umgebung kennen, schlagen Sie am besten vor, wo es hingehen soll.«
»Ich kenne mich nur in nächster Nähe aus. Ich hatte nie Gelegenheit zu weiteren Ausflügen. Wollen wir in die Berge?«
»Sehr gern.«
Welche Freude, wieder auf einem Pferd zu sitzen! Ich mußte zugeben, daß mein Begleiter beträchtlich zu meiner guten Laune beitrug. Es war fast, als sei ein Traum wahr geworden. Paul sah zwar nicht ganz so aus wie der Ritter in schimmernder Rüstung, den ich mir als Mädchen vorgestellt hatte, aber er war Paul Landower, der Held meiner Träume.
Er sprach, wie einst Jago, von Cornwall, dem Landgut, dem Haus und auch von Tressidor. Doch lange Zeit schwiegen wir auch, denn der Weg war so schmal, daß wir zuweilen hintereinander reiten mußten.
Wir kamen zu den Ausläufern der Berge. Hier hielten wir an, um die großartige Aussicht zu bewundern. Jenseits dieser Seealpen lag das Mittelmeer.
»Die Luft ist wie Wein«, sagte Paul. »Dabei fällt mir ein, daß wir in einer kleinen *Auberge* einkehren wollten. Sind Sie hungrig?«
»Ein bißchen«, gestand ich.

»Es geht noch eine Weile bergauf. Die Madame in meiner *Auberge* hat mir *La Pomme d'Or* empfohlen. Es sei leicht zu finden. Sie sagt, der Pflaumenkuchen dort sei der beste, den sie je gegessen habe, und ich mußte ihr schwören, ihn zu kosten. Ich wage nicht, zurückzukommen und ihr zu sagen, ich hätte ihn nicht probiert.«

»Dann ist es für uns Ehrensache, im *La Pomme d'Or* einzukehren. Ich möchte wissen, woher der Name stammt. Vermutlich nach dem goldenen Apfel, den Paris Aphrodite als der schönsten Frau überreichte, aber ich bin neugierig, wie er hierhergekommen ist.«

»Ich denke, das ist eins der Rätsel, die wir niemals lösen werden.«

Die Szenerie war überwältigend. Berge, so weit man sehen konnte. Wir kamen an Schluchten vorüber, an silbrigen Wasserfällen und Bächen, die die Abhänge hinabrieselten.

»Hoffentlich sind die Pferde trittsicher«, sagte Paul.

»Ich nehme doch an, daß sie schon mal in den Bergen waren.«

»Es muß schon ziemlich spät sein.«

»Zeit zum Mittagessen. Wir müßten bald zum Goldenen Apfel kommen.«

Das Gasthaus tauchte unvermittelt vor uns auf. Weiß und im Sonnenschein leuchtend stand es an den Abhang gebaut gegenüber einer Spalte, durch die man einen Blick auf das Meer werfen konnte.

Wir stellten unsere Pferde im Stall unter, wo sie versorgt wurden, und traten in die Gaststube.

Man begrüßte uns herzlich, zumal Paul erwähnte, daß die Madame in der *Auberge,* wo er abgestiegen war, *La Pomme d'Or* empfohlen hatte.

»Sie hat uns von Ihrem Pflaumenkuchen vorgeschwärmt«, sagte ich. »Hoffentlich haben Sie ihn vorrätig.«

Madame war eine große, füllige Frau, und ich stellte bald fest, daß der für ihre Nation charakteristische Hang zum guten Essen bei ihr besonders stark ausgeprägt war. Sie stemmte die Hände in die Hüften und schüttete sich aus vor Lachen.

»Ob Sie's glauben oder nicht, Monsieur, Madame«, sagte sie, »da koch' ich die herrlichsten Gerichte ...« Sie legte einen Finger an die Lippen und bedachte besagte Gegenstände der Verehrung mit einer Kußhand. »Meine Langustinen sind einmalig. Crevetten ... Lammkeule ... Obsttörtchen, wie man sie noch nie sah ... aber alle wollen immer nur meinen Pflaumenkuchen.«

»Sie sind gewiß stolz, Madame«, sagte ich, »dafür berühmt zu sein.«

Sie zuckte mit den Schultern. Mit leuchtenden Augen zählte sie uns auf, was sie uns anzubieten hatte.

Eine heiße Suppe wurde aufgetragen. Ich hatte keine Ahnung, woraus sie bestand, aber sie schmeckte köstlich. Doch in meinem Glück hätte mir vermutlich alles wie Ambrosia gemundet. Das macht die Bergluft, redete ich mir ein. Und ... Paul Landower.

Ich musterte ihn eingehend. Meine Mutter hatte gesagt, sein Aussehen sei so dunkel ... geheimnisvoll. Ja, er hatte etwas Mysteriöses. Ich kannte ihn nicht so gut, wie ich Jago gekannt hatte ... oder Jeremy. Aber hatte ich Jeremy gekannt? Ich war aus allen Wolken gefallen, als ich den Brief erhielt, in dem er mir den Laufpaß gab.

Nein, ich hatte Jeremy nicht gekannt. Ich war leichtgläubig, was Menschen betraf. Aber ich hatte mich verändert. Früher hätte ich geglaubt, daß meine Mutter mich bei sich behalten wollte, weil sie mich liebte. Jetzt war mir klar, daß sie mich nur bei sich haben wollte, damit ich ihr ein wenig die Langeweile vertrieb. Wenn jemand anders das konnte, durfte ich ruhig einen Tag fortgehen, ohne daß es ihr im mindesten etwas ausmachte.

Ich würde die Menschen jetzt besser einschätzen können. Und dieser Mann hatte wirklich etwas Geheimnisvolles. Ich hätte gern gewußt, was es war.

Nach der Suppe gab es Lamm, das so zubereitet war, wie ich es

noch nie gegessen hatte. Es war köstlich, und der Wein, der Paul vor dem Einschenken stolz präsentiert wurde, war wie Nektar.
»Ich habe bald keinen Platz mehr für den berühmten Pflaumenkuchen«, stöhnte ich.
Und schließlich kam er. Madame erzählte uns, daß eins ihrer Mädchen während der Saison wochenlang nichts anderes tat, als Pflaumen einzukochen.
Sie servierte ihn mit ihrer Spezialgarnierung, und wir bestätigten beide, daß er unseren hohen Erwartungen entsprach.
Paul sah mich belustigt die Pflaumensteine zählen.
»Ah«, fragte er, »was ist? Was für ein Schicksal erwartet Sie?«
»Es sind acht Steine. Sie besagen, was für einen Mann ich heiraten werde. Reicher Mann, armer Mann, Bettelmann, Dieb.«
»Es sind zu viele.«
»Nein, ich fang einfach wieder von vorne an. Reicher Mann, armer Mann, Bettelmann, Dieb. Ach du liebe Güte! Mir ist ein Dieb bestimmt. Das gefällt mir aber gar nicht. Ich versuch lieber was anderes.«
Und ich sagte auf:

>»Er liebt mich
>Von Herzen
>Mit Schmerzen
>Über alle Maßen
>Kann es gar nicht lassen
>Klein wenig
>Gar nicht.«

Paul lachte. »Sie haben einen übrig.«
»Dann fang ich von vorn an. Er liebt mich. Das ist schon besser. Doch wenn er ein Dieb ist, steht mir keine glückliche Zukunft bevor.«
»Sie werden bestimmt zufrieden sein«, meinte er ernst. »Ich

glaube, Sie sind ein glücklicher Mensch, der auch andere glücklich machen kann.«

»Eine bezaubernde Einschätzung meines Charakters. Ich weiß nicht, wie Sie mich in so kurzer Zeit so gut kennenlernen konnten.«

»Manches weiß man einfach ... instinktiv.«

Ich war drauf und dran, mich in ihn zu verlieben, und dachte, was bin ich doch für eine Närrin. Soeben bin ich bitter enttäuscht worden und habe geschworen, mich nie wieder zu verlieben, und schon fange ich wieder an. Aber eigentlich war ich in Jeremy gar nicht richtig verliebt. Ich war nur vernarrt. Das hier ist etwas anderes. Und außerdem, war ich nicht immer in Paul Landower verliebt?

Er beobachtete mich eindringlich. »Sie haben herrliche grüne Augen.«

»Ich weiß.«

»Sie glitzern wie Smaragde.«

»Der Vergleich gefällt mir. Unsere Köchin hat immer gesagt: ›Blaue Augen für die Schönheit, braune Augen für Kirschkuchen (was für sie wohl ein anderer Ausdruck für Schönheit war), grüne Augen für Naschkatzen.‹ Ich habe nämlich als kleines Mädchen gern ab und zu einen Leckerbissen von ihrem Tisch stibitzt.«

»Grüne Augen bedeuten aber auch Neid.«

»Oder Eifersucht.«

»Sind Sie eifersüchtig?«

»Könnte schon sein.«

»Ist ja auch ganz natürlich.«

»Ich glaube, ich wäre ein ausgemachter Teufel.«

»Ich kann mir gut vorstellen, wie diese Augen blitzen.«

Er lächelte versonnen: »Und wie fühlen Sie sich jetzt?«

»Reichlich gesättigt.«

»Ich auch. Hoffentlich haben sie die Pferde nicht so gut gefüttert wie uns, sonst sind sie zu träge, um sich zu rühren.«

»Ist Ihnen so zumute?«
Er nickte. »Ich würde gern noch länger hierbleiben.«
»Es ist herrlich in den Bergen.«
»Überwältigend. Ich bin froh, daß ich Sie getroffen habe. Ich werde es Miss Tressidor berichten. Für wann darf ich ihr Ihren Besuch ankündigen?«
»Bald. Nach Weihnachten … falls ich fort kann.«
»Ihre Mutter wird versuchen, Sie von Ihrer Reise nach Cornwall zurückzuhalten.«
»Sie lebt hier sehr eingeschränkt. Sie vermißt ihr früheres Leben. Ich nehme an, ich helfe ihr ein wenig darüber hinweg.«
Er lächelte und sah mich unentwegt an.
Unsere Wirtin kam herein. Wir sagten ihr, daß der Pflaumenkuchen unsere Erwartungen noch übertroffen habe und wir sie weiterempfehlen würden.
Sie war hoch erfreut und riet uns, nicht schleunigst heimzukehren, sondern uns noch umzuschauen. »Eine halbe Meile von hier haben Sie eine herrliche Aussicht. Sie können von dort die Schlucht überblicken.«
Wir kamen zum Stall. »Wir dürfen nicht vergessen, daß es früh dunkel wird«, gab Paul zu bedenken. »Wir sollten uns auf den Heimweg machen, leider. Dieser wundervolle Tag geht zu Ende.«
Eine Weile ritten wir schweigend hintereinander. Der Weg war uneben, es ging hinab, dann wieder hinauf, und es lag viel Geröll herum, so daß wir sehr vorsichtig sein mußten. Paul ritt mir voran, da der Pfad so schmal war.
Ich weiß nicht genau, wie es passiert ist. Mein Pferd muß wohl über einen Stein gestolpert sein, jedenfalls wich es aus, worauf ich nicht gefaßt war, und im nächsten Moment wurde ich aus dem Sattel geworfen.
Ich schrie auf, als ich auf die Erde flog. Dann verlor ich das Bewußtsein.
Aus weiter Ferne hörte ich meinen Namen rufen.

»Caroline, Caroline ... o mein Gott, Caroline ...«
Er kniete neben mir. Ich spürte seine Lippen auf meiner Stirn. Ich öffnete die Augen und sah sein Gesicht dicht an meinem.
In diesem Moment fühlte ich nichts als eitel Glück. Es war die Zärtlichkeit, mit der er meinen Namen aussprach, die tiefe Besorgnis in seiner Stimme, die Tatsache, daß er mich geküßt hatte.
»Was ... ist geschehen?« stammelte ich.
»Sie sind gestürzt.«
»Ich – ich verstehe nicht ...«
»Sie sind mit mir hier in den Bergen. Ich habe nicht gesehen, wie es passiert ist. Ich ritt Ihnen voran. Wie fühlen Sie sich? Sie dürften nicht arg verletzt sein, wir ritten ja nur im Paßgang. Versuchen Sie aufzustehen.«
Er half mir auf die Beine, wobei er mich dicht an sich drückte.
»Na?«
»Es geht schon, denke ich.«
»Fein.« Er war sehr erleichtert. »Ich glaube nicht, daß Sie sich was gebrochen haben.«
Ich klammerte mich an ihn, ich fühlte mich etwas benommen. Die Berge vor mir schwankten.
»Sie sind auf den Kopf gefallen, aber Ihr Hut dürfte Sie geschützt haben. Ich finde aber, Sie sollten nicht versuchen, zurückzureiten.«
Als mir die Situation allmählich klar wurde, war ich beschämt. Erst hatte ich mich meiner Reitkunst gerühmt, und nun war ich heruntergefallen, als mein Pferd nur im Schritt ging.
Paul sagte: »Ich bringe Sie in die *Auberge* zurück.«
»O nein. Wir müssen nach Hause. Es wird bald dunkel.«
»Nein«, erwiderte er bestimmt. »Ich kann Ihnen den weiten Ritt nicht zumuten. Ich glaube nicht, daß Sie verletzt sind, aber sicher ist sicher. Ich bringe Sie in die *Auberge* zurück und lasse einen Doktor kommen, damit er Sie untersucht. Keine Sorge, wir können Ihre Mutter benachrichtigen lassen.«

»Mir fehlt doch nichts.«
»Kann schon sein, aber ich will kein Risiko eingehen.«
»Du meine Güte, Sie halten mich bestimmt für sehr dämlich. Dabei bin ich eigentlich eine gute Reiterin.«
»Das weiß ich.« Er hob mich auf seine Arme und setzte mich auf sein Pferd. »So. Wir kehren um. Wir sind bald da.«
Und er führte die beiden Pferde zurück zum *La Pomme d'Or*.
Madame war sehr besorgt. Ja, sie habe zwei Gästezimmer. Ja, sie könne nach einem Arzt schicken, und ja, ein Stallbursche könne meine Mutter benachrichtigen.
»Sehen Sie«, sagte Paul, »kein Grund zur Beunruhigung.«
»Ich komm mir ziemlich albern vor.«
»Betrachten Sie es doch mal so: Jetzt können wir etwas länger an diesem schönen Ort verweilen.«
Allmählich schwand auch meine Besorgnis, wie meine Mutter reagieren würde. Zwar hatte ich ein paar Schrammen, und mir war etwas schwindlig, doch der Arzt stellte fest, daß ich mir keinen Knochen gebrochen hatte; er ließ mir eine Salbe für die Schrammen da und ein Beruhigungsmittel für die Nacht, falls ich nicht einschlafen konnte.
Er meinte, am Morgen würde ich ein wenig steif sein und vielleicht ein unangenehmes Stechen spüren, aber ansonsten fehle mir nichts. Ich solle jedoch ruhen, bis die Wirkung des Schocks nachließ.
Ich bekam ein sehr hübsches Zimmer mit Aussicht auf die Berge. Pauls Zimmer lag gleich daneben. Eine Glastür führte auf einen Balkon, und auch die Fenster gingen auf diesen Balkon hinaus.
Es wurde dunkel. Öllampen wurden angezündet. Die Szenerie im Schein eines blassen Halbmondes wirkte wie aus einer anderen Welt.
Die Bergluft war klar und kühl, und unsere Wirtin gab mir noch ein paar Decken. Die würde ich brauchen, meinte sie, denn die Nächte in den Bergen seien sehr kalt.

Ich erinnere mich lebhaft an jeden durchwachten Augenblick dieser seltsamen Nacht. Paul und ich aßen in meinem Zimmer zu Abend. Es gab Suppe und kaltes Huhn mit einem delikaten Salat, und wir fragten, ob noch etwas von dem berühmten Pflaumenkuchen da sei.

Paul betrachtete die Pflaumensteine auf meinem Teller und fragte: »Was kommt diesmal heraus?« Es waren sechs Steine.

»Armer Mann«, sagte ich. »Immerhin eine Verbesserung. Aber mit dem anderen Spruch ist es nicht so gut bestellt. Letztes Mal liebte er mich, diesmal nur ein klein wenig.«

»Ihr Schicksal hat sich binnen weniger Stunden gewandelt. Das hätte ich nicht für möglich gehalten, Sie etwa?«

»Ich nehme an, im Leben ist alles möglich.«

Er sah mich unverwandt an und sagte nichts.

Der Stallbursche kehrte zurück und richtete aus, er habe meine Mutter benachrichtigt und ihr beteuert, daß sie sich keine Sorgen zu machen brauche. Ich würde am nächsten Tag nach Hause kommen.

Der Arzt hatte recht gehabt, was das Stechen betraf. Die Prellungen waren zum Teil recht schmerzhaft, und ich war noch immer ein wenig benommen.

Fortwährend mußte ich daran denken, wie ich aus meiner Bewußtlosigkeit aufwachte und Pauls Gesicht sah. Ich spürte noch die Berührung seiner Lippen auf meiner Stirn. Ich dachte, die Welt ist trotz allem ein seliger Ort. Jetzt war ich froh, daß Jeremy Brandon mir den Laufpaß gegeben hatte.

Ich war gottlob frei. Ich durfte glücklich sein.

Und ich war glücklich an diesem Abend: Ich staunte, daß aus einem Unglück solche Seligkeit erwachsen konnte. Wäre ich nicht vom Pferd gestürzt, würde ich jetzt daheim Pikett spielen oder mir anhören, was meine Mutter Weihnachten anzuziehen gedachte, denn sie hätte ihre Angst, daß ich möglicherweise heiraten könnte, bei der Aussicht auf einen neuerlichen Flirt mit Monsieur Foucard vergessen.

So aber saßen wir beim Lampenlicht und unterhielten uns. Ich erzählte Paul viel über mich, berichtete von dem Jubiläum, und welche Folgen unser Besuch am Waterloo-Platz hatte. Ich glaube, er wußte bereits, daß ich nicht Robert Tressidors Tochter war. Ob Cousine Mary es ihm erzählt hatte? Wenn ja, dann mußte die Feindschaft zwischen den beiden Familien erheblich nachgelassen haben. Ich zögerte, ihm von Jeremy Brandon zu erzählen, aber plötzlich sprudelte es aus mir heraus.

»Sehen Sie, er wollte nur mein Geld, mit dem er gerechnet hatte. Als er merkte, daß er es nicht bekommen konnte, wollte er mich nicht mehr.«

»Ich verstehe. Gut, daß Sie es wenigstens rechtzeitig gemerkt haben.«

»Das sag' ich mir auch immer. Aber solange solche Dinge frisch sind, ist es schwer, das einzusehen. Und nun wird er meine Schwester heiraten. Ich frage mich oft, ob ich nicht etwas unternehmen soll.«

»Will sie ihn heiraten?«

»O ja. Sie hat ihn schon geliebt, bevor ich ihn kannte. Ich habe das damals nicht gemerkt, ich nahm nur an, daß es jemanden gab. Später stellte sich heraus, daß er es war. Ich wollte, ich könnte ihr begreiflich machen, daß sie ihn nicht heiraten darf.«

»Das würde sie aber sehr unglücklich machen.«

»Aber er heiratet sie doch ihres Geldes wegen!«

»Sie will ihn, sagen Sie?«

»O ja. Aber er täuscht sie. Ich kann ihn mir genau vorstellen. Er sagt ihr, wie sehr er sie liebt. Er bedrängt sie, ihn zu heiraten, er erklärt ihr, daß er die ganze Zeit eigentlich nur sie geliebt hat ... auch als er mit mir verlobt war. Ich kann nicht glauben, daß es richtig ist, wenn ich nichts sage. Meine Mutter findet es in Ordnung. In ihrer Welt ist das ein ganz normales Verhalten.«

»Das ist es in der Welt vieler Menschen.«

»Ich verachte diese Einstellung.«

Es war still im Zimmer. Ich hörte leise das Wasser den Berghang hinabrauschen.
Plötzlich sagte ich: »Meinen Sie, ich soll Olivia warnen?«
Er schüttelte den Kopf. »Lassen Sie sie glücklich sein. Sie bekommt, was sie sich wünscht. Er bekommt, was er sich wünscht. Sie weiß, daß er mit Ihnen verlobt war. Sie können ihr nichts Neues sagen. Es muß sehr schmerzlich für Sie gewesen sein.«
»Ach, ich bin jetzt darüber hinweg.«
»Das freut mich.« Er drückte meine Hand. »Und ich bin froh, daß Sie nicht schlimm verletzt sind«, fuhr er fort. »Als ich mich umdrehte und Sie auf der Erde sah ... ich kann nicht beschreiben, wie mir zumute war.«
Ich lachte. »Ich dachte vorhin, daß Unheil manchmal die schönsten Dinge hervorbringt.«
»Sie meinen dies hier. Macht es Ihnen Freude?«
»Und ob. Ich habe lange Zeit nichts mehr so genossen.«
»Wissen Sie«, sagte er, »mir geht es genauso.«
Wir lächelten uns an, und zwischen uns breitete sich ein zärtliches Einverständnis, ein Zusammengehörigkeitsgefühl aus.
Ich wünschte, es würde nie enden.
Wir saßen schweigend, und das war genauso wundervoll wie miteinander zu reden. Eine Uhr, die elf schlug, unterbrach die Stille.
»Der Doktor hat gesagt, Sie müssen zeitig schlafen gehen«, mahnte Paul. »Ich habe die Zeit vollkommen vergessen.«
»Ich auch«, erwiderte ich. »Die Uhr geht bestimmt nicht richtig.«
»Doch, leider. Sie müssen jetzt schlafen. Morgen früh geht es Ihnen wieder gut.«
»Wie still es hier ist! Eine eigentümliche Stimmung herrscht hier in den Bergen.«
»Sie haben doch keine Angst?«
Ich schüttelte heftig den Kopf.

»Dazu gibt es auch keinen Grund. Ich bin nebenan ... ich beschütze Sie, wenn es nötig ist. Gute Nacht«

»Gute Nacht.«

Plötzlich beugte er sich vor und küßte mich auf die Stirn, wie er es getan hatte, als ich, auf der Erde liegend, wieder zu mir gekommen war. Ich lächelte ihn an. Ich hatte den Eindruck, er wollte etwas sagen, aber er überlegte es sich offenbar anders und ging aus dem Zimmer.

Ich wußte, daß ich nicht gleich einschlafen könnte, und wollte es auch gar nicht. Ich wollte im Bett liegen und auf die Berge blicken und über alles nachdenken, was sich an diesem herrlichen Tag zugetragen hatte.

War ich verliebt? Vielleicht. Aber ich durfte nicht vergessen, daß ich meine Gefühle leicht verschenkte. Ich hatte für Captain Carmichael geschwärmt. Dann war Jeremy gekommen, und ich hatte mich Hals über Kopf in ihn verliebt. Und zuvor hatte ich Paul Landower zum Helden hochstilisiert, und er hatte seitdem meine Träume beherrscht – mit Ausnahme der Zeit, als ich mit Jeremy zusammen war.

Durfte ich meinen Gefühlen trauen? Die Leute würden vermutlich sagen, ich sei zu jung – und daher noch unreif.

Eins aber wußte ich bestimmt: Ich war glücklich. Bald wollte ich nach Cornwall. Dort würde ich Paul häufiger sehen. Unsere Beziehung würde sich festigen, und ich würde glücklich sein.

Ich döste ein und wachte erschrocken auf. Ich spürte, ich war nicht allein. Ich lag still, die Augen halb offen, mein Herz klopfte wie wild. Das Zimmer war von Mondlicht erhellt, und an der Glastür war ein Schatten.

Ich wußte, daß es Paul war, der dort stand. Er sah zu mir herein. Ich wagte nicht, ihn merken zu lassen, daß ich wach war. Ich wußte nicht, was dann geschehen würde. Er hatte die Hand an der Tür, und ich dachte, er kommt zu mir.

Ich verspürte ein großes Verlangen, er möge es tun. Ich wünschte beinahe, daß er käme.

Doch ich lag mit halbgeschlossenen Augen da und tat so, als ob ich schliefe.
Und er stand immer noch da und rührte sich nicht.
Ich unterdrückte den Wunsch, ihn zu rufen. Wie konnte ich ihn um diese Nachtzeit in mein Zimmer bitten? Ein solches Ansinnen konnte nur einen Zweck haben.
Ich durfte nicht ... und doch wünschte ich, er würde hereinkommen.
Ich konnte mein Herz unter der Bettdecke schlagen hören. Ich hatte die Augen fest geschlossen ... ich wartete.
Ich spürte, daß der Schatten verschwunden war. Ich machte die Augen auf. Er war fort.

Ich schlief wenig, aber meine Schlaflosigkeit hatte nichts mit dem Sturz zu tun.
Paul erwähnte die Nacht nicht, er erkundigte sich lediglich, wie ich geschlafen habe.
»Mit Unterbrechungen«, erwiderte ich.
Er nickte. »Nach so einem Schock war das wohl nicht anders zu erwarten.«
Ich hätte ihn gern gefragt: »Warum haben Sie heute nacht vor meinem Fenster gestanden?« Doch ich sagte nichts.
Im Morgenlicht wirkte er verändert, die vertraute Nähe des Vorabends war verschwunden, er schien unnahbar.
Er sagte: »Wir müssen frühstücken und dann gleich aufbrechen. Ihre Mutter macht sich gewiß Sorgen. Was meinen Sie, trauen Sie sich aufs Pferd?«
»Selbstverständlich. Es lag ja nur an meiner Unachtsamkeit. Ich hätte besser aufpassen sollen.«
»Sie sind eine zu gute Reiterin, um sich von einem kleinen Sturz abschrecken zu lassen.«
Wir nahmen das typische französische Frühstück ein, das aus Kaffee und *Brioches* mit Butter und Honig bestand. Abgesehen von einer gewissen Steifheit fühlte ich mich ganz gut.

Paul betrachtete mich besorgt. »Ist die Benommenheit verschwunden?«
Ich nickte.
»Die Prellungen werden noch eine Zeitlang an den Sturz erinnern, denke ich.«
»Ich werde mich auch noch erinnern, wenn sie weg sind.«
»Keiner von uns wird es vergessen, nicht wahr?«
»Oh, werden Sie sich auch erinnern?«
»Aber natürlich.« Er ritt auf dem schmalen Pfad voran, und bald hatten wir die Berge hinter uns.
Everton kam an die Tür.
»Ihre Mutter hat sich solche Sorgen gemacht«, sagte sie.
»Man hat doch eine Nachricht geschickt, oder? Der Stallbursche von der *Auberge* ...«
»Ja, ja«, nickte Everton, »aber Ihre Mutter hat sich sehr aufgeregt.«
»Miss Tressidor war auch aufgeregt«, sagte Paul. Er war abgestiegen und half mir hinunter.
»Soll ich hier warten und Ihre Mutter aufsuchen?« fragte er.
Ich schüttelte den Kopf. »Nein, ich denke, es ist besser, ich gehe allein hinein.«
»*Au revoir*«, sagte er.
Er drückte mir fest die Hand und sah mir dabei mit unergründlicher Miene ins Gesicht.
Dann ritt er, mit dem zweiten Pferd im Gefolge, weg.
Meine Mutter saß im Bett, die leere Kakaotasse stand auf dem Nachttisch.
»Caroline! Mein Kind! Ich hab' mir solche Sorgen gemacht!«
»Ich hatte gehofft, die Nachricht würde alles erklären.«
»Mein liebes Kind, einfach wegzubleiben ... mit diesem Mann!«
»Ich hatte einen Unfall, Mama.«
»So wurde es mir berichtet.«
»Willst du damit andeuten, es hätte keinen Unfall gegeben? Ich zeig dir meine Prellungen.«

Ich fragte mich, was für Ausreden sie für ihren Ehemann erfunden haben mochte, wenn sie sich mit meinem Vater traf, und fühlte Haß in mir aufsteigen. Vielleicht war ich auch nur überdreht. Ich hatte einen Unfall gehabt, aber darüber machte ich mir nicht so viele Gedanken. Vielmehr ging mir die Tatsache, daß Paul vor meinem Fenster stand, nicht aus dem Sinn. Ich war überzeugt, daß er hereinkommen wollte, und fragte mich, was er wohl empfunden hätte, wenn er gewußt hätte, wie sehr ich wünschte, daß er käme.

Da hörte ich meine Mutter sagen: »Was sollen die Leute denken?«

»Welche Leute?«

»Everton, Marie, Jacques, die Dubussons ... alle.«

»Everton denkt das, was du ihr erzählst, Marie und Jacques denken, was ich ihnen erzähle. Die Dubussons und die Claremonts denken von niemandem etwas Schlechtes. Und was alle anderen betrifft: *Honni soit qui mal y pense.*«

»Du tust immer so gescheit. Olivia war nie so.«

»Bitte Mama, ich bin müde. Ich bin vom Pferd gestürzt und möchte in mein Zimmer gehen und mich ausruhen. Ich wollte dir bloß schnell Bescheid sagen, daß ich zurück bin.«

»Wo ist Mr. Landower?«

»Er ist weg. Die Pferde hat er mitgenommen.«

»Ich hoffe nur, daß niemand ihn gesehen hat und daß die Dienstboten nicht klatschen.«

»Das ist mir egal, Mama. Ich habe dir erzählt, was passiert ist, und wenn die Leute es nicht glauben wollen, dann lassen sie's eben bleiben.«

»Du bist hart, Caroline.«

»Vielleicht bin ich schon zu lange hier, und du bist meiner überdrüssig«, gab ich zurück.

Sie verzog das Gesicht. »Wie kannst du so etwas sagen? Du weißt, daß ich es nicht ertragen könnte, wenn du fortgingst. Allein der Gedanke macht mich krank.«

»Dann«, sagte ich kühl, »solltest du nicht in mir den Wunsch erwecken zu gehen, Mama.«

Sie sah mich erstaunt an und wiederholte: »Du wirst sehr hart.«

Ich dachte: Ja, das glaube ich auch.

Am Nachmittag kam Paul mich besuchen.

Ich war froh, daß niemand in der Nähe war. Marie war mit Jacques in der Stadt, um Vorräte einzukaufen, meine Mutter ruhte – und Everton, nahm ich an, ruhte ebenfalls.

Ich hörte ihn heranreiten. Als ich hinausging, stieg er soeben vom Pferd.

Seine ersten Worten waren: »Wie geht es Ihnen?«

»Sehr gut, wirklich.«

»Ganz bestimmt? Keine Nachwirkungen?«

»Keine – bis auf die Prellungen.«

»Da bin ich aber erleichtert! Ich bin gekommen, um Lebewohl zu sagen. Ich reise morgen ab.«

»Ach.« Meine Enttäuschung war mir bestimmt anzumerken.

»Kommen Sie in den Garten. In der Sonne ist es schön warm.«

Wir gingen durchs Haus in den ummauerten Garten.

»Ich hatte nicht damit gerechnet, daß ich so hastig aufbrechen muß«, sagte Paul. »Ich hatte gehofft, wir könnten noch mehr Ausflüge in die Berge unternehmen.«

»Mit glücklicherem Ausgang«, fügte ich, um Leichtigkeit bemüht, hinzu.

»Das war ein Erlebnis, was?«

»War mit den Pferden alles in Ordnung?«

»Ja. Man sagte mir, die Berge sind gefährlich für Leute, die nicht daran gewöhnt sind. Darf ich Miss Tressidor ausrichten, daß Sie bald nach Cornwall kommen?«

»Sagen Sie ihr, ich möchte sehr gerne kommen. Ich war ja schon zum Aufbruch bereit, wie Sie wissen, aber dann wurde meine Mutter krank.«

»Und Sie meinen, sie könnte wieder krank werden, wenn Sie abreisen wollen?« Er brach ab. »Das hätte ich wohl nicht sagen

sollen«, fuhr er fort. »Aber Sie dürfen nicht zu lange hierbleiben.«
»Es ist so schwierig für mich zu entscheiden, was ich tun soll.«
»Ich werde Miss Tressidor sagen, daß Sie sie sehr gern besuchen möchten und es baldmöglichst wahrmachen werden. Darf ich ihr das ausrichten?«
»Ja, bitte.«
»Ich freue mich darauf, Sie wiederzusehen.«
»Ja, das wäre schön.«
»Ich wünschte, ich könnte noch bleiben.«
Schweigend gingen wir zu der Bank an der Mauer.
Ich setzte mich, und er nahm neben mir Platz.
»Wann brechen Sie auf?« fragte ich.
»Bei Anbruch der Dämmerung. Es ist eine weite Reise. Der Zug geht nur bis Paris. Dort muß ich umsteigen, dann geht es über den Kanal, und anschließend die weite Fahrt nach Cornwall.«
Wir schwiegen, doch ich hatte den Eindruck, daß er mir noch etwas sagen wollte.
»Möchten Sie Tee?« fragte ich ihn. »Meine Mutter hat sich hingelegt. Das tut sie fast jeden Nachmittag. Everton bringt ihr dann um vier Uhr ihren Tee.«
»Nein ... nein danke. Ich wollte Sie nur noch einmal sehen. Ich kann nicht abreisen, ohne Ihnen Lebewohl zu sagen.«
»Wie lieb von Ihnen, daß Sie an mich gedacht haben.«
»Aber Sie wissen doch, daß ich an Sie denke! Ich habe Sie all die Jahre nicht vergessen. Aber in meinen Vorstellungen waren Sie ein Kind mit wehenden dunklen Haaren und grünen Augen. Eigentlich haben Sie sich kaum verändert. Wissen Sie noch, wie wir uns zum erstenmal begegnet sind?«
»Ja. Es war in der Eisenbahn. Sie haben meinen Namen an meiner Reisetasche im Gepäcknetz entdeckt.«
Er lachte. »Ja, und ein Drachen hat Sie bewacht.«
»Sie bewacht meine Schwester immer noch, schätze ich, bis Olivia verheiratet ist.«

»Aber Sie sind Ihren Wächtern entkommen.«
»Ja. Das Leben entschädigt einen für manches.«
»Sie sind offensichtlich ein Mensch, der die Freiheit schätzt ...«
»Ja, sehr.«
»... und kein bißchen konventionell.«
»Gewisse Konventionen wurden aufgestellt, weil sie das Leben erleichtern. Die erkenne ich an. Doch die unnützen finde ich hinderlich.«
Er sah mich ernst an. »Sie sind sehr klug.«
Darüber mußte ich lachen. »Wenn Sie das ehrlich meinen, dann sind Sie bestimmt der einzige Mensch, der so denkt.«
Er sagte: »Ja, ich meine es ehrlich.«
Ich hatte das Gefühl, daß er im Begriff war, mir etwas sehr Ernstes zu sagen, und wartete gespannt, aber der Augenblick ging vorüber.
Ein kalter Wind war aufgekommen, und ich fröstelte.
»Ihnen ist kalt«, stellte er fest. »Ich sollte Sie nicht länger im Freien aufhalten.«
»Kommen Sie mit ins Haus.«
»Danke, nein. Ich habe noch einiges zu erledigen. Ich bin nur gekommen, um Ihnen zu sagen, daß ich abreise.«
Trostlosigkeit übermannte mich. Wann würde ich ihn wiedersehen?
Falls er mich sehen wollte, würde er vielleicht wieder herkommen?
Er sah mir ins Gesicht. »Ich muß jetzt gehen.«
Ich nickte.
»Ich werde unseren Ausflug nie vergessen«, fuhr er fort. »Es war herrlich in den Bergen, nicht wahr? Man war so abgeschieden dort ... fort von allem. Fanden Sie das nicht auch?«
»Ja.«
»Ich hatte das Gefühl, daß ... ach, lassen wir das. Ich werde mich daran erinnern ... das Zimmer, der Balkon, der Pflaumenkuchen. Wie ging der Vers doch gleich?«

»Reicher Mann, armer Mann ...«
»Nein, der andere.«
»Ach so ...

>Er liebt mich
Von Herzen
Mit Schmerzen
Über alle Maßen
Kann es gar nicht lassen
Klein wenig
Gar nicht!«

»Ja, den meinte ich.«
»Daß Sie sich an so was erinnern wollen!«
»Immer und ewig.«
»Schade, daß ich so dämlich war, von der kleinen Braunen zu stürzen.«
»Immerhin hat es unseren Ausflug verlängert. Sie sprachen von Entschädigung, nicht wahr? Caroline ... Lassen wir doch die ›Miss Tressidor‹ beiseite. Das ist lächerlich nach ... nach ...«
»Unserem Abenteuer in den Bergen.«
»Sie kommen bestimmt nach Cornwall?«
»Wenn ich kann.«
»Sie müssen. Man darf sich nicht ausnutzen lassen. Nein, vergessen Sie, daß ich das gesagt habe. Ich hoffe nur, daß Sie kommen.«
»Ich werde kommen«, versprach ich.
»Bald?«
»Bald.«
Er sah mich eindringlich an. »Ich möchte Ihnen so viel sagen.«
»Dann sagen Sie es.«
Er schüttelte den Kopf. »Jetzt nicht. Die Zeit reicht nicht.«
»Haben Sie es denn so eilig?«
»Ich glaube, ich sollte jetzt gehen.«

Ich reichte ihm die Hand. Er drückte einen Kuß darauf.
»*Au revoir*, Caroline.«
»*Au revoir.*«
Er sah mich flehentlich an, und plötzlich nahm er mich in seine Arme und drückte mich an sich. Er küßte mich – diesmal nicht sanft auf die Stirn, sondern auf den Mund, und ich verspürte mit einemmal sein Verlangen.
Nur sehr zögernd ließ er mich los.
»Ich muß gehen. Sie sehen doch ... Ich muß gehen.«
»Auf Wiedersehen«, flüsterte ich.
»*Au revoir.*«
Ich begleitete ihn zu seinem Pferd. Er stieg langsam auf und ritt davon.
Ich sah ihm nach, aber er drehte sich nicht um und winkte nicht zum Abschied.
Als er fort war, ergriff mich tiefe Verzweiflung. Ich fragte mich, wann ich ihn wohl wiedersehen würde. Auf jeden Fall, wenn ich nach Cornwall ging. Und ich wollte nach Cornwall! Er hatte gesagt, ich solle mich nicht ausnutzen lassen. Ich wußte, worauf er anspielte.
Ich mußte mit Everton sprechen.
Meine Mutter war sichtlich froh, daß er fort war. Sie verbannte ihn aus ihren Gedanken und überließ sich der Vorfreude auf den bevorstehenden Besuch von Monsieur Foucard.
Es war Dezember geworden. Das Weihnachtsfest rückte näher. Marie hatte das Haus mit Stechpalmen- und Mistelzweigen geschmückt. Ich aber hatte den Eindruck, daß bei uns mehr die Ankunft von Monsieur Foucard als das nahende Weihnachtsfest gefeiert wurde.
Er traf eine Woche vor Weihnachten ein. Er kam in seiner eigenen Kutsche mitsamt einem Diener, und sie bezogen Zimmer in der *Auberge,* wo Paul abgestiegen war.
Eine seiner ersten Unternehmungen war, uns zu besuchen. Der Haushalt war in heller Aufregung, doch meine Mutter war

gefaßt, die anderen waren für sämtliche Vorkehrungen zuständig, während sie selbst nichts zu tun hatte, als ihn zu empfangen, hübsch auszusehen und sich in einem artigen Flirt zu ergehen – und darauf verstand sie sich sehr gut.
Sie lag in dem kleinen Salon auf dem Sofa, als Monsieur Foucard ankam. Sie trug ein Hausgewand aus mit Zweigen besticktem Musselin und wirkte um wenigstens zehn Jahre jünger, als sie wirklich war.
Er trat mit einem Armvoll Treibhausblumen ins Zimmer. Ich war zugegen, doch er hatte nur Augen für sie. Er setzte sich zu ihr ans Sofa, und sie plauderten lebhaft miteinander. Nach einer Weile entschuldigte ich mich und ließ sie allein.
So fing es an. Seine Kutsche stand jeden Tag vor dem Haus. Er fuhr mit Mama aufs Land, zum Mittagessen, zum Abendessen. Er speiste bei uns.
»Sie müssen sich mit unserer bescheidenen Lebensart begnügen, *cher* Alphonse ...« (Sie nannten sich unterdessen beim Vornamen.) »Früher hätte ich Sie so bewirten können, wie es Ihnen angemessen ist. Das ist jetzt anders ...«
Sie blickte so trübselig und hilflos drein, daß Alphonses stets bereite Ritterlichkeit sich prompt gefordert sah.
Ich hatte ihn gern. Obwohl er mit seinen irdischen Gütern protzte, hatte er etwas Schlichtes. Seine Begeisterung für seine Arbeit, sein Selbstvertrauen, seine Hingabe, seine beinahe jungenhafte Anfälligkeit für die Schönheit meiner Mutter, gepaart mit seinen unverhohlenen Überlegungen, wie so eine schöne Frau die anmutige Gastgeberin seiner Kunden spielen und seine verstorbene Gattin ersetzen könne – das alles nahm mich für ihn ein.
Ich glaube, er mochte mich auch – sofern seine Gedanken von meiner Mutter ablassen konnten.
Anfangs war meine Mutter etwas besorgt, weil ich älter aussah, als ich war, und das, so sagte sie, ließe sie wiederum älter erscheinen. »Und wenn du diese besserwisserische Miene auf-

setzt und so schlau daherredest, dann wirkst du gar noch älter. Das mögen die Männer nicht, Caroline.«
»Wenn die Männer mich nicht mögen, dann räche ich mich, indem ich sie auch nicht mag«, erwiderte ich.
»So darfst du nicht reden. Aber wenn du vielleicht dein Haar offen tragen würdest statt dieser lächerlichen Hochfrisur ...«
»Mama, ich bin neunzehn Jahre alt, und ich kann mich nicht jünger machen.«
»Aber es läßt *mich* alt wirken.«
»Du wirst niemals alt sein.«
Das besänftigte sie etwas, und da Monsieur Foucard mein reifes Aussehen nicht aufzufallen schien, beschloß sie, nicht mehr daran zu denken. Sie machte sich neuerdings im Haus zu schaffen. Von Krankheit war keine Rede mehr, sie verzichtete sogar auf die Mittagsruhe. Die neue Aufregung in ihrem Leben tat ihr besser als all die Eisbeutel, Wässerchen und Hautcremes. Sie blühte auf.
Es wurde Weihnachten. Gefeiert wurde bei den Dubussons. Sie hatten genug Platz und waren begeisterte Gastgeber. Sie liebten Romanzen, und es war klar, daß sich eine solche zwischen dem wohlhabenden Monsieur Foucard und der schönen Madame Tressidor anbahnte. Die Claremonts waren entzückt, weil der einflußreiche Monsieur Foucard sein Glück auf ihrem Territorium gefunden hatte.
Ich glaube, keiner von uns war überrascht, als die Verlobung bekanntgegeben wurde.
Monsieur Foucard erklärte den Anwesenden in einer langen Rede, er sei ein einsamer Mann gewesen, seit er Witwer geworden war, und nun habe sein Leben neuen Aufschwung bekommen. Er werde nicht länger einsam sein, denn Madame Tressidor habe ihm die große Ehre zuteil werden lassen, seinen Heiratsantrag anzunehmen.
Jubel herrschte im ganzen Dorf, vor allem aber in unserem Haus. Meine Mutter befand sich in ständiger Aufregung. Sie

sprach unaufhörlich von Alphonses Wohnsitz in Paris und seinem Landhaus bei Lyon. Er war viel geschäftlich unterwegs, und sie wollte ihn auf seinen Reisen begleiten.

»Der Gute, er sagt, er wird mich nicht aus den Augen lassen!«

Everton sprach schon von den Pariser Geschäften.

»Sie sind führend in der Mode, Madam, das steht fest. Da kann keiner mit. Ich werde sie begutachten, und wir wählen nur die allerbesten.«

»Ach, Caroline«, rief meine Mutter aus, »ich bin ja so glücklich. Der gute Alphonse! Er hat mich gerettet. Ich hätte es nicht viel länger ausgehalten. Ich war am Ende. Wir wollen keine große Hochzeit, schließlich ist es für keinen von uns das erste Mal. Aber später werden wir viele Gesellschaften geben. Es ist so faszinierend ... das viele Parfüm.«

»Mama, es freut mich, dich so glücklich zu sehen.«

»Es gibt so viel zu tun. Ich bleibe in diesem Haus wohnen, bis ich nach Paris gehe. Alphonse meint, wir sollten dort heiraten. Ach, ist das schön, endlich herauszukommen aus diesem ... Elendsnest.«

»Das kann man aber wirklich nicht sagen. Eigentlich ist es ein ganz bezauberndes Haus.«

»Ein Elendsnest im Vergleich zu dem, was ich früher hatte.«

»Geht Everton mit dir?«

»Natürlich. Was finge ich ohne Everton an?«

»Und Marie ... und Jacques ... sie gehören mehr oder weniger zum Haus. Hoffentlich finden die Dubussons nette Mieter.«

»Bestimmt.« Sie sah mich von der Seite an. »Ich nehme an, du besuchst Cousine Mary?«

Ich konnte nicht umhin, sie ein wenig zu necken. »Cousine Mary ist eigentlich gar nicht mit mir verwandt, nicht? Sie ist Robert Tressidors Cousine, und er hat deutlich erklärt, daß ich nicht mit ihm verwandt bin.«

Sie war bestürzt. »Ach! Aber du wolltest doch zu ihr!«

Ich lachte und konnte mir nicht verkneifen zu sagen: »Du willst, daß ich Cousine Mary besuche, nicht wahr, Mama ... jetzt.«
»Es wird dir guttun. Es hat dir dort gefallen. Vor kurzem wolltest du noch unbedingt hin.«
»Ja, so unbedingt, wie du mich hierbehalten wolltest, und so unbedingt, wie du mich jetzt forthaben willst.«
Sie war fassungslos.
»Ich glaube gar, du bist neidisch, Caroline! Na so was! Meine eigene Tochter!«
»Nein, Mama, ich bin nicht neidisch. Ich beneide dich kein bißchen. Ich bin froh, daß du Monsieur Foucard gefunden hast. Und ich fahre gern zu Cousine Mary.«
Sie lächelte hintergründig. »Du kannst dann deine Freundschaft mit diesem Mann erneuern.«
»Du meinst Paul Landower?«
Sie nickte. »Du mochtest ihn doch. Ich muß schon sagen, er ist sehr plötzlich abgereist. Er ist nicht ein bißchen wie Alphonse.«
»Kein bißchen«, bestätigte ich.
Sie lächelte selbstgefällig. Das Leben meinte es wieder gut mit ihr. Ich konnte verstehen, daß sie Alphonse dankbar war, und gebe zu, daß ich ihre Dankbarkeit teilte. Alphonse war nicht nur der Wohltäter meiner Mutter, sondern auch meiner.
Obwohl sich alles so zufriedenstellend entwickelte, fand die Hochzeit erst Ostern statt. Es gab viel zu erledigen. Meine Mutter und Everton besuchten Paris, wo sie nach Herzenslust einkaufen konnten.
Ich begleitete sie nicht nach Paris. Es gab viel zu packen im Haus, und jeden Tag wachte ich mit der Hoffnung auf, daß Paul käme. Ich erging mich wieder mal in meinen Tagträumen. Dabei stellte ich mir vor, er käme eines Tages angeritten, um mir zu sagen, er sei zurückgekehrt, weil er es ohne mich nicht ausgehalten habe. Als er damals aufbrach, war er im Begriff gewesen, mir etwas Wichtiges zu sagen – aber aus irgendeinem Grunde hatte er es unterlassen.

Vielleicht hatte er gedacht, unsere Bekanntschaft sei zu kurz gewesen, denn er konnte mich jetzt nicht mehr für zu jung halten. Deshalb blieb ich gern zu Hause, als meine Mutter nach Paris fuhr. Sollte Paul zurückkehren, mußte ich dasein.
Der Frühling war gekommen, und ich mußte bedauernd Abschied nehmen von meinen Freunden, den netten Dubussons, den Claremonts, die uns so dankbar waren, weil wir ihrem wichtigsten Geschäftspartner zu seinem Glück verholfen hatten, von Marie mit ihrer Erinnerung an *le petit soldat,* und von Jacques, der immer noch keinen Erfolg bei seiner Witwe hatte. Ich bedauerte, sie zu verlassen, und doch sehnte ich mich nach vollkommener Freiheit. Ich freute mich auf die Ankunft am Bahnhof in Cornwall, wo der Wagen auf mich wartete. Ich sah alles wieder lebhaft vor mir – die gewundenen Wege, das Pförtnerhaus mit dem Strohdach, den Garten voller Blumen und Bienenstöcke, und Cousine Mary mit ihrer kühlen, aber ehrlichen Zuneigung und ihrem gesunden Menschenverstand. Ich wollte Jago wiedersehen – doch mehr als alles andere wollte ich meine aufregende Freundschaft mit Paul Landower erneuern.
Ich hatte Cousine Mary geschrieben, daß meine Mutter bald heiraten würde. Sie schrieb begeistert zurück, ich müsse so bald wie möglich kommen.
Auch an Olivia hatte ich geschrieben.
Ihre Hochzeit stand bevor, und sie deutete an, sie wäre sehr glücklich, wenn ich käme. Aber das brachte ich nicht über mich. Seit Paul wieder in mein Leben getreten war, hatte meine Verbitterung über Jeremy sich etwas gelegt – aber ich glaubte es nicht ertragen zu können, ihn mit meiner Schwester vermählt zu sehen.
Olivia verstand mich. Ihre Briefe waren sehr zurückhaltend. Sie wollte sich nicht zu sehr über ihr Glück verbreiten, aber es stand zwischen den Zeilen. Ich hoffte inständig, daß sie nicht enttäuscht würde, aber ich sah nicht, wie sich das vermeiden ließe. Ich fuhr zur Hochzeit meiner Mutter nach Paris und wohnte ein

paar Tage mit ihr und Everton in einem Hotel, weil Alphonse fand, meine Mutter solle erst nach der Trauung unter seinem Dach wohnen.

Alphonse hatte nicht übertrieben, er war zweifellos ein sehr reicher Mann. Und meine Mutter sah mit jedem Tag jünger und schöner aus. Sie war jetzt nach der neuesten Mode gekleidet, und Alphonse war so stolz auf sie, daß ich hoffte, er würde ihr etwas oberflächliches und selbstsüchtiges Wesen nie entdecken.

Ich beschloß, Frankreich am Tag nach der Hochzeit zu verlassen, obgleich Alphonse sagte, sein Haus stehe mir immer zur Verfügung und ich sei jederzeit willkommen, wenn ich mich bei ihnen häuslich niederlassen wolle.

Ich fand das sehr großzügig von ihm. »Meine Liebe«, sagte er darauf, »du bist die Tochter meiner lieben Frau. Dies ist dein Heim.«

Ich erwiderte, er sei bezaubernd, und ich meinte es ernst. Ich fand es phantastisch, was für ein Glück meine Mutter hatte.

Sie machten ihre Hochzeitsreise nach Italien. Ich brachte sie an den Zug. Passanten warfen meiner Mutter bewundernde Blicke zu, und Everton mühte sich mit den vielen Hutschachteln ab, zählte fieberhaft die Stücke und war ebenso froh wie meine Mutter, der »Armut« Lebewohl zu sagen.

Wohlstand war beiden angemessen.

Ich aber überquerte am nächsten Tag den Kanal und nahm den Nachtzug nach Cornwall.

Endlich war ich unterwegs.

Verlorene Illusion

Als ich im Zug saß und die Landschaft an mir vorbeisausen sah, stellte sich unwillkürlich die Erinnerung an jenes andere Mal ein. Alles wurde wieder lebendig. Ich konnte beinahe Miss Bell mir gegenübersitzen sehen, stets darauf bedacht, daß ich aus allem, was meines Weges kam, eine Lehre zog. Ich erinnerte mich sogar an die beiden Damen, die in Plymouth ausgestiegen waren, wenngleich ich vergessen hatte, wie sie aussahen.

Ich konnte mich ganz deutlich an die Spannung erinnern, an die Verwirrung, das entsetzliche Erlebnis, aus allem, was mir vertraut war, herausgerissen und ohne große Vorwarnung in ein neues Leben hineingestoßen worden zu sein. Jetzt konnte ich lachen über meine Angst vor Cousine Mary, der Bestie, der Harpyie, die so ganz anders war als das Bild, das ich mir von ihr gemacht hatte. Als der Zug die Brunel-Brücke überquerte und ich auf die Schiffe hinunterblickte, sah ich Paul und Jago vor mir, und ich lachte bei der Erinnerung, wie Miss Bell mißbilligend dreinschaute, als die beiden uns ansprachen. Das war der Anfang, dachte ich.

Als ich ausstieg, wartete Joe mit dem Wagen auf mich, genau wie vor fünf Jahren.

»Meiner Seel'«, begrüßte er mich, »fast hätt' ich Sie nicht erkannt, Miss Caroline. Sind 'n hübsches Stück gewachsen, seit ich Sie zuletzt sah.«

»So ist das nun mal«, lachte ich. »Sie haben sich überhaupt nicht verändert«

»'n paar weiße Haare mehr, Miss Caroline, ein, zwei Fältchen, das sollt mich nicht wundern. Diesmal sind Sie ja allein gereist. Letztes Mal waren Sie mit dieser Gouvernante da. War 'n bißchen herrisch, die Dame.«

»Wie Sie schon sagten, Joe, ich bin erwachsen geworden.«

Dann rumpelten wir los. Diesmal mußte man mich nicht vor der holprigen Straße warnen. Ich kannte sie zur Genüge. Alles war mir vertraut.

»Sieht noch genauso aus wie früher«, sagte ich.

»Hier hat sich nicht viel verändert, Miss Caroline.«

»Aber die Menschen verändern sich.«

»Ach ... o ja! Sie werden älter.«

»Mehr weiße Haare, mehr Fältchen.«

»Ganz recht, Miss Caroline.« Er lachte. »Meine Alte meint, Miss Tressidor ist richtig froh, daß Sie kommen.«

»Hat sie das gesagt? Das ist nett.«

»Sie hat Sie gern, die Miss Tressidor. Meine Alte sagt, es ist nicht gut, wenn eine Frau allein auf der Welt ist. Frauen brauchen einen Mann und Kinder ... das isses, was sie wolln, sagt meine Alte.«

»Sie muß es ja wissen, sie hat beides.«

»Na ja, Miss Caroline, unsre Amy hat den Stellmacher drüben in Bolsover geheiratet, und unser Willy hat 'ne gute Stellung bei den Trevithicks in der Nähe von Launceton. Unser Jimmy is' nach Australien gegangen ... hat uns 'n bißchen Sorgen gemacht, der Jimmy.«

»Man kann nicht erwarten, daß immer alles glattgeht, nicht wahr?«

»Da freut man sich, daß man Kinder hat, und ich sag manchmal zu meiner Alten: ›Na ja, wir haben Amy und Willy ... aber wir kriegen sie nicht oft zu sehen ... Und Jimmy is' in Australien.‹ Und dann hab' ich noch meine Alte. Die hält mich streng in Schach. Manchmal sag ich zu ihr, so 'ne alte Jungfer hat's auch nicht schlecht. Das heißt, wenn sie sich so gut steht wie Miss Tressidor.«

»Jeder Mensch macht seinen Weg«, sagte ich. »Es ist eine Kunst, mit dem zufrieden zu sein, was man hat.«
Jetzt hörte ich mich wahrhaftig an wie Miss Bell.
Ich fuhr lachend fort: »Das ist eine sehr ernste Unterhaltung, Joe. Was hat sich hier in Lancarron zugetragen?«
»Bei den Landowers hat sich was verändert. Jetzt sieht es wieder ganz ordentlich aus.«
»Ja, ich habe davon gehört. Was hat sich verändert, Joe?«
»Is' wieder alles picobello, jawohl. Meiner Seel', die hatten überall Handwerker ... auf'm Dach ... alles wie neu. Fehlt jetzt nix mehr auf Landower, das kann ich Ihnen sagen. Der alte Herr is' gestorben. Muß jetzt 'n Jahr her sein. Aber vorher hat er noch gesehen, wie das Haus in Ordnung kam, das hat ihm das Sterben erleichtert, sagen die Leut. Und Mr. Paul, der is' jetzt der Herr. O ja, da hat sich was verändert, kann ich Ihnen sagen.«
»Offensichtlich zum Besseren.«
»Und ob ... Is' nicht angenehm, wenn's abwärtsgeht mit so 'nem Anwesen. War aber so ... jahrelang. Aber jetzt nicht mehr. War was anderes mit dem alten Herrn. Gespielt hat er ... nächtelang. Dazu Wein und Weiber. Wild ging's zu bei den Landowers. Mein Großvater konnte da 'n Lied von singen. Und der Mr. Jago, der schlägt ihm nach.«
»Was ist mit Mr. Jago? Ich kann mich gut an ihn erinnern. Er war noch ein Junge, als ich damals hier war.«
»Aus dem is 'n richtiger Mann geworden.« Joe kicherte. »Na ja, reden wir lieber nicht davon.«
Bevor ich ihn weiter ausfragen konnte, waren wir beim Pförtnerhaus angelangt.
Da stand es wie eh und je, mit dem Strohdach, dem gepflegten Garten, den Blumen und natürlich den Bienen.
Und da war Jamie McGill – karierte Mütze, karierte Kniehosen und ein Wildhüterumhang, mit Leder abgesetzt.
Sein Gesicht leuchtete freudig auf, als er mich sah.

»Miss Caroline!« rief er.
»Jamie, schön, Sie zu sehen. Alles in Ordnung?«
»Aber sicher, Miss Caroline. Ich hab' gehört, daß Sie kommen, und ich freu mich.«
»Haben Sie mein Kommen den Bienen erzählt?«
»Die wußten, daß was in der Luft lag. Die freuen sich genau wie ich. Sie erinnern sich noch gut an Sie.«
»Damit hatte ich nicht gerechnet, daß die Bienen mich willkommen heißen!«
»Doch, doch. Sie haben ihre Vorlieben und Abneigungen, und für Sie haben sie eine Vorliebe.«
»Jamie, ich komm Sie bald besuchen.«
»Ich freu mich drauf, Miss Caroline.«
Der Wagen fuhr die Auffahrt hinauf.
»Komischer Kauz, der Jamie McGill«, grübelte Joe. »Meine Alte sagt, der hat bestimmt mal was Schlimmes durchgemacht. Enttäuschte Liebe, schätzt sie.«
»Mir scheint er hier glücklich zu sein, drum nehme ich an, daß es lange her ist.«
»Der mit seinen Bienen ... und den Tieren. Immer hat er eins da, das sich verletzt hat, und pflegt es gesund.«
»Ich mag Jamie.«
»Alle mögen Jamie. Aber meine Alte sagt, das is nix für'n Mann. Sollte Frau und Kinder haben.«
»Ihre Frau hält viel von der Ehe mit allem, was dazugehört«, sagte ich. »Ah ... da ist das Haus ... genau, wie ich es in Erinnerung habe.«
Ich wurde von Rührung übermannt, als wir das Tor passierten und in den Hof rumpelten.
Die Tür wurde augenblicklich von einem Mädchen geöffnet. Betsy, fiel mir ein.
»Ah, Miss Caroline, da sind Sie ja. Wir haben schon auf Sie gewartet. Miss Tressidor sagt, ich soll Sie gleich zu ihr raufführen, sobald Sie da sind. Bring Miss Carolines Gepäck auf ihr

Zimmer, Joe, und ich führe Sie zu Miss Tressidor, Miss Caroline.«
Ich trat in die Halle. Cousine Mary stand oben auf der Treppe.
»Caroline, mein Liebes«, rief sie und eilte herunter.
Ich lief zu ihr. Unten an der Treppe umarmten wir uns.
»So, so«, sagte sie, »endlich. Ich dachte schon, du kämst nie wieder. Wie geht's dir? Gut, wie ich sehe. Meine Güte, bist du gewachsen. Hattest du eine gute Fahrt? Hast du Hunger? Natürlich hast du. Du bist da, endlich!«
»Ach, Cousine Mary, es tut gut, hier zu sein.«
»Komm mit. Was magst du als erstes? Eine Erfrischung, ja? Worauf hast du Lust? Ist noch eine gute Stunde bis zum Abendessen. Wir könnten es vorverlegen. Vielleicht magst du erst mal einen kleinen Imbiß.«
»Nein, vielen Dank, Cousine Mary. Ich warte bis zum Essen. Ich bin viel zu aufgeregt, um jetzt an Essen zu denken.«
»Dann komm, setz dich ein Minütchen hin. Danach bringe ich dich nach oben, und du kannst dich vor dem Essen waschen. Das möchtest du doch, oder? Meine Güte, bist du in die Höhe geschossen. Aber ich hätte dich trotzdem überall erkannt.«
»Es sind ja auch inzwischen fünf Jahre her, Cousine Mary.«
»Zu lang, zu lang. Komm, setz dich. Du hast dasselbe Zimmer wie damals. Dachte, es wäre dir recht so. Kommst du direkt aus Frankreich, ja?«
»Es war eine weite Reise. Zum Glück war ich in Paris, dann ist es nicht ganz so schlimm, als wenn man aus dem Süden anreist. Die Fahrt von Südfrankreich nach Paris hat fast einen ganzen Tag gedauert.«
»Und deine Mutter hat wieder geheiratet! Eine Art Märchenprinzen, nehme ich an.«
»Schon ein älterer Herr, aber sehr nett.«
»Ein Glück für uns alle. Sonst wärst du womöglich immer noch dort.«

»Ich war fest entschlossen, zu kommen, aber es war nicht so einfach, bis …«
»Ich weiß. Letztes Mal wurde sie krank.«
»Ja.«
»Hm. Wohl so eine Art Zweckkrankheit. Lassen wir das. Sie ist glücklich mit ihrem Prinzen.«
»Hochzeitsreise nach Italien, und dann ziehen sie in seine Villa in Paris und sein *Château* auf dem Land. Genau das richtige für meine Mutter.«
»Sie gehört nun zum französischen Adel.«
»Nicht direkt. Er ist ein Industriekönig.«
»Was möglicherweise bedeutet, daß sein Vermögen solider ist. Überlassen wir deine Mutter ihrem Glück, denken wir an uns.«
»Ich bin so gespannt auf alles.«
»Hier geht alles bestens. Das Gut blüht und gedeiht. Dafür sorge ich.« Sie sah auf die Uhr, die sie an ihrer Bluse befestigt hatte. »Ich schlage vor, meine Liebe, daß du dich jetzt wäschst und umziehst, und dann können wir den ganzen Abend nach Herzenslust plaudern. Betsy wird dir beim Auspacken helfen. Was hältst du davon? Ich wollte zuerst ein Wörtchen mit dir reden und dich anschauen. Wir haben jede Menge Zeit.«
Ich folgte ihr die Treppe hinauf durch die Galerie. Das sind jetzt nicht mehr meine Vorfahren, dachte ich mit leichtem Bedauern. Wir kamen in mein altes Zimmer. Ich trat ans Fenster und blickte über den Park auf die Berge in der Ferne. Landower konnte ich nicht sehen, aber es war nahe, und beim Gedanken daran schlug mein Herz vor Aufregung schneller.
»Betsy«, rief Cousine Mary, und Betsy kam herein.
»Hilf Miss Caroline beim Auspacken«, fuhr sie fort. »Sie wird dir sagen, wo alles hinkommt. Wenn ihr fertig seid, kommst du hinunter, Caroline, ja?«
Ich war sehr glücklich. Es war ein wunderbares Willkommen. Cousine Mary war genau, wie ich sie in Erinnerung hatte, und meine Zuneigung zu ihr wuchs mit jeder Minute.

Ich war glücklich, wieder hier zu sein.
Betsy hängte meine Sachen auf. »Wo soll das hier hin, Miss Caroline? Soll ich Ihre Wäsche in diese Schublade legen? Kommen Sie, lassen Sie mich das aufhängen. Miss Tressidor sagt, wenn Sie nicht genug Platz haben, können Sie das Zimmer nebenan auch benutzen. Es hat eine große Kredenz.«
»Ich habe Unmengen Platz, danke, Betsy.«
»Alle sind froh, daß Sie wieder hier sind, Miss Caroline. Sie haben Sie noch gut als kleines Mädchen in Erinnerung.«
»Damals war ich vierzehn. So klein war ich gar nicht.«
»Jetzt sind Sie aber eine erwachsene junge Dame.«
Ich dankte ihr, als sie fertig war, und sie erinnerte mich daran, daß das Abendessen in einer halben Stunde serviert würde. »Wissen Sie noch, wo das Eßzimmer ist, Miss Caroline?«
»Und ob, Betsy. Sobald ich das Haus betrat, war mir, als sei ich nie weggewesen.«
Cousine Mary wartete im Eßzimmer auf mich. Der Tisch war mit erlesenem Geschirr gedeckt. Ich betrachtete die Wandteppiche und blickte aus dem Fenster in den Hof.
»Komm, setz dich, meine Liebe«, sagte Cousine Mary. »Wir haben uns heute abend viel zu erzählen, obwohl ich annehme, daß du dich früh zurückziehen möchtest. Du mußt sagen, wenn du ins Bett gehen willst.«
Ich sagte ihr, wie glücklich ich sei, wieder hier zu sein. Beim Essen erzählte ich von Frankreich und den Ereignissen, die zu meiner Reise dorthin geführt hatten. Ich stellte fest, daß ich inzwischen ohne große Bewegung von Jeremy Brandon sprechen konnte.
»Ich hätte wohl doch zu Olivias Hochzeit gehen sollen«, sagte ich. »Es war feige von mir.«
»Manchmal ist es besser, ein bißchen feige zu sein. Ich glaube nicht, daß es den Bräutigam gefreut hätte, dich dort zu sehen – und Olivia wohl auch nicht.«
»Du kennst Olivia nicht. Sie ist so arglos. Weil sie selbst so ein

lieber Mensch ist, glaubt sie, alle anderen sind genauso. Sie glaubt wirklich, daß es Jeremy nicht um das Geld ging – einfach weil er es ihr einredet.«
»Wer nicht viele Fragen stellt, ist manchmal glücklicher als die anderen.«
»Jedenfalls ist sie verheiratet.«
»Liegt dir nichts mehr an ihm?«
Ich zögerte. Es war unmöglich, zu Cousine Mary nicht offen zu sein.
»Ich war so darauf erpicht, Miss Bells Aufsicht und den strengen Regeln des Haushalts zu entkommen. Ich war gekränkt, weil ich die Feindseligkeit des Mannes spürte, den ich für meinen Vater hielt. Jeremy war romantisch, stattlich und charmant ... und er machte mich glauben, daß er mich liebte. Deshalb erwiderte ich seine Gefühle. Warum ich so für ihn empfand, weiß ich nicht genau. Ich glaube, ich war einfach bereit und willig, mich zu verlieben.«
»Das nennt man ›verliebt in die Liebe‹.«
»Ja, so ähnlich muß es wohl gewesen sein.«
»Und dann ...« Ich konnte nicht sagen, als ich Paul Landower wieder begegnete, war ich froh, daß ich Jeremy nicht geheiratet hatte. Empfand ich wirklich so viel für Paul, oder wollte ich die Demütigung ausbügeln, die Jeremy mir angetan hatte? War ich noch immer »verliebt in die Liebe«? Ich fand, man müßte die Gefühle aller Menschen analysieren, und meine zuallererst.
Ich erzählte Cousine Mary von Alphonse und wie er so schnell in den Bann meiner Mutter geraten war. In diesem Fall war alles klar. Solange Alphonse ihr Luxus bieten konnte, würde sie ihn bewundern.
Die Mahlzeit war beendet. Doch ich wollte noch nicht zu Bett.
»Gehen wir auf ein Gläschen Portwein in den Wintergarten. Doch, Caroline, ich bestehe darauf. Davon wirst du gut einschlafen.«
Wir traten aus dem Eßzimmer in den kleinen Raum nebenan.

Es war gemütlich hier, und ich erinnerte mich, wie ich früher mit Cousine Mary hier gesessen hatte. Sie nahm den Portwein vom Schrank und schenkte zwei Gläser ein.

»So«, bemerkte sie. »Jetzt können wir uns unterhalten, ohne daß das Personal um uns herumlungert.«

Ich sagte, daß sich hier nicht viel verändert habe. Der alte Joe wurde nach wie vor von seiner tyrannischen Alten herumkommandiert, und Jamie McGill war wie stets mit seinen Bienen zugange. »Es ist, als wäre ich nie weggewesen.«

»Oh, es gab aber große Veränderungen, du wirst schon sehen.«

Ich wollte das Thema Landower nicht anschneiden. Ich fürchtete, zuviel Neugier an den Tag zu legen, was Cousine Marys wachsamen Augen gewiß nicht entgehen würde.

»Das Gut gedeiht also?«

»O ja, darüber wollte ich übrigens mit dir reden ... aber vielleicht nicht heute abend.«

»Du hast mich aber neugierig gemacht. Was ist mit dem Gut?«

»Ich dachte bloß, du könntest vielleicht ein bißchen darüber lernen. Du könntest mir helfen.«

»Brauchst du denn Hilfe?«

»Könnte nicht schaden. Und ich dachte, du findest es vielleicht ganz interessant.«

»Ganz bestimmt.«

»Es würde heute abend zu weit führen. Morgen können wir uns ausführlich darüber unterhalten.«

»Du sprachst von großen Veränderungen ...«

»Ich dachte dabei weniger an Tressidor als an Landower.«

»Ja, Joe hat so etwas angedeutet. Was macht ... hm ... Jago?«

»Ach, Jago. Er war dein Freund, nicht wahr? Der ist ein richtiger Casanova geworden. Man erzählt sich allerlei Geschichten über ihn.«

»Er muß jetzt ein- oder zweiundzwanzig sein. Ist er verheiratet?«

»Nein, aber manche meinen, er sollte heiraten. Sie sagen, er tritt in die Fußstapfen seines Vaters. Ob er spielt, weiß ich nicht, aber

er ist gewiß hinter den Weibern her. Man hört so allerlei, und ich habe nichts gegen ein bißchen Klatsch, zumal, wenn es sich um meine Nachbarn und alten Rivalen handelt.«
»Besteht die Feindschaft immer noch?«
»Aber nein, nein. Feindschaft kann man das nicht nennen, damit ist es seit Jahren vorbei. Oberflächlich sind wir gute Freunde. Doch eine geheime Rivalität besteht weiter. Früher, als Jonas Landower Haus und Hof verspielte, waren wir im Vorteil. Aber das ist jetzt vorbei. Jago hätte das nie geschafft. Der neue Wohlstand wäre unter ihm bald geschwunden, davon bin ich überzeugt. Man sagt, er hat in Plymouth eine Geliebte, der er sehr zugetan ist, aber er heiratet sie nicht und tändelt auch gern mit den Mädchen im Dorf herum.«
»Ich kann mich noch gut an ihn erinnern. Er war ein lustiger Bursche.«
»Das ist er immer noch. Er schlendert mit einem Liedchen auf den Lippen umher und beglückt groß und klein mit seinem unwiderstehlichen Charme, besonders aber diejenigen, die jung und hübsch sind. Du wirst hoffentlich nicht auf ihn hereinfallen. Dazu bist du viel zu vernünftig.«
»Ich habe meine Lektion gelernt, Cousine Mary.«
»Lektionen sind ein Segen, sofern man von ihnen profitiert.«
»Ich glaube nicht, daß sein unwiderstehlicher Charme mir etwas anhaben kann.«
»Nein ... vielleicht nicht. Jenny Granger, eine Bauerntochter, läßt ihn für ihr Baby zahlen, dabei heißt es, daß er womöglich gar nicht der Vater ist. Offenbar kamen mehrere in Frage, und sie versteifte sich auf ihn, weil sie aus ihm mehr herausholen kann.«
»Ein Mann wie er muß mit diesem Risiko rechnen.«
»Aber Paul ist von ganz anderer Art.«
»Das Vermögen der Familie wäre wohl zu schnell aufgezehrt, wenn es zwei wie Jago gäbe«, bemerkte ich leichthin.
»Paul ist ein sehr ernster Mensch. Ich habe mich mit ihm

angefreundet. Wir besuchen uns gelegentlich, wie es unter Nachbarn so üblich ist.«

»Interessant«, sagte ich und hoffte, daß meine Stimme nicht gar zu unnatürlich klang.

»Ich muß dir etwas beichten«, fuhr sie fort.

»So?«

»Ja. Er fuhr nach Südfrankreich ... Paul Landower, meine ich. Und ich bat ihn, dich aufzusuchen.«

»Ach!«

»Ich war besorgt wegen deiner Mutter und wollte wissen, wie es wirklich um sie stand. Ich hatte so ein bestimmtes Gefühl, daß sie nicht richtig krank war, sondern dich mit allen Mitteln bei sich behalten wollte. Ich wollte mich vergewissern. Eine selbstsüchtige Frau kann eine Tochter dermaßen an sich binden, daß sie kein Eigenleben mehr hat. Ich sprach mit Paul darüber und bat ihn: ›Könnten Sie sie aufsuchen? Lassen Sie es wie zufällig aussehen ... Sondieren Sie das Terrain, und berichten Sie mir, was dort vorgeht.‹«

»Ach«, wiederholte ich. »Ich dachte, es wäre Zufall gewesen.«

»Ich hoffte, daß du das denken würdest. Du solltest nicht annehmen, daß ich spioniere. Aber ich wollte Bescheid wissen.«

»Und was hat er berichtet?«

»Das, was ich mir gedacht hatte. Du kannst dir vorstellen, wie froh ich war, als ich hörte, wie dieser Alphonse deine Mutter mitten zwischen lauter Parfümflaschen zu einer Romanze hinriß. Du verstehst meine Gefühle. Natürlich verstehst du sie. Monsieur Alphonse ist unser aller Märchenprinz.«

Ich war wie vor den Kopf geschlagen. Paul war gekommen, weil sie ihn darum gebeten hatte. Deswegen war er so kurz geblieben. Dann fiel mir ein, wie er auf dem Balkon vor meinem Zimmer gestanden hatte ... zögernd.

»Paul Landower ist sehr geschickt«, sagte Cousine Mary. »Ohne ihn gäbe es keine Landowers mehr in Landower Hall. Er hat alles

ins Lot gebracht, wie es bestimmt von Anfang an seine Absicht war.«
»Er muß sehr zufrieden sein.«
»Wie ich höre, habt ihr einige Zeit zusammen verbracht.«
»Ja. Wir sind in die Berge geritten. Leider stürzte ich vom Pferd, und wir mußten eine Nacht in einer *Auberge* verbringen.«
»Davon hat er mir nichts erzählt! Eine Nacht in einer *Auberge* ... mit ihm!«
»Ja, ich hatte ein paar Prellungen und einen kleinen Schock. Sie haben einen Arzt geholt. Er sagte, ich dürfe an diesem Abend nicht mehr zurückreiten.«
»Ich verstehe.«
»Erzähl mir von Landower. Wie hat Paul es geschafft, es in so kurzer Zeit zurückzubekommen?«
»Hat er dir das nicht erzählt?«
»Er hat nicht viel über Landower gesprochen.«
»Nun, du weißt, daß die Arkwrights das Haus gekauft haben.«
»O ja. Du hast es mir damals geschrieben. Es stand noch nicht ganz fest, als ich abreiste.«
»Die Tochter hat sich bei einem Unfall am Rücken verletzt.«
»Aber nicht ernst, soviel ich weiß.«
»Es hat sie jedenfalls nicht daran gehindert, ein Kind zu bekommen. Einen süßen kleinen Jungen, Julian heißt er.«
»Ach, sie ist verheiratet?«
»Freilich ist sie verheiratet. Dadurch ist alles zustande gekommen. Das war die beste Lösung. Aus dem alten Arkwright wäre nie ein Gutsherr geworden. Dazu gehört mehr als Moneten, wie er zu sagen pflegte. Er hatte das Geld, um das Haus instand zu setzen, die Hütten der Pächter zu reparieren ... aber ein Gutsherr war er nicht. Er wurde nicht anerkannt mit seinem nördlichen Akzent und seiner nördlichen Art, und er war klug genug, das einzusehen. Den Leuten war der alte Spieler Jonas Landower allemal lieber ... oder Paul, vor dem sie Respekt haben können, oder Jago, der ihre Töchter der Reihe nach verführt.

Das sind Eigenschaften, die einem Gutsherrn wohl anstehen. Mit dem strengen, nüchternen Verstand eines Mannes aus dem Norden kommen die Leute hier nicht zurecht.«

»Ich hätte gedacht, sie wären froh, daß er ihnen ihre Hütten repariert.«

»›'n Gutsherr is der nich‹ ... so konnte man hören, wohin man ging. Gegen mich waren sie, weil ich eine Frau bin. ›Das kann nicht gutgehen‹, hieß es immer. Aber ich hab's ihnen gezeigt. Ob Arkwright sie mit der Zeit hätte überzeugen können, weiß ich nicht, aber als sich die Gelegenheit ergab, mochte er sie sich nicht entgehen lassen.«

»Was ist nun mit der Tochter? Ich bin froh, daß sie nicht zum Krüppel wurde.«

»Aber nein. Die Verletzungen waren nicht so schlimm, wie man zunächst dachte. Sie sagte, sie hätte da oben Gespenster gesehen. Sie war ängstlich, und ich weiß nicht, wie ihr bei dem Gedanken zumute war, in diesem Haus zu leben. Doch ihr Vater hat ihr zugeredet, daß sie sich das Ganze nur eingebildet hätte. Das Licht habe ihr einen Streich gespielt. Sie behauptete, sie hätte etwas gesehen, und weil es in dem Haus angeblich spukt, ist es jetzt sogar noch berühmter als vorher.«

»Die Arkwrights haben das Haus trotzdem gekauft. Und ich nehme an, die Landowers sind in das Bauernhaus gezogen?«

»Ja, für eine Weile. Ich ahnte schon, daß sie dort nicht lange bleiben würden. Und so kam es denn auch. Das schien die beste Lösung. Es hätte auch Jago sein können, aber das wäre nicht so gutgegangen, und ich bezweifle, ob Mr. Arkwright damit einverstanden gewesen wäre. Er wünschte sich den Älteren, den Ernsteren zum Schwiegersohn.«

»Zum Schwiegersohn!«

»Hat Paul dir nicht erzählt, daß er Gwennie Arkwright geheiratet und somit den Landowers ihren Besitz zurückgebracht hat?«

Ich hoffte, daß sie meine Reaktion nicht bemerkte. Ich richtete mich in meinem Sessel auf und spürte, wie die Farbe aus meinem Gesicht wich.

»Nein – nein.« Meine Stimme hörte sich an, als käme sie von weit her. »Davon hat er nichts gesagt.«

Ich konnte es nicht glauben. Ich gab mir alle Mühe, mich zu beherrschen.

»Du bist müde«, meinte Cousine Mary. »Ich sollte dich nicht länger aufhalten.«

»Ja ... ich bin müde. Es überkommt einen so plötzlich. Ich hatte gar nicht gemerkt, wie müde ich bin ...«

»Nun, dann nichts wie ins Bett.«

»Nur noch ein Weilchen, Cousine Mary. Es ist gerade so interessant. Es gab also eine Hochzeit ...«

»Ja, vor gut drei Jahren, denke ich. Ja, das muß wohl stimmen. Der kleine Julian ist jetzt zwei, glaube ich. Alle fanden das sehr vernünftig. Besonders der alte Arkwright. Er ist vor kurzem gestorben. Als zufriedener Mensch, heißt es. Das war kurz nach Jonas' Tod. Die beiden Männer haben sich am Ende recht gut verstanden. Mr. Arkwright sagte immer, er hätte einen Haufen Moneten gescheffelt und dafür benutzt, ein Gut zu kaufen und den Standard, den er für seine Tochter gewünscht hatte. Moneten taugten nichts ohne Stammbaum, aber er sagte immer: ›Was man nicht hat, muß man sich kaufen. Wenn man die Moneten hat, kriegt man alles, was man braucht.‹ Ich hatte den alten Herrn gern. Wir wurden ziemlich gute Freunde. Er war ein Mann des Volkes – wenngleich mit Moneten eingedeckt, wie er sagte. Er hatte eine deftige Sprache, er war unverblümt und ehrlich. Es würde mich nicht wundern, wenn er die Heirat eingefädelt hätte. Ich kann mir gut vorstellen, wie er sagte: ›Heiraten Sie Gwennie, und das Haus gehört ihr, das heißt Ihnen. Es ist für die Kinder, die Gwennie haben wird.‹ Er war selig, als Julian geboren wurde, und er erzählte mir einmal, das beste, das er je getan habe – abgesehen davon, daß er im richtigen Moment ins Baugeschäft eingestiegen war –, war

Landower zu kaufen und seine Tochter an den Mann zu verheiraten, dem es gehört hätte, wenn seine Familie soviel vom Geldscheffeln verstanden hätte wie die Arkwrights. ›Eine vortreffliche Verbindung – Moneten und Stammbaum. Meine Enkelkinder werden beides haben.‹«

»Wie ich sehe, ist es für die Landowers sehr befriedigend ausgegangen.«

»Ja. Sie sind wieder in dem alten Haus und haben das Geld, um Jonas' Schulden zu begleichen, das Haus zu reparieren und zu erhalten. Ein kluger Schachzug, findest du nicht? Alle waren glücklich, auch die Leute in ihren Hütten – und die sind die wahren Snobs, Caroline ... viel klassenbewußter als wir. Sie wollten die Arkwrights nicht als Gutsherren. Sie wollten die alten verrufenen Landowers ... und haben sie bekommen. Julian ist ein echter kleiner Landower. Klingt wie ein Märchen, findest du nicht?«

»Ja. Wie ein Märchen.«

»So, jetzt bist du im Bilde, was sich in Lancarron ereignet hat. Jetzt haben wir wieder Landowers in Landower Hall, und Paul wird dafür sorgen, daß die Arkwright-Gelder nicht vergeudet werden. Das Gut ist jetzt so gut in Schuß wie meins, und wieder wetteifern wir darin, uns gegenseitig zu übertreffen. Komm jetzt, Liebes, ins Bett mit dir.«

An meiner Zimmertür gab sie mir einen Gutenachtkuß.

Ich war froh, allein zu sein. Ich fühlte mich zutiefst gedemütigt.

Es war genau wie damals, als ich Jeremys Brief gelegen hatte.

Ich schloß die Tür und lehnte mich dagegen.

Wie töricht war ich doch gewesen! Wieder einmal hatte ich mein Leben von meinen Träumen beherrschen lassen. Die Männer waren alle gleich. Sie hielten nach der größten Chance Ausschau und griffen zu.

Ich dachte daran, wie Jeremy mich in seinen Armen gehalten und leidenschaftlich geküßt und gesagt hatte, wie sehr er mich liebte. Ich dachte daran, wie Paul Landower vor meinem Fenster stand. Angenommen, er wäre hereingekommen! Wie konnte er es wagen! Er wagte viel, das wußte ich. Hatte er wirklich daran gedacht, hereinzukommen, meine Leichtgläubigkeit auszunutzen? Hatte ich mich so sehr verraten?

Und die ganze Zeit war er verheiratet – vermählt mit einer, die ihm zu Landower verholfen hatte, so wie Jeremy mit Olivia verheiratet war, auf deren Vermögen er zurückgreifen konnte. Es war beidesmal dasselbe Lied. So waren die Männer. Die Jagos waren wenigstens ehrlich. Ich dachte an Robert Tressidor, den guten Menschen, den Menschenfreund. Wie hatte ihn die Liaison meiner Mutter mit Captain Carmichael schockiert. Er hatte sie aus seinem Haus gewiesen und mir den Rücken zugekehrt. Und die ganze Zeit war er davongeschlichen, um seine sexuelle Gier mit Prostituierten zu stillen! Und Jeremy Brandon hatte mich leidenschaftlich geliebt, bis er erfuhr, daß ich kein Vermögen besaß, und dann hatte er seine Zuneigung auf meine vermögende Schwester übertragen. Und jetzt Paul Landower. Er hatte nicht versucht, mich zu verführen, das nicht, aber er hatte etwas angedeutet ... Oder war ich so in ihn vernarrt, daß ich mir das eingebildet hatte? Er war abgereist und hatte mich mit all meinen Träumen und Hoffnungen zurückgelassen. Es war mir einerlei gewesen, daß er kein Vermögen besaß. Ich besaß auch keins. Ich wäre bereit gewesen, in einem Bauernhaus zu leben ... überall, mit ihm.

Am liebsten hätte ich mein Gesicht verhüllt. Ich wollte weinen, aber ich hatte keine Tränen. Mein Herz war weit schlimmer zugerichtet als mein Körper durch den Sturz in den Bergen – und die Narben, die zurückblieben, waren viel tiefer und würden niemals heilen.

Ich trat ans Fenster und blickte hinaus. Irgendwo da draußen lag das große Herrenhaus, das ihm wichtiger war als alles andere auf der Welt. Und irgendwo weit fort waren Olivia und Jeremy, womöglich in Liebe vereint ... und was er wirklich

liebte, war das Vermögen, das ihm gehören würde. Solche Männer liebten keine Frauen – sie liebten Besitz.
»Ich hasse die Männer«, sagte ich laut. »Sie sind alle gleich.« Und wie damals, als Jeremy mich so verletzt hatte, fand ich Trost im Haß.

In der Nacht, als ich trotz meiner Müdigkeit von der Reise keinen Schlaf fand, sagte ich mir, ich würde nicht hierbleiben. Ich wollte sofort abreisen. Aber wohin? Wo konnte ich leben? Ich hatte kein Zuhause. Alphonse hatte mir bei ihm und meiner Mutter ein Heim angeboten. Aber nein, das würde nicht gutgehen. Olivia hatte gesagt, bei ihr könnte ich stets wohnen. Was! Zusammen mit Jeremy Brandon, meinem ehemaligen falschen Geliebten? Cousine Mary hatte mir zu verstehen gegeben, daß sie mich gern bei sich behalten würde. Das war auch mein Wunsch gewesen, bis ich entdeckte, daß Paul aus dem gleichen Grund geheiratet hatte wie Jeremy.
Ich kann hier nicht bleiben, sagte ich mir. Und doch wollte ich es. Dann konnte ich ihm meine Verachtung zeigen. Er sollte wissen, daß ich ihn verabscheute.
Aber das würde schwierig sein. Besser, ich ging fort. Aber wohin? Meine Freude, wieder hier zu sein, war dahin. Nur durfte ich es Cousine Mary nicht merken lassen. Sie war so froh, mich bei sich zu haben, sie wollte, daß ich blieb. Ich kam immer wieder auf dieselben Fragen zurück: Soll ich bleiben? Soll ich gehen? Und wenn, wohin?
Ich machte Pläne: Ich würde eine Stellung antreten. Als was? Ich hatte das alles schon einmal überlegt. Als Gouvernante widerspenstiger Kinder? Als Gesellschafterin einer herrischen alten Dame? Was konnte ich tun? Warum wurden Frauen nicht dazu erzogen, unabhängig zu sein? Warum hielt man sie nur für fähig, die Bedürfnisse der Männer zu befriedigen?
Die Männer sind alle gleich, sagte ich mir. Sie mögen charmant sein, doch ihr Charme ist oberflächlich, und sie benutzen ihn

nur zu ihrem eigenen Vorteil. Ich hasse sie alle. Nie wieder lasse ich mich täuschen.

Trotz der unruhigen Nacht fühlte ich mich am nächsten Morgen besser. Wieso war ich so wütend auf Paul Landower? Was hatte er mir denn getan? Nichts! Außer, daß er mich faszinierte – doch er hatte es nicht darauf angelegt. Es war einfach geschehen. Doch ja, er hatte vor meiner Balkontür gestanden. Wollte er sich vielleicht nur vergewissern, daß es mir gutging? Schließlich hatte ich einen bösen Sturz erlitten, und man konnte nie wissen, welche Wirkung das hatte. Hatte ich seine Absicht mißverstanden? Ich hatte mir törichterweise eingebildet, daß er mit mir zusammen sein, mein Liebhaber sein wollte. Daß ich mich zu ihm hingezogen fühlte, mußte nicht bedeuten, daß es sich umgekehrt ebenso verhielt. Und doch ...

Natürlich verachtete ich ihn, weil er sich verkauft hatte. Aber zog ich nicht voreilige Schlüsse? Wer weiß, Gwennie Arkwright war vielleicht eine faszinierende Frau. Doch das glaubte ich nicht. Ich hatte sie zweimal gesehen, einmal, als ich mit Jago in dem Gasthaus war, und einmal auf der Galerie, als wir sie erschreckt hatten. Der Gedanke daran brachte mich mit einemmal zur Besinnung. *Sie* hatte Grund, *mich* zu verabscheuen – weit mehr, als ich Grund hatte, ihren Mann zu verachten.

Wie töricht ich schon wieder war! Abermals hatten mich meine Träume entführt.

Cousine Mary kam herein, als ich frühstückte.

»Ist das alles, was du zu dir nimmst – Kaffee und Toast!« rief sie.

Ich sei nicht sehr hungrig, erwiderte ich.

»Du spürst noch die Nachwirkungen deiner Reise. Mach dir einen gemütlichen Tag. Was möchtest du gern tun? Bist du immer noch so versessen aufs Reiten?«

»Ja, sehr. Aber in Frankreich hatte ich kaum Gelegenheit dazu. Ich bin nur ein einziges Mal geritten.«

»Und dabei bist du gestürzt.«

»Ja. Das war, als ...«

»Als Paul Landower dich besucht hat.«
»Er mietete die Pferde, und wir sind in die Berge geritten.«
»Hier haben wir keine Berge. Bloß den *Brown Willy,* und der kann sich mit den Seealpen nicht messen.«
Ich lachte. Es tat gut, bei ihr zu sein. Sie war so sachlich, so normal. Sie war keine Träumerin.
Ich sagte impulsiv: »Es tut gut, bei dir zu sein, Cousine Mary.«
»Ich hatte gehofft, daß du so empfinden würdest. Caroline, ich muß etwas sehr Ernstes mit dir besprechen.«
»Und das wäre?«
»Was du heute kannst besorgen, das verschiebe nicht auf morgen. Hast du schon daran gedacht, was du tun wirst –«
»Du meinst, um meinen Lebensunterhalt zu verdienen?«
Sie nickte. »Ich weiß, wie es um dich steht. Imogen hat mir alles berichtet. Mein Cousin hat dir nichts hinterlassen, aber du hast ein wenig von deinem Großvater mütterlicherseits geerbt.«
»Fünfzig Pfund jährlich.«
»Nicht gerade ein Vermögen.«
»Nein. Ich habe hin und her überlegt. Aber dann war ich bei meiner Mutter, und es sah ganz so aus, als würde ich dort bleiben. Alphonse hat mir liebenswürdigerweise angeboten, bei ihnen zu wohnen ... und Olivia auch.«
»So wie ich dich einschätze, bist du eine junge Frau, die lieber unabhängig sein möchte, stimmt's? Daher nehme ich an, daß du etwas *tun* möchtest.«
»Ich könnte Gouvernante werden. Oder Gesellschafterin.«
»Igitt!« Cousine Mary zog ein Gesicht. »Das kommt überhaupt nicht in Frage.«
»Als ich an Jamie McGills Pförtnerhaus vorbeikam, dachte ich, ich ziehe in eine kleine Hütte und züchte Bienen. Kann man mit dem Verkauf von Honig Geld verdienen?«
»Sehr wenig, glaube ich. Nein, Caroline, das ist nichts für dich. Du sagst, du hast nachgedacht. Ich habe auch nachgedacht.«
»Über mich?«

»Ja, über dich. Weißt du, ich spüre mein Alter allmählich. Bin nicht mehr so rüstig wie früher. Hab 'n bißchen das, was man das Zipperlein nennt, das heißt Rheuma in den Gelenken. Das ist recht hinderlich. Ich habe schon oft daran gedacht, dich zu bitten ... aber dann wolltest du heiraten, und das wäre ja wohl auch das beste für dich gewesen, wenn du den richtigen Mann gefunden hättest.«

»Aber Cousine Mary, du denkst ja genau wie alle anderen. Das Beste, was eine Frau tun kann, ist, die Bedürfnisse eines Mannes zu befriedigen. Warum soll sie nicht unabhängig sein? Du bist es doch auch ... und zwar sehr erfolgreich.«

Sie sah mich scharf an. »Gräme dich nicht mehr über den Kerl. Du solltest dich lieber beglückwünschen. Es gibt solche und solche Männer, und oft trifft eine Frau die falsche Wahl. Ich stimme dir zu, daß es besser ist, gar nicht zu heiraten als den Falschen. Aber wenn du den idealen Mann finden und Kinder haben könntest ... nun ja, das wäre immer noch das beste, nehme ich an. Aber dem sollte man nicht allzuviel Bedeutung beimessen. Die Welt hat viele gute Dinge zu bieten, und Unabhängigkeit, die Freiheit, man selbst zu sein, gehört dazu. Und in der Ehe muß man das weitgehend aufgeben. Mach das Beste aus dem, was du hast. So habe ich es immer gehalten, und es hat sich durchaus bewährt. Hör nun, was ich dir vorzuschlagen habe. Ich möchte, daß du mir hilfst. Ich möchte, daß du alles über das Gut lernst. Das macht viel Arbeit. Man muß sich um alle Pächter kümmern. Jim Burrows ist zwar ein guter Verwalter, aber der Gutsbesitzer hält die Fäden in der Hand. Ich habe mich immer selbst um die Leute gekümmert. Das haben die Landowers falsch gemacht ... bis heute. Ich möchte gern, daß du alles kennenlernst, mit den Pächtern bekannt wirst, Briefe für mich schreibst ... deine Erfahrungen machst. Dafür zahle ich dir ein Gehalt.«

»Aber nein, Cousine Mary, nicht doch.«

»O doch. Wir brauchen eine geschäftliche Basis, so, als ob du

bei mir angestellt wärst. Aber ich möchte jetzt noch nicht, daß es bekannt wird. Die Leute sind so neugierig ... sie reden zuviel. Aber es wird dir gefallen. Und dazu würdest du noch Geld verdienen. Das ist einträglicher als Bienen züchten, das darfst du mir glauben. Na, was hältst du davon?«
»Ich – ich bin überwältigt, Cousine Mary. Tust du das, um mir zu helfen?«
»Ich tu es, um mir selbst zu helfen. Ich versichere dir, ich brauche Hilfe ... aber nicht von einem Außenstehenden. Ich glaube, du bist wie geschaffen dafür. Das wäre also abgemacht.«
»Du bist so gut zu mir.«
»Unsinn! Ich bin gut zu mir selbst. Wir sind doch zwei vernünftige Frauen, du und ich, oder nicht? Natürlich sind wir das.«
»Ich hatte gedacht, ich sollte nicht hierbleiben ... ich sollte ...«
»Laß es auf einen Versuch ankommen«, meinte sie. »Nie werde ich deine Jammermiene vergessen, als du letztes Mal Lebewohl gesagt hast. Da dachte ich mir: ›Die hat ein Faible für dieses Haus.‹ Und darauf kommt es an. Es wird eine große Erleichterung für mich sein, dich bei mir zu haben.«
»Aber ich möchte nicht dafür bezahlt werden.«
»Jetzt glaube ich gar, du bist doch nicht so vernünftig, wie ich dachte. Hat nicht mal jemand gesagt, jeder Arbeiter ist seinen Lohn wert? Du wirst bezahlt, Caroline Tressidor, und damit basta. Warum steigen die Menschen immer aufs hohe Roß, wenn's um Geld geht? Was ist gegen Geld einzuwenden? Man braucht es. Wir können nicht zum Tauschhandel zurückkehren, oder? Natürlich nicht. Du wirst bezahlt. Nicht übertrieben, das verspreche ich dir. Nur soviel, wie ich einer Hilfskraft zahlen würde. Damit und mit dem, was du hast, wirst du eine unabhängige junge Dame sein. Und es gibt keinen Vertrag oder dergleichen. Du kannst kommen und gehen, wie es dir gefällt.«
Tränen traten mir in die Augen. Merkwürdig, daß ich, die ich über Jeremys Falschheit und Pauls Habgier kaum eine Träne vergossen hatte, nun über Cousine Marys Güte weinen konnte.

»Wann fange ich an?« fragte ich.
»Was du heute kannst besorgen, das verschiebe nicht auf morgen«, wiederholte Cousine Mary. »Zieh dein Reitzeug an, und ich führe dich heute vormittag herum und zeige dir das Gut.«
Als wir ausritten, war Jamie McGill bereits in seinem Garten. Er kam, uns zu begrüßen.
»Ein herrlicher Morgen, Jamie«, sagte Cousine Mary.
»O ja, Miss Tressidor, Miss Caroline. Ein schöner Morgen.«
»Die Bienen sind glücklich?«
»Ja. Sie freuen sich, daß Miss Caroline wieder da ist.«
»Das ist aber nett von ihnen«, freute ich mich.
»Bienen wissen alles«, erklärte er ernst.
»Na siehst du!« sagte Cousine Mary. »Wenn du den Bienen gefällst, dann bist du die richtige. Das stimmt doch, Jamie, nicht? Natürlich stimmt es.« Er stand mit der Mütze in der Hand. Die leichte Brise zerzauste sein rotblondes Haar.
»Armer Jamie«, meinte Cousine Mary, als wir weiterritten. »Aber vielleicht sollte ich lieber ›glücklicher Jamie‹ sagen. Ich kenne sonst niemanden, der so vollkommen zufrieden ist. Das kommt wohl daher, daß er das Leben nimmt, wie es ist. Jamie hat, was er sich wünscht. Er blickt nicht darüber hinaus. Ein Dach über dem Kopf, genug zu essen, von Freunden umgeben ... angeführt von den Bienen.«
»Vielleicht ist das einfache Leben das beste.«
»Es spricht viel für Einfachheit. So, da wären wir. Dieses Waldstück bildet die Trennungslinie zwischen Tressidor und Landower. Früher kam es darüber öfters zum Streit. Wem gehörte der Wald? Jetzt ist es eine Art Niemandsland. Als erstes möchte ich gern bei den Jeffs vorbeischauen. Ihre Hütte ist schrecklich feucht, und Jim Burrow meint, man muß etwas unternehmen ... Ich werde dich als Tochter meines Cousins vorstellen«, fuhr sie fort. »Es ist sinnlos, die komplizierten verwandtschaftlichen Verhältnisse zu erklären.«

»Ein komischer Gedanke, daß wir gar nicht verwandt sind. Du warst für mich immer Cousine Mary, auch nachdem ...«
»Ich hab nie an den Unsinn geglaubt, daß Blut dicker ist als Wasser. Wer hat doch gleich gesagt, daß wir unsere Freunde aussuchen, aber unsere Verwandten uns aufgezwungen werden? Wie wahr! Ich habe nie viel von meinem Cousin Robert oder seiner Schwester Imogen gehalten. Trotzdem, du bleibst die Tochter meines Cousins, einverstanden?«
»Wenn es die Sache erleichtert.«
»Wenigstens vorläufig.«
Wir wurden von den Jeffs freundlich empfangen.
»Ich erinnere mich noch an Miss Caroline«, sagte Mrs. Jeff. »Es muß an die ... nanu, jetzt weiß ich nicht mehr, wie viele Jahre es her sind, seit sie hier war.«
»Fünf«, half ich ihr.
»Meiner Treu, Sie sind aber gewachsen. Ich weiß noch, wie Sie mit Mr. Jago durch die Gegend geritten sind.«
»Daß Sie sich daran erinnern!«
»O ja. Damals gab es Schwierigkeiten bei den Landowers. Ich weiß noch gut, wie Jane Bowers und Jim, ihr Mann, sich gesorgt haben, wie es mit dem Gut weitergehen würde. Meine Güte, es liefen so viele Gerüchte um. Die Landowers waren in dem Haus, soweit man zurückdenken konnte. Jim Bowers' Großvater und Urgroßvater ... alle haben auf dem Landowerschen Grund gedient. Gottlob, jetzt ist alles gut. Die Landowers sind, wo sie hingehören, und die Pächter der Landowers können aufatmen, ihr Heim ist ihnen sicher.«
Cousine Mary unterhielt sich ausführlich mit Mr. und Mrs. Jeffs über die Feuchtigkeit. Als wir danach schweigend weiterritten, dachte ich an Mrs. Jeffs Worte, daß den Leuten ihr Heim nun sicher sei. So hatte die Heirat auch für andere ihr Gutes gehabt, nicht nur für die Landowers. Aber wahrscheinlich hatte er daran gar nicht gedacht.
Bitterkeit stieg in mir auf; dabei gab ich mir alle Mühe, sie zu

unterdrücken. Cousine Mary sollte nicht erfahren, daß mir Paul Landower so viel bedeutete.

Wir gelangten alsbald zu einer anderen Hütte und besprachen dort verschiedene Angelegenheiten, und danach ging es zu den Höfen. Als wir heimwärts ritten, erklärte Cousine Mary: »Das ist ein überaus wichtiger Teil der Arbeit – die Pächter kennenzulernen. Diese Leute schuften schwer, meistenteils auf den Höfen. Ich wünsche, daß sie es gut haben und zufrieden sind. Ohne diese Zufriedenheit kann kein Gut gedeihen.«

Wie wir das Tor passierten, kam uns eine Frau auf einem Pferd entgegen.

Sie kam mir irgendwie bekannt vor.

»Ah, Miss Tressidor«, rief sie aus, »ich wollte Sie gerade aufsuchen. Ich sehe, Ihr Besuch ist da.«

»Sie müssen mit ins Haus kommen«, sagte Cousine Mary. »Darf ich Ihnen Caroline Tressidor vorstellen, die Tochter meines Cousins. Caroline, das ist Mrs. Landower.«

Mein Herz begann wie wild zu klopfen. Ich konnte nicht umhin, sie eingehend zu mustern. Sie hielt sich sehr gut auf ihrem Pferd, und ihre Reitkleidung war tadellos. Ihre hellroten Haare lugten unter ihrem Reithut hervor. Sie hatte hellblaue Augen mit einem bohrenden Blick. Diese Augen fielen mir als erstes auf, denn sie schauten lebhaft und neugierig um sich, als wolle ihre Besitzerin jede Einzelheit in sich aufnehmen.

»Gern, aber nur für einen Augenblick«, sagte sie. »Ich wollte Miss Caroline nur kurz begrüßen und Sie für morgen abend zum Essen einladen.«

»Wie nett von Ihnen«, sagte Cousine Mary. »Wir kommen gern, nicht wahr, Caroline? Aber natürlich. He, James«, rief sie einem Stallburschen zu, der soeben den Hof durchquerte, »nimm unsere Pferde. Mrs. Landower kommt ein Weilchen herein.«

Wir stiegen ab. Mrs. Landower war wesentlich kleiner als ich. Sie hatte, wie ich ein wenig hämisch feststellte, eine ziemlich gedrungene Figur, die sie pummelig wirken ließ.

»Ich habe Caroline auf dem Gut herumgeführt«, erklärte Cousine Mary.

»Gefällt es Ihnen auf dem Land, Miss Caroline?« fragte Mrs. Landower. Sie hatte einen schwachen nördlichen Akzent, und ich fühlte mich lebhaft an die Begegnung im Gasthaus erinnert, als Jago und ich gewartet hatten, daß mein Pferd beschlagen würde.

»O ja, sehr«, erwiderte ich.

»Sie möchten gewiß etwas trinken«, sagte Cousine Mary.

Es war mehr eine Feststellung als eine Frage.

»Danke«, erwiderte Mrs. Landower.

»Ich denke, wir gehen in den Wintergarten«, fuhr Cousine Mary fort. »Da ist es gemütlicher.«

Ein Mädchen hatte uns hereinkommen hören und begann: »Mrs. Landower war da ...«

»Schon gut, Betsy. Wir haben sie noch getroffen. Bitte bring uns etwas Wein in den Wintergarten ... und ein bißchen Gebäck.«

Wir warteten im Wintergarten auf den Wein.

»Ihr Gesicht kommt mir bekannt vor«, sagte Mrs. Landower.

»Ja. Wir sind uns schon einmal begegnet. Erinnern Sie sich, im Gasthaus ... ehe Sie das Haus besichtigen gingen.«

»Ach ja, natürlich. Sie waren mit Jago dort, ich erinnere mich. Aber Sie haben sich sehr verändert. Damals waren Sie noch ein Kind.«

»Ich war vierzehn.«

»Sie sind seitdem mächtig gewachsen.«

»Das sagen alle hier.«

»Das bleibt nicht aus«, meinte Cousine Mary. Der Wein wurde gebracht. Sie schenkte ihn in Gläser, und ich reichte das Gebäck herum. »Sie sagten, zum Abendessen«, bemerkte Cousine Mary. »Klingt verlockend. Ich möchte, daß Caroline alles kennenlernt, was sich hier tut ... und zwar bald.«

»Ich war ganz gespannt auf sie. Schließlich sind wir ja Nachbarn, nicht wahr? Haben wir uns nur das eine Mal gesehen? Nicht zu

glauben. Sie kommen mir so bekannt vor ... obwohl Sie so gewachsen sind. Sie müssen unbedingt meinen kleinen Sohn kennenlernen.«
»O ja. Cousine Mary hat mir schon von ihm erzählt.«
»Er ist ein schönes Kind. Alle sagen, er sieht den Landowers ähnlich.« Sie verzog das Gesicht.
»Ach was«, warf Cousine Mary ein, »er hat bestimmt auch was von Ihnen. Vielleicht wird er wie Ihr Vater. Vor dem Mann hatte ich großen Respekt.«
»Guter alter Pa«, sagte Gwennie Landower. »Schade, daß er sterben mußte, als er gerade bekommen hatte, was er sich wünschte.«
»Wenigstens hat er es noch rechtzeitig bekommen«, meinte Cousine Mary philosophisch. »Geht es Ihrem Gatten gut?«
»Sehr gut, danke.«
»Und Jago?«
»Jago geht es immer gut. Er ist aus Plymouth zurück. Er ist sehr gespannt auf Sie, Miss Caroline. Er erzählt uns immer, wie gut Sie sich damals verstanden haben. Er ist neugierig, ob Sie sich verändert haben – nicht zu sehr, hofft er.«
»Ich freue mich auf die Erneuerung unserer Bekanntschaft.«
Sie leerte ihr Glas.
»Ich muß gehen. Ich bin nur vorbeigekommen, um Sie einzuladen. Es ist also abgemacht? Können Sie gegen halb acht kommen? Keine große Abendgesellschaft ... nur die Familie, ganz unter Nachbarn. Jago sagte, wir müssen die ersten sein, die Sie einladen.«
»Richten Sie Jago aus, daß wir das zu schätzen wissen«, sagte Cousine Mary. Wir begleiteten Gwennie Landower in den Hof und sahen zu, wie der Stallbursche ihr in den Sattel half.
Sie hob eine behandschuhte Hand und winkte, als sie durch das Tor ritt.
Als wir zum Haus zurückgingen, bemerkte Cousine Mary: »Sie legt Wert auf eine freundschaftliche Beziehung.«

»Den Eindruck hatte ich auch.«
»Sie war neugierig, wie du aussiehst.«
»Warum denn nur?«
»Sie will alles wissen, was sich tut. Sie ist überaus neugierig. Wie man hört, steckt sie ihre Nase in alles, was vorgeht. Sie weiß angeblich, welche Dienstboten wem den Hof machen, und sie sieht, wenn ein Baby unterwegs ist, bevor seine Mutter es selbst weiß. Unsere Dienstboten sagen, sie schwätzt mit ihrem Personal. Das mögen sie gar nicht. Sie erwarten von ihren Brotherren einen strengen Verhaltenskodex. Gwennie – wir nennen sie stets Gwennie – entspricht nicht ganz ihrer Vorstellung von einer Gutsherrin, sowenig, wie ihr Vater einem Gutsherrn entsprach.«
»Du meinst also, sie wollte mich bloß mal in Augenschein nehmen?«
»Och, sie hat gern Menschen um sich, aber mir fiel auf, daß sie dich besonders genau betrachtet hat – und ich meine, du warst auch sehr an ihr interessiert.«
»Ich war natürlich neugierig auf die Wohltäterin der Landowers.«
»Nun, jetzt hast du sie gesehen. Sie ist sehr selbstgefällig. Sie hat erreicht, was sie wollte.«
»Sie ist also mit ihrem Anteil des Handels zufrieden.«
»Zweifellos.«
»Möchte wissen, ob er auch so zufrieden ist.«
»Ah! Das wüßte ich auch gern. Sag, möchtest du dich umziehen? Du solltest dich nach dem Mittagessen ein bißchen ausruhen. Ich seh' dir an, daß du immer noch etwas erschöpft bist. Wir können uns heute abend weiter unterhalten. Morgen bist du wieder ganz auf der Höhe.«
»Ja. Ich muß ausgeruht sein für den Abend bei den Landowers.«
»Das wird bestimmt interessant. Du warst damals nicht dort, oder?«
»Nicht als Gast. Jago hat mir flüchtig das Haus gezeigt.«

»Na, diesmal gehst du offiziell hin. Du wirst es genießen, das verspreche ich dir.«
Auf dem Weg zu meinem Zimmer fragte ich mich, ob das wirklich der Fall sein würde.

Ich kleidete mich für das Abendessen bei den Landowers an. In der Nacht zuvor hatte ich fest geschlafen. Ich mußte sehr müde gewesen sein. Der Tag war rasch vergangen. Vormittags war ich mit Cousine Mary ausgeritten und hatte noch einiges besichtigt, was zum Gut gehörte, und während Cousine Mary nachmittags ruhte, hatte ich im Garten gesessen, ein wenig gelesen, meistens aber gegrübelt, wie mir wohl am Abend zumute sein würde.
Ich verwendete große Sorgfalt auf meine Toilette und wünschte, Everton wäre hier gewesen, um mich zu frisieren. Ich konnte es nie so gut wie sie. Sie hatte mir empfohlen, mein Haar hochzustecken wegen meiner hohen Stirn. Das ließ mich größer wirken, und das war mir nur recht. Ich trug ein cremefarbenes Kleid mit enganliegendem Mieder und sehr weitem Rock. Wir hatten es in Paris zur Hochzeit meiner Mutter gekauft. Nie zuvor hatte ich ein derartiges Kleid besessen, und da Everton es vor dem Kauf begutachtet und ihre Zustimmung gegeben hatte, war es für mich der Gipfel an Eleganz. Dazu trug ich die Smaragdbrosche, die meine Mutter mir zum Abschied geschenkt hatte. »Sie paßt ausgezeichnet zu Miss Caroline«, hatte Everton bemerkt. »Wirklich, Madam, Ihnen steht sie nicht so gut. Ihr Stein ist der Aquamarin ... wie wir schon immer sagten.«
Und da meine Mutter mit Schmuck überschüttet werden würde, konnte sie sich leichten Herzens von der Brosche trennen. Everton hatte recht, der Smaragd brachte das Grün meiner Augen gut zur Geltung.
Als ich mich, fertig zum Gehen, betrachtete, staunte ich über den Glanz in meinen Augen, und ich kam mir vor wie ein General, der in die Schlacht zog. Ich wollte Paul Landower

zeigen, daß ich nicht im mindesten an ihm interessiert war und seine Geldgier verabscheute.

Cousine Mary hatte nicht soviel Sorgfalt auf ihre Erscheinung verwendet. Ich glaube, das tat sie nie.

»Meine Güte«, staunte sie, als sie mich erblickte, »du siehst phantastisch aus.«

»Es ist bloß ein schlichtes Abendkleid. Meine Mutter hat es mir gekauft... oder es war Alphonse, nehme ich an... als wir in Paris waren. Ich mußte mich doch auf der Hochzeitsfeier sehen lassen können.«

»Es ist richtige *Haute Couture*. Sagt man nicht so? Und sehr französisch. Aber ich bezweifle, daß man das in Cornwall erkennt. Sie werden bloß denken, daß du eine sehr elegante Dame bist. Was für eine hübsche Brosche! Unser alter Kutschwagen ist viel zu schäbig für dich.«

»Mir genügt er.«

»Also, gehen wir. Es war nett von ihr, uns einzuladen. *En famille*, wie man in Frankreich sagt.«

Ich war einfach überwältigt, als wir uns dem Haus näherten. Es sah prachtvoll aus, und ich erinnerte mich, wie ich es zum erstenmal gesehen hatte. Die hohen Mauern, der Turm mit den Zinnen, wie bei einer Festung, waren beeindruckend. Ich konnte verstehen, daß eine Familie, die das Anwesen seit Generationen besaß, deren Vorfahren es erbaut hatten, zu großen Opfern dafür bereit war. Vielleicht war es ganz natürlich, was Paul getan hatte.

Wir fuhren durch einen Bogen in den Innenhof, wo ein Stallknecht herbeieilte, um uns beim Aussteigen behilflich zu sein. Eine mit Nägeln beschlagene Tür öffnete sich, und ein Mädchen erschien.

»Wollen Sie bitte hereinkommen, Miss Tressidor«, knickste sie. »Mrs. Landower erwartet Sie.«

»Danke«, erwiderte Cousine Mary.

»Ich bringe den Wagen in den Stall«, sagte der Stallknecht.

»Danke, Jim.«
Wir traten in die Halle. Erinnerungen stiegen auf. Ich blickte unwillkürlich zur Musikantengalerie hinauf, während unsere Schritte auf dem mit Steinplatten belegten Fußboden hallten. Das Geländer war erneuert worden. Ich warf einen Blick auf den Kamin und den Familienstammbaum, der sich darüber verzweigte. Im Innern des Hauses begriff man noch leichter, daß solch ein Anwesen Forderungen an die Lebenden stellte.
Ich erfand Ausflüchte für ihn.
Das Mädchen führte uns eine Treppe hinauf.
»Mrs. Landower ist im Salon«, erklärte sie.
Sie klopfte an, und ohne eine Antwort abzuwarten, öffnete sie die Tür. In diesem Raum war ich nie gewesen. Er war groß und hoch, die Fenster waren vergittert und ließen nicht viel Licht herein. Ich warf einen Blick auf die Wandteppiche und das Bildnis eines lange verblichenen Landower über dem Kamin.
Gwennie Landower kam auf uns zu.
»Schön, daß Sie da sind«, sagte sie, und es hörte sich an, als sei es ihr ernst. Sie ergriff meine Hand und musterte mich. »Sie sehen edel aus«, bemerkte sie.
Ich wurde verlegen. Cousine Mary erklärte mir hinterher, daß in Gwennies Wortschatz »edel« nichts mit edler Größe zu tun hatte. Es bedeutete einfach: »Sie sehen sehr hübsch aus.«
»Meinen Mann kennen Sie ja.«
Er trat vor, ergriff meine Hand und drückte sie fest.
»Wie schön, Sie zu sehen«, begann er. »Ich hoffe, Sie haben sich von Ihrem Sturz in den Bergen erholt.«
»Paul hat uns alles erzählt«, unterbrach ihn Gwennie. »Ich habe ihn gescholten. Er hätte auf Sie aufpassen müssen, nicht? Miss Tressidor hatte ihn gebeten, Sie aufzusuchen, weil sie sich Sorgen um Sie machte.«
»Es war ganz allein meine Schuld«, erklärte ich. »Ihr Gatte war weit voraus, und wir ritten im Schneckentempo. Ich habe einfach nicht aufgepaßt. Das kommt beim Reiten schon mal vor.«

»Als ob ich das nicht wüßte! Ich mußte erst reiten lernen, nicht, Paul?«
Er nickte.
»Aber ich hab's geschafft, nicht wahr? Hat allerdings eine ganze Weile gedauert. Aber ich hab mir gedacht, wenn ich auf dem Land lebe, muß ich mich auch ohne große Umstände fortbewegen können. Doch ich war eine Zeitlang krank ... vor meiner Hochzeit. Ich hatte einen schlimmen Sturz.«
»Ja«, sagte ich leise, »ich habe davon gehört.«
»Huch!« Sie schauderte. »Denken Sie nur, ich kann nie in die Halle gehen, ohne hochzublicken und mich zu fragen ...«
»Es muß ein Schock für Sie gewesen sein.«
»Ah, da ist jemand, den Sie kennen.«
Jago trat auf mich zu. Er war beträchtlich gewachsen, seit wir uns das letzte Mal sahen. Er war der bestaussehende Mann, dem ich je begegnet war. Groß, schlank, mit leicht wiegendem Gang. Seine Züge waren durchaus nicht makellos. Er hatte volle, recht sinnliche Lippen, sein Mund sah aus, als könne er immer nur lächeln. Seine Augen mit den schweren Lidern, die in Form und Farbe denen seines Bruders so ähnlich waren, blickten amüsiert. Sein dichtes dunkles Haar fiel fast genau wie Pauls. Sie glichen sich überhaupt sehr, und doch waren sie so verschieden; das lag am Ausdruck: Paul wirkte überaus ernst, wogegen sein Bruder aussah, als könne nichts auf der Welt ihm etwas anhaben. Er machte den Eindruck vollendeter *joie de vivre*.
»Jago«, sagte ich.
»Caroline«, erwiderte er.
Er zierte sich nicht lange und umarmte mich.
»Was für eine himmlische ... fast hätte ich gesagt: Überraschung ... aber Ihre bevorstehende Ankunft war uns ja bekannt ... Also sage ich lieber: welch schönes Wiedersehen. Sie können sich vorstellen, wie gespannt ich auf dieses Zusammentreffen war. Willkommen in Cornwall. Sie sind erwachsen geworden.« Er betrachtete meine Haare und zog die Augenbrauen

hoch. »Aber immer noch dieselbe grünäugige Sirene. Ich hätte es bedauert, wenn Sie sich verändert hätten.«
Gwennie sagte: »Jeder kennt hier wohl jeden, nicht wahr? Auch ich bin Miss Caroline schon mal begegnet. Weißt du noch? Es war in dem Gasthaus, wo Pa und ich abgestiegen waren. Ihr zwei kamt herein und habt versucht, uns den Kauf auszureden. Ihr habt gesagt, dies sei ein uraltes gräßliches Haus ... kurz vorm Einsturz.«
»Wir wollten euch die Wahrheit nicht verhehlen, liebe Gwennie«, versicherte Jago.
»Du führtest etwas im Schilde ... wie gewöhnlich.«
»Das war ein Tag«, sagte Jago. »Das Moor ... mit Carolines Pferd stimmte was nicht, und wir mußten zum Schmied. Ich sehe schon, ›Wissen Sie noch‹ wird für die nächste Zeit unser ständiges Gesprächsthema sein.«
»Und ich sehe, daß Sie mit dem Leben offensichtlich zufrieden sind, Jago.«
»Es wäre ein Fehler, nicht mit dem Leben zufrieden zu sein.«
»Es ist nicht immer leicht, mit etwas zufrieden zu sein, das nicht befriedigend ist«, meinte Paul.
»Das hängt von der sogenannten Einstellung zum Leben ab«, erklärte Jago.
»Wie leichtfertig«, bemerkte Paul, und Gwennie unterbrach: »Wollen wir zum Essen hinübergehen?«
Sie trat zu mir und schob ihren Arm durch meinen. »Wie gesagt«, flüsterte sie in vertraulichem Ton, »es ist ganz zwanglos heute abend. Nur die Familie. Natürlich geben wir dann und wann große Gesellschaften. Ich möchte die alten Zeiten Landowerschen Glanzes wieder zurückholen ... Paul möchte das auch ... und Jago ebenfalls.«
»Ich bin immer für Glanz und Gloria«, sagte Jago, »ganz recht, meine liebe Schwägerin.«
»Wir essen heute abend nicht im Speisezimmer«, fuhr Gwennie fort. »Dann säßen wir viel zu weit auseinander. Wir speisen dort,

wenn wir Gäste haben, aber wenn wir unter uns sind, wird in dem kleinen Nebenzimmer gegessen.«

»Heute abend haben wir unsere bedeutendsten Gäste«, wandte Jago ein.

»Sie sind unsere Nachbarn, das wollte ich damit sagen«, gab Gwennie zurück.

»Was überaus angenehm ist«, ergänzte Cousine Mary.

»Manchmal geben wir so große Abendgesellschaften, daß wir die alte Halle benutzen«, erklärte Gwennie. »Wir müssen schließlich unserem Rang gerecht werden, nicht wahr? Es wäre nicht gut, wenn wir unsere Stellung im Herzogtum vergessen würden ... falls Sie verstehen, was ich meine.«

Ich warf Paul einen Blick zu. Er biß sich ärgerlich auf die Lippe, und Jago machte ein amüsiertes Gesicht.

Gwennie führte uns durch das Speisezimmer in den kleineren Raum. Jetzt sah ich, was sie gemeint hatte. Wir hätten uns an der riesigen Tafel verloren, und eine Unterhaltung wäre schwierig gewesen. Das Speisezimmer wirkte prachtvoll mit seiner hohen Decke und den mit Gobelins behängten Wänden; der andere Raum aber war intimer und gemütlicher, das kleine Fenster ging auf einen Innenhof. Der Tisch war für fünf gedeckt. In der Mitte stand ein Kandelaber, die Kerzen waren aber noch nicht angezündet. Die Decke war in zarten Pastelltönen gehalten und stellte Neptun mit seinem Hofstaat dar.

»Ein entzückendes Zimmer!« rief ich aus.

»Sie haben es wundervoll restauriert«, fügte Cousine Mary hinzu.

»Die Decke hat mich allerhand gekostet«, sagte Gwennie. »Man konnte gar nicht mehr sehen, was sie darstellen sollte. Sie war vernachlässigt wie alles andere auch. Ich hab einen Künstler kommen lassen. Er mußte sie reinigen und restaurieren. Ich kann Ihnen sagen, das Haus hat eine hübsche Stange Geld geschluckt.«

»Die gute Gwennie!« murmelte Jago. »Sie war so großzügig mit

ihren hübschen Stangen Geld. Mir persönlich war es einerlei, ob sie hübsch oder häßlich waren. Mir ist jede Stange recht.«
»Er macht sich gern über mich lustig«, vertraute Gwennie mir an.
»Die gute Gwennie«, fuhr Jago fort. »Niemand könnte stolzer auf dieses alte Haus sein als sie. Sie ist mehr eine Landower als sonst wer von uns, nicht wahr, liebe Schwägerin!«
»Die Familie einer Frau ist diejenige, in die sie einheiratet«, sagte Gwennie salbungsvoll.
»Das hört sich an wie aus dem Gebetbuch«, lachte Jago, »aber wie ich unsere kluge kleine Gwennie kenne, möchte ich schwören, daß sie es selbst erfunden hat.«
Gwennie kniff die Lippen zusammen. Ich spürte eine Spannung zwischen den dreien. Jago wie Paul war es zuwider, daß Gwennies Geld sie gerettet hatte. Daran hätten sie denken sollen, bevor sie es nahmen, dachte ich bitter.
Gwennie wies Cousine Mary und mir lächelnd unsere Plätze zu. Paul saß an einem Ende des Tisches, sie am anderen. Ich saß rechts von Paul, Jago saß neben mir und Cousine Mary uns gegenüber. Während das Essen aufgetragen wurde, sprach Cousine Mary mit Paul ausführlich über Gutsangelegenheiten. Ich hörte aufmerksam zu und konnte ab und zu eine Bemerkung einstreuen. Ich hatte bereits ein wenig gelernt und fand es interessant. Ich bemühte mich verzweifelt, meine Gedanken von den Unannehmlichkeiten abzulenken, die mir aufgefallen waren.
Jago beugte sich zu mir und sagte mit leiser Stimme: »Wir haben eine Menge nachzuholen. Ich war ganz aufgeregt, als ich hörte, daß Sie kämen. Ich war untröstlich, als Sie damals abgeholt wurden. Das kam ziemlich plötzlich, nicht?«
»Ja. Es paßte mir gar nicht, daß ich fort mußte.«
»Wir sind gute Freunde geworden in der kurzen Zeit, nicht wahr? Wir hatten viel Spaß zusammen. Ich hoffe, wir können dort wieder anknüpfen.«

»Ach, ich glaube, Sie wissen sich selbst ausgiebig zu beschäftigen, und ich lerne einiges über das Landgut Tressidor. Es ist sehr interessant.«

»Ich lasse nie zu, daß sich Geschäftliches ins Vergnügen mischt.«

Paul hatte die Bemerkung mit angehört und sagte: »Ich versichere Ihnen, jetzt hat Jago es wenigstens einmal ernst gemeint.«

»Da sehen Sie, wie man mich hier behandelt.« Jago hob die Augen zur Decke.

»Du wirst besser behandelt, als du es verdienst«, bemerkte Gwennie.

»Pst! Sonst denkt Caroline noch, ich sei ein Tunichtgut.«

»Wetten, daß sie das schon weiß. Wenn nicht, wird sie's bald erfahren.«

»Sie dürfen nicht die Hälfte glauben von dem, was über mich geredet wird«, sagte Jago zu mir.

»Ich bilde mir stets mein eigenes Urteil«, versicherte ich ihm.

»Bedenken Sie, das Gerücht ist ein Lügenweib.«

»Aber die meisten Gerüchte beruhen auf Wahrheit«, erklärte Paul.

»Das Orakel hat gesprochen«, stöhnte Jago. »Doch Caroline wird mich klugerweise nach ihrer eigenen Erfahrung beurteilen.«

»Ich sage immer ohne Umschweife, was ich denke«, warf Gwennie ein. »Ich schleiche nicht wie die Katze um den heißen Brei. Manche Leute erzählen allerhand, bloß um nicht etwas Unhöfliches sagen zu müssen. Mein Vater nannte das die Perfidie der Südländer.«

»Verglichen mit der Lauterkeit der Nordländer«, fügte Paul hinzu.

»Es spricht viel für Lauterkeit«, fuhr Gwennie unbeirrt fort.

»Das kann zuweilen recht unangenehm sein«, gab ich zu bedenken.

»Es kommt oft vor«, sagte Paul, »daß Menschen, die darauf

bestehen, frank und frei ihre Meinung zu äußern – sosehr sie damit andere kränken mögen –, nicht eben erbaut sind, wenn andere genauso offen zu ihnen sind.«
»Ich dagegen bin im Leben immer mehr für Bequemlichkeit«, warf Jago ein. »Ich bin überzeugt, daß man damit am besten fährt.«
Ein scharfer Unterton schlich sich in das Gespräch. Cousine Mary warf mir einen Blick zu und begann eine Unterhaltung über die Gemälde im Haus.
»Es war eine großartige Sammlung.«
Doch das war nur ein neuerlicher Anstoß für Gwennies Lieblingsthema.
»Alles verrottet«, sagte sie bissig. »Nichts wäre davon übriggeblieben, wenn Pa und ich nicht einen Künstler bestellt hätten, um sie zu überholen. Meine Güte, wie sich dies Haus verändert hat!«
»Sagenhaft«, gestand Jago ein. »Wir wissen, was dieses Wort bedeutet, seit Gwennie uns ins Schlepptau genommen hat.«
Ich erkundigte mich rasch nach dem Gut der Landowers und wie es sich mit Tressidor vergleichen ließ. Paul begann ein ausführliches Gespräch mit Cousine Mary über die unterschiedlichsten Probleme. Jago war auch mit der Verwaltung von Landower befaßt und steuerte leichthin die eine oder andere Bemerkung bei, während er gleichzeitig mehrmals versuchte, mich beiseite zu nehmen. Ich ermutigte ihn nicht dazu. Ich wollte hören, was Paul und Cousine Mary besprachen, und Gwennie war wohl ebenfalls daran interessiert. Sie war offensichtlich eine richtige Geschäftsfrau.
Meine Gefühle schwankten zwischen Beunruhigung und Hochstimmung. Ich wollte im einen Moment am liebsten gehen und im nächsten unbedingt bleiben. Ich versuchte abzuwägen, was ich für Paul empfand. Ich hatte geglaubt, an meinen Gefühlen für ihn bestünde kein Zweifel, seit ich wußte, daß er eine Frau ihres Geldes wegen geheiratet hatte, eine

Tat ähnlich der, die mich gegen Jeremy Brandon so aufgebracht hatte, doch aus irgendeinem Grunde hatte ich unwillkürlich Mitleid mit Paul. Ich merkte, daß er es mit Gwennie nicht leicht hatte und daß er den Wiedererwerb seines Hauses teuer bezahlen mußte. Vielleicht hatte er es sich wesentlich leichter vorgestellt.

Nach dem Essen sagte Gwennie, sehr auf die Befolgung der Etikette bedacht, sie wolle mit uns Damen in den Salon gehen und die Herren ihrem Portwein überlassen. Ich fand das äußerst absurd und fragte mich ironisch, was Paul und Jago sich wohl, allein am Eßtisch, zu sagen hätten.

Im Salon bewunderte Cousine Mary die herrliche Restaurierung der Decke, die eine erlesene Struktur aufwies, und Gwennie erging sich sogleich wieder in dem, was ich rasch als ihr Lieblingsthema erkannt hatte.

»Die viele Arbeit, die in diesem Haus steckt! Sie haben ja keine Ahnung. Aber ich wollte unbedingt alles ganz korrekt machen, und Pa natürlich auch. Die Kosten waren höher, als er veranschlagt hatte. Ich hab mich oft gefragt, ob Pa sich überhaupt darauf eingelassen hätte, wenn er das von vornherein gewußt hätte. Wenn man sich mit so einem Haus abgibt, macht man eine Menge Entdeckungen.«

»Inzwischen sind Sie doch sicher mit der Renovierung fertig«, sagte ich.

»Es bleibt immer noch genug zu tun. Eines Tages werde ich mir den Dachboden vornehmen. Den habe ich noch nicht angerührt. Eine Kammer interessiert mich da besonders, hinter der Galerie. Ich glaube, da ist was hinter der Mauer.«

»Ein geheimes Priesterversteck oder dergleichen?« fragte ich. »Sind die Landowers mal katholisch gewesen?«

»Die Landowers waren immer, was das beste für sie war.« Aus Gwennies Stimme klangen gleichzeitig Verachtung und Bewunderung.

»Im Bürgerkrieg wechselten sie von den Kavalieren zu den

Puritanern«, erwähnte Cousine Mary, »aber sie haben damit ihr Haus gerettet, glaube ich.«
»Oh, die Landowers würden eine Menge tun, um das Haus zu retten.« Gwennies Miene schwankte zwischen Triumph und Verbitterung.
Immer wieder kamen wir auf das leidige Thema zurück.
»Wissen Sie was«, fuhr Gwennie fort, »ich zeig Ihnen die Kammer. Mal sehen, was Sie davon halten. Sie haben Ihr ganzes Leben auf Tressidor verbracht, Miss Tressidor. Sie verstehen gewiß eine Menge von alten Häusern.«
»Ich verstehe eine Menge von Tressidor. Aber jedes Haus ist anders.«
»Kommen Sie, schauen Sie es sich an.«
»Werden sich die Herren nicht wundern, wo wir geblieben sind?«
»Sie werden es sich schon denken. Die Kammer ist momentan mein Lieblingsprojekt. Sie liegt hinter der Galerie. Kommen Sie.«
Sie ging mit einer brennenden Kerze voran.
»Darf ich Caroline zu Ihnen sagen«, wandte sie sich an mich. »Wir sind fast gleichaltrig. Und zwei Miss Tressidors, das ist ein wenig schwierig.«
»Ja gern.«
»Und ich heiße Gwen, aber alle nennen mich Gwennie. Pa hat damit angefangen. Er meinte, Gwen sei kein Name für ein kleines Würmchen. Und Gwendoline erst recht nicht, so heiße ich nämlich wirklich. Gwennie klingt viel netter.«
»Abgemacht, Gwennie. Ich bin sehr gespannt auf die Kammer. Du nicht auch, Cousine Mary?«
Cousine Mary bejahte, und wir verließen den Salon.
»Die Kinderzimmer liegen oben im Haus. Nicht ganz oben ... da sind die Dachkammern ... direkt unter den Dachkammern. Julian schläft jetzt. Sonst würde ich ihn Ihnen zeigen. Ein süßer Junge.«

»Zwei Jahre alt, soviel ich weiß«, sagte ich.
»Fast. Er wurde ein knappes Jahr nach unserer Hochzeit geboren. Ich will Ihnen was sagen. Wenn Sie wollen, schauen wir schnell mal zu ihm hinein.«
Sie führte uns etliche Treppen hinauf und öffnete eine Tür. Im Zimmer war es dunkel, abgesehen von dem schwachen Schimmer eines Nachtlichtes. Eine Frau erhob sich von einem Stuhl.
»Schon gut, Schwester. Das sind die Damen Tressidor. Ich möchte ihnen Julian zeigen.«
Er war ein niedlicher Knabe mit dichten dunklen Haaren. Ich betrachtete ihn und wurde neidisch, weil es nicht mein Kind war.
»Ist der süß«, flüsterte ich.
Gwennie nickte. Sie war so stolz auf ihn wie auf die restaurierten Decken und die viele Arbeit, die sie in Landower Hall gesteckt hatte.
Paul liebt sie nicht, dachte ich. Er ärgert sich ständig über sie. Aber sie hat das hübsche Kind, und ich beneidete sie, seit ich den Knaben gesehen hatte.
Sie führte uns zur Tür.
»Ich mußte ihn Ihnen einfach zeigen«, gestand sie. »Er ist ein Schatz, nicht?«
Cousine Mary sagte: »Ein niedlicher Knabe.« Und ich nickte bestätigend.
»Kommen Sie, jetzt zeig' ich Ihnen die Kammer.« Sie führte uns ein paar Stufen hinab, und schließlich blieben wir vor einer Tür stehen. »Hier ist es.« Sie öffnete die Tür. »Wir brauchen mehr Licht. Hier ist noch eine Kerze ... Ich hab' immer einen Vorrat davon hier. Ich mag nicht von der Dunkelheit überrascht werden. Sonst hab' ich vor nichts Angst. Nur vor unnatürlichen Dingen. So war ich schon, als ich ein kleines Kind war. Man würde meinen, daß es in so einem Haus Gespenster gibt, nicht wahr? Ich weiß gar nicht, warum ich so daran hänge.« Sie wandte sich mir zu, ihre Augen leuchteten im Kerzenschein. »Sie glauben doch nicht, daß ich Hirngespinste habe, oder?«

Ich schüttelte den Kopf.
»Und doch habe ich manchmal die verrückte Idee, daß es in der Galerie spukt und daß die Gespenster im Grunde dafür gesorgt haben, daß ich kam ... und neues Leben ins Haus brachte.«
»Eine komische Art haben die«, meinte Cousine Mary trocken. »Sie dann so zu erschrecken, daß Sie von der Brüstung stürzten und sich verletzten.«
»Ja ... aber bis dahin dachte ich, Pa wäre dagegen. Er sagte immer, es müsse ein Haufen Arbeit getan werden. Er wollte gern hier leben, aber es gebe noch andere Landhäuser, die nicht in so schlechtem Zustand seien. Aber bei meinem Sturz habe ich mich so schwer verletzt, daß ich hierblieb, und Pa blieb bei mir ... und da fing das Haus an ... ich weiß nicht, wie ich es ausdrücken soll ...«
»Seine Fühler nach Ihnen auszustrecken«, ergänzte ich.
»Genau. Und sie hielten Pa fest. Und dann hatte er diese Idee wegen Paul und mir ... er wollte für alle das Beste. Meine Zukunft lag ihm stets mehr am Herzen als seine eigene. Für ihn verlief schließlich alles wie geplant ... bloß daß er nicht der Gutsherr war. Doch Vater der Gutsherrengattin zu sein genügte ihm.«
»Und das wäre das Ende des Märchens«, sagte ich ironisch, doch sie merkte die Schärfe in meiner Stimme nicht.
»Na ja ... es kommt im Leben nicht immer alles, wie man denkt«, bemerkte sie traurig. »Schauen Sie.« Sie leuchtete mit der Kerze die Wände ab. In der Kammer befanden sich ein Pult und ein Schrank, sonst nichts. »Ich glaube, dieser Raum wurde nie benutzt«, fuhr Gwennie fort. »Ich habe den Schrank verrücken lassen. Er stand da drüben. Man sieht den kleinen Farbunterschied an der Wand ... sogar bei dieser Beleuchtung.« Sie klopfte an die Wand. »Da! Hören Sie das hohle Geräusch?«
»Ja«, sagte Cousine Mary. »Dahinter könnte was sein.«
»Ich werde das untersuchen lassen«, sagte Gwennie.
Ich vernahm ein Geräusch hinter uns. Wir fuhren zusammen.

Eine Stimme sagte: »Buh!«
Jago grinste uns an. Paul stand hinter ihm.
»Ich hab zu Paul gesagt, daß Sie Gwennies neueste Entdeckung inspizieren.« Jago trat vor und klopfte an die Wand. »Ist da jemand?«
Er wandte sich lächelnd an Gwennie. »Liebe Schwägerin, ich mache nur Spaß. Es gibt nur eins, wovor dieser unerschütterliche Geist aus dem Norden zittert – Gespenster. Als ob sie ausgerechnet derjenigen was anhaben wollten, die ihre Behausung vor dem Verfall gerettet hat!«
Hinter diesem neckischen Geplänkel verbarg sich Bosheit. Beide Brüder mögen sie nicht, dachte ich, und sie legt es darauf an, sie jede Minute daran zu erinnern, was sie getan hat. In diesem Haus herrscht mehr als Unfrieden, nämlich Haß.
»Bald werden wir sehen, was hinter der Wand ist«, sagte Paul.
»Hat sich denn vorher niemand dafür interessiert?« fragte ich.
»Kein Mensch.«
»Bis Gwennie kam«, fügte Jago hinzu.
»Na, heute abend gibt es hier nichts zu sehen«, fuhr Paul fort.
Wir traten in die Galerie hinaus. Paul und Cousine Mary gingen voran. Cousine Mary berichtete von einer ähnlichen Begebenheit in Tressidor Manor. »Wir rissen eine Wand nieder ... ach, das ist lange her ... damals lebte mein Großvater noch, und alles, was dahinter zum Vorschein kam, war ein Schrank.«
Gwennie gesellte sich zu ihnen und stellte begierig Fragen.
»Ich kann nicht viel darüber sagen«, erklärte Cousine Mary. »Ich habe nur davon gehört. Ich kenne natürlich die Stelle.«
Ich blieb stehen, um ein Bildnis zu betrachten. Ich dachte, es sei Paul.
»Unser Vater als junger Mann«, erklärte Jago.
»Er sieht aus wie Ihr Bruder.«
»O ja. Das war vor seinen Ausschweifungen. Hoffen wir, daß Paul nicht in seine Fußstapfen tritt. Aber das ist wohl kaum zu erwarten ... das heißt, zu befürchten.«

»Ich halte es für unwahrscheinlich.«
Die anderen waren bereits weitergegangen. »Er könnte dazu getrieben werden.«
»So?«
»Haben Sie nicht bemerkt, wie es steht? Doch lassen wir das. Ich möchte Ihnen etwas zeigen. Die Aussicht vom Turm. Hier entlang, bitte.«
»Die anderen werden sich wundern …«
»Es wird ihnen guttun, ihr Hirn ein bißchen anzustrengen.«
»Sie haben sich nicht sehr verändert, Jago.«
»Der Knabe ist der Kern des Mannes. Von wem stammt diese Weisheit? Sie müßten das doch wissen. Sie sind so klug. Ihre Ausbildung in Frankreich …!«
»Woher wissen Sie denn das?«
»Miss Tressidor ist mächtig stolz auf ihre junge Verwandte. Sie hat viel von Ihnen gesprochen.«
»Schön, daß die zwei Familien Freunde geworden sind.«
Ich hatte ihn in der Galerie vorausgehen lassen. Wir waren zu einer Wendeltreppe gelangt und stiegen sie hinauf. Jago ermahnte mich, mich an dem Seil festzuhalten, das als Geländer diente. Bald waren wir im Freien auf einem Turm. Ich stand still und atmete die frische, kühle Luft. In dem blassen Mondlicht waren die Brüstung und die Zinnen sichtbar, und vor mir erstreckten sich Park und Wälder.
»Wie herrlich«, sagte ich.
»Können Sie sich vorstellen, wie Gwennie meinen Bruder hier heraufbrachte und sagte: ›Verkaufe mir deine Seele, und alles, was du hier siehst, gehört dir‹?«
»Nein.«
»Natürlich nicht. Es war eine nüchterne Transaktion. Man stelle sich einfach vor, wie Pa auf den Tisch haut. ›Sie haben das Haus, die Herkunft, die Familie. Ich hab die Moneten. Nehmen Sie meine Tochter, und ich rette Ihnen das Haus.‹«
»Sie verabscheuen den Handel, nicht wahr?«

»Halb so wild. *Ich* mußte Gwennie ja nicht nehmen.«
»Warum können Sie sie nicht leiden?«
»Ich kann sie nicht leiden, weil ich sie besser leiden kann, als ich möchte. Oder anders ausgedrückt, ich kann sie nicht leiden und weiß, daß es falsch ist. Sie ist nicht übel, unsere Gwennie. Wenn sie nur nicht dauernd die Moneten im Sinn hätte und wenn mein Bruder nicht so stolz wäre ... dann könnte es klappen.«
»Eine Vernunftehe sollte zumindest vernünftig sein.«
»Das ist sie doch. Vernünftig. Und damit hat sich's.«
»Sie hätten in dem Bauernhaus bleiben sollen. Das wäre noch das Günstigste für Sie gewesen.«
»Jüngere Söhne erwischen nie den günstigsten Teil. Das Haus erben Pauls Nachkommen. Der kleine Julian ist ein halber Arkwright. Fein ausgeklügelt.«
»Sie können sich immerhin zur Rettung des Hauses gratulieren.«
»Wohl wahr. Das vergessen wir bestimmt nicht. Aber was vergangen ist, kann man nicht ändern. Uns geht es um die Zukunft. Ich bin froh, daß Sie wieder da sind, Caroline.«
Ich blickte schweigend über das mondbeschienene Gras. War ich froh? Irgendwie war ich ungeheuer erregt. Das Leben war wahrhaftig nicht so eintönig wie in Frankreich. Wie anders hätte es sein können, wenn Paul lieber seine Würde und seine Ehre bewahrt hätte, statt das Haus zu retten, und nun bescheiden in dem Bauernhaus lebte und die paar Morgen bestellte, die dazugehörten – ein armer, aber stolzer Mann. So wäre es mir lieber gewesen.
»Sie machen so ein trauriges Gesicht«, sagte Jago. »War das Leben schwer für Sie?«
»Eigentlich nicht. Unerwartet vielleicht.«
»Aber so wünscht man es sich doch. Sobald das Erwartete eintritt, wird es langweilig.«
»Zuweilen sind einem seine Erwartungen sehr wichtig.«

»Werden wir nicht philosophisch. Reiten Sie immer noch so gut?«
»Ich hatte einen Sturz in den französischen Bergen. Sie haben davon gehört.«
»Ich wünschte, ich hätte gewußt, daß Sie dort sind. Ich wäre gekommen und hätte die Gegend ausgekundschaftet. Wir hätten uns amüsiert, und ich hätte Sie nicht vom Pferd stürzen lassen.«
»Das lag ganz allein an mir. Jago ... hat Gwennie eine Ahnung?«
»Wovon?«
»Daß man ihr einen Streich gespielt hat ... damals auf der Galerie.«
»Sie meinen die Gespenster?«
Ich nickte. »Manchmal scheint sie ...«
»Gwennie ist der neugierigste Mensch, den ich kenne. Sie will alles über jeden wissen, und sie ruht nicht eher, als bis sie es herausgefunden hat. Sie hat keine Ahnung, daß es ein Streich war. Sie behauptet, Gespenster gesehen zu haben. Die sind das einzige, wovor Gwennie sich fürchtet, und es ist tröstlich zu wissen, daß so eine gewaltige Dame auch eine schwache Stelle hat.«
»Was würde sie tun, wenn sie dahinterkäme, daß wir die Gespenster waren?«
»Das weiß ich nicht. Es ist so lange her, und wenn sie nicht gestürzt wäre und wir nicht die guten Gastgeber gespielt hätten, wäre vielleicht alles ganz anders gekommen. Dann säßen womöglich andere Leute in Landower Hall. Oder es hätte sich überhaupt kein Käufer gefunden, und in diesem Fall wäre das ehrwürdige alte Haus eine Ruine, und wir würden uns in Armut in unserem Bauernhaus abrackern, wer weiß?«
»Interessant, daß es genau das Gegenteil von dem bewirkt hat, was wir beabsichtigten. Wir haben Gespenster gespielt, um die Arkwrights zu vertreiben, und haben sie damit erst richtig angelockt.«

»Es stand eben in den Sternen, wie man so sagt.«
»Bestimmung. Die Rettung von Landower und die Verbindung Gwennies mit Ihrem Bruder.«
»Ich glaube, das alte Haus hat das eingefädelt. Es wollte nicht einstürzen. Übrigens – Sie sind sehr schön, Caroline.«
»Danke.«
»So grüne Augen hab ich noch nie gesehen.«
»Die Zofe meiner Mutter würde sagen, das kommt von dieser Brosche.«
Er beugte sich vor, um sie zu betrachten, und ließ seine Finger darauf ruhen, und ausgerechnet in diesem Moment sagte eine Stimme: »Ach, hier seid ihr. Ich dachte mir schon, daß ihr hier oben seid.« Es war Paul.
»Wir brauchten ein bißchen frische Luft, und ich habe Caroline die Aussicht gezeigt.«
»Der Blick ist wunderschön«, bestätigte ich. »Und das Haus auch. Ich weiß, daß Sie sehr stolz darauf sind.«
Er muß die Kälte in meiner Stimme gespürt haben.
»Gehen wir zu den anderen?« fragte er.
Jago warf seinem Bruder einen verzweifelten Blick zu, als wir ihm die Treppe hinunter folgten.
Im Salon sagte Cousine Mary soeben, es sei Zeit für uns, aufzubrechen.
»Ich habe Caroline die Aussicht vom Turm gezeigt«, erklärte Jago.
Gwennie lachte anzüglich.
Cousine Mary sagte: »Es war ein schöner Abend. Vielen Dank für die freundliche Einladung.«
Schließlich brachen wir auf und legten die kurze Strecke nach Tressidor Manor im Eiltempo zurück.
Cousine Mary kam mit auf mein Zimmer. Sie setzte sich nachdenklich hin.
»So eine Atmosphäre«, sagte sie. »Man hätte sie mit einem Messer schneiden können.«

»Sie verachten sie«, sagte ich, »alle beide.«
»Jago interessiert sich für dich. Du mußt dich vor ihm in acht nehmen, Caroline. Du hast ja gehört, was er für einen Ruf hat.«
»Ja, ich weiß. Sie sind beide nicht gerade vorbildlich: Der eine ist ein Schürzenjäger, und der andere heiratet unverhohlen des Geldes wegen.«
»Beides menschliche Schwächen.«
»Mag sein. Aber wer so handelt, sollte es hinterher nicht bereuen.«
»Ach, du sprichst von dem Älteren. Ich weiß, was du meinst. Manche Menschen sind nun mal so ... stolz ... Sie halten an dem Stand fest, in den sie hineingeboren wurden. Sie wachsen mit bestimmten Ansprüchen auf, und eines Tages sollen sie alles verlieren. Dann bietet sich eine Gelegenheit, und sie geraten in Versuchung.«
»Diese Frau ...«
»Gwennie? Der Name paßt nicht zu ihr. Die ist knallhart.«
»Sie braucht einen solchen Ehemann.«
»Du verachtest ihn, nicht wahr? Ich hatte den Eindruck, daß du ihn in Frankreich ganz gern mochtest.«
»Da wußte ich noch nicht, daß er sich verkauft hat.«
»Was für eine theatralische Umschreibung für eine Vernunftehe ...«
»Aber darauf läuft es doch hinaus!«
»Er hat es schwer. Sie passen überhaupt nicht zusammen. Ihr ganzes Wesen, die Art, wie sie unverblümt sagt, was sie denkt, die Tatsache, daß sie nicht hierherpaßt ... das alles macht ihn verdrießlich. Wäre sie ein schlichtes kleines Mädchen gewesen ... eine Erbin, die sich mit Papas Geld eine Villa und einen stattlichen Mann kauft, dann hätte es womöglich besser geklappt. Aber er ist ein stolzer Sprößling einer alten Familie und nun verheiratet mit einer Frau, die in einem ganz anderen Milieu aufgewachsen ist. Hier gute Manieren, vornehme Lebensart, dort ein Mädchen, von einem schwer arbeitenden, gerissenen,

nicht sehr gebildeten, jedoch mit irdischen Gütern gesegneten Vater erzogen ... Das ist, als wolle man Öl und Wasser mischen. Das funktioniert nie. Das eine absorbiert das andere nicht. Da hast du's! Disharmonie! Es ist mir noch nie so aufgefallen wie heute abend.«

»Hast du sie oft zusammen erlebt?«

»Gelegentlich. Heute abend war es anders – die Familie unter sich. Wir zwei waren die einzigen Außenstehenden. Wenn ich sonst bei ihnen eingeladen war, waren immer eine Menge anderer Leute da.«

»Das war gewiß jedesmal recht aufregend.«

Cousine Mary gähnte.

»Nun, du gewöhnst dich langsam ein. Es hat mir gefallen, wie du dich mit Paul Landower über das Gut unterhalten hast. Du hast schon was gelernt.«

»Das ist ja auch mein Wunsch, Cousine Mary.«

»Ich habe gewußt, daß es dich begeistern würde, wenn du erst einmal angefangen hast. Gute Nacht, Liebes. Du siehst so nachdenklich aus. Denkst du immer noch an diese Leute?«

Sie schüttelte den Kopf.

»Es würde mich nicht wundern«, fuhr sie fort, »wenn es dort eines Tages Ärger geben würde. Du verstehst, was ich meine? Natürlich verstehst du. Zwei starke Charaktere dort. Ich wünschte, Gwennie wäre eine schlichte gute Seele und Paul hätte sich mit den Gegebenheiten abfinden können. Aber das ist deren Problem. Es geht uns nichts an, oder? Natürlich nicht. Aber viele Menschen sind von Landowers Gedeihen abhängig, alle Leute auf dem Gut. Vielleicht war es wirklich das Beste. Auf diese Weise bleibt das Gut intakt ... eine Entschädigung für die Ausschweifungen der Vorgänger, die diese Situation herbeigeführt haben. Ich glaube, Gwennie tut ihr möglichstes. Sie hat den Geschäftssinn ihres Vaters geerbt. Aber, wie gesagt, das geht uns nichts an. Also dann, gute Nacht.«

Ich gab ihr einen Kuß, und sie ging aus dem Zimmer.

Ich setzte mich vor meinen Spiegel und nahm die Smaragdbrosche ab. Versonnen betrachtete ich mein Spiegelbild. Meine Augen strahlten, auch ohne daß die Brosche den Blick auf sie lenkte. Was immer ich sagte, was immer ich dachte, Paul ging mir nicht aus dem Sinn. Er tat mir gegen meinen Willen leid.
»Er ist selbst schuld«, sagte ich laut. »Wie man sich bettet, so liegt man.«
Wie treffend! Ich konnte förmlich spüren, wie Gwennie ihm zuwider war. Es gab Momente, da er es nicht verbergen konnte. Jetzt kannte ich den Grund für die Melancholie in seinen Augen. Ich wollte ihn hassen, wollte ihn verachten. Aber ich konnte es nicht. Ich hatte nur Mitleid mit ihm und den unwiderstehlichen Wunsch, ihn zu trösten.
»Es geht uns nichts an.« Cousine Marys Worte klangen mir noch in den Ohren. Natürlich geht es uns nichts an, sagte ich zu meinem Spiegelbild.
Dennoch dachte ich betrübt an ihn, aber auch mit einer unbestimmten Hoffnung ... doch ich vermochte nicht zu sagen, worauf.

Am nächsten Morgen blieb Cousine Mary lange im Bett. Ich ging ein wenig besorgt zu ihr.
»Ach, ich spüre mein Alter«, stöhnte sie. »Ich bleibe immer lange liegen, wenn ich abends aus war und spät ins Bett kam. Aber ich stehe bald auf.«
»Bist du sicher, daß dir sonst nichts fehlt?«
»Hundertprozentig. Ich mag mich bloß nicht plagen. Besonders jetzt nicht, da ich eine Hilfe habe.«
»Die dir bislang nicht viel nützt, fürchte ich.«
»Ich sag dir, was du heute morgen tun kannst. Reite zum Hof der Bracketts und richte ihnen aus, Jim Burrows prüft die Sache mit den drei Morgen Weideland, ja? Es geht um den Boden. Jim kann nicht selbst hingehen, weil er heute nach Plymouth muß. Ich habe versprochen, mich darum zu kümmern.«

Ich war froh, etwas Nützliches tun zu können, und nach dem Frühstück brach ich auf.

Ich saß bei den Bracketts in der Küche bei einer Tasse Tee und einem warmen Hörnchen, das Mrs. Brackett soeben aus dem Ofen genommen hatte. Ich richtete die Botschaft aus, und Mrs. Brackett sagte, sie freue sich, daß ich nun im Gutshaus sei.

»Ich hab' mir oft gedacht, Miss Tressidor ist recht einsam dort. Schön, daß Sie jetzt bei ihr sind. Und sie hält große Stücke auf Sie. Ich hab' zu meinem Tom gesagt: ›Schön, daß Miss Tressidor jetzt Miss Caroline bei sich hat.‹«

»Ja, für mich ist es auch schön.«

»Ein Glück für uns, für die Tressidors zu arbeiten, sag ich immer zu Tom. Bei den Landowers ... schwere Zeiten waren das, ist noch gar nicht lange her. Ich hab' zu Tom gesagt: ›Ist ganz was anderes ... Landower kommt in fremde Hände ... Gibt einem zu denken.‹«

»Aber jetzt ist alles wieder in Ordnung.«

»Ja, aber wie man hört, hält sie die Finanzen in der Hand ... Sie ist freilich nicht ganz, was man erwarten würde. Aber das gehört nicht hierher.«

Ich wünschte, daß sie weitersprach. Denn ich wollte alles, was ich konnte, über die Landowers und was dort vorging, erfahren. Aber ich durfte natürlich nicht klatschen.

Als ich das Bauernhaus verließ, lenkte ich mein Pferd zum Moor. Ich freute mich darauf, über den frischen Torf zu galoppieren und den Wind im Gesicht zu spüren. Ich wollte über gestern abend und über die Zukunft nachdenken. Cousine Mary erwartete, daß ich blieb, und das wollte ich auch gern, doch nachdem ich Paul abends gesehen und das gespannte Verhältnis zwischen ihm und seiner Frau gespürt hatte, war mir sehr unbehaglich zumute.

Es hatte keinen Sinn zu behaupten, daß es mich nichts anginge. Ich war mir der Gefühle, die er in mir wachrief, durchaus bewußt. Ich war nicht sicher, ob er sie erwiderte. Wenn ja, dann ging es mich eben doch etwas an. Es sei denn, ich ginge fort. Ich mußte mich ernsthaft mit meiner Zukunft befassen.

Es war ein warmer Tag, doch ein frischer Wind wehte aus Südwest, wie meistens in dieser Gegend. Ich atmete ihn wohlig ein, als ich dahingaloppierte. In der Ferne sah ich die alte verlassene Mine, die Jago mir einst gezeigt hatte.

Ich näherte mich ihr.

Sie sah wahrhaftig unheimlich aus. Ich erinnerte mich an die Geschichten, die Jago mir von den Geistern Verstorbener erzählt hatte, die angeblich in den alten Minen hausten. Hier, allein im Moor, wo der Wind durchs Gras pfiff, konnte ich begreifen, daß die Menschen anfällig für Aberglauben waren.

Ich kam zum Rand des Schachtes. Der Wind tönte wie hohles Gelächter. Ich wich zurück und sah mich um. Auf der einen Seite reichte der Blick zum Horizont. Auf der anderen Seite war er von mehreren großen Felsbrocken verstellt.

Während ich mein Pferd wendete, vernahm ich das Geräusch von Hufen, und dann rief jemand meinen Namen.

Ich dachte zuerst, ich hätte es mir eingebildet oder es sei einer jener Totengeister, die Jago Knackerchen genannt hatte. Doch es war eine mir bekannte Stimme, und zwischen den Felsbrocken sah ich den Reiter sich seinen Weg durch die Steine bahnen. Es war Paul.

»Guten Morgen, Caroline«, grüßte er.

»Guten Morgen. Ich dachte, ich bin ganz allein hier.«

»Ich wollte Sie aufsuchen und sah Sie den Weg zum Moor einschlagen. Aber Sie sollten nicht zu nahe an den alten Minenschacht gehen.«

»Mir kommt er ganz ungefährlich vor.«

»Man kann nie wissen. Es heißt, daß es dort spukt.«

»Das macht mich um so neugieriger.«

»Es gibt nicht viel zu sehen. Vor ungefähr fünfzig Jahren ist jemand in den Schacht gestürzt und dabei umgekommen. Es war in einer nebligen Nacht. Die Leute sagten, er sei einer Hexe verfallen gewesen.«

»Ich kenne keine Hexen, und es ist hellichter Tag, also war ich vollkommen sicher.«

Er war jetzt neben mir. Den Hut hielt er in der Hand. Der Wind verfing sich in seinen dunklen Haaren, und seine Augen mit den schweren Lidern betrachteten mich ernst.

»Es ist mir eine große Freude, Sie zu sehen.« Seine Stimme war etwas unsicher.

Ich war gerührt, und um meine Gleichgültigkeit war es geschehen. Ich wurde mir über meine Gefühle für ihn immer klarer. Es ärgerte mich, daß mir mein gesunder Menschenverstand allmählich abhanden kam, und ich ließ meinen Zorn an Paul aus.

»Gratuliere«, sagte ich.

Er hob fragend seine Brauen.

»Zum Erwerb von Landower«, fuhr ich fort. »Sie müssen stolz sein auf die Renovierung.«

Er sah mich vorwurfsvoll an. »Das Haus wird weitere zweihundert Jahre stehen, und es bleibt in der Familie.«

»Eine beachtliche Leistung. Da darf man wohl gratulieren.«

»Ich wollte Ihnen in Frankreich erzählen, daß ich verheiratet bin.«

»So? Und warum haben Sie's nicht getan?«

»Es fiel mir schwer, darüber zu sprechen.«

»Wieso? Es war doch ganz natürlich, oder?«

Ich lenkte mein Pferd vom Minenschacht fort. Paul blieb neben mir. »Ich wollte mit Ihnen reden.«

»Sie reden doch mit mir.«

»Im Ernst.«

»Warum tun Sie's dann nicht?«

»Sie sind anders als in Frankreich. Es waren glückliche Stunden für mich, Caroline.«

»Ja. Es war schön. Bis auf den dummen Sturz.«

»Sie hatten keine bösen Nachwirkungen?«

»Nein.«
»Wir haben uns dadurch besser kennengelernt.«
»Ich glaube nicht, daß ich Sie dadurch kennengelernt habe.«
»Sie meinen ...«
»Nicht so gut wie jetzt«, sagte ich kühl.
»Sie wissen doch, was ich für Sie empfinde, Caroline.«
»Wirklich?«
»Ach kommen Sie, seien wir offen und ehrlich. Hier im Moor sind wir allein. Niemand kann uns hören.«
»Nur die Knackerchen, die Geister und Gespenster.«
»Die kurze Zeit, die wir damals in Frankreich zusammen verbrachten, werde ich nie vergessen. Seitdem habe ich immer an Sie gedacht. Erst danach wurde alles so unerträglich.«
»So dürfen Sie nicht zu mir sprechen. Sie dürfen nicht vergessen, daß Sie sehr zufriedenstellend verheiratet sind ... und zudem so *vernünftig*.«
»Ich hätte es nicht tun sollen.«
»Was! Wo Sie doch den Landowers Landower gerettet haben!«
»Ich habe lange gezögert. Es hing soviel davon ab. Mein Vater ... Jago ... die Pächter ...«
»Und Sie.«
»Und ich.«
»Ich verstehe vollkommen. Ich habe ihnen, glaube ich, in Frankreich erzählt, daß ich verlobt war. Und als mein Verlobter erfuhr, daß ich kein Vermögen besaß, konnte er mich nicht heiraten. Sie sehen, ich kenne den Lauf der Dinge.«
»Sie sind zynisch, Caroline. Das paßt nicht zu Ihnen.«
»Ich bin realistisch und möchte gar nicht anders sein.«
»Ich wünschte, es wäre anders gekommen.«
»Sie meinen ... Sie wünschten, Sie könnten die Tage bis vor Ihrer Heirat zurückspulen. Aber dann müßten Sie in Ihrem Bauernhaus leben, und ich bin überzeugt, daß Sie das nicht wollen.«

»Darf ich Ihnen erklären, was Landower für meine Familie bedeutet?«
»Nicht nötig. Ich weiß Bescheid.«
»Ich mußte es tun, Caroline.«
»Ich weiß. Sie haben den Arkwrights Landower abgekauft, wie sie es Ihnen abgekauft hatten – nur die Währung war eine andere. Die Transaktion war haargenau dieselbe. Alles ist mir vollkommen klar. Erklärungen sind überflüssig. Gestern abend fiel mir auf, daß Sie ein wenig unzufrieden sind. Vielleicht spreche ich zu offen. Das mag daran liegen, daß wir hier im Moor sind. Ich fühle mich meilenweit entfernt von der Welt der artigen Gesellschaft. Sie auch?«
»Ja. Deshalb spreche ich auch so frei mit Ihnen.«
»Wir müssen in die wirkliche Welt zurück«, sagte ich, »wo wir uns den Konventionen fügen. Sie dürfen nicht soviel enthüllen, und auch ich muß mich zurückhalten. Wir sollten uns über die Wetteraussichten und die zu erwartende Ernte unterhalten anstatt ... Ich muß zurück.«
»Caroline ...«
Ich sah ihn an. »Sie haben Ihr Abkommen getroffen. Sie haben erreicht, was Sie wollten. Jetzt müssen Sie dafür bezahlen. Es war eben ein sehr kostspieliger Kauf.«
Ich war so verbittert und unglücklich, daß ich ihm weh tun wollte. Ich hätte ihn inniger lieben können als Jeremy. Als Jeremy mir den Laufpaß gab, waren meine Gefühle für ihn sogleich in Haß umgeschlagen. Und hier war nun Paul, so geldgierig wie Jeremy, und doch mußte ich mein Verlangen bekämpfen, seine Hand zu nehmen, ihn zu streicheln, ihn zu trösten.
Ich witterte Gefahr und war von dunklen Vorahnungen erfüllt. Ich durfte ihn nicht merken lassen, wie es um mich stand.
Ich galoppierte übers Moor. Hinter mir hörte ich die Hufe seines Pferdes donnern. Der Wind zauste an meinen Haaren. Wie anders hätte es sein können, dachte ich, und ich weinte fast vor

Verbitterung. Ich hätte ihn lieben können und glaubte, daß auch er mich gern gehabt hätte. Doch zwischen uns stand Landower, das hatte gerettet werden müssen, und Gwennie, die ihn gekauft hatte, so daß sie für den Rest ihres Lebens aneinandergekettet waren.

Die Moorlandschaft war nun nicht mehr so verwildert, und bald gelangten wir auf Feldwege.

Paul begann wieder: »Ich will hoffen, daß sich nichts zwischen unsere Freundschaft drängt, Caroline.«

Ich erwiderte kurz angebunden: »Wir sind Nachbarn ... solange ich hier bin.«

»Soll das heißen, daß Sie fortgehen?«

Ich zuckte die Achseln. »Ich weiß es noch nicht.«

»Aber Miss Tressidor meinte doch, daß Sie von nun an bei ihr zu Hause wären.«

»Ich weiß wirklich noch nicht, was ich tun werde.«

»Sie müssen bleiben.«

»Es dürfte Ihnen doch nichts ausmachen, ob ich gehe oder bleibe.«

»Und ob es mir etwas ausmacht!«

Ich hätte ihm gern eine bittere Antwort gegeben, aber ich brachte es nicht fertig. Ob er bemerkt hatte, daß meine Lippen zitterten? Vielleicht. Wir ritten Seite an Seite.

Er durfte nicht merken, wie bewegt ich war.

Ich sah alles deutlich vor mir: die wachsende Leidenschaft, die unwiderstehlich wurde, heimliche Zusammenkünfte, Schuldgefühle; Gwennies bohrende Fragen, spionierende Dienstboten. O nein. Soweit durfte es nicht kommen.

Ich ritt ihm voraus. Wir durften dieses Gespräch nicht fortsetzen.

Ich verabschiedete mich von ihm, als Tressidor in Sicht kam. Ich ritt heim und ging geradewegs auf mein Zimmer. Ich mochte vorerst keinen Menschen sehen. Meine Gefühle waren zu sehr in Aufruhr.

Mein Herz jubelte, weil ich ihm nicht gleichgültig war; doch gleichzeitig war ich von tiefer Verzweiflung ergriffen, weil er nicht frei war. Jede Beziehung zwischen uns, die über eine flüchtige Freundschaft hinausging, stand außer Frage.
Wirklich? Warum hatte er so zu mir gesprochen? War er in mich verliebt? War ich in ihn verliebt? Wollte er andeuten, daß etwas geschehen müsse?
Das waren Fragen, die man vielleicht besser nicht stellte.
Vielleicht sollte ich fortgehen … rechtzeitig.

Am Nachmittag besuchte ich Jamie McGill.
Ich wollte eine Weile in die friedliche Atmosphäre des Pförtnerhauses entfliehen. Jamie freute sich. Er habe seine Bienenstöcke vermehrt, seit ich das letzte Mal hier war, berichtete er.
»Wir hatten gute und schlechte Zeiten«, erklärte er. »Und dann dieser kalte Winter. Die Winter sind hier nicht wie in Schottland … aber dieser Kälteeinbruch … bloß ein paar Wochen. Den Bienen paßte das gar nicht. Ich hab' sie natürlich vor dem Schlimmsten bewahrt. Das wissen sie. Sie sind dankbar. Bienen sind dankbarer als Menschen.«
Er machte uns Tee und meinte, es sei gut, wenn ich hinausginge und den Bienen guten Tag sagte.
»Die sollen doch nicht denken, Sie wären hochnäsig.«
Ich lächelte. »Würden sie das wirklich denken?«
»Ach was. Aber sie nehmen es als nette Geste, wenn ich Sie zu ihnen bringe. Sie wissen, daß Sie da sind. Sie wußten es schon, ehe ich es ihnen sagte. Manchmal denke ich, die Bienen merken so was … schneller als wir. Auch Löwenherz weiß manchmal im voraus, was passiert.«
Als der Hund seinen Namen hörte, wedelte er mit dem Schwanz. Er lag auf dem Teppich und sah seinen Herrn ergeben an. Die Katze kam herein und sprang auf Jamies Schoß.
»Oh«, sagte er, »Tiger nicht zu vergessen. Tiger ist 'n kluges Kerlchen, nicht wahr, Tiger?«

Tiger war schwarz und glatt. Er hatte schräge grüne Augen.
»Eine ungewöhnliche Katze!« stellte ich fest.
»Tiger ist mehr als 'ne Katze, was, Tiger? Tiger kam eines Nachts zu mir. Stand draußen vor der Tür ... nicht, daß er um Einlaß gebettelt hätte. Tiger bettelt nie. Er fordert. Er kam und ist geblieben. Woher bist du gekommen, Tiger? Das verrätst du nicht, was?«
»Sie haben viel Freude an Tieren und Bienen«, bemerkte ich.
»Sie sind anders als Menschen. Ich hab mich schon immer besser mit Tieren verstanden. Ich kenne sie, und sie kennen mich ... und wir trauen uns gegenseitig. Sehen Sie, in Löwenherz' Augen kann ich nichts falsch machen. Der ist ein treuer Freund. Tiger, na ja, der ist nicht so zuverlässig. Es ist eine Ehre für mich, daß er bei mir ist, verstehen Sie. So sieht er es jedenfalls.«
»Und die Bienen?«
»Die sind ein Mittelding zwischen diesen beiden. Wir leben miteinander. Ich tu für sie, was ich kann, und sie tun für mich, was sie können.«
»Ein schönes Leben haben Sie sich hier eingerichtet, Jamie.«
Er antwortete nicht. Seine Augen hatten einen abwesenden Ausdruck, als blickten sie über die Hütte und mich und sogar über die Tiere hinaus.
»Es wäre ein schönes Leben«, meinte er grübelnd, »wenn Donald nicht wäre. Ich weiß nie, ob er mich nicht vielleicht doch noch findet.«
»Ihr Zwillingsbruder.« Ich erinnerte mich, was er mir damals erzählt hatte.
»Wenn er hierherkäme, dann wäre es aus mit dem Frieden.«
»Rechnen Sie denn damit, daß er kommt, Jamie?«
Er schüttelte den Kopf. »Es gibt ganze Tage ... Wochen ... da denk ich überhaupt nicht an ihn. Manchmal vergesse ich ihn sogar monatelang.«

»Sie sind schon so lange hier, Jamie. Da ist es unwahrscheinlich, daß er herkommt.«

»Ganz recht, Miss Caroline. Es ist dumm von mir, mich zu ängstigen. Er kommt sicher nicht.«

»Davon abgesehen haben Sie sich alles so eingerichtet, wie Sie wollen.«

»Wohl wahr. Miss Tressidor war gut zu mir ... Sie hat mir das hübsche Haus gegeben und den Garten.«

»Sie ist gut zu allen Menschen, die für sie arbeiten.«

»Ich werde nie vergessen, was sie für mich getan hat.«

»Das werde ich ihr sagen. Aber ich denke, das weiß sie auch so. Meinen Sie wirklich, ich soll zu den Bienen gehen?«

»Aber ja. Unbedingt.«

Er staffierte mich mit dem Schleier und den Handschuhen aus, die ich damals bereits getragen hatte, und ich ging zu den Bienenstöcken hinaus. Ich geriet einen Moment lang in Panik, als die Bienen mich umsummten, obwohl ich wußte, daß ich gut geschützt war.

»Da ist sie«, sagte Jamie. »Sie kommt euch besuchen. Miss Caroline. Sie interessiert sich sehr für euch.«

Einige ließen sich auf seinen Händen nieder, wieder andere auf seinem Kopf. Er war nicht im mindesten beunruhigt, und die Bienen ebensowenig. Er hatte recht, sie kannten ihn wirklich.

Wieder im Pförtnerhaus, befreite er mich von Schleier und Handschuhen.

»Es ist fabelhaft, wie die Sie kennen«, sagte ich.

»Nein«, erwiderte er, »es ist natürlich.«

»Mir scheint, sie sind ein gesundes Volk, dabei ohne die Sorgen, die uns Menschen heimsuchen.«

»Manchmal kann es schon Ärger geben. Wenn zwei Königinnen in einem Stock sind.«

»Können die beiden nicht einträchtig nebeneinander leben?«

Jamie lachte. »Im Grunde sind sie doch wie die Menschen. Zwei

Ehefrauen in einem Heim, das würde nicht gutgehen, oder? Zwei Königinnen könnten nicht ein Land regieren.«
»Was geschieht dann?«
»Sie kämpfen. Eine tötet die andere.«
»Mord! In dieser idealen Gemeinschaft!«
»Eifersucht ist etwas Furchtbares. Es ist nur für eine Platz ... Also räumt sie die andere aus dem Weg.«
»Sie haben meine Illusionen zerstört.«
»Die Wahrheit ist besser als Illusionen, Miss Caroline.«
»Dann sind Bienen also doch nicht vollkommen.«
Die schwarze Katze sprang auf meinen Schoß.
»Tiger mag Sie«, sagte Jamie.
Ich war nicht so sicher. Die Katze starrte mich mit ihren grünen Augen an. Plötzlich legte sie sich hin und begann zu schnurren. Kurze Zeit herrschte Stille im Raum, die nur durch das Ticken der Uhr unterbrochen wurde.
Hier herrscht Friede, dachte ich. Vollkommener Friede. Nein, nicht vollkommen. Ich dachte an die kämpfenden Bienenköniginnen und an Jamies nagende Angst vor seinem bösen Bruder.

Ich erhielt einen Brief von Olivia, der mich sehr bewegte.

> *Meine liebe Caroline!*
> *Ich habe große Neuigkeiten für Dich. Ich bekomme ein Baby. Das macht mein Glück vollkommen. Alles ist so wundervoll, seit ich verheiratet bin. Und auch Jeremy ist froh, denn das haben wir uns beide gewünscht. Jeremy wünscht sich natürlich einen Jungen. Ich glaube, da ist er wie alle Männer. Mir persönlich ist es einerlei – außer natürlich um Jeremys willen. Es ist bald soweit. Ich habe es verschwiegen, solange ich konnte. Ich hatte dieses komische Gefühl, das ich immer habe, wenn etwas Wunderbares geschieht – die Angst, etwas könnte schiefgehen, wenn ich zuviel darüber rede. Deshalb behielt ich es für mich. Das Baby kommt Ende Juli.*

Ich weiß, daß Du Dich mit mir freust. Wie findest Du es, daß Du Tante wirst? Ich kann es mir kaum vorstellen – Du und Tante! Ich wünschte, Du würdest bald einmal kommen. Ich sehne mich nach Dir. Ich verspreche Dir, daß Du die Patin des Babys wirst. Bitte schreib mir bald, daß Du einverstanden bist.
Hab Dank für Deine Briefe. Ich kann mir alles genau vorstellen. Vielleicht komme ich eines Tages nach Cornwall. Vorläufig ist es schwierig wegen des Babys. Aber du mußt herkommen, Caroline. Es ist zwar eine weite Reise, aber ich möchte Dich so gern wiedersehen.
Miss Bell ist natürlich immer noch hier. Sie ist schrecklich aufgeregt wegen des Babys. Dann hat sie wieder ein Kind, das sie unter ihre Fittiche nehmen kann. Ich fürchte, sie hat ihre Stellung hier als eine Art Ruheposten betrachtet, weil ich kaum mehr ein Schulmädchen genannt werden kann. Sie ›leitet‹ mich, wie sie es nennt. Jeremy amüsiert sich sehr darüber.
Du überlegst Dir, ob Du herkommst, ja? Zur Taufe mußt Du ohnehin hier sein. Es ist üblich, daß die Patin zugegen ist. Schreib mir weiterhin. Ich freue mich immer so auf Deine Briefe. Ich höre so gern von den Landowers und den Leuten auf dem Gut, und natürlich von Cousine Mary und dem komischen Kauz mit den Bienen. Ich hätte Dich gern in dem Aufzug mit Schleier gesehen.

> *Sei herzlichst gegrüßt*
> *von Deiner Dich liebenden*
> *Schwester Olivia.«*

Olivia wurde Mutter! Kaum zu glauben. Ich verspürte einen neidischen Stich. Sie hatte es mir verschwiegen, weil sie sich nicht über meine Empfindungen im klaren war. Ich war nicht auf ihrer Hochzeit gewesen. Sie wußte, warum. Empfindsam, wie sie war, dachte sie stets an andere. Sie versetzte sich an

deren Stelle. Das gehörte zu ihren liebenswertesten Eigenschaften.
Und Jeremy war ein guter, hingebungsvoller Ehemann. Natürlich, dachte ich zynisch. Er hat ja auch ein bequemes Leben. Die gute Olivia! Er hatte sie ausgenutzt ... wie er mich ausnutzen wollte ... wie er jede Frau ausgenutzt hätte, die die Mittel besaß, ihm den Lebensstil zu verschaffen, den er erstrebte.
Ich wollte frei und unabhängig sein.
Ich dachte an Jeremy – und seine Aufregung bei der Aussicht auf ein Kind. Ich dachte an Paul, und eine schreckliche Trostlosigkeit überkam mich.

Zu Besuch in London

Cousine Marys Gesellschaft tat mir ausgesprochen wohl. Es blieb ihr nicht verborgen, daß ich alles andere als froh und glücklich war, was sie wohl auf Jeremys Verhalten und Paul Landower zurückführte. Sie war zu klug, um mich mit bohrenden Fragen zu behelligen, und bemühte sich, mir das Leben angenehm zu machen. Eine Zurückweisung, wie ich sie erlitten hatte, war verständlicherweise ein schlimmer Schock für das Selbstbewußtsein und wirkte sich natürlich für geraume Zeit auf jede Beziehung zu einem anderen Mann aus.

Cousine Mary glaubte mich heilen zu können, indem sie mich mit der Verwaltung des Gutes auf andere Gedanken brachte. Bis zu einem gewissen Grade hatte sie recht damit, denn die Arbeit lenkte mich ab. Ich saß mit Cousine Mary und dem Verwalter Jim Burrows über den Rechnungen; Anordnungen wurden in meiner Gegenwart getroffen. Ich sagte wenig, hörte jedoch eifrig zu und konnte tatsächlich über längere Zeit hinweg alles andere vergessen.

Auch die Geselligkeit kam nicht zu kurz.

Cousine Mary sagte: »Ich habe mir nie viel aus dem Gesellschaftsleben gemacht. Ich habe dergleichen vielmehr weitgehend gemieden, doch seit sich bei den Landowers mit dem Einzug der neuen Herrin soviel tut, sind Einladungen in der Nachbarschaft häufiger geworden.«

Es war keine große Gemeinde, doch ab und zu waren Gutsherren von außerhalb auf Landower zu Gast und übernachteten dort. Da wir so nahe wohnten, waren wir niemals Hausgäste, nahmen aber an den Veranstaltungen teil. Gwennie schwelgte im Glück. Sie brachte, wie sie sagte, Landower das zurück, was ihm so lange gefehlt hatte. Ich glaubte, Paul waren diese Gesellschaften zuwider, doch Jago fand sie amüsant.

Cousine Mary äußerte dazu: »Sie bemüht sich allzusehr, eine Landower zu sein, das ist Gwennies Fehler. Sie merkt nicht, daß die Quintessenz dessen, was sie erreichen will, eine gewisse Nonchalance ist. Sie trifft den Kern der Sache nicht. Sie versucht auf ihre gute Abkunft aufmerksam zu machen, während das für den wahren Aristokraten selbstverständlich ist. Arme Gwennie, ob sie es je begreifen wird?«

Cousine Mary gab hin und wieder eine bescheidene Abendgesellschaft – Gegeneinladungen nannte sie das. »Bis zu dem Tag, als Gwennie kam, brauchten wir uns nicht mit so was abzugeben«, klagte sie.

Doktor Ingleton mit Gattin und der mittelaltrigen unverheirateten Tochter waren unsere Gäste, ferner das Pfarrerehepaar mit Schwägerin, der Anwalt, der in Liskeard wohnte, dazu noch ein Bankdirektor – natürlich mit Familie.

Ich wurde in das Gemeindeleben mit einbezogen.

»Es ist gut, diese Leute zu kennen, ebenso wie diejenigen auf dem Gut«, meinte Cousine Mary.

Jeden Tag gab sie mir zu verstehen, daß Cornwall von nun an meine Heimat sei, und jeden Tag fragte ich mich, was ich tun sollte.

Ich wich Paul aus und glaubte, daß auch er mir auswich. Wir spürten wohl beide die gegenseitige Anziehungskraft, der wir doch niemals nachgeben durften. Es war wie ein vorübergehend eingedämmtes Feuer, das langsam schwelte. Ich wußte instinktiv – und er wohl auch –, daß es jederzeit aufflammen konnte.

Der Umgang mit Jago war weniger kompliziert. Wir trafen uns oft. Er tauchte einfach auf, wenn ich allein ausritt – und er war natürlich auf jeder Veranstaltung zugegen.

In seiner Gesellschaft mußte ich mich einfach wohl fühlen. Er war amüsant, unbeschwert, stets zu einem neckischen Flirt aufgelegt, was wir beide genossen.

Ich hatte den Eindruck, daß er es nicht unbedingt auf Verführung abgesehen hatte, jedoch jede sich bietende Gelegenheit dazu gern ergriff.

Jago hatte zu viele Eisen im Feuer. Er gehörte zu den Männern, für die sexuelle Abenteuer so natürlich waren wie das Atmen. Und er hatte Erfolg in seinen Amouren, weil er so umwerfend gut aussah, was ihn, zusammen mit seinem fröhlichen Naturell, für viele unwiderstehlich machte.

Er machte keiner Frau regelrecht den Hof, dessen war ich sicher. Seine Eroberungen gelangen ihm mühelos, ohne daß er sich verausgaben mußte. Ich gehörte wohl zu den wenigen, die ihm widerstanden; für manchen Mann wäre das vielleicht ein Anreiz gewesen, sich erst recht um mich zu bemühen. Nicht für Jago. Er war stets für Bequemlichkeit. Er hatte es nicht nötig, Widerstände zu überwinden. Alles fiel ihm ohne Anstrengung zu.

Ich fand das überaus amüsant und mußte zugeben, daß Jagos Gesellschaft mich beträchtlich aufheiterte. Ich sagte ihm, seine Einstellung zum Leben sei wie die eines Schmetterlings, der von Blüte zu Blüte flattert, im Sonnenlicht tänzelnd, ohne an die Zukunft zu denken. Er erwiderte, er habe nie gedacht, daß Schmetterlinge eine Einstellung zum Leben hätten.

Ich machte ihm scherzhaft Vorhaltungen. »Wissen Sie noch, wie es der Grille erging?« fragte ich ihn einmal.

»Ich fühlte mich nie zu Grillen im allgemeinen hingezogen, und das Schicksal dieser einen im besonderen ist mir unbekannt, welches, wie ich Ihrem Tonfall entnehme, tragisch war, eine Lehre für uns alle.«

»Jago, Sie müssen doch die Fabel von La Fontaine kennen.«

»Ich kenne keinen La Fontaine.«

»Aber gewiß kennen Sie die Fabel. Die kennt doch jeder. Die Grille hat den ganzen Sommer gesungen und getanzt und keine

Vorräte für den Winter gesammelt. Dann wollte sie sich von der Ameise etwas borgen. ›Was hast du im Sommer gemacht?‹ fragte die Ameise. ›Getanzt und fröhlich gesungen‹, erwiderte die Grille. ›Nun, dann tanze jetzt auch‹, sagte die Ameise.«
»Ich sehe da keine Parallele. Wer ist die Ameise? Ich weiß nur, daß Sie mir die Rolle der Grille zugeteilt haben.«
»Wenn Sie alt und grau werden …«
»Gott bewahre! Ich werde nie alt. Das liegt nicht in meiner Natur. Ich werde meine Locken färben, wenn es sein muß. Aber ich werde nie alt oder grau sein.«
»Eines Tages müssen Sie aber doch häuslich werden!«
»Was meinen Sie damit?«
»Ein ernstes Leben.«
»Ich bin sehr ernst. Ich bin entschlossen, das Leben zu genießen, und damit ist es mir vollkommen ernst.«
Es war unmöglich, sich über irgend etwas ernsthaft mit ihm zu unterhalten. Für mein Gemüt war das eine Wohltat, und wenn ich mit ihm zusammen war, besserte sich meine Stimmung.
Die Wochen vergingen wie im Flug.
Ich dachte viel an Olivia und sprach ausführlich mit Cousine Mary über sie.
»Es ist immer eine schwere Zeit, wenn man ein Baby erwartet«, sagte ich. »Und ich lese ein dringendes Flehen zwischen den Zeilen ihrer Briefe. Ich habe das Gefühl, ich müßte bei ihr sein.«
»Dann fahr doch hin.«
»Ich kann mich nicht entschließen. Es könnte unangenehm werden. Ich will Jeremy Brandon nicht wiedersehen.«
»Das ist verständlich. Dann ist es vielleicht besser, wenn du nicht fährst. Du weißt nicht, wie Olivia dabei zumute ist.«
»Ich glaube, sie würde es verstehen.«
»Gehst du zur Taufe?«
»Ja, das muß ich wohl. Dann werde ich sehen, ob es ihr gutgeht.«
Die Tage vergingen, und ich wartete gespannt auf Neuigkeiten.

Ende Juli kam ein Brief von Olivia, in ziemlich zittriger Schrift, aber ihr Jubel war nicht zu verkennen.

> *»Liebe Caroline!*
> *Es ist alles überstanden. Ich bin die glücklichste Frau der Welt. Ich habe mein Baby, ein Mädchen, wie ich es mir gewünscht habe. Jeremy ist überglücklich. Er hat ganz vergessen, daß er einen Jungen wollte. Sie ist das süßeste kleine Mädchen, das je geboren wurde.*
> *Der Name steht schon fest. Jeremy wollte sie nach mir nennen, aber ich sagte, mit zwei Olivias könnte es schwierig werden. Deshalb haben wir uns auf Livia geeinigt. Und natürlich muß sie auch nach ihrer Patin heißen. Livia Caroline, was hältst Du davon?*
> *Ich wußte nicht, daß es so viel Glück auf der Welt geben kann. Ich sehne mich nach Dir, ich möchte Dir unbedingt mein Schätzchen zeigen. Die Taufe ist Ende September.*
> *Ach, Caroline, ich freue mich ja so auf Dich.*
>
> *In Liebe*
> *Deine Schwester Olivia.«*

Ich war erleichtert, daß sie die Niederkunft gut überstanden hatte – sie war immer so zart gewesen –, und dabei keimte in mir der Wunsch auf, Olivia und das Kind zu sehen. Wie es wohl sein würde, mit Jeremy zusammenzutreffen? Er würde gewiß zurückhaltend sein. Vielleicht bekam ich ihn nicht viel zu Gesicht.

Ich ging zu Miss Gentle, die in einer Hütte auf dem Anwesen der Landowers wohnte und für beide Häuser nähte. Sie fertigte ein paar hübsche Babygarnituren an, die ich mit nach London nehmen wollte, und in den kommenden Wochen waren meine Gedanken von einer merkwürdigen Mischung aus Freude und Besorgnis erfüllt.

Während ich meine Vorbereitungen traf, wurde mir immer

unbehaglicher zumute, und ich fragte mich, was ich sagen sollte, wenn ich Jeremy gegenüberstünde. Ich wollte mich um Gleichgültigkeit bemühen, doch ich wußte nicht, ob mir das bei meiner Wut gelingen würde.

Am Morgen des 28. September fuhr Joe mich im Wagen zum Bahnhof, und Cousine Mary kam mit. Sie verfrachtete mich in ein Erster-Klasse-Abteil, gab mir einen flüchtigen Kuß und ermahnte mich, nicht zu lange fortzubleiben.

»Ich bin bald wieder da«, versprach ich.

Sie stand auf dem Bahnsteig und winkte, als der Zug abfuhr.

Ich machte es mir bequem. Auf dieser Strecke mußte ich jedesmal an meine erste Reise denken, als ich Miss Bell gegenübersaß, und an meine erste Begegnung mit Paul und Jago Landower, die in meinem Leben eine so große Rolle spielen sollten.

Ich betrachtete die vorbeigleitende Landschaft und war froh, ein Abteil für mich allein zu haben.

Wie hatten sich die Züge seit jener ersten Reise verändert. Es gab jetzt Gänge, und es war sehr bequem, innerhalb des Zuges von einem Abteil zum anderen gehen zu können. Unter dem Fußboden liefen warme Rohre entlang, welche die Fußwärmer ersetzten, die man damals benutzte, als ich mit Miss Bell gereist war.

Überall hatte sich in so kurzer Zeit so viel verändert.

Ich blickte aus dem Fenster, als ich hörte, daß die Tür zum Gang aufging. Ich drehte mich abrupt um. Ein Mann hatte die Tür geöffnet. Ich starrte ihn ungläubig an.

»Guten Tag, Madam«, sagte er, »hätten Sie etwas dagegen, wenn ich in diesem Abteil Platz nähme?«

»Jago! Was machen Sie denn hier!«

Er lachte. Er sah genau so aus wie der Junge, der vorgeschlagen hatte, wir sollten Gespenster spielen, um eventuelle Käufer von Landower abzuschrecken.

»Ich fahre nach London«, erklärte er, während er mir gegenüber Platz nahm.

»Ich verstehe nicht ...«

»Na ja, ich dachte, ich nehme die Gelegenheit wahr.«

»Jago, meinen Sie wirklich, daß ...«

»Ich meine, ich wollte nach London. Die Fahrt ist so langweilig für einen allein. Man ist klug beraten, wenn man sich angenehme Gesellschaft sucht.«

»Warum haben Sie nichts davon gesagt, daß Sie nach London fahren?«

»Ich wollte Sie überraschen. Ich liebe es, Leute zu überraschen ... und ganz besonders Sie, Caroline. Sie sind neuerdings so weltgewandt, so erfahren, daß es himmlisch ist, Ihnen etwas zu präsentieren, womit Sie nicht gerechnet haben.«

»Sie müssen zur selben Zeit wie ich in den Zug gestiegen sein. Ich habe Sie aber nicht gesehen.«

»Ich hielt mich abseits, als Sie sich zärtlich Lebewohl sagten, und als Sie gerade nicht hinsahen, bin ich flugs eingestiegen. Und im frühestmöglichen Moment beschloß ich, Ihnen die angenehme Überraschung nicht länger vorzuenthalten.«

»Sie sind komisch«, lächelte ich.

»Ja. Ist es nicht köstlich? Ich habe einen leckeren Imbißkorb mit.«

»Wo?«

»In meinem Abteil. Ich hole ihn her. Ich muß Sie für ein paar Minuten verlassen.«

Ich mußte einfach lachen und fühlte mich dabei schon viel wohler. Kurz darauf kehrte er mit dem Korb zurück.

»Ich habe angeordnet, ihn für zwei Personen zu packen.«

»Dann haben Sie dies alles also geplant.«

»Jede Operation erfordert sorgfältige Planung, wenn sie den größtmöglichen Erfolg erzielen soll.«

»Ich sehe immer noch nicht ein, wieso Sie es mir nicht sagen konnten.«

»Meinen Sie, es hätte keine Einwände gegeben, wenn eine

Dame von Ihrem untadeligen Ruf mit einem Mann von leicht zweifelhafter Moral nach London fährt?«
»Möglicherweise.«
»So aber weiß niemand etwas.«
»Aber man weiß doch sicher, daß Sie nach London fahren.«
»O nein. Ich bin der geborene Diplomat. Sie glauben, ich fahre nach Plymouth.«
»Wozu die Täuschung?«
»Weil mir kein Grund einfiel, den ich ihnen für meine Reise nach London nennen konnte. Aber ich habe natürlich einen sehr triftigen Grund.«
»Ich kann mir nicht denken, wozu Sie alle hinters Licht führen, bloß um zur gleichen Zeit wie ich in London zu sein. Wir werden uns nicht sehen. Ich wohne bei meiner Schwester.«
»Ich werde Sie aufsuchen ... als Freund der Familie.«
»Sie sind unverbesserlich.«
»Ja, aber das gefällt Ihnen.« Wir mußten beide lachen.
»So ist es besser«, sagte er. »Jetzt sehen Sie aus wie die kleine Caroline. Sie haben in letzter Zeit so etwas Strenges. Ist der abtrünnige Geliebte daran schuld?«
»Was wissen Sie darüber?«
»Was alle wissen. Sie haben doch nicht etwa geglaubt, Sie könnten verhindern, daß sich so ein Stück rauhe Wirklichkeit in Lancarron herumspricht? Es gibt keinen besseren Nachrichtendienst als den, den unser Personal betreibt. Die horchen an Türen, sie horten die Neuigkeiten und geben sie an ihresgleichen weiter – und mit der Zeit dringt es bis zu uns. Man weiß, daß ich in der Gegend der Don Juan, Apollo, Casanova bin, wie auch immer Sie mich titulieren wollen. Das heißt, daß ich Ihr Geschlecht mehr zu schätzen weiß als die meisten Männer, und das Gefühl wird natürlich erwidert. Man weiß, daß Sie eine unglückliche Liebesaffäre hatten, und es heißt, Sie seien hier, um darüber hinwegzukommen. Man weiß, daß Paul die arme Gwennie wegen des Hauses geheiratet hat und es bereut. Es hat

keinen Sinn, sich einzubilden, das Leben sei ein geschlossenes Buch. Keineswegs. Es ist weit aufgeschlagen und in großen Buchstaben gedruckt und üppig illustriert, auf daß alle es betrachten und daraus lernen können.«

»Davor ist man niemals sicher?«

»Leider nein! Unsere einzige Abwehr gegen diese überaus tüchtige Detektei besteht darin, sich nichts daraus zu machen. Und auch sie haben zweifellos ihre Geheimnisse. Amouren, Zurückweisungen, Mesalliancen. Wir sind alle Menschen, unter der Haut sind wir alle gleich – der Reiche in seinem Schloß, der Arme vor dem Tor, und das ist das Beruhigende. Wer möchte nicht menschlich sein? Ich finde, es ist ein sehr angenehmer Zustand. Lieber ein menschliches Wesen als, sagen wir, ein Schmetterling oder eine Grille – obwohl einige unter uns diesem unnützen Insekt ähneln.«

Wieder mußte ich lachen.

»So ist's recht«, sagte er. »Und nun verraten Sie mir, was tun Sie, wenn wir in London ankommen?«

»Das will ich Ihnen sagen. Ich sag Ihnen Lebewohl und gehe zu meiner Schwester. Ich bleibe die ganze Zeit bei ihr. Ich muß meine Pflichten als Patin erfüllen.«

»Sie werden zweifellos eine märchenhafte Patin sein,« erwiderte er.

»Ich werde mich bemühen, meine Pflicht an dem Kind zu erfüllen.«

»Das bezweifle ich nicht. Hoffentlich verlieben Sie sich nicht zu sehr in Ihr Patenkind und das Londoner Leben, sonst beschließen Sie am Ende noch, uns zu verlassen. Ich möchte nicht ständig nach London reisen müssen.«

»Das dürfte etwas schwierig werden, da man Sie jetzt in Plymouth vermutet. Wo werden Sie absteigen?«

»Ich kenne ein Hotel in der Nähe des Wohnsitzes Ihrer Schwester. Sie sehen, alles ist bestens geplant. Ich habe dort schon mehrmals gewohnt.«

»Sie wissen doch, daß wir uns nicht sehen können, wenn ich in London bin.«
Er grinste mich an. »Ich glaube, Ihre Schwester ist eine bezaubernde junge Dame. Ich freue mich darauf, sie kennenzulernen.«
»Sie werden sie in Ruhe lassen!«
»Wo denken Sie hin! Glauben Sie, ich will eine tugendhafte Ehefrau vom häuslichen Herd weglocken?«
»Ich glaube, Sie würden jede Frau verführen, wenn sich Ihnen die Möglichkeit bietet.«
»Wenn ihr Herz so kalt ist wie das ihrer Schwester, habe ich keine Chance.«
»Sie hat ein warmes Herz, aber die Wärme ist nicht für Sie.«
»Dann muß ich meine Bemühungen darauf beschränken, die Eisschicht zu schmelzen, die das Herz der wunderschönen Caroline umgibt.«
»Sie verschwenden Ihre Zeit. Für Sie wird sie niemals schmelzen.«
»Ist das ein Eingeständnis, daß sie für einen anderen schmelzen könnte?«
»Kaum.«
»Darauf würde ich nicht wetten.«
»Da Sie sich bekanntlich nur für leichte Beute interessieren, wollen wir mein vereistes Herz vergessen, ja?«
»Einverstanden. Schauen Sie, die Brunel-Brücke. Wir sind schon in Plymouth. Keiner soll hier einsteigen. Tun wir so, als wäre das Abteil voll.«
Er stellte seine Reisetasche auf einen Sitz und den Imbißkorb auf den anderen und nahm am Fenster Aufstellung.
»Mir wäre lieber, der Zug hätte nicht so lange Aufenthalt«, sagte er.
Jemand sah zur Tür herein, ein Mann und eine Frau.
»Bedaure«, sagte Jago mit charmantem Lächeln, »dieses Abteil ist besetzt.« Er wies auf die Sachen auf den Sitzen.

Die Frau nickte, und sie gingen weiter. Erst als der Zug aus dem Bahnhof glitt, nahm Jago seinen Platz wieder ein.

»Ich hätte nicht gedacht, daß Sie es schaffen«, sagte ich.

»Meine liebe Caroline, ich schaffe stets, was ich mir vornehme, wußten Sie das nicht?«

»Nicht immer.«

»Oh, worauf spielen Sie an?«

»Mir war gerade was eingefallen. Sie wollten Käufer von Landower abschrecken, und alles, was Sie erreichten, war einen zu finden.«

»Das war mein Fehler. Aber auf diese Weise haben wir Landower zurückbekommen, nicht wahr? Und darauf kam es mir schließlich an. Gottes Wege sind geheimnisvoll.«

»Jagos auch, will ich meinen.«

»Der arme Paul. Ich fürchte, er wünscht sich, es wäre nicht so gekommen.«

»Das kann ich nicht glauben. Das Wichtigste war, das Haus für die Familie zu erhalten, und das ist ihm schließlich gelungen.«

»Aber um welchen Preis!«

»Man kann im Leben nichts haben, ohne dafür zu bezahlen.«

»Bezahlt hat er, gewiß. Wissen Sie, manchmal glaube ich, daß er sie haßt.«

»Er sollte ihr dankbar sein.«

»Hm ... gewissermaßen, ja. Nur schade, daß er für den Rest seines Lebens zahlen muß.«

»Er hat sich auf den Handel eingelassen. Ich kann Leute nicht ausstehen, die Abmachungen treffen und sie dann nicht einhalten.«

»Gehen Sie nicht so streng mit ihm ins Gericht. Er tut sein Bestes. Er ist auf Landower, oder? Er hat sie geheiratet. Er ist ein feiner Kerl. Ein bißchen melancholisch. Aber wer wäre das nicht, verheiratet mit Gwennie? Er war ein Jüngling, als das ganze Gewicht der Familienschulden auf seine Schultern geladen wurde. Er mußte schon in jungen Jahren die Nachfolge

unseres Vaters antreten. Welch ein Erbe! Sie können Paul keinen Vorwurf machen. Er hat sein Bestes getan.«
Ich sagte: »Das ist seine Sache.«
»Leider. Mein armer Bruder.«
»Er kann gewiß auf sich selbst aufpassen.«
»Manchmal sind diejenigen, die besonders stark scheinen, am leichtesten verletzbar. Er hat ein Gewissen, der arme Paul!«
»Sie reden, als sei das eine Schande.«
»Ist es doch auch, oder? Ein Gewissen kann zu einer wahren Plage werden. Es regt sich, wenn man es am wenigsten gebrauchen kann. Es quält und zwickt und macht einem das Leben schwer.«
»Soll ich das so verstehen, daß Sie nicht mit einer solchen Behinderung gesegnet ... ich meine, gestraft sind?«
»Sagen wir, ich hab es vor langer Zeit schlafen geschickt.«
»Und Sie können sich unerhört aufführen, während es vor sich hin schlummert?«
»Es ist das Beste, was man gegen ein Gewissen unternehmen kann.«
»Was wäre das für eine Welt, wenn alle wie Sie wären!«
Er streckte die Beine von sich und lachte mich an. »Was für eine Welt! Bevölkert von charmanten, unbekümmerten, stattlichen, fröhlichen Burschen wie mir, die sich und anderen einen sonnigen Lenz machen.«
»Die reinste Utopie«, warnte ich.
»Sie sollten mir dabei Gesellschaft leisten.«
Ich blickte aus dem Fenster. »Die Landschaft von Devonshire ist herrlich.«
Ich konnte nicht traurig sein, wenn ich ihm gegenübersaß. Er öffnete den Korb und brachte appetitliche Brote mit Schinken und Hühnerfleisch und eine Flasche funkelnden Weißwein zum Vorschein.
»Ich hab' genug für zwei«, sagte er. »Nicht wahr, so ein Picknick im Zug ist was Feines, während man dem Rhythmus der Räder

lauscht. Was sagen sie? ›Caroline, bleib nicht fort, Caroline. Jago braucht dich, Jago braucht dich.‹«
»Man kann alles heraushören, was man will.«
»Das ist ja das Schöne daran …«
Er bestand darauf, daß ich von seinem Wein trank. Er schenkte ihn in die mitgebrachten Gläser.
»Auf uns. Caroline und Jago.«
»Auf uns.«
»Müßte gekühlt sein«, bemerkte er.
»Ziemlich schwierig in der Eisenbahn. Mir schmeckt er.«
»Es heißt, Hunger ist der beste Koch. Ich würde sagen, erst die Gesellschaft bringt die Würze, stimmt's?«
»Das hat etwas für sich.«
Der Zug raste dahin. Wir hatten die halbe Strecke hinter uns. Ich schloß die Augen und stellte mich schlafend. Doch ich wußte, daß er mich die ganze Zeit beobachtete.
Als ich die Augen aufschlug, lächelte er mich an.
»Wie lange werden Sie bleiben?« fragte er.
»Kommt drauf an.«
»Worauf?«
»Auf allerlei.«
»Ihnen ist beklommen zumute, das spüre ich.«
»Hm … mag sein.«
»Sie werden den falschen Liebhaber treffen müssen, den Gatten Ihrer Schwester. Das könnte eine Tortur werden.«
»Ich weiß.«
»Wenn Sie Hilfe brauchen, dann wissen Sie, hier ist ein starker Arm, um Sie zu verteidigen.«
»Ich glaube nicht, daß ich einen Verteidiger brauche. Jeremy ist sanftmütig. Er wird ausgesprochen höflich sein, dessen bin ich sicher. Und ich werde mich kühl und gleichgültig stellen. Ich komme schon zurecht.«
»Davon bin ich überzeugt«, meinte er grinsend. »Aber lassen Sie sich ja nicht weh tun.«

»Bestimmt nicht.«
»Jeder von uns hat seine schwachen Stellen.«
»Sogar Sie?«
»Ich sprach von gewöhnlichen Sterblichen. Das Leben geht weiter, was immer geschieht.«
»Wie tiefsinnig«, sagte ich ironisch.
»Und wie wahr. Nehmen wir Prinzessin Mary, die vor kurzem ihren Geliebten verlor.«
Er spielte auf den Tod des Herzogs von Clarence an, des ältesten Sohnes des Prinzen von Wales, der Anfang des Jahres an Lungenentzündung gestorben war, kurz nachdem er seine Verlobung mit Mary von Teck bekanntgegeben hatte.
»Bedenken Sie«, fuhr Jago fort, »sie hat Eddy verloren, und nun heißt es, sie nimmt George.« Er zog mit nahezu frommer Miene die Brauen hoch. »Selbstverständlich ist es eine reine Liebesheirat, und sie hat George von Anfang an geliebt. Das werden wir jedenfalls zu hören bekommen.«
Ich nickte.
»Sehr geschickt, das müssen Sie zugeben. Vergiß, was du verloren hast, und siehe, was übrigblieb, ist genau, was du dir immer gewünscht hast.«
»Eine vortreffliche Philosophie.«
»Wissen Sie, daß dies die kürzeste Reise ist, die ich je gemacht habe?«
»Unsinn! Wir haben Plymouth längst hinter uns, wo Sie gewöhnlich hinfahren.«
»Ich meine, sie kommt mir so kurz vor, weil ich wünschte, sie würde niemals enden. Ich möchte die goldenen Minuten einfangen und für immer festhalten.«
»Diese poetische Stimmung paßt nicht recht zu Ihnen, Jago.«
»Liegt mir nicht so richtig, wie? Dann lassen Sie es mich in nüchterner Prosa sagen: Es macht Spaß, mit Ihnen zusammenzusein.« Er beugte sich vor und ergriff meinen Arm. »Und Sie sind auch gern mit mir zusammen.«

Ich lächelte ihn an. »Ja, Jago, ich gebe es zu. Es macht Spaß mit Ihnen.«
»Triumph! Der erste Schritt wäre geschafft. Jetzt werde ich rapide Fortschritte machen.«
»In welche Richtung?«
»Das wissen Sie ganz genau.«
»Ich habe keine Ahnung.«
Er beugte sich lachend zu mir herüber, aber ich hielt ihn zurück. »Falls Sie mir damit den bei Ihnen üblichen Lauf der Dinge ankündigen wollen, muß ich Sie leider zurückweisen. Wir wollen uns doch dieses hübsche *Tête-à-tête* nicht verderben, oder?«
»Sie haben recht. Ich werde Ihnen weiterhin mit Worten den Hof machen.«
»Worte tun niemandem weh.«
»Unsinn! Worte können schärfer treffen als Hiebe. Die Feder ist mächtiger als das Schwert. Und so weiter.«
»Vielleicht haben Sie recht. Aber Worte können an die Stelle von Taten treten, nicht wahr, und solange Sie sich daran halten …«
»… sind Sie bereit, meinen honigsüßen Worten zu lauschen.«
»Im Augenblick habe ich kaum eine andere Wahl.«
Und so setzten wir unser Geplänkel fort, bis wir nach London kamen.
Jago nahm die Dinge in die Hand, und bald fuhren wir zu dem Haus, das so lange mein Heim gewesen war.
Vor der Tür stieg ich aus. Jago läutete die Glocke, und ein Stubenmädchen, das ich nicht kannte, öffnete.
»Miss Caroline, nicht wahr? Kommen Sie herein.«
Jago reichte mir die Hand und entfernte sich mit einer Verbeugung. Ich wurde zu Olivia hineingeführt.
Wir umarmten uns. Wir waren beide zu Tränen gerührt.
»Oh, Caroline … endlich, wie schön!«
»Meine liebe Olivia! Gut schaust du aus!«
»Bißchen pummelig, wie?«
»Ein bißchen, ja, aber es steht dir gut. Wo ist mein Patenkind?«

»Das dachte ich mir, daß du sie als erstes sehen möchtest.«
»Darf ich?«
»Vor allem anderen? Bevor du auf dein Zimmer gehst? Du bist doch sicher ganz erschöpft. Hattest du eine gute Reise?«
»O ja, sehr. Ich bin mit jemand aus Lancarron gefahren.«
»So? Mit wem?«
Ich hatte vergessen, daß ich ihr ausführlich über den Ort geschrieben hatte.
»Jago Landower.«
»Wirklich? Wo ist er?«
»Er ist in einem Hotel abgestiegen.«
»Ich werde ihn hoffentlich kennenlernen.«
»Er setzt bestimmt alles daran, dich kennenzulernen.«
»Oh, Caroline, ist das schön, wieder mit dir zusammenzusein! Und wie geht es dir? Du bist dünner geworden.«
»Im Gegensatz zu dir.«
»Das macht das Baby. Vom Kinderkriegen nimmt man zu.«
»Na ... und wo ist nun das Baby?«
»Komm mit ... ich kann dir gar nicht sagen, wie süß sie ist.«
»Das hast du mir schon mindestens zwanzigmal geschrieben.«
Sie wirkte glücklich. Er muß lieb zu ihr sein, dachte ich. Wenigstens hat er sie glücklich gemacht ...
Wir kamen ins Kinderzimmer, und eine vertraute Gestalt begrüßte mich.
»Miss Bell!«
»Caroline, wie schön, dich zu sehen.«
»Haben Sie sich schon auf Livias Schulstunden vorbereitet?«
»Ich weiß genau, wie ich anfangen werde, sobald sie soweit ist.«
Olivia sagte lachend: »Miss Bell kann es gar nicht erwarten, bis Livia ins Schulalter kommt. Wo ist Schwester Loman? Schwester Loman, das ist meine Schwester Caroline. Sie haben schon von ihr gehört. Sie ist gerade angekommen und wollte als allererstes Livia sehen.«
Livia lag in ihrer mit dickem blaßblauen Samt ausgeschlagenen

Wiege. Sie war mollig, blauäugig und dunkelhaarig. Ich glaubte eine Ähnlichkeit mit Jeremy zu erkennen.
»Sie ist wach«, flüsterte die Kinderschwester.
»Kann ich sie hochnehmen?« fragte Olivia.
Statt einer Antwort hob die Schwester das Kind auf und zeigte es mir. Das Baby starrte mich an. Ich verspürte einen freudigen Schauer. Ich streckte eine Hand aus und berührte die weiche Wange. Livia starrte mich weiterhin an. Ich nahm ihr kleines Händchen und betrachtete gerührt die winzigen Finger mit den Miniaturnägeln. Die Fingerchen schlossen sich um meinen Finger.
»Sie mag dich, Caroline«, sagte Olivia.
»Sie mag es, wenn man sie hochnimmt«, meinte Schwester Loman trocken.
»Setz dich doch«, bat Olivia.
Ich nahm Platz, und das Baby wurde mir in die Arme gelegt.
Olivia stand dabei. In ihrem Gesicht stand unverkennbar das Glück geschrieben.
Danach ging ich in mein Zimmer.
»Dein altes«, sagte Olivia. »Ich dachte mir, du hättest es gern so.«
Ich blieb einen Augenblick stehen und sah mich um. »Ein komisches Gefühl, wieder hier zu sein.«
Ich drehte mich zu ihr um, und sie warf sich in meine Arme.
»Ach, Caroline, ich hab mir solche Sorgen gemacht wegen ... wegen allem.«
»Stimmt was nicht?«
»Für mich ist alles vollkommen. Aber es war nicht recht, daß du so leiden mußtest. Ich denke oft daran. Wenn das nicht wäre, könnte ich vollkommen glücklich sein.«
»Ich wünsche, daß du immer vollkommen glücklich bist, Olivia. Mir geht es gut. Es ist herrlich in Cornwall. Ich werde dir alles erzählen. Wir haben uns so viel zu sagen.«
»O ja. Caroline, es ist wunderbar, daß du hier bist.«

Jeremy trat an diesem Abend nicht in Erscheinung.
»Er kommt spät nach Hause«, erklärte Olivia. »Er ist manchmal geschäftlich unterwegs. Du siehst ihn morgen.«
Ich war erleichtert. Gottlob mußte ich ihn nicht gleich sehen. Ich wußte nicht recht, wie er auf mich wirken würde, aber ich sah ihn nun in einem milderen Licht, weil er Olivia so glücklich machte. Wir saßen beim Abendessen und unterhielten uns.
»Wir haben viel nachzuholen«, begann Olivia. »Briefe sind etwas Großartiges, und in deinen werden Land und Leute lebendig. Ich kann die Ortschaft in Cornwall vor mir sehen. Aber es ist nicht dasselbe wie ein Gespräch, nicht?«
»Nein. Und es ist schön, wieder zusammenzusein.«
»Wir dürfen uns nie wieder so lange trennen.«
»Nein. Aber es war schwierig, fortzukommen. Und vorher war ich die ganze Zeit bei Mutter.«
»Ach ja. Ist es nicht wunderbar, daß sie diesen Mann gefunden hat ... Alphonse?«
»Sie ist immer noch sehr schön. Er ist so stolz auf sie.«
»Wir haben immer gedacht, sie ist nicht ganz echt, weißt du noch? Wenn sie ins Kinderzimmer kam, um uns zu sehen ...«
»Um sich uns zu zeigen«, berichtete ich.
Olivia bemerkte meinen bissigen Tonfall nicht. Ich war verbittert geworden, während Olivia nach wie vor dieselbe schlichte, gütige Person war, die jedermann mit ihren eigenen guten Eigenschaften ausstattete. Was wußte sie von der Welt? Vielleicht war es besser, nichts zu wissen, in seliger Unwissenheit zu verweilen, alles durch die sprichwörtliche rosarote Brille zu sehen.
»Miss Bell hat sich auch nicht verändert«, fuhr ich fort.
»Eine Zeitlang hat sie sich Sorgen gemacht. Sie dachte, sie müßte gehen. Aber dann blieb sie. Ich wollte, daß sie mir half, und du weißt ja, daß Tante Imogen sie schätzt.«
»Ach, führt Tante Imogen immer noch das Regiment?«

»Nicht richtig, seit ich verheiratet bin. Sie hat Jeremy sehr gern. Sie hat sich so gefreut, als wir heirateten. Aber sie hat immer noch ein Auge auf mich, wie sie sagt. Jeremy lacht darüber, aber sie verstehen sich sehr gut.«

»Und Miss Bell ist nach wie vor in ihrem Element.«

»Sie war so gut zu uns.«

»Gut *für* uns vielleicht. Sie hat mich jedenfalls in Schach gehalten. Du dagegen warst stets eine mustergültige Schülerin, Olivia.«

»O nein. Du warst immer so klug. Das erwartet man von Schülerinnen, wenn sie ihren Lehrern Ehre machen sollen.«

»Sie sollen gute Manieren haben, fügsam sein und brav, und das alles warst du.«

»Du machst dich über mich lustig.«

»Ich würde mich niemals über dich lustig machen oder über dich lachen, liebe Olivia. Ich lache *mit* dir.«

»Ja, ich sehe den Unterschied. Oh, ich muß dir was erzählen. Erinnerst du dich an Rosie Rundall ... oder Rosie Russell, wie sie jetzt heißt?«

»Ja, allerdings.«

»Sie ist jetzt eine reiche Frau. Sie führt einen Hutsalon. Sie bat mich schriftlich um meine Schirmherrschaft, und ich bin natürlich hingegangen. Sie ist ganz die alte ... unsere alte Rosie, aber jetzt ist sie eine bedeutende Persönlichkeit. Sie sitzt hinten im Laden in einer Art Salon – nein, Laden kann man das nicht nennen. Es ist ein Etablissement. Sie verkauft den reichen Leuten die phantastischsten Hüte. Ein Hut muß heutzutage ein ›Rose‹-Hut sein. Beim Pferderennen, auf Gartenfesten, überall sieht man ›Rose‹-Hüte.«

»Das freut mich. Sie hat uns sehr geholfen, nicht?«

»O ja. Außer einmal. Weißt du noch, wie sie dir die Tür aufmachen sollte? Als du Kleopatra warst ...«

»Und ob ich das noch weiß.« Ich dachte an meine erste Begegnung mit Jeremy. Rupert vom Rhein ... die Erregung ... alles

war wieder da. In diesem Haus waren zu viele Erinnerungen. Auch Olivia dachte zurück.
»Sie hatte uns ganz plötzlich verlassen«, sagte Olivia. »Sie mußte gehen ... es war wohl was Geschäftliches. Sie mußte auf der Stelle fort und hatte keine Zeit mehr für eine Erklärung. Aber ich kann dir sagen, sie ist jetzt eine einflußreiche Dame. Ich glaube, sie hat mehrere von diesen ... hm ... Etablissements.«
»Sie ist eine sehr gescheite Frau. Ist sie verheiratet?«
»Nein, nicht daß ich wüßte. Du mußt sie unbedingt besuchen. Ich war kurz vor Livias Geburt bei ihr und hab ihr erzählt, daß du zur Taufe kommst. Sie sagte, du würdest sie hoffentlich besuchen.«
»Natürlich besuche ich Rosie.«
»Wir werden es einrichten.«
So plauderten wir weiter. Doch ich hatte ein unruhiges Gefühl dabei, denn innerlich wappnete ich mich bereits für die bevorstehende Begegnung mit Jeremy.
Ich schlief nicht gut in dieser Nacht. Zu viele Erinnerungen tauchten auf. Wie konnte es auch anders sein in diesem Haus, wo sich so viel ereignet hatte? Ich dachte an Jago, der zweifellos friedlich in seinem Hotelzimmer schlief, an Olivia in ihrem Glückskokon, der alles Unangenehme auf der Welt ausschloß.
Ich fragte mich, was Jeremy wohl bei unserem Wiedersehen empfinden würde. Vor allem aber wurden meine Gedanken von Paul beherrscht. Wie mochte ihm zumute sein, wenn er mit Gwennie zusammen war und versuchte, aus einer Farce – denn als die, glaubte ich, sah er seine Ehe – eine normale Beziehung zu machen?
Wie man sich bettet, so liegt man. Olivia hatte sich ein kuscheliges Federbett gemacht, und Paul ein Bett aus Nägeln.
Meins war noch nicht fertig. Wie würde es beschaffen sein?
Als ich mich ankleidete, kam Olivia zu mir ins Zimmer.
»Ich konnte nicht warten, bis du herunterkommst. Hast du gut

geschlafen? Das Frühstück ist wie immer von acht bis neun. Man bedient sich am Buffet, weißt du noch?«
»Ja, bloß haben wir die meiste Zeit im Kinderzimmer gegessen.«
»Jeremy ist gestern abend spät nach Hause gekommen, als du schon im Bett warst. Er hat mich nach dir ausgefragt. Ich hab ihm gesagt, daß es dir gutgeht und wie gern du in Cornwall bist. Das hat ihn gefreut.«
»Wie lieb von ihm«, erwiderte ich, und wieder entging Olivia meine Ironie.
»Er mag dich sehr, Caroline. Er war sehr besorgt. Ich muß manchmal an früher denken. Weiß du, wenn es mit dir geklappt hätte ... vielleicht hätte es so kommen sollen ...«
»So ein Unsinn! Es hätte gar nicht besser kommen können. Meiner Meinung nach ist es das beste, so wie es ist.«
»Meinst du wirklich?«
»Ganz bestimmt.«
»Ich bin so froh. Ich hab' mir schon echte Sorgen gemacht.«
Ich berührte ihre Stirn. »Ich will hier keine Falten sehen. Du sollst glücklich sein. Du hast bekommen, was genau das richtige für dich ist. Und du hast Livia.«
»Aber ich möchte, daß du auch glücklich bist. Hast du ... jemanden?«
»Das Dumme mit euch verheirateten Frauen ist, daß ihr allen dasselbe Kreuz wünscht.«
»Nicht Kreuz, Caroline. Glückseligkeit.«
»Es freut mich, daß du so empfindest. Paß gut auf Livia auf, ich hab sie ins Herz geschlossen und könnte versucht sein, sie mit nach Cornwall zu nehmen ... ich schnapp sie mir, wenn du nicht hinguckst.«
»Ach, Caroline, ich bin so froh, daß du sie liebhast!«
Wir gingen zusammen frühstücken, und gerade als wir vom Tisch aufstehen wollten, kam Jeremy herein.
Er wirkte ganz unbefangen, und ich bemühte mich, denselben Eindruck zu machen, doch ich fühlte Zorn in mir aufsteigen. Ich

wünschte, ich könnte die Ballnacht vergessen, unsere Begegnungen ... und dann den grausamen Brief.
Jeremy sah sehr vornehm aus.
»Gut schaust du aus, Jeremy«, sagte ich. »Dies alles« – ich machte eine Handbewegung – »es paßt zu dir.«
»Wir sind glücklich, Olivia, nicht wahr?« Er sah Olivia an.
Sie strahlte. Ich vermutete, sie war sprachlos vor Bewegung, und ich dachte: Sie ist viel zu gut für ihn. Und doch liebt sie ihn, und er hat sie glücklich gemacht. Das muß ich ihm zugute halten.
»Olivia wollte unbedingt, daß du Patin wirst«, bemerkte er.
»Du doch auch«, gab sie zurück.
»Ich weiß, daß Caroline eine ideale Patin sein wird.«
»Wie nett, daß ihr eine so hohe Meinung von mir habt.«
»Hoffentlich bleibst du eine Weile bei uns und läufst nicht gleich wieder weg, kaum daß du gekommen bist.«
Ich dachte: Ich kann nicht lange hierbleiben. Ich sage ihm sonst bestimmt was Garstiges. Ich sag ihm, was ich von ihm halte. Ich muß so schnell wie möglich hier weg.
»Ich lerne gerade alles über die Gutsverwaltung in Cornwall«, erklärte ich. »Das ist hochinteressant. Ich kann nicht lange fortbleiben.«
»Dann bestehen wir darauf, daß sie bald wieder herkommt, Jeremy.«
»Allerdings, meine Liebe.«
»Sie betet Livia an.«
»Wer würde Livia nicht anbeten?« sagte ich. »Livia ist entzückend.«
Wir plauderten ein Weilchen, dann sagte Jeremy, der die Spannung sicherlich ebenso spürte wie ich, er müsse fort. Er habe etwas Geschäftliches zu erledigen.
Als er gegangen war, fragte Olivia, was ich zu tun gedenke. Ich würde Rosie gern besuchen, erwiderte ich.
»Fein.«

»Ich will aber keinen Hut kaufen. In Lancarron habe ich für ihre eleganten Kreationen keine Verwendung.«
»Rosie erwartet bestimmt nicht, daß du einen Hut bei ihr kaufst. Sie wird sich freuen, dich zu sehen. Aber *ich* hätte dir gern einen Hut besorgt ... für die Taufe. Als Geschenk. Du hattest Überraschungen immer so gern.«
»Oh, Olivia ... nicht!«
»Ach, bitte, doch. Warum sollte ich dir kein Geschenk machen? Ich möchte es so gern.«
»So ein elegantes Stück paßt doch gar nicht zu meinen Sachen.«
»Na und? Bitte, Caroline, es würde mir solche Freude machen.«
Es klopfte, und ein Mädchen trat ein. Sie meldete, ein Herr sei da und frage nach Miss Tressidor.
Ich wußte, wer es war, bevor er hereingeführt wurde.
»Das ist Mr. Jago Landower«, stellte ich ihn Olivia vor.
»Und das ist die göttliche Olivia. Ich habe so viel von Ihnen gehört.«
»Und ich von Ihnen«, erwiderte Olivia.
»Ihre Schwester hat mich hoffentlich nicht schlechtgemacht.«
»Ich glaube, ich habe Sie ziemlich naturgetreu geschildert.«
»So? Da wird mir ja angst und bange.«
Olivia lachte. Ihr war deutlich anzumerken, daß ihr sein gutes Aussehen und seine fröhliche Art gefielen.
»Sie hat Sie als überaus liebenswürdig beschrieben«, beruhigte sie ihn.
»Und mein schlechtes Benehmen hat sie verschwiegen? Caroline, ich habe Sie falsch eingeschätzt.«
»Du darfst nicht alles ernst nehmen, was er sagt«, klärte ich Olivia auf. »Er redet immer so.«
»Ich will nicht hoffen, daß es Frau Olivia mißfällt.«
»Im Gegenteil«, sagte Olivia.
»Und wo ist der gepriesene Säugling?«
»Alle Säuglinge, gepriesen oder nicht, sind um diese Zeit im Kinderzimmer«, erklärte ich.

»Ich hatte gehofft, einen Blick auf das Baby werfen zu dürfen.«
Ich sah ihn empört an, wußte ich doch, daß er nicht im mindesten an dem Baby interessiert war, sondern sich lediglich bei Olivia einschmeicheln wollte.
»Oh, wenn Sie wirklich wollen ...«, begann Olivia.
»Wenn ich dieses Haus verlassen müßte, ohne das Wunderkind gesehen zu haben, würde ich mich vom Leben betrogen fühlen.«
»Kommen Sie!« Olivia ging voraus zum Kinderzimmer.
»Sie sind unmöglich!« fauchte ich ihn an.
»Ich weiß«, flüsterte er, »aber so charmant.«
Wir gingen ins Kinderzimmer. Es gelang ihm spielend, ungeheures Interesse an dem Baby vorzutäuschen. Er nahm Livia sogar auf die Arme, und das schien ihr durchaus zu behagen.
»Sie sehen, ich finde ihren Beifall«, sagte er. »Sie ist bereits empfänglich für meinen männlichen Charme.«
Olivia fand ihn höchst amüsant.
Als wir das Kinderzimmer verließen, meinte ich: »Wir wollten heute ausgehen.«
»Erlauben Sie mir, Sie zu begleiten.«
»Ich habe angeordnet, daß der Brougham vorfährt«, sagte Olivia.
»Dann darf ich mich wohl Ihnen anschließen?«
»Nichts wäre mir lieber als das«, erwiderte Olivia, »aber wir wollen eine Putzmacherin aufsuchen.«
»Um einen Hut für die Feier zu erstehen? Meine Hilfe wird unentbehrlich sein. Ich verstehe mich auf Damenhüte.«
»Der Hut ist für Caroline.«
»Interessant!«
»Rosie fertigt die Hüte sicherlich erst an. Da wird die Zeit bis zur Taufe nicht reichen«, wandte ich ein.
»Ach, Rosie hat bestimmt etwas vorrätig. Sie macht Sonderanfertigungen, aber sie hat auch viele Hüte auf Lager, und ich glaube nicht, daß du schwer zufriedenzustellen bist.«

»Das wird ein Spaß!« rief Jago. »Eine köstliche Art, sich den Vormittag zu vertreiben.«
»Hätten Sie gern eine kleine Erfrischung, bevor wir gehen, Mr. ...«
»Sagen Sie Jago zu mir, und ich sage Olivia. Schließlich sind wir uns ja nicht fremd, nicht wahr? Wir sind uns über unsere Zwischenträgerin gut bekannt, die gute Caroline. Ich habe das Gefühl, Sie sehr gut zu kennen.«
»Es ist reizend, daß Sie hier sind«, freute sich Olivia. »Ich wollte immer schon die Leute kennenlernen, von denen Caroline mir schrieb. Sie sind fast genauso, wie ich Sie mir vorgestellt habe.«
»Aber nicht ganz. Besser oder schlimmer?«
»Sie sind viel netter und amüsanter.«
»Ach, Caroline, dann haben Sie doch ein falsches Bild von mir gegeben.«
»Du kennst ihn noch nicht, Olivia.«
»Ihre Schwester hat eine scharfe Zunge.«
»So war sie schon immer, sie ist schlagfertig, nicht wahr? Dafür war ich nie gescheit genug.«
»›Sei brav, mein Kind, gescheit soll sein, wer will.‹ Ihre Schwester Caroline bringt meine Gelehrsamkeit ans Licht, die, zugegeben, etwas spärlich ist.«
»Olivia fragte, ob Sie eine Erfrischung möchten«, erinnerte ich ihn. »Wir haben gerade gefrühstückt.«
»Ich auch. Gehen wir jetzt den Hut aussuchen, ja? Ich bin schon ganz gespannt.«
Olivia sah wirklich hübsch aus in ihrem hellblauen Kleid mit dem passenden Hut. Ein bißchen matronenhaft, ja, aber es stand ihr so gut! Das Glück hatte sie verändert und ihr sogar ein wenig Selbstvertrauen gegeben, an dem es ihr früher so sehr gefehlt hatte. Ich war erstaunt, daß ein Mann wie Jeremy das bei ihr bewirken konnte. Ob er sich manchmal über sie ärgerte, wie Paul über Gwennie? Aber nein, sie war ein ganz anderer Mensch als Gwennie. Sie hatte nichts von dieser Überheblichkeit, die,

wie ich annahm, den Männern ein Greuel war. Meine Beobachtungen hatten mich gelehrt, daß die Männer überlegen sein wollten. In der kurzen Zeit, die ich Olivia und Jeremy zusammen erlebt hatte, war mir klargeworden, daß sie ihm ergeben war, obwohl sie ihm verschafft hatte, was er für ein bequemes Leben benötigte. Gwennie war da ganz anders. Sie hielt ihrem Mann ständig vor, daß er nur aufgrund ihres guten Willens im Haus seiner Vorfahren leben konnte.
Wir fuhren vor Rosies Etablissement vor. Ein livrierter Diener öffnete und führte uns herein. Eine Frau kam herbeigeeilt.
»Ah, Mrs. Brandon, Madam, guten Morgen!«
»Guten Morgen, Ethel«, sagte Olivia. »Wir suchen einen Hut für meine Schwester, Miss Tressidor.«
Ethel faltete die Hände und betrachtete mich begeistert, als sei der Auftrag, mir einen Hut zu liefern, für sie das Schönste auf der Welt.
»Doch zuvor«, sprach Olivia weiter, »würden wir gern Madam Russell persönlich sprechen.«
»Treten Sie bitte näher. Ich sage Madam Bescheid. Möchte der Herr auch mitkommen?«
»Aber ja, Miss Ethel, er möchte auch dabeisein«, sagte Jago. Er begutachtete Ethels beachtliche Reize mit Kennermiene, was Ethel natürlich nicht entging. Zweifellos war sie solche Blicke von Männern, die ihre Damen in das Etablissement begleiteten, gewöhnt. Sie spreizte sich ein wenig, als wir ihr in einen kleinen, elegant möblierten Raum folgten. Vorhänge und Teppich hatten die Farbe von Lapislazuli und waren goldgesprenkelt.
Als Ethel sich entfernt hatte, flüsterte ich: »Kaum zu glauben, daß das alles Rosie gehört.«
»Rosie ist offenbar sehr gescheit«, meinte Olivia.
»Wer ist die Priesterin dieses heiligen Tempels?« erkundigte sich Jago.
»Rosie, die es zu etwas gebracht hat.«
Ethel kehrte zurück und bat uns, ihr zu folgen. Wir wurden in

einen Raum mit derselben üppigen blaugoldenen Ausstattung geführt; das ganze Etablissement war in diesen Farben gehalten. Eine Frau erhob sich von einem Schreibpult. Sie war groß, sehr schlank, schwarz gekleidet. Sie hatte die Haare hochgesteckt, zudem trug sie hohe Absätze, was ihr Eleganz und Größe verlieh. Doch die Augen lachten so verschmitzt wie eh und je.
»Nanu«, rief sie, »wenn das nicht Miss Caroline ist!«
Ich trat zu ihr und umarmte sie impulsiv.
»O Rosie«, sagte ich, »fast hätte ich dich in dieser ganzen Pracht nicht erkannt.«
»Ich bin dieselbe alte Rosie. Na ja, nicht ganz dieselbe ... ein bißchen älter und viel klüger. So muß es auch sein, oder? Und wer ist der Herr?«
»Mr. Jago Landower. Er ist aus Cornwall.«
Er verbeugte sich vor ihr.
»Es ist zu gütig von Ihnen, mir zu gestatten, Ihr Allerheiligstes zu betreten.«
»Das gefällt mir. Das Allerheiligste, was? Ich wollte, das wäre mir eingefallen.«
»Er denkt, er kann mir helfen, einen Hut auszusuchen«, sagte ich.
»Soll er für die Taufe sein?« fragte Rosie.
Ich nickte.
»Da hab' ich genau den richtigen.«
»Das hab' ich gewußt«, rief Olivia aus. »Ist es nicht herrlich, daß Caroline hier ist, Rosie?«
»Ja, wirklich.«
»Ein prachtvolles Etablissement haben Sie hier«, sagte Jago. »Ich wünschte, ich würde Hüte mit Ringelfedern tragen.«
»Da hätten Sie ein paar Jahrhunderte vorher leben müssen«, meinte ich. »Die würden Ihnen bestimmt sehr gut stehen.«
»Aber sicher. Wie langweilig, in dieser Zeit zu leben! Was die Kleidung betrifft, meine ich.«
»Ich kann mir kaum vorstellen, daß alles übrige Sie langweilt,

Mr. Landower«, meinte Rosie. »Und nun lasse ich Champagner kommen. Das muß gefeiert werden. Wann haben wir uns zuletzt gesehen, Miss Caroline?«
»Das ist ziemlich lange her.«
»Und nun sind Sie zur Taufe nach London gekommen. Ein süßes Baby, nicht wahr? Und Sie werden die stolze Patin sein?«
»Ja, es ist mir eine Freude und eine Ehre.«
»Selbstverständlich wollte ich, daß Caroline die Patin meines Kindes wird«, sagte Olivia.
Der Champagner wurde hereingebracht. Rosie bat Jago, einzuschenken, und er reichte ihn herum, wobei seine Augen vergnügt strahlten. Die Angelegenheit machte ihm sichtlich Spaß. Ich flüsterte ihm zu: »Ich hoffe, die Reise hat sich für Sie gelohnt.«
»Und ob. Danke, daß Sie mich empfangen haben.«
»Ich habe Sie nicht empfangen. Sie sind einfach hereingeschneit.«
»Wie dem auch sei, ich komme zur Taufe. Ich habe Olivia um eine Einladung gebeten.«
»Und die Bitte wurde gewährt?«
»Bereitwilligst.«
Rosie kümmerte sich persönlich um die Wahl meines Hutes. Ich wurde vor einen Spiegel gesetzt, und man brachte mir mehrere Modelle zum Aufprobieren. Rosie erkundigte sich, was ich anziehen würde. Dasselbe Kleid, das ich zur Hochzeit meiner Mutter und einmal bei den Landowers angehabt hatte, cremefarben, erklärte ich, dazu eine Smaragdbrosche, die meine Mutter mir geschenkt hatte.
Rosie erklärte dann, es komme nur ein smaragdgrüner Hut in Frage. Er war wirklich zauberhaft, und alle fanden, daß er mir gut stand. Er hatte eine Straußenfeder, halb grün, halb cremefarben, die meine Augen beschattete.
»Fabelhaft!« rief Jago aus.
»Ja«, bestätigte Rosie, »Sie haben recht.«

Rosie wollte mir den Hut zum Geschenk machen, doch Olivia bestand darauf, ihn zu bezahlen. Als ich den Preis erfuhr, war ich ein wenig erschrocken. Ich war keinesfalls wohlhabend genug, um in Rosies Etablissement einzukaufen.
Ich bot an, den Hut selbst zu bezahlen, obwohl mich das für die nächste Zeit arm gemacht hätte, doch am Ende setzte Olivia sich durch. Sie wolle mir ein Geschenk machen, sagte sie, und es würde sie sehr kränken, wenn ich diesen Hut nicht annähme, der wie für mich geschaffen sei.
Bevor wir gingen, hielt mich Rosie kurz zurück.
»Ich würde Sie gerne mal allein sprechen«, sagte sie.
»Oh, weswegen?«
»Etwas, das ... könnten Sie nicht mal allein vorbeikommen?«
»Stimmt etwas nicht?«
Sie zog die Schultern hoch. »Ich möchte Ihnen was sagen ... so oder so«, verkündete sie rätselhaft.
Ich versprach, sie aufzusuchen, bevor ich nach Cornwall zurückkehrte.
Wir fuhren nach Hause.
Olivia fragte Jago, ob er zum Mittagessen bleiben möchte, und er nahm begeistert an.

Zwei Tage später fand die Taufe statt. Es war eine feierliche und bewegende Angelegenheit. Tante Imogen war selbstverständlich zugegen. Sie zeigte sich mir gegenüber recht umgänglich, wenngleich ein wenig unnahbar. Ich war mir einer neuen Verantwortung bewußt. Dieses kleine Mädchen war mein Patenkind.
Ich war sehr stolz, und als Taufgeschenk erstand ich einen silbernen Breiteller, in den ich Livias Initialen eingravieren ließ. Er kostete mich weit mehr, als ich mir leisten konnte.
Außerdem verbrachte ich viel Zeit im Kinderzimmer. Ich glaube, für Schwester Loman war ich eine ziemliche Belästigung, aber sie ertrug mich geduldig, weil ich ja zweifellos nicht lange

bleiben würde; Olivia dagegen war von meinem Interesse an dem Baby entzückt.

»Es macht mich sehr glücklich«, gestand sie mir. »Jetzt fühle ich mich sicherer. Falls mir etwas zustoßen sollte, wirst du dich um Livia kümmern.«

»Was meinst du damit ... falls dir was zustoßen sollte?«

»Nun ja, wenn ich nicht mehr bin.«

»Du meinst, falls du sterben würdest?«

»Ja.«

»Meine liebe Olivia, sieh dich doch an! Mollig, im Eheleben schwelgend ... mit einem ergebenen Mann und einem himmlischen Baby ... was redest du da?«

»Ich weiß, ich habe alles ... es ist mir nur so eingefallen.«

»Das sieht dir ähnlich, Olivia. Du hattest immer Angst, das Gute würde dir nicht bleiben. Ich dachte, du wärst darüber hinweg.«

»Bin ich auch. Das Leben ist schön. Aber ich dachte bloß ... weiter nichts. Vergiß es.«

Ich gab ihr einen Kuß.

»Es tut mir so gut, bei dir zu sein, Olivia. Alles ist gut ausgegangen, und du verdienst alles Glück der Welt. Mögest du stets so glücklich sein wie jetzt.«

»Ich möchte, daß auch du glücklich bist, Caroline«, sagte sie ein bißchen wehmütig. »Jago ist reizend. Ich glaube, er mag dich.«

»O ja ... einschließlich der gesamten weiblichen Bevölkerung, sofern sie nicht zu alt oder häßlich ist.«

»Du bist zynisch.«

»Das paßt zu mir.«

»Auch deine Zeit wird kommen.«

Ich tätschelte ihre Hand. Das Gespräch nahm eine gefährliche Wendung.

»Ich werde ziemlich bald abreisen müssen.«

»Bleib doch noch«, bat sie, und ich versprach, noch ein paar Tage zu bleiben.

Ich suchte Rosie auf, denn das wollte ich keinesfalls versäumen. Ethel kannte mich jetzt, und ich wurde sogleich in Rosies Salon geführt.

Sie begrüßte mich herzlich, forderte mich auf, Platz zu nehmen, und ließ Wein kommen.

Sie plauderte erst ein Weilchen, bevor sie auf den Grund zu sprechen kam, weshalb sie mich hergebeten hatte.

Sie war wohlhabender geworden, seit wir uns zuletzt sahen, dabei hatte sie damals schon in bescheidenem Wohlstand gelebt. Robert Tressidor hatte ihr zur Unabhängigkeit verholfen, aber das genügte Rosie Rundall alias Rosie Russell nicht. Sie hatte gute Freunde, die das Geld für sie angelegt hatten, Männer, die etwas von ihrem Fach verstanden. Und so hatte Rosies Kapital sich vermehrt. Ein Freund hatte sie beraten und ihr bei der Gründung ihres Geschäftes geholfen.

»Abhängigkeit ist nichts für Rosie«, versicherte sie. »Alles sollte so sein, wie ich es haben wollte, und schließlich hab' ich ihn ausgezahlt. Dies ist jetzt mein eigenes Reich. Ich hab' noch so ein Geschäft ... das heißt, ein ähnliches. Nicht ganz so elegant, aber das kommt noch. Und ich habe Pläne für ein drittes. Kleider und Hüte ... und alle Accessoires.«

»Rosie, du bist ein Genie!«

»Aber nicht doch. Ich hab' bloß einen gesunden Menschenverstand. Oh ... und noch was ... Ausdauer. Ich sag' zu mir: Du machst das jetzt, Rosie. Egal, wie schwierig es ist, du schaffst das schon. Und dann muß ich es tun. Das war schon immer meine Art zu arbeiten.«

»Ich freue mich so für dich. Siehst du noch manchmal Leute aus deiner Zeit als Stubenmädchen?«

»O ja. Wir bleiben in Verbindung. Nur so erfahre ich, was ich weiß. Aber ich hab noch andere Quellen. Am Anfang mußte ich manches vertuschen, bis die Sache richtig angelaufen war. Dann dachte ich, ach was, ich bin ich, und dabei bleibt's. Keiner soll über mich die Nase rümpfen. O ja, ich bleib mit den Leuten in

Verbindung, die ich in meinen weniger guten Tagen kannte. So erfahre ich wenigstens, was los ist.«
»Und was erfährst du so?«
Sie zögerte. »Ich weiß nicht recht, ob ich darüber sprechen soll. Ich weiß auch nicht, ob man da überhaupt was machen kann.«
»Worauf spielst du an, Rosie?«
»Hm. Robert Tressidor hat Olivia sicher wohlversorgt hinterlassen.«
»O ja. Das meiste von seinem Geld hat sie geerbt.«
»Die Wohltätigkeitsvereine haben auch eine hübsche Summe abbekommen.«
»Ja, das stimmt. Aber Olivia hat den Hauptteil. Sie ist sehr reich, und zudem hat sie die Villa und das Landhaus. Sie führt ein großes Haus ... fast genau wie damals, als ihr Vater noch lebte.«
»Also, ich habe gute Freunde; die kommen mich ab und zu besuchen. Ich gehör zu den Leuten, die Wert auf Freundschaften legen. Ich war schon immer für ein unabhängiges Leben. Manche von meinen Ausflügen damals machte ich zum Vergnügen, aber die meisten waren geschäftlich. Solche Geschäfte hab' ich jetzt nicht mehr nötig. Hin und wieder hab ich einen Freund ... aber das bedeutet mir nicht soviel. Was ich sagen wollte, ich hab' eine Menge von meinen alten Freunden behalten, und so erfahre ich allerhand.«
»Es sieht dir gar nicht ähnlich, daß du so lange brauchst, bis du zur Sache kommst, Rosie.«
»Ich weiß. Aber ich will kein falsches Wort sagen. Ich könnte mich ja auch irren. Also, Tatsache ist, der Mann ihrer Schwester ... der ist ein ziemlich leichtsinniger Spieler. Ich hab' gehört, man muß ziemlich reich sein für diese Art von Spiel.«
»Oh ... ich verstehe«, sagte ich verblüfft.
»Ich weiß, wieviel einer in einer einzigen Nacht in so einem Club verlieren kann. Das ist wie ein Faß ohne Boden. Mit Olivia kann ich darüber nicht sprechen. Drum hab' ich mich an Sie gewendet.«

»Das ist ja schrecklich. Jeremy Brandon ... er verspielt ihr Vermögen. Was soll aus Olivia werden?«

»Ich glaube, so schlimm wird es nicht kommen. Sie hat vielleicht eigenes Geld, an das er nicht heran kann.«

»Er würde sie überreden. Sie kann ihm nichts abschlagen. Mein Gott, das ist ja furchtbar.«

»Vielleicht ist es ja nur ein Gerücht.«

»Was kann *ich* dabei tun, Rosie?«

»Ich weiß nicht. Ich dachte, Sie könnten vielleicht mit ihm reden.«

»Ich! Mit ihm reden! Du weißt, was zwischen uns vorgefallen ist.«

»Er hat Sie sitzenlassen, als er rauskriegte, daß Sie kein Geld haben. Schätze, der ist 'n richtiger Spieler.«

»Ich könnte es nicht ertragen, wenn es Olivia schlechtginge. Sie ist so glücklich.«

»Vielleicht ist es ja nur ein Sturm im Wasserglas. Ich dachte nur, Sie sollten im Bilde sein.«

»Olivia ist doch nicht etwa knapp bei Kasse, oder? Ich meine ... sie bezahlt doch ihre Rechnungen bei dir?«

»Immer pünktlich. Ich wollte, ich hätte mehr Kundinnen wie sie. Aber vielleicht ist alles gar nicht wahr. Vergessen Sie, was ich gesagt habe. Es ging mir bloß so durch den Kopf. Ich hatte immer ein Faible für Sie und Miss Olivia. Versuchen Sie rauszukriegen, ob sie Kummer hat. Vielleicht weiß sie was ... falls er sie um was gebeten hat ... um den Verkauf von Wertpapieren oder so. Sie muß fest bleiben. Ich versteh ein bißchen was von Finanzen und weiß, wie leicht man auf die Nase fliegen kann.«

»Ich will versuchen, sie ein bißchen auszuforschen. Direkt fragen möchte ich sie nicht.«

»Nein, das geht natürlich nicht. Sagen Sie ihr nicht, daß Sie das von mir haben.«

»Bestimmt nicht, Rosie. Es ist lieb von dir, daß du so besorgt bist.«

»Geld ist mit Vorsicht zu behandeln. Es gibt viele, die wie ich ohne einen Pfennig angefangen haben. Wir haben eine besondere Ehrfurcht vorm Geld. Aber es gibt andere, die irgendwie drankommen, und die denken, es ist bloß dazu da, um rausgeschmissen zu werden.«
»Ein Jammer, daß nicht alle so klug sind wie du, Rosie.«
Sie blinzelte. »Ich möchte lieber keine so große Konkurrenz haben. Und nachdem ich ein bißchen Geld in die Finger gekriegt habe, lasse ich's nicht wieder los. Bei Männern wie Jeremy Brandon heißt es: ›Wie gewonnen, so zerronnen.‹ Vielleicht hab ich ihn bloß in Verdacht, weil er so anders ist als ich. Vielleicht gewinnt er eines Tages alles zurück. Glück und Pech wechseln sich ab, und einer muß ja mal gewinnen.«
»Es geht also ums Geld. Ich fürchtete schon, es handelte sich um eine andere Frau.«
Rosie schwieg, und ich sah sie scharf an.
»Gibt es eine?« fragte ich.
Sie zuckte die Achseln. »Ich weiß nichts Bestimmtes. Geredet wird ja immer. Er wurde mal mit einer gesehen ... Flora Carnaby ... 'ne ziemlich aufgedonnerte Person. Nichts Ernstes, schätze ich. Sie führt so einen Club, glaube ich.«
»Ach du meine Güte. Arme Olivia!«
»Sie hat bestimmt keine Ahnung.«
»Die Leute könnten es ihr erzählen. Du weißt ja, wie die sind. Das würde ihr alle Illusionen zerstören. Nur Olivias Glaube an das Gute im Leben und an Jeremy hat das Ganze für mich erträglich gemacht.«
»Sie wird weiter daran glauben. So was ist ganz normal. Ich kann Ihnen gar nicht sagen, wie vielen sogenannten Mustergatten ich im Lauf meines Lebens schon begegnet bin.«
»Es ist entsetzlich. Ich will so was nicht erleben. Kluge Frauen wie du und meine Cousine Mary halten sich da heraus. Ihr wißt genau, was ihr tut. Ihr seid würdig und unabhängig. O Gott, hoffentlich kommt Olivia nie dahinter, daß ...«

»Bestimmt nicht. Ich sag Ihnen ja, so was kommt dauernd vor. Sie gehört nicht zu den Frauen, die bohrende Fragen stellen, und Flora ist kein Mädchen, wegen dem ein vernünftiger Mann sein Heim verlassen würde. Vergessen Sie es. Tut mir leid, daß ich es Ihnen überhaupt erzählt habe. Jetzt hab' ich Sie beunruhigt. Ich hatte mir Sorgen wegen des Geldes gemacht ... weniger wegen dem Mädchen.«

»Ich habe das Gefühl, Olivia beschützen zu müssen.«

»Ja, das kenne ich. Das hat man immer bei Olivia. Doch auf lange Sicht kommen Leute wie sie anscheinend besser allein durch. Ihre Unschuld beschützt sie.«

»Rosie ... wenn etwas passiert ... sagst du's mir? Wirst du mir schreiben?«

»Ehrenwort, das mach ich. Regen Sie sich nicht auf. Na, wie hat Ihnen der Hut gefallen?«

»Sehr gut.«

»Sie haben bestimmt bildschön ausgesehen. Ich wette, alle haben gesagt: ›Wer ist das Mädchen mit den grünen Augen?‹«

»Ich glaube, die meisten hatten nur das kleine Mädchen mit den blauen Augen im Sinn. Es war Livias Ehrentag.«

»Der Herr, der mit Ihnen kam, das war vielleicht einer.«

»Du meinst Jago Landower.«

»Der hat ein Auge auf Sie.«

»Und auf andere.«

»Ein Herumtreiber. Das hab ich gleich gesehen. Der bräuchte eine feste Hand.«

»Ich habe nicht die Absicht, ihm die zur Verfügung zu stellen.«

»Ja, er ist ein richtiger Weiberheld, der nicht nur einer gehören kann.«

»Du mußt es wissen. Du kennst dich ja aus bei den Männern.«

»Männer sind wie Hüte. Entweder sie passen zu einem oder nicht.«

»Ich kann mir nicht vorstellen, daß ein Mann diesen Vergleich schmeichelhaft fände.«
»Vergessen Sie nicht, daß ich große Achtung vor Hüten habe«, bemerkte Rosie. Sie hob ihr Glas. »Auf Sie, liebe Caroline, und Olivia. Ich wünsche Ihnen das Allerbeste, was das Leben zu bieten hat, und das ist nicht wenig.«
Ich hob mein Glas.
»Und auf dich, Rosie.«

Am Abend war ich allein mit Olivia. »Ich nehme an, du bist sehr reich, Olivia.«
»Ich denke schon.«
»Der Haushalt ist sehr kostspielig. Genau wie damals, als dein Vater noch lebte.«
»Es hat sich wenig verändert. Ich brauche mir wegen Geld nicht den Kopf zu zerbrechen.«
»Zerbricht sich denn jemand anders den Kopf für dich?«
»Jeremy natürlich.«
»Aha«, sagte ich. »Und er ist zufrieden damit? Ich meine ... es macht ihm nichts aus?«
»Nicht im mindesten. Er versteht was von Geld.«
Sicher, er weiß es sehr zu schätzen, dachte ich, aber weiß er auch, daß man sogar ein großes Vermögen in kürzester Zeit durchbringen kann?
Olivia blickte so vertrauensvoll und zufrieden drein, wie konnte ich da Mißtrauen in ihre Seele säen? Außerdem war es nur eine Mutmaßung. Wie konnte ich zu ihr sagen: »Rosie hat gehört, daß dein Mann dein Geld verspielt«? Vielleicht war es nur ein Gerücht. Vielleicht hat man gesehen, wie er einen geringen Betrag verlor, und schon verbreiteten die Leute allerhand Geschichten über ihn.
Ich konnte nichts tun.
»Olivia, du würdest mir doch schreiben, wenn du dich jemandem anvertrauen müßtest?«

»Aber natürlich.«
»Und vergiß nicht, ich will alles über mein Patenkind wissen.«
»Sicher.« Olivia lächelte und zeigte dabei ihre Grübchen.
»Und ... über dich«, fügte ich hinzu.
Sie nickte. »Und du mußt mir dafür über die amüsanten Leute in Cornwall berichten.«
»Und zögere nicht, mir alles zu schreiben ... einfach alles. Falls irgendwas schiefgeht ...«
»Was meinst du?«
»Nun, man kann nie wissen. Du hast früher immer alles für dich behalten. Ich möchte, daß du mir erzählst, wenn du dir wegen irgendwas Sorgen machst.«
»Ich hab keine Sorgen.«
»Aber wenn doch, schreibst du's mir?«
»Ja.«
»Und schreib mir ja alles, was Livia macht. Ihr erstes Lächeln. Der erste Zahn.«
»Fürs erste Lächeln ist es schon zu spät.«
»Aber alles andere.«
»Ich versprech's dir. Und du mußt bald wiederkommen.«
»Ja, bestimmt. Und wäre es nicht herrlich, wenn du nach Cornwall kämst?«
»Vielleicht, wenn Livia größer ist.«
So plauderten wir, und ich tröstete mich mit dem Gedanken, daß Jeremy keine größeren Beträge verlieren konnte, denn das müßte sie doch merken.
Jago reiste zur gleichen Zeit ab wie ich, und die Rückfahrt verlief rasch und angenehm. Joe erwartete mich.
»Miss Tressidor hat Sie ganz schrecklich vermißt, Miss Caroline«, verkündete er. »Die war so reizbar wie'n alter Bär mit'm Brummschädel. Da können Sie sich vorstellen, wie sie rumgelaufen ist.«
»Ich habe nie einen Bären kennengelernt, und schon gar nicht mit einem Brummschädel.«

»Sie sind 'n Spaßvogel, Miss Caroline. Gereizt war sie, und wie. Aber heute ist sie ganz fröhlich. Ich hab Mr. Jago gesehen, er war im selben Zug wie Sie. War genau so lange weg.«
»So?« sagte ich obenhin.
Ich fragte mich, wie bald diese Neuigkeit die Runde machen würde.
»Der war bestimmt in Plymouth. Ist immer 'n ziemliches Hin und Her bei den Landowers. Allerdings nicht mehr so wie früher, ehe sie zu Geld kamen.«
Ich dachte: Ja, ich bin wieder da, zurück zu Gerüchten und Dorfklatsch, zurückgekehrt in eine Situation, die ich in der Hand behalten muß.
Als wir an Landower vorüberkamen, fragte ich mich, ob Paul mein Fortgehen wohl bemerkt hatte und wie ihm dabei zumute war. Angenommen, ich kehrte ganz nach London zurück. Vielleicht konnte ich Rosie beim Verkauf ihrer Hüte helfen?
Sehr amüsant ... Die Tochter des Hauses, die sich als keine richtige Tochter entpuppte, arbeitet bei dem Stubenmädchen, das kein richtiges Stubenmädchen war.
Die Dinge sind nicht immer, was sie scheinen.
Wollte ich fort? Nein, höchst ungern. Ich wollte bei Cousine Mary meine Freiheit haben. Und warum es nicht zugeben? Ich wollte die Chance, Paul Landower zu sehen, zu träumen – und zu hoffen –, daß wir gemeinsam einen Ausweg aus unserem unerquicklichen Zustand finden würden.
Cousine Mary erwartete mich.
Ihre Freude über meine Rückkehr war unverkennbar.
»Dachte schon, du kämst nie wieder«, brummte sie.
»Aber ich bin doch da«, erwiderte ich.

»Nicht länger klag um mich«

Ich dachte nach meiner Rückkehr noch viel an Olivia und mußte Cousine Mary alles über meinen Besuch berichten. Ich erzählte ihr auch, daß Jago mit mir gefahren war.
Sie lachte. »Man muß Jago einfach gern haben, hm? Natürlich muß man. Er ist ein Galgenstrick, aber ein netter. Gewiß wird er bald heiraten.«
»Er muß sich nicht mit der Vermehrung des Familienvermögens plagen wie sein Bruder.«
Sie sah mich eindringlich an. »Schade, daß Jago nicht derjenige war. Ihm hätte es nicht halb soviel ausgemacht. Er hätte einfach weitergelebt wie bisher.«
»Hätte er sich denn um das Gut gekümmert?«
»Tja, das ist die Frage. Nun ja, es ist eben so, wie es ist, und Jago wird gewiß mit der Zeit häuslich werden.«
Sie sah mich dabei verschmitzt an.
»Nicht mit mir«, wehrte ich ab, »selbst wenn er das vorhätte, was ich jedoch bezweifle.«
»Ich glaube, er hat dich sehr gern.«
»Wie gesagt, genau wie jedes Mitglied der weiblichen Bevölkerung unter dreißig und vielleicht auch darüber.«
»So ist Jago nun mal. Nun, wir werden sehen. Immerhin ist er mit nach London gefahren. Wie findet Olivia ihn?«
»Bezaubernd. Sie findet ja alle Menschen bezaubernd – aber er war wirklich sehr liebenswert.« Ich berichtete ihr, was Rosie erzählt hatte.
Cousine Mary machte ein ernstes Gesicht. »Typisch für ihn, nicht? Doch, allerdings. Aber da kann man nichts machen.

Vielleicht ist es nur ein vorübergehendes Dilemma. Ich nehme an, daß die Leute manchmal auch gewinnen, sonst würden sie doch nicht spielen, oder? Und diese Frau ... eine Nachtclubbesitzerin oder so was ... das ist nicht ernst zu nehmen und bei einem Mann wie ihm wohl unvermeidlich, schätze ich.«

Voll Begeisterung erzählte ich von dem Baby. Cousine Mary sah mich von der Seite an. Ich wußte, was diese Blicke bedeuteten sie dachte, ich sehnte mich nach einem Kind; und als ob sie es ausgesprochen hätte, antwortete ich ihr: »Patin zu sein genügt mir.«

»Vielleicht überlegst du es dir noch anders.«

»Ich glaube kaum. Leider kann man keine Familie ohne Ehemann gründen, und auf den kann ich verzichten.«

»Eines Tages wirst du anders darüber denken.«

Ich schüttelte den Kopf. »Es gibt zu viele Jeremy Brandons.«

»Oh, aber nicht alle sind so!«

»Mein Bekanntenkreis ist ziemlich klein, und darunter sind zwei, die sich für ein Linsengericht verkauft haben. Beide Male ein recht ansehnliches Linsengericht. Hier ein Vermögen, dort ein stattliches altes Haus. Beides sehr lohnend. Nein. Ich habe nichts zu bieten, drum wird kein Freier um meine Hand anhalten.«

»Da wäre ich nicht so sicher.«

»Ich schon ... zudem kenne ich meine Gefühle.«

»Du bist sehr bitter geworden, Caroline. Sicher, das kann passieren, wenn man so etwas erlebt wie du. Aber man kann nicht die ganze Welt nach ein oder zwei Menschen beurteilen.«

»Nimm doch meine Mutter. Ich bezweifle, daß sie Alphonse ohne sein Geld so berückend gefunden hätte. Der arme Captain Carmichael konnte nicht mithalten, nicht wahr? Dabei war er viel netter als Alphonse.«

»Du solltest dir darüber keine Gedanken machen, Liebes.«

»Ich muß die Wahrheit sehen, wie sie ist.«

»Vergiß es. Grüble nicht mehr über die Vergangenheit nach.

Komm mit nach draußen. Ich möchte zuerst zum Hof der Glyns, und dann sehen wir uns zusammen die Bücher an. Wir machen einen ganz schönen Profit. Alles läuft sehr zufriedenstellend.«
Ich vertiefte mich in die Arbeit auf dem Gut. Ich tat es gern, und jetzt merkte ich erst, wie sehr mir das gefehlt hatte.
Gelegentlich kam eine Postkarte von meiner Mutter. Das Leben war wunderbar. Sie waren in Italien, Spanien, dann wieder in Paris. Alphonse war ja so ein bedeutender Geschäftsmann. Sie war in ihrem Element. So viele Leute mußten eingeladen werden. Alphonse schrieb mir, es würde ihn freuen, wenn ich zu ihnen käme. Wenn ich wollte, könne ich dort jederzeit mein Zuhause finden. Ob ich nicht wenigstens zu Besuch kommen wolle? Er war nach wie vor in meine Mutter vernarrt, und ich stellte mir vor, daß sie ihm geschäftlich von Nutzen war. Sie verstand zu repräsentieren. Alphonse war zweifellos von seiner Ehe entzückt. Meine Mutter drängte mir ihre Einladung nicht so nachdrücklich auf. Sie wollte wohl keine erwachsene Tochter um sich haben, die ihr Alter verraten hätte.
Und ich wollte auch nicht zu ihnen. Wenn ich bei Cousine Mary arbeitete, konnte ich viele Unannehmlichkeiten vergessen.
Bald nach meiner Rückkehr ritt ich zum Moor hinaus. Hier hielt ich mich am liebsten auf. Ich liebte die wilde Landschaft, den weiten Horizont, die ungezähmte Natur, das weiche Gras, die Ginsterbüsche, die aufragenden Felsbrocken und die kleinen Bäche, die hier und da aus dem Nichts zu entspringen schienen. Das Land war bunt gefärbt – die letzten Farbtupfer des ausgehenden Herbstes. Die Eichen waren jetzt dunkelgelb, bald würden die Blätter fallen. An den Hecken waren dieses Jahr viele Beeren – Anzeichen für einen strengen Winter?
Fast automatisch schlug ich die Richtung zur Mine ein. Immer wieder zog sie mich wie magisch an. Sie wirkte so verlassen und trostlos. Wie anders mußte sie ausgesehen haben, als die Männer noch hier arbeiteten!
Ich stieg ab, streichelte mein Pferd und redete ihm zu, eine

Weile zu warten, doch dann fürchtete ich, es könne vielleicht dem Ruf der Moorwildnis nicht widerstehen, und band es an einen Strauch. Ich trat nahe an die Mine und blickte hinab.
Es war unheimlich – das kam von der Einsamkeit des Moores, redete ich mir ein. Ich hob einen Stein auf und ließ ihn in den Schacht fallen. Ich horchte auf den Aufschlag, hörte aber nichts. Paul war schon fast bei mir, bevor ich das Hufgeräusch seines Pferdes vernahm. Er galoppierte heran, stieg ab und band sein Pferd an denselben Strauch, an dem ich meins festgemacht hatte.
»Guten Tag«, begrüßte ich ihn. »Ich hab Sie erst gehört, als Sie schon fast bei mir waren.«
»Ich hab Ihnen doch gesagt, Sie sollen nicht so nah an die Mine gehen.«
»Schon, aber ich muß nicht immer tun, was man mir sagt.«
»Es wäre besser, auf den Rat von Leuten zu hören, die sich in der Gegend auskennen.«
»Ich wüßte nicht, was daran gefährlich ist, wenn ich hier stehe.«
»Die Erde ist weich und matschig. Sie könnte unter Ihren Füßen nachgeben. Sie könnten hinunterrutschen und schreien, bis Sie keine Stimme mehr hätten, und niemand würde Sie hören. Tun Sie das nie wieder.« Er war dicht an mich herangetreten und packte meinen Arm. »Bitte«, fügte er hinzu.
Ich trat noch einen Schritt näher an den Rand der Mine. Paul nahm mich in die Arme und hielt mich fest.
»Schauen Sie ... wie leicht Sie abstürzen können.«
»Ach was.«
Sein Gesicht war ganz nah. »Ich wollte schon lange mit Ihnen reden«, sagte er.
Ich wollte mich befreien, aber er ließ mich nicht los.
»Kommen Sie von der Mine weg«, bat er. »Ihr Leichtsinn macht mir angst.«
»Ich bin überhaupt nicht leichtsinnig.«
»Sie waren gefährlich nahe daran. Sie kennen das Moor nicht.

Sie sollten nur mit Leuten hierherkommen, die mit der Gegend vertraut sind.«
»Ich lebe schon eine ganze Weile hier. Ich bewege mich hier inzwischen so sicher wie eine Einheimische.«
Er hielt mich immer noch fest und sah mich flehend an. Plötzlich drückte er mich an sich und küßte mich.
Einen Moment lang wehrte ich mich nicht. Trotz allem, was war, wollte ich es ... ich hatte es schon immer gewollt ... seit ich als Schulmädchen von ihm geträumt hatte.
Dann wallte meine ganze Wut wieder auf. Wut auf ihn, auf Jeremy, auf alle arroganten Männer, die meinten, die Frauen nach Belieben ausnutzen zu können, die sich verlobten, wenn sie glaubten, daß die Frau vermögend sei, und ihnen lässig Lebewohl sagten, wenn dem nicht so war; Männer, die heirateten, um ihren Besitz zurückzugewinnen, und hinterher eine Liebesbeziehung mit einer Frau eingehen wollten, die sie derjenigen vorzogen, mit der sie den Handel abgeschlossen hatten.
O ja, ich war wütend, wütend und verbittert, weil ich mir so sehr wünschte, bei Paul zu sein, ihn zu lieben, mein Leben mit ihm zu teilen.
»Wie können Sie es wagen!« rief ich.
Er sah mich traurig an und sagte schlicht: »Weil ich Sie liebe.«
»So ein Unsinn!«
»Sie wissen, daß es kein Unsinn ist. Sie wissen, daß ich Sie in Frankreich geliebt habe, und ich hatte damals das Gefühl, daß ich Ihnen nicht gleichgültig war. Das stimmt doch, nicht wahr?«
Ich wurde rot. »Damals habe ich Sie nicht richtig gekannt.«
»Aber Sie haben etwas für mich empfunden.«
»Das waren nicht Sie. Das war jemand, den ich mit Ihnen verwechselt habe. Dann entdeckte ich meinen Irrtum. Inzwischen kenne ich die Männer und ihre Beweggründe.«
»Haben Sie diesen Mann in London gesehen?«
»Ja.«
»Und was geschah ...«

»Was soll geschehen sein? Er ist mit meiner Schwester verheiratet. Ich bin Patin ihres Kindes.«
»Aber Sie und er ... wie war das?«
»Er benahm sich wie ein vorbildlicher Ehemann. Warum auch nicht? Er hat sein Ziel erreicht. Ehemals ein mittelloser junger Mann, führt er heute das Leben eines sehr Reichen. Ich war zurückhaltend, kühl, würdevoll ... gleichgültig. Was haben Sie denn erwartet?«
»Caroline, hören Sie. Ich möchte, daß Sie mich verstehen. Bitte ... gehen wir von der Mine weg.« Er legte seinen Arm um mich und drückte mich eng an sich. Ich machte einen halbherzigen Versuch, mich zu befreien, aber er hielt mich fest, und ich ließ mich von ihm über das Gras führen.
Er deutete auf einen Felsbrocken. »Setzen Sie sich«, sagte er. »Man kann sich gut daran anlehnen.«
»Ich möchte mich eigentlich gar nicht hinsetzen.«
»Ich glaube, Sie fürchten sich vor mir.«
»Fürchten! Warum sollte ich? Sind Sie auch ein Ungeheuer und nicht nur ein ...«
Er zog mich zu sich hinunter. »Nur weiter. Nicht nur was?«
»Ein Mitgiftjäger.«
»Sie meinen meine Heirat. Ich wollte mit Ihnen darüber sprechen. Ich möchte es Ihnen erklären.«
»Da gibt es nichts zu erklären. Mir ist alles klar.«
»Das glaube ich nicht.«
»Es ist wirklich nicht schwer zu begreifen. Sie haben der Familie das Haus erhalten, eine edle Tat. Landower drohte in fremde Hände überzugehen, und Sie haben sich für die Tradition, die Familienehre, für die uralte Abstammung geopfert.«
»Wie bitter Sie sind.«
Er drehte meinen Kopf zu sich hin, dann nahm er mein Gesicht zwischen seine Hände und küßte mich heftig, wild, wieder und wieder.
Ich suchte mich zu befreien, aber das war unmöglich. Und

eigentlich wollte ich es gar nicht. Ich wollte bleiben, mich an ihn schmiegen. Es war wie Balsam für mein Elend, wußte ich doch jetzt klarer denn je, daß ich immer und ewig bei ihm sein wollte ... Doch das konnte nie geschehen.

»Wenn ich zurück könnte«, flüsterte er, »ich würde es nicht wieder tun. Eher würde ich mich mit allem abfinden.«

»Das ist leicht gesagt, wenn es zu spät ist.«

»Könnte ich mit Ihnen zusammensein und das alles wäre nicht geschehen, wie glücklich wäre ich dann, so glücklich, wie ich es nie für möglich gehalten hätte ... Ihretwegen, Caroline. Wenn ich mit Ihnen zusammen bin, sieht alles gleich ganz anders aus. Ich lebe richtig auf. Alles andere ist mir egal. Ich möchte nur mit Ihnen zusammensein.«

Ich wollte ihm glauben. Ich wollte mich an ihn lehnen und sagen: Vergessen wir, was geschah, tun wir so als ob.

Doch meine Stimme war hart und spröde, weil mir so elend war und ich meine wahren Gefühle verbergen mußte. »Es ist das alte Lied. Wenn es nicht kommt wie erwartet, möchten wir umkehren und unser Leben noch einmal leben. Aber wir können nicht zurück. Daran sollten wir denken, wenn wir handeln. Nein, Paul, Sie würden es wieder tun. Bedenken Sie doch, wie Sie in dem Bauernhaus leben würden. Sie sähen Landower vor sich, das ganze Land, seit Generationen in Ihrem Besitz, und nun gehörte es jemand anderem. Das hätten Sie wohl kaum ertragen.«

»Ich hätte es ertragen können, wenn Sie dagewesen wären. Und ich hätte es zurückgewonnen ... anständig, ehrenhaft, mit der Zeit.«

»Wie kommt ein Bauer an das Geld, um ein großes Gut zu kaufen?«

Er schwieg.

»Sie können nicht zurück, Paul.«

»Nein, leider. Jetzt weiß ich, daß es falsch ist, für Ziegel und Steine zu leben. Wären Sie dagewesen, wäre es nicht so gekommen.«

»Ich war da.«
»Ein Kind. Aber Sie hatten schon damals etwas Besonderes. Ich sah Sie im Zug. Und in den zauberhaften Tagen in Frankreich hatte ich oft den Eindruck, daß Sie und ich füreinander bestimmt seien. Das müssen Sie doch auch gespürt haben.«
»Ich habe mich gefreut, als ich Sie sah. Das Leben dort war ziemlich eintönig.«
»Und ich habe Ihnen die Langeweile vertrieben?«
»Ja, natürlich.«
»Aber Sie schienen doch ...«
Ich sagte kühl: »Da habe ich noch nichts von Ihrem Kuhhandel gewußt.«
»So dürfen Sie das nicht nennen.«
»Dann eben Ihre Transaktion.«
»Das hört sich noch schlimmer an.«
»Es ist aber so. Es war ein erbärmlicher Kuhhandel, das läßt sich nicht verhehlen. Sie hätten mir erzählen sollen, daß Sie das Haus durch Heirat gerettet haben.«
»Ich wollte fort von allem. Ich wollte so tun, als wäre es nie geschehen. Als Miss Tressidor mich bat, nach Ihnen zu sehen, war ich ganz aufgeregt ... und dann fand ich Sie ... dasselbe Mädchen und doch anders. Ich klammerte mich an die paar Tage und versuchte zu vergessen.«
»Das war dumm von Ihnen.«
»Als Sie vom Pferd fielen und ich einen Moment dachte, sie seien schwer verletzt oder gar tot, da wußte ich, daß ich nie wieder glücklich sein würde, wenn Sie mir genommen würden. Ich hätte mein Leben in einer Art Dämmerzustand verbracht ... wie in der Zeit, bevor Sie kamen. Seit Sie hier sind, ist alles anders, Caroline, und das läßt mich hoffen.«
»Ich kann mir nicht denken, auf was Sie hoffen«, sagte ich ernst.
»Als ich Sie küßte, da wußte ich ... nur einen kleinen Moment lang ... daß Sie mich lieben könnten.«
Ich schwieg. Ich wollte es abstreiten, aber ich konnte es nicht.

Meine zitternde Stimme hätte mich verraten. Dieser Augenblick war so anders als alles, was ich bisher erlebt hatte. Aber ich mußte stark sein. Ich durfte mich nicht gehenlassen.
»So dürfen Sie nicht sprechen«, sagte ich schließlich.
»Ich möchte, daß Sie wissen, was ich empfinde.«
»Sie haben es mir bereits erklärt. Ob ich Ihnen glaube, das ist eine andere Sache.«
»Sie glauben mir, Caroline.«
»Ich sehe nicht, welchem Zweck diese Enthüllungen dienen sollen.«
»Wenn ich wüßte, daß Sie sich etwas aus mir machen, nur ein wenig, dann könnte ich hoffen.«
»Worauf?« fragte ich schroff.
»Daß ich Sie manchmal allein sehen kann. Daß wir uns treffen, zusammen sind ...«
»Es wäre nicht klug, wenn ein Ehemann ein Stelldichein mit einer Frau hätte, die nicht seine Gattin ist. Es müßte heimlich stattfinden. Wenn wir uns öffentlich träfen, würden die Klatschmäuler von Lancarron nicht mehr stillstehen.«
Er rückte näher an mich heran und nahm mich in seine Arme, »Laß mich dich einen Moment halten, Caroline, mein Liebling.«
Wir schwiegen eine Weile. Ich versuchte, mich ihm zu entziehen. Ich wollte die Wahrheit leugnen, doch sie war zu stark für mich. Was er auch getan hatte, ich liebte ihn.
Er küßte mich. Er riß mir den Reithut vom Kopf und fuhr mit den Händen durch mein Haar.
»Caroline, ich liebe dich.«
Das ist Wahnsinn, dachte ich. Das kann nur auf eins hinauslaufen. Ich sollte seine Geliebte werden. Verstohlen, heimlich, schäbig ... und irgendwann hätte er genug von mir. Lebwohl. Es war schön, solange es währte. Man hatte mir einmal wegen meines vermeintlichen Vermögens den Hof gemacht und mich dann fallenlassen. War ich im Begriff, meinen Gefühlen nachzugeben? Würde ich mich abermals ausnutzen lassen?

Ich entzog mich ihm und sagte schroff: »Wir dürfen uns nicht mehr treffen.«
»Aber ich muß dich sehen.«
Ich schüttelte den Kopf.
»Laß uns das Glück ergreifen.«
»Und Gwennie?«
»Ihr geht es nur um die Position. Sie ist in das Haus verliebt, mit allem, was dazugehört.«
»Und dich liebt sie nicht?«
»Bestimmt nicht.«
»Ich glaube doch, auf ihre Art.«
»Das ist nicht dein Ernst.«
»Doch. Ich hab' gesehen, wie sie dich anschaut. Sicher, sie liebt das Haus. Warum auch nicht? Sie hat es gekauft … und dich obendrein.«
»Bitte sprich nicht so«, bat er. »Soll ich dir erzählen, wie es gekommen ist?«
»Das weiß ich. Es ist eine einfache Geschichte. Das Haus drohte über euren Köpfen einzustürzen. Man mußte ein Vermögen reinstecken. Die Familie konnte es nicht retten. Außerdem hattet ihr einen Berg Schulden. Mr. Arkwright kam daher und kaufte das Haus und hielt es für eine gute Idee, auch den Gutsherrn zu kaufen. Keine besonders originelle Geschichte.«
»Das ist nur der grobe Umriß. Darf ich meine Version erzählen? Es stimmt, was du über die notwendigen Reparaturen im Haus und die Schulden gesagt hast. Dann kamen die Arkwrights. Einem bestimmten Vorfall ist es zu verdanken, daß sie geblieben sind, sonst hätten wir das Haus womöglich nie verkauft. Irgendwie hätten wir es schon zusammengeflickt. Ich hätte etwas unternommen, um mein Vermögen aufzubessern. Wer weiß, vielleicht hätte es geklappt.«
»Aber es kam anders.«
»Ja, wegen jenes bestimmten Vorfalls. Gwennie wollte unbe-

dingt ›diese herrliche alte Musikantengalerie‹ besichtigen. Sie ging hinauf. Ich war mit ihrem Vater in der Halle.«

»Ja«, sagte ich matt.

»Auf der Galerie ging etwas vor. Zwei Leute haben einen Streich gespielt.«

»So?«

»Ja. Ich stand in der Halle. Als sie schrie, sah ich hinauf, gerade noch rechtzeitig, um zu sehen, was Gwennie sah. Da war jemand ... jemand, den ich kannte.«

Mein Herz klopfte mit einemmal sehr schnell. Paul legte seine Hand darauf.

»Wie es rast ... und ich weiß auch, warum. Weißt du, ohne diesen Vorfall wären die Arkwrights fortgegangen. Das haben sie mir hinterher erzählt. Das Haus gefiel ihnen, aber sie waren über seinen Zustand entsetzt. Mr. Arkwright war zu klug, um darin ein lohnendes Geschäft zu wittern. Ja, sie wären gegangen, und wir hätten sie nie wiedergesehen, wären nicht die Gespenster auf der Galerie gewesen. Die sind nicht schuldlos an meiner Lage.«

»Oh, du hast ... es gewußt ...«

»Ich hab' dich gesehen. Und ich wußte, daß Jago bei dir war. Ich wußte, warum ihr ... das heißt er ... warum er das gemacht hat. Und du hast ihm geholfen. Ich war auf dem Speicher und habe die Sachen gesehen, die du anhattest. Siehst du, schon damals bist du mir aufgefallen ... Ein kleines schelmisches Mädchen taucht in meinem Leben auf und verschwindet wieder und heckt mit meinem kleinen Bruder Streiche aus. Ohne euch wäre alles anders gekommen.«

»Ich hab' dich aber nicht zur Heirat gedrängt.«

»Aber du bist gewissermaßen mitverantwortlich.«

»Weiß Jago, daß du es weißt?«

»Nein. Wozu es ihm erzählen? Nun, wir wollten damals nicht, daß die Arkwrights uns verklagen. Wir kümmerten uns um Gwennie, und sie und ihr Vater blieben im Haus. Es wuchs ihnen

ans Herz, und sie mußten es einfach kaufen, und da hatten sie die Idee, daß ...«
»Sie den Gutsherrn obendrein kaufen könnten. Als Zugabe zum Haus.«
Er legte seine Hand auf meine. »Ich wollte damit sagen, daß du mitverantwortlich bist. Du bist daran beteiligt, Caroline. Das beweist doch, daß jeder von uns eine Torheit begehen kann und sich noch eine Chance wünschen darf. Hättest du gewußt, was du jetzt weißt, wärst du dann auf den Speicher gegangen und hättest Gespenst gespielt?«
Ich schüttelte den Kopf.
»Dann mußt du mich auch verstehen, Caroline, versteh mich und meine Situation. Mein Heim, meine Familie, alles, womit ich aufgewachsen war, hing von mir ab.«
»Ich habe es immer verstanden. Ich habe immer gewußt, das ist der Lauf der Welt. Aber ich will nichts damit zu tun haben. Ich bin einmal verletzt und gedemütigt worden, und das wird mir kein zweites Mal passieren.«
»Glaubst du, ich würde dich verletzen und demütigen? Ich liebe dich. Ich möchte für dich sorgen, dich beschützen.«
»Ich kann mich selbst beschützen. Das habe ich rasch gelernt.«
»Caroline, stoße mich nicht von dir.«
»Ach Paul, ich kann nicht anders.«
»Doch, wir werden einen Weg finden.«
Welchen Weg, dachte ich. Es gibt nur einen, und ich darf niemals zulassen, daß meine Schwäche, meine Leidenschaft, vielleicht meine Liebe zu ihm diesen Weg beschreitet.
Und doch blieb ich sitzen, und er hielt meine Hand. Ich blickte zum Horizont, wo die kahle Moorlandschaft in den Himmel überging. Warum hatte es so kommen müssen?
Wir wurden von dem fernen Geräusch von Pferdehufen aufgeschreckt. Hastig erhoben wir uns. Ein Wagen, von einer braunen Stute gezogen, kam nicht weit von uns den Weg entlang. Ich erkannte Pferd und Wagen und den Kutscher.

»Es ist Jamie McGill«, sagte ich.
Er sah uns und brachte das Pferd zum Stehen. Er stieg ab, und der Hund sprang aus dem Wagen und tollte über das Moor.
Jamie nahm seine Mütze ab. »Guten Tag, Miss Caroline ... Mr. Landower.«
»Guten Tag«, erwiderten wir.
»Ich komm gerade vom Gärtnermarkt. Hab' für meinen Garten eingekauft. Miss Tressidor gibt mir frei und läßt mir den Wagen, wenn ich 'ne Fuhre zu transportieren hab. Löwenherz freut sich immer drauf, daß er im Moor rumrennen kann, wenn ich hier langkomme. Hat gebettelt, sobald wir an die Moorgrenze kamen.«
»Mr. Landower und ich haben uns zufällig drüben bei der Mine getroffen«, erklärte ich.
»Ah, die Mine.« Er runzelte die Stirn. »Ich sag immer zu Löwenherz: ›Geh bloß nicht an die Mine.‹«
»Hoffentlich folgt er«, bemerkte Paul.
»Er weiß Bescheid.«
»Jamie glaubt, daß Tiere und Insekten wissen, was vorgeht, nicht wahr, Jamie?«
Er sah mich mit seinen verträumten Augen an, die immer völlig farblos wirkten. »Ich weiß, daß es so ist, Miss Caroline, jedenfalls bei meinen.« Er stieß einen Pfiff aus. Der Hund flitzte nicht weit von der Mine herum. Er blieb abrupt stehen, machte kehrt und sprang mit lebhaftem Gebell an Jamie hoch.
»Er weiß Bescheid, nicht wahr, Lion? Lauf ... noch fünf Minuten.«
Löwenherz schoß bellend davon.
»Ich würd' nicht zu nahe an die Mine heranreiten, Miss Caroline«, warnte Jamie.
»Das habe ich ihr auch geraten«, erklärte Paul.
»Irgendwas geht hier vor. Ich spür's in der Luft. Ist nicht gut ... nicht gut für Tier und Mensch.«

»Man hat mich gewarnt, daß der Boden nahe der Mine unsicher sei«, sagte ich.
»Mehr als das«, sagte Jamie. »Hier hat sich was getan. Es liegt in der Luft.«
»Bis vor ein paar Jahren wurde hier Zinn gefördert, nicht?« fragte ich.
»Es ist mehr als zwanzig Jahre her, seit die Mine in Betrieb war«, sagte Paul. Ich spürte seine Ungeduld. Er wollte fort von Jamie. »Die Pferde werden unruhig.« Er sah mich an. »Ich glaube, wir haben denselben Weg. Ich nehme an, Sie wollen zum Gutshaus?«
»Ja.«
»Dann können wir ja zusammen reiten.«
»Wiedersehen, Jamie«, sagte ich.
Jamie stand mit der Mütze in der Hand, und der Wind zerzauste ihm das schüttere rotblonde Haar. Wie oft hatte ich ihn schon so gesehen!
Während wir uns entfernten, hörte ich Jamie seinem Hund pfeifen, dann seine Stimme: »Zeit für uns, Lion. Komm, alter Junge.«
Paul und ich ritten eine Weile schweigend. »Jamie wird bestimmt nicht reden«, meinte ich.
»Worüber?«
»Daß er uns zusammen gesehen hat.«
»Warum sollte er?«
»Du weißt doch, wie die Leute klatschen. Sie würden es zum Skandal aufbauschen ... und das wäre mir gar nicht recht.«
Er schwieg.
»Aber ich glaube, Jamie ist harmlos«, fuhr ich fort. »Er ist anders als die anderen.«
»Er ist sehr ungewöhnlich. Er hat fast etwas Unheimliches ... wie er da so plötzlich auftauchte.«
»Das war vollkommen normal. Er hat Besorgungen für seinen Garten gemacht und bringt die Sachen im Wagen nach Hause.«

»Ich weiß ... aber wie er einfach angehalten hat.«
»Weil er uns sah und höflich sein wollte. Er hat gute Manieren. Außerdem hatte er dem Hund versprochen, daß er herumtollen durfte.«
»Das ganze Geschwätz über die Mine ... dabei hat er den Hund dort frei herumlaufen lassen.«
»Er meint, der Hund spürt eher als wir, wenn etwas nicht ganz geheuer ist. Hast du das mit unheimlich gemeint?«
»Mag sein. Es hat weiß Gott genügend Gerede über die Mine gegeben. Man will dort weiße Hasen und schwarze Hunde gesehen haben.«
»Was bedeutet das?«
»Sie sollen Vorboten des Todes sein. Du weißt ja, wie die Leute sind. Ich hielt es immer für gut, die Leute von dort abzuschrecken. Sonst könnte ein Unfall passieren.«
»Nun, dann tut Jamie doch dasselbe mit seiner Warnung.«
Wir ritten weiter. Paul blickte mich an. »Ich muß dich wiedersehen ... bald. Es gibt noch so viel zu sagen.«
Aber ich sah nicht, was es noch zu sagen gäbe.
Es war zu spät. Und nichts, was wir sagten, konnte ändern, was geschehen war.
Ich liebte Paul, aber ich zweifelte nicht daran, daß ich meine Liebe begraben mußte.
Allmählich glaubte ich, daß mir kein Glück bestimmt war.

Alles war anders, seit Paul mir seine Gefühle offenbart hatte. Ich fürchtete, daß es mir trotz meines festen Vorsatzes nicht gelungen war, meine Reaktion zu verbergen.
Ich war erregt und doch furchtbar ängstlich. Ich wagte nicht, an die Zukunft zu denken, und sagte mir immer öfter, ich müsse fortgehen. Ich dachte sogar daran, der weltklugen Rosie zu schreiben, ihr den Fall zu schildern und vielleicht gar anzudeuten, daß ich bei ihr arbeiten möchte. Aber was sollte ich zwischen erlesenen Hüten und Gewändern? Ich sollte vielleicht

etwas lernen. Ich dachte sogar daran, Alphonses Einladung anzunehmen. Aber das reizte mich nicht sehr. Überdies wußte ich, daß Cousine Mary sich mehr und mehr auf mich verließ. Oft suchte ich allein die verschiedenen Höfe auf, und Jim Burrows hatte großen Respekt vor mir. Außerdem konnte ich gut mit Leuten umgehen, eine Eigenschaft, für die die Tressidors nicht gerade berühmt waren. Cousine Mary selbst war trotz ihrer guten Absichten zu forsch, zu schroff, ich aber verstand es, die meiner Position angemessene Würde zu bewahren und trotzdem freundlich zu sein. »Das ist eine große Gabe«, räumte Cousine Mary anerkennend ein. »Die Leute sind zufrieden, das fühle ich.«

Wie konnte ich Cousine Mary verlassen, wenn sie sich »wie ein Bär mit 'nem Brummschädel« aufführte, wenn ich nicht da war?

Es war wohltuend, gebraucht zu werden, in meiner Arbeit Erfolg zu haben, und doch nagte in meinem Unterbewußtsein die Gewißheit, daß mein Bleiben eine Katastrophe heraufbeschwören würde. Ich muß darüber nachdenken, sagte ich mir. Und die Wochen vergingen.

Ich besuchte Jamie oft im Pförtnerhaus. Hier fand ich Frieden. Er zog gerade ein Vogeljunges auf, das aus dem Nest gefallen war. Er hielt es in einem selbstgemachten Nest – einer mit Flanell ausgeschlagenen Kokusnußschale – und fütterte es, bis es flügge wurde. Ich sah ihm gerne zu, wenn er Futter in den ewig offenen Schnabel des kleinen Geschöpfes stopfte und es dabei murmelnd ermahnte, nicht so gefräßig zu sein und alles so gierig hinunterzuschlingen. Ich beobachtete auch, wie er Wintervorräte für die Bienen bereitete. Er rührte Zucker in einem Tiegel über dem Feuer und war sehr darauf bedacht, auch ja genügend zu haben, um seine Kolonie durch den Winter zu bringen.

»Der Winter kann für Tiere und Insekten eine trübe Zeit sein«, sinnierte er. »Die Natur trifft nicht immer Vorsorge.«

»Wie gut, daß es Menschen wie Sie gibt, die eingreifen, wo die Natur versagt.«
»Die Tiere sind meine Freunde. Was ich tu, ist kein Verdienst.«
»Ich finde, es ist ein großes Verdienst. Jedes Lebewesen, das Ihren Weg kreuzt, hat großes Glück. Waren Sie immer so fürsorglich?«
Er faltete die Hände und schwieg einen Augenblick.
Dann sah er mich an und lächelte. »Ich hab immer für die schwachen Kreaturen gesorgt. Ich war wie ein Vater für sie.«
»Hatten Sie selbst keine Kinder, Jamie?«
Er schüttelte den Kopf.
»Aber Sie waren verheiratet, nicht?«
»Das ist lange her.«
»Ist sie ...« Ich wünschte, ich hätte nichts gesagt, denn ich merkte sofort, daß das Thema sehr schmerzlich für ihn war.
»Jawohl, sie ist tot. Arme schwache Kreatur. Ist nicht alt geworden.«
»Wie traurig. Aber so ist das Leben. Doch jetzt haben Sie hier Ihr Auskommen mit den Bienen, Löwenherz und Tiger ...«
»O ja. Bin nicht mehr einsam. Das war ein Glückstag, als ich Arbeit bei Miss Tressidor fand.«
»Auch ich bin froh, daß Sie hier sind. Sie ist eine wunderbare Frau. Sie war auch sehr gut zu mir.«
»Überall ist Traurigkeit. Bei den Landowers ist Traurigkeit. Wir sind hier glücklicher in Tressidor Manor.«
Hatte er Gerüchte gehört? Er war nicht der Typ, mit dem die Dienstboten redeten. Es kam nur selten vor, daß ich ihn so zum Sprechen bringen konnte wie jetzt. Es hatte geraume Zeit gedauert, bis unsere Bekanntschaft dieses Stadium erreichte.
Er hielt inne, wobei der Löffel über der Sirupmasse im Tiegel schwebte.
»Ja«, fuhr er fort, »dort ist viel Unglück. Es ist kein glückliches Heim, das weiß ich.«
»Sie haben aber nicht viel mit denen zu tun, oder?«

»Nein. Ab und zu kommt jemand Honig kaufen. Irgendwer aus der Küche.«
»Die ganze Nachbarschaft will Ihren Honig, Jamie. Und spricht, wer immer zu Ihnen kommt, über das Unglück bei den Landowers?«
Er schüttelte den Kopf. »Keiner sagt was. Es liegt in der Luft. Ich spüre es. Ich fühl' es, wenn ich am Haus vorbeigeh. Als ich Sie mit Mr. Landower sah, hab ich's gewußt. So was fühl' ich.« Er klopfte sich an die Brust. »Es macht mich traurig. Ich sag Ihnen, das wird tragisch enden. Der Mensch hält viel aus, aber eines Tages kann er nicht mehr. Dann kommt der Zusammenbruch ...«
Er starrte geradeaus. Ich hatte das merkwürdige Gefühl, daß er nicht bei mir im Zimmer war. Er war woanders ... vielleicht in der Vergangenheit, vielleicht in der Zukunft. Ich hatte den Eindruck, daß er etwas sah, was mir verborgen war.
»Es war doch aber ein gutes Abkommen«, sagte ich. »Durch die Heirat wurde der Familie das Haus erhalten.«
»›Was nützt es dem Menschen, wenn er die ganze Welt gewinnt, aber seine Seele verliert‹«, zitierte er.
»Jamie, Sie sind seltsam heute abend.«
»So bin ich immer, wenn die Bienen still sind. Ein langer Winter steht bevor, mit dunklen Nächten. Stille liegt über dem Land ... ich liebe den Frühling, wenn der Saft in den Bäumen steigt und die ganze Welt singt. Jetzt schickt sich das Land zum Winterschlaf an. Eine traurige Zeit ist das. Dann brechen die Menschen aus und tun Dinge, die sie sich an einem strahlenden Sommertag nicht träumen ließen.«
»Noch haben wir nicht Winter.«
»Aber bald.«
»›Und wenn der Winter kommt, kann der Lenz nicht fern sein.‹«
»Zuerst muß der Winter überstanden werden.«
»Das schaffen wir schon ... genau wie die Bienen dank der Nahrung, die Sie für sie zusammenbrauen.«

»Gehen Sie nicht in die Nähe ...« Er brach abrupt ab und sah mich eindringlich an.

Ich spürte, wie mir die Röte ins Gesicht stieg. Er dachte daran, wie er Paul und mir im Moor begegnet war. Er wollte mich warnen.

Er vollendete seinen Satz: »Gehen Sie nicht in die Nähe der Mine.«

»Ach, Jamie, das ist doch vollkommen ungefährlich. Ich denke nicht im Traum daran, mich direkt an den Rand zu stellen.«

»Ist ein böses Gefühl dort.«

»Sie reden wie die hiesigen Leute«, schalt ich ihn. »Das hätte ich von einem schlauen Schotten nicht erwartet.«

»Wir sind alle Kelten«, sagte er. »Vielleicht sehen wir mehr als die Angelsachsen. Die sind nüchtern. Sie sehen, was rundum geschieht ... aber man kann nicht zurückblicken und nicht voraus. Halten Sie sich von der Mine fern!«

»Ich weiß, angeblich spukt es dort. Vielleicht zieht sie mich deswegen an.«

»Gehen Sie nicht in die Nähe. Ich weiß, was dort passiert ist.«

»Erzählen Sie.«

»Ein Mann hat seine Frau ermordet. Er konnte es nicht mehr mit ihr aushalten. Sie waren zwanzig Jahre verheiratet. Anfangs ging es noch ganz gut, aber später wurde es immer schlimmer. Es waren seine Nerven. Es zerrte an ihnen, erst ein bißchen, dann immer mehr, und eines Tages machte es knacks. Da hat er sie ermordet und zur Mine geschleppt und hinuntergeworfen.«

»Ich habe so was Ähnliches gehört. Woher wissen Sie die Einzelheiten?«

»So was weiß ich eben. Er hat gesagt, sie hätte ihn verlassen. Alle wußten, wie's um die beiden stand, und sie hatte oft gesagt, daß sie ihn verlassen würde, deshalb glaubten sie seine Erklärung, daß sie zu ihrer Familie nach Wales zurückgekehrt sei. Aber er konnte nicht vom Schauplatz des Verbrechens wegblei-

ben. Das war dumm von ihm. Er hätte auf der Stelle fortgehen sollen, aber er war ein Narr, er blieb und ging immer wieder zur Mine. Er konnte einfach nichts dagegen tun, und eines Abends ... es war finster ... hörte er Stimmen, die ihn riefen – ihre war darunter –, und er folgte ihnen und ging den Minenschacht hinunter und legte sich neben sie. Man suchte nach ihm. Spuren führten zur Mine. Man fand sie dort unten vereint, ihn und seine Frau.«
»Ich habe auch von einem Mann gehört. Der hat sich aber in einer nebligen Nacht im Moor verirrt. Er ging immer im Kreis herum. Er hatte einst eine Hexe verärgert oder so was. Aber das muß ein anderer gewesen sein.«
»Die Stimmen haben ihn gelockt. Die Leute sagen, es war der Nebel. Sie sagen immer solche Sachen, die Angelsachsen ...«
»Und nur die Kelten verstehen sich auf diese Dinge. Und die Leute von Cornwall, Jamie.«
»Ja, wir verstehen das besser als die meisten. Er konnte den Stimmen nicht widerstehen. Er mußte ihr folgen, hinab, tief hinab in die Mine.«
»Lassen Sie's gut sein, Jamie. Sie sehen es auf Ihre Art. Mich kümmert das nicht. Und keine Bange, wenn ich die Stimmen höre, mache ich schleunigst, daß ich von der alten Mine fortkomme. Ich glaube, das Zeug im Tiegel wird zäh, es riecht verbrannt.«
Er wandte sich dem Tiegel zu, und als er mit der Beschaffenheit des Gebräus zufrieden war, stellte er es zum Abkühlen weg. Dann erzählte er von den Bienen und ihren Erträgen und daß er ernsthaft erwäge, sich einen weiteren Stock anzuschaffen.
Jetzt wirkte er friedlich, ganz anders als der Seher, der von übernatürlichen Dingen gesprochen hatte.
Nach dem Besuch bei Jamie fühlte ich mich besser und vergaß wenigstens für eine Weile meine düsteren Vorahnungen.
Die Wochen vergingen. Ich zwang mich, mich auf meine Pflichten zu konzentrieren. Ich war sehr im ungewissen über meine

Zukunft. Cousine Mary verließ sich immer mehr auf mich. Wir sprachen ständig über Gutsangelegenheiten, und ich vertiefte mich eifrig in die Arbeit.

Paul wich ich aus, um ihn nicht allein zu sehen. Freilich trafen wir uns bei Geselligkeiten. Er wirkte angespannt, rätselhaft, geheimnisvoll. Seine Augen leuchteten auf, wenn er mich sah, er trat an meine Seite und verwickelte mich in oberflächliche Unterhaltungen, wie man sie als Gast in Tressidor Manor oder als Gastgeber in Landower Hall zu führen pflegte.

Manchmal hatte ich das Gefühl, daß Gwennie ihn beobachtete. Sie schien mir protziger denn je. Ständig betonte sie, dies sei ihr Heim, sie habe die Renovierungen ausführen lassen, sie habe dafür gesorgt, daß alles wieder so hergerichtet wurde, wie es im 14. Jahrhundert war.

Gwennie war eine merkwürdige Frau. Ich hätte gedacht, daß sie an ihrem Kind hinge. Julian war ein hübscher Junge mit tiefliegenden dunklen Augen und üppigem braunen Haar, das wie eine Kappe an seinem wohlgeformten Kopf anlag. Als ich eines Tages einen Besuch in Landower Hall machte, traf ich ihn mit seiner Kinderfrau auf einem Feldweg. Ich blieb stehen, um mich mit ihnen zu unterhalten. Julian hatte ein reizendes Wesen, und mir fiel sogleich auf, wie dankbar er für ein wenig Zuwendung war, ein Anzeichen, daß sie ihm nicht oft zuteil wurde. Ich setzte mich mit ihm ins Gras und stellte ihm Fragen. Anfangs war er schüchtern, und seine dunklen Augen betrachteten mich ernst, aber nach einer Weile wurde er zutraulicher. Ich erzählte ihm von meiner Kinderzeit mit meiner Schwester, und er hörte aufmerksam zu.

»Lassen Sie sich nicht von ihm belästigen, Miss Tressidor«, sagte die Kinderfrau.

Ich erwiderte, daß er mich überhaupt nicht belästige; im Gegenteil, es sei eine reizende Unterhaltung.

Ich erzählte ihm eine Geschichte, die ich aus meiner Kindheit in Erinnerung hatte. Von Miss Bell ausgesucht, hatte sie natürlich eine Moral. Sie handelte von zwei Kindern, die einer häßlichen alten Frau halfen, ihre Last durch den Wald zu schleppen, und nachdem sie sich mit dem schweren Bündel abgemüht hatten, verwandelte sich die alte Frau zu ihrem Erstaunen in eine Fee, die ihnen drei Wünsche freigab. Ich konnte Miss Bells Stimme noch hören: »Eine gute Tat wird stets vergolten. Vielleicht nicht mit drei Wünschen, aber sie findet ihren Lohn.« Diese Stelle ließ ich weg. Ich freute mich, daß Julian mir so aufmerksam zuhörte, und ich sah das Bedauern in seinem Gesicht, als ich mich verabschiedete.

Auch bei anderer Gelegenheit bekam ich eine Ahnung von der Gleichgültigkeit seiner Eltern. Eines Tages sah ich ihn im Stall. Er betrachtete entzückt einen Wurf junger Hunde, die herumtollten und spielerisch miteinander rauften. Das Kind eines Stallburschen war bei ihm, ein kleiner Junge in seinem Alter. Sie lachten, und dann kam die Frau des Stallburschen, um ihr Kind zu holen.

Sie blieb ein Weilchen stehen und sah den vergnügten Kindern zu. Sie sagte leise zu mir: »Armes Würmchen! Tut ihm gut, ab und zu einen Spielgefährten zu haben.« Mir war klar, daß sie von Julian sprach. »Ich denk' mir oft, mein kleiner Billy hat's besser als er, obwohl er der Sohn des Gutsherrn ist.«

Ich sagte, man sehe Billy an, daß er ein glücklicher kleiner Junge sei.

»Er hat kein großes Vermögen zu erwarten. Aber die Kleinen wollen kein großes Vermögen. Liebe brauchen sie, das ist alles. Und die kriegt unser Billy. Armer kleiner Julian.« Sie erstarrte plötzlich. »Oh, ich rede zuviel. Hoffe, Sie sagen's nicht weiter.«
»Bestimmt nicht. Sie haben ja recht.«

Man hat also Mitleid mit ihm! dachte ich. Armes, ungeliebtes Kind! Und mich überkam große Wut auf Leute, die zuließen, daß ihre eigenen Angelegenheiten das Leben ihrer Kinder überschatteten.

Ich hatte den Mangel an elterlicher Zuwendung am eigenen

Leibe erfahren, aber ich hatte Olivia. Dieser arme kleine Kerl war ganz allein – angewiesen auf die liebevolle Obhut seiner Kinderfrau. Sie war gewiß ein guter Mensch und erfüllte gewissenhaft ihre Pflicht. Aber ein Kind brauchte Zärtlichkeit, und daß es Julian daran mangelte, hatte ich gleich erkannt.

Bis dahin hatte ich nie viel über Kinder nachgedacht. Nun aber wuchs mein Groll gegen Paul und Gwennie. Gwennie war davon besessen, ihr Geld gut anzulegen, Paul war ebenso besessen von seinem Haß auf den Handel, den er abgeschlossen hatte.

Ich konnte beide verstehen – Paul, der einen leichten Ausweg suchte, Gwennie, wütend, weil er seinen Handel bereute. Doch daß sie das unschuldige Kind vernachlässigten, das konnte ich ihnen nicht verzeihen.

Julian war der Erbe – sehnlichst erwünscht natürlich, weil er den Fortbestand des Namens Landower sicherte. Sie dachten offenbar nicht daran, daß er ein Kind war, hineingeboren in eine seltsame Welt, nur von bezahlten Dienstboten behütet.

In Gedanken hatte ich mich viel mit Julian beschäftigt. Ich besuchte ihn oft, und er hielt nach mir Ausschau. Es würde gewiß bald auffallen, und ich fragte mich, wie die Leute das auffassen würden.

Die Spannung im Haus ließ nicht nach. Gwennie wies unentwegt darauf hin, was sie getan hatte. Paul versuchte, nicht zu ihr hinzusehen, und wenn er es tat, verfinsterte sich sein Blick. Ich dachte an mein Gespräch mit Jamie. »Es zerrte an seinen Nerven, erst ein bißchen, dann immer mehr, und eines Tages machte es knacks.«

Ja, ich sah die Gefahr. Ich hörte die warnenden Stimmen in meinem Innern. Geh fort. Es wird Unheil geben. Du willst doch nicht da hineinverwickelt werden? Geh, solange noch Zeit ist. Doch ich blieb.

Jago sah ich häufig. Seine Gesellschaft tat mir gut. Mit ihm konnte ich mich in leichtfertigen, kecken Wortgeplänkeln unterhalten, und wir konnten zusammen lachen. Sein sonniges

Gemüt, seine Ungezwungenheit standen in krassem Gegensatz zu Paul. Jago machte aus jeder Situation einen Jux. Dazu tat er kokett, als sei er in mich verliebt. Er sagte, es sei grausam von mir, seine Annäherungsversuche zurückzuweisen, worauf ich erwiderte, daß er es anscheinend recht gut ertrage – ja, daß er dabei sogar aufblühe. Er entgegnete, daß er in meiner Gesellschaft gar nicht anders könne als aufblühen.

Manchmal traf ich ihn, wenn ich ausritt. Ich glaubte nicht, daß er diese Begegnungen plante. Er tändelte gern mit jeder hübschen Frau, die seines Weges kam. So war Jago eben, und das wirkte sich damals wohltuend auf meine Stimmung aus.

Cousine Mary meinte: »Ja, er hätte Miss Arkwright heiraten sollen. Er wäre spielend damit fertig geworden, und sie hätten glücklich und in Freuden leben können.«

»Wenn sie ihn bei einer Untreue erwischt hätte«, warf ich ein, »hätte sich die eheliche Seligkeit bestimmt getrübt.«

»Er hätte zweifellos plausible Ausreden erfunden.«

»Aber es hat sich nicht so ergeben.«

»Leider«, sagte Cousine Mary traurig. Ich fragte mich, wieviel sie wissen mochte und ob sie dabei an mich dachte.

Ich hatte mich sehr verändert seit damals, als ich noch von romantischen Helden träumte. Jetzt meinte ich die Männer wirklich zu kennen, und das war meinem Glauben an die Menschheit nicht gerade förderlich.

Ich dachte an meine Mutter, an ihren Mann und an Captain Carmichael; ich dachte an Jeremy, der unbedingt auf eine glänzende Partie aus war und nun das Vermögen meiner Schwester mit einer Flora Carnaby durchbrachte. Und Paul, der sich durch Heirat verkauft hatte, sah mich nun flehentlich an und bat mich, mein Leben heimlich mit ihm zu teilen.

Aber ich will ohne Männer leben, sagte ich mir.

Doch das stimmte nicht ganz. Ich wagte nur nicht, mit Paul allein zu sein, weil ich wußte, ich würde schwach werden. Ich fürchtete, meine Leidenschaft, meine Liebe zu ihm könnten mich ver-

raten, so daß ich meine Grundsätze, meine Unabhängigkeit, mein untrügliches Gespür für das, was richtig war, verlieren könnte. Deshalb sorgte ich dafür, daß ich ihn nur in Gesellschaft sah, wo ich dann mit Jago flirtete.
Weihnachten kam und ging. Gwennie bestand darauf, daß das Fest in Landower begangen wurde. Wir waren – mit anderen Gästen – eingeladen.
Gwennie befolgte alle alten Bräuche Cornwalls. Sie ließ Weihnachtssträuße über den Türen aufhängen. Dergleichen hatte ich noch nie gesehen. Zwei Holzreifen wurden ineinandergesteckt und mit Tannengrün geschmückt. Man nannte sie »Kußsträuße«, weil ein Mann, wenn er ein Mädchen darunter abfing, sie küssen durfte. Es war ähnlich wie die alte Sitte mit den Mistelzweigen, die ebenfalls in großer Zahl aufgehängt waren. Die Weihnachtssänger kamen mittags, als sich die Gäste versammelt hatten, und wir sangen Lieder, die wir alle kannten: »Erste Weihnacht«, »Die sieben Freuden Mariens«, »Stechpalme und Efeu«. Die Stimmen hallten ein wenig falsch durch das alte Gebälk. Während des Liedes »Der König Israels ist geboren« wurde die Punschschüssel hereingebracht und das Getränk ausgeteilt. »Ruhet fröhlich im Herrn«, sangen die Weihnachtssänger im Anschluß daran.
Gwennie strahlte. »Stellen Sie sich vor«, sagte sie zu mir, »genau so muß es hier vor Jahren zugegangen sein. Ich werde nie bedauern, was es gekostet hat, dieses Haus vor dem Verfall zu retten. Nein, nicht ein Pfennig tut mir leid.«
Jago, der dabeistand, blinzelte mir zu und sagte: »Denken Sie nur, diese vielen hübschen Stangen Geld ...«
Ich sah, wie Paul angewidert die Lippen zusammenkniff, und wieder fielen mir Jamies Worte ein.
Der große Tisch in der Halle ächzte unter dem Gewicht von Rinder-, Lamm- und Gänsebraten sowie verschiedenen Erbsengerichten.
»Die Leute in Cornwall haben eine große Vorliebe für Erbsen«,

sagte Gwennie, die am einen Ende der Tafel stand. »Ich finde, es ist unsere Pflicht, die alten Bräuche zu bewahren ... um jeden Preis.«

Musikanten spielten auf der Galerie. Nie würde ich den schicksalhaften Augenblick vergessen, als Gwennie dort herunterstürzte. Gwennie trat zu mir.

»Die Musikanten sind gut, finden Sie nicht? Sie haben eine hohe Gage verlangt, aber ich dachte, es lohnt immer, die besten zu engagieren.«

»O ja, sie sind sehr gut.«

Sie blickte zur Galerie hinauf. »Das Geländer ist ausgebessert. Wenn man bedenkt, wie verkommen das Haus war. Ich hab da oben neue Stützen einziehen lassen. Das Geländer mußte erneuert werden, und man mußte dazu altes Holz finden, aber nicht wurmstichig ... falls Sie verstehen, was ich meine.«

»Ja«, bestätigte ich, »nichts Wurmstichiges.«

»So etwas ist nicht leicht aufzutreiben. Ich mußte mich für das Zeug dumm und dämlich zahlen.«

»Eine hübsche Stange Geld, ich kann's mir denken.«

Ich war zu verärgert, um höflich zu sein, aber sie pflichtete mir nur bei; die Ironie war ihr entgangen.

Ich konnte Pauls Verzweiflung verstehen. Ich versuchte mir die beiden zusammen vorzustellen, und ich empfand Mitleid mit ihm; aber das durfte ich mir nicht gestatten.

Am zweiten Weihnachtstag gab Cousine Mary eine Abendgesellschaft. Die Landowers kamen, neben anderen Gästen. Man unterhielt sich über allgemeine Themen, und zwischen Paul und Gwennie kam es zu keinen merklichen Reibereien. Jago war heiter und amüsant – er stand stets im Mittelpunkt. Wo er war, gab es keine Langeweile.

Er schilderte uns einen Plan zur Einführung bestimmter Gerätschaften, die auf den Höfen die Arbeit erleichtern würden. Er reise im neuen Jahr nach London, um Näheres zu erfahren. Als ich Gelegenheit hatte, leise mit ihm zu sprechen, äußerte ich

mein Erstaunen, daß er sich so für Gutsangelegenheiten interessierte.
»Ich habe großes Interesse an diesem Projekt. Wollen Sie nicht Ihre Schwester besuchen? Dann könnten wir zusammen fahren.«
»Leider müssen Sie diesmal allein reisen.«
»Sie werden mir fehlen. Ohne Sie macht die Reise keinen Spaß.«
»Ach was. Ihnen fällt schon etwas ein, um sich die Fahrt zu verkürzen.«
Als die Gäste gegangen waren, sagte Cousine Mary: »So, das wäre geschafft. Ich hasse diese gesellschaftlichen Verpflichtungen. Ich frag mich oft, wie es in Landower Hall zugehen mag. Diese Gwennie ist ja die reinste Nervensäge. Und Jago? Will nach London, um Geräte zu besichtigen! Weibliche Geräte, könnte ich mir denken. Er ist der Frau in Plymouth wohl leid geworden.«
»Liebe Cousine Mary, du bist wieder einmal recht zynisch! Vielleicht fährt er wirklich Geräte besichtigen.«
»Ich hab das Gesicht seines Bruders gesehen, als er davon sprach. Der hat sich bestimmt sein Teil gedacht.«
»Wenigstens weiß Jago das Leben zu genießen.«
»Er gehört zu den Menschen, die andere die Last tragen lassen.«
Ich sagte Cousine Mary gute Nacht und ging in mein Zimmer. Ich grübelte über den Abend nach, und wieder dachte ich, wenn es Cousine Mary nicht kränkte, würde ich abreisen.

Das neue Jahr war angebrochen. Die Nordweststürme wüteten dieses Jahr besonders grimmig. Mehrere Bäume waren umgeknickt, aber nun hatte der Wind sich gen Norden gedreht. Der Himmel war trübe von Schneewolken, und der Wind drang bis ins Haus ein. Auch die großen Kamine konnten es nicht warm halten. Wir froren.
Ich erhielt einen Brief von Olivia, der mich beunruhigte. Sie

hatte anscheinend Kummer, und ich mußte daran denken, was Rosie mir erzählt hatte.

>*Liebe Caroline!*
Ich denke die ganze Zeit an Dich. Dein Bericht von Weihnachten mit den Sängern und dem Punsch hat mir gefallen. Es muß sehr lustig zugegangen sein. Jago Landower ist ja auch ein reizender junger Mann!
Ich habe Neuigkeiten für Dich. Ich erwarte wieder ein Kind. Der Abstand ist sehr kurz ... vielleicht zu kurz. Livia ist wohlauf und ein Pummelchen. Sie ist sehr aufgeweckt. Ich wünschte, Du könntest sie sehen.
Caroline, es wäre so schön, wenn Du kommen könntest. Deine Briefe sind herrlich, aber ich möchte so gern mit Dir reden. Es gibt so vieles, was man nicht schreiben kann.
Bitte komm, Caroline. Ich muß Dich unbedingt sehen. Du fehlst mir so sehr. Miss Bell ist lieb, aber man kann sich nicht mit ihr unterhalten, wie Du weißt. Ich möchte mit Dir sprechen.
Das Baby kommt im Juni. Ja, nur ein Jahr nach Livias Geburt. Ein bißchen dicht hintereinander. Und in diesem Zustand ist man von den Menschen abgeschnitten. Du weißt schon, was ich meine.
Bitte, Caroline, komm.
Schreib mir weiter. Ich hoffe, in Deinem nächsten Brief steht, daß Du kommst.
Deine Dich liebende Schwester, die Dich braucht. Olivia.«

Ich las den Brief wieder und wieder. Er hatte etwas zu bedeuten. Es war ein Hilferuf.
»Was ist, Caroline?« fragte Cousine Mary.
»Wieso, was soll schon sein?«
»Du bist so in dich gekehrt, so nachdenklich. Du hast doch was, oder?«

Es war unmöglich, Cousine Mary etwas zu verheimlichen. »Ich hab einen Brief von Olivia. Ich weiß nicht ... sieht wie ein Hilferuf aus.«

»Hilferuf? Inwiefern?«

»Ich weiß nicht. Sie bekommt im Juni ein Baby.«

»Im Juni? Wie alt ist das andere Kind? Nicht mal ein Jahr. Ein viel zu kurzer Abstand.«

»Ja, das finde ich auch. Sie hat Angst, das spüre ich.«

»So etwas kann eine Tortur sein.«

»Als sie Livia erwartete, hat sie sich gefreut.«

»Ich könnte mir vorstellen, daß es nicht angenehm ist, wenn sich die Prozedur zu oft wiederholt.«

»Ja, aber ich glaube, da steckt mehr dahinter. Ich glaube, sie hat Angst.«

»Würdest du mir den Brief wohl zeigen?«

Ich gab ihn ihr, und sie sagte: »Ich sehe, was du meinst. Sie drückt sich nicht sehr klar aus, nicht?«

»Nein, aber angesichts dessen, was Rosie mir erzählt hat ...«

»Ich verstehe. Du meinst, er verpraßt das ganze Geld?«

»Oder ... und das würde sie weit mehr kränken ... sie weiß, daß er eine andere hat.«

»Armes Kind! Ich nehme an, du möchtest zu ihr.«

»Ich denke, ich sollte fahren ... nur ein kurzer Besuch, um mich zu beruhigen.«

»Ich würde warten, bis die Schlechtwetterperiode vorbei ist.«

»Ich schreib ihr gleich, daß ich komme ... vielleicht Anfang März. Dann sind die Tage wieder länger, und im März kann es schon wärmer sein.«

»›Weht im März der Wind, gibt es Schnee geschwind.‹«

»Wie oft schneit es hier bei euch?«

»Einmal in zehn Jahren. Aber du verläßt schließlich das milde Cornwall.«

»Ich fahre ja nicht in den schottischen Norden. Ich denke, ich riskier die Fahrt bei dem Wetter im März.«

»Du hättest mit Jago Landower fahren können. Er ist mal wieder auf Gerätebesichtigung.«

Wir lachten. Ich war froh, daß sie mein Vorhaben, nach London zu fahren, so gelassen hingenommen hatte. Sie ließ mich ungern ziehen, aber sie spürte das Flehen in Olivias Brief.

Ich schrieb sogleich an Olivia, daß ich sie Anfang März besuchen würde. Sie antwortete begeistert, sie freue sich sehr.

»Mir geht es schon besser«, schrieb sie.

Oh, dachte ich, dann ging es ihr vorher also schlecht.

Es war Februar geworden, und es war immer noch kalt bei uns. In zwei Wochen wollte ich nach London aufbrechen. An einem Morgen wollte Cousine Mary mit mir zum Hof der Minnows reiten. Sie hatten Probleme mit dem Dach. Wir wollten uns dort mit Jim Burrows treffen.

Wir ritten an den Feldern entlang, und Cousine Mary sprach mit mir über die bevorstehende Aussaat von Weizen und Gerste. Die Wege waren ziemlich tückisch. Am frühen Morgen waren sie vereist gewesen, und an manchen Stellen war das Eis erst halb weggetaut.

Wie es genau geschah, wurde mir erst später klar. Ihr Pferd rutschte aus, und sie machte einen Satz nach vorn. Sie war eine ausgezeichnete Reiterin, und der Vorfall wäre kaum der Rede wert gewesen, doch aus irgendeinem Grund scheute das Pferd und ging durch. Ich starrte ihr fassungslos nach; doch sie hatte das Tier unter Kontrolle. Ich rechnete damit, daß sie anhalten würde, und folgte ihr. Dann sah ich den Baum quer über der Straße liegen. Er mußte kürzlich im Sturm umgeknickt sein. Das Pferd galoppierte wild, erhobenen Hauptes, und ... da lag der Baum. Ich sah, wie Cousine Mary hoch in die Luft geschleudert wurde und dann stürzte. Das Pferd rannte weiter.

Mir war übel vor Angst. Ich stieg ab und lief zu ihr. Sie lag ganz still, ihr Hut neben ihr.

»Cousine Mary«, rief ich hilflos. »Oh ... Cousine Mary, hast du dir weh getan?«

Dumme Frage, aber ich war außer mir. Was konnte ich tun? Ich konnte sie nicht von der Stelle bewegen. Sie nahm mich offensichtlich nicht wahr.

Ich mußte Hilfe holen. Allein konnte ich nichts ausrichten. Zitternd stieg ich auf mein Pferd und galoppierte die Straße entlang. Ich war ein ziemliches Stück von Tressidor Manor entfernt und sah mit großer Erleichterung zwei Reiter mir entgegenkommen. Es waren Paul und sein Verwalter.

Ich rief: »Meine Cousine hatte einen Unfall. Sie liegt auf der Straße.« Ich gestikulierte heftig in die Richtung, aus der ich gekommen war.

»Dieser Baum«, sagte Paul. »Er hätte schon gestern weggeräumt werden sollen.« Er wandte sich an den Mann neben ihm. »Holen Sie den Doktor. Ich reite mit Miss Tressidor.«

Meine Erleichterung, daß ich ihn getroffen hatte, wich der entsetzlichen Angst, daß Cousine Mary tot sein könnte.

Paul war großartig. Er war völlig Herr der Lage. Er kniete sich neben Cousine Mary. Ihr Gesicht war wie Pergament, ihre Augen waren geschlossen. So hatte ich sie noch nie gesehen. Ich dachte, sie ist tot, Cousine Mary ist tot.

»Sie atmet«, stellte Paul fest. »Landower ist näher als Tressidor. Man soll eine Trage bringen, aber wir bewegen sie nicht, bevor der Doktor sie untersucht hat.«

»Es kam so plötzlich. Wir lachten und redeten, und dann scheute das Pferd. Wo ist es? Es ist auf und davon.«

»Es kehrt bestimmt in Ihren Stall zurück. Machen Sie sich jetzt um das Pferd keine Sorgen. Wir können wenig tun, um ihr zu helfen. Ich habe Angst, sie anzurühren. Vielleicht ist etwas gebrochen. Aber ich könnte ihr etwas unter den Kopf schieben.«

Er zog seine Jacke aus und rollte sie zusammen.

Ich kniete mich neben Cousine Mary und schloß die Augen. Ich betete. »Nimm sie nicht von mir ...«

Mit einemmal wurde mir klar, was sie mir bedeutete. Sie hatte mich aufgenommen, als ich es am nötigsten hatte, und mir ein neues Leben ermöglicht.

Es schienen Stunden, die wir da auf der Straße warteten, aber ich war ein wenig getröstet, weil Paul bei mir war.

Wir schafften sie nach Landower, weil es näher lag als Tressidor Manor. Nachdem der Arzt sie flüchtig untersucht hatte, brachte man eine Trage, und Cousine Mary wurde überaus vorsichtig transportiert.

Sie war schwer verletzt, aber sie war nicht tot. Ich klammerte mich an diese Tatsache. Man machte ein Zimmer für sie zurecht und eins für mich, denn ich wollte bei ihr bleiben. Sie war zwei Tage bewußtlos, und auch danach blieb uns das ganze Ausmaß ihrer Verletzungen verborgen. Beide Beine waren gebrochen, und es gab Anzeichen dafür, daß ihr Rückgrat verletzt war. Aber ich war dankbar, daß sie noch lebte.

Die nächsten Tage kamen mir unwirklich vor, fast wie ein Alptraum. Ich gewahrte Menschen um mich herum. Gwennie tat entschlossen alles für uns, was sie konnte, und ich war ihr dankbar dafür. Ich dachte flüchtig, daß Unglück das Beste im Menschen zum Vorschein bringt. Paul war da, er verkörperte Kraft und Stärke, genau wie auf der Straße, als ich Hilfe brauchte. Ich hatte das Gefühl, alles verkraften zu können, wenn er nur da wäre.

Ich schlief kaum. Ich merkte nicht, wie die Tage vergingen. Ich war ständig an Cousine Marys Bett, denn das schien sie zu beruhigen. Sie war mit Unterbrechungen bei Bewußtsein, und wenn sie zu sich kam, sollte sie wissen, daß ich da war.

Paul war oft bei mir. Er hielt meine Hand und flüsterte tröstende Worte, dennoch versuchte er nicht, die Wahrheit über die Schwere von Cousine Marys Verletzungen zu verschweigen. Ich wollte alles wissen, und war es noch so schlimm; ich wollte nicht, daß man mir etwas vorenthielt.

Paul blieb bei mir, als ich mit dem Arzt sprach, und er sagte zu ihm: »Sie müssen ganz offen zu Miss Tressidor sein. Sie möchte genau wissen, wie es steht.«

Der Arzt sagte: »Sie wird nie mehr ganz gesund. Sie hat mehrfache Verletzungen erlitten. Ich kann noch nicht genau sagen, wie schwer sie sind, aber sie sind beträchtlich. Ich bezweifle, ob sie jemals wieder wird gehen können. Sie wird Pflege brauchen.«

»Ich werde sie pflegen«, versicherte ich.

»Ausgezeichnet, aber vielleicht brauchen Sie Hilfe. Ich schicke Ihnen eine Krankenschwester.«

»Nur, wenn es nötig ist. Lassen Sie es mich zuerst allein versuchen. Das ist ihr bestimmt lieber.«

Nach kurzem Zögern nickte der Arzt.

»Noch etwas«, fuhr ich fort. »Sie möchte bestimmt lieber in ihrem eigenen Haus sein. Mr. Landower hat uns liebenswürdigerweise seine Gastfreundschaft angeboten, aber natürlich ...«

»Natürlich«, sagte Doktor Ingleby. »Aber lassen Sie sie noch ein paar Tage hier. In einer Woche kann man sie vielleicht transportieren. Wir werden sehen.«

Paul sagte. »Sie müssen so lange wie nötig hierbleiben. Bitte haben Sie deswegen keine Bedenken.«

»Warten wir's ab«, sagte der Arzt.

Also warteten wir. Zwei Tage später konnte Cousine Mary zu meiner großen Freude etwas sprechen. Sie wollte wissen, was passiert war. »Ich weiß bloß, daß Caesar scheute.«

»Ein Baumstamm lag quer über der Straße.«

»Ja, jetzt fällt es mir wieder ein. Ich hab' ihn zu spät gesehen.«

»Nicht sprechen, Cousine Mary. Es strengt dich an.«

Sie aber sagte: »Wir sind hier in Landower, ja?«

»Ich traf Paul. Er hat mir geholfen. Bald sind wir zu Hause.«

Sie lächelte. »Schön, dich hier zu haben, Caroline.«

»Ich bleibe hier. Ich rühr mich nicht von deiner Seite, bis du wieder auf der Höhe bist.«

Sie lächelte abermals und schloß die Augen.

An diesem Tag war ich beinahe glücklich. Sie erholt sich, sagte ich mir wieder und wieder.
Am Abend schrieb ich an Olivia.

»Liebe Olivia!
Etwas Furchtbares ist passiert. Cousine Mary hatte einen schrecklichen Unfall. Sie wurde vom Pferd geworfen und schwer verletzt. Ich muß bei ihr bleiben. Du wirst verstehen, daß ich sie vorläufig nicht allein lassen kann. Ich muß meinen Besuch verschieben.
Es tut mir leid, daß wir uns nicht sehen können, aber Du hast sicher Verständnis dafür. Cousine Mary braucht mich. Es geht ihr sehr schlecht, und meine Gegenwart tröstet sie. Darum kann ich erst später kommen. Unterdessen mußt Du mir oft schreiben. Erzähl mir schriftlich, was Du mir zu sagen hast. Dann sind wir uns so nahe, als ob ich bei Dir wäre.«

Darauf schilderte ich ihr den Unfall. Ich teilte ihr mit, daß wir in Landower Hall waren und warum.
In meine Sorge um Cousine Mary drängte sich Olivia, denn ich wurde das Gefühl nicht los, daß etwas sie bedrückte.
In den nächsten Tagen ging es Cousine Mary etwas besser – das heißt, sie war bei Bewußtsein. Sie spürte kaum Schmerzen, und der Arzt meinte, das könne möglicherweise bedeuten, daß ihr Rückgrat verletzt sei. Doch abgesehen von ihrer Unfähigkeit, sich zu bewegen, schien sie sich nicht viel verändert zu haben. Dabei wußte ich, daß das Gegenteil der Fall war. Ihre Lebensgeister waren wach, aber ich fragte mich, wie sich diese stets aktive, von jedermann unabhängige Frau mit ihrem Zustand abfinden würde. Der Gedanke daran machte mich schaudern.
Inzwischen bekam ich die Atmosphäre im Haus überdeutlich mit. Da ich mitten darin lebte, wurde die Spannung hautnah spürbar. Jeden Moment drohte die Stimmung umzuschlagen.

Die Tage vergingen, und mir wurde klar, daß meine Anwesenheit nichts zu ändern vermochte. Ich zweifelte nicht an Pauls Gefühlen für mich und war überzeugt, daß Gwennie nichts verborgen blieb. Das Haus schien mich einzuschließen und festzuhalten; es war wie ein Zauber.

Ich beschäftigte mich zwischendurch mit Julian. Er freute sich immer so, wenn ich zur Schlafenszeit in sein Kinderzimmer kam. Ich las ihm eine Geschichte aus dem Buch vor, das ich ihm zu Weihnachten geschenkt hatte. Dabei hing er an meinen Lippen und sprach die Worte lautlos mit.

Manchmal sah ich ihn draußen im Garten, und dann ging ich zu ihm und spielte mit ihm.

Gwennie äußerte sich dazu: »Sie und mein Sohn scheinen ja gute Freunde zu sein.«

»O ja. Er ist ein niedlicher kleiner Junge! Sie sind sicher sehr stolz auf ihn.«

»Er hat nicht viel von den Arkwrights abbekommen. Er sieht aus wie ein Landower.«

»Sicher steckt von beiden etwas in ihm.«

Sie seufzte. Ich staunte stets aufs neue über sie. Er war ein Besitz – ihr kostbarster, hätte man meinen sollen –, aber sie machte sich aus ihm weniger als aus dem Haus.

»Pa war ganz vernarrt in ihn«, sagte sie.

»Armer Julian! Sicher vermißt er seinen Großvater.« Ich war froh, daß wenigstens einer in der Familie ihn geliebt hatte.

»Der Fortbestand der Familie ist damit gesichert«, meinte Gwennie. »Ich glaube kaum, daß wir noch mehr Kinder haben werden.«

Ich fand das Gespräch geschmacklos. Offenbar merkte sie das und setzte es deswegen absichtlich fort. Gwennie hatte eine boshafte Art. »Anfangs mußte man natürlich was vorspiegeln«, sagte sie. »Aber damit ist es nun vorbei.«

»Sie haben doch nichts dagegen, wenn ich mich mit Julian beschäftige?«

»Ach was. Tun Sie, was Ihnen beliebt. Fühlen Sie sich wie zu Hause.«
Sie sah mich hinterhältig an. Ahnte sie, daß mein Verhältnis zu Julian ein bitter-süßes war? Ahnte sie, daß ich, wenn ich mit ihm zusammen war, mich nach einem eigenen Kind sehnte? Einem wie diesem – dunkle Haare, tiefliegende Augen, ein Landower? Begriff sie meine Sehnsucht nach einem Kind?
Gwennie wußte eine ganze Menge. Sie gehörte nicht zu den vielen Menschen, die genug mit sich selbst zu tun hatten. Es war ihr eine Lust, sich in das Leben anderer einzumischen, ihre Geheimnisse zu entdecken, und je mehr diese sich bemühten, etwas zu verbergen, um so neugieriger wurde sie. Das war gewissermaßen die Triebkraft ihres Lebens. Sie wußte von meiner unglücklichen Affäre und daß mein einstiger Geliebter mit meiner Schwester verheiratet war. Solche Dinge interessierten sie ungemein.
Ich dachte oft, daß die uns beobachtenden Dienstboten im Vergleich zu Gwennie harmlos waren. Sie war eine merkwürdige Frau.
Und Paul? Es fiel ihm von Mal zu Mal schwerer, seine Gefühle zu verbergen.
Es wunderte mich, daß sein Sohn ihm so gleichgültig war. Als ich, was selten vorkam, eines Tages mit ihm allein war, fragte ich ihn danach. Wir standen in der Halle. Ich war soeben hereingekommen. Es war düster, und das Feuer im großen Kamin warf flackernde Schatten auf den vergoldeten Familienstammbaum.
»Immer, wenn ich ihn ansehe, muß ich an sie denken«, sagte Paul.
»Das ist ungerecht.«
»Ich weiß. Das Leben ist ungerecht. Ich kann nichts dafür. Ich schäme mich, daß es so gekommen ist. Ich will sie nicht, und ich will das Kind nicht.«
»Du wolltest, was sie dir verschaffen konnte.« Es war immer dasselbe Thema. Ich war schon so oft darauf herumgeritten. Ich

sagte: »Verzeih, aber es ist grausam; ein kleines Kind kann doch nichts dafür, wie seine Eltern sind.«
»Du hast recht. Wenn *du* hier wärst ... dann wären wir alle viel glücklicher.«
Er wollte damit sagen, wenn ich die Hausherrin und Mutter seiner Kinder wäre. Aber das konnte nicht sein.
»Ich muß fort von hier«, sagte ich. »Und zwar bald.«
»Es war wundervoll, dich hier zu haben, selbst unter diesen Umständen.«
Ich fragte mich oft, wieviel Cousine Mary mitbekam, als sie da in ihrem Bett lag. Sie schlief die meiste Zeit, aber wenn sie wach war, richtete ich es so ein, daß ich bei ihr saß.
»Es geht nicht immer so weiter mit mir«, stöhnte sie.
»Nein, Cousine Mary.« Wirklich nicht? dachte ich bei mir.
Ich lebte mich allmählich auf Landower ein. Ab und zu machte ich einen Spaziergang durch den Garten, und wahrscheinlich hielt Paul nach mir Ausschau, denn oft kam er zu mir hinaus, und wir spazierten gemeinsam durch die Blumenbeete.
Er fragte: »Wie soll dies alles enden?«
»Ich weiß es nicht, ich kann nicht in die Zukunft schauen.«
»Manchmal kann man die Zukunft gestalten.«
»Was könnten wir tun?«
»Mittel und Wege finden ...«
»Ich hatte daran gedacht, fortzugehen, aber jetzt muß ich bei Cousine Mary bleiben, solange sie mich braucht.«
»Du darfst nie von mir fortgehen.«
»Aber uns sind die Hände gebunden.«
»Es gibt immer einen Weg«, tröstete er mich.
»Wenn wir ihn nur finden könnten.«
»Wir finden ihn. Zusammen.«
Einmal glaubte ich, daß Gwennie uns von einem Fenster beobachtete. Als ich später am gleichen Tag durch die Galerie ging, traf ich sie dort. Sie stand vor dem Bildnis eines Vorfahren der Landower, der Paul ähnlich sah.

»Interessant, diese Bilder«, sagte sie. »Wenn man bedenkt, daß sie vor so langer Zeit gemalt wurden. Geschickt, diese Künstler. Sie bringen den Charakter richtig zur Geltung. Schätze, mancher von denen hat es zu seiner Zeit ganz schön bunt getrieben.«
Ich antwortete nicht, sondern betrachtete das Bild.
Ihre Augen bekamen einen lüsternen Blick. »Ich würde gern alles über sie wissen. Es gibt bestimmt eine Menge Geschichten. Aber die hier sind lange tot. Mich interessiert mehr, was mit den Lebendigen los ist. Schätze, da gibt es einiges zu entdecken, meinen Sie nicht auch?«
Ich erwiderte kühl: »Es gibt doch sicher so etwas wie eine Familienchronik.«
»Ach, die Toten interessieren mich nicht.«
Ihre Augen funkelten. Worauf spielte sie an? Ich hatte gehört, daß sie eine unersättliche Neugier für die Affären ihrer Dienstboten besaß. Um wieviel neugieriger mußten sie dann erst die Angelegenheiten ihres eigenen Ehemannes machen!
Ich mußte unbedingt fort von Landower Hall.
Cousine Mary schien zu spüren, was ich empfand.
»Ich möchte nach Hause«, sagte sie.
»Ich weiß. Ich spreche mit dem Doktor.«
»Ich will selbst mit ihm sprechen.«
Cousine Mary sprach mit dem Arzt, und anschließend hatte er eine Unterredung mit Paul und mir.
»Ich denke, wir sollten sie verlegen«, schlug der Arzt vor. »Etwas bedenklich ist es schon, aber sie sehnt sich nach Hause, und es ist wichtig, daß sie mit sich selbst im reinen ist.«
Paul widersprach. Er wollte, daß wir in seinem Haus blieben. Er hielt es für überaus gefährlich, Cousine Mary zu verlegen.
Der Doktor jedoch sagte: »Man kann nichts für sie tun. Wir können ihr wenigstens ihren Seelenfrieden geben. Das ist das Beste für sie.« Und somit war es beschlossen.
Man bettete sie auf eine Trage, was sicher die beste Möglichkeit war, sie zu transportieren, und brachte sie so nach Hause.

Cousine Marys Zustand besserte sich ein wenig. Sie konnte das Bett nicht verlassen, aber ansonsten kehrte etwas von ihrer alten Lebhaftigkeit zurück. Was ihrem Körper zugestoßen war, hatte ihren Geist nicht beeinträchtigt.

Ich war ständig bei ihr. Die Tage waren mit Arbeit angefüllt, und ich war froh darüber; ich wollte keine Muße, wollte nicht an die Zukunft denken. Ich wußte, daß Cousine Mary nie wieder würde gehen können, und ich fragte mich, wie sich das schließlich auf ihren Geist auswirken würde.

Es war nicht zu vermeiden, daß ich immer öfter mit Paul zusammentraf. Er kam häufig vorbei, um sich nach Cousine Marys Befinden zu erkundigen, und es gelang ihm jedesmal, mit mir allein zu sein.

Ich freute mich, wenn ich Jago begegnete. Er war die richtige Arznei für mich. Er war nie trübsinnig, und es tat gut, hin und wieder zu lachen.

Als ich mich nach seinen Gerätschaften erkundigte, sagte er: »Ist alles noch in der Schwebe. Aber ich habe Hoffnung. Sie werden es rechtzeitig erfahren.«

Ich glaubte ihm nicht, aber bald darauf ging er schon wieder auf Reisen. Er machte ein geheimnisvolles Gesicht und war noch selbstzufriedener als sonst.

Es wurde Frühling. Olivia schrieb oft, und ich las nach wie vor etwas wie Schwermut aus ihren Briefen, und gelegentlich glaubte ich, eine Spur von Angst zu entdecken. Hätte ich Cousine Mary allein lassen können, wäre ich zu Olivia gefahren.

Der April war für mich stets ein herrlicher Monat, ganz besonders in Lancarron. Es regnete viel, auf Schauer folgte strahlender Sonnenschein, und ich ging gern im Garten spazieren, wenn es zu regnen aufhörte. Ich ritt oft aus. Manchmal ging ich zu Fuß. Ich kam an Kornfeldern vorüber, wo leuchtend blauer Ehrenpreis wuchs, und an den Wegen blühten die Kastanien. Wieder war ein Jahr vergangen. Es waren fast sechs Jahre seit

dem Jubiläum, das so schicksalhaft für mich gewesen war. Ich war jetzt zwanzig. Die meisten jungen Frauen in meinem Alter waren verheiratet.
Dieser Gedanke muß wohl auch Cousine Mary bewegt haben, denn als ich an ihrem Bett saß, sagte sie: »Ich würde dich gern verheiratet wissen, Caroline.«
»Ach, Cousine Mary, ich dachte immer, du liebst die Freuden seligen Junggesellendaseins.«
»Es kann natürlich selig sein, aber es ist nur eine von mehreren Möglichkeiten.«
»Du wirst schwach. Hältst du die Ehe wirklich für den Idealzustand?«
»Ich denke schon.«
»Nimm zum Beispiel meine Mutter und deinen Cousin. Denk an Paul und Gwennie Landower ... und vielleicht auch an meine Schwester Olivia und Jeremy. Die haben sich wahrhaftig einen Idealzustand geschaffen!«
»Es gibt Ausnahmen.«
»Wirklich? Ich kenne keine.«
»Manchmal funktioniert es. Bestimmt ... wenn die Menschen vernünftig sind.«
»Und du meinst, ich bin vernünftig?«
»Ja.«
»Da bin ich nicht so sicher. Fast hätte ich Jeremy Brandon geheiratet. Ich hab mich zu dem Glauben verleiten lassen, daß ihm an mir lag. Nie wäre ich auf die Idee gekommen, daß ich eine Investition war. Zum Glück bin ich entkommen. Und das habe ich ausschließlich meinem günstigen Schicksal zu verdanken und nicht meiner Vernunft.«
»Du würdest denselben Fehler nicht noch einmal machen.«
»Ich weiß nicht, in diesen Dingen sind die Menschen ausgesprochen dämlich.«
»Ich wünschte, hier wäre einiges anders gelaufen.«
»Wie meinst du das? Du hast bereits so viel für mich getan.«

»Ach was! Ich hab dich kommen lassen, weil ich dich hier haben wollte. Und sieh mich jetzt an ... jetzt bin ich dir eine Last.«
»Sag so was nicht noch mal! Lächerlich. Das stimmt doch gar nicht.«
»Das meinst du vielleicht im Augenblick. Aber wie lange werde ich in diesem Zustand sein, hm? Du hast keine Ahnung. Es kann Jahre dauern. Ich möchte dich nicht an eine Behinderte binden.«
»Ich bin aus freien Stücken hier.«
»Ich wünschte, du würdest den richtigen Mann finden.«
»Das hätte ich nie von dir gedacht, Cousine Mary. Glaubst du etwa immer noch an schimmernde Ritter auf stolzen Rössern? Ich bin hier glücklich. Ich liebe meine Arbeit. Ich kann mich nützlich machen. Das hast du für mich getan, Cousine Mary. Reden wir bitte nicht mehr davon.«
»Na schön. Aber ich glaube wirklich, du hättest dich in der Ehe bewährt.«
»Dazu gehören zwei.«
»Es ist gar nicht so schwierig. Zwei Menschen nehmen sich vor, daß es klappt, dann kann nichts schiefgehen. Die meisten Menschen sind leider nur zu sehr mit ihren eigenen Ansprüchen beschäftigt, das ist alles.«
»Menschen sind menschlich.«
»Ich mag die Landowers«, fuhr sie fort. »Komisch ... die Rivalität zwischen den Familien. Immer noch vorhanden, vielleicht. Schade, daß wir keinen Fall von Romeo und Julia hatten – aber natürlich mit glücklichem Ausgang. Jago finde ich nett.«
»Alle finden Jago nett.«
»Man könnte ihn zähmen.«
Ich lachte. »Du sprichst, als wäre er ein wildes Tier«
»Unter dem ganzen Firlefanz steckt bestimmt ein guter Kern.«
»Er würde sich niemals ändern.«
»Ich glaube, eine Frau könnte es bewirken ... daß er ernst wird und häuslich.« Sie sah mich wehmütig an.

»Liebe Cousine Mary«, sagte ich, »ich bin keine Julia, und er ist kein Romeo. Das ist absurd.«
»Sicher hast du recht.«
Als ich sie an diesem Abend verließ, war sie genau wie immer.
Als ich am nächsten Morgen aufstand, klopfte es an meiner Tür. Es war ein Hausmädchen. Sie war kreidebleich und zitterte.
»Miss Caroline, als ich Miss Tressidor ihren Tee bringen wollte, da ...«
»Was? Was ist?«
»Ich glaube, da stimmt was nicht.«
Ich rannte in Cousine Marys Zimmer. Sie lag auf dem Rücken, weiß und still. Ich berührte ihre Wange. Sie war kalt.
Schreckliche Verzweiflung überkam mich. Cousine Mary war in der Nacht gestorben.

Als der Arzt kam, führte ich ihn sogleich in ihr Zimmer. Er schüttelte nur den Kopf.
»Sie ist bereits mehrere Stunden tot«, sagte er.
»Gestern abend war sie wie immer.«
Er nickte. »Aber es war unvermeidlich. Sie wollte in dieser Verfassung nicht weiterleben.«
»Und ich dachte, sie würde genesen.«
»Sie war zu schwer verletzt. Ihr Geist hat sie am Leben gehalten, ihr Wunsch, ihre Angelegenheiten in Ordnung zu bringen. Es hätte nicht so weitergehen können. Sie haben ihr die letzten Wochen verschönt, Miss Tressidor. Mehr konnte man nicht tun.«
Ich war ganz benommen und bewegte mich wie im Traum.
Ich konnte es nicht ertragen, mir Tressidor ohne sie vorzustellen. Ich mochte nicht glauben, daß ich sie nie wiedersehen sollte.
Ich mußte mich aus meiner Erstarrung lösen. Es gab viel zu tun. Das Begräbnis mußte arrangiert, Leute mußten benachrichtigt werden.

Am Tag nach Cousine Marys Tod suchte ihr Anwalt mich auf; er sprach mir sein Beileid aus und sagte, er hoffe, daß ich ihn als einen Freund betrachten werde, wie es Miss Tressidor stets getan habe.

»Ich habe einen Brief für Sie, den ich Ihnen nach ihrem Tode aushändigen soll. Sie schrieb ihn nach dem Unfall, und ich nahm ihn in Verwahrung. Ich denke, er wird Ihnen das Testament erläutern, denn sie wünschte, Sie mit ihren eigenen Worten darauf vorzubereiten.«

Ich nahm den Brief. Sie hatte im Bett viel geschrieben, darunter auch mehrere Briefe an ihren Anwalt. Sie mußte gewußt haben, daß sie nicht mehr lange zu leben hatte. Sie war sich über die Schwere ihrer Verletzungen vollkommen im klaren. Sie hatte oft gesagt, es sei ein Glück, daß sie so wenig Schmerzen habe, dabei wußte sie genau, daß die Verletzungen einen Teil ihres Körpers unempfindlich gemacht hatten.

Ich ging mit dem Brief auf mein Zimmer, denn ich ahnte, daß die Lektüre mich tief bewegen würde.

»Meine liebe Caroline!
Wenn Du diesen Brief liest, bin ich tot. Ich wünsche auf keinen Fall, daß Du um mich trauerst. Es ist besser so für mich. Du glaubst doch nicht, daß ich es Monate, vielleicht Jahre ausgehalten hätte, dermaßen behindert. Das ist nichts für mich. Ich wäre ein gräßliches, nörgelndes altes Weib geworden – undankbar, gereizt, und hätte in die Hand gebissen, die mich füttert ... welche Deine gewesen wäre, denn Du, mein Liebes, hast die meiste Freude in mein Leben gebracht. Ja, von dem Augenblick an, als Du zu mir kamst, hab ich Dich ins Herz geschlossen.
Nun scheide ich von dieser Welt, und mehr als alles andere wünsche ich, daß Du versorgt bist ... soweit es an mir liegt ... denn in erster Linie hängt Dein Wohlergehen von Dir selbst ab.

Du hast auf Tressidor gearbeitet und Dir eine gründliche Kenntnis des Gutes erworben. Ich vermache Dir Tressidor ... mit allem Drum und Dran, wie man so sagt. Alles ist rechtlich geregelt. Imogen wird bestimmt versuchen, sich einzumischen, aber ich habe vorgesorgt. Sie wird sagen, sie ist die nächste Blutsverwandte, und Tressidor gehört von Rechts wegen ihr. Kannst Du sie Dir hier vorstellen? Was würde sie mit dem Gut anfangen? Sie würde es im Nu in Grund und Boden wirtschaften ... oder es lieber verkaufen. Mehr bedeutet es ihr nicht ... nur bares Geld. Nein, dazu wird es nicht kommen. Tressidor gehört mir, und ich verfüge, daß Du es bekommst.
Zwar hat sich herausgestellt, daß wir gar nicht blutsverwandt sind, aber Du bist wie ich, Caroline. Du bist stark. Du hängst an Tressidor. Du bist eine Tressidor durch Adoption. Man sagt, Blut ist dicker als Wasser. Das mag zwar für Blut und Wasser stimmen, aber das heißt noch lange nicht, daß es auch auf Menschen zutrifft. Du stehst mir näher als die ganze Verwandtschaft.
Tressidor soll Dir gehören. Du verstehst etwas von der Verwaltung und wirst noch einiges dazulernen. Wenn mein Testament verlesen wird, erfährst Du die näheren Bestimmungen. Für Jim Burrows ist gesorgt, sofern er bleibt, um Dir zu helfen. Er ist fleißig und treu, das weiß ich. Du wirst es schon schaffen. Ich prophezeie, daß das Gut unter Deinen Händen gedeihen wird. Du hast das richtige Gespür dafür. Ich weiß, daß Du immer unentschlossen warst, was Du mit Deinem Leben anfangen sollst, und daran gedacht hast, eine Stellung anzunehmen und dergleichen. Das ist nun nicht mehr nötig. Du wirst die Herrin von Tressidor sein.
Die Anwälte werden Dir alles erklären. Sie werden Dir helfen, wenn Du Hilfe brauchst. Mit ihnen, der Bank und Jim Burrows kannst Du nichts falsch machen. Du wirst alles wohlgeordnet vorfinden. Tressidor gehört Dir nebst allem,

was Du benötigst, um es in dem Zustand zu halten, in dem Du es bekommst.
Nun ein Wort zu Dir. Ich weiß, es hat Dich schrecklich mitgenommen, als der dämliche junge Mann Dich sitzenließ. Das hat Dich verständlicherweise verbittert. Dann glaubte ich, Du würdest woanders Dein Glück finden ... doch das war eine Sackgasse. Manchmal denke ich, Du hast ein Krebsgeschwür im Herzen, Caroline, das Dich in mancher Hinsicht zynisch gemacht hat. Wenn ich Dir rate, schneide es heraus, wirst Du vielleicht sagen, Du kannst es nicht. Ich weiß, es ist schwer, aber Du wirst nicht richtig glücklich sein, solange Du Dich nicht davon befreit hast. Ergreife, was sich Dir bietet, Caroline, und sei dankbar dafür. Zuweilen ist das Leben ein Kompromiß. So war es bei mir. Ich habe aus dem, was ich besaß, das Beste gemacht, und im großen und ganzen war es ein gutes Leben.
Wir haben hin und wieder vom Heiraten gesprochen. Ich hätte Dich gern als glückliche Ehefrau und Mutter gesehen. Das wäre wohl der Idealzustand gewesen. Du brauchst einen ganz besonderen Mann, einen, wenn ich so sagen darf, der Dich bis zu einem gewissen Grade leitet, und um das zu bewerkstelligen, muß er sowohl klug als auch stark sein. Du mußt ihn achten können. Denke daran, liebe Caroline.
Nun aber genug gepredigt.
Lebwohl, mein Kind. Das bist Du in meinen Gedanken, die Tochter, die ich nie hatte. Hätte ich eine gehabt, sie hätte genau wie Du sein müssen.
Ich bin der Meinung, Du sollst auf dies alles vorbereitet sein, wenn das Testament verlesen wird. Sonst versetzt es Dir womöglich einen Schock.
Eines habe ich Dir noch zu sagen, nämlich: Du sollst nicht um mich trauern. Denke daran, es ist so das beste, seit der arme Caesar über den Baumstamm gestolpert ist. Ich hätte

so nicht weiterleben können. Besser, ich gehe, solange ich es mit Würde und Selbstachtung tun kann.
Dank Dir für das, was Du für mich gewesen bist. Versuche, glücklich zu werden. Du weißt, ich verstehe nicht sehr viel von der Dichtkunst, aber neulich bin ich auf etwas gestoßen, von Shakespeare, glaube ich, das alles viel schöner ausdrückt, als ich es könnte.

>*Nicht länger klag um mich, wenn ich dahin,*
Als jene dumpfe Glocke klagt vom Turm,
Kündend der Welt, daß ich gegangen bin
Aus ihrem eklen Schmutz zum eklen Wurm.
Ja denke nicht, wenn du dies liest, der Hand,
Die es dir gab, denn also lieb ich dich,
Daß lieber ich bei dir Vergessen fand,
Als daß ein Leid dich kränken sollt um mich.‹
                    Deine Cousine Mary.«

Mir war ganz elend vor Kummer. Ich hätte auf Cousine Marys Tod gefaßt sein müssen, doch ich war erschüttert. Es war eine Wohltat, daß es soviel zu tun gab, und die Bürde meiner neuen Verantwortung half mir in den nächsten Tagen über das Schlimmste hinweg.
Das Klagegeläut der Glocke an dem Tag, als man sie zu Grabe trug, tönte in meinem Kopf fort und fort, und was es verkündete, erfüllte mich mit tiefster Verzweiflung. Cousine Mary fehlte mir so sehr. Mit niemandem konnte ich mehr über die täglichen Vorkommnisse sprechen. Manchmal mochte ich es kaum glauben, daß ich sie nie wiedersehen würde. Mir fielen so viele Kleinigkeiten ein, angefangen mit dem Tag, als ich mit Miss Bell aus London kam. Wie hatte ich mich vor Cousine Mary gefürchtet, bis ich ihre Menschlichkeit und Freundlichkeit erkannte, die sie einem einsamen Kind zuteil werden ließ.
Ich weinte nicht um Cousine Mary. Manchmal dachte ich, meine

Trauer sei zu tief für Tränen. Ich überstand die Zeremonien wie einen abscheulichen Alptraum; die Erdklumpen, die auf den Sarg fielen, die Trauernden, die das Grab umstanden, die Rückkehr ins Haus und die feierliche Verlesung des Testaments, die Art, wie die Menschen mich neuerdings behandelten.
Ich war die Herrin von Tressidor – aber ich empfand keine Freude darüber.
Das sollte sich ändern. Es war fast, als erteile Cousine Mary mir Anweisungen. Ich sagte mir immer wieder die Zeilen vor, die sie zitiert hatte. Es war ihr ernst damit. Ich mußte versuchen, nicht mehr zu trauern. Ich mußte mich den Dingen zuwenden, auf die es nun ankam. Sie hatte mir ihr Lebenswerk vermacht.
Jim Burrows suchte mich auf und gab mir seine Zusicherung, daß er mir ebenso uneingeschränkt zur Seite stehen und für mich arbeiten werde, wie er es für Cousine Mary getan hatte.
Dann machte ich einen Rundritt und besuchte die Pächter.
Es war wohltuend, wie viele mir auf unterschiedlichste Weise zu verstehen gaben, daß sie mich als die neue Herrin anerkannten. Sie wußten, daß alles so weitergehen würde wie bisher. Vor einem Neuling wäre ihnen wohl bange gewesen.
Tante Imogen hätte sicher den Pächtern gehörig zugesetzt. Bei diesem Gedanken brachte ich zum erstenmal seit Cousine Marys Tod ein Lächeln zustande.
Das Gut war meine Rettung. Die Arbeit linderte meinen Schmerz. Ich wollte dafür sorgen, daß Tressidor gedieh. Cousine Mary sollte, falls sie mich sehen könnte, zufrieden mit mir sein.
Gwennie kam, um mir ihr Beileid auszusprechen. »Sieh mal an«, bemerkte sie spitz, »Sie haben sich ja in ein hübsches kleines Nest gesetzt.« Ihre Augen glitzerten. Bestimmt versuchte sie, den Wert des Anwesens zu schätzen.
Ich verhielt mich kühl, und sie blieb nicht lang.
Paul reagierte ganz anders. »Das bedeutet«, sagte er, »daß du

nicht fortgehen kannst. Du mußt jetzt bei uns bleiben ... für immer.«
Ja, dachte ich, das ist wahr. Mein Kummer hatte den Gedanken an meine Zukunft, sofern sie nicht mit dem Gut zusammenhing, in den Hintergrund gedrängt. Was mochte sie für Paul und mich bereithalten? Jahre der Entsagung ... oder vielleicht des Nachgebens? Der Mensch ist schwach. Man möchte anständig bleiben, aber irgendwann fallen plötzlich die Schranken. Und was dann? Wer vermochte es vorauszusagen?
Jago war so ernst, wie ich ihn noch nie erlebt hatte. Er verstand meinen Schmerz, sprach mich aber nicht ständig darauf an.
Er äußerte sich ähnlich wie Paul. »Gut zu wissen, daß wir Sie jetzt für immer bei uns haben. Es war richtig, daß sie Ihnen alles vererbt hat. Sie haben es verdient.«
Es war mir sehr daran gelegen, allen auf dem Gut zu versichern, daß sie sich um ihre Zukunft keine Sorgen zu machen brauchten, soweit es in meiner Macht stand. Einen nach dem anderen suchte ich auf, natürlich auch Jamie McGill im Pförtnerhaus.
»Sie sollen wissen, Jamie, daß ich keine Veränderungen vornehmen werde. Alles soll weitergehen wie bisher.«
»Das hab' ich gewußt, Miss Caroline. Schätze, was Besseres konnte gar nicht passieren, nachdem Miss Tressidor von uns gegangen ist. Jetzt haben wir 'ne neue Miss Tressidor, und die ist so gut wie die alte.«
»Freut mich, daß Sie so denken.«
»Alles ist gut und richtig, wie's gekommen ist.«
»Danke, Jamie.«
»Ich hab's den Bienen erzählt. Sie wissen Bescheid. Sie wissen, daß der Tod gekommen ist, und sie sind froh, daß Sie Haus und Hof geerbt haben.«
Ich lächelte matt.
»Überall ist schreckliche Traurigkeit«, sagte er. »Ich kann sie sehen. Ich hab' den Tod kommen sehen. Ich hab' gewußt, daß jemand stirbt.«

»Solche Dinge sehen Sie, Jamie?«

»Manchmal kann ich sie sehen. Ich sprech' nicht darüber. Die Leute lachen sonst und sagen, du bist verrückt. Vielleicht bin ich's. Aber ich hab den Tod gesehen, so wahr Sie hier sitzen. Und ich spür ihn immer noch.«

Ich erwiderte: »Der Tod ist immer irgendwo ... Tod und Geburt. Die Menschen kommen und gehen. Das ist der Lauf der Dinge.«

Jamie nickte. »Manchmal kommt er plötzlich. Hab' ich schon oft erlebt. Miss Tressidor ... an einem Tag noch quicklebendig und dann ... ihr Pferd wirft sie ab und aus.«

»So ist das Leben.«

»Und der Tod. Mich schaudert's, wenn ich an den Tod denke. Wen holt er als nächsten? Wer weiß?«

Er blickte verträumt vor sich hin.

Ich erhob mich zum Gehen.

Er begleitete mich zur Tür. Irgendwie war er verändert. Er wirkte jetzt glücklicher.

Die Blumen im Garten blühten in üppiger Farbenpracht. Die Luft war erfüllt von ihrem Duft und vom Summen der Bienen im Lavendel.

Von Olivia kam ein Brief. Sie war bekümmert über Cousine Marys Tod, wußte sie doch, wieviel sie mir bedeutet hatte, und sie war erstaunt, daß ich Tressidor geerbt hatte.

»Du hast es bestimmt verdient«, schrieb sie, *»und ich bin überzeugt, daß es unter Dir blüht und gedeiht. Es scheint mir jedoch ein gewaltiges Erbe zu sein. Aber Du bist ja auch gescheit, im Gegensatz zu mir. Du verwaltest es bestimmt genauso gut wie Cousine Mary. Tante Imogen sagt, es ist der reine Wahnsinn, und man müßte Widerspruch einlegen. Sie hat einen Anwalt aufgesucht, aber er hat sie davor gewarnt, etwas zu unternehmen. Sie ist wütend, weil nichts zu ma-*

chen ist. Aber ich bin froh, weil es sicher so das Beste ist, auch wenn ich weiß, wie Du um Cousine Mary trauerst.
Meine Zeit rückt näher. Versuche, zu mir zu kommen, Caroline. Ich muß Dich unbedingt sehen. Ich habe meine Gründe. Könntest Du bald kommen? Es ist sehr dringend. Es hängt sehr viel für mich davon ab.
Deine Dich liebende Schwester Olivia.«

Wieder diese flehende Bitte. Ich wußte, daß sie mir etwas zu sagen hatte. Warum schrieb sie es mir nicht? Vielleicht war es zu vertraulich. Vielleicht wollte sie es nicht zu Papier bringen. Ich besprach mich mit Jim Burrows. Ich erzählte ihm, daß ich mir Sorgen um meine Schwester mache und sie besuchen wolle. Zwar könne ich es bis nach der Geburt ihres Kindes aufschieben, aber ich hätte das Gefühl, daß sie mich vorher sehen wolle. Jim Burrows meinte, in Ordnung, ich könne das Gut getrost seiner Obhut überlassen. Ich solle meine Vorkehrungen treffen und abreisen.

Die Rache

In London herrschte große Aufregung wegen der bevorstehenden Hochzeit des Herzogs von York mit Prinzessin Mary von Teck, die zuvor mit Clarence, dem Bruder des Herzogs, verlobt gewesen war.
Alle sprachen – einige in unschuldiger Überzeugung, andere mit hinterlistigem Zynismus – von der Liebesglut, die auf den lebenden Prinzen übergesprungen war, als sein Bruder starb.
Doch was auch immer die Leute davon hielten, alle waren entschlossen, das königliche Fest nach Kräften mitzufeiern; London war überfüllt von Besuchern, und die Straßenhändler boten bereits zuhauf Hochzeitsandenken feil.
Nie konnte ich das Haus meiner Kindheit ohne Bewegung betreten. Miss Bell war sogleich zur Stelle.
»Ich bin froh, daß du da bist, Caroline«, begrüßte sie mich. »Olivia sehnt sich nach dir. Du wirst sie ein wenig verändert finden.«
»Verändert?«
»Es ging ihr nicht gut während der Schwangerschaft. Es war zu dicht hintereinander.«
»Bald hat sie es ja hinter sich. Die Niederkunft steht ja kurz bevor.«
»Ja, es kann jederzeit soweit sein.«
»Soll ich gleich zu ihr gehen?«
»Das wäre das beste. Du kannst hinterher in dein Zimmer gehen. Dein altes natürlich. Lady Carey ist im Haus.«
Ich zog ein Gesicht.
»Sie ist schon ein paar Wochen hier. Die Hebamme auch.«

»Und, hm ... Mr. Brandon?«
»Ja, ja. Wir sind alle ein wenig besorgt, aber Olivia darf es nicht merken.«
»Stimmt etwas nicht?«
»Sie hatte einfach nicht genügend Zeit, um sich von Livias Geburt zu erholen. Es ist nicht gut, daß das nächste Kind so bald kommt, und sie war ja nie sehr kräftig ... so wie du. Aber wir passen gut auf sie auf.«
»Dann gehe ich jetzt zu ihr.«
Sie lag auf Kissen gestützt im Bett. Ich war von ihrem Anblick erschüttert. Ihr Haar hatte seinen Glanz verloren, und sie hatte Schatten unter den Augen, wodurch diese größer als sonst wirkten.
Ihr Gesicht leuchtete vor Freude auf, als sie mich sah. »Caroline, du bist da!«
Ich lief zu ihr und umarmte sie.
»Ich bin gekommen, sobald ich konnte.«
»Ja, ich weiß. Es muß furchtbar gewesen sein ... Cousine Mary ... was mit ihr passiert ist.«
»Ja, es war schrecklich.«
»Und sie hat dir Tressidor vermacht.«
»Ich muß dir alles genau erzählen.«
»Du bist so tüchtig, Caroline. Ich war nie so klug wie du.«
»Ach was ... so tüchtig bin ich gar nicht ... oft bin ich ausgesprochen dumm. Aber sprechen wir von euch. Was macht mein Patenkind?«
»Ich glaube, sie schläft. Schwester Loman paßt auf sie auf, und Miss Bell natürlich.«
»Ich hab Miss Bell gesehen, als ich gekommen bin.« Ich sah Olivia besorgt an. Sie befand sich im letzten Stadium der Schwangerschaft. Ich wußte, daß Frauen sich in diesem Zustand verändern, aber mußte denn die Haut so wächsern, mußten die Augen so ungeheuer vergrößert sein und so einen gehetzten Ausdruck haben? Meine Sorge um Olivia

ließ mich meinen Kummer über Cousine Marys Verlust vergessen.
»Du bist bestimmt erschöpft von der Reise«, meinte Olivia.
»Kein bißchen. Bloß etwas schmutzig.«
»Du siehst großartig aus. Ich vergesse immer, wie grün deine Augen sind, und wenn ich sie sehe, bin ich jedesmal verblüfft. Caroline, du fährst doch nicht gleich wieder fort, oder?«
»Nein. Ich bleibe, solange ich kann.«
»Geh jetzt auf dein Zimmer, du möchtest dich bestimmt waschen und umziehen. Hinterher essen wir hier oben zu Abend.«
»Fein.«
»Dann geh jetzt und komm bald wieder. Ich muß dir soviel erzählen.«
Ich ließ sie allein und ging in das Zimmer, das mir so vertraut war, packte meinen Koffer aus und wusch mich mit dem warmen Wasser, das man mir heraufgebracht hatte. Ich zog mich um und ging wieder zu Olivia.
»Komm, setz dich zu mir ans Bett«, bat sie.
»Es tut mir leid, daß ich nicht früher kommen konnte. Meine Abreise stand schon fest, und dann geschah dieser Unfall ...«
»Ja, ich weiß. Aber hör zu, ich habe Sorgen.«
Ich sah sie eindringlich an. »Ja, das habe ich mir gedacht.«
»Es ist wegen Livia.«
»Was ist mir ihr?«
»Ich will sicher sein, daß es ihr an nichts fehlt.«
»Stimmt etwas nicht mit ihr?«
»Das nicht. Sie ist ein gesundes, lebhaftes Kind. Ihr fehlt nichts. Ich wollte bloß sicher sein, daß sie gut versorgt ist, wenn mir was passiert.«
»Wie meinst du das – wenn dir was passiert?«
Eine schreckliche Furcht krampfte mir das Herz zusammen. Ich war soeben mit dem Tod in Berührung gekommen. Ich wollte ihm nicht schon wieder begegnen.
»Genau wie ich's gesagt habe ... wenn mir was passiert.«

Ich war plötzlich wütend, nicht auf sie, sondern auf das Schicksal.
Ich sagte: »Wenn die Menschen diesen Ausdruck benutzen, meinen sie den Tod. Warum sagen sie nicht, was sie meinen?«
»Ach Caroline, du bist so hitzig. So warst du immer. Aber du hast ja recht. Ich meine, ich mache mir Sorgen, weil, wenn ich stürbe ... was würde dann aus Livia?«
»Wie absurd, vom Sterben zu reden. Du bist jung. Dir fehlt nichts. Babys werden jeden Tag geboren.«
»Nicht böse sein. Ich wollte bloß sichergehen. Du bist ihre Patin. Ich möchte, daß du sie aufnimmst. Wo du jetzt den ganzen Besitz geerbt hast und eine reiche Frau bist, da könntest du es ohne weiteres tun. In jedem Fall hätte ich Vorsorge getroffen für sie ... und für dich ... damit ihr zusammensein könntet. Ich hatte das schon alles mit den Anwälten geregelt, aber deinetwegen bin ich froh, daß du jetzt reich bist.«
»War es das, was du mir sagen wolltest?«
Sie nickte.
Ich war sprachlos. Ich hatte gewußt, daß sie etwas auf dem Herzen hatte, aber ich dachte, es hinge mit Jeremys Ausschweifungen zusammen.
»Aber Olivia, wie kommst du nur auf solche Gedanken?«
»Kinderkriegen ist eine Qual. Ich dachte bloß ...«
»Weich mir nicht aus«, sagte ich streng. »Sag mir die Wahrheit.«
»Es ging mir sehr schlecht, Caroline. Alle sagen, es hätte nicht so dicht hintereinander kommen dürfen. Ich lag die meiste Zeit im Bett. Ich habe einfach so ein Gefühl, daß mir etwas passieren ... ich meine, daß ich sterben könnte.«
»Olivia, so darfst du das nicht sehen.«
»Ich dachte, du bist immer dafür, daß man der Wahrheit ins Gesicht sieht.«
»Aber wie kommst du nur darauf?«
Sie griff sich an die Brust und sagte: »Ich fühl's hier drin.«
Ich starrte sie ungläubig an. Sie fuhr fort: »Ich hätte kei-

ne Bedenken, dir Livia zu überlassen. Ich habe vollkommenes Vertrauen zu dir. Du könntest sie besser aufziehen als ich …«

»Unsinn. Keiner kann das so gut wie eine Mutter.«

»Nicht immer. Ich bin zu nachgiebig mit ihr. Ich bin weich und töricht. Du könntest das viel besser, und du würdest sie auch liebhaben. Sie ist so süß.«

»Hör auf«, rief ich. »Ich will nichts mehr davon hören. Dieses alberne Gerede vom Sterben! Ich hab' genug vom Tod. Ich habe einen sehr lieben Menschen verloren. Ich will nicht daran denken, schon wieder einen zu verlieren.«

»O Caroline, ich bin so froh, daß du gekommen bist. Wir wollen nicht mehr davon sprechen. Gib mir nur dein Wort. Du wirst Livia zu dir nehmen, ja?«

»Ich will nichts hören von so was …«

»Versprich es mir, und ich sag nichts mehr.«

»Gut. Natürlich würde ich sie nehmen.«

Sie drückte mir die Hand. »Jetzt bin ich beruhigt. Erzähl mir von Cornwall. Nicht von der Beerdigung, sondern was vorher und nachher war. Von den Menschen … Jago und Paul Landower, und von dem Mann mit den Bienen.«

Ich saß an ihrem Bett und erzählte. Ich bemühte mich, witzig zu sein. Das war nicht leicht, denn wenn ich an die unbeschwerten Tage vor Cousine Marys Tod dachte, wurde ich nachdrücklich daran erinnert, daß sie nicht mehr war.

Olivia aber lebte in meiner Gegenwart auf, und das tröstete mich. Wir verzehrten ein leichtes Abendessen in ihrem Zimmer, und als ihr Gesicht etwas Farbe bekam, sah sie der alten Olivia schon ähnlicher.

Ich sagte ihr gute Nacht und ging zu Tante Imogen hinunter, die nach mir geschickt hatte.

Sie begrüßte mich mit etwas mehr Achtung als früher, und sie sah auch nicht mehr so furchteinflößend aus. Ob das daran lag, daß sie älter wurde, oder daß ich inzwischen erwachsen gewor-

den war, wußte ich nicht. Onkel Harold war bei ihr – zurückhaltend wie stets, aber sehr herzlich.
»Wie geht es dir, Caroline?« fragte Tante Imogen. »Gewiß bist du sehr zufrieden, so, wie alles gekommen ist.«
»Ich trauere noch um Cousine Mary«, hielt ich ihr kühl entgegen.
»Ja, ja, natürlich. Du bist also nun eine sehr reiche Frau.«
»Das nehme ich an.«
Onkel Harold sagte: »Ich glaube, ihr hattet euch sehr gern, du und Cousine Mary.«
Ich lächelte ihn an und nickte.
»Sie war eine aufrichtige Frau«, sagte er.
»Sie hatte kein Recht auf Tressidor, und es hätte natürlich an mich fallen müssen«, erklärte Tante Imogen. »Ich bin die nächste Verwandte. Ich könnte natürlich das Testament anfechten.«
»Nein, Imogen. Du weißt ...«, begann Onkel Harold.
»Ich könnte das Testament anfechten«, wiederholte sie energisch. »Aber ... nun gut, wir haben beschlossen, schlafende Hunde nicht zu wecken.«
»Es war Cousine Marys Wunsch, daß ich sie beerbe«, sagte ich. »Sie hat mir eine Menge über die Verwaltung des Gutes beigebracht.«
»Das scheint mir nicht recht für eine Frau«, warf Tante Imogen ein.
»Auch nicht für dich?« fragte ich.
»Ich habe einen Mann.«
Armer Onkel Harold! Er sah mich entschuldigend an.
»Ich kann dir versichern, Tante Imogen, daß das Gut unter Cousine Marys Verwaltung beträchtlich gediehen ist. Und unter meiner Verwaltung wird es nicht anders sein, das ist mein fester Vorsatz.«
Ich dachte schon, Onkel Harold würde in Beifall ausbrechen, aber er besann sich noch rechtzeitig, daß Tante Imogen zugegen war.

»Ich mache mir Sorgen um Olivia. Es geht ihr offenbar nicht gut.«

»Sie ist in anderen Umständen«, hielt Tante Imogen mir vor.

»Trotzdem erscheint sie mir ziemlich schwach.«

»Sie war nie kräftig.«

»Wo ist ihr Mann?«

»Ich denke, er wird bald hier sein.«

»Ist er jeden Abend fort?«

»Er hat geschäftlich zu tun.«

»Ich hätte gedacht, daß er in dieser schweren Zeit bei seiner Frau wäre.«

»Meine liebe Caroline«, sagte Tante Imogen mit leisem Lachen, »du hast bei Cousine Mary gelebt, einer Jungfer, und bist selbst eine. Deshalb verstehst du nicht viel von Ehemännern.«

»Aber ich verstehe etwas von menschlicher Rücksichtnahme.«

Ich genoß das Wortgefecht mit Tante Imogen. Onkel Harold machte ein Gesicht wie ein Kampfrichter, der mir gern die Punkte zugesprochen hätte.

Tante Imogens Verhalten amüsierte mich. Sie konnte mich nicht leiden, doch als vermögende Frau war ich in ihrem Ansehen beträchtlich gestiegen, und wenn sie auch die Tatsache mißbilligte, daß ich Tressidor seiner rechtmäßigen Besitzerin genommen hatte, konnte sie nicht umhin, mich deswegen zu bewundern.

Ich sah, daß ich von ihr nichts Genaueres über Olivias Gesundheitszustand erfahren konnte, und beschloß, mich am nächsten Morgen bei Miss Bell zu erkundigen.

Ich ging bald darauf zu Bett, aber ich fand keinen Schlaf.

Meine Traurigkeit ließ mich nicht los. Ich hatte mich noch nicht von Cousine Marys Tod erholt, da kündigte sich womöglich mit Olivias Tod die nächste Tragödie an. Aber nein, ihre Phantasie ist mit ihr durchgegangen, versuchte ich mich zu beruhigen. Ihre Nerven waren vor der Niederkunft eben besonders angespannt. Wenn einem eine solche Tortur bevorsteht, nachdem

man sie erst vor kurzer Zeit durchgemacht hatte, das dürfte wohl jeder Frau Angst einjagen.
Ich wälzte mich im Bett hin und her. Das ganze Drama von Cousine Marys Unfall spulte sich wieder vor mir ab, und dann kehrten meine Gedanken zu Olivia zurück.
Es war eine unglückselige Nacht.
Am Morgen traf ich mit Jeremy zusammen. Er sah so flott aus wie eh und je.
»Na so was, Caroline«, rief er, »wie schön, dich zu sehen!«
»Wie geht's?« gab ich kühl zurück, um anzudeuten, daß es sich um eine rein rhetorische Frage handelte und die Antwort mich nicht interessierte.
»Wie immer. Und dir?«
»Danke, gut. Ich wünschte, das ließe sich auch von Olivia sagen.«
»Nun ja, unter diesen Umständen ... Das gibt sich.«
»Ich habe ein ungutes Gefühl.«
»Ich nehme doch an, du kennst dich da nicht so gut aus, hab' ich recht?«
»Das schon, aber ich erkenne, wenn jemand krank aussieht.«
Er lächelte mich an.
»Wie lieb von dir, daß du dir Sorgen machst. Übrigens, ich gratuliere.«
»Wozu?«
»Zu deiner Erbschaft natürlich. Ist ja wirklich allerhand. Wer hätte das gedacht!«
»Ja, damit hattest du wohl nicht gerechnet. Ich muß gestehen, es kam auch für mich überraschend.«
»Ist dir einfach so in den Schoß gefallen.«
Er sah mich mit vor Bewunderung leuchtenden Augen an, und ich fühlte mich sofort in die Tage unserer Liebelei zurückversetzt. Von der Aura des Wohlstands umgeben, mußte ich ihm so begehrenswert erscheinen wie einst.

»Cousine Mary und ich standen uns sehr nahe«, sagte ich. »Ihr Tod war ein schwerer Schlag für mich.«
»Natürlich.« Sein Gesichtsausdruck veränderte sich; er war jetzt ganz Teilnahme und Mitgefühl. »Eine große Tragödie. Ein Reitunfall, nicht wahr? Ich fühle mit dir, Caroline.«
Er verstand sich darauf, Bewegung auszudrücken. Sein Gesicht nahm den entsprechenden Ausdruck an. Er war jetzt ganz teilnahmsvoll, aber in meiner neuerworbenen Klugheit entging mir die durchscheinende Raffgier nicht.
Mich amüsierte die Vorstellung, daß er an mein Vermögen dachte, und ich hätte gern gewußt, was er mit Olivias Geld anstellte.
»Wie ich höre, frönst du dem Glücksspiel«, sagte ich boshaft.
»Woher weißt du das?«
»Ach, ich habe Freunde.«
»Hast du es in Cornwall gehört?«
»Nein. Doch ja, von Besuch aus London.«
»Oh.« Er war verwirrt. »Wer versucht nicht gern sein Glück? Ich kann dich ja mal mitnehmen.«
»So was reizt mich nicht. Ich möchte behalten, was ich besitze.«
»Du könntest was dazugewinnen.«
»Das ist nicht unbedingt gesagt. Ich lege keinen großen Wert auf einen Gewinn, und andererseits wäre es mir verhaßt, wenn ich verlöre. Wie du siehst, wäre ich eine klägliche Spielerin.«
»Trotzdem, es wäre nett, wenn du mitkämst ... nur einmal.«
»Ich bin wegen Olivia hier. Ich hab' keine Zeit. Ich kann auch nicht sehr lange bleiben.«
»Nein. Du hast deine Verpflichtungen. Wirst du das Gut behalten?«
»Wie meinst du das?«
»Ich dachte, du möchtest es vielleicht verkaufen und wieder nach London ziehen.«
»Ich werde es weiterführen wie bisher. Dazu bin ich durch die Erbschaft verpflichtet.«

»So? Ich bin jedenfalls froh, daß du hier bist, Caroline. Ich habe oft an dich gedacht.«

»Das glaub ich gern ... seit du von meiner Erbschaft gehört hast.«

»Nein, immer schon.«

»Ich muß jetzt zu Olivia.« Ich ließ ihn stehen. Er hat sich nicht verändert, dachte ich. Er sieht sehr gut aus, er ist sehr charmant – und sehr an meiner Erbschaft interessiert.

Die Tage vergingen. Die meiste Zeit war ich bei Olivia. Es war tröstlich, mit ihr zusammenzusein, denn es lenkte mich von Cousine Marys Tod ab. Ich konnte sogar ein wenig lachen. Olivia erkundigte sich eingehend nach Jamie McGill. Ich versuchte, mich auf alles zu besinnen, und berichtete ihr von seiner eigenbrötlerischen Art und von den Bienen und den Tieren, die er pflegte.

»Wie gern würde ich ihn mal besuchen«, sagte Olivia.

»Ihr könnt kommen und eine Weile bleiben, du, Livia und das Baby. Ihr könnt den ganzen Sommer dort verbringen. Warum nicht? Tressidor gehört jetzt mir. Nicht, daß ihr Cousine Mary nicht willkommen gewesen wärt.«

»Ach, ich käme nur zu gern, Caroline.«

Ich schilderte ihr, was wir unternehmen würden. Ich erzählte ihr von der alten Mine, von den Legenden und daß es dort angeblich spukte. »Wir reiten hin, Olivia. Das Moor wird dir gefallen. Es ist wild ... ungezähmt. Man kann es nicht kultivieren ... die Steine, die Bäche, der Stechginster, die vielen Legenden Cornwalls – Knackerchen, Nachtmahre, Geister. Es wäre wundervoll. O ja, Olivia, kommt nach Cornwall. Vielleicht nehme ich euch gleich mit.«

»Ach, wie gern, Caroline.«

»Und dein Mann?« Ich sah sie scharf an. Ich hatte ihn seit meiner Ankunft kaum erwähnt. Sie auch nicht. Vielleicht dachte sie, da ich ihn beinahe geheiratet hätte, würde ich nicht gern über ihn sprechen.

»Ach, Jeremy ... er hätte bestimmt nichts dagegen.«
»Aber er möchte doch seine Familie nicht missen, oder?«
»Es macht ihm nichts aus.«
»Vielleicht würde er gern mitkommen?«
»Oh ... er hält nicht viel vom Landleben.«
Nein, dachte ich. Er liebt die Vergnügungen der Großstadt, die Spielclubs, deren Besitzerinnen ... o nein, das Landleben wäre nichts für ihn.
Ich plante weiter, was wir unternehmen würden. »Für das Sonnenwendfeuer ist es schon zu spät«, überlegte ich. »Das erlebt ihr nächstes Jahr. Ihr werdet mich nämlich jedes Jahr besuchen, weißt du.«
Schwester Loman brachte Livia, und ich spielte mit dem Kind auf dem Fußboden. Olivia sah mit glücklichen Augen zu.
»Du kannst besser mit ihr umgehen als ich«, sagte sie. »Na ja, ich war auch die ganze Zeit schwanger.«
»Bald wird es dir bessergehen. Die Luft in Cornwall wirkt Wunder. Die Landowers haben einen kleinen Sohn ... ich mag ihn sehr gern. Der richtige Spielgefährte für Livia.«
»Wie ich mich danach sehne, Caroline.«
»Ja, du darfst dich darauf freuen.«
Als ich mit Miss Bell allein war, meinte sie: »Olivia geht es schon besser, seit du hier bist.«
»Ich mache mir Sorgen um sie«, erwiderte ich.
Sie nickte. »Ja. Sie ist sehr angegriffen. Sie war nie so kräftig wie du, und Livias Geburt hat ihr sehr zugesetzt. Der Abstand ist zu kurz ... viel zu kurz.« Sie schürzte die Lippen und legte den Kopf schief. Das war ihre Art, ihre Mißbilligung über Jeremys Verhalten auszudrücken. Ich fragte mich, wieviel sie wußte. Doch widerstand ich der Versuchung, sie darauf anzusprechen, denn sie fand es bestimmt unloyal, über ihren Brotherrn zu reden. Miss Bell mit ihren eingefleischten Vorstellungen von der männlichen Überlegenheit betrachtete zweifellos Jeremy und nicht Olivia als ihren Brotherrn.

Ein paar Tage später setzten bei Olivia die Wehen ein. Das ganze Haus war in Aufruhr. Die Wehen waren langwierig und qualvoll, und ich war in großer Sorge.
Miss Bell und ich saßen beisammen und warteten. Ich war sehr bedrückt. Ich dachte die ganze Zeit an Cousine Mary. Wie rasch konnte einen der Tod berauben!
Ich zitterte vor Anspannung. Die Stunden des Wartens erschienen wie eine Ewigkeit.
Endlich war das Kind geboren – eine Totgeburt. Eine schreckliche Niedergeschlagenheit befiel mich, denn Olivia ging es sehr schlecht.
Voller Unruhe ging ich zu ihr. Sie war sehr bleich und schien kaum etwas wahrzunehmen. Doch dann schlug sie die Augen auf und lächelte mich an.
»Caroline.« Ihre Lippen formten lautlos die Worte. »Vergiß es nicht.«
Ich blieb bei ihr sitzen, bis sie eingeschlafen war.
Ich schlich auf Zehenspitzen hinaus und ging in mein Zimmer, denn ihr Anblick – so bleich, so verloren – war mir unerträglich.
Ich kleidete mich nicht aus. Ich setzte mich hin und ließ meine Tür offen – ihr Zimmer lag neben meinem, und falls sie mich zu sehen wünschte, wollte ich gleich bei ihr sein.
Es war nach Mitternacht. Im Haus war es ganz still. Ich konnte dem Drang nicht widerstehen, zu ihr zu gehen. Es war fast, als ob sie mich riefe.
Sie lag mit offenen Augen im Bett. Sie sah mich an und lächelte.
»Caroline ...«
Ich setzte mich zu ihr aufs Bett und nahm ihre Hand.
»Du bist da ...«, sagte sie.
»Ja, liebste Schwester, ich bin hier.«
»Bleib. Vergiß nicht ...«
»Ja. Ich bleibe und werde es nicht vergessen. Du machst dir Sorgen um Livia. Das brauchst du nicht. Wenn es sein müßte,

würde ich sie zu mir nehmen. Ich würde sie halten wie mein eigenes Kind.«
Sie bewegte kaum merklich den Kopf und lächelte.
Wir verharrten eine Weile schweigend.
Dann sagte sie: »Ich sterbe, Caroline.«
»Nein ... nein ... morgen geht es dir besser.«
Sie schüttelte den Kopf.
»Das Baby ist tot. Ein Knabe. Er weiß von nichts. Er starb, bevor er geboren wurde.«
»So etwas kommt hin und wieder vor«, flüsterte ich. »Du wirst noch mehr Kinder haben ... gesunde. Alles wird gut.«
»Keine Kinder mehr ... nie wieder. Livia ...«
»Livia wird es an nichts fehlen. Falls etwas passieren sollte, nehme ich das Kind mit. Ich sorge für sie wie für mein eigenes Kind.«
»Jetzt bin ich froh. Ich bedaure es nicht ...«
»Olivia, du mußt ans Leben denken. Es gibt soviel, für das es sich zu leben lohnt.«
Sie schüttelte den Kopf.
»Dein Kind ... dein Mann ...«
»Du nimmst Livia. Er ...«
Ich brachte mein Gesicht dicht an ihre Lippen.
»Er ... das Geld ...«
Rosie hatte recht, dachte ich. Und Olivia weiß Bescheid.
»Sorg dich nicht um Geld.«
»Schulden«, röchelte sie. »Ich hasse Schulden.«
»Du darfst dir keine Sorgen machen. Du mußt gesund werden.«
»Flora ... Flora Carnaby ...«
Mir wurde übel. Also wußte sie es. War das der Grund für ihre Apathie? Olivia hatte die Schlechtigkeit der Männer erfahren ... genau wie ich. Aber wo ich grimmig gehaßt hatte, gab sie die Hoffnung auf und sah dem Tod entgegen.
Als ich meine Schwester betrachtete, wallte die alte Bitterkeit in mir auf. Wie konnte er es wagen, sie so auszunutzen! Ihr Geld

zu nehmen und es am Spieltisch und mit anderen Frauen zu vergeuden! Ich verspürte den unwiderstehlichen Drang, ihm weh zu tun, wie er ihr weh getan hatte.
Meine Stimme zitterte, als ich mich über sie beugte. »Olivia, mach dir keine Sorgen. Du darfst an nichts anderes denken als daran, gesund zu werden. Du hast mich, ich kümmere mich um dich. Du kommst nach Cornwall und lernst die Leute kennen, für die du dich so interessierst. Wir werden zusammensein, wir drei ... du, ich und Livia. Wir kapseln uns vom Rest der Welt ab. Niemand wird dir oder mir je wieder weh tun.«
Sie umklammerte meine Hand. Ihr Gesicht wirkte nun friedlicher.
Ich blieb lange Zeit so sitzen und hielt ihre Hand. Ich wußte, daß meine Anwesenheit ihr Trost gab.

Sie sprach nie wieder mit mir.
Der Arzt war den ganzen folgenden Tag im Haus. Überall herrschte gedrückte Stimmung. Ich konnte es nicht fassen. Der Tod konnte nicht zweimal kurz hintereinander zuschlagen. Doch. Er konnte. Olivia war tot. Weiß und still lag sie da, ihr Gesicht erstaunlich jung, Sorge und Qual waren wie weggewischt. Das war die Olivia meiner Kindheit, die Schwester, die ich zuweilen herablassend behandelt hatte, obwohl sie älter war als ich. Trotzdem hatte ich sie innig geliebt.
Könnte sie nur ins Leben zurückkehren! Ich hätte sie mit nach Cornwall genommen, hätte sie ihren falschen Ehemann, ihre Enttäuschung vergessen lassen.
Ich schloß mich in meinem Zimmer ein. Ich konnte mit niemandem sprechen. Eine tiefe Traurigkeit hatte mich ergriffen, und ich fürchtete, sie würde mich den Rest meines Lebens nicht mehr loslassen.
Olivia mußte gewußt haben, daß sie sterben würde. Sie hatte so selbstverständlich vom Tod gesprochen, ihm so ruhig entgegen-

geblickt. Deshalb hatte sie mich sehen wollen; deshalb hatte sie so darauf beharrt, daß ich mich um ihr Kind kümmern sollte.
Sie wollte Livia nicht der Obhut eines Vaters überlassen, der sich womöglich wieder verheiratet hätte mit einer Frau, die sich nichts aus dem Kind machte. Wieviel lag ihm an seinem Kind? War er überhaupt imstande, sich um jemand anderen zu kümmern als um sich selbst? Hatte Olivia befürchtet, Tante Imogen würde das Kind nehmen? Arme Livia, welch ein Leben hätte sie da erwartet! Sie wäre Schwester Lomans und Miss Bells Obhut überlassen gewesen – liebe, wertvolle Menschen –, aber Olivia wollte für ihre Tochter etwas, das Mutterliebe gleichkam, und sie wußte, daß dafür nur eine in Frage kam: ich.
Als mir das Gewicht meiner Verantwortung bewußt wurde, ließ meine entsetzliche Niedergeschlagenheit etwas nach. Ich ging ins Kinderzimmer. Ich spielte mit dem Kind. Hier fand ich Trost. Die Begräbnistafel wurde an der Hauswand befestigt wie damals, als Robert Tressidor gestorben war, und die qualvolle Prozedur, die ich kürzlich in Cornwall durchgemacht hatte, mußte ich hier noch einmal über mich ergehen lassen. Die Totenkläger in tiefem Schwarz, die mit Schabracken bedeckten Pferde, das bedrückende Geläut der Totenglocke und die Prozession von der Kirche zum Grab.
Ich entdeckte Rosie, als ich in die Kirche kam. Sie lächelte mir flüchtig zu. Ich war dankbar, daß sie gekommen war.
Ich ging neben Jeremy. Er machte ein trauriges Gesicht, jeder Zoll der untröstliche Gatte. Meine Verachtung für ihn half mir, meinen Kummer zu ertragen. Ich fragte mich zynisch, wie tief sein Schmerz gehen mochte. Ob er sich wohl ausrechnete, wieviel von ihrem Vermögen ihm geblieben war?
Er stand neben mir am Grab. Auf der anderen Seite standen Tante Imogen und Onkel Harold. Tante Imogen wischte sich die Augen, und ich fragte mich, woher sie ihre Tränen nahm. Ich vergoß keine einzige.
Anschließend gab es zu Hause zu essen und zu trinken – das

sogenannte Totenessen –, und danach wurde das Testament verlesen. Olivias Wunsch, daß ich die Vormundschaft ihres Kindes übernehme, wurde erläutert.
Alles geht vorüber, tröstete ich mich. Auch dieser Tag wird enden ... bald.

Es folgten mehrere Familienkonferenzen, meistens geleitet von Tante Imogen. Sie fand es ziemlich unpassend, daß eine unverheiratete Frau sich eines Kindes annahm. Was würden die Leute sagen? Welche Erklärung man ihnen auch gab, sie würden sich ihr Teil denken ...
Ich widersprach: »Sollen sie denken, was sie wollen. Aber da dir so daran gelegen ist, Tante Imogen, weise ich dich darauf hin, daß ich beabsichtige, Livia mit nach Cornwall zu nehmen, und falls es dich beruhigt: Alle werden wissen, daß sie unmöglich mein Kind sein kann. Ich war zur Zeit von Schwangerschaft und Geburt dort sichtbar anwesend, und selbst den mißtrauischsten unter der skandalsüchtigen Menschheit dürfte es unerklärlich sein, wie eine junge Frau, während sie auf dem Land herumlief, ein Kind bekommen, seine Existenz geheimhalten und es nach London schmuggeln konnte.«
»Ich habe auch an deine Zukunft gedacht«, sagte Tante Imogen, »und wie man es auch betrachtet, es schickt sich nicht.«
Doch ihre Proteste waren nur halbherzig, denn sie selbst wollte nicht mit der Sorge für Livia belastet werden.
»Und noch etwas«, fuhr sie fort, »man scheint hier zu vergessen, daß Livia einen Vater hat.«
»Als Olivia mir kurz vor ihrem Tod ihr Kind anvertraute, hat sie Livias Vater nicht erwähnt.«
Jeremy sagte: »Niemandem würde ich mein Kind lieber anvertrauen als Caroline.«
»Trotzdem, es ist höchst ungeziemend«, beharrte Tante Imogen.
»Ich werde sehr bald nach Cornwall fahren«, sagte ich fest. »Ich

habe bereits geschrieben, man möge das Kinderzimmer herrichten.«

»Die Kinderzimmer dort müssen seit einer Ewigkeit nicht benutzt worden sein«, sagte Tante Imogen.

»Um so schöner, daß sie nun wieder ihren Zweck erfüllen werden. Ich nehme Schwester Loman und Miss Bell mit ... so findet Livia nicht alles in ihrer Umgebung gänzlich verändert.«

»Dann«, meinte Tante Imogen, und ich glaubte in ihrer Stimme eine Spur von Erleichterung zu vernehmen, »bleibt uns nichts mehr zu tun.«

Ich hörte mit an, wie sie zu ihrem Mann sagte, ich hätte eine sehr hohe Meinung von mir selbst, ich sei durch und durch wie Cousine Mary, worauf er ziemlich kühn antwortete, das sei angesichts meiner Verantwortung vielleicht nicht das Schlechteste. Ich wartete ihre Antwort nicht ab. Tante Imogens Meinung von mir interessierte mich nicht.

Einen großen Teil der verbleibenden Zeit in London verbrachte ich mit Livia. Sie sollte sich an mich gewöhnen. Sie nahm es anscheinend nicht wahr, daß sie ihre Mutter verloren hatte, und das war ein Segen. Ich wollte ihr einen vollwertigen Ersatz bieten und hoffte, daß ihr nie richtig bewußt werde, was ihr fehlte.

Ich spielte viel mit ihr, ich sprach mit ihr; sie kannte schon ein paar Wörter. Ich zeigte ihr Bilder und baute Burgen mit ihr. Ich kroch auf dem Boden herum und wurde jedesmal, wenn ich erschien, mit einem Lächeln in ihrem Gesichtchen belohnt.

Sie half mir, meine Trauer zu überwinden. Ich wollte nicht an den Tod denken. Es war so grausam, daß mir zwei geliebte Menschen innerhalb weniger Monate genommen worden waren.

Ich klammerte mich an Livia, wie ich mich an Tressidor geklammert hatte. Lohnende Arbeit war mein einziger Trost.

Schwester Loman und Miss Bell waren ganz erpicht darauf, mit nach Cornwall zu kommen. Beide hielten es für das Beste, London baldmöglichst zu verlassen.

»Sie weiß noch nicht, daß ihre Mutter nicht mehr lebt«, sagte Schwester Loman. »Sie hat Mrs. Brandon während ihrer Krankheit kaum gesehen ... aber sie könnte sich erinnern ... hier im Haus. Sie braucht eine neue Umgebung.«

Ich hielt Schwester Loman für eine sehr vernünftige Frau. Und ich wußte auch Miss Bell zu schätzen.

»Der Tod im Kindbett ist leider keine ungewöhnliche Erscheinung«, sagte sie. »Olivia hätte nicht so bald wieder schwanger werden dürfen. Das war äußerst ungünstig für sie.«

»Ich glaube, sie hat es gewußt.«

»Sie war gegen Ende nicht gerade glücklich«, meinte Miss Bell. Nein, dachte ich, wahrhaftig nicht. Sie mußte gewußt haben, daß er ihr Geld verspielte, denn sie hatte etwas von Schulden gemurmelt. Und Flora Carnaby ... das wußte sie auch. Dienstbotengeflüster, nahm ich an. Was nicht für Olivias Ohren bestimmt war, hatte sie dennoch erreicht. So etwas konnte leicht passieren. Bevor ich abreiste, sprach Jeremy mit mir.

»Danke, Caroline. Danke für alles, was du für Livia tust.«

»Ich tue, worum Olivia mich vor ihrem Tod gebeten hat.«

»Ich weiß.«

»Sie hat gewußt, daß sie sterben würde.«

Er ließ den Kopf hängen, womit er zu verstehen geben wollte, daß er von Schmerz überwältigt sei. Ich war skeptisch. Der alte Haß, den ich für ihn empfand, als er mir sagte, daß er mich ohne Vermögen nicht wolle, flammte wieder auf.

»Ich glaube, sie war nicht sehr glücklich«, sagte ich spitz.

»Caroline, ich möchte meine Tochter ab und zu sehen.«

»So?«

»Aber natürlich. Vielleicht kannst du sie zu mir bringen ... oder ich komme euch besuchen.«

»Es ist eine sehr weite Reise«, hielt ich ihm entgegen. »Und du findest es auf dem Land bestimmt ziemlich langweilig.«

»Aber ich möchte meine Tochter sehen«, sagte er. »Ach Caroline, ich bin dir ja so dankbar. Allein gelassen mit einer kleinen Tochter ... dafür bin ich nicht geeignet.«
»Man kann nicht von dir erwarten, daß du dich im Kinderzimmer so bewährst, wie du es gewiß in anderen Bereichen tust.«
»Caroline, ich komme nach Cornwall.«
Ich musterte ihn eindringlich und dachte: O ja, er wird kommen. Entdeckte ich da nicht einen gewissen Glanz in seinen Augen? Er sah mich genauso an wie einst. Er stellte sich mich vor dem Hintergrund eines Landhauses vor, und er fand dieses Bild ebenso attraktiv wie einst jenes in einer etwas anderen Umgebung – was sich jedoch als Illusion erwiesen hatte. Dies aber war zweifellos wirklich.
Ich war amüsiert. Seltsamerweise half er, meinen Kummer ein wenig zu lindern. Der Gedanke an ihn und seine Beweggründe ließ mich für eine Weile die Erinnerung an meine Schwester, wie sie kalt und leblos in ihrem Bett lag, vergessen.
In Lancarron herrschte große Aufregung, als ich mit Kind und Kegel ankam. Für mindestens einen Monat waren wir das Dorfgespräch.
Die Leute kamen vorbei, um das Kind zu sehen und das Neueste von den Veränderungen auf Tressidor zu hören. Die Kinderzimmer waren geräumiger als diejenigen in London, und obwohl sie geputzt und hergerichtet waren, mußten neue Anschaffungen gemacht werden. Ich verlegte mich mit Feuereifer auf den Kauf von Vorhängen, Möbeln, kurz allem, was für ein modernes Kinderzimmer nötig war. Wenn ich den ganzen Tag so hart gearbeitet hatte, war ich abends zu erschöpft, um zu grübeln; und das war das Allerbeste für mich.
Mein Leben war jetzt doppelt erfüllt. Da waren einmal die Gutsangelegenheiten, die mich schon vorher voll in Anspruch genommen hatten, und nun war da noch das Kind. Ich war entschlossen, ihm die Mutter zu sein, die Olivia ihm gewünscht hätte.

Ich hatte die tüchtige Schwester Loman und die stets wachsame Miss Bell, aber ich wollte, daß Livia in mir eine Mutter sah, und ich verbrachte jede freie Minute mit ihr. Ich arrangierte ein Zusammentreffen zwischen Schwester Loman und Julians Kinderfrau, und es war ein Glück, daß die zwei Kinderfrauen sich auf Anhieb verstanden. Es verging kaum ein Tag, ohne daß Julian auf Tressidor oder Livia bei den Landowers war.

Ich sah Paul nicht mehr sehr oft, wenn ich ausritt, denn ich hatte es meistens eilig, weil ich in dieser oder jener Angelegenheit unterwegs war.

Jago war amüsiert. Er nannte mich die Neue Frau. Caroline, die Glucke mit ihrem einzigen Küken. Er unternahm immer noch mysteriöse Ausflüge nach London und sprach vage über Gerätschaften, gewisse Verbindungen und Verträge, die in der Schwebe waren.

»Warum geben Sie sich soviel Mühe?« fragte ich ihn. »Wir wissen doch alle, daß es nur einen Grund für diese mysteriösen Reisen gibt.«

»Und der wäre?«

»Eine heimliche Liaison.«

»Sie werden sich eines Tages noch wundern«, gab er zurück.

Ich dachte nicht viel über ihn nach; meine Gedanken galten viel mehr Livia.

Ich schloß Julian zusehends ins Herz. Er war über die Wende der Ereignisse entzückt: Er war fröhlicher und selbstbewußter geworden und nahm gegenüber Livia die Haltung eines Beschützers an.

Insgeheim sehnte ich mich nach einem eigenen Kind. Der Kindertrakt war sehr geräumig, und in meinen Tagträumen sah ich die Zimmer mit meinen eigenen stämmigen Kleinen bevölkert. Aber dazu brauchte ich einen Ehemann. Sollte ich ewig vergeblich hoffen?

Trotz meines Vorsatzes, ihn zu verdrängen, schlich sich Paul immer wieder in meine Gedanken. Er war in letzter Zeit so

trübsinnig, dabei konnte er ganz anders sein. Oft dachte ich daran, wie ich ihn zum erstenmal im Zug erlebt hatte. Kraftvoll. Verantwortungsbewußt. So hatte ich ihn in Erinnerung.
Jetzt war er in seiner Ehe wie in einem Netz gefangen. Ich träumte, wir wären frei. Aber wie konnten wir frei sein? In meinen Träumen geschahen jedoch Wunder.
Und träumen war stets ein Trost, wenn man der Wirklichkeit entfliehen wollte. Der Verlust zweier geliebter Menschen war ohne einen gewissen Trost schwer zu ertragen.
Gwennie kam mich oft besuchen. Ich wünschte, sie ließe das bleiben. Ihre bohrenden Blicke schienen meine Gedanken zu erforschen.
»So eine Tragödie!« rief sie aus. »Es heißt, es sterben mehr Frauen im Kindbett, als man meinen möchte. Ihre arme Schwester ... und sie hat das kleine Mädchen Ihrer Obhut anvertraut. Ich hab zu Betty gesagt (das war die Zofe, mit der sie angeblich viel schwätzte): ›Miss Tressidor ist der Kleinen bestimmt eine gute Mutter. Sie sollte selbst Kinder haben.‹ Es wundert mich, daß Sie nicht verheiratet sind, Caroline. Aber natürlich müssen Sie erst mal den Richtigen finden. Wenn der nicht auftaucht, was soll ein Mädchen dann machen?«
Ihre lauernden Augen musterten mich. Wie steht es mit Ihnen und meinem Mann? Ich bildete mir ein, daß sie das dachte. Wie weit seid ihr gegangen?
Wieviel mochte sie wissen? Wie oft verriet man seine Gefühle, ohne daß es einem bewußt war!
Die Zeit verging rasch. Livia entwickelte sich zu einer kleinen Persönlichkeit. Sie konnte richtig laufen, ohne zu stolpern, sie lernte immer mehr sprechen, sie lief mir entgegen, wenn ich das Kinderzimmer betrat, und dann und wann ritt ich mit ihr auf meinem Pferd auf der Koppel, hielt sie fest an mich gedrückt, und sie quietschte vor Vergnügen.
Eines Tages sagte Schwester Loman zu mir: »Das Kind ist hier glücklicher als in London. O ja, ich weiß, sie war noch klein, aber

sie bekam nicht genug Liebe. Ihre Mutter war die ganze Zeit krank. Wir taten, was wir konnten, aber es geht nichts über eine Mutter, und das sind jetzt Sie, Miss Tressidor.«
Das war das höchste Lob, das man mir spenden konnte. Für ein paar Stunden legte sich meine Traurigkeit, und ich vergaß, wie sehr ich Cousine Mary vermißte und daß ich Olivia nie wiedersehen würde.
Wir waren noch keinen Monat zu Hause, als Jeremy schrieb, er wolle seine Tochter besuchen.
Ich konnte es ihm nicht abschlagen und nahm mir vor, so wenig wie möglich mit ihm zusammenzutreffen. Aber als er kam, verspürte ich in mir den Wunsch, mich zu rächen. Ich wußte, es war gemein von mir, aber ich mußte es einfach tun. Er war falsch, ich sah genau, was hinter der charmanten Fassade steckte. Und ich wollte ihn hereinlegen, so wie er mich hereingelegt hatte ... und Olivia.
Ich ritt mit ihm aus und zeigte ihm die Ländereien. Ich breitete das Gut in seiner ganzen Fülle vor ihm aus, und er konnte die Erregung in seinen Augen nicht verbergen.
»Ich hatte keine Ahnung, daß es so riesig ist«, rief er.
Aber jetzt weißt du es, mein weltgewandter Jeremy, dachte ich. Was für Pläne nehmen in deiner habgierigen Seele Gestalt an?
Ich besuchte die Landowers mit ihm. Gwennie mochte ihn, denn er bezauberte sie auf Anhieb. Paul hingegen war mißtrauisch und eifersüchtig, was mir nicht unlieb war.
Jeremy blieb eine Woche und verbrachte viel Zeit im Kinderzimmer. Er hatte Livia eine Spielzeugneuheit mitgebracht, eine Puppe auf einer Schaukel, die sich vorwärts und rückwärts bewegen ließ. Es kränkte mich ein wenig, wie leicht Livia sich von ihm bezaubern ließ, aber er spielte ihr, ebenso wie uns allen, eine Rolle vor.
Als er abreiste, hielt er meine Hände und sagte: »Wie kann ich dir danken, Caroline, daß du meine Kleine hier so glücklich machst.«

»Es war Olivias Wunsch«, erwiderte ich. »Sie sprach mit mir, bevor sie starb. Sie wollte sichergehen, daß niemand anders das Kind zu sich nahm.«
»Sie wußte, daß es das beste war. Danke, meine Liebe, danke.«

Ehe ein Monat vergangen war, kam er wieder und brachte neue Geschenke für Livia mit. Er setzte sie auf ein Pferd und führte sie rund um die Koppel. Sie wollte, daß wir sie beide hielten, je einer auf jeder Seite.
Jeremy blickte zu mir herüber. »Das macht Spaß, Caroline.«
Ich nickte.
Er versuchte, meinen Blick auf sich zu ziehen. Ich wußte, was in ihm vorging.
Und da reifte in mir der Plan, der mich fortan nicht mehr losließ. Ich dachte nachts daran. Wenn mich die Traurigkeit überkam, wenn ich mich an die Kindertage mit Olivia erinnerte, wenn mir bewußt wurde, daß Cousine Mary für immer fort war, wenn mir Paul in den Sinn kam und ich dachte, wie anders alles hätte sein können, dann brütete ich meinen Plan aus, und meine Stimmung besserte sich.
Es war gewiß nicht gerade ein edler Charakterzug von mir, daß dies das einzige war, was meinen Kummer zu lindern vermochte.
Jeremy kam Weihnachten. Ich widmete das Fest ausschließlich Livia. Ich lud keine Leute ein, und das wurde auch nicht von mir erwartet, da Cousine Mary noch kein Jahr tot war. Ich sagte Jeremy, er hätte nicht kommen sollen. Er würde Weihnachten auf dem Lande langweilig finden, zumal in einem Haus, in dem noch Trauer herrschte.
Auch er sei in Trauer, hielt er mir entgegen, worauf ich am liebsten laut gelacht hätte; aber ich ließ es bleiben und machte ein entsprechend trauriges und mitfühlendes Gesicht.
Ich spielte meine Rolle besonnen – ich ging nicht rasch, sondern allmählich vor.

Wir knieten beide auf dem Fußboden und spielten mit Livia. Sie war von ihm entzückt, und wieder spürte ich einen eifersüchtigen Stich. Schwester Loman tröstete mich: »Sie empfinden immer so für ihre Eltern. Einerlei, wie vernachlässigt die kleinen Kinder sind. Mit vier oder fünf Jahren ändert sich das. Dann lieben sie diejenigen, von denen sie geliebt werden.«
Miss Bell war ihm gegenüber etwas kurz angebunden. Sie hielt ihm Olivias Schwangerschaft vor, zu der es, wie sie mehr als einmal mit geschürzten Lippen betonte, niemals hätte kommen dürfen.
Wie froh war ich, daß die Zeit so rasch verging! Olivia war nun schon sechs Monate tot, und seitdem gehörte Livia mir.
An diesem Weihnachtsfest machte Jeremy seinen ersten Annäherungsversuch – vorsichtig zwar, aber sehr geschickt.
Er sagte, Livia habe es gut, obwohl sie ihre Mutter verloren habe. Sie habe in mir eine neue gefunden ... und niemand würde vermuten, daß sie eine Halbwaise sei.
»Wenn ich sie mit dir zusammen sehe, bin ich glücklich.«
»Ich tu mein Bestes, um mein Versprechen, das ich Olivia gab, zu erfüllen. Es ist nicht schwer. Ich liebe Livia.«
»Das sehe ich dir an. Es wärmt mir das Herz. Es ist eine große Ehre für mich, daß ich hierherkommen darf.«
»Ich bin überzeugt, du wärst viel lieber in London.«
»Da irrst du dich! Es ist mir das größte Vergnügen, zu sein, wo du bist, Caroline. Ich denke noch oft an den Maskenball. Erinnerst du dich?«
»Und ob.«
»Kleopatra.«
»Und Rupert vom Rhein.«
Er sah mich mit leuchtenden Augen an, und wir lachten.
Er war zu klug, um hieran anzuknüpfen, aber ich durchschaute seine Absichten genau.
Er sagte. »Ich komme wieder ... bald, Caroline. Du hast doch nichts dagegen?«

»Ich kann verstehen, daß du deine Tochter sehen möchtest.«
»Und ... dich.«
Ich senkte den Kopf.
Vor Ende Januar war er wieder da. Er war kein Zauderer, nachdem er sich einmal über den einzuschlagenden Weg klar war, das mußte ich ihm lassen. Er schrieb oft und bat um Neuigkeiten von Livias Fortschritten. Er war der ideale Vater.
Im Februar war er wieder bei uns. Er hatte die ziemlich kalte Eisenbahnfahrt und einige Verspätungen infolge vereister Schienen auf sich genommen.
»Ein hingebungsvoller Vater bist du«, gestand ich ihm zu, als er ankam.
»Nichts hätte mich fernhalten können«, erwiderte er.
Während dieses Besuchs machte er etliche Annäherungsversuche.
Wir saßen im Kinderzimmer auf dem Fußboden und setzten ein einfaches Tierpuzzlespiel zusammen, woran Livia sich begeistert beteiligte.
Jeremy begann: »So sollte es sein ... wir drei. Es ist wie eine richtige Familie.«
Ich antwortete nicht. Er legte seine Hand auf meine. Ich ließ sie dort. Livia lehnte sich an ihn, und er legte seinen Arm um sie.
Bevor er abreiste, suchte er mich allein in dem kleinen Wintergarten auf und sagte: »Vielleicht ist er, noch etwas zu früh, Caroline, aber ich hatte immer das Gefühl, daß es so hätte sein sollen. Olivia wird uns sicher verstehen, wenn sie auf uns herabsehen kann. Weißt du ... ich habe dich immer geliebt.«
Ich sah ihn mit weit aufgerissenen Augen an.
»Es war ein Irrtum«, fuhr er fort. »Ich hatte es sofort erkannt, nachdem ich Schluß gemacht hatte.«
»Ein Irrtum? Ich fand, du hattest eher eine große Klugheit bewiesen ... finanzielle Klugheit.«
»Ein Irrtum«, fuhr er fort. »Ich war jung und ehrgeizig ... und

dumm. Das habe ich bald eingesehen. Das hat sich geändert. Ich bin klüger geworden.«
»Wir werden alle klüger, Jeremy.«
Er nahm meine Hand, und ich zog sie nicht zurück.
Als er abreiste, kam ich mit zum Bahnhof.
Er sagte. »Ich komme ganz bald wieder. Caroline, das hier ist kein Leben für dich. Du solltest Kinder haben. Du bist so wundervoll zu Livia. Ich könnte ein guter Vater sein ... wenn nur du da bist. Wir sind ein glücklicher kleiner Kreis, findest du nicht?«
»Doch«, sagte ich.
»Vielleicht ist es noch zu früh, um Pläne zu machen ... aber in Zukunft ... Wir könnten glücklich sein, Caroline. So war es von vornherein bestimmt.«
Ich schwieg.
Er faßte das als Zustimmung auf.
Auf der Rückfahrt im Wagen fühlte ich mich lebendiger als seit langem.

Es war ein herrlicher Frühling. Meine Traurigkeit schwand allmählich. Die Erde erwachte zu neuem Leben – es zeigte sich in den Knospen an den Bäumen und im Gesang der Vögel. Und mir erging es ebenso.
Ich mußte die Vergangenheit hinter mir lassen. Ich mußte mir ein neues Leben einrichten.
Der April war ein lieblicher Monat. »Aprilregen bringt Blumensegen«, zitierte ich. Ich lebte auf.
Als Jeremy kam, ergriff er meine Hände. »Großartig schaust du aus, Caroline. Genau wie früher. Jetzt bist du wieder Kleopatra.«
»Einmal überwindet man jeden Kummer«, sagte ich. »Es hat keinen Sinn, in Trauer zu baden.«
»Wie klug du bist! Das warst du schon immer, Caroline. Ich bin der glücklichste Mann auf Erden.«
»Und das, obwohl du noch kein Jahr Witwer bist!«

»Ich lasse die Trauer hinter mir. Das würde Olivia sich wünschen. Ich *weiß es.*«
»Es ist immer tröstlich, die Zustimmung der Toten zu haben«, bemerkte ich.
»Ich glaube, sie wußte ... Deshalb wollte sie, daß Livia bei dir ist. Sie war klug – in mancher Hinsicht.«
»Wenn sie herabsieht, freut sie sich gewiß über diese kleine Schmeichelei.«
»Ich habe diesen ironischen Zug an dir immer geliebt, Caroline.«
Ich schwieg.
»Ich kann dir gar nicht sagen, wie glücklich ich bin«, fuhr er fort. »Es ist, als sähe ich ein Licht am Ende des Tunnels.«
»Ein gutes Gleichnis«, bemerkte ich.
»Und so passend.«
»Ich nehme an, auf diese Weise werden aus Vergleichen Klischees.«
»Warum reden wir so? Es gibt viel wichtigere Dinge zu besprechen. Ich denke, wir müssen ein Jahr warten. Konventionen können lästig sein.«
»Sehr lästig«, stimmte ich zu.
»Wir werden eine stille Hochzeit haben müssen. Macht nichts. Auf alle Fälle haben wir Lady Careys Einverständnis.«
»Ich habe mir aus Tante Imogens Einverständnis nie viel gemacht – wozu auch, da ich es selten bekam.«
»Du bist so amüsant. Wir werden viel Spaß im Leben haben. Livia und ich sind zwei glückliche Menschen.«
Ich lächelte ihn an.
Er sprach weiter über die Zukunft. Er fand, ich passe nicht aufs Land. Es gebe vieles zu erledigen. Er wollte Erkundigungen über den Marktwert großer Landgüter einziehen. Er sei sicher, eine höchst angenehme Überraschung für mich in petto zu haben.
Ich war entsetzt, aber ich lächelte nur, und er redete weiter über

das Leben in London und die amüsanten Leute, die ich hier doch sicher vermißte.

»Liebe Caroline«, sagte er, »du wurdest fortgeschickt, gerade als das Leben für dich interessant wurde. Wie spaßig war doch dieser Ball! Du bekamst eine kurze Kostprobe, dann war es aus. Das werden wir ändern!«

Ich wunderte mich über mich selbst. Ich war schweigsamer als sonst, denn ich konnte meiner Zunge nicht trauen. Ich hörte ihm zu, und vielleicht dachte er, die Liebe hätte mich besänftigt. Er prahlte ein wenig. Er hielt sich für unwiderstehlich.

In der Nachbarschaft wurde viel geredet. Gwennie hatte dazu viel beigetragen. Ich schnappte ein wenig von den Dienstboten auf. Ich konnte mir vorstellen, daß sie eifrig klatschten.

Eines Tages kam Paul nach Tressidor Manor. Ich war im Blumenzimmer, das an die Halle angrenzte. Es war ein sehr kleiner Raum, ähnlich dem in unserem Haus in London, mit Wasserhahn, Ausguß, Bänken und Vasen.

Osterglocken und Narzissen, die ich soeben gepflückt hatte, lagen auf einer Bank. Paul kam mit wütendem Gesicht herein.

»Was ist passiert?« fragte ich erschrocken.

»Ist es wahr?« wollte er wissen.

»Was?«

»Willst du diesen Kerl heiraten? Du mußt verrückt sein.«

»Heiraten?«

»Diesen Kerl, der dir einst den Laufpaß gab und der jetzt findet, daß du reich genug für ihn bist?«

»Ach so ... du meinst Livias Vater.«

»Er mag Livias Vater sein, aber er ist ein Mitgiftjäger. Siehst du das nicht?«

»Ich sehe eine ganze Menge, aber eines sehe ich absolut nicht, nämlich, was dich das angeht.«

»Red keinen Unsinn. Du weißt, daß es mich angeht. Ich dachte, du wärst eine vernünftige Frau. Ich hatte stets großen Respekt vor deiner Klugheit, aber jetzt ...«

»Du schreist«, sagte ich.
»Sag mir, daß es nicht wahr ist.«
»Sag mir, was du tun würdest, wenn es wahr wäre.«
Er sah mich hilflos an. Dann: »Caroline, du darfst nicht …«
Ich wandte mich ab. Ich konnte meinen Jubel über seine Sorge nicht unterdrücken, und ich wollte nicht, daß er merkte, wie bewegt ich war. Er trat an meine Seite. Er packte mich an den Schultern und drehte mich herum, so daß ich ihn ansehen mußte. »Ich würde alles tun … alles … um dem ein Ende zu machen.«
Ich strich ihm sanft übers Haar. »Du könntest nichts tun, gar nichts.«
»Ich liebe dich«, erwiderte er. »So geht es nicht weiter. Ich finde einen Weg. Wir gehen zusammen fort …«
»Fortgehen! Landower verlassen! Wegen Landower ist doch alles so gekommen, oder?«
»Ich wollte, ich könnte noch einmal anfangen. Ein dummer Wunsch! Als ob man je zurück könnte. Aber das darfst du nicht tun, Caroline. Denk doch nur, was das bedeuten würde. Du warst immer unabhängig, eine selbständige Persönlichkeit. Das darf sich nicht ändern. Laß dich nicht hinreißen. Er ist sehr attraktiv, nicht? Sieht gut aus … sagt stets, was die Frauen gerne hören … Aber siehst du nicht, worauf er hinaus will? Das Kind ist hier … du bist besessen von ihr … besessen von der Mutterschaft. Ach, Caroline, das kannst du nicht tun. Ich lasse es nicht zu.«
»Und wie willst du mich daran hindern?«
Er riß mich an sich und küßte mich leidenschaftlich auf Hals, Haar und Mund. Ich wünschte, dieser Augenblick würde ewig währen. Ich wollte immer daran denken, an den Duft der Osterglocken und an Paul, der mir seine Liebe erklärte … verzweifelt, bereit, alles zu tun … alles, damit wir vereint sein könnten.
Ich entzog mich ihm. »Nicht. Du darfst nicht hier sein, nicht so. Einer von den Dienstboten könnte dich sehen.«

»Ich hab genug davon«, zürnte er. »Es muß etwas geschehen. Ich lasse dich nie mehr von mir fort. Man muß doch etwas unternehmen können! Caroline, ich bin verzweifelt! Ich habe mich bislang nicht vom Leben unterkriegen lassen und werde es auch in Zukunft nicht. Und die Liebe zu dir ist das Wichtigste, das mir je begegnet ist.«
»Wichtiger als die Rettung von Landower für die Landowers?«
»Wichtiger als alles andere in meinem Leben«
»Du kannst nichts ändern, Paul, es ist zu spät. Du hast das Haus gerettet. Ich weiß, wie dir zumute ist. Es mußte sein ... Du kannst es nicht ungeschehen machen.«
»Ich muß einen Ausweg finden. Ich werde sie bitten, mich freizugeben.«
»Das würde sie nie tun. Warum sollte sie? Du bist ein Teil der Abmachung. Sie liebt Landower. Sie liebt ihre Position. Sie hat es gekauft. Es gehört ihr, und sie wird es nicht aufgeben ... nichts davon.«
»Es muß einen Weg geben, und ich werde ihn finden.«
»Paul, du erschreckst mich, wenn du so sprichst. Deine Augen haben so einen fanatischen Ausdruck.«
»Ich bin fanatisch ... deinetwegen.«
»Du bist eifersüchtig, weil du denkst, ich nehme einen anderen.«
»Ja, ich bin eifersüchtig. Ich werde nicht danebenstehen und zuschauen. Es ist das Kind, nicht wahr? Das Kind hat dich verändert. Du willst ihr alles recht machen ... das heißt, was du für recht und behaglich hältst. Du möchtest Kinder haben. Du siehst alles anders. Ich habe gemerkt, wie du dich verändert hast, seitdem du aus London zurück bist.«
»War das nicht zu erwarten? Ich habe meine Schwester geliebt. Ich habe sie nicht oft gesehen, aber wir standen uns immer nahe. Und sie hat mir ihren kostbarsten Besitz hinterlassen ... ihr Kind. War es da nicht zu erwarten, daß ich mich verändere?«
»Caroline, Liebste, natürlich verstehe ich das. Aber der Preis ist zu hoch. Du denkst, so kommt alles säuberlich ins Gleichge-

wicht, aber das stimmt nicht. Eine unglückliche Ehe ist ungefähr die schlimmste Tragödie, die einem zustoßen kann, und sie wird nicht dadurch erträglicher, daß man sie selbst verschuldet hat. Lerne von mir. Ich habe dich mit ihm und dem Kind zusammen gesehen. Und du denkst, das ist die Lösung. Du irrst dich, Caroline. Aber wir müssen etwas unternehmen. Meine Liebe zu dir – und ich glaube, auch du könntest sehr viel für mich empfinden –, das darf nicht mehr unterdrückt werden.«

»Mein lieber Paul, was schlägst du vor?«

»Wenn man nicht bekommen kann, was man sich wünscht, soll man sich nehmen, was man kann.«

»Was soll das bedeuten? Verstohlene Zusammenkünfte? Wo? In einem Gasthof, ein paar Meilen entfernt ... heimliches Stelldichein ... keiner von uns wäre glücklich dabei.«

»Sind wir jetzt glücklich? Ich möchte, daß du bei mir in Landower Hall bist. Ich möchte unsere Kinderstuben beleben. Ich möchte ein glückliches Leben mit dir.«

»Ein unerfüllbarer Wunsch«, flüsterte ich. »Wie der Griff nach den Sternen.«

»Keineswegs. Wer will schon die Sterne? Dir und mir würde schon etwas einfallen. Statt dessen bist du im Begriff, dich in eine Katastrophe zu stürzen ... genau wie ich ... weil es scheinbar ein einfacher Ausweg ist.«

Ich hörte Schritte in der Halle und zog mich rasch von ihm zurück. Mit lauter Stimme sagte ich: »Es war nett, daß Sie vorbeigekommen sind.«

Ich trat in die Halle. Ein Hausmädchen ging soeben die Treppe hinauf. Ich schritt auf die Haustür zu, wobei mir Paul folgte, und sagte: »Es wird soviel geredet. Ich glaube, die Dienstboten beobachten jede unserer Bewegungen. Mehr noch, sie horchen an den Türen. Was sie aufschnappen, wird weitergegeben und gelangt zuweilen dem Herrn und der Herrin des Hauses zu Ohren.«

Wir traten in den Hof hinaus.

»Du darfst nicht so hitzig sein, Paul«, bat ich.
»Wie kannst du nur so etwas tun?« fragte er.
»Ich muß mein Leben leben. Und du mußt deins leben.«
»Ich lasse es nicht zu.«
»Ich muß wieder hinein«, sagte ich. »Ich habe Livia versprochen, mit ihr über die Koppel zu reiten.«
Er blickte mich verzweifelt an, und dann trat ein entschlossener Ausdruck in seine Augen. Ein Wonneschauer durchlief mich.

Es war Mai geworden. Jeremy kam nach wie vor häufig und blieb jedesmal länger. Er legte ein ungeheures Interesse an dem Gut an den Tag. Er hatte sich gründliche Kenntnisse angeeignet, und ich hörte gespannt zu, wenn er den Wert des Anwesens schätzte.
»Dein Verwalter ist sehr tüchtig«, bemerkte er. »Ich habe mich heute nachmittag ein wenig mit ihm unterhalten.«
»Diese Stellung ist sein Leben. Er hat Cousine Mary treu gedient, und nun dient er mir ebenso.«
»Ich habe mit einem Mann in der Stadt gesprochen. Er ist sehr interessiert.«
Einen Augenblick war ich starr vor Furcht. »Du hast mit ihm gesprochen ... worüber?«
»Über den Verkauf des Gutes.«
»Verkauf des Gutes?«
»Ich weiß doch, daß du nicht auf dem Land begraben bleiben möchtest. Ich dachte, es ist eine gute Idee, ein paar Fühler auszustrecken ... ganz vorsichtig.«
»Ist das nicht alles ein bißchen voreilig?«
»Gewiß ... gewiß ... nichts Endgültiges. Aber solche Angelegenheiten brauchen Zeit, und es ist gut, wenn es sich allmählich herumspricht, was wir vorhaben.«
»Was wir vorhaben!« echote ich.
»Meine liebe Caroline, ich möchte dir jede Last von den Schultern nehmen.«

»Wie du es bei Olivia getan hast?«
»Ich tat für sie, was ich konnte.«
»Olivia war eine sehr reiche Erbin.«
»Sie besaß weniger, als sie dachte, das arme Kind. Und die Geschäfte gingen nicht gut.«
»Wie das?«
»Börse und so. Ich möchte dich nicht damit behelligen, Caroline.«
»Ich wünsche nicht, daß irgend jemand hier erfährt, daß Erkundigungen über den Verkauf des Gutes angestellt wurden. Das würde eine Panik auslösen. Die Leute haben hier ihr Heim … ihre Arbeit … ihr Leben.«
»Gewiß … gewiß … nur vorsichtige Erkundigungen, da kannst du ganz beruhigt sein. Ich möchte bloß alles ins reine bringen. Ich habe mit Lady Carey gesprochen. Sie ist hoch erfreut. Sie findet, es ist eine ausgezeichnete Idee. Sie ist so erleichtert wegen Livia.«
»Ich wußte gar nicht, daß ihr soviel an Livia liegt.«
»Oh, sie möchte alles bestens geregelt wissen. Sie meint, es muß in aller Stille geschehen. Und sie denkt, du solltest nach London kommen. Sie nimmt alles in die Hand. Eine sehr stille Feier. Ich stimme mit ihr überein.«
»Ihr beide scheint euch ja bereits über alles einig zu sein.«
»Wir sind beide um dich besorgt, Caroline.«
Ich dachte: Er wird ein wenig unbedacht, ein wenig zu selbstsicher. Vielleicht ist die Zeit jetzt reif.
Er sagte weiter, er halte den ersten Juli für den geeigneten Zeitpunkt.
»Dann ist das Jahr um«, fügte er hinzu. »Niemand kann daran etwas auszusetzen haben. Komm doch im Juni nach London, sagen wir, etwa Mitte des Monats. Es gibt eine Menge zu tun.«
»Und Livia?«
»Sie ist bei Schwester Loman und Miss Bell gut aufgehoben.«
»Natürlich«, sagte ich.

Ich brachte ihn an den Zug. Er wirkte sehr aufgeräumt, sehr selbstsicher.
Dann kehrte ich nach Hause zurück und schrieb den Brief.

> *»Lieber Jeremy!*
> *Du schriebst mir einst, warum wir nicht heiraten sollten, und es ist nun meine (keineswegs schmerzliche) Pflicht, Dir zu erklären, warum ich nicht die Absicht habe – und nie hatte –, Dich zu heiraten. Wie könnte ich einen Mann ehelichen, der meine Intelligenz so gering einschätzt, daß er glaubt, ich ließe mich durch infantile Schmeicheleien täuschen! Du bist ein großer Liebhaber, Jeremy – von Geld! O ja, dies ist ein fabelhafter Besitz; er gehört mir, und ich bin reich ... womöglich reicher als Olivia, bevor Du den größten Teil ihres Vermögens durchgebracht hast.*
> *Du hast Dein Versprechen gebrochen, das Du mir gabst, als Du erfuhrst, daß ich nichts besaß. Und nun zahle ich es Dir mit gleicher Münze heim, wie man so schön sagt.*
> *Jetzt wirst Du wissen, was das für ein Gefühl ist, wenn man vor seinen Bekannten steht – sitzengelassen, verschmäht, verstoßen.*
> *Caroline Tressidor.«*

Ich schickte den Brief sogleich ab und erging mich freudig in der Vorstellung, wie er empfangen wurde.
Ein paar Tage vergingen. Zu meiner Überraschung erschien Jeremy persönlich.
Er kam am frühen Abend. Ich war bei Livia gewesen. Ich hatte sie zu Bett gebracht und ihr eine Geschichte vorgelesen. Ich war gerade in mein Zimmer gegangen, als ein Stubenmädchen an die Tür klopfte.
»Miss Tressidor, Mr. Brandon ...«, begann sie.
Er mußte ihr auf dem Fuße gefolgt sein, denn bevor sie ein weiteres Wort sagen konnte, platzte er ins Zimmer.

»Caroline!« rief er.
Das Mädchen schloß die Tür. Ob sie draußen horchte? »Na so was«, sagte ich. »Du kommst unerwartet. Hast du meinen Brief nicht bekommen?«
»Ich kann es nicht glauben.«
»Einen Moment«, sagte ich. Ich ging zur Tür. Das Mädchen sprang ein paar Schritte zurück.
»Ich brauche dich nicht mehr, Jane.«
»Sehr wohl, Miss Tressidor.« Sie eilte errötend von dannen.
Ich schloß die Tür und lehnte mich dagegen.
Jeremy wiederholte: »Ich kann es nicht glauben.«
Ich runzelte die Stirn. »Ich dachte, ich hätte es dir deutlich erklärt.«
»Soll das heißen, du hast mit mir dein Spielchen getrieben?«
»Ich habe einen ganz bestimmten Kurs verfolgt, falls du das meinst.«
»Aber du hast angedeutet ...«
»Das hast du getan. Du hast angedeutet, ich sei eine vollkommene Idiotin, die dich nicht durchschaute. Du mußt mich für den größten Dummkopf aller Zeiten gehalten haben. Ach, Jeremy, du hast wirklich eine sehr klägliche Vorstellung gegeben. Nicht annähernd so gut wie vor Jahren. Damals warst du glaubhafter. Aber da hattest du ja noch keine Vergangenheit zu vertuschen.«
»Du ... du ...«
»Sag's nur«, drängte ich. »Keine Angst. Du hast nichts mehr zu verlieren. Du hast bereits verloren. Ich bezweifle, daß du auch nur halb soviel Verachtung für mich empfindest wie ich für dich.«
»Du ... intrigante Vettel.«
Ich lachte. »Das kam von Herzen. Und ich revanchiere mich, indem ich dir sage, daß du ein unverschämter Mitgiftjäger bist.«
»So, das ist also deine Rache ... weil ich dich damals nicht geheiratet habe.«

»Betrachte es als kleine Lektion. Wenn du dich auf deine nächste Schatzsuche begibst, solltest du es weniger auffällig anstellen. Du hättest ein wenig diskreter vorgehen sollen. Olivia ist kaum kalt in ihrem Grab.«

Er starrte mich an, als könne er nicht glauben, was er sah und hörte. Er war so eingebildet, seiner so vollkommen sicher gewesen, er hatte gedacht, er brauchte nur zu winken, und ich würde ihm willig folgen. Es war ihm eine harte, bittere Lehre.

Ich schämte mich meiner Gefühle, aber er tat mir beinahe leid. Etwas sanfter sagte ich: »Du konntest doch nicht wirklich annehmen, daß ich so ein Dummkopf bin, Jeremy? Hast du etwa gedacht, ich würde mein Gut, mein Erbe verkaufen, um dir das Geld zu verschaffen, das du für die Spieltische und den Unterhalt deiner Freundinnen brauchst? Die Damen der Spielclubs hielten dich bestimmt für einen famosen Kerl.«

»Du weißt nicht, wovon du redest.«

»Ich weiß mehr, als du glaubst. Hast du eine Neue, oder ist Flora Carnaby noch die Favoritin?«

Er wurde erst blaß und dann puterrot. »Hast du Spione auf mich angesetzt?«

»Keineswegs. So etwas spricht sich herum. Es ist erstaunlich, wie solche Kleinigkeiten ans Licht kommen. Olivia hat es gewußt. Und das kann ich dir nicht verzeihen. Olivia fand dich wundervoll, bis du sie ausnahmst, um deiner Schwäche für das Glücksspiel und die Flora Carnabys deiner oberflächlichen Welt zu frönen.«

»Olivia ...«

»Ja. Du hast sie in den letzten Monaten ihres Lebens unglücklich gemacht. Deshalb wollte sie, daß ich Livia zu mir nahm. Sie hatte Angst, sie bei dir zu lassen. Jetzt weißt du Bescheid. Ich sehe keinen Grund, weshalb man dich vor der Wahrheit verschonen sollte.«

»Du wolltest deine Rache für das, was ich dir angetan habe.«

»Ganz recht! Das wollte ich ... unter anderem. Jetzt mußt du

deinen Freunden ... und womöglich deinen Gläubigern erzählen, daß aus der reichen Heirat nichts wird. Die Dame wußte die ganze Zeit, hinter was ihr angehender Bräutigam her war, und sie hat ihn unmißverständlich zurückgewiesen.«
»Du bist eine Xanthippe.«
»Ist das die Steigerung von Vettel? Nun gut, dann bin ich das und weide mich an deinem Unbehagen. Ich lache, wenn ich mir vorstelle, wie du deinen Freunden und Tante Imogen gestehst, daß die Hochzeit nicht stattfindet. Du legst dir eine hübsche Geschichte zurecht, daran zweifle ich nicht. Du fragst dich, wirst du sagen, ob es klug ist, die Schwester deiner verstorbenen Frau zu heiraten. Was immer du sagst, darauf kommt es nicht an. Mein Vermögen wird dir nicht in den Schoß fallen.«
»Du vergißt, daß du meine Tochter hier hast.«
»Ich bedaure, daß sie so einen Vater hat.«
»Ich erlaube nicht, daß sie weiter bei dir bleibt.«
Ich hatte plötzlich ein Angstgefühl in der Magengrube. Konnte er das tun? Immerhin war er ihr Vater.
Wie immer, wenn ich Angst hatte, ging ich sogleich zum Gegenangriff über.
»Wenn du versuchst, sie mir wegzunehmen, werde ich deine finanziellen Angelegenheiten überprüfen. Ich werde Einzelheiten deiner Liaison mit Flora Carnaby und zweifellos noch mit anderen entdecken. Ich werde einen Skandal machen, der dir sämtliche zukünftigen Chancen verdirbt, dir eine reiche Erbin zu angeln. Du wärst erledigt, Jeremy Brandon. Ich habe das Geld, um das zu bewirken, und würde nicht zögern, es dafür zu verwenden.«
Er war bleich und zitterte. Ich sah ihm an, daß er Angst hatte.
»Ich will dir einen guten Rat geben, obwohl du ihn nicht verdienst«, fuhr ich fort. »Geh weg ... und laß nie wieder von dir hören. Ich weiß nicht, wieviel von Olivias Geld du noch hast. An deiner Stelle würde ich retten, was zu retten ist. Am Spieltisch würdest du womöglich alles auf einen Schlag verlieren. Aber wer

weiß, vielleicht hast du Glück. Ob du dich ruinierst oder nicht, will ich nicht wissen. Ich bitte dich nur, wegzugehen und dich nie wieder hier blicken zu lassen.«
Er stand da und sah mich an – er wirkte verloren und vernichtet. Jetzt sah ich einen anderen Jeremy. Von seiner Großspurigkeit war nichts mehr übrig. Ich stellte ihn mir in der Londoner Gesellschaft vor, ein jüngerer Sohn mit wenig Geld, aber von außerordentlich gutem Aussehen und unleugbarem Charme. Ich kannte seine Träume, seinen Ehrgeiz.
Doch nun war er von mir tief gedemütigt worden.
Unwillkürlich empfand ich einen winzigen Schimmer von Reue, den ich sogleich unterdrückte.
Ich wollte meinen Triumph voll auskosten.
Jeremy verließ mich.
Er mußte die Nacht im Gasthaus verbracht haben und am nächsten Tag nach London zurückgekehrt sein.

Die Neuigkeit verbreitete sich geschwind. Wie erfuhren die Leute solche Dinge? Wieviel von der Szene mit Jeremy war mitgehört, wieviel war vermutet worden?
Paul wartete am nächsten Morgen auf mich, als ich zu einem Hof ritt, wo es ein paar Unstimmigkeiten wegen eines Landstücks gab. Seine Erleichterung war nicht zu verkennen.
»Es ist also aus!« rief er.
»Woher weißt du das?«
»Alle Welt weiß es, Gwennie spricht von nichts anderem.«
»Sie hat es wohl von jemandem von euren Dienstboten, der es von einem von unseren hat.«
»Woher, spielt keine Rolle. Hauptsache, es ist vorbei.«
»Du kannst doch nicht auch nur einen Augenblick ernsthaft geglaubt haben ...«
»Du hast dich ungeheuer glaubhaft verhalten.«
»Offenbar kennst du mich schlecht.«
»Und die ganze Zeit ...«

»Die ganze Zeit hatte ich genau das vor, was ich getan habe.«
»Und du hast mir nichts gesagt.«
»Ich mußte die Rolle leben, solange ich sie spielte. Übrigens, es hat mir Spaß gemacht zu sehen, daß du eifersüchtig warst. Und daß du das Gefühl hattest, du hättest mich verloren.«
»Caroline!«
»Ich weiß, ich habe keinen sehr guten Charakter. Ich habe Jeremy schrecklich weh getan – und mich daran geweidet.«
»Er hat dir auch weh getan.«
»Trotzdem, ich habe meine Rache genossen.«
»Und jetzt bereust du es?«
»Zuweilen kennen wir uns selbst nicht sehr gut. Ich dachte, ich würde es genießen, ihm weh zu tun … aber er blieb die ganze Zeit höflich. Ich bin auf ihn losgegangen wie eine Vettel … eine Xanthippe.«
»Liebste Caroline, du warst provoziert worden. Und er war jetzt hinter deinem Vermögen her, genau wie damals.«
Ich sagte verbittert: »Er wäre nicht der erste, der eine Frau wegen ihres Geldes heiratet.«
Paul schwieg, und ich fuhr fort: »Aber wer sind wir denn, daß wir über andere urteilen. Ich bin wie ausgedörrt … und richtig traurig. Mein Vorhaben, ihm weh zu tun, ihn zu verletzen, hat mich über Wasser gehalten, und nun ist es vorbei, und ich verspüre eigentlich gar keine Befriedigung.«
»Als ich dachte, du würdest ihn heiraten, war ich verzweifelt. Ich hätte alles getan, um es zu verhindern. Ich habe Pläne gemacht … irrwitzige Pläne …«
»Paul«, sagte ich, »wenn es doch nur sein könnte …«
»Vielleicht … vielleicht geschieht irgendwas.«
»Was denn?« rief ich. »Was könnte denn geschehen?«
»So geht es nicht weiter. Mir ist jetzt klargeworden, daß ich etwas unternehmen muß.«
»Ich sehe keinen Ausweg … außer, was du einmal angedeutet hast. Das mag uns vorübergehende Befriedigung verschaffen,

aber es ist nicht das, was wir wirklich wollen ... du nicht und ich nicht.«
»Das ist wahr. Aber wir könnten uns das bißchen Glück schnappen, das uns vergönnt ist, und wer weiß, eines Tages ...«
»Eines Tages, eines Tages ... Ich hätte nicht hierbleiben dürfen. Es wäre besser gewesen, wenn ich fortgegangen wäre. Wenn Cousine Mary den Unfall nicht gehabt hätte, wäre ich sowieso nicht mehr hier. Ich hatte vor, wegzugehen ...«
»Weglaufen war noch nie eine Lösung.«
»In diesem Fall wäre es vielleicht eine gewesen, denn dann hättest du mich mit der Zeit vergessen.«
»Niemals. Ich hätte mein Leben im Schatten verbracht. Wenigstens bist du jetzt hier, und ich kann dich sehen.«
»Ja«, sagte ich. »Wenn ich dich sehe, das sind die guten Tage.«
»Oh ... Caroline!«
»Es ist wahr. Ich will nichts mehr vertuschen. Man kann sich nicht ewig etwas vormachen. Wir waren von Anfang an verloren. Unsere Liebe steht unter einem Unstern. Cousine Mary sagte immer, in unseren Familien sollte sich die Geschichte von Romeo und Julia – aber mit glücklichem Ausgang – wiederholen, so daß Landower und Tressidor Seite an Seite gedeihen könnten. Aber du siehst, auch bei uns gibt es kein glückliches Ende.«
»Wenigstens sind wir beisammen, und keiner von uns findet sich mit dem Verhängnis ab.«
»Aber einen Ausweg gibt es trotzdem nicht. Du könntest Landower nie verlassen. Gwennie hat ihren Teil daran. Sie hat es gekauft, und sie will halten, was sie besitzt.«
»Ich werde einen Weg finden«, sagte er.
An diesen Satz sollte ich später noch viel denken. Es ging mir ständig durch den Kopf, wie er aussah, als er das sagte – ich konnte es nicht vergessen, sosehr ich mich auch bemühte.

Jagos Lady

Es war ein heißer und schwüler Sommer. Livia war jetzt zwei Jahre alt, ein lebhaftes Kind. Sie war mein Trost, durch sie waren meine Tage so erfüllt, daß nur sehr wenig Zeit zum Träumen blieb.
Ich hatte ihr ein kleines Pony gekauft und ließ sie am Leitzügel über die Koppel reiten. Das liebte sie mehr als alles andere. Ich hatte ihr das Pony geschenkt, kurz nachdem Jeremy fortgegangen war, und hoffte, sie damit von ihrem Vater abzulenken. Zu meiner Erleichterung vermißte sie ihn offenbar nicht.
Manchmal führte ich sie ein kleines Stück die Auffahrt entlang, hin und wieder sogar bis zum Pförtnerhaus. Dann kam Jamie heraus und applaudierte ihr.
Er liebte Livia sehr und sie ihn auch. Er lud uns öfters in sein Häuschen ein, und Livia bekam ein Glas Milch und ein Honigbrot, in kleine, rautenförmige Stücke geschnitten. Jamie erzählte Livia, den Honig hätten seine Bienen eigens für sie gemacht.
Eines Tages kam Gwennie dazu, als wir Jamie besuchten. Sie wollte bei ihm Honig kaufen. Sie wurde hereingebeten und bekam ein Glas Met vorgesetzt – Jamies Hausmarke.
Sie fragte ihn, wie er ihn machte, aber er wollte es nicht sagen. Es sei sein Geheimnis.
»Schmeckt köstlich«, stellte ich fest. »Und er ist sehr anregend.«
Gwennie machte beim Kosten ein schmatzendes Geräusch und sagte, sie möchte etwas von dem Met kaufen. »Ein richtig alter englischer Trank«, sagte sie. »Ich möchte die mittelalterlichen Traditionen bewahren. Haben Sie in Schottland gelernt, wie man

Honig macht? Und hatten Sie da besondere Bienen, Mr. McGill?«
»Bienen kennen keine Grenzen, Mrs. Landower. Die sind in der ganzen Welt gleich. Ihnen ist es einerlei, ob sie in England, Schottland oder Australien sind. Bienen sind Bienen, und Bienen sind in der ganzen Welt dieselben.«
»Aber ich hatte Sie gefragt, ob Sie es in Schottland gelernt haben. Sie sind doch aus Schottland?«
»Hm, ja.«
»Hier ist doch sicher alles ganz anders?«
»Hm, ja.«
»Haben Sie nicht manchmal ein bißchen Heimweh?«
»Nein.«
»Komisch. Das wäre doch ganz normal. Ich denke manchmal an Yorkshire. Wie lange sind Sie fort von Schottland, Mr. McGill?«
»Lange Zeit.«
»Ich hätte gern gewußt, wie lange.«
»Die Zeit vergeht. Man zählt nicht mehr.«
»Aber Sie erinnern sich doch gewiß ...«
Ich sah, daß dieses Kreuzverhör Jamie beunruhigte, und mischte mich ein: »Eine Woche ist wie die andere. Ich muß sagen, ich bin erstaunt, wie schnell die Zeit vergeht. Livia, Schätzchen, hast du deine Milch ausgetrunken?«
Livia nickte.
»Ich war noch nie in Schottland«, erklärte Gwennie. Sie schien nicht zu begreifen, was mir in meiner Bekanntschaft mit Jamie schon früh aufgegangen war, nämlich, daß er keine direkten Fragen mochte. Ich hatte stets respektiert, daß er nicht über sich sprechen wollte. Gwennie dagegen ging – bewußt oder unbewußt – nicht auf seine Zurückhaltung ein.
»Aus welcher Gegend stammen Sie, Mr. McGill?«
»Ach, gleich hinter der Grenze. Ich muß jetzt nach den Bienen sehen. Sie sind wegen irgendwas böse.«

»Da passen Sie nur auf, daß sie sich nicht gegen Sie wenden.«
Gwennie lachte leise.
»Keine Angst«, entgegnete ich. »Vor Jamie haben sie stets Respekt. Aber jetzt müssen wir gehen. Bedank dich bei Jamie für das Honigbrot und die Milch, Livia.«
Livia sagte danke schön, und ich wischte ihr den Honig von den Fingern. »Fertig.«
Wir traten alle zusammen aus dem Pförtnerhaus.
»Ich gehe mit Ihnen ein Stückchen die Auffahrt entlang«, sagte Gwennie. »Ich kann dann die Abkürzung über das Feld nehmen.«
Ich setzte Livia auf ihr Pony und ging neben ihr her.
»Komischer Kauz«, begann sie. »Hat was Merkwürdiges.«
»Sie meinen Jamie. Ja, er ist recht ungewöhnlich.«
»Der gibt nicht viel her, nicht?«
»Er ist sehr freigebig mit Milch, Honig und Met, finde ich.«
»Das hatte ich nicht gemeint. Ich meine, er erzählt einem nichts.«
»Es ist doch nicht verwunderlich, daß er nicht verraten will, wie er seinen Met macht.«
»Sie wissen genau, daß ich nicht an seinen Met dachte. Ich meine, er erzählt einem nichts über sich selbst.«
»Er mag eben sein Privatleben nicht preisgeben.«
»Möchte wissen, warum.«
»Das ist bei vielen Menschen so.«
»Nur wenn sie was zu verbergen haben. Wir wissen eigentlich gar nichts von ihm, nicht?«
»Wir wissen, daß er ein guter Pförtner ist. Er versorgt uns mit Honig, und viele der schönen Blumen bei uns im Haus stammen aus seinem Garten.«
»Aber ich meine, was weiß man eigentlich über *ihn*?«
»Daß er freundlich und zufrieden ist.«
»Er ist komisch. Die Dienstboten meinen, er ist nicht ganz richtig hier oben.«

»Wo oben?«

Sie platzte verärgert heraus: »Jetzt sind Sie wieder auf Ihrem hohen Roß, Caroline. Sie wissen genau, was ich meine, aber Sie spielen wieder die große Dame vor der kleinen Aufsteigerin aus dem Norden. Ich kenne das. Paul ist genauso. Ich gehöre nicht hierher. Ich bin keine von euch. Wenn er diese hochmütige Haltung annimmt, sage ich immer zu ihm: ›Ich gehöre hierher. Dieses Haus wurde vom Geld meines Vaters gekauft.‹ Ich muß ihn ständig daran erinnern.«

»Ich denke, er weiß es selbst.«

»Und ich sorge dafür, daß er es nicht vergißt.«

»Und auf all das sind Sie durch den armen alten Jamie gekommen.«

»Blöder alter Narr! Der mit seinem Garten und seinen Bienen! Der hat was zu verbergen. Ich komm schon noch dahinter, Sie werden sehen.«

Wir waren an die Stelle der Auffahrt gelangt, wo Gwennie abbiegen mußte, um übers Feld zu gehen.

Ich verabschiedete mich erleichtert. Manchmal fand ich sie einfach unerträglich.

Ungefähr eine Woche später kam Gwennie in großer Aufregung nach Tressidor Manor.

»Ich mußte auf der Stelle herkommen«, sagte sie. »Große Neuigkeiten! Raten Sie mal, was passiert ist. Ich war einfach platt!«

»Was ist denn los?«

»Jago. Er kommt am Samstag.«

»Was ist daran so Besonderes? Er fährt dauernd nach London und kommt für eine Weile wieder her.«

»Diesmal ist es anders. Raten Sie mal, warum?«

»Sie wollen mich wohl unbedingt auf die Folter spannen. Das sieht Ihnen gar nicht ähnlich.«

»So eine Neuigkeit! Ich hatte ja keine Ahnung. Jago hat geheiratet. Er führt seine Braut heim.«

»Na so was!«
»Ich wußte, daß das eine Überraschung für Sie ist. Das ist ein Ereignis, was? Jago verheiratet. Und er hat es uns die ganze Zeit verheimlicht.«
»Wen hat er geheiratet?«
»Das ist es ja. Er verrät es nicht. Er schreibt bloß, er bringt seine Frau mit. Sie haben letzte Woche geheiratet. Ist das nicht aufregend?«
»Allerdings.«
»Er wirkt sehr zufrieden mit sich. Ich schätze, sie hat jede Menge Moneten.«
»Hat er ... die Moneten erwähnt?«
»Keine Spur. So sind die Landowers. Über Geld spricht man nicht. Sie wollen es, aber sie tun so, als ginge es sie nichts an. Das ist nun mal ihre Art. Na, ich hoffe, sie ist ordentlich vergoldet, wie Pa immer sagte. Ich kann's gar nicht mehr erwarten bis Samstag.«
Ich war genauso gespannt wie sie.

Den ganzen Samstag dachte ich an Jago. Es fiel mir schwer, ihn mir verheiratet vorzustellen. Es war anzunehmen, daß er mit seiner jungen Frau auf Landower wohnen würde, und ich war neugierig, wie sie mit Gwennie auskommen würde. Ich nahm mir vor, am nächsten Morgen hinüberzureiten und die junge Frau aufzusuchen.
Doch ich mußte gar nicht so lang warten. Samstagabend bekam ich Besuch.
Ich vernahm eine leichte Unruhe und ging in die Halle, um nachzusehen.
Es war Jago. Er flüsterte mit einem Hausmädchen.
»Jago!« rief ich.
Er lief zu mir, hob mich auf und wirbelte mich herum.
»Ich mußte einfach sofort herkommen«, rief er.
»»Sieh da, der Bräut'gam kommt««, zitierte ich.

»Jawohl. Benedick höchstpersönlich. Das war doch der, der zauderte, bevor er den Sprung wagte?«
»Genau. O Jago! Sie ... und Ehemann!«
»Irgendwann mußte es ja mal passieren, oder? Und da Sie mich nicht haben wollten, mußte ich mich woanders umschauen.«
»Ich bin zutiefst gekränkt«, lachte ich.
»Das hab ich mir gedacht.«
»Das ganze Getue mit den Gerätschaften und Verbesserungsvorschlägen und Verträgen ... alles bloß ein Vorwand, was?«
»Richtig.«
»Jago, Sie sind der reinste Machiavelli, so verschlagen wie Sie sind.«
»Allerdings«, sagte er demütig.
»Und warum haben Sie Ihre Frau nicht mitgebracht, um Sie mir vorzustellen?«
»Ehrlich gesagt, sie war es, die darauf bestand, noch heute abend herzukommen. Sie wollte nicht bis morgen warten.«
»Sie bestand darauf? Aber warum ist sie nicht mitgekommen?«
Er trat ganz dicht an mich heran. »Sie legt großen Wert auf Ihre Zustimmung.«
»Meine?«
»Oh, sie weiß eine Menge über Sie. Moment mal.« Er ging zur Tür. »Du kannst jetzt reinkommen.«
Ich starrte ungläubig auf die eintretende Dame. Dann liefen wir aufeinander zu und brachen in Lachen aus.
Fröhlich umarmten wir uns.
»Rosie!« rief ich.
»Da staunen Sie, was?«
»*Du* ... bist mit Jago verheiratet!«
»Ja. Machen Sie nicht so ein verdutztes Gesicht. Ich hab' ihn im Schlepptau.«
»Aber du ... ausgerechnet du.«
»Keine Sorge. Klappt alles bestens.«
»Die Gerätschaften«, grinste Jago.

»Ich hatte keine Ahnung.«
»Jago auch nicht, bis er eingefangen wurde.«
»Meine Frau spricht nicht immer die Wahrheit«, verkündete Jago. »Ich vertraue Ihnen ein Geheimnis an: Ich war es, der sie einfing.«
»Ich bin so überrascht«, sagte ich, »daß ich meine Pflicht vergesse. Kommt, darauf müssen wir trinken.«

Rosie war schon immer die unberechenbarste Person gewesen, die ich je gekannt hatte, und sie machte diesem Ruf alle Ehre. Am nächsten Tag besuchte sie mich, und wir unterhielten uns ausführlich. Entgegen dem Brauch wollten sie Landower nicht zu ihrem Heim machen.
»Was!« sagte Rosie. »Mein Geschäft aufgeben ... gerade wenn es anfängt, sich zu entwickeln. Stellen Sie sich vor, in drei Monaten eröffnen wir in Paris!«
»Und das Gut ... Landower und alles? Jago hilft bei der Verwaltung.«
»Halbherzig. Er ist nicht mit dem Herzen dabei. Sein Bruder grämt sich durchaus nicht, wenn Jago aussteigt. Jago weiß schon lange, daß das nichts für ihn ist. Dagegen würden Sie staunen, wieviel er von meinem Unternehmen versteht. Sein Charme und seine Fröhlichkeit ... das kommt an. Ich hätte nicht gedacht, daß er auf diesem Gebiet nützlich wäre, aber er kann schöne Frauen einschätzen und weiß genau, was sie tragen müssen. Er hat wirklich Talent, das hab' ich bald gemerkt. Wissen Sie, er hat mich nämlich nach dem ersten Mal damals immer wieder besucht. Wir passen gut zusammen.«
»Ja, das glaube ich auch.«
»Ganz bestimmt. Ich hätte mich nicht darauf eingelassen, wenn ich nicht sicher wäre, daß es richtig ist.«
»Du warst vorher nie verheiratet. Dabei hattest du bestimmt Chancen.«
»Chancen führen nicht immer zur Heirat. Aber als er mich dann

besuchte und wir soviel Spaß hatten, zeigte er Interesse für das, was ich aufbaute. Da fing es an.«
»Ach Rosie, ist das schön.«
»Ja, nicht wahr?«
»Weiß Jago von …«
»Von meinen Tagen als Stubenmädchen und meinen früheren Neigungen? Ja, er weiß Bescheid. Ich hab keine Zeit und Lust, mich mit Geheimnissen zu belasten. Man verschwendet zu viel Zeit mit Vertuschen. Mich muß man nehmen, wie ich bin, oder gar nicht. Er war auch nicht gerade ein Ausbund an Tugend und hat Verständnis für mein Bedürfnis, nach oben zu kommen. Er bewundert mich deswegen. So, und da sind wir nun. Hier sehen Sie mich, Mrs. Landower … Rosie Rundall, dann Rosie Russell und jetzt Rosie Landower, ehrbar vermählt mit einem Herrn aus guter Familie. Ist das nicht ein Witz?«
»Nein«, sagte ich. »Es ist wundervoll. Ich finde, Jago darf sich glücklich schätzen, und das werde ich ihm auch sagen.«
»Danke. Ich freu' mich auch, daß wir uns jetzt näherstehen, Sie und ich. Sie müssen zu uns nach London kommen, und wir kehren bestimmt ab und zu hierher zurück in das Heim der Vorfahren.«
»Rosie, ich freu' mich so.«
»Das hab ich mir gedacht. Deshalb wollte ich auch unbedingt zu Ihnen rüberkommen, sobald wir ankamen. Wir bleiben zwei Wochen. Länger können wir nicht weg.«
»Wie findest du Landower?«
»Atemberaubend. In so einem Haus war ich noch nie. Überall knackt es, weil's so uralt ist. Komische Vorstellung, daß man in so 'nem Haus geboren sein kann. Und dies hier ist jetzt Ihrs! Ich bin froh, daß Cousine Mary das Richtige getan hat. Sie passen hierher. Und wie geht's der Kleinen?«
»Sehr gut.«
»Und Sie kommen drüber weg?«
»Man kann vergessen … zeitweise. Wenn die Erinnerung

kommt, wird man schrecklich traurig. Aber sie verblaßt mit der Zeit.« Rosie nickte.
»Ich hab' dich auf der Beerdigung gesehen«, sagte ich.
»Ja. Ich mußte einfach hingehen. Arme Olivia, sie war zu zart, um zu kämpfen. Es ist sehr bedauerlich, daß Jeremy Brandon je in Ihrer beider Leben trat.«
»Oh, der war ein richtiger Schwächling. Ich denke ab und zu an ihn. Du weißt, was passiert ist?«
»Es wurde darüber geredet. Ich glaube, er steckt in Schwierigkeiten. Die Gläubiger haben ihm zugesetzt, als sie hörten, daß keine reiche Heirat stattfinden würde. Ich war entsetzt, als ich erfuhr, Sie hätten ihm Ihr Jawort gegeben. Ich traute meinen Ohren nicht.«
»Ich war wirklich sehr grausam. Aber ich wollte meine Rache ... hauptsächlich für mich, aber auch für Olivia.«
»Na, er hat seine verdiente Strafe gekriegt.« Sie sah mich traurig an. »Und es gibt keinen anderen?«
Ich zögerte, und sie beharrte nicht auf ihrer Frage.
»Ich nehme an, hier begegnet man immer denselben Leuten.«
»Das kann man wohl sagen.«
»Sie müssen zu Besuch nach London kommen. Bringen Sie Livia mit. Sie muß die Großstadt kennenlernen.«
Ich merkte, was in ihrem Kopf vorging. Sie wollte versuchen, einen passenden Ehemann für mich zu finden. Da lachte ich sie aus und bemühte mich um einen leichtfertigen Ton.
»Warum«, fragte ich, »möchten Jungverheiratete alle Menschen in denselben Zustand bringen?«
»Eine gute Ehe ist die beste Art zu leben.«
»Du hast selbst lange gezögert.«
»Ich hab' gewartet, bis ich absolut sicher war. So sollte es jede kluge Frau halten.«
»Aber wie kann man absolut sicher sein?«
»Indem man sich darüber klar wird, daß man dies und jenes will,

und wenn man sich klar ist, muß man es sich noch mal klarmachen. Sie werden sehen, das funktioniert.«
»Nicht alle sind so weitsichtig wie du, Rosie.«
»Ich muß zugeben, daß ich einige Erfahrung mit Männern hatte ... und auch mit Frauen.«
»Doch wenn man sich umsieht, trifft man öfter auf Fehlschläge als auf Erfolge?«
»Nur von den Fehlschlägen hören wir. Von den Erfolgen wird nicht gesprochen.«
»Ich denke an Robert Tressidor«, überlegte ich. »Was war das für eine Ehe? Ich denke an meine Mutter und Captain Carmichael ... an Olivia und Jeremy ...« Ich zögerte, Rosie wartete. Aber von Gwennie und Paul konnte ich nicht sprechen.
Sie beobachtete mich mit ernstem Blick, aber sie schwieg.
Nach einer Weile sagte sie: »Solange ich hier bin, müssen wir uns häufig sehen.«

Rosie und ich trafen uns oft. Alles um sie herum interessierte sie. Außerdem sorgte sie in der Umgebung für erhebliche Aufregung und war rasch als Mr. Jagos Lady bekannt. Ihre Kleidung und ihre allgemeine Erscheinung waren überwältigend. Ihre nahezu klassische Schönheit ließ sie wie eine Göttin wirken, die aus olympischen Höhen in unsere Ortschaft hinabgestiegen war.
Sie war keineswegs eine erfahrene Reiterin, und doch sah sie aus wie Diana zu Pferde in ihrem hübschen Reitkostüm in Silbergrau, dem Zylinder in der gleichen Farbe und dem mit fliederfarbenen Sternen gesprenkelten grauseidenen Halstuch. Jago war sehr stolz auf sie. Ich nahm nicht einen Augenblick an, daß er sich zu einem treuen Ehemann bekehren ließ, aber Rosie würde schon damit fertig werden. Sie kannte die Launen der Männer, und der Grund für ihren Erfolg war, daß sie zu Kompromissen bereit war. Sie nahm, was das Leben bot, und formte es nach ihren eigenen Bedürfnissen. Von Rosie konnte man eine

Menge lernen. Sie zeigte ein ungeheures Interesse an den Menschen, und waren sie noch so bescheiden. Ihre besondere Vorliebe galt Jamie mit seinen Bienen, und wir verbrachten eine anregende Stunde im Pförtnerhaus.

»Ich nehme an«, sagte ich, »daß die Bienen diese Heirat billigen.«

Rosie war sehr scharfsichtig und hatte die Situation in Landower Hall rasch erfaßt. Sie brauchte nicht lange, um zu erkennen, daß ich darin verwickelt war.

Sie sprach sehr ernst darüber. »Gwennie ist nicht übel. Sie ist bloß beschränkt. Sie kann nicht vergessen, daß sie für etwas bezahlt hat, und verlangt den vollen Gegenwert. Dabei kann sie nicht verstehen, daß sie nicht haben kann, was sie will, bloß weil sie dafür bezahlt. Das kann man ihr nicht erklären. Sie hört nicht zu. Die Gwennies auf dieser Welt wissen eben alles besser. Das ist ihr Fehler. Sie hört auf keinen Rat. Sie würde sich nie von ihrem Kurs abbringen lassen. Die Spannung in dem Haus könnte man mit einem Messer durchschneiden. Das geht nicht gut. Schätze, der Bruch läßt nicht mehr lange auf sich warten.«

»Du meinst ... mit Paul?«

»Er haßt sie. Auch wenn sie gerade mal nicht angibt wegen dem Kauf des Hauses und so. Er kann ihren Anblick nicht ertragen. Jede Kleinigkeit, die sie tut, ärgert ihn ... Dinge, die ihm bei anderen Menschen gar nicht auffallen würden. Mir gefällt das nicht, Caroline.«

»Was meint Jago dazu?«

»Jago sagt, es war immer so. Aber ich fühle, daß es sich steigert ... vielleicht, weil es für mich neu ist. Ich weiß natürlich über die Situation Bescheid. Jago hat es mir erzählt. Aber ich wußte nicht, daß es schon so weit gekommen war.«

Sie sah mich eindringlich an: »Ist es Ihretwegen?«

Ich bemühte mich, ein erstauntes Gesicht zu machen, aber Rosie fuhr fort: »Er liebt Sie, und Sie lieben ihn. Was wollen Sie tun?«

Es hatte keinen Sinn, vor Rosie etwas geheimzuhalten. »Nichts«, seufzte ich. »Was könnten wir schon tun?«
»Es ist schwierig ... Sie haben dieses Haus. Er hat sein Haus. Die Kinder ... Die Verantwortung für die Pächter.«
»Du siehst, es ist unmöglich.«
»Wollt ihr so weitermachen ... bis der Sturm losbricht?«
»Was würdest du tun, Rosie?«
Sie zögerte einen Augenblick und sagte dann: »Ich bin ich, und Sie sind Sie. Sie könnten sich heimlich treffen, aber wie würde das enden? Früher oder später würden Sie entdeckt. Das würde alles nur noch schlimmer machen. Sie sitzen in der Falle, Sie zwei. Wenn dies alles nicht wäre ...« Sie machte eine Handbewegung. »Ich würde sagen, gehen Sie fort. Versuchen Sie ein neues Leben anzufangen.«
»Und das Gut?«
»Gehen Sie für eine Weile weg. Und sei es nur für einen Monat. Kommen Sie nach London. Sie können bei uns wohnen. Ihr Verwalter kann sich doch um alles kümmern, oder? Ja, das ist die Lösung. Gehen Sie fort. Kommen Sie mit Ihren Gedanken ins reine. Sie können mitten im Geschehen nicht klar sehen. Das ist mein Rat. Gehen Sie fort. Denken Sie an sich selbst. Denken Sie an die Zukunft. Sehen Sie, was Sie tun können. Im Augenblick sitzen Sie auf einem Pulverfaß. Da könnte alles mögliche passieren.«
»Meinst du, es ist wirklich so gefährlich?«
»Ich habe schon allerlei vertrackte Situationen durchgemacht. Ich hab' einen Riecher für solche Sachen.«
»Es tut so gut, mit dir zu reden, Rosie.«
»Ich steh Ihnen zu Diensten. Noch 'ne gute Seite meiner Heirat ... sie hat uns näher zusammengeführt.« Sie schwieg einen Moment, dann fuhr sie fort: »In so einem Nest leben die Leute eng zusammen. Jeder weiß offenbar eine Menge über den anderen, und bei einer Frau wie Gwennie ... Ihre Neugier ist unersättlich. Ich nehme an, ihr Leben ist unbefriedigend, des-

halb muß sie im Leben anderer herumstochern, um dort die Fehler zu finden.«

»Unbefriedigend! Sie glaubt, sie hat sich ein wunderschönes Leben gekauft.«

»Und einen Mann, der ihren Anblick nicht ertragen kann. Das weiß sie, und sie wirft es ihm vor.«

»Die Menschen machen immer andere für ihr eigenes Versagen verantwortlich.«

»Ich hab' sie ziemlich gut kennengelernt. Sie hat ein leidenschaftliches Interesse an den Menschen um sie herum. Es ist ein ungesundes Interesse, weil es ihr auf Skandale und Schattenseiten ankommt. Sie hat mir mit äußerstem Genuß von Ihrer Verlobung mit Jeremy und von der Auflösung erzählt. Sie ist absolut besessen von dem Mann mit den Bienen. Sie weiß, daß ein Dienstmädchen genau acht Monate nach der Hochzeit ein Baby bekam und daß es keine Frühgeburt war. Diese Einzelheiten sind es, in die sie sich vertieft. Ich glaube, als Ausgleich für ihre eigenen Mängel jubelt sie über die Schwächen anderer.«

»Du verstehst sie. Ich glaube, sie mag dich. Ich hab' von einem Hausmädchen gehört, daß sie von Mr. Jagos Lady begeistert sei.«

»Ich bin viel mit ihr zusammen. Da ich im Haus wohne, läßt es sich nicht vermeiden.«

»Vertraut sie sich dir an?«

»Nicht in eigener Sache. Sie redet nur über andere ... was sie entdeckt hat, was sie zu entdecken hofft. Sie ist nicht übel. Sie ist bloß blind und will nicht sehen. Ich werde auch sie nach London einladen. Aber vor allem möchten wir, daß Sie zu uns kommen. Überlegen Sie sich's. Ich bin überzeugt, das ist genau, was Sie brauchen.«

»Es ist herrlich, daß du hier bist, Rosie. Ich werde dich sehr vermissen, wenn du abreist.«

Ich sollte recht behalten. Ich war sehr einsam, als Rosie und Jago fort waren.

Das Geheimnis der alten Mine

Als Rosie fort war, breitete sich eine große Leere in mir aus. Doch dann traf ich eines Tages Paul auf dem Feldweg, der nach Tressidor führte. Ich wollte gerade ein Gehöft aufsuchen. Mir fiel auf, daß er verändert war.

»Ist etwas geschehen?« fragte ich.

»Sie ist fort.«

»Deine Frau?«

Er nickte, und ein Lächeln erschien in seinem Gesicht. »Du kannst es dir nicht vorstellen ... diese Erleichterung.«

»Doch. Wo ist sie hin? Für wie lange?«

»Sie ist nach Yorkshire gefahren. Sie besucht eine Tante.«

»Ich wußte gar nicht, daß sie eine Tante hat.«

»Doch, ja. Sie haben sich offensichtlich geschrieben ... gelegentlich. Sie hat es sich plötzlich in den Kopf gesetzt, sie zu besuchen.«

»Für wie lange?«

Er zuckte mit den Schultern. »Wer weiß? Kein kurzer Besuch ... hoffentlich.«

»Sie hat sich wohl ganz plötzlich entschlossen?«

»Ja. Nachdem Jago und Rosie fort waren. Sie hat nicht viel Zeit verloren, als sie sich einmal dazu entschlossen hatte. Ich habe sie persönlich zum Bahnhof gefahren. Sie mußte zuerst nach London und dort nach Yorkshire umsteigen.«

»Sie ist bis jetzt noch nie verreist.«

»Die ganzen Jahre ...«, sagte er matt. »Jetzt haben wir wenigstens eine Ruhepause. Ich wollte so oft mir dir sprechen, mit dir zusammensein.«

Ich schwieg.
Er fuhr fort: »Was werden wir tun, Caroline?«
»Dasselbe wie bisher, denke ich. Was können wir sonst tun?«
»Wir müssen uns ab und zu sehen ... allein. Wenn wir auch in einer Zwickmühle stecken und nicht vor und nicht zurück können. Sollen wir uns auf immer entsagen? Werden wir so weiterleben, in steter Enthaltsamkeit?«
»Ich habe daran gedacht, für eine Weile fortzugehen ... nach London. Rosie hat mich eingeladen.«
»O nein.«
»Ich hielt es für eine gute Idee. Ich muß fort von hier, um über alles nachzudenken.«
»Du kannst Tressidor sowenig verlassen wie ich Landower.«
»Ich habe Livia. Ihretwegen denke ich ernsthaft darüber nach, was ich tun kann. Vorher hatte ich eine gewisse Freiheit. Einmal war ich fast entschlossen ...«
»Zu was?«
»Alles zu riskieren, um bei dir zu sein.«
»Caroline!«
»O ja. Fast war ich soweit. Ich sah alles ganz deutlich ... unsere Liaison, heimliche Zusammenkünfte, ein Leben in Furcht vor Entdeckung. Ich fragte mich, was eine Entdeckung bedeuten würde. Und es gab eine Zeit, da waren mir die Folgen egal, ich hätte alles riskiert. Doch jetzt habe ich gewisse Verantwortungen ... genau wie du.«
»Wir könnten auf der Stelle fortgehen. Gott weiß, wie oft ich daran gedacht habe. Wir könnten im Ausland leben. Frankreich ... weißt du noch? Es scheint unendlich lange her. Ich hatte damals solche Angst um dich. In den paar Tagen habe ich erkannt, was du mir bedeutest. Ich habe dein Gesicht betrachtet, als du schliefst, durch die Glastür auf dem Balkon.«
»Ich habe nicht geschlafen.«
»Ich ... fast wäre ich hereingekommen. Ich habe mich oft gefragt, ob es etwas geändert hätte.«

»Ja, das habe ich mich auch gefragt.«
»Du hättest mich also hereingelassen?«
»Ich wußte nicht, daß du verheiratet warst ... daß du geheiratet hattest, um Landower zu retten. Ich dachte, du hättest ein Wunder gewirkt. Ich hielt dich für fähig, Wunder zu wirken.«
»Was für ein erbärmliches Wunder! Ein Wunder, das lebenslängliche Bitterkeit mit sich brachte.«
»So sehr haßt du sie?«
»Ich haßte sie aus allen möglichen Gründen. Ich haßte sie für hundert ärgerliche Gewohnheiten. Ich haßte sie, weil sie ist, wie sie ist, und vor allem haßte ich sie, weil sie zwischen uns stand.«
»Du sprichst, als gäbe es sie nicht mehr.«
»Nehmen wir an, daß es so wäre.«
»Sie wird bald zurück sein.«
»Noch nicht ... hoffentlich.«
»Es ist doch nur ein Besuch.«
»Hoffen wir, daß sie fortbleibt.«
»Aber wenn sie zurückkommt ...«
»Laß uns nicht an sie denken.«
»Wie das? Sie ist da, und wie du gesagt hast, sie steht zwischen uns.«
»Im Augenblick nicht. Vergiß sie. Sprechen wir von uns.«
»Es gibt nichts mehr zu sagen.«
»So geht es mit uns nicht weiter.«
»Aber wir haben doch keine andere Wahl!«
»Doch. Und vielleicht ... eines Tages ... wird alles gut.«
Er legte seine Hand auf meine. Dann führte er sie an seine Lippen.
»Caroline, wir haben die Zukunft in der Hand. Laß uns alles andere vergessen. Laß uns fortgehen ... irgendwohin, wo uns keiner kennt ...«
Ich schüttelte den Kopf und wandte mich ab.

Ich verließ ihn, aber ich mußte den ganzen Tag an ihn denken und wollte bei ihm sein, um mit ihm eine gemeinsame Zukunft zu planen.
Doch noch zögerte ich.

Ich weiß nicht, wann die Gerüchte aufkamen.
Jemand sagte, er hätte bei der Mine einen schwarzen Hund gesehen, und sogleich glaubte jemand anders einen weißen Hasen gesehen zu haben.
Das waren die Vorboten des Todes. In alten Zeiten hatte es geheißen, sie sagten ein Unglück in der Mine voraus; heute war es eine Todeswarnung ... vor einem Tod in der Mine.
Alter Klatsch lebte wieder auf: Als ein Mann seine Frau ermordet und in die Mine geschafft hatte, war den Leuten ein schwarzer Hund erschienen; als der Mann selbst in den Schacht gegangen war, hatte man den Hund abermals gesehen, und mit ihm den weißen Hasen.
Jetzt wurden die Zeichen wieder gesichtet.
In der Mine würde bald etwas geschehen.
Als ich einmal ausritt, sah ich zu meiner Überraschung etliche Leute dort. Manche saßen im Gras, andere schlenderten umher, und ein paar Reiter waren auch da.
Ich sah einen Stallknecht und grüßte ihn.
»Gehn Sie nich' zu nah an die Mine, Miss Tressidor. Der schwarze Hund soll wieder gesehen worden sein.«
»Ich denke, das war letzte Woche.«
»Und jetzt wieder, Miss Tressidor. An der Mine wird was passieren, das ist so sicher wie das Amen in der Kirche.«
»Da wird doch gewiß jeder besonders vorsichtig sein.«
»Is'n schlechtes Zeichen, wenn man den schwarzen Hund sieht.«
»Ich denke, das ist eine gute Warnung.«
»So isses nich, Miss Tressidor. Wenn der schwarze Hund einen holen kommt, hat's keinen Sinn, wegzulaufen.«

»Ich sehe lauter Leute hier. Fordern die nicht das Schicksal heraus?«
»Ach, davon versteh ich nichts, Miss Tressidor. Sie sind noch nich' lange in dieser Gegend, da kennen Sie sich nich' so aus. Hier passieren Dinge, die's woanders nich' gibt.«
»Das glaub' ich gern.«
Während ich nach Hause ritt, dachte ich an Paul und fragte mich, was er in diesem Augenblick wohl machte.
Manchmal war ich drauf und dran gewesen, zu ihm zu gehen, aber etwas hielt mich zurück. Dann spielte ich, um mich abzulenken, mit Livia. Wäre sie nicht gewesen, hätte ich möglicherweise alles aufgegeben, und ich glaubte, ihm war ähnlich zumute. Seit seiner Heirat bedeutete ihm Landower nicht mehr dasselbe wie vorher. Es war zu teuer erkauft.
Und dann wurde ich von schrecklicher Furcht ergriffen.
Ich kam in mein Zimmer und fand dort Bessie, meine Zofe, beim Staubwischen vor. Sie entschuldigte sich, es habe heute vormittag so viel zu tun gegeben, daß sie mit ihrer Arbeit in Verzug sei.
»Schon gut, Bessie. Mach ruhig weiter.«
»Was ich fragen wollte, Miss Tressidor«, sagte sie, »haben Sie was von Mrs. Landower gehört?«
»Wieso gehört? Sie ist fort. In Yorkshire. Sie besucht ihre Tante.«
»Hm, manche sagen ...«
»Was?«
»Na ja, manche fragen, ob sie wirklich nach Yorkshire ist. Sie is'n bißchen plötzlich weg.«
Ich hätte das Gespräch gern beendet, aber ich wollte wissen, was hinter Bessies Worten steckte.
»Sie hat sich eben ganz plötzlich entschlossen, nehme ich an«, entgegnete ich. »Sie stammt ja aus Yorkshire.«
»Jenny, ihre Zofe, die hat gesagt, sie kennt ihre Herrin genau, und sie hat nichts davon gesagt, daß sie nach Yorkshire will.«

»Mrs. Landower darf doch wohl einen plötzlichen Entschluß fassen.«
»Jenny sagt, es ist komisch ... daß sie nichts gesagt hat ... und außerdem hat sie ihren Kamm dagelassen.«
»Ihren Kamm? Wovon, um alles in der Welt sprichst du, Bessie?«
»Jenny sagt, sie hat diesen Kamm immer benutzt, wenn sie sich feinmachte. Für ihr Haar. Sie wissen doch, wie ihre Haare sind. Widerspenstig, wenn sie nicht zusammengehalten werden. Der Kamm wurde am Hinterkopf festgesteckt. Man hat sie selten ohne ihn gesehen.«
»Jenny scheint offensichtlich etwas zu wissen. Was ist es?«
Bessie machte ein verlegenes Gesicht. »Ach, ich möchte lieber nicht zuviel sagen, Miss Tressidor.«
»Aber du wolltest mir doch den Klatsch erzählen. Du weißt, ich bin aufrichtig und erwarte das auch von anderen. Also sag mir, worauf spielt Jenny an?«
»Ach, ich weiß nicht recht. Sie meint, Mrs. Landower ist vielleicht gar nicht in Yorkshire.«
»So, und wohin, meint die allwissende Jenny, ist sie gefahren?«
»Das ist es ja, was ihr Sorgen macht. Sie ist weg ... und hat ihren Kamm dagelassen.«
»Ich kann mir nicht vorstellen, daß ein Kamm in Mrs. Landowers Leben so eine große Rolle spielt.«
»Na ja, so wie die Dinge liegen ... bei den Landowers, meine ich, da dachte Jenny eben, es ist schon komisch.«
»Ich nehme an, Jenny hat nicht genug zu tun, seit ihre Herrin fort ist.«
»Sie hat 'nen Brief geschrieben. Jenny kann gut schreiben. Ich glaub', sie gibt gern 'n bißchen an damit.«
»So, sie hat geschrieben, sagst du. An wen?«
»An Mrs. Landowers Tante. Sie kannte die Adresse, weil Mrs. Landower sie in einem Büchlein hatte, und Mrs. Landower hat viel mit Jenny geredet. Sie erzählt ihr allerlei. Jenny sagt, sie

haben immer miteinander gesprochen, wie Freundinnen. Nicht wie Herrin und Zofe, wenn Sie verstehen, was ich meine.«
»Ja, ich verstehe.«
»Mrs. Landower wollte immer alles über alle wissen, und Jenny hat ihr erzählt, was sie wußte. Na, und dann hat Jenny diesen Brief an die Tante geschrieben und einen Brief für Mrs. Landower reingelegt ... Mrs. Landower bei Miss Arkwright. Jenny kennt sich mit so was aus. Jenny meint, sie vermißt vielleicht den Kamm und möchte, daß Jenny ihn ihr nachschickt. Das heißt, falls sie dort ist ...«
»Falls sie dort ist?«
»Jenny meint, es ist komisch ... und dann dieser schwarze Hund.«
Allmählich wurde mir diese Unterhaltung unerträglich.
»Das genügt, Bessie.«
Sie ging hinaus, und ich blieb mit einer entsetzlichen Angst im Herzen zurück.

Schwester Loman hatte Livia zu Julian nach Landower Hall gebracht. Seit dem Gespräch mit Bessie wurde ich ein stetig wachsendes Unbehagen nicht mehr los.
Klatsch! dachte ich. Es ist töricht, zuviel darüber nachzudenken. Aber ich konnte mir das Moor nicht aus dem Kopf schlagen, wo die Menschen umherwanderten und flüsterten, aufmerksam die Mine beobachtend, als erwarteten sie, jeden Moment schwarze Hunde und weiße Hasen zu sehen.
Wenn Livia zurückkehrte, wollte ich sie zu Bett bringen. Diese Tätigkeit wirkte stets beruhigend auf mich. Ich würde sie beobachten, wenn sie hingerissen den Abenteuern von Aschenputtel und Rotkäppchen lauschte, und wenn ich gelegentlich vom Text abwich, berichtigte sie mich sofort, denn sie kannte ihn auswendig.
Ich hörte sie zurückkommen und ging ins Kinderzimmer.
Schwester Loman machte ein verstörtes Gesicht.

»Stimmt etwas nicht?« fragte ich sie.

Sie warf einen Blick auf Livia, und ich nickte. Sie wollte es nicht in Gegenwart des Kindes sagen.

An diesem Abend dauerte es lange, bis Aschenputtel sein glückliches Ende fand, doch sobald ich Livia gute Nacht gesagt hatte, begab ich mich zu Schwester Loman.

»Was ist?« fragte ich.

»Also, das ist schon merkwürdig, Miss Tressidor. Sie kennen doch Jenny, die Zofe von Mrs. Landower …«

»Ja, sicher.«

»Na ja, sie fand es wohl komisch, daß Mrs. Landower nach Yorkshire ist, ohne es ihr zu sagen, und sie hat irgendeinen Kamm nicht mitgenommen, den sie meistens trug.«

»Ja. Ich habe davon gehört.«

»Nun, Jenny hat an Mrs. Landowers Tante geschrieben, weil Mr. Landower gesagt hatte, sie ginge zu ihr. Der Brief, den sie für Mrs. Landower beigelegt hat, ist zurückgekommen, und die Tante schrieb dazu, Mrs. Landower ist nicht bei ihr, und sie hat seit Weihnachten nichts von ihr gehört.«

»Oh! Was kann das bedeuten?«

»Nun, es bedeutet, wo ist Mrs. Landower?«

»Sie muß doch in Yorkshire sein.«

Schwester Loman wandte sich kopfschüttelnd ab.

Ich konnte ihre Gedanken nicht lesen, aber ich konnte mir vorstellen, welche Richtung sie nahmen. Unser Leben war für die Leute wie ein aufgeschlagenes Buch. Wieviel mochten sie von unseren geheimsten Gedanken wissen? Und was sie nicht wußten, ersetzten sie durch Vermutungen.

Der Ausdruck in Schwester Lomans Augen, als sie mich ansah … war da nicht ein leises Mißtrauen? Wollte sie fragen: Und welche Rolle spielen Sie bei alledem?

Ich hatte große Hochachtung vor Schwester Loman. Sie war eine gute, gewissenhafte Kinderfrau, die ihre Pflicht ernst nahm, und aufgrund ihrer Tugend war es unwahrscheinlich, daß sie jemals versucht sein würde, von ihren Prinzipien abzuweichen. Vielleicht machte sie das besonders kritisch.

Bestimmt wußten alle, wie es zwischen Paul und Gwennie stand. Was wußten sie von Pauls Gefühlen für mich und von meinen für ihn? Es war kaum wahrscheinlich, daß es uns gelungen war, sie vor den ewig wachsamen Augen zu verbergen.

Die Leute würden folgern: Mrs. Landower war im Weg. Und jetzt ist Mrs. Landower verschwunden.

Ich mußte zu Paul.

Der Argwohn war wie ein Wurm, der in mir nagte. Er ließ mir keine Ruhe.

Ständig sah ich Pauls Gesicht vor mir. »Es muß etwas geschehen.«

Was hatte er gesagt? »Ich haßte sie ...« Und ich hatte erwidert: »Du sprichst, als gäbe es sie nicht mehr.«

Ja, das hatten wir gesagt. Warum hatte er in der Vergangenheitsform von Gwennie gesprochen?

Es war vermutlich töricht, aber ich konnte nicht dagegen an. Ich ging nach Landower Hall hinüber.

Leider konnte ich ihn wegen der zahlreichen Dienstboten nicht aufsuchen, ohne daß es bekannt wurde.

Ein Mädchen öffnete die Tür.

Ich sagte: »Guten Abend. Mrs. Landower ist wohl noch nicht zurück?«

»Nein, Miss Tressidor.«

»Keine Nachricht, wann sie kommt?«

»Nein, Miss Tressidor.«

»Dann könnte ich vielleicht Mr. Landower sprechen.«

»Ich werde dem Herrn melden, daß Sie da sind, Miss Tressidor.«

Feixte sie? Was dachten sie, diese Armee von Detektiven, die jede unserer Bewegungen verzeichneten, die neben ihrem eigenen Leben in unserem mitlebten?

Er kam rasch zu mir.

»Caroline!«

Er ergriff meine Hände.
»Ich hätte nicht kommen sollen.«
»Du kannst immer zu mir kommen.«
»Paul, ich muß mit dir reden. Ich habe die Neuigkeiten gehört.«
»Du meinst wegen Gwennie.«
»Sie ist nicht in Yorkshire. Sag, wo ist sie, Paul?«
Er zuckte die Achseln. »Vielleicht ist sie einfach verschwunden ... irgendwohin.«
»Aber warum? So etwas hat sie doch noch nie getan.«
»Ich weiß nicht. Sie hat mich nie ins Vertrauen gezogen.«
»Was ist denn nur geschehen? Wann ist sie weggegangen?«
»Am frühen Morgen. Sie hat den Zug um sieben Uhr dreißig nach London genommen.«
»Warum so früh?«
»Weil sie ohne Aufenthalt nach Yorkshire wollte und zuerst nach London mußte.«
»Wer hat sie zum Bahnhof gebracht?«
»Ich.«
»Du? Warum?«
»Weil es so früh war ... und weil ich froh war, sie abreisen zu sehen. Ich habe sie im Wagen hingebracht.«
»Auf dem Bahnsteig müssen doch Leute gewesen sein. Sie muß eine Fahrkarte gekauft haben.«
»Nein. Wir waren ziemlich spät dran. Der Zug war schon da. Sie ging nicht durch den Haupteingang. Sie nahm die Abkürzung über den Hof und wollte die Fahrkarte im Zug kaufen, um Zeit zu sparen.«
»Dann hat sie also niemand einsteigen sehen.«
»Das weiß ich nicht. Ich weiß nur, daß sie abgefahren ist ...«
»Aber sie ist nicht in Yorkshire angekommen, Paul. Was ist nur passiert?«
»Sie muß es sich anders überlegt haben und woanders hingefahren sein.«
»Aber wohin?«

»Warum stellst du mir diese Fragen?«
»Schau, es heißt, sie ist nicht nach Yorkshire gefahren. Die Zofe hat einen Brief von der Tante. Bei ihr ist sie nicht. Sie hat ihr auch nicht geschrieben, daß sie käme. Und jetzt das ganze Geschwätz wegen der Mine, du kennst das ja. Die Leute beobachten uns immerzu. Siehst du nicht, worauf sie hinauswollen? Sie wissen, wie es zwischen dir und deiner Frau stand. Vielleicht wissen sie auch über uns Bescheid. Denen entgeht kaum etwas, und was sie nicht sehen, das malen sie sich aus. Paul, weißt du, wo sie ist?«
»Worauf willst du hinaus, Caroline? Daß ich ...«
»Sag mir einfach die Wahrheit. Ich werde alles verstehen ... aber ich muß es wissen.«
»Glaubst du, ich weiß, wo sie ist?«
»Ach, Paul, sag's mir doch!«
»Ich weiß es nicht. Ich habe sie zum Zug nach London gebracht. Mehr kann ich dazu nicht sagen.«
»Paul ... du würdest es mir doch erzählen ... Laß uns keine Geheimnisse voreinander haben.«
»Mehr als alles andere«, sagte er leidenschaftlich, »wünsche ich, daß wir zusammensein können. Hier, wohin wir gehören ... du und ich ... unser Leben lang. Sie verhindert es. Aber ich schwöre dir, Caroline, bei meiner Liebe zu dir, daß ich nicht weiß, wo sie ist. Ich habe sie zum Zug gebracht. Mehr weiß ich nicht. Glaubst du mir?«
»Ja«, erwiderte ich. »Ich glaube dir. Aber ich habe Angst, Paul, schreckliche Angst.«

Gwennies Verschwinden war allerorten das Hauptgesprächsthema. Die Mine spielte eine immer größere Rolle, und die Gerüchte vermehrten sich. Über der Mine hatte man Lichter gesehen. Ein schwarzer Hund war angeblich herumgestreunt, aber nur ganz bestimmten Leuten erschienen.
Ich lebte in einem Zustand verzweifelter Ungewißheit. Ich glaub-

te Paul und nahm nicht an, daß er mich belog ... es sei denn, er meinte es tun zu müssen, um Gefahr von mir abzuwenden.

Ich konnte mir nicht vorstellen, daß er je gewalttätig würde. Aber irgendwann ist jeder mit seinen Kräften am Ende. Und die Spannung in Landower Hall hatte sich im Laufe der Jahre immer mehr gesteigert. Ich besuchte Jamie.

»Aufregung liegt in der Luft«, sagte er. »Die Bienen merken das. Sie sind unruhig. Das macht das Gerede über die Lady von Landower.«

»Die Leute sprechen mit Ihnen darüber, nicht wahr, Jamie?«

»Sie können über nichts anderes mehr reden. Sie ist irgendwohin verschwunden. War sehr emsig, die Frau, hat sich immer in Sachen gemischt, die sie nichts angingen. Sie kommt zurück, ganz bestimmt.«

»Davon bin ich überzeugt, aber ich wünschte, sie käme bald. Das ganze Geschwätz gefällt mir nicht. Die Leute reden von der Mine und sehen angeblich schwarze Hunde und weiße Hasen.«

»Ja ja, die Mine«, sinnierte Jamie. »Da ist was dran. Löwenherz zieht es wie magisch dorthin. Und wenn ich ihn noch so warne, er will immer schnüffeln.«

»Immer sind jetzt Leute dort. Sie scheinen zu erwarten, daß etwas passiert.«

»Wenn man etwas erwartet, tritt es höchstwahrscheinlich ein.«

Ich wollte lieber von etwas anderem sprechen. »Was machen die Lahmen und die Kranken?« erkundigte ich mich.

»Im Moment hab' ich ein kleines Kaninchen da. Hab's auf der Straße gefunden. Hat ein Bein gebrochen. Ist wohl überfahren worden.«

»Jamie, es ist so friedlich hier ... besonders jetzt. Es tut gut, hierherkommen zu können.«

»Kommen Sie nur immer vorbei, wenn Sie Lust haben, Miss Tressidor.«

Ja, ich war ein bißchen getröstet, doch als ich nach Tressidor

kam, flüsterten bereits sämtliche Dienstboten über die neue Wendung der Ereignisse.
Angesichts der vielen Gerüchte um die Mine hatte die Ortspolizei dem Hauptquartier in Plymouth Bericht erstattet, und man hatte beschlossen, eine Untersuchung der Mine vorzunehmen.

Ich werde diesen heißen, schwülen Tag nie vergessen.
Das Unternehmen begann am Morgen. Es wurde davon geredet, daß man Seile und Leitern ins Moor geschafft hatte und daß unzählige Männer sich auf den Abstieg in den Minenschacht vorbereiteten.
Niemand sprach es offen aus, daß man Gwennies Leiche zu finden erwartete, aber alle dachten es. Man hatte sich darauf versteift, daß ihr Mann sie ermordet und die Geschichte verbreitet hatte, sie sei nach Yorkshire gefahren. Er habe sie satt gehabt und sie sowieso nie gemocht, er habe sie wegen des Geldes geheiratet, um Landower für die Landowers zu retten, und nun sei er in Miss Tressidor verliebt.
Es war eine dramatische Geschichte, die dem Hang der Leute zu Intrigen entsprach und bewies, daß diejenigen, die sich aufgrund ihrer Geburt und ihres Wohlstands über das gewöhnliche Volk erhoben, dieselben Fehler hatten wie alle anderen Menschen.
Mich hielt es nicht im Haus. Mit niemandem konnte ich sprechen. Ich wollte nur noch hinaus und allein sein.
Doch zu gleicher Zeit wollte ich sofort wissen, ob man etwas gefunden hatte, wollte bei Paul sein, wollte ihm sagen, daß ich ihn verstand, was immer er getan habe.
Ich ritt hinaus. Er wartete auf dem Feldweg auf mich.
»Ich mußte zu dir«, sagte er.
»Ja«, erwiderte ich. »Ich bin froh. Ich wollte auch in deiner Nähe sein.«
»Gehen wir hier weg ... irgendwohin, wo wir reden können. Wo es still ist ... wo keine Leute sind.«

»Heute sind fast alle im Moor.«
Wir kamen in den Wald und banden unsere Pferde fest. Wir wanderten zwischen den Bäumen. Paul legte seinen Arm um mich und drückte mich an sich.
»Paul, egal, was ...«
»Was ich getan habe«, endete er.
»Du hast mir gesagt, daß du ihr nichts getan hast, und ich glaube dir. Aber was, wenn ...«
»Wenn man sie in der Mine findet ...«
»Wie könnte sie dorthin gekommen sein?«
»Wer weiß? ... Vielleicht ist sie überfallen und beraubt worden? Du weißt, wie sie sich immer mit Schmuck behängt hat. Was, wenn jemand sie ermordet und ihre Leiche in die Mine geworfen hat?«
»Aber sie war doch im Zug.«
»Ich weiß nicht. Es geschehen seltsame Dinge. Man würde mich beschuldigen, Caroline.«
»Ja.«
»Und du?«
»Ich glaube an dich. Ich würde dir helfen, deine Unschuld zu beweisen.«
»Ach, Caroline ...«
»Bald werden wir Klarheit haben. Wie lange werden sie brauchen?«
»Nicht lange, denke ich. Bald wissen wir Bescheid.«
»Was immer geschieht, ich liebe dich.«
Wir wanderten durch den Wald. Die Blätter waren vom Sonnenlicht gesprenkelt, und der Geruch nach feuchter Erde lag in der Luft. Hin und wieder huschte ein erschrecktes Tier durchs Unterholz. Ich hätte ewig dort bleiben mögen.
Merkwürdig, ausgerechnet in der Zeit, da Furcht und Spannung fast unerträglich wurden, erkannte ich, wie sehr ich ihn liebte und daß nichts, was er getan hatte oder tun würde, etwas daran zu ändern vermochte.

Ich wußte nicht, wie lange wir im Wald waren, aber es war uns klar, daß wir uns trennen mußten.
Ich sagte: »Ich reite zum Moor.«
»Das solltest du lieber nicht tun.«
»Ich muß.«
»Ich kehre nach Landower zurück.«
»Vergiß nicht«, redete ich ihm zu, »was auch geschieht, ich liebe dich. Ich halte zu dir ... wenn es sein muß, gegen die ganze Welt.«
»Wenn dies alles geschehen mußte, damit du mir das sagst, dann kann ich nichts bedauern.«
Er hielt mich lange in seinen Armen. Dann stiegen wir auf. Er kehrte nach Landower zurück, und ich ritt ins Moor.

Eine Menge Menschen war dort versammelt. Ich sah die Männer an der Mine. Sie schienen mit ihrer Aufgabe fertig zu sein. Ich blickte mich um. Ein Stallknecht stand in der Nähe.
»Ist es vorbei, Jim?« fragte ich ihn.
»Ja, Miss Tressidor. Sie haben nichts gefunden, bloß ein paar Tiere ... Knochen und dergleichen.«
Ein ungeheures Gefühl der Erleichterung überkam mich. »Sieht aus wie Zeitverschwendung«, meinte Jim.
Die Leute standen immer noch herum. Aber ich wollte nach Landower reiten. Ich mußte zu Paul.
Ich wendete mein Pferd und ritt, so schnell ich konnte, davon.
Es war mir einerlei, was die Dienstboten dachten. Sollten sie doch reden! Gwennies Leichnam war nicht in der Mine. Jetzt mußten sie glauben, daß sie in den Zug nach London gestiegen war.
Ich klopfte an die Tür. Ein Hausmädchen öffnete. Ich erstarrte. Jemand kam die Treppe herunter. Es war Gwennie.
»Tag, Caroline. So ein Witz. Hier bin ich. Wie ich höre, habt ihr euch gewundert, wo ich stecke?«
»Gwennie!« rief ich.

»Höchstpersönlich«, sagte sie.
»Aber ...«
»Ich weiß. Jenny hat mir alles berichtet. Man hat die Mine nach meiner Leiche abgesucht. So ein Witz!«
»Es war gar nicht lustig.«
»Nein. Wie ich höre, hat man meinen inniggeliebten Mann verdächtigt. Nun, das wird ihm eine Lehre sein. Vielleicht behandelt er mich jetzt besser.«
Paul kam in die Halle. »Sie ist zurück«, sagte er.
»Vielleicht sollten wir denen bei der Mine Bescheid sagen«, meinte Gwennie.
»Sie sind schon fertig mit ihrer Arbeit«, sagte ich.
»Ach, waren Sie dort? Wollten Sie meine grausigen Überreste sehen?«
»Bestimmt nicht«, sagte Paul. »Sie wußte, daß du nicht dort warst. Ich hatte bereits erklärt, daß du mit dem Zug gefahren warst.«
»Armer Paul. Es muß furchtbar gewesen sein für dich ... dieser Verdacht. Ich kann es gar nicht erwarten, mich zu zeigen. Es wäre zu schön gewesen, bei der Mine zu erscheinen. Vielleicht hätten die gedacht, ich bin mein Geist.«
»Alles war in heller Aufregung, als Jenny von Ihrer Tante erfuhr, daß Sie nicht in Yorkshire waren.«
»Ach ja ... ich habe mir's im letzten Moment anders überlegt«, erzählte Gwennie heiter. »Ich hab' eine Bekannte in Schottland besucht.«
»Bedauerlich, daß Sie nichts davon gesagt haben. Es hätte allen eine Menge Ärger erspart.«
»Ich muß schon sagen, es ist sehr tröstlich zu wissen, daß die Leute hier so um mein Wohl besorgt sind. Ich dachte, sie hätten mich immer nur als Außenseiterin betrachtet.«
»Sie lieben dramatische Ereignisse, und Sie haben ihnen Gelegenheit gegeben, sich ein Drama auszumalen«, erklärte ich ihr. »Dafür liebt man Sie.«

»Das finde ich spaßig. Ich reite jetzt aus, um mich sehen zu lassen.«
»Dann wünsche ich Ihnen, daß Sie Ihren Spaß genießen. Auf Wiedersehen.«
Ich ritt nach Hause. Ich war zwar erleichtert, aber alles andere als glücklich.

Die Neuigkeit verbreitete sich wie ein Lauffeuer: Gwennie war wieder da. Das Ganze war ein Sturm im Wasserglas gewesen. Ich nahm an, daß es etliche verlegene Gesichter gab. Diejenigen, die schwarze Hunde und weiße Hasen gesehen hatten, waren ganz kleinlaut. Wieso erschienen diese Vorboten des Bösen, um lediglich den Tod eines verirrten Schafes und einiger anderer Tiere zu verkünden? Und selbst die hatten schon lange Zeit da unten gelegen.
Gwennie amüsierte sich köstlich. Sie sprach fast von nichts anderem. Jenny war verlegen. Sie gestand einigen Hausmädchen, die es wiederum unserem Personal erzählten, so daß es mir zu Ohren kam, daß Mrs. Landower den Kamm nicht immer trug und daß sie, Jenny, ihn nur erwähnt hatte, um herauszufinden, ob Mrs. Landower wirklich in Yorkshire sei.
Gwennie besuchte mich. Sie wollte mit mir reden. Ob wir irgendwo allein sein könnten?
Ich führte sie in den Wintergarten, und da Nachmittag war, ließ ich Tee servieren.
Sie sah verändert aus, ihr Blick hatte etwas Hinterlistiges.
Sie sprach zunächst von dem Aufheben wegen ihres vermeintlichen Verschwindens.
»Warum soll ich nicht hingehen, wohin es mir paßt? Ehrlich gesagt, ich hatte gar nicht vor, nach Yorkshire zu fahren. Ich habe es bloß gesagt, weil es das erste war, was mir einfiel ... meine Tante Grace lebt dort. Ich hätte nie gedacht, daß die dämliche Jenny so viel Wirbel machen würde ... bloß wegen eines Kammes.«

»Ich glaube, der Kamm war nur ein Vorwand.«
»Aber wieso hat sie angenommen, mir sei etwas zugestoßen?«
Sie lachte. »Wohl wegen all der Intrigen, die hier im Gange sind. Und Jenny steht dabei gern im Mittelpunkt, und daher kam der ganze Aufruhr wegen meines Kammes.«
Sie nahm ihn aus ihrem Haar und betrachtete ihn. Es war ein kleiner Kamm aus Schildpatt im spanischen Stil, mit kleinen Brillanten besetzt.
»Stimmt schon, ich trage ihn ziemlich häufig, aber wieso sie annimmt, ich würde niemals ohne ihn verreisen, ist mir unbegreiflich.«
Sie steckte ihn wieder ins Haar.
»Dann hatten Sie also von vornherein andere Pläne?« fragte ich.
Sie nickte. »Ich ertrage es nicht, im dunkeln zu tappen.«
»Das weiß ich.«
»Ich muß Klarheit haben. Es macht mich krank, wenn ich etwas nicht weiß. Ich muß einfach dahinterkommen.«
»Das habe ich gemerkt.«
»Ja, ich muß alles wissen, was vorgeht. Meine Ma nannte mich Fräulein Naseweis, und Pa hat mich immer ausgelacht. ›Hat keinen Sinn zu versuchen, Gwennie etwas zu verheimlichen‹, pflegte er zu sagen. Ich weiß, daß Sie und Jago meinen Unfall verursacht haben.«
»Ach.«
»Machen Sie nicht so ein verdutztes Gesicht. Ich hab' Sie gesehen. Ihre grünen Augen, und Ihre Haare waren mit einem Band hochgebunden. Eines Tages hatten Sie sich genauso frisiert, und ich sagte, sieh an, das hab ich doch schon mal gesehen. Manche Dinge im Leben gehen einem erst später auf ... Sie kennen das bestimmt. Dann entdeckte ich die Tür in der Galerie und die Treppe zum Dachboden. Ich brauchte nicht lange, um dahinterzukommen. Dann fand ich die Kleider, die Sie getragen hatten. Ich hätte zu Tode kommen können. Das war das erste Mal, daß ich was gegen Sie hatte.«

»Sobald wir es getan hatten, wurde mir klar, wie dumm wir waren. Es sollte ein Streich sein.«
»Typisch Jago. Um uns abzuschrecken, natürlich. Wenn er uns nur los wurde, ungeachtet der Folgen.«
»Wir haben nicht einen Augenblick gedacht, daß Sie stürzen würden. Wir wußten nicht, daß das Geländer morsch war.«
»Das ganze Haus war morsch, bevor Pa und ich es übernahmen.«
Ich schwieg.
»Ich konnte eine Weile nicht gehen. Ich spüre immer noch Stiche im Rücken, und dann sage ich, danke, Caroline, danke, Jago. Sie sind an allem schuld.«
»Es tut mir so leid.«
»Schon gut. Ihr wart Kinder. Ihr habt nicht nachgedacht. Ich weiß, daß es euch leid tut. Jago war immer sehr nett zu mir. Ich glaube, es war deswegen.«
»Jago hatte Sie recht gern.«
»Landowers haben Landower gern ... Ruhm und Glanz der Familie. Ich muß zugeben, das hab ich auch gern.«
»Jago kann man derlei Gefühle kaum vorhalten. Er war ohne weiteres bereit, alles aufzugeben.«
»Er wird jetzt hübsch vergoldet sein. Rosie ist sehr tüchtig.«
»Ich glaube nicht, daß es ihm um die Vergoldung ging.«
»Geld hat jeder gern. Es schmiert die Räder.«
»Wirklich?«
Sie sah mich scharf an. »Ich weiß natürlich, was mit Paul los ist.«
»Was wissen Sie?«
»Daß er hinter Ihnen her ist ... und ich glaube nicht, daß Sie ihn abweisen. Aber eins sage ich Ihnen: Ich gebe ihn niemals frei. Er hat mich geheiratet, und das hat ihm ordentlich was eingebracht. Das soll er nie vergessen.«
»Er vergißt bestimmt nicht, daß er mit Ihnen verheiratet ist.«
»Das will ich ihm auch geraten haben. Ich gebe ihn niemals frei. Merken Sie sich das.«

»Ich werde es nicht vergessen.«

»Gehen Sie zu Rosie. Das ist das Beste, was Sie tun können. Sie hat Sie gern. Sie hilft Ihnen, einen Mann zu finden, dann brauchen Sie nicht den Ehemann einer anderen.«

»Sie brauchen nicht in diesem Ton mit mir zu reden. Ich bin mir über meine Lage im klaren. Ich suche keinen Ehemann, und wenn ich zu Jago und Rosie nach London ginge, dann bestimmt nicht, um Jagd auf einen Mann zu machen.«

»Ich mag Ihre Art zu reden. Würde nennt man das wohl. Ich nehme an, das gefällt ihm. Lady des Herrenhauses und so. Aber dazu wird es nicht kommen, denn ich gebe ihn nicht frei. Er hat das Haus, und mich muß er als Dreingabe nehmen. Und dabei bleibt's.«

»Warum versuchen Sie nicht, friedlich miteinander zu leben?« fragte ich sie.

»Was? Wo er den Handel so haßt und dauernd versucht, sich herauszuwinden?«

»Wenn Sie es als Handel betrachten, können Sie niemals friedlich zusammen leben.«

»Das Leben ist so, wie es ist, Caroline. Man nimmt sich, was man will, und bezahlt dafür. Hat keinen Sinn, über den Preis zu jammern, wenn alles besiegelt ist.«

»Ich glaube nicht, daß das die richtige Einstellung zur Ehe ist.«

»Und wenn Sie so weitermachen, werden Sie wohl nie Gelegenheit haben, überhaupt eine Einstellung zur Ehe zu bekommen.«

»Schon möglich«, sagte ich. »Aber das ist ganz allein meine Sache.«

»Nun«, sagte sie, mit einemmal gutgelaunt, »ich bin nicht gekommen, um mit Ihnen zu streiten. Ich weiß, Sie können nichts dafür ... niemand kann was dafür. Es ist eben so. Aber mit meiner kleinen Forschungsreise bin ich zufrieden.«

»Wohin?«

»Nach Schottland. Ich war in Edinburgh. Ich bin bei einer Frau abgestiegen, die wir kannten, bevor wir in den Süden zogen. Ihr Vater war ein Freund meines Vaters. Seit ihrer Heirat lebt sie in Edinburgh. Ich dachte, ich besuche sie mal.«
»Was hat Sie plötzlich dazu bewogen?«
»Etwas, das Rosie gesagt hat. Rosie hält stets die Ohren offen. Sie ist ein bißchen wie ich. Deshalb verstehen wir uns auch gut. Wir haben uns über vieles unterhalten. Schätze, sie hat eine Menge Erfahrung. Sie machte eine Bemerkung, nachdem wir ihn besucht hatten.«
»Wen?«
»Jamie McGill. Ich wollte ihr etwas Honig mit nach London geben und sagte zu ihr: ›So einen wie bei diesem Mann bekommen Sie nirgends. Er ist mit den Bienen der reinste Zauberkünstler. Er unterhält sich regelrecht mit ihnen. Er ist nicht ganz richtig im Kopf.‹«
»Ich wünschte, Sie würden nicht so von ihm sprechen. Manchmal denke ich, er ist klüger als wir alle. Er hat gelernt, zufrieden zu sein, und das ist das Klügste, was ein Mensch tun kann.«
»Nun, wollen Sie es nicht hören?«
»Doch, natürlich.«
»Ich habe sie mitgenommen. Sie interessierte sich für die Bienen und für ihn, und wir blieben ein Weilchen und plauderten. Hinterher fragte sie mich nach seinem Namen, und als ich ihn ihr nannte, sagte sie: ›McGill. Ich bin sicher, es gab einmal einen Fall McGill.‹ Sie können sich denken, ich war ganz Ohr. Ich sagte zu ihr: ›Es ist immer etwas Geheimnisvolles um Jamie McGill. Er mag nicht reden und war ein bißchen verwirrt, als ich ihm ein paar einfache Fragen stellte … ganz gewöhnliche Fragen, wie man sie jedermann stellen könnte.‹ Rosie sagte: ›Ich bin nicht ganz sicher, aber da war mal ein Fall, und ich meine, der Name war McGill. Es stand nicht viel darüber in den Londoner Zeitungen, weil es in Schottland passiert ist.‹«

»Ich glaube, es muß sich um seinen Bruder handeln«, sagte ich. »Er hat seinen Bruder einmal erwähnt.«

»Ja ... das stimmt. Rosie erinnerte sich, daß dieser McGill in einen Mordfall verwickelt war. Sie wußte nicht genau, was passiert war, aber er wurde freigesprochen. Dann erinnerte sie sich, daß das ganze Aufsehen wegen des Freispruchs entstanden war. Es war ein Urteilsspruch, den wir bei uns nicht kennen. ›Wegen Mangels an Beweisen.‹ Deshalb wurde darüber berichtet. Nun, das hat mich sehr interessiert ... aber Rosie fiel sonst nichts mehr ein.«

»Wollen Sie mir etwa erzählen«, sagte ich ungläubig, »daß Sie nach Schottland gereist sind, um Jamie McGills Geheimnisse zu lüften?«

Sie nickte. Ihre Augen leuchteten verschmitzt. »Aber ich wäre in jedem Fall verreist, wenn ich gewußt hätte, was für ein hübsches kleines Drama ich hier auslöste.«

»Ich glaube, es macht Ihnen Spaß, Unruhe zu stiften.«

Sie wurde nachdenklich. »Ich weiß nicht. Ich möchte Bescheid wissen ... So war ich schon immer. Ich möchte herausfinden, was die Menschen verbergen.«

»Und haben Sie etwas über den armen Jamie herausgefunden?«

»Ja. Ich sprach mit Leuten, die sich erinnerten. Und ich konnte ein paar Zeitungen auftreiben, die vor Jahren erschienen waren. Ich wohnte bei meiner Freundin in Edinburgh, und sie führte mich in der Stadt herum und zeigte mir alles. Wie gesagt, ich traf eine Menge Leute, die sich erinnerten. Es war gar nicht so lange her ... erst zehn Jahre oder so. Solche Sachen bleiben den Leuten im Gedächtnis.«

»Und was haben Sie entdeckt?«

»Es war Donald McGill. Ich dachte, es war vielleicht Jamie.«

»Das«, sagte ich kühl, »hatten Sie zu entdecken gehofft.«

»Aber es war Donald. Sein Bruder hatte absolut nichts damit zu

tun. Er wurde überhaupt nicht erwähnt. Donald hat seine Frau ermordet.«
»Sagten Sie nicht, es war nicht erwiesen?«
»Ich meine, er war wegen Mordes angeklagt, aber sie konnten es ihm nicht beweisen. Man hat sie in ihrem Haus am Fuß der Treppe gefunden. Sie waren nicht gut miteinander ausgekommen, und da lag sie ... tot. Sie hatte sich den Kopf aufgeschlagen, aber man konnte nicht erkennen, ob es beim Fallen passiert war oder ob sie einen Hieb erhalten hatte, bevor sie hinuntergestoßen wurde. Weil sie das nicht entscheiden konnten, lautete das Urteil ›Freispruch wegen Mangels an Beweisen‹.«
»Gratuliere zu ihrer Entdeckung«, sagte ich.
»Jetzt wissen Sie wenigstens Bescheid über den Mann, den Sie beschäftigen.«
»Aber das war doch sein Bruder.«
»Aber Jamie will nicht, daß es ans Licht kommt.«
»Das kann ich gut verstehen. Wenn dergleichen in Ihrer Familie geschähe, würden Sie bestimmt auch nicht wollen, daß man darüber spricht.«
»Aber ich mußte es wissen.«
»Na, jetzt sind Sie ja zufrieden.«
»Ja, jetzt bin ich zufrieden.«
»Ich hoffe, Sie werden es nicht ausposaunen. Wenn Jamie seine Geheimnisse für sich behalten will, sollte man ihn lassen.«
»Ich sag bestimmt nichts, und wenn schon, es war ja sein Bruder. Wenn er jedoch der Mörder wäre ...«
»Sie meinen, der Verdächtige. Ich darf Sie wohl erinnern, daß der Mord nicht erwiesen war.«
»Wenn es Jamie gewesen wäre, das wäre etwas anderes.«
»Welch eine Enttäuschung für Sie!«
»Er interessiert mich nach wie vor. Ich finde, er hat was höchst Merkwürdiges.«
»Ich an Ihrer Stelle würde ihn in Frieden lassen.«

Sie sah mich lächelnd an. »Sie interessieren mich viel mehr, Caroline. Wenn ich bedenke ... wie Sie hierhergekommen sind, wie Sie das Gut bekamen und alles ... und sich dann mit Jeremy Brandon anlegten ... sich in meinen Mann verliebten ... Ich muß schon sagen, mit Ihnen gibt es keine langweilige Minute, Caroline.«

»Es wundert mich, daß mein Leben so interessant für Sie ist. Ich bitte Sie um eines: Regen Sie Jamie nicht auf, indem Sie ihn wissen lassen, daß Sie sein Geheimnis entdeckt haben. Denken Sie daran, es ist seins.«

»Ja«, sagte sie, immer noch lächelnd. »Wir wollen alle unsere Geheimnisse bewahren, nicht wahr?«

Enthüllungen

In den nächsten Tagen mochte ich keinen Menschen sehen. Die Durchsuchung des Minenschachtes und Gwennies Rückkehr waren das Hauptgesprächsthema in der ganzen Umgebung.

Ich schnappte einige Bemerkungen auf. Zu meinem Erstaunen behaupteten diejenigen, die so sicher gewesen waren, daß man Gwennies Leiche im Schacht finden würde, nun plötzlich, sie hätten nicht einen Moment an eine Untat geglaubt, sondern die ganze Zeit vermutet, daß Gwennie verreist war, ohne Bescheid zu sagen, wohin.

Ich ging nicht nach Landower Hall. Ich wollte Gwennie nicht sehen und fürchtete eine Begegnung mit Paul. Ich wollte mich einfach für eine Weile zurückziehen. Was geschehen war, hatte mich tief erschüttert, zum Teil auch, weil ich es für möglich gehalten hatte, daß Paul, über das erträgliche Maß hinaus gereizt, Gwennie umgebracht haben könnte. Das war eine entsetzliche Beschuldigung des Mannes, den man liebte, und es lehrte mich etwas über mich selbst: Auch wenn er es getan hätte, wäre ich bereit gewesen, ihn zu schützen.

Wegen meiner kindlichen Träume, die ich als Heranwachsende von Paul hatte, und wegen meiner Vernarrtheit in Jeremy Brandon hatte ich mich zuweilen gefragt, wie tief meine Liebe zu Paul gehen mochte. Jetzt hatte ich keine Zweifel mehr. Ich liebte ihn auf immer und ewig.

Doch unser Fall schien hoffnungslos. Jetzt war es soweit, ich mußte eine Entscheidung für mein Leben treffen. Ich hatte Livia, und ich hatte Tressidor. Livia und ich konnten fortgehen, aber

konnte ich Tressidor verlassen? Konnte ich es verkaufen? Den Stammsitz der Tressidors? Aber ich war ja eigentlich keine Tressidor. Meine Mutter hatte nur in die Familie eingeheiratet, und mein Vater gehörte nicht dazu.
Was war ich Tressidor schuldig? Ich sollte fortgehen. Was für ein Leben konnte ich mir hier aufbauen?
Cousine Mary, sagte ich vor mich hin, wenn du mich jetzt siehst, wenn du weißt, was hier vorgeht, wirst du mich verstehen. Ich weiß, was Tressidor für dich bedeutet hat. Du wolltest, daß ich es weiterführe ... und ich wollte es auch. Es bedeutete mir sehr viel. Aber ich kann nicht hierbleiben. Ich habe das Gefühl, daß das, was geschehen ist, eine Prüfung war, eine Warnung. Es hat mir deutlich gezeigt, was hätte sein können. Wie kann ein Mensch diese Zustände ertragen? Wie schnell können normale Menschen zu Mördern werden? Wenn sie bis zur Unerträglichkeit gereizt werden ... Cousine Mary, würdest du es verstehen? Ich gehe nach London, dachte ich. Ich werde mit Rosie sprechen ... vielleicht auch mit Jago. Sie könnten mir helfen, zu einem Entschluß zu kommen.
Livia wollte nach Landower Hall, um mit Julian zu spielen. »Die zwei verstehen sich prächtig«, sagte Schwester Loman. »Julian ist wie ihr großer Bruder. Noch nie habe ich zwei Kinder so lieb zusammen spielen sehen.«
Also brachte Schwester Loman Livia nach Landower.
Als sie zurückkam, hatte sie Neuigkeiten für mich: »Mrs. Landower ist wieder weg«, bemerkte sie.
»Weg?«
»Wieder auf Reisen.«
»Ach, und wohin ist sie diesmal?«
»Das hat sie nicht gesagt.«
»Offenbar liebt sie geheimnisvolle Ausflüge. Hoffentlich hat sie diesmal ihren Kamm mitgenommen. Was wissen Sie darüber?«
»Ja. Sie hat ihn anscheinend mitgenommen.«
»Dann ist ja alles gut.«

Gwennie war schon eine Woche fort. Paul und ich waren im Wald spazierengegangen, wo wir uns in Ruhe unterhalten konnten.
»Ich bin gespannt, wohin sie diesmal gefahren ist«, sagte ich.
»Sie hat sich letztes Mal so über den Aufruhr amüsiert. Ich nehme an, sie wollte eine Wiederholung.«
»Diesmal scheint sich niemand darüber aufzuregen.«
»Man kann denselben Streich nicht zweimal spielen.«
Dann kam ich auf mein Problem zu sprechen. »Ich habe über vieles nachgedacht. Ich frage mich, ob ich nicht doch verkaufen und wegziehen soll.«
»Das kannst du nicht tun.«
»Doch, ich könnte, und manchmal denke ich, es ist die einzige Lösung.«
»Das ist Resignation.«
»Es ist ein Rückzug vor etwas, das für uns alle unerträglich werden könnte.«
»Der Vorfall neulich ist dir nahegegangen, nicht wahr? Du hast wohl wirklich geglaubt, ich hätte sie mit einem stumpfen Gegenstand auf den Kopf geschlagen und sie in den Minenschacht geworfen.«
Ich schwieg. Schließlich sagte ich: »Ich habe Angst, Paul. Es wächst uns über den Kopf. Sie wird dich niemals freigeben.«
»Ich könnte fortgehen.«
»Fort von Landower ... du würdest dich ewig danach sehnen. Mit Tressidor ist es etwas anderes. Ich bin nicht dort aufgewachsen. Ich bin nicht mal eine Tressidor. Ich trage den Namen nur, weil meine Mutter zufällig einen Tressidor geheiratet hat. Deshalb bin ich nicht an ein Heim gebunden, das stets das meine und das meiner Familie war.«
»Du würdest mich verlassen?«
»Nur, weil ich das Gefühl habe, daß es gefährlich wäre zu bleiben.«
»Viele Menschen leben in solchen Situationen.«

»Ja, das ist wahr.«
»Warum können wir dann keinen Kompromiß schließen? Wir können nicht haben, was wir uns wünschen, aber müssen wir deswegen auf alles verzichten?«
»Wir haben das schon mal besprochen. Ich könnte deine Geliebte werden, meinst du. Aber zwischen uns ist mehr als eine körperliche Beziehung. Es würde keinen von uns vollkommen befriedigen. Wir würden uns nach den wahren, beständigen Dingen sehnen ... nach denen, auf die es ankommt ... Heim, Familie, ein ehrenhaftes, respektables Leben. Wir leben in einem Glashaus. Wir werden immerzu beobachtet. Und früher oder später käme es zur Explosion. Ich sah alles ganz deutlich vor mir, als sie die Mine durchsuchten ... Ich muß nachdenken, Paul. Ich muß zu einer Entscheidung kommen.«
Er versuchte diesmal nicht, mich zu überreden. Es gab nichts mehr zu besprechen. Alles war längst gesagt.
Wir wanderten dicht beieinander zwischen den Bäumen ...
Und ich dachte: Es ist der einzige Weg.
Dann ritt ich zum Moor hinaus.
Gwennie war noch nicht zurückgekehrt, und man hatte nichts von ihr gehört. Anscheinend kam das niemandem komisch vor. Ich fragte mich, wo sie diesmal war. War sie in Schottland, um weitere Erkundigungen über die Vergangenheit des armen Jamie einzuholen, oder spürte sie jemand anderem nach? Aber möglicherweise war sie bloß aus Spaß fortgegangen. Sie hatte sich über die vielen Mutmaßungen so amüsiert.
Wie einsam war es im Moor. Ganz anders als letztes Mal, als sich dort die schwarzseherische Menschenmenge versammelt hatte! Ich hatte Lust, über den federnden Torf zu schlendern, und band mein Pferd an einen Felsblock. Meine Schritte lenkten mich fast unwillentlich zur Mine.
Wie verlassen sie war!
Ich stand nahe beim Rand. Angenommen, ich sähe einen

schwarzen Hund und einen weißen Hasen? Was sollte ich dann tun?
Der Wind ächzte leise, als er durch das hohe Gras fuhr. Der Stechginster stand in Blüte.
Plötzlich hörte ich Wagenräder und das Klipp-klapp von Pferdehufen. Ich blickte auf und erkannte meine eigene Kutsche. Jemand war wohl nach Liskeard gefahren, um Besorgungen zu machen.
Der Kutscher hatte mich gesehen und kam heran. »Miss Tressidor«, rief er.
Es war Jamie.
»Tag, Jamie. Waren Sie in der Stadt?«
Er stieg ab, tätschelte das Pferd und flüsterte ihm etwas zu. Dann kam er zu mir, gefolgt von Löwenherz.
»Oh, Miss Tressidor, was tun Sie bei der Mine?«
»Ich habe bloß einen Spaziergang gemacht.«
»Sie sollten nicht zu nahe herangehen.«
»Ich war neugierig, ob ich den schwarzen Hund sehen würde – und statt dessen ist Löwenherz hier.«
Der Hund kam freudig bellend und schwanzwedelnd zu mir. Ich streichelte ihn. Dann rannte er zur Mine.
»Waren Sie einkaufen?«
»Bloß ein paar Kleinigkeiten. Der Wagen ist so praktisch.«
»Ohne ihn wäre es unmöglich«, sagte ich. »Herrlicher Tag heute.«
»Zu schwül. Ein Gewitter liegt in der Luft.«
»Wer hat Ihnen das gesagt? Die Bienen?«
»Die wissen alles über das Wetter.«
»Natürlich. Was macht Löwenherz da?«
Der Hund stand dicht am Minenrand und bellte.
»Geh da weg«, rief Jamie in scharfem Ton. »Lion, komm sofort her!«
Löwenherz kam langsam, den Schwanz zwischen die Beine geklemmt. Jamie streichelte ihn.

»Geh nicht zu nahe an die Mine, sei ein braver Hund.«
Löwenherz blickte bedauernd zurück zur Mine, und einen Augenblick dachte ich, er wolle den Befehlen nicht gehorchen.
»Na«, sagte Jamie, »ich muß weiter. Steig auf, Lion. Und Miss Tressidor, ich an Ihrer Stelle würde mich nicht im Moor rumtreiben.«
»Warum nicht, Jamie?«
»Sie waren zu dicht an der Mine. Sie scheint Sie magisch anzuziehen.«
»Kann schon sein. Das liegt an dem ganzen Gerede. Auf Wiedersehen, Jamie.«
Ich sah dem forttrabenden Pferd nach und ging langsam zu meinem Pferd zurück. Jamie wirkte irgendwie verändert. Er war nicht richtig bei sich.

Ich beschloß, bei ihm vorbeizuschauen. Ich wollte wissen, ob ihn etwas bedrückte. Stimmte etwas nicht mit den Bienen oder seinen Tieren?
Er war wie immer erfreut, mich zu sehen, und machte Tee.
»Jamie«, fragte ich, als er sich zu mir setzte und aus der braunen Tonkanne einschenkte, »haben Sie Sorgen?«
»Warum fragen Sie, Miss Tressidor?«
»Ich hatte einfach das Gefühl, daß etwas nicht in Ordnung ist.«
Er sah mich eine Weile fest an, dann sagte er: »Donald war da.«
»Donald! Ihr Bruder. Der ...«
Er nickte. »Ja, Miss. Tressidor. Donald ist wieder da ... er war hier.«
»Ach, Jamie, und Sie hatten gehofft, daß er Sie nie finden würde.«
»Er war hier«, wiederholte er.
»Hat er Ärger gemacht?«
»Ich fürchte, das kommt noch.«
»Was will er denn?«
»Er hat mich einfach gefunden.«

»Wo ist er jetzt?«
»Er ist weg.«
»Er kann Ihnen nichts zuleide tun.«
»Doch, Miss Tressidor. Er kann alles beenden.«
»Nein, Jamie. Das werden wir nicht zulassen.«
»Sie kennen Donald nicht.«
»Ich weiß nur, was Sie mir von ihm erzählt haben.«
»Donald ist böse. Ich will ihn nicht hierhaben, Miss Tressidor. Er wird alles zerstören ... alles, was ich mir hier aufgebaut habe.«
»Das kann er nicht ... wenn wir ihn nicht lassen.«
Jamie schwieg eine Weile.
»Donald ist ein Mörder«, sagte er dann. »Ich hab immer gewußt, daß es in ihm steckte. Als er ein Junge war ... Ich hab gesehen, wie er ihnen weh tat. Er tötete sie ... die kleinen Tiere. Es kam einfach über ihn. Kleine kuschelige Wesen ... weiße Mäuse, Kaninchen. Unsere Lieblingstiere. Er liebte sie ein Weilchen, und dann hat man eins tot gefunden. Es war sein Drang zu töten.«
»Wir lassen nicht zu, daß er Sie beunruhigt, Jamie. Sie haben sich hier eingelebt. Sie haben im Pförtnerhaus ihr Heim. Alles ist in Ordnung.«
»Ich hab' Ihnen nie was davon erzählt, Miss Tressidor, aber wenn ich es jemandem erzählt hätte, dann Ihnen ... oder Miss Mary. Sie war gut zu mir, und Sie waren es auch.«
»Möchten Sie mir davon erzählen? Sagen Sie mir, warum Sie sich vor ihm fürchten. Er wird Ihnen nichts tun, das verspreche ich Ihnen.«
»Also, wissen Sie, er war verheiratet. Er hat Effie geheiratet. Ich habe Effie geliebt.«
»Sie meinen, Sie haben beide dasselbe Mädchen geliebt?«
Er schwieg. »Armer Jamie«, fuhr ich fort. »Und sie hat Donald geheiratet.«
Er nickte. »Die Menschen verändern sich. Effie war ein munte-

res Mädchen, immer zum Scherzen aufgelegt. Sie ging gerne aus ... tanzen und so, und als sie heirateten, war es damit vorbei, kein Geld ... und dergleichen ... Sie verstehen?«

»Ja«, sagte ich. »Ich verstehe.«

»Sie setzte ihm zu ... jahrelang. Sie war nie zufrieden, sie wünschte, sie hätten nie geheiratet. Das ewige Nörgeln ... und eines Abends nahm Donald einen Schürhaken und schlug sie auf den Kopf und stieß sie die Treppe hinunter. Das war Mord. Donald hatte es getan. Aber sie konnten es nicht beweisen. Donald wurde freigesprochen.«

»Wie lange ist das her, Jamie?«

»Zehn Jahre.«

»Und die ganze Zeit ist Donald nicht in Ihre Nähe gekommen.«

»Ich bin weggegangen. Ich konnte es nicht aushalten. Ich hatte Angst vor Donald. Ich wußte Bescheid, nicht wahr. Ich erinnerte mich an unsere kleine weiße Maus. Ich erinnerte mich, wie er nicht an sich halten konnte, wenn ihn diese Laune überkam. Und ich wollte Donald nicht sehen ... nie wieder. Ich konnte nur Frieden finden, wenn Donald nicht in der Nähe war.«

»Und nun ist er hierhergekommen?«

»Ja, er ist gekommen.«

»Wann war das?«

»Vor ein paar Tagen.«

»Und er ist wieder weggegangen?«

»Ja, ich hab ihm gesagt, er soll gehen. Ich sagte: ›Komm nicht wieder her. Ich kann dich hier nicht gebrauchen, Donald, du machst mein Leben kaputt.‹«

»Ist es so schlimm? Er ist doch Ihr Bruder.«

»Sie kennen Donald nicht. Er ist eine Zeitlang ruhig, und Sie denken, es ist in Ordnung, und dann ... bricht das Böse aus. Donald darf niemals hierherkommen ... nicht in mein Haus ... nein, nein.«

»Ich verstehe. Wo ist er hingegangen?«

Jamie schüttelte nur den Kopf.

Ich sagte: »Sie sind überreizt, Jamie. Sie nehmen das zu schwer. Sie fürchten, er wird Ihren Tieren etwas zuleide tun ... Löwenherz, Tiger und Ihren herrenlosen Schützlingen. Hören Sie, wenn er wiederkommt, rufen Sie mich. Dann sehe ich zu, was wir tun können.«
»Sie sind so gut zu mir.«
Darauf verließ ich ihn. Armer Jamie, sein Bruder machte ihm arg zu schaffen. Ich fand es ganz natürlich, daß man so empfand, wenn jemand einen Mord begangen hatte.

Von Gwennie war immer noch keine Nachricht gekommen. Ich bemühte mich, nicht an sie zu denken, aber sie ging mir einfach nicht aus dem Sinn. Daß sie durchtrieben war, wußte ich. Sie war ganz fasziniert von dem Drama, das ihre Abwesenheit verursacht hatte. Aber war sie deshalb noch einmal fortgegangen? Sie mußte doch wissen, daß sie nicht so bald wieder dieselben Aufregungen erwecken konnte.
Ich wollte in die Stadt, um ein paar Einkäufe zu erledigen. Bei diesen Gelegenheiten nahm ich immer den Wagen. Es war am frühen Nachmittag. Ich ging in den Stall, um anzuordnen, den Wagen für mich bereitzumachen.
Kurz darauf kutschierte ich die Feldwege entlang. Meine Gedanken beschäftigten sich auch jetzt, wie schon seit geraumer Zeit, mit der Zukunft. Ich konnte mir nicht vorstellen, was sie für mich bereithielt. Wenn ich morgens aufwachte, sagte ich mir, ich müsse dieses und jenes tun, und bis zum Mittag hatte ich mich anders entschieden.
Ich muß Cornwall verlassen, sagte ich. Und dann: Nein, nein. Ich könnte niemals fortgehen.
Und so ging es weiter.
Ich plauderte ein Weilchen in den Geschäften. Alle wußten von der Erforschung der Mine und Gwennies Rückkehr. Sie sprachen immer noch darüber.
»Ein Sturm im Wasserglas war das, Miss Tressidor.«

Ich stimmte zu.

»Die is nich wie wir«, meinte die Posthalterin. »Is 'ne Fremde aus'm Norden, 'ne komische Art ham die da oben.«

Auch ich war eine Fremde, aber ich trug wenigstens den Namen Tressidor.

Ich kehrte in den Stall zurück, und als ich aussteigen wollte, fiel mein Auge auf etwas Glitzerndes, das unter dem Sitz hervorschaute. Ich hob es auf. Es war ein Kamm – ein kleiner Kamm, den ich schon einmal gesehen hatte – im spanischen Stil, mit Brillanten verziert.

Gwennies Kamm!

In unserer Kutsche! Wie war er dahin gelangt?

Ich hatte nur einen Gedanken: Wenn Gwennies Kamm in der Kutsche war, dann mußte Gwennie auch darin gewesen sein.

Ich war verwirrt. Ich konnte mir nicht vorstellen, wie der Kamm in die Kutsche gekommen war. Ich steckte ihn in meine Tasche und ging zum Stallmeister.

»Wer hat die Kutsche zuletzt benutzt?« fragte ich.

Er kratzte sich am Kopf. »Vor Ihnen, Miss Tressidor?«

»Ja, vor mir.«

»Hm, ich wüßte nicht, daß jemand ... höchstens Jamie McGill.«

»Ja, richtig. Ich habe ihn im Moor gesehen.«

»Dann war er wohl der letzte.«

»Ist Mrs. Landower mal darin gefahren?«

»Mrs. Landower? Die war doch weg ... die ganze letzte Woche.«

»Ja, ich weiß. Ich wollte bloß wissen, ob jemand sie irgendwohin kutschiert hat.«

»Nicht daß ich wüßte.«

»Nun gut«, sagte ich. Ich schob meine Hand in meine Tasche. Die Kammzinken stachen mir in die Finger. Wir wurde übel.

Ich ging in mein Schlafzimmer und zog den Kamm hervor. Ich sah Gwennie vor mir, wie sie ihn aus dem Haar nahm und betrachtete.

»Ich trage ihn oft, aber nicht immer«, hatte sie gesagt. Wie war er in die Kutsche gelangt?
Ich beschloß, Jamie aufzusuchen.
Als ich hinkam, sah ich ihn im Garten bei den Bienenstöcken. Die Bienen summten um ihn herum. Ich rief seinen Namen.
»Guten Tag, Miss Tressidor.«
»Haben Sie viel zu tun?«
»Nein. Gehen Sie ins Haus. Ich komm in einer Minute rein.«
Ich ging hinein und setzte mich, und kurz darauf kam er herein.
»Jamie, wann haben Sie zuletzt die Kutsche benutzt?«
Er machte ein verwundertes Gesicht. Ich fuhr fort: »Ich weiß, Sie hatten sie an dem Tag, als wir uns im Moor trafen. Aber wann haben Sie sie davor benutzt, und haben Sie Mrs. Landower irgendwohin kutschiert?«
»Mrs. Landower? Ich hab' gehört, sie ist verreist.«
»Ich frage bloß, weil ich das hier in der Kutsche gefunden habe.«
»Was ist das?«
»Ihr Kamm. Merkwürdig, daß er in der Kutsche war. Ich möchte wissen, ob Sie sie irgendwohin kutschiert haben ... bevor sie verreist ist.«
»Wohin kutschiert?« wiederholte er.
Er sah merkwürdig aus. Er starrte vor sich hin.
»Fehlt Ihnen was, Jamie?« fragte ich.
Er starrte weiter geradeaus und wiederholte: »Wohin kutschiert?«
»Jamie, setzen Sie sich hin. Was ist mit Ihnen? Wissen Sie, wie Mrs. Landowers Kamm in die Kutsche geraten ist?«
»Sie wissen es, nicht wahr, Miss Tressidor?«
»Was weiß ich?«
Er hatte einen glasigen Blick, der ihm einen Gesichtsausdruck verlieh, den ich noch nie an ihm gesehen hatte. Er war wie ein anderer Mensch.
»Jamie«, sagte ich, »Sie sehen so seltsam aus ... gar nicht wie sonst ... was ist?«

Er beugte sich über den Tisch und wiederholte: »Sie wissen es.«

»Was weiß ich?«

»Sie wissen, daß dies nicht Jamie ist.«

»Was meinen Sie?«

Aber es dämmerte mir. Mein Herz setzte einen Schlag aus und begann in meiner Brust zu hämmern.

Ich sagte: »Sie ... Sie sind Donald.«

Ein verschlagener Ausdruck trat in sein Gesicht. So hatte ich Jamie nie gesehen.

»Ja«, sagte er. »Ich bin Donald.«

Ich stand erschrocken auf. Alle meine Sinne warnten mich. Ich mußte fort, und zwar rasch. Ich wußte: Dieser Mann ist wahnsinnig. Jamie hatte recht. Er ist gefährlich.

»Wo ist ... Jamie?« stotterte ich.

»Jamie ist weg.«

»Aber wo ... wohin? Ich wollte zu Jamie.«

Ich wich zurück. Aus dem Augenwinkel maß ich die Entfernung zur Tür. »Ich komme wieder, wenn Jamie da ist. Würden Sie ihm ausrichten, daß ich hier war?«

Er wiederholte nur: »Sie wissen es, nicht wahr?«

»Ich weiß, daß Donald gekommen ist.«

»Sie wissen, daß sie tot ist. Sie wissen, wo sie ist. Sie ist unten im Minenschacht. Da liegt sie. Ich habe sie getötet. Ich hab' sie auf den Kopf geschlagen.« Er fing an zu lachen und trat einen Schritt auf den Kamin zu. Dort hingen ein Schürhaken aus Messing und ein Blasebalg. Er nahm den Schürhaken und betrachtete ihn. »Hiermit hab' ich sie umgebracht«, sagte er. »Ich hab' sie auf den Kopf geschlagen, und dann hab' ich sie in der Kutsche zur Mine gefahren. Dort war kein Mensch, und da hab ich sie runtergestoßen.«

»Das ist nicht Ihr Ernst. Sie sind eben erst angekommen.«

»Ich komme hierher ... ab und zu ... schon seit einer ganzen Weile.«

Er legte den Schürhaken hin. »Ich hab's mit Effie gemacht, und ich hab's mit ihr gemacht. Effie hat mich zum Wahnsinn getrieben. Sie hat mir ewig zugesetzt. Sie hätte mich nicht heiraten sollen. Sie wäre besser dran gewesen, wenn sie Jack Sparrow genommen hätte. Er hat's zu was gebracht. Mit ihm hätte sie ein anderes Leben gehabt. Ich hab' sie meckern und meckern lassen, und dann hab' ich's nicht mehr ausgehalten ... Und Mrs. Landower ... sie war zu neugierig ... sie hat spioniert. Sie ging nach Edinburgh und hat was entdeckt ... Sie hätte es ausgeplaudert. Bald hätten es alle gewußt. Das war nicht anständig gegen Jamie. Jamie war gern hier. Er hat hart gearbeitet, bis alles so war, wie er es wollte. Und er wollte, daß es so blieb ... und sie war drauf und dran, alles zu zerstören.«

»Hat Jamie Ihnen das alles erzählt?«

»Jamie erzählt mir alles. Ich kenne Jamie ... und Jamie kennt mich. Wir sind verschieden, aber wir sind eins ...«

»Ich weiß, Sie sind Zwillinge, aber Sie haben sich jahrelang nicht gesehen. Ich muß jetzt gehen. Ich komme später wieder, wenn Jamie da ist.«

»Jetzt wissen Sie es, nicht wahr?«

»Ich weiß, was Sie mir gesagt haben.«

»Ich hab' Ihnen von ihr erzählt ... Und Sie sind mit dem Kamm gekommen. Er wurde in der Kutsche gefunden. Ich war leichtsinnig, nicht wahr ... weil ich ihn nicht gesehen habe. Er hat es ans Licht gebracht. Kein Mensch hätte es je erfahren. Die Leute hätten gedacht, sie treibt ein Spiel. Sie hat es schon mal versucht.«

»Ich muß gehen ...«

Er kam mir zuvor und lehnte sich mit dem Rücken gegen die Tür. »Aber Sie wissen es«, sagte er. »Sie mußte weg, weil sie es wußte ... und jetzt wissen Sie es.«

»Ich glaube Ihnen kein Wort. Ich weiß nicht, woher Sie das alles wissen können. Sie leben nicht hier.«

Er machte einen Schritt auf mich zu, und wieder bemerkte ich das seltsame Glitzern in seinen Augen.
»Ich muß das hier bewahren ... für Jamie«, sagte er. »Jamie ist glücklich hier. Sie machen Jamie Schwierigkeiten.«
»Ich würde Jamie nie Schwierigkeiten machen.«
»Sie sind mit dem Kamm hergekommen. Sie wollen Jamie beschuldigen, daß er sie getötet hat. Jamie würde keiner Fliege was zuleide tun. Jamie liebt alle Lebewesen. Jamie hätte sie nicht angerührt, egal, was sie getan hätte. Das mußte Donald tun. Und jetzt ... sind Sie dran.«
Ich bemühte mich um einen entschlossenen Tonfall: »Ich gehe jetzt.«
»Sie müssen zu ihr in den Schacht hinunter ... zu dieser neugierigen Frau, die mit ihrer Spioniererei alles verdorben hat. Sie hätten nicht herkommen sollen, um Jamie zu beschuldigen ...«
Ich sah seine Hände. Sie waren groß und kräftig. Ich versuchte zu schreien, aber meine Stimme war kaum mehr als ein Flüstern, und es hätte schon an ein Wunder grenzen müssen, wenn jemand nahe genug gewesen wäre, um mich zu hören.
Ich spürte seine Hände an meinem Hals. Ich dachte: Das darf nicht geschehen. Warum ...? Was hat das alles zu bedeuten?
Plötzlich verzog er das Gesicht. »Miss Tressidor war gut zu Jamie«, sagte er. »Miss Mary und Miss Caroline ... Niemand war so gut zu Jamie wie Miss Caroline und Miss Mary.«
Und dann kam mir blitzartig die Erleuchtung. Ich sah ihn deutlich, wie er, von Bienen umsummt, im Garten gewesen war, und ich rief aus: »Jamie! Sie sind Jamie!«
Er ließ die Hände sinken und starrte mich an.
»Ich weiß, daß Sie Jamie sind.«
»Nein ... nein. Ich bin Donald.«
»Nein, Jamie, die Bienen haben es mir gesagt.«
Er machte ein erschrockenes Gesicht. »Sie haben es Ihnen gesagt?«

»Ja, Jamie, die Bienen haben es mir gesagt. Sie sind Jamie, nicht wahr? Es gibt keinen Donald. Es hat nie einen Donald gegeben. Sie sind nur einer.«

Er verzog das Gesicht. Plötzlich wirkte er sanft und hilflos.

»Jamie, Jamie«, rief ich. »Ich möchte Ihnen helfen. Ich weiß, daß ich es kann.«

Er sah mich benommen an. »Also die Bienen waren es ... sie haben es Ihnen gesagt.«

Er setzte sich an den Tisch und schlug die Hände vors Gesicht. Er sprach leise. »Jetzt ist alles klar. Wir sind nur einer. Donald James McGill. Aber manchmal scheint mir, daß wir zwei sind. Jamie ... und Donald ... er war das andere. Er machte böse Sachen ... und Jamie haßte es. In gewisser Weise waren wir zwei ... aber in ein und demselben Körper.«

»Ich glaube, ich verstehe es. Ein Teil von Ihnen tötete die kleinen Tiere, die der andere Teil liebte. Plötzlich überkam Sie der Drang zu töten ... und Sie spürten, daß das eigentlich nicht Sie waren, denn Sie waren Jamie, der ruhige, sanfte Jamie, der mit der Welt in Frieden leben wollte.«

»Ich habe Effie geliebt«, sagte er langsam, »aber sie hat mir ständig zugesetzt und mir das Gefühl gegeben, daß ich sie nie hätte heiraten sollen, und immer hat sie mir vorgehalten, daß ich ihr nicht bieten konnte, was sie sich wünschte. Und dann ... eines Abends, als sie keine Ruhe gab ... da wurde es mir zuviel. Ich nahm den Feuerhaken und schlug sie. Wir standen oben auf der Treppe, und sie stürzte. Ich hab' mir eingeredet, sie sei gestolpert ... aber ich wußte, daß ich es getan hatte. Dann war mir, als sei es Donald gewesen, und es hieß ›wegen Mangel an Beweisen‹ ... und da hatte ich die Möglichkeit, wegzugehen.«

»Ich verstehe, Jamie. Jetzt verstehe ich.«

»Und Mrs. Landower ... Ich habe sie gehaßt. Sie wollte alles verderben ... nicht nur mir, sondern allen anderen. Sie hat dauernd Fragen gestellt und keine Ruhe gegeben. Sie ist der geborene Störenfried. Und sie fuhr nach Edinburgh und hat sich erkundigt, und da hat sie es in den Zeitungen gelesen. Dann kam sie zu mir und sagte, ich sollte ihr jetzt die ganze Geschichte erzählen. Sie sagte, es wäre nicht recht, Geheimnisse zu haben ... Also ... Ich nahm den Schürhaken und schlug sie ... genau wie ich es mit Effie gemacht hatte. Und dann brachte ich sie in der Kutsche weg und warf sie in den Minenschacht.«

»Ach, Jamie.« Ich schauderte.

»Ich weiß, es ist aus«, sagte er. »Und Sie wissen es jetzt ... und wenn ich in Frieden leben will, kann ich nur eins tun – Sie zu ihr schicken.«

»Aber das könnten Sie nicht, Jamie«, widersprach ich. »Jetzt ist Jamie wieder da. Jamie würde das nie tun. Donald ist fort ... und nachdem Sie es mir nun erzählt haben, wird Donald für immer wegbleiben.«

Er bedeckte sein Gesicht mit den Händen. »Was wird aus mir?« fragte er.

»Sie gehen am besten fort von hier. Ich glaube, Sie sind krank. Und wenn Sie krank sind, haben Sie keine Schuld.«

»Und Lion und Tiger und die Bienen ... was wird aus ihnen?«

»Jemand wird sich um sie kümmern.«

»Ich könnte Ihnen nichts zuleide tun, Miss Tressidor. Was auch immer ...«

»Ich weiß. Sobald ich das erkannte, wußte ich, wer Sie wirklich sind. Und Sie waren draußen bei den Bienen, als ich kam. Nur Jamie hätte dort zwischen ihnen stehen können. Sie hätten niemand anderen ungeschützt in ihrer Mitte geduldet.«

»Was kann ich tun, Miss Tressidor?«

Wieder schlug er die Hände vors Gesicht. Löwenherz kam zu ihm und sprang auf den Tisch. Er leckte ihm das Gesicht, und Tiger rieb sich an seinen Beinen.

»Ach, Jamie«, sagte ich. »Mein armer, armer Jamie.«

Ich ging zur Tür. Es war niemand in der Nähe. Ich stand dort zehn Minuten, bevor ich jemanden auf der Straße hörte.
Es war ein Stallbursche von Landower.
Ich rief ihm zu: »Würden Sie Mr. Landower bitten, sofort ins Pförtnerhaus zu kommen? Sagen Sie ihm, er wird gewünscht ... dringend.«
Als Paul kam, klammerte ich mich an ihn. Ein wenig unzusammenhängend versuchte ich ihm zu erzählen, was geschehen war. Er nahm mich in seine Arme und sagte: »Hab keine Angst. Hab keine Angst mehr.«
Dann gingen wir zusammen ins Pförtnerhaus.

Das diamantene Jubiläum

Ich saß vor dem großen Fenster eines der erfolgreichsten Modehäuser von London, um die Parade vorüberziehen zu sehen, und meine Gedanken wanderten unwillkürlich zehn Jahre zurück, als ich an einem Fenster am Waterloo-Platz saß und ein anderes Jubiläum betrachtete.
Alles war ähnlich wie damals, doch eine Frau hatte den Platz des unschuldigen Mädchens eingenommen. Es schien einfach unglaublich, daß in zehn Jahren so viel geschehen konnte.
Die Sonne strahlte – genau wie damals. Königswetter nannte man das. Die kleine alte Dame in ihrer Kalesche hatte sich kaum verändert. Ungeheure Erregung lag in der Luft, nicht anders als letztes Mal. Ich war tags zuvor durch die Stadt gefahren und hatte einige Triumphbögen und Dekorationen gesehen, und am Abend waren die Gaslaternen angezündet worden, und hier und da sah man eine der elektrischen Glühlampen, die neuerdings in Gebrauch kamen.
»Unsere Herzen für Deine Krone« lautete eine Inschrift, »Sechzig glorreiche Jahre« eine andere und wieder eine andere »Sie wirkte zum Wohle ihres Volkes«.
Und als die Parade vorüberzog, sah ich nicht so sehr die prächtigen Uniformen und die glanzvolle Versammlung von Prinzen und Honoratioren aus aller Welt. An mir zogen die vergangenen zehn Jahre vorüber, in denen ich von einem unschuldigen Mädchen zu einer reifen Frau geworden war. Ich hörte nicht die Kapellen und die Militärmusik, sondern Stimmen aus der Vergangenheit.
In Gedanken kehrte ich zurück zu dem Tag, als ich mit meiner

Mutter, Olivia und Captain Carmichael jenem anderen Jubiläum beigewohnt hatte. Damals hatte mein Leben seine dramatische Wendung genommen. Ich hatte das merkwürdige Gefühl, daß mich die turbulenten Jahre nicht nur zu meinem Glück, sondern auch zu größerer Einsicht geführt hatten.

Ich war nicht mehr vorschnell mit meinen Urteilen. Ich sah, was geschehen war, mit anderen Augen. Ich war abgeklärt. Ich urteilte nicht mehr so streng. Ich hatte die Schwächen der menschlichen Natur erkennen gelernt und begriffen, daß man die Menschen nicht in Gute und Böse aufteilen kann.

Meine Mutter, der vergnügungssüchtige Schmetterling, hatte dennoch ihrem Alphonse Glück gebracht; die Ehe war ein großer Erfolg. Sie war zufrieden und machte alle in ihrer Umgebung ebenfalls zufrieden. Ich hatte Robert Tressidor mit seiner äußeren Zurschaustellung von Tugend und seiner geheimen Lüsternheit als scheinheilig verachtet. Doch vielleicht hatte ich ihn zu streng beurteilt. Sicher hatte er eine Säule der Tugend sein wollen. Er mußte seine menschliche Sinnlichkeit bekämpfen und konnte der Versuchung, ihr nachzugeben, nicht widerstehen. Als er erwischt wurde, bemühte er sich verzweifelt, es zu vertuschen, und die Belastung hatte zweifellos seinen frühen Tod herbeigeführt. Und Jeremy, der Mitgiftjäger? Wäre er reich geboren, wäre er vielleicht nicht zu geldgierigen Kalkulationen gezwungen gewesen. Er war charmant und gutaussehend; ohne das dringende Bedürfnis, ein Mittel für ein luxuriöses Leben zu finden, wäre er ein ganz brauchbarer junger Mann gewesen. Und Paul, mein Paul, der jetzt neben mir saß, und den ich so kritisierte, weil er geheiratet hatte, um der Familie das Haus zu erhalten. Aber jetzt sah ich ein, wie leicht auch der ehrenhafteste Mann dieser Versuchung hätte erliegen können.

In meiner jugendlichen Ungeduld hatte ich diejenigen, die ich bewunderte, mit göttergleichen Eigenschaften ausgestattet. Aber sie waren keine Götter. Sie waren Menschen.

Eines Tages stieß ich auf ein paar Zeilen von Browning, die ich nie vergessen werde:

»Menschen sind Engel nicht, noch sind sie Vieh;
Manches tut sich uns kund, doch alles sehn wir nicht.«

Ich wünschte, ich hätte das schon früher verstanden, denn die Beweggründe anderer zu verstehen ist gewiß die größte Gabe, die man besitzen kann – und verstehen heißt: nicht richten und nicht tadeln.
Ich denke oft an Gwennie ... Gwennie, die glücklich sein wollte und nicht wußte, wie. Sie wollte immerzu handeln, sie konnte nicht verstehen, daß sie mit Geld ein großes Haus, aber keine Liebe kaufen konnte. Arme Gwennie, wenn sie nur gewußt hätte, daß man bereitwillig geben muß, ohne an Entschädigung zu denken, und daß man nur dann den Lohn der Liebe erntet. Ja, ich denke oft an Gwennie, deren unersättliche Neugier ihr zum Verhängnis wurde. Die Neugier brachte Gwennie um. Man fand ihre Leiche im Minenschacht, wie Jamie gesagt hatte. Die Geschichte kam bei der Leichenschau ans Licht. Gwennie hatte die Wahrheit herausgefunden, die er zu vertuschen bemüht war. Jamies Lebensaufgabe war es gewesen, den Mythos aufrechtzuerhalten, daß Donald und Jamie nicht ein und dieselbe Person waren. Seine Natur hatte zwei Seiten. Er sah sich als zwei Persönlichkeiten in einem Körper. Da war Jamie, der sanfte Tierliebhaber, der Mann, der mit seinen Nachbarn in Frieden leben wollte; und da war Donald, den ein unwiderstehlicher Zerstörungsdrang überkommen konnte. Die beiden Naturen hatten sich in Jamies Kindheit bekämpft, und Donald McGill, unfähig, mit den mörderischen Instinkten, die ihn von Zeit zu Zeit überfielen, zu leben, war mit dem Leben ins reine gekommen, indem er sich in zwei Persönlichkeiten spaltete. Solange er als Jamie leben konnte, bestand keine Gefahr. Aber Donald kehrte zurück, als Gwennie ihn zu verraten drohte.

Er wurde für geisteskrank erklärt und »auf unbestimmte Zeit in Gewahrsam genommen«. Ich war froh, daß er in gute Hände kam. Einer der berühmtesten Spezialisten für Geisteskrankheiten interessierte sich für seinen Fall von Persönlichkeitsspaltung. Er sorgte dafür, daß Jamie in eine Anstalt kam, der er selbst vorstand. Ich ging Jamie ab und zu besuchen. Er arbeitete im Garten. Er hatte seine Bienenstöcke. Sicher glaubte er, daß es seine Bienen waren, und er konnte vergessen, was geschehen war, und sich einbilden, er sei wieder im Pförtnerhaus.
Bald nach Entdeckung der Leiche fuhr ich zu Rosie und Jago nach London. Ich nahm Livia und Julian mit – ferner Schwester Loman, Miss Bell und natürlich Julians Kinderfrau. Julian war ganz vernarrt in Livia, und da er in einem Alter war, wo er genau merkte, was um ihn herum vorging, hielten wir es für das Beste, ihn von zu Hause fortzubringen.
Es war wundervoll, mit Rosie zusammenzusein. Sie war so vernünftig, und Jago auch. Ich staunte, wie gut ihre Beziehung gedieh. Sie waren einander ehrlich zugetan, und ihr Geschäft galt international als eines der größten Modehäuser der Welt.
Ich wandte mich wieder der Parade zu. Julian machte Livia auf etwas aufmerksam. Die Freundschaft der beiden war mir eine große Freude. Ich dachte, vielleicht heiraten sie eines Tages, wer weiß? Tressidor würde an Livia fallen, das stand für mich fest. Große Häuser sollten in der Familie bleiben. Ich war keine Tressidor, aber Livia war eine, und so würde Tressidor wieder den Tressidors gehören.
Ich wußte, daß Paul Julian zu seinem Erben machen würde, ungeachtet der Kinder, die wir haben würden. Julian war ein halber Arkwright, und man durfte nicht vergessen, daß die Arkwrights Landower vor dem Verfall bewahrt hatten.
Warum dachte ich an all das, während ich von diesem erlesenen Bogenfenster in Rosies und Jagos feudalem Etablissement das diamantene Jubiläum der Königin beobachtete?

Paul sah mich fragend an. Ich glaube, er las meine Gedanken. Er legte seine Hand auf meine. Ich wußte, daß er derselben Ansicht war wie ich, nämlich daß wir alle Hindernisse, die wir zu überwinden hatten und die uns schließlich unser jetziges Glück bescherten, vergessen und jubeln und dankbar sein sollten.

Knaur®

Romane von Victoria Holt

(60189)

(60187)

(60184)

(60192)

(60181)

(60188)

Knaur

Romane von Victoria Holt

(60191)

(60185)

(60186)

(60190)

(60183)

(60182)

Knaur

Wo die Liebe hinfällt...

(2054)

(3232)

(60015)

(2893)

(60045)

(60007)

Knaur

Ferne Kontinente – ganz nah

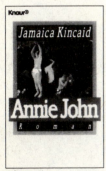
(60009)

(3185)

(3297)

(77098)

(3102)

(60211)